复　活

[俄] 列夫 · 托尔斯泰/著　草婴/译

時代文藝出版社

图书在版编目（CIP）数据

复活 /（俄罗斯）列夫 · 托尔斯泰著；草婴译．—长春：时代文艺出版社，2017.4

ISBN 978-7-5387-5247-2

Ⅰ．①复… Ⅱ．①列… ②草… Ⅲ．①长篇小说－俄罗斯－近代 Ⅳ．①I512.44

中国版本图书馆CIP数据核字（2016）第129262号

出 品 人　陈　琛
产品总监　郭力家
选题策划　李天卿　冀　洋
责任编辑　冀　洋　李天卿
装帧设计　孙　利
排版制作　隋淑凤

复　活

［俄］列夫 · 托尔斯泰 著　草婴 译

出版发行 / 时代文艺出版社
地址 / 长春市泰来街1825号　时代文艺出版社　邮编 / 130011
总编办 / 0431-86012927　发行部 / 0431-86012957　北京开发部 / 010-63108163
官方微博 / weibo.com / tlapress　天猫旗舰店 / sdwycbsgf.tmall.com
印刷 / 三河市万龙印装有限公司
开本 / 710mm × 1000mm　1 / 16　字数 / 448千字　印张 / 31.25
版次 / 2017年4月第1版　印次 / 2017年4月第1次印刷　定价 / 36.00元

图书如有印装错误　请寄回印厂调换

列夫·托尔斯泰，摄于 1896 年

1896 年—1897 年，列夫 · 托尔斯泰摄于雅斯纳亚 · 波良纳庄园

1908 年，列夫 · 托尔斯泰于雅斯纳亚 · 波良纳的书房里

1910 年，列夫 · 托尔斯泰参加民众图书馆开幕

译者前言

列夫·托尔斯泰（1828 年—1910 年）一生创作浩如烟海，他的俄文版全集初版九十卷，后又扩大为一百卷。全集包括长篇小说、中短篇小说、自传体小说、剧本、哲学论文、文艺论文、寓言、故事、政论、书信、日记，以及大量作品的异稿。

在托尔斯泰作品中，小说无疑占主要地位。而托尔斯泰成为世界文化巨人，影响最大的也是小说。《战争与和平》《安娜·卡列尼娜》《复活》三部长篇小说不仅是俄罗斯文学的杰作，也是世界文学的瑰宝。除了三部长篇小说，托尔斯泰还写了大量中短篇小说和自传体小说《童年·少年·青年》。这些小说，即使不包括以民间故事形式出现的作品，至少也有六七十篇。

托尔斯泰的小说大都反映了十九世纪俄国社会的真实生活，描写了俄国形形色色的人物，塑造了众多个性鲜明的典型。阅读托尔斯泰的小说，我们仿佛置身于当时的俄国环境，真可说是身历其境；接触各种身份和个性的人物，如见其人，如闻其声；同时随同他们的悲欢离合，喜怒哀乐，自然而然地对他们的遭遇产生强烈的共鸣。

文艺作品主要是以情动人，阅读优秀的文艺作品，也就可以在不知不觉中获得有益的熏陶，并由此产生对世界、对人生的思考。

托尔斯泰的一生主要是关心人，同情不幸人们的苦难，思索怎样使人间充满人与人之间真诚的爱，也就是宣扬人道主义精神。正是这种伟大的人格感动了并在不断感动着全世界一切正直人的心。难怪他的作品在全世界被译成最多种文字，在经典著作中印数始终占据首位。

中国在二十世纪初就开始介绍托尔斯泰的作品。《复活》早在一九一三年就出版了中译本，改名《心狱》；接着在一九一七年又出版了《安娜·卡列尼娜》的中译本，译名《安娜小史》。这两本书都由林纾译出，但林氏不懂原文，完全靠别人用中文口述，再由他用中文写出。因此从严格意义上说，这种译本不能算翻译，只能说编写。

以后我国陆续有人翻译托尔斯泰的作品，但大多由英文和日文转译，直接从俄文翻译的很少。新中国成立后，托尔斯泰的作品介绍过来的多了，而由俄文直接翻译的也增加了不少，但通常都是你翻译一本，他翻译一本，很难保留托尔斯泰作品风格的一致性。

我从一九四二年起开始翻译俄罗斯文学作品，五十年代主要翻译肖洛霍夫小说。我的翻译工作因“文革”中断了十年。“文革”结束后，我开始系统翻译托尔斯泰的小说，从一九七八年至一九九八年，前后花了二十年工夫把他的三个长篇、六十多个中短篇和自传体小说翻译过来。我翻译托尔斯泰作品，主要是想让我国读者更多地了解他的人格，欣赏他的艺术，充实我们的精神生活。

巴金极其崇敬托尔斯泰，称他为十九世纪世界的良心。他多次鼓励我翻译托尔斯泰的作品，还把他珍藏的俄文版豪华插图本提供给我。这套托尔斯泰作品集出版于一九一六年，也就是十月革命之前，其中有两百幅精美插图，全都出自俄国名画家之手。这套作品集在中国只此一套，真正称得上是海内孤本，其中大部分插图在中国都没有介绍过。此次《复活》中译本出版，这些精美的插图都用在这套译文集里。我想，中国读者一定会跟我一样对巴金先生表示衷心的感谢。

草婴

译者导读

托尔斯泰的朋友，法官柯尼，讲给他听一件真实的事：

有个上流社会的年轻人，在充当法庭陪审员时，认出一个被控犯盗窃罪的妓女就是他亲戚家的养女。他曾诱奸这个姑娘，使她怀了孕。收养她的女主人知道这事后，把她赶出家门。姑娘生下孩子后把他送给育婴堂，她从此逐渐堕落，最后落入下等妓院，当了妓女。

这个年轻的陪审员认出她就是被他糟蹋过的姑娘，于是找到法院检察官柯尼，告诉他自己想同这个妓女结婚以赎罪。柯尼非常同情这个年轻人，但劝他不要走这一步。年轻人很固执，不肯放弃自己的主意。没想到婚礼前不久，那妓女竟得伤寒症死了。

这故事像一颗种子落入托尔斯泰肥沃的心田里，经过若干年的酝酿，开始萌芽、长大，终于成为一株参天大树。这就是《复活》产生的渊源。

托尔斯泰写《复活》前后花了十年（1889 年—1899 年）时间。当时他已进入老年，世界观已发生激变，他彻底否定了沙皇制度，而俄国社会当时正处于“山雨欲来风满楼”的大革命前夜。

托尔斯泰在创作《复活》上所花费的心血是惊人的。他为此特地参观了莫斯科和外省的许多监狱，上法庭旁听审判，接触囚犯、律师、法官、狱吏等各种人物，深入农村调查农民生活，还查阅了大量档案资料，进行分析研究。托尔斯泰连续多年沉浸在创作的激情中，在前六年里，他先后写出了三份草稿。可是，后来他觉得写不下去，而对已经写出的草稿又感到极其不满，他十分苦恼。柯尼讲的故事经过托尔斯泰的“变形”，结局成为男女主人公捐弃前嫌，终成眷属，虽被流放西伯利亚，但男的著书立说，教育孩子，女的读书进修，帮助丈夫，两口子过着安宁的生活。但托尔斯泰后来发觉这样描写男女主人公的命运，不符合生活的真实，而纯属个人的愿望，因此是虚假的。不仅如此，托尔斯泰目睹亿万人民的苦难，觉得光写两个人的个人命运是远远不够的，他要深刻揭示黑暗的沙皇帝国，真实反映被侮辱、被损害的人民的命运。因此，以忏悔贵族这一男主人公作为主线的写法必须改变，而应该以平民女主人公玛丝洛娃的生活遭遇作为主线，并通过这条主线来广泛描写人民的苦难。

接着，托尔斯泰的创作思想又有进一步的发展。他认为应该使女主人公的心灵不断升华，最后显得光彩照人，而把男主人公则写成具有高尚追求而又有可笑缺点的与众不同的忏悔贵族。《复活》的定稿就反映了作者的这一构思。不过，托尔斯泰这时仍没有放弃男女主人公最终结为眷属的设想，这种设想一开始就在托尔斯泰的头脑里生了根。他确实希望两个不幸的好人最终能获得幸福，但这样的幸福有没有根据，托尔斯泰心里产生了怀疑。最后他得出结论：男主人公既不可能使女主人公在精神上复活，而精神上复活了的女主人公也不可能跟他结婚，共同生活。这才是生活的真实。托尔斯泰明确这一点时，离最初动笔已有九年，但从此到最后定稿就比较顺利了。由此可见，托尔斯泰对待创作是何等严肃认真，精益求精，真像他说的那样，把“自己的一块肉放进墨水缸里”。

托尔斯泰把女主人公卡秋莎·玛丝洛娃定为全书的枢纽，着力塑造这个艺术形象，使她在俄国文学和世界文学人物画廊中大放异彩。卡秋莎·玛丝洛娃是个平民女性，是俄罗斯人民中的普通一员。她身上反映了下层人民的朴素、纯洁和善良，也表现出不合理社会对她的肆意蹂躏和残酷迫害。她的一部血泪史是对统治阶级最有力的控诉和最无情的鞭笞。

卡秋莎·玛丝洛娃原是个像水晶一般纯洁的姑娘，她天真活泼，聪明伶俐，对生活充满美好的憧憬。她对聂赫留朵夫最初的感情是一种少女朦胧的初恋，但这种感情不久就被贵族少爷糟蹋了。她怀孕后被驱逐出贵族之家，历尽人间沧桑，沿着社会的阶梯不断往下滑，最后滑进火坑，过了七年非人的生活。但苦难还没有到头，她又被诬告谋财害命，进了监狱，押上审判台。

尽管历尽了苦难，饱尝了辛酸，卡秋莎·玛丝洛娃并没有丧失可贵的人性。她始终是那样善良，那样厚道。即使在地狱一般的牢房里，她还是时时关心别人，帮助难友。她看到孩子饥饿的目光，自己也不能坦然进餐。聂赫留朵夫残酷地毁了她的一生，她恨聂赫留朵夫，但一旦发现后者确有真诚的悔改之意，她还是从心底里饶恕了他，并为聂赫留朵夫日后的生活着想，拒绝了他的求婚。这是多么崇高的精神境界！

但是，卡秋莎·玛丝洛娃又确实是个复杂的很有个性的人物。除了善良之外，她又有极强的自尊心。这种自尊心使她格外不能忍受人家对她的蹂躏，从而产生反抗和报复的念头。但她的处境是无可奈何的，她的反抗和报复行为也是幼稚可笑的。她作践自己，当上妓女，以为这样就是对所有欺侮过她的男人进行报复，特别是对一度爱过她的聂赫留朵夫的报复，殊不知那些男人根本没有什么廉耻心，她这种可怜的行为并不能使他们感到丝毫内疚，而她自己却只能不断地堕落下去。

她最初在探监人员中认出聂赫留朵夫时，并没有破口大骂，而是习惯成自然地露出媚笑，盘算着怎样从他身上捞几个钱。她趁典狱长不注意，一把从他手里抢过十卢布钞票藏起来。这种行动似乎表现出她不知羞耻，其实她的精神并没有完全堕落。我们看到，当她作为女犯被士兵押往法庭时，她对路人的轻蔑目光满不在乎，可是一个卖煤的乡下人走到她身边，画了个十字，送给她一个戈比时，她却脸红了，低下头去。这个羞涩的表情像一道闪电，虽然微弱，却照亮了她的灵魂，豁露出她纯洁的天性。同时这也是一处伏笔，预示女主人公精神上必将“复活”。

卡秋莎灵魂的觉醒，正好是在她堕落到谷底的时候，这是很发人深思的。当时在她的心目中，做妓女还是一种可靠的谋生手段，所以不愿接受聂赫留朵夫的建议，改变这样的生活。她讨好聂赫留朵夫，只希望他帮助她早日脱离监狱，回到妓院，同时从这位阔老爷身上多弄几个钱。可是聂赫留朵夫却喋喋不休地说什么要赎罪，要拯救她，要同她结婚。卡秋莎绝对不相信他的这番表白，对他非常反感，以致按捺不住心头的怒火，骂道："你给我走开！我是个苦役犯，你是位公爵，你到这儿来干什么？""你想利用我来拯救你自己！""你今世利用我作乐，来世还想利用我来拯救你自己！我讨厌你，讨厌你那副眼镜，讨厌你这副又肥又丑的嘴脸。走，你给我走！"正是在这种狂怒之下，卡秋莎·玛丝洛娃恢复了她的人格尊严。也正是从这一天起，她打开了回忆的闸门，让血泪交流的往事像潮水一般汹涌而出，冲击她那颗被苦难折磨得麻木的心。

托尔斯泰塑造卡秋莎·玛丝洛娃确是煞费苦心的。小说一开始，作者就让她进入一个五光十色的生活的万花筒。形形色色的人物都跟女主人公联系起来，有的用语言，有的用目光，有的用行动，有的用意念。这种千丝万缕的联系，不仅烘托出人物的形象，而且浓郁地透射出时代特征和社会气氛。一方面是令人窒息的无穷苦难，一方面是灵魂糜烂的荒淫与无耻！

托尔斯泰在情节安排上一向尊重情理，从不生造偶然巧合或误会冲突，但又注意曲折细腻，引人入胜。这种创作特色在《复活》中可说达到了高峰。例如，聂赫留朵夫在法庭上同玛丝洛娃邂逅，他心情紧张，唯恐被对方认出，当众出丑，可是玛丝洛娃却偏偏盯住他的脸失神地瞅了好半天，其实她并没有认出他来。又如，在定案时，除了那个愚蠢而恶毒的副检察官外，无论法官或陪审人员都想对玛丝洛娃从轻发落。可是，由于腐朽的官场作风，办案轻率马虎，那些主宰人民命运的官僚根本无视别人的苦难，糊里糊涂地加重了玛丝洛娃的刑期。玛丝洛娃的苦难不断加深，她性格的复杂特征也愈益豁露出来。她处身于社会最下层，却又自认为高出于其他苦难人之上。她天资聪颖，阅历丰富，能看清许多严酷的社会现象，识透上层人物的丑恶灵魂，但有时又天真得要命，容易轻信别人的花言巧语，结果受骗上当。她在苦难的深渊中感到绝望，以致自暴自弃，但这样也只是为了要麻痹自己，要不然她就无法生活下去。这一情况也说明天性纯洁的卡秋莎并没有完全堕落，一旦时机成熟，她在精神上就会“复活”。托尔斯泰塑造的这一迷人的艺术形象，深刻反映了他对下层人民怀着极其真挚的感情，因此能那么强烈地震撼读者的心灵，从而对暗无天日的旧俄社会发出“我控诉！”的呐喊。

在《复活》中，男主人公聂赫留朵夫的艺术形象在地位上仅次于卡秋莎·玛丝洛娃，但从揭示小说主题来看，他是全书的关键人物。《复活》不是一部单纯描写个人悲欢离合的小说，而是一部再现一九〇五年革命前夜俄国社会面貌的史诗。卡秋莎·玛丝洛娃的冤案在全书中所占的篇幅并不很大，托尔斯秦只是借助这个冤案，不断扩大揭露批判的范围：先是荒唐的法庭，再是黑暗的监狱，苦难的农村和腐朽的上流社会，最后是黑幕重重的政府机构。而用来实现这一创作意图的角色就是聂赫留朵夫。

聂赫留朵夫这一形象比卡秋莎·玛丝洛娃更复杂。在小说前半部，他是被作者完全否定的贵族形象，但到了后半部，他却得到了作者的同情和赞扬。其实，岂止是同情和赞扬，这时的聂赫留朵夫简直成了托尔斯泰思想的代言人。托尔斯泰凭着他高超的艺术手法，浑然天成地将前后判若两人的聂赫留朵夫统一起来。掌握这一点，是理解聂赫留朵夫形象的关键。要不聂赫留朵夫精神的觉醒，直至成为上流社会的叛逆者、揭发者和抗议者，都将不可思议。

聂赫留朵夫出场时同卡秋莎·玛丝洛娃出场时一样，精神上也处于昏睡状态。他过着穷奢极侈、荒淫无耻的生活，精神空虚，无所作为。不过，在他的心灵深处却还潜藏着一颗追求正义的种子。他年轻时抱着“正义不容许土地私有”的观点，不仅写过这一类论文，而且真的把一小块从上代继承来的土地分给农民。如今，他继承了大量土地，但他既不能放弃产业，又不能否定年轻时的理想，他为此感到苦恼。聂赫留朵夫一上场便遇到这样的苦恼，显然也是作者的一处伏笔，暗示聂赫留朵夫同一般贵族并不完全相同，他的心灵里还残留着一线光明，日后在精神上还有觉醒的可能。

事实上，聂赫留朵夫心灵上的健康因素还不止这些。他在玩弄和抛弃了卡秋莎之后，对自己的行为也有过内疚。为了使自己快快活活地活下去，他迫使自己不去想它，努力把它忘记。表面上他做到了这一点，但内心深处却无法做到这一点。他得知怀孕的卡秋莎被他的姑妈从家里赶出来，感到十分难受。尽管姑妈说卡秋莎生性放荡，自甘堕落，但他还是无法逃避良心的谴责。由此可见，聂赫留朵夫还不同于那些毫无廉耻之心、一味寻欢作乐的贵族老爷。正因为如此，聂赫留朵夫在陪审席上认出卡秋莎之后如坐针毡，内心展开一场复杂而痛苦的斗争。

聂赫留朵夫的转变过程，怎样做到顺理成章，没有斧凿痕迹，这在艺术上是一大难题。聂赫留朵夫精神上尽管还留有健康的因素，"精神的人"与"兽性的人"常在他内心发生冲突，他还几次进行"灵魂的净化"。他在法庭上认出玛丝洛娃后，主动上监狱去求她饶恕，并愿意同她结婚，以此来赎罪，但这些行动还不是他精神上真正的觉醒和复活。我们看到，聂赫留朵夫在法庭上心惊肉跳，并非因为谴责自己的可耻行为，而是担忧自己名誉扫地，"目前他所考虑的只是这事不能让人家知道，她本人或者她的辩护人不要把这事和盘托出，弄得他当众出丑"。

不过，聂赫留朵夫后来还是鼓起勇气去监狱探望卡秋莎，这是他迈出的重大一步。这个充满空想的精神探索者终于采取了切实的行动，走上告别旧我的第一个台阶。就在他见到多年未见的卡秋莎时，他还没有在内心承认自己的残酷卑鄙，而是居高临下地审视被他蹂躏过的不幸女人。但通过重逢后的谈话、他所看到的玛丝洛娃的行为，他逐步看到被他坑害的女人精神上堕落之深，她不仅不以当妓女为耻，"似乎还觉得心满意足，甚至引以为荣"。而在玛丝洛娃的精神完全觉醒之后，他的心灵才受到真正的触动。"直到现在，他才了解自己的全部罪孽……发觉自己罪孽的深重……感觉到他害她害到什么地步……以前聂赫留朵夫一直孤芳自赏，连自己的忏悔都感到很得意，如今他觉得这一切简直可怕。"聂赫留朵夫的精神觉醒就是从这时开始的。

从此以后，聂赫留朵夫开始了他背叛贵族上流社会的"苦难历程"。他先是彻底否定了自己（这极其困难，但他做到了），然后否定了自己的贵族朋友，甚至否定了自己的父母，否定了整个上流社会。他痛感，“这一切都很可憎，同时也很可耻。真是又可耻又可憎，又可憎又可耻”。为了解救玛丝洛娃，聂赫留朵夫一次次上法院，下农村，访问一个又一个法官、将军、省长、国务大臣、宫廷侍从。他四处奔波，目睹俄国社会的种种丑恶，感触很深。他从解救玛丝洛娃的行动中，逐渐产生和增强背叛上流社会的决心，他愤怒抗议沙皇专制制度，揭发上层官僚的血腥罪行。这在一定程度上反映了广大下层人民的情绪，也散发出革命风暴渐渐临近的气息。

卡秋莎·玛丝洛娃和聂赫留朵夫最终未能成为眷属，究竟符合不符合生活的真实？为什么卡秋莎拒绝聂赫留朵夫的求婚？她究竟有没有原谅聂赫留朵夫，甚至重新爱上聂赫留朵夫？这些问题在《复活》问世时就引起读者和评论界的关注，一直众说纷纭。这种“探讨不尽”的情况既反映作者的构思不落俗套，也显示出真正艺术品的强大魅力。

男女主人公的这一结局，上面已经说过，托尔斯泰是经过反复思考才确定的。作者和所有善良的读者一样，衷心希望历尽苦难的卡秋莎最后能获得幸福，也希望洗心革面的聂赫留朵夫能如愿以偿，因为大家看到他对卡秋莎的爱是那么真挚，那么深沉，称得上是“苦恋”。但是，托尔斯泰作为现实主义的大师，他的创作信条是：“艺术家之所以是艺术家，全在于他不是照他所希望看到的样子来看事物。”一句话，在艺术里不能撒谎。

卡秋莎·玛丝洛娃有没有原谅聂赫留朵夫？这一点不难判断。聂赫留朵夫不仅为玛丝洛娃的冤案奔走，而且为其他受冤屈的囚犯出力，还为革命家做事。他任劳任怨，百折不挠，表现出一片诚意。此外，聂赫留朵夫精神觉醒后，背叛了上流社会，靠拢了下层人民。卡秋莎作为下层人民的一员，看到了这一点，她感到欣慰。而宽宏大量，原谅可以原谅的人，这也正是下层人民的一种美德。

卡秋莎·玛丝洛娃是不是重新爱上了聂赫留朵夫？答案也是肯定的。

卡秋莎·玛丝洛娃一向认为聂赫留朵夫是她所遇见的男人中最好的一个，尽管他残酷地伤害过她。她对聂赫留朵夫的初恋是纯洁的，真挚的，在她的内心一直保存着这一份可贵的感情，只是“原封不动地深埋在记忆里，而且封存得那么严密，就像蜜蜂把窝螟虫封起来”。事实上，像她这样一个深情的女人，在原谅了聂赫留朵夫之后，对他并非不可能重新产生爱情。但是，在经历了血泪斑斑的摧残之后，要玛丝洛娃再像以前那样爱他，这也是不可能的。她的爱情已大大褪色，但也可说有了升华，玛丝洛娃对聂赫留朵夫的爱已没有少女时代的狂热，也没有理想化的成分，她更不想同他结合。含苞欲放的爱情的芳香已经消失，鲜艳娇嫩的花瓣已经褪色，有些东西失去了就永不复返，生活就是这样严酷！当然，这些只是玛丝洛娃拒绝聂赫留朵夫求婚的部分原因。她对这事是经过仔细权衡的：她要是同意结婚，势必严重影响聂赫留朵夫的前程，他在上流社会将很难生活。这在她是办不到的。宁可忍受他人对自己的伤害，自己决不伤害他人，这是托尔斯泰笔下正面主人公的为人之道，也是卡秋莎·玛丝洛娃的为人之道。他们不愿做这种不道德的事，卡秋莎·玛丝洛娃也不愿这样做。

至于卡秋莎·玛丝洛娃接受政治犯西蒙松的求婚，那可完全是另一回事了。玛丝洛娃被迫去冰天雪地的西伯利亚服苦役，有个男人不因她的身世嫌弃她，真心同情她的遭遇，巴望她的日子能变得好过些，这是多么可贵的感情！西蒙松是个政治犯。这些政治犯在卡秋莎·玛丝洛娃的心目中是崇高的，他们“都好得出奇，不仅以前从没见过，简直无法想象”。卡秋莎·玛丝洛娃不懂得也不可能懂得政治犯们的思想和事业，但她知道他们是“好得出奇”的人，是可以信赖的。卡秋莎·玛丝洛娃对西蒙松的尊敬和信任，超过对他的爱情。这种感情大大不同于她早年对聂赫留朵夫的迷恋。他们的结合也是合情合理的。

卡秋莎·玛丝洛娃的冤屈不仅仅是个人的悲惨遭遇，托尔斯泰着墨的也绝不只是男女主人公的悲欢离合。他是以玛丝洛娃的悲剧为中心，气势磅礴地描写人民的苦难，因此《复活》在某种意义上也可以说是俄国人民水深火热的受难图。在监狱里，特别清楚地展示一幅幅惨绝人寰的景象。例如明肖夫母子的冤案。明肖夫妻子被酒店老板霸占，明肖夫又被诬告为纵火犯。律师一眼看出，火是酒店老板自己放的，目的是要捞一笔保险费。明肖夫母子没有任何罪证，仍被关进牢里。“这都是侦讯官过分卖力，副检察官粗心大意弄出来的。”又如，一百三十名泥瓦匠外出谋生，仅仅因为身份证过期而被当作罪犯关押起来。就连典狱长也知道他们确实没有罪，不过出于“老百姓都变坏了，非严加管制不可”的残酷想法，还是把他们囚禁起来，用树条抽打他们。此外，还有因宗教信仰不同而遭迫害的教徒。总之，监狱里关满了以“莫须有”的罪名被关押的犯人。

在监狱外面，下层平民的生活也很悲惨。聂赫留朵夫在农村看到的贫困景象使他不寒而栗。“老百姓纷纷死亡……儿童夭折，妇女从事力不胜任的繁重劳动，食品普遍不足，尤其老年人缺乏吃的东西。”有个农民因为偷砍了地主的两棵小树，被官府抓去坐牢，家里老婆只得靠讨饭来养活三个孩子和有病的老人。孩子的处境尤其悲惨。“这娃娃的脸像个小老头，但一直现出古怪的微笑，摆动着痉挛的大拇指”，“……扭动两条像蚯蚓一般的细腿”。地主、管家、警察都是那样专横狠毒，对农民动不动罚款，动不动强迫他们做工抵偿，根本不管他们的死活。

在城市里，下层人民同样受尽折磨。洗衣妇们“脸色苍白，胳膊干瘦，有的已得了痨病，过着苦役犯一般的生活。那里不论冬夏，窗子一直敞开着，她们就在三十度高温的肥皂蒸气里洗熨衣服”；油漆工“赤脚套着破鞋，从头到脚都沾满油漆……脸色疲劳而愤怒”；运货马车夫“一身灰土，脸色乌黑”；乞丐“衣服褴褛，面孔浮肿，带着孩子们站在街角要饭……”

《复活》确是一幅触目惊心的人民受难图。托尔斯泰在这里提出尖锐的问题：人民的苦难是怎样造成的？谁是罪魁祸首？人民怎样才能过上好日子？

托尔斯泰探索卡秋莎·玛丝洛娃和全体苦难人民不幸的根源，发现罪魁祸首就是沙皇制度，就用锐利的笔锋进行无情的揭发。法庭审理玛丝洛娃是一出十足的讽刺剧。庭长急于同情妇幽会，心不在焉，只想赶在六点钟以前草草收庭。法官因为一早跟老婆吵架，老婆威胁不给他饭吃，开庭后他始终为此事忧心忡忡。而那个一心跟玛丝洛娃作对的副检察官是个无耻的好色之徒，又是个无可救药的蠢货。陪审员们（包括当时的聂赫留朵夫在内）也是一伙没有头脑、没有责任心的老爷。就是这样一批混蛋造成了玛丝洛娃的冤案，也使许多无辜百姓坐牢甚至送命。

聂赫留朵夫为解救玛丝洛娃不得不奔走于高高在上主宰平民百姓命运的大官之间，遇到的都是些假仁假义的伪君子，没有一个是有点儿良心的人。枢密官沃尔夫自认为十分正派，像骑士一般廉洁奉公，其实他一贯搜刮民脂民膏，并且认为这样做是天经地义的。他残酷迫害几百名无辜的波兰百姓，让他们破产、流放和坐牢，不觉得罪过，反引以为荣。他对家里人的钱财都要侵占，人品非常卑劣。掌管彼得堡全体囚犯命运的老将军，早年曾用刺刀和步枪屠杀了一千多名保卫自由、家园和亲人的高加索少数民族居民。他认为他的职责就是把男女政治犯关起来，关得他们“在十年之内一半瘐死，一部分发疯，一部分死于痨病，一部分自杀；其中有人绝食而死，有人用玻璃割破血管，有人上吊，有人自焚”。他还时时告诫自己，对他们不能心慈手软。退休大臣察尔斯基鼠目寸光，不学无术，却又刚愎自用，每年要挥霍几万卢布公款，谁也不敢停止给他付钱。对自己的行为是否符合道德标准，国家和人民的利益是否受损，他根本不放在心上。

托尔斯泰的批判矛头也没放过沙皇的官方教会。法庭审判固然是一出滑稽戏，而犯人们进监狱教堂做礼拜更是一出入木三分的讽刺剧。官方不惜花费重金重建监狱教堂，使它“显得色泽鲜艳，金碧辉煌”。司祭把切碎的面包浸在葡萄酒里，通过一定手法和祈祷，变成上帝的血肉。然后他率先吃“上帝的身体和血”，“用心舔干净小胡子，擦干嘴巴和杯子，兴高采烈，精神抖擞地从隔板后面走出来，脚上那双薄后跟小牛皮靴发出吱嘎吱嘎的响声”。可是，在唱诗班唱完“耶稣，上帝的儿子，饶恕我吧！”时，“犯人们都匍匐在地，再爬起来，把没有剃掉的一半头发往后一甩，那磨伤他们瘦腿的脚镣就哐啷发响”。托尔斯泰指出，“这里所做的一切正是最严重的亵渎，以基督名义所做的一切正是对基督本人的嘲弄”。还有那个主管宗教的高官托波罗夫，他自己没有任何宗教信仰，也知道宗教是欺骗，但他仍起劲地维护着宗教。特别令人难以容忍的是，他把老百姓都看作鸡，宗教就像用来喂鸡的腐肉，腐肉很招人讨厌，但鸡喜欢吃，因此得用腐肉来喂鸡。托尔斯泰愤怒地斥责他们：“自己有了知识，看到了光明，却不把这种知识用到该用的地方，帮助老百姓克服愚昧，脱离黑暗，反而加强他们的愚昧，使他们永远处于黑暗之中。”

总之，沙皇专制和官方教会是完全建筑在对人民的压迫和欺骗之上的，他们虐待人，折磨人，审判人，惩办人，杀害人。无辜的人民遭殃，他们无动于衷，一心要清除他们心目中的危险分子。他们不但不会宽恕他们认为有罪的人，而且不惜冤枉大量无辜的人。事实上，他们宁可惩罚千百个没有危险的人，以便除掉一个他们心目中的危险分子。这是一种多么残酷的统治术！

《复活》不愧是一部史诗，一部十九世纪俄国生活的百科全书。作者在书里还描写了一批反对沙皇统治的政治犯、革命家。当然，托尔斯泰并不赞成他们的政治观点，对他们的理解也有偏颇和局限之处。这些革命家并不是无产阶级革命家，而是民意党人。应该说，托尔斯泰对他们的描写是真实的。例如农民出身的革命家纳巴托夫在宣传革命的同时，认为革命成功后人民的生活不会有什么大的改变，“革命不应该改变人民的基本生活方式”“革命不应该摧毁这座他所热爱的美丽、坚固、宏伟的古老大厦，只要把里面的房间重新分配一下就行了”。还有一位平民革命家玛尔凯则是一个虚无主义者，“仿佛要为自己和祖祖辈辈所受的欺骗进行报复，一有机会总要尖刻地嘲笑教士和教条”。革命领导人诺伏德伏罗夫是一个心胸狭隘而又十分虚荣的人。同志们对他敬而远之，心里并不喜欢他。他也不喜欢任何有才能、有知识的人，以免妨碍他的自我表现。而西蒙松则是一个反对杀生的素食主义者。

但是，这些革命家毕竟也是勇敢反抗沙皇专制的战士，托尔斯泰对他们充满了崇敬之情。他们品德高尚，其中有些人本身原是“老爷太太”，“但他们为了老百姓的利益，不惜牺牲特权、自由和生命”。例如，女革命家谢基尼娜十九岁就离开富裕的家庭，参加了革命活动。她被判刑是因为主动承担向搜查房间的警察开枪的责任，其实枪是别人开的。她从不考虑自己的安危，一心只考虑怎样帮助别人，为别人出力。托尔斯泰对革命家遭到沙皇政府残酷镇压深表同情。卡秋莎·玛丝洛娃精神上的复活，不是通过聂赫留朵夫的帮助，而是由于政治犯和革命家的影响和教育。这一点充分说明，在托尔斯泰的心目中，政治犯和革命家的人格比贵族叛逆者聂赫留朵夫要高尚得多，他们也更值得卡秋莎·玛丝洛娃的信赖和敬爱。

《复活》结尾引用了大量《圣经》章节，这反映托尔斯泰晚年一方面彻底否定沙皇制度，同上流社会决裂；另一方面，他在精神生活上极端苦闷，找不到一条出路，在无可奈何的情况下不得不从他长期矛盾的宗教观中寻求慰藉。这是托尔斯泰——十九世纪最复杂的伟人——的大悲剧。但即使有这样的结尾，也无损于《复活》这部艺术杰作历久不衰的夺目光辉。

草　婴

目　录

第一部

《马太福音》第十八章第二十一节至第二十二节："那时彼得进前来，对耶稣说：'主啊，我弟兄得罪我，我当饶恕他几次呢？到七次可以么？'耶稣说：'我对你说，不是到七次，乃是到七十个七次。'"

《马太福音》第七章第三节："为什么看见你弟兄眼中有刺，却不想自己眼中有梁木呢？"

《约翰福音》第八章第七节："……你们中间谁是没有罪的，谁就可以先拿石头打她。"

《路加福音》第六章第四十节："学生不能高过先生，凡学成了的不过和先生一样。"

1

尽管好几十万人聚居在一小块地方，竭力把土地糟蹋得面目全非，尽管他们肆意把石头砸进地里，不让花草树木生长，尽管他们锄尽刚出土的小草，把煤炭和石油烧得烟雾腾腾，尽管他们滥伐树木，驱逐鸟兽，在城市里，春天毕竟还是春天。阳光和煦，青草又到处生长，不仅在林荫道上，而且在石板缝里。凡是青草没有锄尽的地方，都一片翠绿，生意盎然。桦树、杨树和稠李纷纷抽出芬芳的黏糊糊的嫩叶，菩提树上鼓起一个个胀裂的新芽。寒鸦、麻雀和鸽子感到春天已经来临，都在欢乐地筑巢。

就连苍蝇都被阳光照暖，在墙脚下嘤嘤嗡嗡地骚动。花草树木也好，鸟雀昆虫也好，儿童也好，全都欢欢喜喜，生气蓬勃。唯独成年人却一直在自欺欺人，折磨自己，也折磨别人。他们认为神圣而重要的，不是这春色迷人的早晨，不是上帝为造福众生所创造的人间的美，那种使万物趋向和平、协调、互爱的美；他们认为神圣而重要的，是他们自己发明的统治别人的种种手段。

就因为这个缘故，省监狱办公室官员认为神圣而重要的，不是飞禽走兽和男女老幼都在享受的春色和欢乐，他们认为神圣而重要的，是昨天接到的那份编号盖印、写明案由的公文。公文指定今天，四月二十八日，上午九时以前把三名受过侦讯的在押犯，一男两女，解送法院受审。其中一名女的是主犯，须单独押解送审。由于接到这张传票，这天早晨八时监狱看守长走进又暗又臭的女监走廊。他后面跟着一个面容憔悴、鬈发花白的女人，身穿袖口镶金绦的制服，腰束一根蓝边带子，这是女看守。

“您是要玛丝洛娃吧？”她同值班的看守来到一间直通走廊的牢房门口，问看守长说。

值班的看守哐啷一声开了铁锁，打开牢门，一股比走廊里更难闻的恶臭立即从里面冲了出来。看守吆喝道：“玛丝洛娃，过堂去！”随即又带上牢门，等待着。

监狱院子里，空气就比较新鲜爽快些，那是从田野上吹来的。但监狱走廊里却弥漫着令人作呕的污浊空气，里面充满伤寒菌以及粪便、煤焦油和霉烂物品的臭味，不论谁一进来都会感到郁闷和沮丧。女看守虽已闻惯这种污浊空气，但从院子里一进来，也免不了有这样的感觉。她一进走廊，就觉得浑身无力，昏昏欲睡。

牢房里传出女人的说话声和光脚板的走路声。

“喂，玛丝洛娃，快点儿，别磨磨蹭蹭的，听见没有！”看守长对着牢门喝道。

过了两分钟光景，一个个儿不高、胸部丰满的年轻女人，身穿白衣白裙，外面套着一件灰色囚袍，大踏步走出牢房，敏捷地转过身子，在看守长旁边站住。这个女人脚穿麻布袜，外面套着囚犯穿的棉鞋，头上扎着一块白头巾，显然有意让几绺乌黑的鬈发从头巾里露出来。她的脸色异常苍白，仿佛储存在地窖里的土豆的新芽。那是长期坐牢的人的通病。她那双短而阔的手和从囚袍宽大领口里露出来的丰满脖子也是那样苍白。她那双眼睛，在苍白无光的脸庞衬托下，显得格外乌黑发亮，虽然有点儿浮肿，但十分灵活，其中一只眼睛稍微有些斜视。她挺直身子站着，丰满的胸部高高地隆起。她来到走廊里，微微仰起头，盯住看守长的眼睛，现出一副唯命是从的样子。看守长刚要关门，一个没戴头巾的白发老太婆从牢房里探出她那张严厉、苍白而满是皱纹的脸来。老太婆对玛丝洛娃说了几句话。看守长就对着老太婆的脑袋推上牢门，把她们隔开了。牢房里响起了女人的哄笑声。玛丝洛娃也微微一笑，向牢门上装有铁栅的小窗洞转过脸去。老太婆在里面凑近窗洞，哑着嗓子说："千万别跟他们多啰唆，咬定了别改口，就行了。"

"只要有个结局就行，不会比现在更糟的。"玛丝洛娃晃了晃脑袋说。

"结局当然只有一个，不会有两个，"看守长煞有介事地摆出长官的架势说，显然自以为说得很俏皮。"跟我来，走！"

老太婆的眼睛从窗洞里消失了。玛丝洛娃来到走廊中间，跟在看守长后面，疾步走着。他们走下石楼梯，经过比女监更臭更闹、每个窗洞里都有眼睛盯着他们的男监，走进办公室。办公室里已有两个持枪的押送兵等着。坐在那里的文书把一份烟味很重的公文交给一个押送兵，说："把她带去！"

那押送兵是下城的一个农民，红脸，有麻子，他把公文掖在军大衣翻袖里，目光对着那女犯，笑嘻嘻地向颧骨很高的同伴楚瓦什挤挤眼。这两个士兵押着女犯走下台阶，向大门口走去。

大门上的一扇便门开了，两个士兵押着女犯穿过这道门走到院子里，再走出围墙，来到石子铺成的大街上。

马车夫、小店老板、厨娘、工人、官吏纷纷站住，好奇地打量着女犯。有人摇摇头，心里想："瞧，不像我们那样规规矩矩做人，就会弄到这个下场！"孩子们恐惧地望着这个女强盗，唯一可以放心的是她被士兵押着，不能再干坏事了。一个乡下人卖掉了煤炭，在茶馆里喝够了茶，走到她身边，画了个十字，送给她一个戈比。女犯脸红了，低下头，嘴里喃喃地说了句什么。

女犯察觉向她射来的一道道目光，并不转过头，却悄悄地斜睨着那些向她注视的人。大家在注意她，她觉得高兴。这里的空气比牢房里清爽些，带有春天的气息，这也使她高兴。不过，她好久没有在石子路上行走，这会儿又穿着笨重的囚鞋，她的脚感到疼痛。她瞧瞧自己的双脚，竭力走得轻一点儿。他们经过一家面粉店，店门前有许多鸽子，摇摇摆摆地走来走去，没有人来打扰它们。女犯的脚差点儿碰到一只瓦灰鸽。那只鸽子拍拍翅膀飞起来，从女犯耳边飞过，给她送来一阵清风。女犯微微一笑，接着想到自己的处境，不禁长叹了一声。

2

女犯玛丝洛娃的身世极其平凡。她是一个未婚的女农奴的私生子。这女农奴跟着饲养牲口的母亲一起，在两个地主老姑娘的庄院里干活，这个没有结过婚的女人年年都生一个孩子，并且按照乡下习惯，总是给孩子行洗礼，然后做母亲的不再给这个违背她的心愿来到人间的孩子喂奶，因为这会影响她干活。于是，孩子不久就饿死了。

就这样死了五个孩子。个个都行了洗礼，个个都没有吃奶，个个都死掉了。第六个孩子是跟一个过路的吉卜赛人生的，是个女孩。她的命运本来也不会有什么两样，可是那两个老姑娘中有一个凑巧来到牲口棚，斥责饲养员做的奶油有牛臊气。当时产妇和她那个白白胖胖的娃娃正躺在牲口棚里，那老姑娘因为奶油做得不好吃，又因为把产妇放进牲口棚里，大骂了一通，骂完正要走，忽然看见那娃娃，觉得很惹人爱怜，就自愿做她的教母。她给女孩行了洗礼，又因怜悯这个教女，常给做母亲的送点儿牛奶和钱。这样，女孩就活了下来。两个老姑娘从此就叫她“再生儿”。

孩子三岁那年，她母亲害病死了。饲养牲口的外婆觉得外孙女是个累赘，两个老姑娘就把女孩领到身边抚养。这个眼睛乌溜溜的小女孩长得非常活泼可爱，两个老姑娘就常常拿她消遣解闷。

这两个老姑娘中，妹妹索菲雅·伊凡诺夫娜心地比较善良，给女孩行洗礼的就是她；姐姐玛丽雅·伊凡诺夫娜脾气比较急躁。索菲雅把这娃娃打扮得漂漂亮亮，还教她念书，一心想把她培养成自己的养女。玛丽雅却要把她训练成一名出色的侍女，因此对她很严格，遇到自己情绪不好，就罚她甚至打她。由于两个老姑娘持不同的态度，小姑娘长大成人后，便一半成了个侍女，一半成了个养女。她的名字也不上不下，叫卡秋莎，而不叫卡吉卡，也不叫卡金卡。[①]她缝补衣服，收拾房间，擦拭圣像，煮茶烧菜，磨咖啡豆，煮咖啡，洗零星衣物，有时还坐下来给两个老姑娘读书解闷。

有人来给她说媒，她一概谢绝，觉得嫁给卖力气过活的男人，日子一定很苦。她已经过惯地主家的舒适生活。

她就这样一直生活到十六岁，在满十六岁那年，两个老姑娘的侄儿，一个在大学念书的阔绰的公爵少爷来到她们家。卡秋莎暗暗爱上了他，却不敢向他表白，连自己都不敢承认产生了这种感情。两年后，这位侄少爷出发远征，途经姑妈家，又待了四天。临行前夜，他引诱了卡秋莎，动身那天塞给她一张一百卢布的钞票。他走了五个月后，她才断定自己怀孕了。

从那时起，她变得情绪烦躁，一味想着怎样才能避免即将临头的羞辱。

---

① 她的本名叫卡吉琳娜，卡吉卡是粗俗的叫法，卡金卡是高雅的称呼，而卡秋莎则是普通的小名。

她服侍两个老姑娘，不仅敷衍塞责，而且连自己都没想到，竟发起脾气来。她顶撞老姑娘，对她们说了不少粗话，事后又觉得懊悔，就要求辞工。

两个老姑娘对她也很不满意，就放她走了。她从她们家里出来，到警察局长家做侍女，但只做了三个月，因为那局长虽然年已半百，还是对她纠缠不清。有一次，他逼得特别厉害，她发起火来，骂他混蛋和老鬼，狠狠地把他推开，他竟被推倒在地。她因此被解雇了。她再找工作已不可能，因为快要分娩，就寄居到乡下一个给人接生兼贩私酒的寡妇家里。分娩很顺利，可是那接生婆刚给一个有病的乡下女人接过生，便把产褥热传染给了卡秋莎。男孩一生下来就被送到育婴堂。据送去的老太婆说，婴儿一到那里就死了。

卡秋莎住到接生婆家里的时候，身上总共有一百二十七卢布：二十七卢布是她自己挣的，一百卢布是引诱她的公爵少爷送的。等她从接生婆家里出来，手头只剩下六个卢布。她不懂得省吃俭用，很会花钱，待人又厚道，总是有求必应。接生婆向她要了四十卢布，作为两个月的伙食费和茶点钱，又要了二十五卢布，算是把婴儿送到育婴堂的费用。另外，接生婆又向她借了四十卢布买牛。剩下的二十几个卢布，卡秋莎自己买衣服、送礼，零星花掉了。这样，当卡秋莎身体复元时，她已身无分文，不得不重新找工作。她到林务官家干活。林务官虽然已有老婆，但也跟警察局长一样，从第一天起就缠住卡秋莎不放。卡秋莎讨厌他，竭力回避他。但他比卡秋莎狡猾老练，主要因为他是东家，可以任意支使她，终于找到了一个机会，把她占有了。做妻子的知道了这件事，有一次看到丈夫同卡秋莎单独待在房间里，就扑过去打她。卡秋莎不甘示弱，两个人厮打起来。结果卡秋莎被撵出来，连工资都没有拿到。此后卡秋莎来到城里，住在姨妈家。姨父是个装订工，原先日子过得不错，后来主顾越来越少，他就借酒解愁，把家里的东西都变卖喝掉了。

姨妈开了一家小洗衣店，借以养活儿女，供养潦倒的丈夫。姨妈要玛丝洛娃进她的洗衣店干活。但玛丝洛娃看到洗衣店里女工的艰苦生活，犹豫不决，就到荐头行找工作，给人家当女仆。她找到了一户人家，有一位太太和两个念中学的男孩。进去才一星期，那个念中学六年级的留小胡子的大儿子就丢下功课，缠住玛丝洛娃，不让她安宁。做母亲的却一味责怪玛丝洛娃，把她解雇了。玛丝洛娃没有找到新的工作，但在荐头行里无意中遇到一位手上戴满戒指、肥胖的光胳膊上戴着手镯的太太。这位太太知道了玛丝洛娃的处境，就留下地址，请玛丝洛娃到她家去。玛丝洛娃去找她。这位太太亲热地招待她，请她吃馅饼和甜酒，同时打发侍女送一封信到什么地方去。傍晚就有一个须发花白的高个子来到这屋里。这老头子一来就挨着玛丝洛娃坐下，眼睛闪闪发亮，笑嘻嘻地打量着她，同她说笑。女主人把他叫到另一个房间，玛丝洛娃只听得女主人说："刚从乡下来的，新鲜得很呐！"然后女主人把玛丝洛娃叫去，对她说他是作家，钱多得要命，只要她能如他的意，他是不会舍不得花钱的。她果然如了他的意，他就给了她二十五卢布，还答应常常同她相会。她付清了姨妈家的生活费，买了新衣服、帽子和缎带，很快就把钱花光了。过了几天，作家又来请她去。她去了。他又给了她二十五卢布，叫她搬到一个独门独户的寓所去住。

玛丝洛娃住在作家替她租下的寓所里，却爱上了同院一个快乐的店员。她主动把这事告诉作家，然后又搬到一个更小的独户寓所里去住。那个店员起初答应同她结婚，后来竟不辞而别，到下城去，显然是把她抛弃了，这样，玛丝洛娃又剩下孤零零一个人。她本想独个儿继续住在那个寓所里，可是人家不答应。派出所所长对她说，她要领到黄色执照①，接受医生检查，才能单独居住。于是她又回到姨妈家。姨妈见她穿戴着时髦的衣服、披肩和帽子，客客气气接待她，再也不敢要她做洗衣妇，认为她现在的身价高了。而对玛丝洛娃来说，她根本不考虑做洗衣妇的问题。她瞧着前面几个屋子里的洗衣妇，对她们充满怜悯。她们脸色苍白，胳膊干瘦，有的已得了痨病，过着苦役犯一般的生活。那里不论冬夏，窗子一直敞开着，她们就在三十度②高温的肥皂蒸气里洗熨衣服。玛丝洛娃一想到她也可能服这样的苦役，不禁感到恐惧。

---

① 帝俄政府发的妓女执照。

② 指列氏温度。列氏温度计把0度作为冰点，把80度作为沸点，30列氏度等于37.5摄氏度。

就在玛丝洛娃没有任何依靠、生活无着的时候，一个为妓院物色姑娘的牙婆找到了她。

玛丝洛娃早就抽上香烟，而在她同店员姘居的后期和被他抛弃以后，就越来越离不开酒瓶。她之所以离不开酒瓶，不仅因为酒味醇美，更因为酒能使她忘记身受的一切痛苦，暂时解脱烦闷，增强自尊心。而这样的精神状态不喝酒是无法维持的，她不喝酒就觉得意志消沉，羞耻难当。

牙婆招待姨妈吃饭，把玛丝洛娃灌醉，要她到城里一家最高级的妓院去做生意，又向她列举干这个营生的种种好处。玛丝洛娃面临着一场选择：或者低声下气去当女仆，但这样就逃避不了男人的纠缠，不得不同人临时秘密通奸；或者取得生活安定而又合法的地位，就是进行法律所容许而又报酬丰厚的长期的公开通奸。她选择了后一条。此外，她想用这种方式来报复诱奸她的年轻公爵、店员和一切欺侮过她的男人。同时还有一个条件诱惑她，使她最后打定主意，那就是牙婆答应她，她喜爱什么衣服，就可以做什么衣服，丝绒的、法伊绉[①]的、绸缎的、袒胸露臂的舞衫，等等，任凭挑选。玛丝洛娃想象着自己穿上一件袒胸黑丝绒绲边的鹅黄连衣裙的情景，再也禁不住诱惑，就交出身份证去换取黄色执照。当天晚上，牙婆雇来一辆马车，把她带到著名的基塔耶娃妓院里。

从此以后，玛丝洛娃就经常违背上帝的诫命和人类道德，过起犯罪的生活来。千百万妇女过着这种生活，不仅获得关心公民福利的政府的许可，而且受到它的保护。最后，这类妇女十个倒有九个受着恶疾的折磨，未老先衰，甚至夭折。

夜间纵酒作乐，白天昏睡不醒。下午两三点钟，她们才懒洋洋地从肮脏的床上爬起来，喝矿泉水醒酒，或者喝咖啡，身上穿着罩衫、短上衣或者长睡衣，没精打采地在几个房间里走来走去，隔着窗帘望望窗外，有气无力地对骂几句。接着是梳洗，擦油，往身上和头发上洒香水，试衣服，为服饰同老鸨吵嘴，反复照镜子，涂脂抹粉，画眉毛，吃油腻的甜点心；最后穿上袒露肉体的鲜艳绸衫，来到灯火辉煌的华丽大厅里。客人

① 正反两面都有横条纹的丝织品或毛织品。

陆续到来，奏乐、跳舞、吃糖、喝酒、吸烟、通奸。客人中间有年轻的，有中年的，有半大孩子，有龙钟的老头，有单身的，有成家的，有商人，有店员，有亚美尼亚人，有犹太人，有鞑靼人，有富裕的，有贫穷的，有强壮的，有病弱的，有喝醉的，有清醒的，有粗野的，有温柔的，有军人，有文官，有大学生，有中学生。总之，各种不同身份、不同年龄、不同性格的男人，应有尽有，又是喧闹又是调笑，又是打架又是音乐，吸烟喝酒，喝酒吸烟，音乐从黄昏一直响到天明。直到早晨，她们才得脱身和睡觉。天天如此，个个星期都是这样：每到周末，她们乘车去到政府机关——警察分局，那里坐着官员和医生，都是男人，他们的态度有时严肃认真，有时轻浮粗野，蹂躏了不仅为人类所赋有、甚至连禽兽都具备的那种足以防止犯罪的羞耻心，给这些女人检查身体，发给她们许可证，使她们可以和同谋者再干上一星期同类罪行。下一个星期还是这样。天天如此，不分冬夏，没有假期。

玛丝洛娃就这样过了七年。在这期间，她换过两家妓院，住过一次医院。在她进妓院的第七年，也是她初次失身后的第八年，那时她才二十六岁，不料出了一件事，使她进了监狱。她在牢里同杀人犯和盗贼一起生活了六个月，今天被押解到法院受审。

3

当玛丝洛娃在士兵押送下走了许多路，筋疲力尽，好容易才走到州法院大厦时，她两个养母的侄儿，当年诱奸她的德米特里·伊凡内奇·聂赫留朵夫公爵正躺在高高的弹簧床上，床上铺着鸭绒垫褥，被单被揉得很皱。

他穿着一件前襟皱裥熨得笔挺的洁净的荷兰细麻布睡衣，敞开领子，吸着香烟，目光呆滞地瞪着前方，想着今天有什么事要做，昨天发生过什么事。

昨天他在有钱有势的柯察金家度过黄昏。大家都认为他应该同他们家的小姐结婚。他想起昨晚的事，叹了一口气，丢掉手里的烟蒂，想从银烟盒里再取出一支烟，可是忽然改变主意，从床上挂下两条光溜溜的白腿，用脚找到拖鞋，拿起一件绸衬衣往胖胖的肩膀上一披，迈着沉重的步子，急速走到卧室旁的盥洗室里。盥洗室里充满甘香酒剂、花露水、发蜡和香水的香味。他在那里用特等牙粉刷他那口补过多处的牙齿，用香喷喷的漱口药水漱口。然后上上下下擦洗身子，再用几块不同的毛巾擦干。他拿香皂洗手，用刷子仔细刷净长指甲，在巨大的大理石洗脸盆里洗了脸和肥胖的脖子，然后走到卧室旁的第三间屋里，那里已为他准备好了淋浴。他用凉水冲洗丰满白净、肌肉累累的身子，拿软毛巾擦干，穿上熨得笔挺的洁净衬衫和擦得像镜子一样光亮的皮鞋，坐到梳妆台前，用两把刷子梳理他那鬈曲的黑胡子和头顶前面已变得稀疏的鬈发。

凡是他使用的东西，衬衫、外衣、皮鞋、领带、别针、袖扣，样样都是最贵重、最讲究的，都很高雅、大方、坚固、名贵。

聂赫留朵夫从好多领带和胸针中随手取了一条领带和一枚胸针（以前他对挑选领带和胸针很感兴趣，现在却毫不在意），又从椅子上拿起刷净的衣服穿好。这下子他虽算不上精神抖擞，却也浑身上下整洁芳香。他走进长方形饭厅。饭厅里的镶木地板昨天已由三个农民擦得锃光闪亮，上面摆着麻栎大酒台和一张活动大餐桌，桌腿雕成张开的狮爪，很气派。桌上铺一块浆得笔挺、绣有巨大花体字母拼成的家徽的薄桌布，上面放着装有香气扑鼻的咖啡的银咖啡壶、银糖缸、盛有煮沸过的奶油的银壶和装满新鲜白面包、面包干和饼干的篮子。食具旁放着刚收到的信件、报纸和一本新出的法文杂志《两个世界》[①]。聂赫留朵夫刚要拆信，从通向走廊的门里忽然悄悄地进来一个肥胖的老妇人。她身穿丧服，头上扎着花边头

① 1829年起，在巴黎印行的文艺和政论法语杂志，在俄国知识分子中间流传很广。这里原文为法语。以下原文凡用法语的，一律排为楷体，不再一一作注。

带，把她那宽阔的头都遮住了。她叫阿格拉斐娜，原是聂赫留朵夫的母亲的侍女，前不久母亲在这个房子里去世，她就留下担任少爷的女管家。

阿格拉斐娜跟随聂赫留朵夫的母亲前后在国外待了十年，很有点儿贵妇人的风度和气派。她从小就生活在聂赫留朵夫家，在德米特里·伊凡内奇还叫小名米金卡的时候就知道他了。

“您早，德米特里·伊凡内奇！”

“您好，阿格拉斐娜！有什么新鲜事儿啊？”聂赫留朵夫戏谑地问。

“有一封信，也不知是公爵夫人写来的，还是公爵小姐写来的，她们家的女佣人送来有好半天了，现在她还在我屋里等着呢。”阿格拉斐娜说着把信交给聂赫留朵夫，脸上现出会心的微笑。

“好，等一下。”聂赫留朵夫接过信说，察觉阿格拉斐娜脸上的笑意，不由得皱起眉头。

阿格拉斐娜的笑容表示，信是柯察金公爵小姐写来的。她以为聂赫留朵夫已准备同她结婚。阿格拉斐娜笑容的含义却使聂赫留朵夫不快。

“那我去叫她再等一下。”阿格拉斐娜拿起那把放错地方的扫面包屑的小刷子，将它放回老地方，悄悄地走出饭厅。

聂赫留朵夫拆开阿格拉斐娜交给他的那封香气扑鼻的信，抽出一张曲边的灰色厚信纸，看见上面的字迹尖细而稀疏，读了起来：

> 我既已承担责任，把您的事随时提醒您，现在就通知您，今天四月二十八日您应该出庭陪审，因为您不能照您一贯的轻率作风，如昨天所答应的那样，陪我们和柯洛索夫去观看画展，除非您情愿向州法院缴纳三百卢布罚金，相当于您舍不得买的那匹马的价钱，为的是您没有准时出庭。昨天您一走，我就记起这件事。请您务必不要忘记。
>
> 玛·柯察金公爵小姐

信纸背面又加了两句：

妈要我告诉您，为您准备的正餐将等您到深夜。请您务必光临，迟早听便。

玛·柯

聂赫留朵夫皱起眉头。这封信是柯察金公爵小姐两个月来向他巧妙进攻的又一招，目的是要用无形的千丝万缕把他同自己拴得越来越紧。凡是年纪已不很轻、又不是在热恋中的男人，对结婚问题往往患得患失，犹豫不决。不过，除了这一点，聂赫留朵夫还有一个重大原因，使他就算拿定主意，也不能立刻去求婚。这原因并非他在十年前诱奸了卡秋莎又把她抛弃了，这件事他已经忘记得一干二净，即使想起来，也不会把它看作结婚的障碍。这原因是他同一个有夫之妇有过私情，虽然从他这方面来说，这种关系现在已经结束，但她却不认为已一刀两断。

聂赫留朵夫见到女人很腼腆。正因为他腼腆，这个有夫之妇才想要征服他。这个女人是聂赫留朵夫参加选举的那个县的首席贵族的妻子。她终于把聂赫留朵夫引入彀中；聂赫留朵夫一天比一天迷恋她，同时又一天比一天嫌恶她。聂赫留朵夫起初禁不住她的诱惑，后来又在她面前感到内疚，因此若不取得她的同意，就不能断绝这种关系。也就因为这个缘故，聂赫留朵夫认为即使他心里愿意，也无权向柯察金小姐求婚。

桌上正好放着那个女人的丈夫的来信。聂赫留朵夫一看见他的笔迹和邮戳，就脸红耳赤，心惊肉跳。他每次面临危险，总有这样的感觉。不过，他的紧张是多余的；那个丈夫——聂赫留朵夫主要地产所在县的首席贵族，通知聂赫留朵夫说，五月底将召开地方自治会非常会议，他要求聂赫留朵夫务必出席，以便在讨论有关学校和马路等当前重大问题时支持他，因为估计将遭到反对派的坚决反对。首席贵族是个自由派，他和几个志同道合的人一起反对亚历山大三世[①]登位后逐渐抬头的反动势力，一心一意投入这场斗争，根本不知道家里出了不幸的变故。

---

① 俄国沙皇，1881年—1894年在位，因他父亲被民意党人杀害，所以实行恐怖统治，怂恿反动势力抬头。

聂赫留朵夫想起由于这个人而产生的种种烦恼。记得有一次他以为那女人的丈夫已知道这事，就做好同他决斗的准备，决斗时他将朝天开枪。还记得她跟他大闹过一场，她在绝望中奔往花园的池塘，想投水自尽，他连忙追了上去。“我现在不能到她那边去，在她没有答复我以前，我也不能采取任何措施。”聂赫留朵夫心里盘算着。一星期以前，他写了一封信给她，语气很坚决，承认自己有罪，不惜用任何方式赎罪，但认为为了她的幸福，他们的关系必须一刀两断。他现在就在等她的回信，但没有等到，没有回信多少也是个好兆头。她要是不同意断绝关系，早就该来信了，说不定还会像上次那样亲自赶来。聂赫留朵夫听说现在有个军官在追求她，这使他心里酸溜溜的，但同时又因为可以不再撒谎作假而感到高兴，并松了一口气。

另一封信是经管他地产的总管写来的。总管在信里说，他聂赫留朵夫必须亲自回乡一次，以便办理遗产过户手续，同时就农业的经营方式做出决定：继续照公爵夫人在世时那样经营呢，还是采取他总管以前曾向公爵夫人提出，如今再向公爵少爷提出的办法，也就是增加农具，把租给农民的土地全部收回自己耕种？总管认为自己耕种要划算得多。此外，总管还表示歉意说，原定月初汇出的三千卢布得耽搁几天，这笔钱将随下一班邮车汇出。耽搁的原因是农民不肯缴租，他收不齐租金，只得求助于官府，强制农民缴纳。聂赫留朵夫收到这封信，又高兴又不高兴，高兴的是他意识到自己掌握了大量产业。不高兴的是他当年原是斯宾塞[①]的忠实信徒，而且身为大地主，对斯宾塞在《社会静力学》[②]中所提出的“正义不容许土地私有”这个论点特别折服。他出于青年人的正直和果断，不仅口头上拥护土地不该成为私有财产的观点，在大学里还就这个问题写过论文，而且真的曾把一小块土地（那块土地不属于他母亲所有，而是他从父亲名下直接继承来的）分给农民。他不愿违反自己的信念而占有土地。如今继承了母亲的遗产而成为大地主，他必须在两条道路中间选择一条：或

① 赫伯特·斯宾塞（1820年—1903年）——英国社会学家，不可知论者，唯心主义哲学家。
② 原文是英语。

者像十年前处理父亲遗下的两百俄亩土地那样，放弃他名下的产业；或者默认自己以前的全部想法是荒谬的。

第一条道路他不能走，因为除了土地他没有任何其他生活资料。他既不愿意做官，又不能放弃早已过惯的奢侈生活。再说，他也没有必要放弃这样的生活，因为年轻时的信仰、决心、虚荣和一鸣惊人的欲望，如今都没有了。至于第二条道路，要否定他从斯宾塞的《社会静力学》中汲取来、后来又从亨利·乔治[①]的著作里找到光辉论证的“土地私有不合理”这个论点，他可怎么也办不到。

就因为这个缘故，总管的信使他不高兴。

4

聂赫留朵夫喝完咖啡，到书房查看法院通知，应该几点钟出庭，再给公爵小姐写回信。去书房就得经过画室。画室里放着一个画架，架上反放着一幅开了头的画稿，墙上挂着几张习作。看到这幅他花了两年工夫画的画稿，看到那些习作和整个画室，他又一次深切地感到，他的绘画水平已无法再提高了。这种心情是他近来常有的。他认为这是由于审美观过分高雅的缘故，但不管怎样，总是不愉快的。

七年前，他断定自己有绘画天才，就辞去军职。他把艺术创作看得高于一切，瞧不起其他活动。现在事实证明他无权妄自尊大。因此一想到这事就不愉快。他心情沉重地瞧瞧画室里豪华的设备，闷闷不乐地走进书房。书房又高又大，里面有各种装饰、用品和舒适的家具。

① 亨利·乔治（1839年—1897年）——美国经济学家和社会活动家。

聂赫留朵夫立刻在大写字台标明“急事”的抽屉里找到那份通知，知道必须在十一时出庭。接着他坐下来给公爵小姐写信，感谢她的邀请，并表示将尽量赶去吃饭。但他写完后就把信撕掉，觉得口气太亲热。他重新写了一封，却又觉得太冷淡，人家看了会生气。他又把信撕掉，然后按了按电铃。一个脸色阴沉的老仆人，留着络腮胡子，嘴唇边和下巴刮得光光的，腰系灰细布围裙，走了进来。

“请您派人去雇一辆马车来。”

“是，老爷。”

“再对柯察金家来的人说一声，谢谢他们东家，我会尽量赶到的。”

“是。”

“这样有点儿失礼，可是我写不成。反正今天我要同她见面的。”聂赫留朵夫心里想着，离开书房去换衣服。

他换好衣服，走到大门口，那个熟识的车夫驾着橡胶轮马车已在那里等着他了。

“昨天您刚离开柯察金家，我就到了，”车夫把他那套在白衬衫领子里的黧黑强壮的脖子半扭过来说，“看门的说，老爷您才走不久。”

“连马车夫都知道我同柯察金家的关系。”聂赫留朵夫想，又考虑起近来经常盘踞在他头脑里的问题：该不该同柯察金小姐结婚。这个问题也像当前他遇到的许多问题一样，怎么也无法解决。

聂赫留朵夫想结婚的原因是：第一，除了获得家庭的温暖外，还可以避免不正常的两性关系，过合乎道德的生活；第二，也是主要的原因，他希望家庭和孩子能充实他目前这种空虚的生活。他想结婚无非就是这些原因。不想结婚的原因是：第一，唯恐丧失自由，凡是年纪不轻的单身汉都有这样的顾虑；第二，对女人这种神秘的生物抱着一种莫名的恐惧。

他愿意同米西（柯察金小姐的本名是玛利亚，如同他们这种圈子里所有的家庭一样，她有一个别名）结婚还有一些特殊原因，那就是：第一，她出身名门，衣着、谈吐、步态、笑容，处处与众不同，她给人的印象不是别的，而是“教养有素”——他再也想不出更适当的形容词，并且很重视这种品质；第二，她认为他是个出类拔萃的人物，因此他认为只有她才了解他。对他的这种了解，也就是对他崇高品格的肯定，聂赫留朵夫认为这足以证明她聪明颖悟，独具慧眼。不想同米西结婚的特殊原因是：第一，他很可能找到比米西好得多因而同他更相配的姑娘；第二，她今年已二十七岁，因此以前一定谈过恋爱。这个想法使聂赫留朵夫感到很不是滋味。他的自尊心使他无法忍受这种情况，哪怕这已是往事。当然她以前不可能知道她日后会遇见他，但是一想到她可能爱过别人，他还是感到屈辱。

这样，想结婚和不想结婚，都有理由，二者势均力敌，不相上下，因此聂赫留朵夫嘲笑自己是布里丹的驴子[①]。他始终拿不定主意，不知道该选哪一捆干草好。

“反正还没有收到玛丽雅（首席贵族的妻子）的回信，那事还没有完全结束，我还不能采取任何行动，”他自言自语。

想到他可以而且不得不推迟做出决定，他感到高兴。

“不过，这些事以后再考虑吧。”当他的轻便马车悄悄地来到法院门口的柏油马路上时，他这样想。

“现在我得照例忠实履行我的社会职责，我应该这样做。再说，这种事多半都挺有意思。”他心里想着，从看门人旁边走过，进入法院的门廊。

5

聂赫留朵夫走进法院的时候，走廊里已很热闹了。

① 法国十四世纪哲学家布里丹写有一个寓言，说一匹驴子看到两捆干草，外形和质量完全一样，它犹豫不决，不知道选哪一捆好，结果饿死了。

法警手拿公文，跑来跑去，执行任务，有的快步，有的小跑，两脚不离地面，鞋底擦着地板，沙沙发响，都累得上气不接下气。民事执行吏、律师和司法官来来往往，川流不息，原告和没有在押的被告垂头丧气地在墙边踱步，有的坐在那儿等待。

“区法庭在哪里？”聂赫留朵夫问一个法警。

“你要哪一个法庭？有民事法庭，有高等法庭。”

“我是陪审员。”

“那是刑事法庭。您该早说，从这儿向右走，然后往左拐，第二个门就是。”

聂赫留朵夫照他的话走去。

法警说的那个门口站着两个人：一个是体格魁伟的商人，模样和善，显然刚喝过酒，吃过点心，情绪极好；另一个是犹太籍店员。聂赫留朵夫走到他们跟前，问他们这里是不是陪审员议事室时，他们正在谈论毛皮的价格。

“就是这儿，先生，就是这儿。您跟我们一样也是陪审员吧？”模样和善的商人快乐地挤挤眼问。“那好，我们一起来干吧！”他听到聂赫留朵夫肯定的回答，继续说，“我是二等商人[①]巴克拉肖夫，”他伸出一只又软又宽又厚的手说，“得辛苦一番了。请教贵姓？”

聂赫留朵夫报了姓名，走进陪审员议事室。

在不大的陪审员议事室里，有十来个不同行业的人，大家都刚刚到，有的坐着，有的走来走去，互相打量着，做着介绍。有一个退役军人身穿军服，其余的人都穿着礼服或便服，只有一个穿着农民的紧身长袍。

尽管有不少人是放下本职工作来参加陪审的，嘴里还抱怨这事麻烦，但个个都得意扬扬，自认为是在做一项重大的社会工作。

陪审员有的已相互认识，有的还在揣测对方的身份，但都在交谈，谈天气，谈早来的春天，谈当前要审理的案子。那些还不认识聂赫留朵夫的人，赶紧来同他认识，显然认为这是一种特殊的荣誉。聂赫留朵夫却像

① 帝俄商人同业公会中，将商人按资本多少分三等，小商人无权参加。

平素同陌生人应酬一样，觉得这种情况是很自然的。要是有人问他，为什么他自认为高人一等，他可答不上来，因为他这辈子并没有什么出众的地方。他讲得一口流利的英语、法语和德语，身上的衬衫、衣服、领带、袖扣都是头等货，但这些都不能成为他地位优越的理由。这一层他自己也明白。然而他无疑还是以此为自豪，把人家对他的尊敬看作天经地义。要是人家不尊敬他，他就会生气。在陪审员议事室里，恰恰有人不尊敬他，使他很不高兴。原来在陪审员中有一个聂赫留朵夫认识的人，叫彼得·盖拉西莫维奇（聂赫留朵夫不知道他姓什么，很瞧不起他，因此从来没有和他谈过话），在他姐姐家做过家庭教师，大学毕业后当了中学教师。聂赫留朵夫对他的不拘礼节，对他那种旁若无人的纵声大笑，总之对他那种像聂赫留朵夫姐姐所说的“粗鲁无礼”，一向很反感。

“嘿，连您也掉进来了！”彼得·盖拉西莫维奇迎着聂赫留朵夫哈哈大笑，“您也逃不掉吗？”

“我根本就不想逃。”聂赫留朵夫严厉而冷淡地回答。

“嗯，这可是一种公民的献身精神哪！不过，您等着吧，他们会搞得您吃不上饭，睡不成觉的，到那时您就会换一种调子了！”彼得·盖拉西莫维奇笑得更响亮，说。

“这个大司祭的儿子马上就要同我称兄道弟了。”聂赫留朵夫想，脸上现出极其不快的神色，仿佛刚刚接到亲人全部死光的噩耗。聂赫留朵夫撇下他，往人群走去。那里人们围着一个脸刮得光光的相貌堂堂的高个子，听他眉飞色舞地说话。这位先生讲着此刻正在民事法庭审理的一个案子，似乎很熟悉案情，叫得出法官和著名律师的名字与父名。他讲到那位著名律师神通广大，怎样使那个案子急转直下，叫那个道理全在她一边的老太太不得不拿出一大笔钱付给对方。

“真是一位天才律师！”他说。

大家听着都肃然起敬，有些人想插嘴发表一些观感，可是都被他打断，仿佛只有他一人知道全部底细。

聂赫留朵夫虽然迟到，但还得等待好久。有一名法官直到此刻还没有来，把审讯工作耽搁了。

6

庭长一早就来到法庭。他体格魁伟，留着一大把花白的络腮胡子。他是个有妻室的人，可是生活十分放荡，他的妻子也是这样。他们互不干涉。今天早晨他收到瑞士籍家庭女教师——去年夏天她住在他们家里，最近从南方来到彼得堡——来信，说她下午三时至六时在城里的“意大利旅馆”等他。因此他希望今天早点儿开庭，早点儿结束，好赶在六点钟以前去看望那个红头发的克拉拉，去年夏天在别墅里他跟她可有过一段风流韵事啊。

他走进办公室，扣上房门，从文件柜的最下层拿出一副哑铃，向上、向前、向两边和向下各举了二十下，然后又把哑铃举过头顶，身子毫不费力地蹲下来三次。

“要锻炼身体，再没有比洗淋浴和做体操更好的办法了。”他边想边用无名指上戴着金戒指的左手摸摸右臂上隆起的一大块肌肉。他还要练一套击剑动作（他在长时间审理案子以前总要做这两种运动），这时房门动了一下，有人想推门进来。庭长慌忙把哑铃放回原处，开了门。

“对不起。”他说。

一个身材不高的法官，戴一副金丝边眼镜，耸起肩膀，脸色阴沉，走了进来。

“玛特维又没有来。”那个法官不高兴地说。

“还没有来，”庭长一边穿制服，一边回答，“他总是迟到。”

“真弄不懂，他怎么不害臊。”法官说，怒气冲冲地坐下来，掏出一支香烟。

这个法官是个古板君子，今天早晨同妻子吵过嘴，因为妻子不到时候就把这个月的生活费用光了。妻子要求他预支给她一些钱，他说决不通融，结果就闹了起来。妻子说，既然这样，那就不开伙，他别想在家里吃到饭。他听了这话转身就走，唯恐妻子真的照她威胁的那样办，因为她这人是什么事都做得出来的。“嘿，规规矩矩过日子就落得如此下场，”他心里想，眼睛瞧着那容光焕发、和蔼可亲的庭长，庭长正宽宽地叉开两臂，用细嫩的白手理着绣花领子两边又长又密的花白络腮胡子。“他总是扬扬得意，可我却在活受罪。”

书记官走进来，拿来一份卷宗。

“多谢！”庭长说着，点上一支烟。“先审哪个案子？”

“我看就审毒死人命案吧。”书记官若无其事地说。

“好，毒死人命案就毒死人命案吧。”庭长说。他估计这个案子四时以前可以结束，然后他就可以走，“玛特维还没有来吗？”

“还没有来。”

“那么勃列威来了吗？”

“他来了。”书记官回答。

“您要是看见他，就告诉他，我们先审毒死人命案。”

勃列威是在这个案子中负责提出公诉的副检察官。

书记官来到走廊里，遇见勃列威。勃列威耸起肩膀，敞开制服，腋下夹一个公文包，沿着走廊像跑步一般匆匆走来，鞋后跟踩得咯咯发响，那只空手拼命前后摆动。

“米哈伊尔·彼得罗维奇要我问一下，您准备好了没有。”书记官说。

“当然，我随时都可以出庭，”副检察官说，“先审哪个案子？”

“毒死人命案。”

“太好了！”副检察官嘴里这样说，其实他一点儿也不觉得好，因为他通宵没有睡觉。他们给一个同事饯行，喝了许多酒，打牌一直打到半夜两点钟，又到正好是玛丝洛娃六个月前待过的那家妓院去玩女人，因此他没有来得及阅读毒死人命案的案卷，此刻想草草翻阅一遍。书记官明明知道他没有看过这案的案卷，却有意刁难，要庭长先审这个案子。就思想来说，书记官是个自由派，甚至是个激进派。勃列威却思想保守，而且也像一切在俄国做官的德国人那样，特别笃信东正教。书记官不喜欢他，但又很羡慕他这个位置。

“那么，阉割派[①]教徒一案怎么样了？”书记官问。

“我说过我不能审理这个案子，”副检察官说，“因为缺乏证人，我也将这样向法庭声明。”

“那有什么关系……”

“我不能审理。”副检察官说完，又这样摆动手臂，跑到自己的办公室去了。

他借口一个证人没有传到而推迟审理阉割派教徒的案子，其实这个证人对本案无足轻重，他之所以推迟审理只是担心由受过教育的陪审员组成的法庭来审理，被告很可能被宣告无罪释放。但只要同庭长商量妥当，这个案子就可以转到县法庭去审理，那里陪审员中农民较多，判罪的机会也就大得多。

走廊里熙熙攘攘，越来越热闹。人群多半聚集在民事法庭附近，那里正在审理那个喜欢打听案情的相貌堂堂的先生向陪审员们讲述的案子。在审讯休息时，民事法庭里走出一位老太太，就是她被那个天才律师硬敲出一大笔钱给一个生意人，而那个生意人本来是根本无权得到这笔钱的。这一点法官们都很清楚，原告和他的律师当然更清楚；可是律师想出来的办法太狠毒了，逼得那老太太非拿出这笔钱来不可。老太太身体肥胖，衣着讲究，帽子上插着几朵很大的鲜花。她从门里出来，摊开两条又短又粗的胳膊，嘴里不断地对她的律师说：“这究竟是怎么一回事？请您帮个忙！究竟是怎么一回事？”律师望着她帽子上的鲜花，自己想着心事，根

① 基督教的一个教派，认为生育是罪恶，因而阉割自己。

本没有听她说话。

那位名律师跟在老太太后面，敏捷地从民事法庭走出来。他敞开背心，露出浆得笔挺的雪白硬胸，脸上现出得意扬扬的神色，因为他使头上戴花的老太太倾家荡产，而那个付给他一万卢布的生意人却得到了十万以上。大家的目光都集中在律师身上，他也察觉到这一点。他那副神气仿佛在说："我没什么值得大家崇拜的。"他迅速地从人群旁边走过去了。

7

玛特维终于来了。还有那个脖子很长的瘦民事执行吏，下嘴唇撇向一边，趔趄着走进陪审员议事室。

这个民事执行吏为人正直，受过高等教育，但不论到哪里都保不住位置，因为他嗜酒成癖。三个月前，他妻子的保护人，一位伯爵夫人，给他谋得了这个职位，他总算保持到现在，并因此觉得高兴。

"怎么样，诸位先生，人都到齐了吗？"他戴上夹鼻眼镜后，从眼镜上方向四下里打量了一下，说。

"看样子全到了。"快乐的商人说。

"让我们来核对一下。"民事执行吏说。他从口袋里掏出一张纸，开始点名，有时越过眼镜、有时透过眼镜看看被点到名的人。

"五等文官尼基福罗夫。"

"是我。"那个相貌堂堂、熟悉各种案情的先生答应。

"退役上校伊凡诺夫。"

"有。"那个身穿退役军官制服的瘦子回答。

“二等商人巴克拉肖夫。”

“到，”那个和颜悦色、笑得咧开嘴巴的商人答道，“都准备好了！”

“近卫军中尉聂赫留朵夫公爵。”

“是我。”聂赫留朵夫回答。

民事执行吏越过眼镜向他瞧瞧，特别恭敬而愉快地向他鞠躬，借此表示聂赫留朵夫的身份与众不同。

“上尉丹钦科，商人库列肖夫。”等等，等等。

少了两个人，其余的都到了。

“诸位先生，现在请出庭。”民事执行吏愉快地指指门口，说。

大家纷纷起身，在门口互相让路，进入走廊，再从走廊来到法庭。

法庭是一个长方形大厅。大厅一端是一座高台，上去要走三级台阶。台中央放一张桌子，桌上铺一块绿呢桌布，边缘饰着深绿色穗子。桌子后面放着三把麻栎扶手椅，椅背很高，上面雕有花纹。椅子后面的墙上挂着一个金边镜框，框里嵌着一个色泽鲜明的将军全身像[①]。将军的军服上挂着绶带，一只脚跨前一步，一只手按住佩刀柄。右墙角上挂着一个神龛，里面供着头戴荆冠的基督像，神龛前面立着读经台。右边放着检察官的高写字台。左边，同高写字台对称，远远地放着书记官的小桌，靠近旁听席有一道光滑的麻栎栏杆，栏杆后面是被告坐的长凳。现在凳子还空着没有人坐。高台的右边放着两排高背椅，那是供陪审员坐的，高台下面的几张桌子是给律师用的。大厅被栏杆分成两部分，这一切都在大厅的前半部。大厅的后半部摆满长凳，一排比一排高，直到后面的墙壁。法庭后半部的前排长凳上坐着四个女人，又像工厂的女工，又像公馆里的女佣，还有两个男人，也是工人。他们显然被法庭的庄严肃穆气氛镇住了，因此交谈时怯生生地压低声音。

陪审员们一坐好，民事执行吏就趔趄着来到法庭中央，仿佛要吓唬在场的人似的，放开嗓门叫道：“开庭了！”

① 指沙皇像。

全体起立。法官纷纷走到台上：领头的是体格魁伟、留络腮胡子的庭长，然后是那个脸色阴沉、戴金丝边眼镜的法官。此刻他的脸色更加阴沉，因为他在出庭前遇到在当见习法官的内弟，内弟告诉他说，他刚才到姐姐那里去过，姐姐向他宣布家里不开饭。

“看来咱们只好上小饭店去吃饭了。”内弟笑着说。

“有什么可笑的！”脸色阴沉的法官说，他的脸色变得更加阴沉了。

最后上去的法官就是那个向来迟到的玛特维。他留着大胡子，一双善良的大眼睛向下耷拉着。这个法官长期患胃炎，遵照医生嘱咐今天早晨开始采用新的疗法，因此今天他在家里耽搁得比平时更久。此刻他走上台去，脸上现出专注的神情，因为他有一个习惯，常用各种不同方式预测各种问题。此刻他就在占卜，要是从办公室到法庭扶手椅座位的步数可以被三除尽，那么新的疗法定能治好他的胃炎；要是除不尽，那就治不好。走下来是二十六步，但他把最后一步缩小，这样就正好走了二十七步。

庭长和法官穿着衣领上镶有金线的制服，走上高台，气势十分威严。他们自己也意识到这一点，仿佛都为自己的威严感到不好意思，慌忙谦逊地垂下眼睛，坐到铺着绿呢桌布后面的雕花扶手椅上。桌上竖立着一个上面雕着一只鹰的三角形打击器，还放着几个食品店里盛糖果用的玻璃缸和墨水瓶、钢笔、白纸以及几支削尖的粗细铅笔。副检察官随着法官们进来。他还是那么匆匆忙忙，腋下夹着公文包，还是那么拼命摆动一只手，迅速走到窗边自己的座位上，一坐下就埋头翻阅文件，充分利用每一分钟时间为审案做着准备。副检察官提出公诉还是第四次。他热衷于功名，一心向上爬，因此凡是由他提出公诉的案子，最后非判刑不可。这个毒死人命案的性质他大致知道，并且已拟好发言提纲，不过他还需要一些资料，此刻正急急忙忙从卷宗中摘录着。

书记官坐在台上另一角，已把可能需要宣读的文件准备好，然后把昨天才弄到手和阅读过的一篇查禁的文章重读了一遍。他想跟那个同他观点一致的大胡子法官谈谈这篇文章，在谈论以前再好好看一遍。

8

庭长翻阅了一些文件，向民事执行吏和书记官提出几个问题，得到肯定的答复，就传被告出庭。栏杆后面的那扇门开了，两个宪兵头戴军帽，手拿出鞘的佩刀，走了进来。后面跟着三个被告，先是一个红棕色头发、脸上有雀斑的男人，再是两个女人。那男人穿着一件大得同他的身材极不相称的囚袍。他一边走进法庭，一边叉开两手的大拇指，用手紧贴住裤缝，使过分长的衣袖不致滑下来。他眼睛不看法官和旁听者，却注视着他绕过的长凳。他绕过长凳，规规矩矩地坐在边上，留下位子给别人坐，然后眼睛盯住庭长，颊上的肌肉抖动起来，仿佛在嘟囔着什么。跟在他后面进来的是个年纪不轻的女人，身上也穿着囚袍，她头上包着一块囚犯用的三角头巾，脸色灰白，眼睛发红，没有眉毛，也没有睫毛。这个女人看上去十分镇定，她走到自己的位子旁边，长袍被什么东西钩住。她不慌不忙小心地把它摘开，坐下来。

第三个被告是玛丝洛娃。

玛丝洛娃一进来，法庭里的男人便都把目光转到她身上，久久地盯住她那张白嫩的脸、那双水汪汪的黑眼睛和长袍底下高高隆起的胸部。当她在人们面前走过时，就连那个宪兵也目不转睛地盯着她，直到她坐下。等她坐下了，宪兵这才仿佛觉得有失体统，慌忙转过脸去，振作精神，木然望着窗外。

庭长等着被告坐好；玛丝洛娃坐下来，他就转过脸去对书记官说话。

例行的审讯程序开始了：清点陪审员人数，讨论缺席陪审员问题，决定他们的罚款，处理请假陪审员的事，以及指定候补陪审员的名单。然后庭长折拢几张小纸片，把它们放到玻璃缸里，这才稍稍卷起制服的绣花袖口，露出汗毛浓密的双手，像魔术师似的摸出一张张纸条，打开来，念着纸条上的名字。随后庭长放下袖口，请司祭带陪审员们宣誓。

司祭是个小老头，脸上浮肿，脸色白中带黄。他身穿棕色法衣，胸前挂着金十字架，法衣一侧还别着一个小勋章。他慢吞吞地挪动法衣里的两条肿腿，走到圣像下面的读经台旁。

陪审员们都站起来，往读经台挤去。

“请过来！”司祭用浮肿的手摸摸胸前的十字架，等陪审员们走过去。

这个司祭任职已超过四十六年，再过三年就要像大司祭前不久那样庆祝任职五十周年了。自从陪审法庭开办以来①他就在区法庭任职，并感到十分自豪，因为由他带领宣誓的已多达几万人，而且到了晚年还能为教会、祖国和家庭出力。他死后不仅能给家人留下一座房子，而且还有不下于三万卢布的有息证券。他在法庭里带领人们凭《福音书》宣誓，而《福音书》恰恰禁止人们起誓，因此这项工作是不正当的。这一点他可从来没有想到过，他不仅从来不感到于心有愧，而且还很喜爱它，因为可以借此结识许多名流。今天他就认识了那位名律师，对他佩服得五体投地，因为他只办了击败那个帽子上戴花的老太太一案，就净到手一万卢布。

等陪审员都顺着台阶走到台上，司祭就侧着花白头发的秃头，套上油腻的圣带，然后理理稀疏的头发，向陪审员们转过脸去。

“举起右手，手指这样并拢。”他用苍老的声音慢吞吞地说，举起每个手指上都有小窝的浮肿的手，手指并拢，像捏住什么东西。“现在大家跟着我念，”他说着就领头宣誓，“凭万能的上帝，当着他神圣的《福音书》和赋予生命的十字架，我答应并宣誓，在审理本案时……”他说一句，顿一顿。“手这样举好，不要放下，”他对一个放下手来的年轻人

① 俄国在1864年实行司法改革，成立陪审法院，刑事案件公开审判。

说，“在审理本案时……”

留络腮胡子的相貌堂堂的人、上校、商人和另外几个人，都遵照司祭的要求举起右手，并拢手指，而且举得很高很有精神，看上去很高兴，可是其他的人似乎有点儿勉强，不大乐意这样做。有些人念誓词念得特别响，仿佛有意在挑衅说：“我照念就是了，照念就是了。”有些人只是喃喃地动动嘴巴，落在司祭后面，后来忽然惊觉了，慌忙赶上去。有些人恶狠狠地使劲捏拢手指，仿佛怕掉落什么东西。有些人把手指松开又捏拢。个个都觉得别扭，只有小老头司祭满怀信心，自以为在干一件有益的大事。宣誓完毕，庭长请陪审员们选出一名首席陪审员来。陪审员们纷纷起立，挤在一起走进议事室。一到议事室，他们都立刻掏出香烟，吸起烟来。有人提议请那位相貌堂堂的绅士当首席陪审员，大家立刻赞同。他们丢掉或者捻灭烟蒂，回到法庭。当选的首席陪审员向庭长报告谁当选了，大家又回到原位，跨过别人的脚，在两排高背椅上坐好。

一切都进行得很顺利，毫不耽搁，气氛十分庄严。这种有条不紊、一丝不苟的仪式使参加者都很满意，更加坚信他们是在参加一项严肃而重大的社会工作。这一点聂赫留朵夫也感觉到了。

等陪审员们一坐好，庭长就向他们说明陪审员的权利、责任和义务。庭长讲话的时候不断改变姿势，一会儿身子支在左臂肘上，一会儿支在右臂肘上，一会儿靠在椅背上，一会儿搁在椅子的扶手上，一会儿弄齐一叠纸，一会儿摩挲裁纸刀，一会儿摸弄着铅笔。

庭长说，陪审员的权利是可以通过庭长审问被告，可以使用铅笔和纸，可以查看物证。他们的责任是审判必须公正，不准弄虚作假。他们的义务是保守会议秘密，不得与外界私通消息，如有违反，将受惩罚。

大家都恭恭敬敬地用心听着。那个商人周身散发出酒气，勉强忍住饱嗝，听到一句话，就点一下头表示赞成。

9

庭长讲话完毕，就向几个被告转过身去。

“西蒙·卡尔津金，站起来。”他说。

西蒙紧张地跳起来，颊上的肌肉抖动得更快了。

“你叫什么名字？”

“西蒙·彼得罗夫·卡尔津金。”他粗声粗气地急急说，显然事先已准备好了答辞。

“你的身份是什么？”

“农民。”

“什么省，什么县人？”

“土拉省，克拉比文县，库比央乡，包尔基村人。”

“多大年纪？”

“三十三岁，生于一千八百……”

“信什么教？”

“我们信俄国教，东正教。”

“结过婚吗？”

“没有，老爷。”

“做什么工作？”

“在摩尔旅馆当茶房。”

“以前吃过官司吗？”

“从来没有吃过官司，因为我们以前过日子……”

“以前没有吃过官司吗？”

“上帝保佑，从来没有吃过。”

“起诉书副本收到了吗？”

“收到了。”

“请坐下。叶菲米雅·伊凡诺娃·包奇科娃。”庭长叫下一个被告的名字。

但西蒙仍旧站着，把包奇科娃挡住。

“卡尔津金，请坐下。”

卡尔津金还是站着。

“卡尔津金，坐下！”

但卡尔津金一直站着，直到民事执行吏跑过去，侧着头，不自然地睁大眼睛，不胜感慨地低声说：“坐下吧，坐下吧！”他才坐下来。

卡尔津金像站起来时一样快地坐下，把身上的长袍裹裹紧，颊上的肌肉又不出声地抖动起来。

“你叫什么名字？”庭长不胜疲劳地叹了口气，问第二个被告，眼睛不瞧她，只顾查阅着面前的文件。对于庭长来说，审理案件已是家常便饭，若要加速审讯，他可以把两个案件一次审完。

包奇科娃四十三岁，出身科洛美诺城的小市民，也在摩尔旅馆当茶房。以前没有吃过官司，起诉书副本收到了。包奇科娃回答问题非常泼辣，那种口气仿佛在回答每句话时都说：“对，我叫叶菲米雅，也就是包奇科娃，起诉书副本收到了，我觉得挺有面子，谁也不许嘲笑我。”等庭长一问完，包奇科娃不等人家叫她坐，就立刻自动坐下。

“你叫什么名字啊？”好色的庭长特别亲切地问第三个被告，“你得站起来。”他发现玛丝洛娃坐着不动，和颜悦色地说。

玛丝洛娃身姿矫捷地站起来，现出唯命是从的神情，挺起高耸的胸部，用她那双笑盈盈而略微斜睨的黑眼睛盯住庭长的脸，什么也没回答。

“你叫什么名字？”

“柳波芙。”她迅速地说。

聂赫留朵夫这时已戴上夹鼻眼镜，随着庭长审问，挨个儿瞧着被告。他眼睛没有离开这第三个被告的脸，想："这不可能，她怎么会叫柳波芙呢？"他听见她的回答，心里琢磨着。

庭长还想问下去，但那个戴眼镜的法官怒气冲冲地嘀咕了一句，把他拦住了。庭长点点头表示同意，又对被告说："怎么叫柳波芙呢？"他说，"你登记的不是这个名字。"

被告不作声。

"我问你，你的真名字叫什么？"

"你的教名叫什么？"那个怒容满面的法官问。

"以前叫卡吉琳娜。"

"这不可能。"聂赫留朵夫嘴里仍这样自言自语，但心里已毫不怀疑，断定她就是那个他一度热恋过，确确实实是热恋过的姑娘，姑妈家的养女兼侍女。当年他在情欲冲动下诱奸了她，后来又抛弃了她，从此以后，他再也不去想她，因为想到这件事实在太痛苦了。这件事使他原形毕露，表明他这个以正派人自居的人不仅一点儿也不正派，对那个女人的行为简直是十分下流。

对，这个女人就是她。这会儿他看出了她脸上那种独一无二的神秘特点。这种特点使每张脸都自成一格，与其他人不同。尽管她的脸苍白和丰满得有点儿异样，她的特点，与众不同的可爱特点，还是表现在脸上，嘴唇上，表现在略微斜睨的眼睛里，尤其是表现在她那天真烂漫、笑盈盈的目光中，表现在脸上和全身流露出来的唯命是从的神态上。

"你早就该这么说了，"庭长又特别和颜悦色地说，"你的父名叫什么？"

"我是个私生子。"玛丝洛娃说。

"那么按照你教父的名字该怎么称呼你呢？"

"米哈依洛娃。"

"她会做什么坏事呢？"聂赫留朵夫心里仍在琢磨，他的呼吸有点儿急促了。

“你姓什么，通常人家叫你什么？”庭长继续问。

“通常用母亲的姓玛丝洛娃。”

“身份呢？”

“小市民。”

“信东正教吗？”

“信东正教。”

“职业呢？你做什么工作？”

玛丝洛娃不作声。

“你做什么工作？”庭长又问。

“在店里。”她说。

“什么店？”戴眼镜的法官严厉地问。

“什么店您自己知道。”玛丝洛娃说，她“扑哧”一笑，接着迅速地向周围扫了一眼，又盯住庭长。

她脸上现出一种异乎寻常的神情，她的话、她的微笑和她迅速扫视法庭的目光是那么可怕和可怜，弄得庭长不禁垂下了头，庭上刹那间变得鸦雀无声，接着，这种寂静被一个旁听音的笑声打破了。有人向他发出嘘声。庭长抬起头，继续问她：“你以前没有受到审判和侦讯吗？”

“没有。”玛丝洛娃叹了一口气，低声说。

“起诉书副本收到了吗？”

“收到了。”

“你坐下。”庭长说。

被告就像盛装的贵妇人提起拖地长裙那样提了提裙子，然后坐下来，一双白净的不大的手拢在囚袍袖子里，眼睛一直盯住庭长。

接着传证人，再把那些用不着的证人带下去，又推定法医，请他出庭，然后书记官起立，宣读起诉书。他念得很响、很清楚，但因为念得太快，混淆了舌尖音和卷舌音，以致发出来的声音成了一片连续不断的嗡嗡声，令人昏昏欲睡。法官们一会儿把身子靠在椅子的这边扶手上，一会儿靠在那边扶手上，一会儿搁在桌上，一会儿靠在椅背上，一会儿闭上眼睛，一会儿睁开眼睛，交头接耳。有一个宪兵好几次要打哈欠，都勉强忍住。

几个被告中，卡尔津金颊上的肌肉不断抖动。包奇科娃挺直腰板坐在那里，镇定自若，偶尔用一只手指伸到头巾里搔搔头皮。

玛丝洛娃忽而一动不动地望着书记官，听他宣读，忽而全身抖动，脸涨得通红，似乎想进行反驳，然后又沉重地叹着气，双手换一种姿势，往四下里看了看，又盯住书记官。

聂赫留朵夫坐在第一排靠边第二座的高背椅上，摘下夹鼻眼镜，望着玛丝洛娃，他的内心展开了一场复杂而痛苦的活动。

10

起诉书全文如下：

“一八八×年一月十七日摩尔旅馆有一名旅客突然死亡，经查明该旅客乃库尔干二等商人费拉邦特·叶密里央内奇·斯梅里科夫。

“经第四警察分局法医验明，死亡乃因饮酒过量、心力衰竭所致。斯梅里科夫尸体当即入土掩埋。

“案发数日后，斯梅里科夫同乡好友、商人季莫兴自彼得堡归来，获悉斯梅里科夫死亡一事，疑有人谋财害命。

“关于此项怀疑，已由预审查明下列事实：（一）斯梅里科夫死亡前不久曾向银行提取现款三千八百银卢布。然而在封存死者遗物清单中只开列了现金三百一十二卢布十六戈比。（二）斯梅里科夫临死前一日曾在妓院和摩尔旅馆同妓女柳波芙（叶卡吉琳娜·玛丝洛娃）相处达一昼夜之久。叶卡吉琳娜·玛丝洛娃曾受斯梅里科夫之托，自妓院赴摩尔旅馆取款。该玛丝洛娃即会同摩尔旅馆茶房叶菲米雅·包奇科娃和西蒙·卡尔津金，使用斯梅里科夫交与之钥匙，打开皮箱，取出现款。玛丝洛娃开箱时，包奇科娃和卡尔津金在场目睹箱内装有百卢布钞票若干叠。（三）斯梅里科夫偕同妓女玛丝洛娃自妓院回到摩尔旅馆后，玛丝洛娃受茶房卡尔津金怂恿，将彼交与的白色药粉掺入一杯白兰地中，使斯梅里科夫饮下。（四）次日早晨该妓女玛丝洛娃即将斯梅里科夫钻石戒指一枚售与女掌班，即妓院女老板和本案证人基达耶娃，声称戒指系斯梅里科夫所赠。（五）斯梅里科夫死后第二日，摩尔旅馆女茶房叶菲米雅·包奇科娃即至本地商业银行，在本人活期存款户中存入一千八百银卢布。

“经法医解剖尸体，化验内脏，查明死者体内确有毒药，据此足以断定该斯梅里科夫系中毒身亡。

“被告玛丝洛娃、包奇科娃与卡尔津金在受审时均不承认犯有罪行。玛丝洛娃供称，在彼所谓‘工作’的妓院中，斯梅里科夫确曾令彼到摩尔旅馆为该商人取款，彼即用交与之钥匙打开商人皮箱，并遵嘱取出四十银卢布，未曾多取分文，此点包奇科娃和卡尔津金都能证明，因开箱、取款、锁箱之际两人均在场目睹。玛丝洛娃又供称，彼第二次到商人斯梅里科夫房间后，确曾受卡尔津金教唆使商人饮下掺有药粉之白兰地，以为此药粉是安眠药，使商人服后熟睡，彼可及早脱身。戒指一枚确系商人斯梅里科夫所赠，因彼受到商人殴打，放声痛哭，且欲离去，该商人即以戒指相赠。

“叶菲米雅·包奇科娃供称，失款一节彼毫无所知，彼从未踏进该商人房间，一切勾当均系玛丝洛娃一人所为，因此该商人如有失窃情事，定系玛丝洛娃持商人钥匙取款时谋财所致。”玛丝洛娃听到这里，全身打了个哆嗦，张开嘴巴，回头瞧了一眼包奇科娃。“当法庭向叶菲米雅·包奇科娃出示一千八百银卢布存款单并查询该存款来源时，彼供称：此乃彼同西蒙·卡尔津金二人十二年积攒所得，彼并准备同西蒙·卡尔津金结婚。又据西蒙·卡尔津金第一次受审时供称，玛丝洛娃持钥匙自妓院来旅馆，教唆彼与包奇科娃共同窃取现款，然后三人分赃。”玛丝洛娃听到这里身子又哆嗦了一下，甚至跳起来，脸涨得通红，嘴里嘀咕着什么，但被民事执行吏所制止。“最后卡尔津金还供认，彼曾将药粉交给玛丝洛娃，使该商人安眠；但在第二次审讯时又推翻前供，声称并未参与谋财案件，亦未曾将药粉交与玛丝洛娃，而将全部罪责推到玛丝洛娃一人身上。至于包奇科娃在银行存款一节，彼同包奇科娃供词相同，声称系彼二人十二年来在旅馆听差所得之小费。”

接着，起诉书列举被告对质记录、证人供词、法院鉴定人意见，等等。

起诉书结尾如下：

“综上所述，包尔基村农民西蒙·彼得罗夫·卡尔津金，年三十三岁；小市民叶菲米雅·伊凡诺娃·包奇科娃，年四十三岁；小市民叶卡吉琳娜·米哈依洛娃·玛丝洛娃，年二十七岁，被控于一八八×年一月十七日经过预谋，窃取商人斯梅里科夫现款和戒指一枚，共值二千五百银卢布，谋财害命，以毒药掺酒灌醉斯梅里科夫，致彼死亡。

“查此项罪行触犯刑法第一四五三条第四款和第五款。据此按《刑事诉讼程序条例》第二〇一条规定，农民西蒙·卡尔津金、叶菲米雅·包奇科娃和小市民叶卡吉琳娜·玛丝洛娃应交由地方法院会同陪审员审理。”

书记官这才念完长篇起诉书，收拾好文件，坐下来，双手理理长头发。大家都轻松地舒了一口气，愉快地感觉到审讯就要开始，一切都会水落石出，正义就可得到伸张。只有聂赫留朵夫一人没有这样的感觉。他想到十年前他所认识的天真可爱的姑娘玛丝洛娃竟会犯下这样的罪行，不由得大惊失色。

11

等到起诉书念完，庭长同两个法官商量了一番，然后转身对卡尔津金说话，脸上的神情分明表示，这下子我们就会把全部案情弄个水落石出了。

“农民西蒙·卡尔津金。”他身子侧向左边，开口说。

西蒙·卡尔津金站起来，两手贴住裤子两侧的接缝，整个身子向前倾，两边腮帮无声地抖动个不停。

“你被控于一八八×年一月十七日串通叶菲米雅·包奇科娃和叶卡吉琳娜·玛丝洛娃盗窃商人斯梅里科夫皮箱里的现款，然后拿来砒霜，唆使叶卡吉琳娜·玛丝洛娃放在酒里给商人斯梅里科夫喝下，致使斯梅里科夫中毒毙命。你承认自己犯了罪吗？”他说完把身子侧向右边。

“绝对没这回事，因为我们的本分是伺候客人……”

“这话你留到以后再说。你承认自己犯了罪吗？”

“绝对没有，老爷，我只是……”

“有话以后再说。你承认自己犯了罪吗？”庭长从容而坚决地再次问道。

“我可不会干这种事，因为……”

民事执行吏又连忙奔到西蒙·卡尔津金身边，悲天悯人地低声制止他。

庭长现出对他的审问已经完毕的神情，把拿文件那只手的臂肘挪了个地方，转身对叶菲米雅·包奇科娃说话。

“叶菲米雅·包奇科娃，你被控于一八八×年一月十七日在摩尔旅馆串通西蒙·卡尔津金和叶卡吉琳娜·玛丝洛娃从商人斯梅里科夫皮箱里盗窃其现款与戒指一枚，三人分赃，并为掩盖你们的罪行，让商人斯梅里科夫喝下毒酒，致使他毙命。你承认自己犯了罪吗？”

“我什么罪也没有，”这个女被告神气活现地断然说，“我连那个房间都没有进去过……既然那个贱货进去过，那就是她作的案。”

“这话你以后再说，”庭长又是那么软中带硬地说，“那么你不承认自己犯了罪吗？”

“钱不是我拿的，酒也不是我灌的，我连房门都没有踏进去过。我要是在场，准会把她撵走。”

“你不承认自己犯了罪吗？”

“从来没犯过。”

“很好。”

“叶卡吉琳娜·玛丝洛娃，”庭长转身对第三个被告说，“你被控带着商人斯梅里科夫的皮箱钥匙从妓院去到摩尔旅馆，窃取箱里现款和戒指一枚。”他像背书一般熟练地说，同时把耳朵凑近左边的法官，那个法官对他说，查对物证清单还少一个酒瓶。“窃取箱里现款和戒指一枚，”庭长又说了一遍，“你们分了赃，然后你又同商人斯梅里科夫一起回到摩尔旅馆，你给斯梅里科夫喝了毒酒，因而使他毙命。你承认自己犯了罪吗？”

“我什么罪也没有，”她急急地说，“我原先这么说，现在也这么说，我没有拿过，没有拿过就是没有拿过，我什么也没有拿过。至于戒指，是他自己给我的……”

“你不承认犯有盗窃两千五百卢布现款的罪行吗？”庭长问。

“我说过，除了四十卢布以外，我什么也没有拿过。”

“那么，你犯了给商人斯梅里科夫喝毒酒的罪行，你承认吗？”

“这事我承认。不过人家告诉我那是安眠药，吃了没有关系，我也就相信了。我没有想到他会死，我也没有存心要害他。我可以当着上帝的面起誓，我没有这个念头。”她说。

“这么说，你不承认犯有盗窃商人斯梅里科夫现款和戒指的罪行，”庭长说，“可是你承认给他喝过毒酒，是吗？”

“承认是承认，不过我以为那是安眠药。我给他吃是为了要他睡觉。我没有想害死他，我没有这个念头。”

“很好，”庭长说，对取得的结果显然很满意，“那么你把事情的经过说一说，”他说，身子往椅背一靠，两手放在桌上，“把全部经过从头到尾说一说。你老实招供就可以得到从宽发落。”

玛丝洛娃眼睛一直盯着庭长，一言不发。

“你把事情的经过说一说。”

“事情的经过吗？”玛丝洛娃忽然很快地说，“我乘马车到了旅馆，他们把我领到他的房间里，当时他已经喝得烂醉了。”她说到他这个字时，脸上露出异常恐惧的神色，眼睛睁得老大。“我想走，他不放。”

她住了口，仿佛思路突然断了，或者想到了别的事。

“那么，后来呢？”

“后来还有什么呢？后来在那里待了一阵，就回家了。”

这当儿，副检察官怪模怪样地用一个臂肘支撑着，欠起身来。

“您要提问吗？”庭长问，听到副检察官肯定的回答，就做做手势，表示给他提问的权利。

“我想提一个问题：被告以前是不是认识西蒙·卡尔津金？”副检察官眼睛不望玛丝洛娃，说。

他提了问题，就抿紧嘴唇，皱起眉头。

庭长把这个问题重说了一遍，玛丝洛娃恐惧地直盯着副检察官。

“西蒙吗？以前就认识。”她说。

“现在我想知道被告同卡尔津金的交情怎么样，他们是不是常常见面？”

“交情怎么样吗？他常常找我去接客，谈不到什么交情。”玛丝洛娃回答，惊惶不安地瞧瞧副检察官，又望望庭长，然后又瞧瞧副检察官。

“我想知道，为什么卡尔津金总是只找玛丝洛娃接客，而不找别的姑娘。”副检察官眯缝起眼睛，带着阴险多疑的微笑，说。

“我不知道。这我怎么知道？”玛丝洛娃怯生生地向四下里瞧了瞧，她的目光在聂赫留朵夫身上停留了一刹那。她回答说，“他想找谁就找谁。”

“难道被她认出来了？”聂赫留朵夫心惊胆战地想，觉得血往脸上直涌。其实玛丝洛娃并没有认出他，她立刻转过身去，又带着恐惧的神情凝视着副检察官。

“这么说，被告否认她同卡尔津金有过什么亲密关系，是吗？很好。我没有别的话要问了。”

副检察官立刻把臂肘从写字台上挪开，动手做笔记。其实他什么也没有记，只是用钢笔随意描着笔记本上的第一个字母。他常常看到检察官和律师这样做：当他们提了一个巧妙的问题以后，就在足以给对方致命打击的地方做个记号。

庭长没有立刻对被告说话，因为他这时正在问戴眼镜的法官，他同意不同意提出事先准备好并开列在纸上的那些问题。

“那么后来怎么样呢？”庭长又问玛丝洛娃。

“我回到家里，”玛丝洛娃继续说，比较大胆地瞧着庭长一个人，“我把钱交给掌班，就上床睡觉了。刚刚睡着，我们的姐妹别尔塔就把我唤醒了。她说：‘走吧，你那个做买卖的又来了。’我不愿意去，可是掌班硬叫我去。他就在旁边，”她一说到他字，显然又现出恐惧的神色，“他一直在给我们那些姐妹灌酒，后来他还要买酒，可是身上的钱花光了。掌班不信任他，不肯赊账。他就派我到旅馆去。他告诉我钱在哪里，取多少。我就去了。”

庭长这时正在同左边那个法官低声交谈，没有听见玛丝洛娃在说什么，但为了假装他全听见了，就重复说了一遍她最后的那句话。

“你就乘车去了。那么后来又怎么样呢？”他说。

“我到了那里，就照他的话办，走进他的房间。不是自己一个人走进房间的，我叫了西蒙·米哈伊洛维奇一起进去，还有她。”她说着指指包奇科娃。

“她胡说，我压根儿没有进去过……”包奇科娃刚开口，就被制止了。

“我当着他们的面拿了四张红票子[①]。”玛丝洛娃皱起眉头，眼睛不瞧包奇科娃，继续说。

“那么，被告取出四十卢布时，有没有注意到里面有多少钱？”副检察官又问。

副检察官刚提问，玛丝洛娃就全身打了个哆嗦。她不懂是什么缘故，但觉得他对她不怀好意。

“我没有数过，我只看见都是些百卢布钞票。”

“被告看见了百卢布钞票，那么，我没有别的话要问了。”

“那么，后来你把钱取来了？”庭长看看表，又问。

“取来了。”

“那么，后来呢？”庭长问。

“后来他又把我带走了。”玛丝洛娃说。

“那么，你是怎样把药粉放在酒里给他喝下去的？”庭长问。

“怎样给吗？我把药粉撒在酒里，就给他喝了。”

“你为什么要给他喝呢？”

她没有回答，只无可奈何地长叹了一口气。

“他一直不肯放我走，”她沉默了一下，说，“我被他搞得筋疲力尽。我走到走廊里，对西蒙·米哈伊洛维奇说：‘但愿他能放我走。我累坏了。’西蒙·米哈伊洛维奇说：‘他把我们也弄得烦死了。我们来让他吃点儿安眠药，他一睡着，你就可以脱身了。’我说：‘好的。’我还以为那不是毒药。他就给了我一个小纸包。我走进房间，他躺在隔板后面，一看见我就要我给他倒白兰地。我拿起桌上一瓶上等白兰地，倒了两杯，一杯自己喝，一杯给他喝。我把药粉撒在他的杯子里，给他喝。我要是知

① 十卢布面值的钞票。

道那是毒药，还会给他喝吗？”

“那么，那个戒指怎么会落到你手里的？”庭长问。

“戒指，那是他自己送给我的。”

“他什么时候送给你的？”

“我跟他一回到旅馆就想走，他就打我的脑袋，把梳子都打断了。我生气了，拔脚要走。他就摘下手上的戒指送给我，叫我别走。”玛丝洛娃说。

这时副检察官又站起来，仍旧装腔作势地要求庭长允许他再提几个问题。在取得许可以后，他把脑袋歪在绣花领子上，问道：“我想知道，被告在商人斯梅里科夫房间里待了多少时间。”

玛丝洛娃又露出惊慌失措的神色，目光不安地从副检察官脸上移到庭长脸上，急急地说：“我不记得待了多久。”

“那么，被告是不是记得，她从商人斯梅里科夫房间里出来后，有没有到旅馆别的什么地方去过？”

玛丝洛娃想了想。

“到隔壁一个空房间里去过。”她说。

“你到那里去干什么？”副检察官忘乎所以，竟直接向她提问题了。①

“我去理理衣服，等马车来。”

“那么，卡尔津金有没有同被告一起待在房间里？”

“他也去了。”

“他去干什么？”

“那商人还剩下一点儿白兰地，我们就一块儿喝了。”

“噢，一块儿喝了。很好。”

“那么，被告有没有同西蒙说过话？说了些什么？”

玛丝洛娃忽然皱起眉头，脸涨得通红，急急地说：“说了什么？我什么也没有说。有过什么，我全讲了，别的什么也不知道。你们要拿我怎

① 检察官按理必须通过庭长才能提问题，不能直接审问被告。

么办，就怎么办吧。我没有罪，就是这样。”

“我没有别的话了。”副检察官对庭长说，装腔作势地耸起肩膀，动手在他的发言提纲上迅速记下被告的供词：她同西蒙一起到过那个空房间。

法庭上沉默了一阵子。

“你没有什么别的话要说吗？”

“我都说了。”玛丝洛娃叹口气说，坐下来。

随后庭长在一张纸上记了些什么，接着听了左边的法官在他耳边低声说的话，就宣布审讯暂停十分钟，匆匆地站起来，走出法庭。庭长同左边那个高个儿、大胡子、生有一双善良大眼睛的法官交谈的是这样一件事：那个法官感到胃里有点儿不舒服，自己要按摩一下，吃点儿药水。他把这事告诉了庭长，庭长就宣布审讯暂停。陪审员、律师、证人随着法官纷纷站起来，大家高兴地感到一个重要案件已审完了一部分，开始走动。

聂赫留朵夫走进陪审员议事室，在窗前坐下来。

12

对，她就是卡秋莎。

聂赫留朵夫同卡秋莎的关系是这样的：

聂赫留朵夫第一次见到卡秋莎，是在他念大学三年级那年的夏天。当时他住在姑妈家，准备写一篇关于土地所有制的论文。往年，他总是同母亲和姐姐一起在莫斯科郊区他母亲的大庄园里歇夏。但那年夏天他姐姐出嫁了，母亲出国到温泉疗养去了。聂赫留朵夫要写论文，就决定到姑妈家去写。姑妈家里十分清静，没有什么玩乐使他分心，两位姑妈又十分疼爱他这个侄儿兼遗产继承人。他也很爱她们，喜欢她们淳朴的旧式生活。

那年夏天，聂赫留朵夫在姑妈家里感到身上充满活力，心情舒畅。一个青年人，第一次不按照人家的指点，亲自体会到生活的美丽和庄严，领悟到人类活动的全部意义，看到人的心灵和整个世界都可以达到尽善尽美的地步。他对此不仅抱着希望，而且充满信心。那年聂赫留朵夫在大学里读了斯宾塞的《社会静力学》。斯宾塞关于土地私有制的论述给他留下深刻的印象，这特别是由于他本身是个大地主的儿子。他的父亲并不富有，但母亲有一万俄亩光景的陪嫁。那时他第一次懂得土地私有制的残酷和荒谬，而他又十分看重道德，认为因道德而自我牺牲是最高的精神享受，因此决定放弃土地所有权，把他从父亲名下继承来的土地赠送给农民。现在他正在写一篇论文，论述这个问题。

那年他在乡下姑妈家的生活是这样过的：每天一早起身，有时才三点钟，太阳还没有出来，就到山脚下河里去洗澡，有时在晨雾弥漫中洗完澡回家，花草上还滚动着露珠。早晨他有时喝完咖啡，就坐下来写论文或者查阅资料，但多半是既不读书也不写作，又走到户外，到田野和树林里散步。午饭以前，他在花园里打个瞌睡，然后高高兴兴地吃午饭，一边吃一边说些有趣的事，逗得姑妈们哈哈大笑。饭后他去骑车或者划船，晚上又是读书，或者陪姑妈们坐着摆牌阵。夜里，特别是在月光溶溶的夜里，他往往睡不着觉，原因只是他觉得生活实在太快乐迷人了。有时他睡不着觉，就一面胡思乱想，一面在花园里散步，直到天亮。

他就这样快乐而平静地在姑妈家里住了一个月，根本没有留意那个既是养女又是侍女、脚步轻快、眼睛乌黑的卡秋莎。

聂赫留朵夫从小由他母亲抚养成长。当年他才十九岁，是个十分纯洁的青年。在他的心目中，只有妻子才是女人。凡是不能成为他妻子的女人都不是女人，而只是人。但事有凑巧，那年夏天的升天节①，姑妈家有个女邻居带着孩子们来做客，其中包括两个小姐、一个中学生和一个寄住在她家的农民出身的青年画家。

---

① 基督教节日，在复活节后四十天，5月1日至6月4日之间。

吃过茶点以后，大家在屋前修剪平坦的草地上玩“捉人”游戏，他们叫卡秋莎也参加。玩了一阵，轮到聂赫留朵夫同卡秋莎一起跑。聂赫留朵夫看到卡秋莎，总是很高兴，但他从没想到他同她会有什么特殊关系。

“哦，这下子说什么也捉不到他们两个了，”轮到“捉人”的快乐画家说，他那两条农民的短壮罗圈腿跑得飞快，“除非他们自己摔跤。”

“您才捉不到哪！”

“一，二，三！”

他们拍了三次手。卡秋莎忍不住格格地笑着，敏捷地同聂赫留朵夫交换着位子。她用粗糙有力的小手握了握他的大手，向左边跑去，她那浆过的裙子发出窸窸窣窣的响声。

聂赫留朵夫跑得很快，他不愿意让画家捉到，就一个劲儿地飞跑。他回头一看，瞧见画家在追卡秋莎，但卡秋莎那两条年轻的富有弹性的腿灵活地飞跑着，不让他追上，向左边跑去。前面是一个丁香花坛，没有一个人跑到那里去，但卡秋莎回过头来看了聂赫留朵夫一眼，点头示意，要他也到花坛后面去。聂赫留朵夫领会她的意思，就往丁香花坛后面跑去。谁知花丛前面有一道小沟，沟里长满荨麻，聂赫留朵夫不知道，一脚踏空，掉到沟里去。他双手被荨麻刺破，还沾满了晚露。但他立刻对自己的鲁莽感到好笑，爬了起来，跑到一块干净的地方。

卡秋莎那双水灵灵的乌梅子般的眼睛也闪耀着笑意，她飞也似的迎着他跑来。他们跑到一块儿，握住手。[①]

“我看，您准是刺破手了。”卡秋莎说，她用那只空着的手理理松开的辫子，一面不住地喘气，一面笑眯眯地从脚到头打量着他。

“我不知道这里有一道沟。”聂赫留朵夫也笑着说，没有放掉她的手。

她向他靠近些，他自己也不知道怎么搞的，竟向她凑过脸去。她没有躲避，他更紧地握住她的手，吻了吻她的嘴唇。

“你这是干什么！”卡秋莎说。她慌忙抽出被他握着的手，从他身边跑开去。

① 在这种游戏中，被追的两人在一个地方会合，相互握手，表示胜利。

卡秋莎跑到丁香花旁，摘下两支已经凋谢的白丁香，拿它们打打她那热辣辣的脸，回过头来向他望望，就使劲摆动两臂，向做游戏的人们那里走去。

从那时起，聂赫留朵夫同卡秋莎之间的关系就变了，那是一个纯洁无邪的青年同一个纯洁无邪的少女相互吸引的特殊关系。只要卡秋莎一走进房间，或者聂赫留朵夫老远看见她的白围裙，世间万物在他的眼睛里就仿佛变得光辉灿烂，一切事情就变得更有趣，更逗人喜爱，更有意思，生活也更加充满欢乐。她也有同样的感觉。不过，不仅卡秋莎在场或者同他接近时有这样的作用，聂赫留朵夫只要一想到世界上有一个卡秋莎，就会产生这样的感觉。而对卡秋莎来说，只要想到聂赫留朵夫，也会产生同样的感觉。聂赫留朵夫收到母亲令人不快的信也罢，论文写得不顺利也罢，或者心头起了青年人莫名的惆怅也罢，只要一想到世界上有一个卡秋莎，他可以看见她，一切烦恼就都烟消云散了。

卡秋莎在家里事情很多，但她总能一件件做好，还偷空看些书。聂赫留朵夫把自己刚看过的陀思妥耶夫斯基和屠格涅夫的小说借给她看。她最喜爱屠格涅夫的中篇小说《僻静的角落》。他们只能找机会交谈几句，有时在走廊里，有时在阳台或者院子里，有时在姑妈家老女仆玛特廖娜的房间里——卡秋莎跟她同住——有时聂赫留朵夫就在她们的小房间里喝茶，嘴里含着糖块。他们当着玛特廖娜的面谈话，感到最轻松愉快。可是到了剩下他们两人的时候，谈话就比较别扭。在这种时候，他们眼睛所表达的话和嘴里所说的话截然不同，而眼睛所表达的要重要得多。他们总是噘起嘴，提心吊胆，待不了多久就匆匆分开。

聂赫留朵夫第一次住在姑妈家，他同卡秋莎一直维持着这样的关系。两个姑妈发现他们这种关系，有点儿担心，甚至写信到国外去告诉聂赫留朵夫的母亲叶莲娜·伊凡诺夫娜公爵夫人。玛丽雅姑妈唯恐德米特里同卡秋莎发生暧昧关系。但她这种担心是多余的，因为聂赫留朵夫也像一切纯洁的人谈恋爱那样，不自觉地爱着卡秋莎，他对她的这种不自觉的爱情就保证了他们不致堕落。他不仅没有在肉体上占有她的欲望，而且一想到可能同她发生这样的关系就心惊胆战。但具有诗人气质的索菲雅姑妈的忧虑就要切实得多。她生怕具有敢作敢为的可贵性格的德米特里一旦爱上这姑娘，就会不顾她的出身和地位，毫不迟疑地同她结婚。

如果聂赫留朵夫当时明确地意识到自己爱上了卡秋莎，尤其是如果当时有人劝他绝不能也不应该把他的命运同这样一个姑娘结合在一起，那么，凭着他的憨直性格，他就会断然决定非同她结婚不可，不管她是个怎样的人，只要他爱她就行。不过，两位姑妈并没有把她们的忧虑告诉他，因此他没有意识到自己对这个姑娘的爱情，就这样离开了姑妈家。

他当时满心相信，他对卡秋莎的感情只是他全身充溢着生的欢乐的一种表现，而这个活泼可爱的姑娘也有着和他一样的感情。临到他动身的时刻，卡秋莎同两位姑妈一起站在台阶上，用她那双泪水盈眶、略带斜睨的乌溜溜的眼睛送着他，他这才感到他正在失去一种美丽、珍贵、一去不返的东西。他觉得有种说不出的惆怅。“再见，卡秋莎，一切都得谢谢你！”他坐上马车，隔着索菲雅姑妈的睡帽，对她说。

“再见，德米特里·伊凡内奇！”她用亲切悦耳的声音说，忍住满眶的眼泪，跑到门廊里，在那儿放声哭了起来。

13

从那时起，聂赫留朵夫整整三年没有同卡秋莎见面。直到三年后他升为军官，动身去部队，路过姑妈家，这才又见到了她。但同三年前的夏天住在她们家里时相比，他已换了个人了。

那时他是个正派青年，富有自我牺牲精神，乐意为一切高尚事业献身；如今他可成了一个彻头彻尾的利己主义者，迷恋酒色，享乐成癖。那时，上帝创造的世界在他看来是个谜，他兴致勃勃地企图解开这个谜；现在呢，生活中的一切事情都简单明了，都是由他所处的生活环境安排的。那时，接触大自然，接触前人——在他以前生活、思想和感觉过的哲学家、诗人——是重要的；现在呢，重要的是社会制度和跟同事们的交际活动。那时，他觉得女人是神秘而迷人的，正因为神秘就更加迷人；现在呢，女人，除了亲人和朋友的妻子，她们的作用都很清楚：女人是他领略过的最好的玩乐用具。那时他不需要钱，母亲给他的钱连三分之一都花不掉，他可以放弃父亲名下的地产，分赠给他的佃户；现在呢，母亲按月给他一千五百卢布，他还不够用，为了钱他跟母亲拌过嘴。那时，他认为精神的生命才是真正的“我”；现在呢，他以为精力充沛的强壮的兽性的“我”才是他自己。

他身上发生各种可怕的变化，只是由于他不再坚持自己的信念而相信别人的理论。他不再坚持自己的信念而相信别人的理论，因为要是坚持自己的信念，日子就太不好过；要是坚持自己的信念，处理一切事情就不利于追求轻浮享乐的兽性的我，而总会同它抵触。相信别人的理论，就根本无须处理什么，一切问题都迎刃而解，而且总是同精神的我抵触而有利于兽性的“我”。此外，他要是坚持自己的信念，总会遭到人家的谴责；他要是相信别人的理论，就会获得周围人们的赞扬。

譬如，聂赫留朵夫思索上帝、真理、财富、贫穷等问题，阅读有关书籍并同人家谈论这些事，人家就会觉得不合时宜，简直有点儿可笑，他的母亲和姑妈就会好意地取笑他，戏称他是*我们亲爱的哲学家*。但他看爱情小说，讲淫秽笑话，到法国剧院看轻松喜剧，并且津津乐道，大家就称赞他，鼓励他。他省吃俭用，穿旧大衣，不喝酒，大家就觉得他脾气古怪，有意标新立异。他在打猎上挥金如土，在布置书房上穷奢极侈，大家就吹捧他风雅脱俗，还送给他贵重礼品。他原来童贞无瑕，并且想保持到结婚，但他的亲人都为他担忧，以为他有病，后来他母亲知道他从同事手里夺了一个法国女人，成了真正的男子汉，不仅不难过，反而感到高兴。

但公爵夫人一想到儿子同卡秋莎的关系，而且可能同她结婚，就感到忧心忡忡。

同样，聂赫留朵夫成年以后，他把父亲遗留给他的一块面积不大的地产分赠给农民，因为他认为地主拥有土地是不合理的。不料他这种行为却使他的母亲和亲戚大为吃惊，并且从此成为大家嘲弄的话题。人家多次告诉他，获得土地的农民不仅没有发财，反而更穷了，因为他们开了三家小酒店，索性不干农活。等聂赫留朵夫进了近卫军，跟门第高贵的同僚们一起花天酒地，输去许多钱，弄得叶莲娜·伊凡诺夫娜不得不动用存款，她却满不在乎，反而认为这是理所当然的，甚至觉得年轻时在上流社会种些痘苗以增加免疫力，还是件好事。

聂赫留朵夫起初做过反抗，但十分困难，因为凡是他凭自己的信念认为是好的，别人却认为是坏的；反之，他凭自己的信念认为是坏的，别人却认为是好的。最后聂赫留朵夫屈服了，不再坚持自己的信念而相信别人的话。开头这样的自我否定是很不愉快的，但这种不愉快的感觉并没有持续多久。就在这时聂赫留朵夫开始吸烟喝酒，他不再感到不愉快，甚至觉得轻松自在了。

聂赫留朵夫天生热情好动，不久就沉湎于这种受亲友称道的新生活中，把内心的其他要求一概排斥了。这种变化开始于他来到彼得堡以后，而在他进入军界后彻底完成。

军官生活本来就容易使人堕落。一个人一旦进入军界，就终日无所事事，也就是说脱离合理的有益劳动，逃避人们共同负担的义务，而换来的则是军队、军服、军旗的荣誉。再有，一方面对别人颐指气使，享有无限权力；另一方面，在长官面前却又奴颜婢膝，唯命是从。

不过，除了进军队服务获得军服、军旗的荣誉和合法的暴行屠杀所造成的一般性堕落外，在有钱有势的军官才能进入的近卫军团里，军官们因为富裕和接近皇室而格外堕落，这批人很容易发展成为疯狂的利己主义者。聂赫留朵夫自从担任军职，开始像同僚们那样生活以来，他就落入了这种疯狂的利己主义的泥沼之中。

他没有什么正经事要做，只须穿上不是他自己而是别人精心缝制、洗刷干净的军服，戴上头盔，拿起别人铸造、擦亮并交到他手里的武器，跨上一匹由别人饲养和训练的骏马，跟着那些同他一样的人去参加练兵或者检阅，也就是纵马奔驰，挥舞马刀，开枪射击，并把这一套教给别人就行了。他们没有别的事做，但那些达官贵人，不论老少，连沙皇和他的亲信都赞同他们的活动，甚至因此夸奖他们，感谢他们。这些活动结束以后，他们认为正当和重要的是到军官俱乐部或者豪华的饭店里去吃吃喝喝，纵情挥霍不知从哪里弄来的金钱；然后就是剧场，舞会，女人，然后又是骑马，舞刀，奔驰，然后又是挥金如土，喝酒，打牌，玩女人。

这样的生活对军人的腐蚀特别厉害。因为要是一个平民过这样的生活，他内心深处就会感到害臊。军人过这样的生活却心安理得，并且自吹自擂，引以为荣，特别是在战争时期。聂赫留朵夫正好是在向土耳其宣战后进人军队的。“我们准备为国捐躯，因此这种花天酒地的生活不仅可以原谅，而且在我们是必要的。所以我们才这样过日子。”

聂赫留朵夫在生命的这个阶段也隐隐约约有这样的想法。他由于冲破了以前给自己定下的种种道德藩篱，一直感到轻松愉快，并且经常处于利己主义的疯狂状态中。

三年后他到姑妈家去的时候，正处在这样的精神状态中。

14

聂赫留朵夫这次到姑妈家去，是因为他所在的部队已开赴前方，他中途要经过她们的庄园，而且两位姑妈热情邀请他去，但主要的原因是他很想看看卡秋莎。也许在灵魂深处他已产生那如今脱缰的兽性的冲动，对卡秋莎起了歹念，但这一点他自己并没有意识到。他只是想重游他曾快乐地生活过的地方，看看两位对他一向十分慈爱和赞赏、可笑而又可亲的姑妈，看看给他留下愉快回忆的天真可爱的卡秋莎。

他是在三月底耶稣受难日[①]到达的。当时冰雪初融，道路泥泞，而且下着倾盆大雨，把他淋得浑身湿透，身子冻僵，但他还是生气蓬勃，精神焕发——在那个时候，他总是这样的。“她是不是还在她们家里？”马车到达姑妈家熟识的旧式地主庄园时，他心里想。庄园院子里堆着从屋顶上掉下来的积雪，周围砌着一道矮墙。他满心希望，她一听见他的铃铛声就会跑到台阶上，但只看见两个裙裾掖在腰里的赤脚女人提着水桶从边门出来，她们显然正在擦地板。正门入口处也没有她的人影子，只见听差吉洪一人出来。他系着围裙，看来也在打扫房子。索菲雅姑妈身穿丝绸连衣裙，头戴睡帽，来到了前厅。

“啊，你到底来了，太好了！”索菲雅姑妈一边吻他，一边说。“玛丽雅姑妈有点儿不舒服，她刚才去教堂累了。我们领过圣餐了。”

“恭喜你，索菲雅姑妈，”聂赫留朵夫吻了吻索菲雅姑妈的手说，“对不起，我把您弄湿了。”

“快到房间里去，你浑身都湿透了。瞧你已经有胡子了……卡秋莎！卡秋莎！快给他拿咖啡来！”

“我这就来！”走廊里传来熟识的好听声音。

聂赫留朵夫高兴得心都怦怦直跳。“她还在这儿！”好像太阳从云端里露出脸来。聂赫留朵夫兴高采烈地跟着吉洪到他以前住过的房间里去换衣服。

聂赫留朵夫很想向吉洪打听一下卡秋莎的情况：她身体好吗？过得怎么样？是不是快出嫁了？可是吉洪的态度是那么毕恭毕敬，庄重严肃，并且一定要亲自给他用水冲手，弄得聂赫留朵夫不好意思向他打听卡秋莎的事，只能问问他的孙子们好不好，那匹被唤作“哥哥”的老马和看家

① 复活节前最后一个礼拜五。

狗波尔康怎么样。原来孙子们和老马都很好，挺强壮，只有波尔康去年疯了。

聂赫留朵夫脱下身上的湿衣服，刚要穿上干净衣服，忽然听见急促的脚步声，接着是敲门声。聂赫留朵夫从脚步声和敲门声中听出是谁来了，只有她才是这样走路和敲门的。

他披上潮湿的军大衣，走到门口。

“请进！”

果然是她，是卡秋莎。还是同原来一样，但出落得越发俏丽可爱了。那双纯洁的略带斜睨的黑眼睛仍旧那么笑盈盈地从脚到头打量人。她仍旧系着洁白的围裙。姑妈让她送来一块刚剥去包装纸的香皂和两条毛巾：一条是俄国式大浴巾，一条是手巾。不论是没有用过的字迹清楚的香皂，还是那两条毛巾，或者卡秋莎本人，都是那么洁净、新鲜、纯朴、惹人喜爱。她那两片线条清楚的可爱红唇，像上次看见他时一样，由于内心难以抑制的喜悦而皱了起来。

“欢迎您，德米特里·伊凡内奇！”她好不容易才说出口，脸涨得通红。

“你好……您好，”聂赫留朵夫不知道对她说话用“你”好还是用“您”好，脸涨得像她一样红，“身体好吗？”

“感谢上帝……您瞧，姑妈叫我给您送您喜爱的玫瑰香皂来了。”她说着把香皂放在桌上，把手巾往椅子扶手上一搭。

“人家侄少爷自己有。”吉洪夸耀客人的阔气说，得意扬扬地指指聂赫留朵夫那个打开的大梳妆箱。箱子里放着许多银盖的瓶子、刷子、发蜡、香水和其他化妆用品。

“您替我谢谢姑妈。我来到这里，真高兴。”聂赫留朵夫说，觉得心里像上次一样开朗和温暖。

她听了这话只微微一笑，就走了。

两位姑妈一向宠爱聂赫留朵夫，这次见到他格外高兴。德米特里出去打仗，可能负伤，也可能阵亡，这就使两位姑妈格外疼他。

聂赫留朵夫原定在姑妈家只停留一天一夜，但见了卡秋莎，他就决定多待两天，过了复活节再走。于是他给他的朋友和同事申包克打了个电报，请他们到姑妈家来，他们原先约定在敖德萨会合。

聂赫留朵夫第一天看到卡秋莎，就对她燃起了旧情。他像上次一样，看见卡秋莎的白围裙就兴奋，听见她的脚步声、说话声和笑声就快乐，看见她那双水汪汪像乌梅子一样的眼睛，特别是当她微笑的时候，他就心醉，主要是当他们相遇的时候，他一看见她满脸红晕的模样，就心慌意乱。他发觉自己在恋爱了，但不像以前那样觉得恋爱是个谜，他连自己都不敢承认他在恋爱，并且认为人的一生只能恋爱一次。现在他又在恋爱了，并且意识到这一点，还因此感到高兴。他隐隐约约地知道，恋爱是怎么一回事，结果会怎么样。

聂赫留朵夫也像所有的人那样，身上同时存在着两个人。一个是精神的人，他所追求的是那种对人、对己统一的幸福；一个是兽性的人，他一味追求个人幸福，并且为了个人幸福不惜牺牲全人类的幸福。在目前这个时期，彼得堡生活和部队生活唤起的利己主义在他身上恶性发作，兽性的人在他身上占了上风，把精神的人完全压倒了。不过，他看见了卡秋莎，旧情复发，精神的人又抬头了，并且重新支配着他的行动。在复活节前的这两天里，聂赫留朵夫身上一刻不停地展开着连他自己都不清楚的内心斗争。

他心里明白他该走了，他没有理由留在姑妈家里，知道留着不会有什么好事，但待在这里实在太快乐了，他不愿正视这种危险，就留了下来。

在复活节前一天，礼拜六傍晚，司祭带了助祭和诵经士乘雪橇赶来做晨祷。他们说，他们千辛万苦才穿过水塘和干地，走完从教堂到姑妈家的三里路。

聂赫留朵夫同姑妈和仆人站在一起做完晨祷，同时目不转睛地盯住卡秋莎，看她站在门口，送来了手提香炉。他同司祭和两位姑妈互吻了三次，正要到房间里去睡觉，忽然听见玛丽雅姑妈的老女仆玛特廖娜同卡秋莎一起在走廊里，正准备到教堂去行复活节蛋糕和奶饼的净化礼。他暗暗打定主意：“我也去。”

去教堂的路，马车不能通行，雪橇也不好走。聂赫留朵夫在姑妈家一向像在自己家里一样随便，他吩咐仆人把那匹叫“哥哥”的公马备好鞍子，自己不上床睡觉，却穿上漂亮的军服和紧身马裤，披上军大衣，跨上那匹不住嘶叫的膘肥体壮的老公马，摸黑穿过水塘和雪地向教堂跑去。

15

这次晨祷给聂赫留朵夫一辈子留下极其鲜明、极其深刻的印象。

通过稀稀落落散布着几堆白雪的漆黑道路，他骑马蹚着水，来到教堂前的院子里。他的马看见教堂周围的点点灯火，竖起耳朵。这时候，礼拜已开始了。

有几个农民认出他是玛丽雅小姐的侄儿，就领他到干燥的地方下马，牵过马来拴好，然后把他带到教堂里。教堂里已挤满了过节的人。

右边都是庄稼汉：老头子身穿土布长袍，脚包白净的包脚布，外套树皮鞋；小伙子身穿崭新的呢长袍，腰束色彩鲜艳的阔腰带，脚蹬高筒皮靴。左边都是女人，她们头上包着红绸巾，身穿棉绒紧身袄，配着大红衣袖，系着蓝色、绿色、红色或者花色的裙子，脚上穿着钉上铁钉的半筒靴。老年妇女衣着朴素，站在后面，她们包着白头巾，身穿灰短袄，系着老式毛织裙子，脚穿平底鞋或者崭新的树皮鞋。人群中还夹杂着孩子，他们打扮得漂漂亮亮，头发抹得油光光。农民们画十字，甩动头发鞠躬。妇女们，特别是那些上了年纪的，用她们褪了色的眼睛盯着蜡烛和圣像，用并拢的手指紧紧地按按额上的头巾、双肩和腹部，嘴里念念有词，弯腰站着或者跪下。孩子们看见有人在瞧着他们，就学大人的样，一个劲儿地做祷告。镀金的圣像壁，被周围饰金大蜡烛和小蜡烛照得金光闪闪。枝形大烛台上插满了蜡烛，光辉灿烂。从唱诗班那里传来业余歌手欢乐的歌声，其中夹杂着嘶哑的男低音和尖细的童声。

聂赫留朵夫向前走去。教堂中央站着上层人物：一个地主带着妻子和穿水兵服的儿子，警察分局局长，电报员，穿高筒皮靴的商人，佩戴奖章的乡长。在读经台右边，地主太太后面站着玛特廖娜。玛特廖娜身穿闪光的紫色连衣裙，披着有流苏的白色大围巾。卡秋莎站在她旁边，身穿一件胸前有皱褶的雪白连衣裙，腰里系着一根浅蓝带子，乌黑的头发上扎着一个鲜红的蝴蝶结。

整个教堂里都洋溢着喜悦、庄严、欢乐和美好的气氛。司祭们穿着银光闪闪的法衣，挂着金十字架。助祭和诵经士穿着有金银丝绦装饰的祭服。业余歌手们也都穿着节日的盛装，头发擦得油光闪亮。节日的赞美诗听上去像欢乐的舞曲。司祭们高举插有三支蜡烛、饰有花卉的烛台，不停地为人们祝福，嘴里反复欢呼："基督复活了！基督复活了！"一切都很美丽，但最美丽的却是那穿着雪白连衣裙、系着浅蓝腰带、乌黑的头发上扎着鲜红蝴蝶结、眼睛闪耀着快乐光芒的卡秋莎。

聂赫留朵夫发觉她虽然没有回过头来，却看见了他。他是在走向祭坛，经过她身边时注意到的。他对她本没有什么话要说，但就在经过她身边时想出了一句："姑妈说，做完晚弥撒她就开斋。"就像每次见到他那样，她那可爱的脸蛋上泛起了青春的红晕，乌黑的眼睛闪耀着笑意和欢乐，她天真烂漫地从脚到头瞅着聂赫留朵夫。

"我知道。"她笑眯眯地说。

这当儿，一个诵经士手里拿着一把铜咖啡壶，穿过人群，在经过卡秋莎身边时没有留神，他的祭服下摆触到了卡秋莎。那诵经士显然是由于尊敬聂赫留朵夫，有意从他旁边绕过去，结果却触到了卡秋莎。聂赫留朵夫心里奇怪，那个诵经士怎么会不明白，这里的一切，连全世界的一切，都是为卡秋莎一人而存在的，他可以忽视世间万物，但不能怠慢卡秋莎，因为她就是世界的中心。为了她，圣像壁才金光闪闪，烛台上的蜡烛才欢乐地燃烧；为了她，人们才高歌欢唱：“耶稣复活了，人们啊，欢乐吧！”世上一切美好的东西都是为她，为她一人而存在的。他认为卡秋莎也懂得，一切都是为了她。聂赫留朵夫注视着她那穿带皱褶雪白连衣裙的苗条身材，注视着她那张聚精会神的喜气洋洋的脸，心里有这样的感觉。他还从她脸部的表情上看出，她心里所唱的和他心里所唱的是同一首歌。

聂赫留朵夫在早弥撒和晚弥撒之间那个时刻走出教堂。人们纷纷给他让路，向他鞠躬。有人认识他，有人却问：“他是谁家的？”他在教堂门前的台阶上停住脚步，乞丐们把他团团围住，他把钱包里的零钱都分给他们，这才走下台阶。

天已经亮了，四下里一切都看得清楚，但太阳还没有升起。人们分散在教堂周围的墓地上。卡秋莎留在教堂里。聂赫留朵夫站在门口等她。

人们陆续从教堂里出来，他们靴底的钉子在石板地上敲得叮叮作响。他们走下台阶，分散到教堂前面的院子里和墓地上。玛丽雅姑妈家的糕点师傅，老态龙钟，脑袋不断颤动，拦住聂赫留朵夫，同他互吻了三次。糕点师傅的老伴头上包着一块丝绸三角巾，头巾下面有一个皮肤打皱的小肉团。她从手绢里取出一个黄澄澄的复活节蛋，送给聂赫留朵夫。这当儿，一个体格强壮的青年庄稼汉，身穿一件崭新的紧身外套，腰里束着一条绿色宽腰带，笑嘻嘻地走过来。

“基督复活了！”他眼睛里含着笑意说。他向聂赫留朵夫凑过脸来，使他闻到一股庄稼汉身上所特有的好闻气味，他那鬈曲的大胡子扎得聂赫留朵夫脸上发痒，接着就用他那宽厚的滋润的嘴唇对准聂赫留朵夫的嘴唇吻了三次。

就在聂赫留朵夫跟那个庄稼汉亲吻，接受他所送的深棕色复活节蛋时，出现了玛特廖娜的闪光连衣裙和那个戴着鲜红蝴蝶结的可爱的乌黑脑袋。

她隔着前面过路人的头看见了他，他也看到她容光焕发的脸。她跟玛特廖娜一起走到教堂门口的台阶上站住，散钱给乞丐。一个鼻子烂得只剩块红疤的乞丐走到卡秋莎跟前。她从手绢里取出一样东西送给他，然后向他凑拢去，丝毫没有嫌恶的样子，眼睛里依旧闪耀着快乐的光辉，同他互吻了三次。正当她同乞丐接吻的时候，她的目光同聂赫留朵夫的目光相遇了。她仿佛在问：她这样做好吗？做得对吗？

“对，对，宝贝，一切都很好，一切都很美，我喜欢这样。”他的眼神这样回答。

她们走下台阶，他就走到她跟前。他不想按复活节的规矩同她互吻，只想同她挨得近一点儿。

“基督复活了！”玛特廖娜说。她低下头，微笑着，那口气仿佛在说：今天大家平等。接着她把手绢揉成一团，擦擦嘴，把嘴唇向他凑过去。

“真的复活了！”聂赫留朵夫回答，同她接吻。

他回头看了卡秋莎一眼。她绯红了脸，同时向他挨过来。

“基督复活了！德米特里·伊凡内奇！”

“真的复活了！”他说。他们互吻了两次，仿佛迟疑了一下，还要不要再吻一次，终于决定再吻一次，他们就吻了第三遍。接着两人都笑了笑。

“你们不去找司祭吗？”聂赫留朵夫问。

“不，德米特里·伊凡内奇，我们要在这里坐一会儿。”卡秋莎说，仿佛在愉快的劳动以后用整个胸部深深地呼吸着，同时用她那双温柔、纯洁、热烈而略带斜睨的眼睛盯住他的眼睛。

男女之间的爱情总有达到顶点的时刻，在那样的时刻既没有自觉和理性的成分，也没有肉欲的成分。这个基督复活节的夜晚，对聂赫留朵夫来说就是这样的时刻。如今他每次回想到卡秋莎，这个夜晚的情景总是盖过了他看见她的其余各种情景。那个头发乌黑光滑的小脑袋，那件束住她处女的苗条身材和不高胸部的有皱褶的雪白连衣裙，那个泛起红晕的脸蛋，那双由于未眠而略带斜睨的乌黑发亮的眼睛，再有她全身焕发出来的特点：她那纯洁无瑕的少女的爱，不仅对着他——这一点他知道——而且对着世上一切人，一切事物，不仅对着人间一切美好的事物，而且对着她刚才吻过的那个乞丐。

他知道她心里有这样的爱，因为他意识到，这一夜他通宵达旦也有这样的感情，并且知道，正是这种爱把他同她连结在一起。唉，要是他们的关系能保持在那天夜里的感情上，那该多好！“是的，那件可怕的事是在复活节夜晚之后发生的呀！”现在聂赫留朵夫坐在陪审员议事室窗前，暗自想着。

16

聂赫留朵夫从教堂回来后，就跟姑妈们一起开斋。为了提提神，他按照军队里的习惯，喝了伏特加和葡萄酒，然后回到自己房里，和衣倒在床上睡着了。一阵敲门声把他吵醒。他从敲门声上听出，这是她，就揉揉眼睛，伸着懒腰坐起来。

“卡秋莎，是你吗？进来。”他下了床说。

她把房门稍微推开一点儿。

“请您去吃饭。”她说。

她仍旧穿着那件雪白的连衣裙，但头发上的蝴蝶结不见了。她瞅了一下他的眼睛，满面春风，仿佛她告诉了他一件特殊的大喜讯。

“我这就来。”他一边回答，一边拿起梳子来梳头发。

她站在那里没有走。他一发觉，就丢下梳子，向她走去。但就在这当儿，她敏捷地转过身，像往常那样，轻快地沿着过道的花地毯走去。

“我真傻，”聂赫留朵夫自言自语，“我为什么不把她留住？”

他拔脚跑去，在过道里追上她。

他要拿她怎么样，连他自己也说不上来。不过他觉得，刚才她走进房间，他应该像一般人在这种场合那样，对她做些什么，可是他没有做。

“卡秋莎，你等一下。”他说。

她回头一看。

“您要什么？”她停住脚步说。

“没什么，不过……”

他提起精神，想到一般男人处在这种场合会怎么办，就搂住卡秋莎的腰。

她站住了，对他的眼睛瞧瞧。

“别这样，德米特里·伊凡内奇，别这样。”她脸红得简直要哭出来，说，同时用她那粗糙有力的手推开那只搂住她的胳膊。

聂赫留朵夫放开她，有那么一会儿，他不仅感到十分羞愧，而且觉得自己可恶。他应该相信自己的这种感情，可是他不知道这种羞耻心正是他灵魂里表现出来的最高尚的感情，反而认为他自己愚蠢，他应该像一般人那样行动才对。

他又一次追上她，搂住她，吻她的脖子。这一次的吻同前两次——那次在丁香花坛后面情不自禁的一吻和今天早晨在教堂里的接吻完全不同。这一次的吻是可怕的，这一点她也感觉到了。

“您这是干什么呀？”她惊叫起来，仿佛他打碎了一个无价之宝，再也无法补救似的。她拔脚从他身边跑掉了。

他走到餐厅。两位盛装的姑妈、一个医生和一位女邻居都站在放冷盘的桌旁等着。一切都同平时一样，可是聂赫留朵夫心里却起了风暴。人家对他说什么，他根本没有听进去，回答得驴唇不对马嘴，一心只想着卡秋莎，回味着刚才在过道里追上她时的一吻。他没有心思想别的事。她每次进来，他眼睛没有看她，却总是真切地感觉到她就在旁边，他必须竭力克制自己不去看她。

午饭以后，他立刻回到自己屋里，情绪激动地走来走去，留神房子里的声音，希望能听到她的脚步声。他身上那个兽性的人，如今不仅抬起头来，而且把他初来时和今天早晨在教堂里还存在的精神的人踩在脚下。如今这个可怕的兽性的人独霸了他的心灵。尽管他一直在守候她，今天他却毫无机会同她单独见面。多半是她在躲避他吧。但到了傍晚，她凑巧有事到他隔壁房间里去。原来是医生要留下来过夜，卡秋莎只得替他铺床。聂赫留朵夫一听见她的脚步声，就屏住呼吸，蹑手蹑脚跟着她进去，仿佛去干什么犯法的事似的。

她两只手伸进干净的枕头套里，抓住枕头角，回头看了他一眼，微微一笑，但已不是原先那种轻松愉快的欢笑，而是一种恐惧的可怜巴巴的苦笑。这笑容仿佛向他表示，他这样做是要不得的。他刹那间愣住了。现在还能进行斗争。他对她真正爱的声音，虽然微弱，但毕竟还在响着，他不能不考虑到她，考虑到她的感情，她的生活。但在他的内心里还有另一个声音：别错过自己的享乐，别错过自己的幸福。后面那个声音压倒了前面的声音。他断然走到她跟前，那种按捺不住的可怕兽性控制了他。

聂赫留朵夫搂住她不放，按她坐在床上。他觉得还有些什么事要做，就在她旁边坐下。

“德米特里·伊凡内奇，好少爷，请您放手，”她哀求说，“玛特廖娜来了！”她一边叫，一边挣脱身子。门外真的传来了脚步声。

“那我晚上去找你，”聂赫留朵夫说，“屋里不是只有你一个人吗？”

“您在说什么？千万别这样！别这样！”她嘴里这么说，而她整个兴奋慌乱的神态表现出来的却是另一回事。

来的果然是玛特廖娜，她走进房里，手臂上搭着一条被子，不以为然地对聂赫留朵夫瞅了一眼，责备卡秋莎拿错了被子。

聂赫留朵夫默默地走了出去，他甚至没有感到羞耻。他从玛特廖娜的脸色上看出，她在责怪他，而且责怪得有理，因为他自己也知道干的事不对，但原先被他对她的纯洁爱情压制着的兽性如今控制了他，霸占了他，把其他一切感情都扼杀了。现在他知道，要满足这种兽性该怎么办，就竭力想办法。

整个黄昏他都感到心神不宁，一会儿走到姑妈们屋里，一会儿回到自己的房间，一会儿又走到台阶上，心里只盘算着一件事，怎样同她单独见面。不过，她在躲避他，而玛特廖娜却寸步不离地看住她。

17

整个黄昏就这样过去，黑夜降临了。医生去睡觉了。两位姑妈也安歇了。聂赫留朵夫知道玛特廖娜此刻在姑妈卧室里，女仆屋里只有卡秋莎一人。他又走到台阶上。户外漆黑、潮湿、温暖，空中弥漫着白茫茫的迷雾。春天里，这样的雾能化开残雪，也许雾本身就是由残雪融化而成的。房子前面百步开外的峭壁下有条小河，从那边传来一种古怪的响声，那是冰层破裂的声音。

聂赫留朵夫走下台阶，踩着冰雪覆盖的水塘，来到女仆屋子窗口。他的心在胸膛里怦怦直跳，跳得他自己都能听见。他时而屏住呼吸，时而长叹一声。女仆屋里点着一盏小灯，卡秋莎独自坐在桌旁沉思，眼睛瞪着前方。聂赫留朵夫一动不动地瞧了她好一阵，很想看看在她认为没人看见的时候她会做些什么。她木然不动地坐了两分钟光景，这才抬起眼睛，微微一笑，摆摆头，仿佛在责备自己，然后换了个姿势，突然把双臂往桌上一搁，眼睛呆呆地望着前方。

他站在那里瞧着她，不自觉地同时听着自己的心跳和从小河那边传来的古怪响声。那里，在雾蒙蒙的河上，正在发生持续不断的缓慢的变化：一会儿是什么东西在呼哧呼哧喘气，一会儿是咔嚓一声裂开，一会儿是哗啦一下崩塌，一会儿是薄冰像玻璃一样互相碰撞，发出清脆的响声。

他站在那里，瞧着卡秋莎由于内心斗争激烈而显得苦恼的、沉思的脸，他很可怜她，但说来奇怪，这种怜悯心反而加强了他对她的欲念。

他被欲念完全控制了。

他敲了敲窗子。她像触电似的浑身打了个哆嗦，脸上露出恐怖的神色。接着她跳起来，走到窗前，把脸贴到窗玻璃上。她用双手在眼睛上搭了个凉棚，认出是他，但她脸上的恐惧神色并没有消失。她的神态异常严肃，他从来没有看见过她这种模样。直到他微微一笑，她也才笑了笑，仿佛只是为了迎合他才笑的，她心里根本不想笑，有的只是恐惧。他对她做了个手势，要她出来。她摇摇头，表示不出来，可是依旧站在窗边。他又一次把脸凑近玻璃窗，想喊她出来，但就在这当儿她向房门口转过身去，显然有人在叫她。聂赫留朵夫离开了窗口。雾很浓，离开房子五步就看不见窗子，只剩下一团漆黑的影子，中间现出一个似乎很大的红色灯光。河那边仍旧传来古怪的喘气、崩塌、坼裂和冰块相撞的声音。在附近浓雾弥漫的院子里，有一只公鸡啼起来，附近几只公鸡响应它，然后从远处村子里也传来互相呼应、汇成一片的鸡鸣。不过，除了河那边，四下里还是一片宁静。这时鸡已啼第二遍了。

聂赫留朵夫在房子转角来回走了两步，好几次踩在水塘里，又回到女仆屋子窗边。灯依旧亮着，卡秋莎依旧坐在桌旁，仿佛有什么事拿不定主意。他一走到窗口，她对他望了一眼。他敲了敲窗子。她没有看是谁在敲，就从屋里跑出来。他听见门钩“嗒”地响了一声，接着外道门吱的一声开了。他在门廊里等她，立刻默默地把她搂住了。她紧偎着他，抬起头，嘴凑过去迎接他的吻。他们站在门廊转角处干燥的地方，他全身被没有满足的欲望煎熬着。突然外道门又发出咯吱吱的响声，又传来玛特廖娜怒气冲冲的声音：

“卡秋莎！”

她从他的怀抱中挣脱出来，回到女仆屋里。他听见门钩又嗒的一声扣上。接着一切又归于寂静，窗里的灯火不见了，只剩下一片迷雾和河上的响声。

聂赫留朵夫走到窗口，一个人也看不见。他敲敲窗子，没有人答应。聂赫留朵夫从前门台阶回到房子里，但睡不着觉。他脱下靴子，光着脚板从过道走到她的房门口，旁边就是玛特廖娜的房间。起初他只听见玛特廖娜平静的鼾声，他刚要进去，忽然听见她咳嗽起来，翻了个身，弄得床铺嘎吱作响。他屏住呼吸，一动不动地站了五分钟光景。等到一切又安静下来，又听到平静的鼾声，他就竭力从那些不会嘎吱发响的地板上往前走去，一直走到她的房门口。什么声音也没有。她显然没有睡着，因为听不见她的鼾声。他刚低声唤了一声“卡秋莎”，她就霍地跳起来，走到房门边，生气地——他有这样的感觉——劝他走开。

“这像什么话？唉，这怎么行？姑妈她们会听见的，”她嘴里这样说，但整个身子却仿佛在说，“我整个人都是你的。”

这一点只有聂赫留朵夫懂得。

“喂，你开一开门。我求求你了。”他语无伦次地说。

她不作声，接着他听见一只手摸索门钩的响声。门钩嗒的一声拉开了，他钻进打开的门里。

他一把抓住她，她只穿着一件又粗又硬的衬衣，露着两条胳膊。他把她抱起来，走出房门。

“哎呀！您这是干什么？”她喃喃地说。

但他不理她，一直把她抱到自己房里。

“哎呀！别这样，您放手！”她嘴里这么说，身子却紧紧地偎着他。

……

等她浑身哆嗦，一言不发，也不搭理他的话，默默地从他房里走出去，他这才来到台阶上，站在那里，竭力思索刚才发生的事的意义。

房子外面亮了一些。河那边冰块的拆裂声、撞击声和呼呼声更响了。除了这些响声，如今又增加了潺潺的流水声。迷雾开始下沉，从雾幕后面浮出一钩残月，凄凉地照着黑漆漆、阴森森的地面。

“我这是怎么啦，是交了好运还是倒了大霉？”他问自己。“这种事是常有的，人人都是这样的。”他自己回答，接着就到房间里睡觉去了。

18

第二天，申包克衣冠楚楚，兴致勃勃，到聂赫留朵夫姑妈家来找他。申包克凭他的文雅、殷勤、乐观、慷慨和对聂赫留朵夫的友爱博得了两位姑妈的欢心。他的慷慨虽然很讨姑妈们喜欢，但有点儿过分，使她们感到疑惑。门口来了几个瞎眼乞丐，他一给就是一个卢布。他给仆人们发赏钱，一次就发了十五卢布。索菲雅姑妈的小狮子狗修才特卡当着他的面碰破了脚，他就亲自替它包扎，毫不犹豫地掏出自己的花边麻纱手绢（索菲雅姑妈知道，这种手绢至少要十五卢布一打），把它撕成一条条，给修才特卡做绷带。姑妈们从来没有见过这样的人，根本不会想到这个申包克其实欠了二十万卢布的债，而且他自己也知道是永世还不清的，因此多二十五卢布或少二十五卢布对他没有什么区别。

申包克只逗留了一天，第二天晚上就同聂赫留朵夫一起走了。他们不能再待下去，因为到了部队报到的最后期限。

在姑妈家度过的最后一天里，聂赫留朵夫脑子里还清清楚楚地记得前一夜的事。他的内心有两种感情在搏斗着：一种是兽性爱所引起的热辣辣的充满情欲的回忆，这种情欲虽不及预期的那样醉人，但毕竟达到了目的，得到了一定的满足；另一种感情是觉得自己做了一件很坏的事，必须加以弥补，但弥补不是为了她，而是为了自己。

聂赫留朵夫身上利己主义恶性发作，他想到的只有他自己。他考虑的是，要是人家知道他对她干的事，会不会责备他，会责备到什么程度。他根本没有想到，她现在的心情怎样，将来会产生什么后果。

他以为申包克猜到了他同卡秋莎的关系，这使他的虚荣心得到了满足。

“难怪你忽然对两位姑妈恋恋不舍，在她们家里住了一个礼拜，”申包克看到卡秋莎，对聂赫留朵夫说，“我要是处在你的地位，也不肯走了。真迷人！”

聂赫留朵夫还想到，虽然没有尝够同她恋爱的欢乐，就此离开未免有点儿遗憾，但既然非走不可，那么索性让这种无法维持的关系一刀两断，未尝不是件好事。他还想到，应该送她一些钱，不是为了她，不是因为她可能需要钱，而是因为遇到这样的事，通常都是这么做的。既然他玩弄了她，要是不给她一些钱，人家会说他不是个正派人。于是他就给了她一笔钱，那数目，就他的身份和她的地位而言，他认为是相当丰厚的。

临走那天，他吃过午饭，在门廊里等她。她一看见他，脸唰地红起来。她对他使了个眼色，示意他女仆屋里的门开着，想走过去，但他把她拦住了。

“我想跟你告别，”他手里揉着装有一百卢布钞票的信封，说，“这是我……”

她猜到是什么，皱起眉头，摇摇头，把他的手推开。

“不，你拿去。”他喃喃地说，把信封塞在她的怀里。他像被火烫痛似的，皱起眉头，哼哼着，跑回自己房里去。

随后他在房间里来回踱了好一阵，一想起刚才那一幕，他浑身抽搐，甚至跳起来，大声呻吟，仿佛肉体上感到痛楚似的。

“可是有什么办法呢？大家都是这样。申包克同家庭女教师有过这样的事，这是他亲口讲的。格里沙叔叔也有过这类事。父亲也干过这样的事。当时父亲住在乡下，同那个农家女人生了私生子米金卡，那孩子至今还活着。既然大家都这样做，那就是合情合理的。”他这样宽慰自己，可是怎么也宽不了心，他一想起这件事，良心就受到谴责。

在他的内心，在他的内心深处，他知道他的行为很卑鄙、恶劣、残酷。一想到这事，他不仅无权责备别人，而且不敢正眼看人，更不要说像原来那样自认为是个高尚、纯洁、慷慨的青年了。但他必须保持原来那种对自己的看法，才能快快活活满怀信心地活下去。而要做到这一点，只有一个办法，就是不去想它。他就这样办了。

他开始过新的生活：来到新的环境，遇见新的同事，投入战争。这种生活过得越久，那件事的印象就越淡薄，最后他真的把它完全忘记了。

只有一次，那是在战争结束以后，他希望看到卡秋莎，就拐到姑妈家去，这才知道她已经不在了。他走后不久，她就离开姑妈家到外面去分娩，生了个孩子。两位姑妈听人家说，她完全堕落了。他心里很难受。按分娩时间推算，她生的孩子可能是他的，但也可能不是他的。两位姑妈都说她堕落了，因为她像她母亲一样生性淫荡。姑妈们这种说法他听了高兴，因为仿佛替他开脱了罪责。起初他还想找寻她和孩子，但后来，由于想到这事内心感到太痛苦、太羞耻了，就不再费力气去找寻，而且忘记了自己的罪孽，不再想到它。

但是现在，这种意料不到的巧遇使他想起了一切，逼着他承认自己没有心肝，承认自己残酷卑鄙，良心上背着这样的罪孽，居然还能心安理得地过了十年。不过，要他真正承认这一点，还为时过早，目前他所考虑的只是这事不能让人家知道，她本人或者她的辩护人不要把这事和盘托出，弄得他当众出丑。

19

聂赫留朵夫正是怀着这样的心情，从法庭走到陪审员议事室的。他坐在窗边，听着周围的谈话，不断地吸烟。

那个快活的商人显然很赞赏商人斯梅里科夫寻欢作乐的方式。

“嘿，老兄，他玩得真够痛快，纯粹是西伯利亚人的作风。他可实在有眼光，看中了这么个小妞儿！”

首席陪审员发表一通议论，认为此案关键在于鉴定。彼得·盖拉西莫维奇同那个犹太籍店员开着玩笑，因为一句什么话哈哈大笑起来。聂赫留朵夫对人家的问话，总是只回答一两个字。他唯一的希望就是别人不要来打搅他。

民事执行吏步态蹒跚地走来邀请陪审员回法庭，聂赫留朵夫感到心惊胆战，仿佛不是他去审问别人，而是他被带去受审判。在内心深处，他觉得自己是个坏蛋，没有脸正眼看人，但习惯成自然，他还是大模大样地登上台，紧挨着首席陪审员，在自己的座位上坐下来，一条腿搁在另一条腿上，手里玩弄着夹鼻眼镜。

被告们已被带出去，这时又被押送回来。

法庭里新来了几个人，都是证人。聂赫留朵夫发现，玛丝洛娃几次三番盯着那个满身绸缎丝绒、珠光宝气的胖女人瞧个不停。这个女人头戴饰有花结的高帽，胳膊露到肘部，挽着一个精致的手提包，坐在栏杆前第一排。聂赫留朵夫后来才知道，她是证人，是玛丝洛娃所在那个窑子的掌班。

开始审问证人，问他们的姓名、宗教信仰等等。然后庭长征求法官的意见，证人要不要宣誓。接着那个老司祭又勉强挪动两腿走出来，又把绸法衣上的金十字架拉拉正，又那么镇定自若地带领证人和鉴定人宣誓，满心相信他正在干一件重大而有益的事。等到宣誓完毕，证人都被带出去，只剩下妓院掌班基塔耶娃一人。法官问她关于本案知道些什么。基塔耶娃装出一脸媚笑，每说一句话，戴着高帽的头就往下一缩，带着德国口音详详细细、有条不紊地讲着这事的经过。

先是那个熟悉的旅馆茶房西蒙到她的窑子里来，要替一位有钱的西伯利亚商人物色一个姑娘，她派柳波芙去。过了一会儿，柳波芙就带着那个商人一起回来。

“那个买卖人已经有点儿糊涂了，”基塔耶娃笑嘻嘻地说，“到了我们那里还是喝，还请姑娘喝；可是他身上的钱没有了，他就派这个柳波芙到他房间里去拿，他对她已经蛮有点儿意思了。”她瞟了一眼被告说。

聂赫留朵夫觉得玛丝洛娃听到这里似乎微微一笑。这种笑使他感到恶心，他心里产生一种说不出的嫌恶，同时也带着几分冷悯。

“那么你对玛丝洛娃有什么看法？”那个被指定替玛丝洛娃辩护的见习法官红着脸，怯生生地问。

“太好了，”基塔耶娃回答，“姑娘受过教育，蛮有派头。她出身上等人家，法国书也看得懂，她有时稍微多喝几杯，但从来不放肆。十足是个好姑娘。”

卡秋莎对掌班瞧瞧，但接着突然把视线移到陪审员那边，停留在聂赫留朵夫身上，她的脸色变得严肃甚至充满恼恨了，她那双恼恨的眼睛有一只斜睨着。这双异样的眼睛对聂赫留朵夫瞧了相当久。聂赫留朵夫虽然胆战心惊，他的目光却怎么也离不开这双眼白白得惊人的斜睨的眼睛。他突然想起那个可怕的夜晚：冰层坼裂，浓雾弥漫，特别是那钩在破晓前升起、两角朝下的残月，照着黑漆漆、阴森森的地面。这双乌溜溜的眼睛又像在瞧他又像不在瞧他，使他想起了那黑漆漆、阴森森的地面。

“被她认出来了！”聂赫留朵夫想。他身子缩成一团，仿佛在等待当头一棒。但她并没有认出他来，她平静地叹了口气，又看看庭长。聂赫留朵夫也叹了一口气。“唉，但愿快点儿结束！”他想。此刻他的心情仿佛一个猎人，不得已弄死一只受伤的小鸟：又是嫌恶，又是怜悯，又是悔恨。那只还没有断气的小鸟不住地在猎袋里扑腾，使人觉得又讨厌又可怜，真想赶快把它弄死，忘掉。

聂赫留朵夫此刻听着审问证人，心里就有类似的复杂感情。

20

可是，仿佛有意跟他为难似的，审讯拖了很长时间。先是法庭逐一审问证人和鉴定人，接着副检察官和辩护人照例煞有介事地提出种种不必要的问题，然后庭长请陪审员检查物证，其中包括一个很大的戒指，显然原来戴的手指很粗，戒指上面有钻石镶成的梅花。再有一个滤器，验出来里面有毒。这些物证都盖了火漆印，上面贴有标签。

陪审员正要去查看物证，不料副检察官又站起来，要求在检查物证以前先宣读法医的验尸报告。

庭长一心想快点儿结束这个案子，好赶去同他的瑞士女人相会。庭长明明知道宣读这种报告，除了惹人厌烦，推迟吃饭时间外，不会有别的结果，而副检察官所以提出这样的要求，无非因为他有权这样做。庭长毕竟不能拒绝，只得同意。书记官取出文件，又用他那舌尖音和卷舌音不分的声调，没精打采地念起来：

“外部检查结果：

“（一）费拉朋特·斯梅里科夫身长二俄尺十二俄寸①。”

“那汉子可真高大。”那个商人关切地凑近聂赫留朵夫的耳朵低声说。

“（二）就外表推测，年约四十岁。

“（三）尸体浮肿。

“（四）全身皮肤呈淡绿色，并有深色斑点。

“（五）尸体表皮上有大小水泡，有几处脱皮，状如破布。

“（六）头发深褐色，很浓密，一经触摸，随即脱落。

“（七）眼球突出眼眶之外，角膜浑浊。

“（八）鼻孔、双耳和口腔有泡沫状脓液流出，嘴微张。

“（九）由于面部和胸部肿胀，颈部几乎不能复见。”

等等，等等。

就这样在四页报告纸上写了二十七条，详细叙述这个在城里寻欢作乐的商人高大肥胖而又浮肿腐烂的可怕尸体的外部检查结果。聂赫留朵夫听了这个验尸报告，原来那种说不出的嫌恶感越发强烈了。卡秋莎的一生、从尸体鼻孔里流出来的脓液、从眼眶里暴出来的眼球、他聂赫留朵夫对她的行为，这一切在他看来都是同一类事物。这些事物从四面八方把他团团围住，把他吞没了。等外部检查报告好容易宣读完毕，庭长长长地舒了一口气，抬起头，希望宣读工作就此结束。不料书记官又立刻宣读内部检查报告。

庭长又垂下头，一只手托住脑袋，闭上眼睛。坐在聂赫留朵夫旁边的商人好容易忍住睡意，身子间或晃了晃。被告们却同他们后面的宪兵一样，坐着一动不动。

“内部检查结果：

“（一）头盖骨表皮极易从头盖骨分离，无一处瘀血可见。

“（二）头盖骨厚度中等，完整无损。

“（三）脑膜坚硬，有两小块已变色，长约四英寸，脑膜呈浊白色。”

等等。另外还有十三条。

① 1俄尺等于0.71米。2俄尺12俄寸约合1.95米。

然后是在场见证人的姓名和签字，然后是医生的结论。结论表明，根据尸体解剖并记录在案，死者胃部以及部分肠子和肾脏发生异变，使人有权以高度可能性肯定，斯梅里科夫之死实由于毒药搀入酒内灌进胃里所致。根据胃和部分肠子异变，难以断定用的是什么毒药；但可以肯定毒药是和酒一起进入胃里的，因为胃里有大量酒液。

“看来他喝得可凶了。”那个商人瞌睡刚醒，说。

这份报告宣读了将近一小时，但还是没有使副检察官满足。等报告宣读完毕，庭长就对他说：“我看内脏检查报告就不用再念了。”

“但我要求念一念这个报告。”副检察官稍稍欠起身子，眼睛不看庭长，严厉地说。他说话的口气使人觉得，他有权要求宣读，并且决不让步，谁如果拒绝他的要求，他将有理由提出上诉。

那个生有一双和善的下垂眼睛的大胡子法官，因患有胃炎，觉得体力不支，就对庭长说：“这个何必念呢？徒然拖时间。这种新扫帚越扫越脏，白白浪费时间。”

戴金丝边眼镜的法官一言不发，只是忧郁而执拗地瞪着前方。不论对妻子还是对生活他都不抱任何希望。

宣读文件开始了。

“一八八×年二月十五日，本人受医务局委托，遵照第六三八号指令，”书记官提高嗓门，仿佛想驱除所有在场者的睡意，又断然念起来，“在副医务检察官监督下，做下列内脏检查：

“（一）右肺和心脏（盛于六磅玻璃瓶内）。

“（二）胃内所有物（盛于六磅玻璃瓶内）。

“（三）胃（盛于六磅玻璃瓶内）。

“（四）肝脏、脾脏和肾脏（盛于三磅玻璃瓶内）。

“（五）肠（盛于六磅陶罐内）。”

这次宣读一开始，庭长就俯身对一个法官低声说了些什么，然后又转向另一个法官。在获得他们肯定的回答后，他就打断书记官说：“法庭认为宣读这个文件没有必要。”

书记官住了口，收拾文件。副检察官怒气冲冲地记着什么。

“诸位陪审员先生可以检查物证了。”庭长宣布。

首席陪审员和其他几个陪审员纷纷起立，手足无措地走到桌子旁边。他们依次察看戒指、玻璃瓶和滤器。那个商人还把戒指戴到自己手指上试了试。

“嚯，手指好粗，”他回到他的座位，说，“活像一条粗黄瓜。”他补充说，津津有味地猜想那个中毒丧命的商人一定像个大力士。

21

等物证检查完毕，庭长宣布法庭调查结束。他希望快点儿了结这个案件，就不休息，请提出公诉的副检察官发言，心想他也是人，也要吸烟吃饭，一定会顾惜他们的。不料副检察官既不顾惜自己，也不顾惜别人。他这人天生十分愚蠢，加上中学毕业时又获得了金质奖章，在大学里写了一篇关于罗马法地役权的论文得到奖金，因此自命不凡，刚愎自用（他在女人方面取得的成功更使他扬扬自得），结果也就变得越发愚蠢。庭长请他发言，他慢条斯理地站起来，显示出穿着绣有花纹的制服的优美身材，双手按住写字台，稍微低下头，向法庭扫视了一下，但目光避开被告们，开始发言。

“诸位陪审员先生，你们承审的案件，”他开始发表刚才在宣读报告时准备好的演说，“是一个典型的——如果可以这样说的话——犯罪案件。”

副检察官自以为他的演说应该有社会影响，就像那些名律师发表他们一举成名的演说那样。不错，旁听席上只坐着三个女人——一个女裁缝、一个厨娘和西蒙的姐姐，还有一个马车夫，但这并不影响他的演说。社会名流也都是这样崭露头角的。副检察官的行事原则，就是要永远高瞻远瞩，换句话说，就是要探索犯罪心理奥秘，揭露社会溃疡。

“诸位陪审员先生，你们看见你们面前这个典型的——如果可以这样说的话——世纪末罪行。这种罪行具有可悲的腐化堕落的特征，而在我们这个时代，我们社会里某些分子就受到这种堕落风气的严重影响……”

副检察官讲了好半天，一方面，竭力思索他已经想好的种种警句；另一方面，主要的是使他的演讲能毫不停顿，滔滔不绝地讲上一小时零一刻钟。他只停顿了一次，咽了好一阵唾沫，但立刻振作精神，更加口若悬河地说下去，来弥补这个间歇。他一会儿换一只脚站着，眼睛盯着陪审员，对他们曲意奉承；一会儿看看笔记本，声音平静而老练；一会儿又用慷慨激昂的语气控诉，身子忽而对着旁听者，忽而对着陪审员。只有那三个被告他一眼也不看，虽然他们都睁大眼睛望着他。他的演讲引用了当时在他们圈子里很流行的最新理论，这种理论不仅当时很时髦，就是到今天也还是被看成学术上的新事物，其中包括遗传学、先天犯罪说、龙勃罗梭①、塔尔德②、进化论、生存竞争、催眠术、暗示说、沙尔科③、颓废论。

按照副检察官的判断，商人斯梅里科夫是个强壮淳朴的俄罗斯人，天性忠厚，气度宽大，轻信别人，以致落入无耻男女之手，不幸丧生。

西蒙·卡尔津金是农奴制隔代遗传的产物，一生备受压迫，缺乏教养，毫无原则，甚至不信宗教。叶菲米雅是他的情妇，是遗传的牺牲品，身上具有精神退化的种种症状。但造成罪行的主要动力是玛丝洛娃，她是颓废派的最恶劣代表。

“这个女人，”副检察官眼睛不看她，说，“受过教育，因为我们

① 龙勃罗梭（1836年—1909年）——意大利精神病学者，刑事人类学派的代表，认为“犯罪”是从有人类以来长期遗传的结果，提出反动的“先天犯罪说”。

② 塔尔德（1843年—1904年）——法国社会学家，刑事学家。

③ 沙尔科（1825年—1893年）——法国神经病理学家，曾著书论述催眠术。

刚才在这个法庭里听到她掌班的证词。她不仅能读书写字，还懂得法语。她是个孤儿，多半生来带着犯罪的胚胎。她出身于有教养的贵族家庭，本可以靠诚实的劳动生活，可是她抛弃她的恩人，放纵情欲。为了满足情欲而投身妓院，并由于受过教育而在姑娘中间特别走运。不过，诸位陪审员先生，正如刚才你们在这里听她掌班说的那样，主要是由于她能用一种神秘的本领控制嫖客。这种本领最近已由科学，特别是沙尔科学派研究出来，被称为‘暗示说’。她就是凭这种本领控制了那位善良、轻信而富裕的俄罗斯壮士，利用他对她的信任先盗窃钱财，然后又丧尽天良地要了他的命。”

“哼，他这简直是胡说八道。”庭长笑着侧身对那个严厉的法官说。

“十足的笨蛋。”严厉的法官回答说。

“诸位陪审员先生，”这时副检察官姿势优美地扭动细腰，继续说下去，“这些人的命运现在掌握在你们手里，不过社会的命运也多少掌握在你们手里，因为你们的判决将对社会发生影响。你们要深切注意这种罪行的危害性，注意玛丝洛娃之类病态人物对社会形成的威胁。你们要保护社会不受他们的传染，要保护这个社会中纯洁健康的成员不因此而导致常见的灭亡。”

副检察官似乎被当前判决的重要性所慑服，同时又陶醉于自己的演说，终于无力地在椅子上坐下来。

他的演说剥去华丽的词藻，中心意思就是：玛丝洛娃用催眠术把商人迷倒，骗得他的信任，拿了钥匙到旅馆房间取钱，原想独吞那些钱财，但被西蒙和叶菲米雅撞见，只得同他们分赃。这以后，为了掩盖犯罪痕迹，她又同那商人一起回到旅馆，在那里把他毒死。

副检察官发言以后，就有一个身穿燕尾服、胸前露出半圆形阔硬衬的中年人，从律师席上站起来，神气活现地替卡尔津金和包奇科娃辩护。这是他们花了三百卢布雇来的辩护律师，他为他们两人开脱，把全部罪责都推在玛丝洛娃身上。

律师批驳玛丝洛娃所说的她取钱时包奇科娃和卡尔津金都在场的供词，坚持说她既然是个已被揭发的毒死人命犯，她的供词就毫无价值。他还说，至于两千五百卢布，那么两个勤劳正直的茶房是挣得出来的，他们有时一天可以从旅客手里得到三五个卢布赏钱。至于商人的钱，那是被玛丝洛娃盗窃了，可能已转交给什么人，甚至于丢失了，因为当时她精神状态不正常。毒死商人是玛丝洛娃一人干的。

因此他要求陪审员裁定卡尔津金和包奇科娃在盗窃钱财上无罪；如果陪审员裁定他们在盗窃上有罪，那么他们至少没有参与毒死人命罪，也没有参与预谋。

律师在结尾时刺了一下副检察官，说副检察官先生关于遗传科学方面的一番宏论，虽然精辟，但并不适用于本案，因为包奇科娃父母的身份不明。

副检察官恨得咬牙切齿，在一张纸上记了些什么，露出轻蔑而惊讶的神气耸耸肩膀。

接着，玛丝洛娃的律师站起来辩护。他说话结结巴巴，显然有点儿胆怯。他没有否认玛丝洛娃参与盗窃钱财，只坚持她没有蓄意毒死斯梅里科夫，给他吃药粉只是为了让他睡觉。他想施展一下他的口才，就提纲挈领地讲了玛丝洛娃当年怎样受一个男人诱奸，那个男人至今逍遥法外，而她却不得不承受堕落的全部重担。但律师在心理学方面的分析并没有取得成功，因为人人听了都替他害臊。他谈到男人的粗暴残忍和女人的悲惨痛苦的时候，已经语无伦次，庭长有意帮他解围，就请他不要离题太远。

这个律师讲完后，副检察官又站起来，批驳第一个律师的话，为自己的遗传学论点辩护。他说，即使包奇科娃的父母身份不明，遗传学说的正确性也丝毫不受损害，因为遗传规律已为科学所充分证实，我们不仅能通过遗传推断犯罪，而且能通过犯罪推断遗传。至于另一位辩护人说，玛丝洛娃曾受一个凭空想象的（他用特别恶毒的口气说了“凭空想象的”几个字）引诱者的腐蚀，那么种种事实毋宁说，是她引诱了许许多多男人，使他们落在她的手里，成为无辜的牺牲品。他说完这话，得意扬扬地坐下。

接着，法庭让被告们自己辩护。

叶菲米雅·包奇科娃一再说她什么也不知道，什么事也没有参与，一口咬定一切罪行都是玛丝洛娃独自干的。西蒙只是反复说："你们要怎么办就怎么办，反正我没有罪，我是冤枉的。"

玛丝洛娃却什么话也没说。庭长对她说，她有权替自己辩护，她却像一头被包围的野兽，只抬起眼睛来对他望望，又望望其他人，接着垂下眼睛，放声痛哭起来。

"您怎么啦？"坐在聂赫留朵夫旁边的那个商人，听见聂赫留朵夫突然嘴里发出古怪的声音，问道。原来聂赫留朵夫正勉强忍住抽噎。

聂赫留朵夫还弄不清他目前的处境究竟是怎么一回事，就把勉强克制的抽噎和夺眶而出的泪水看作神经脆弱的表现。为了掩饰，他戴上夹鼻眼镜，接着掏出手绢，擤了擤鼻涕。

他想到要是法庭里人人都知道他的罪行，他就会丢尽脸面。这种恐惧压倒了他的内心斗争，在这最初阶段，它比什么都强烈。

22

在被告们做了最后陈述，各有关方面对问题的提法商量了好一阵之后，所有的问题都确定了，庭长就做总结发言。

在叙述案情以前，他用亲切愉快的口吻向陪审员解释了好久，说什么抢劫就是抢劫，偷盗就是偷盗，从锁着的地方盗窃就是从锁着的地方盗窃，从没有锁着的地方盗窃就是从没有锁着的地方盗窃。他解释的时候，老是瞧瞧聂赫留朵夫，仿佛希望他领会这个重要关节，领会以后好向同事们解释。然后他认为陪审员们已充分理解这些道理，就开始解释另一个道理：致人死命的行为叫作谋杀，因此毒死也是一种谋杀。等他觉得这个道理也为陪审员们所理解了，就又向他们阐明：如果盗窃和谋杀同时发生，那么盗窃和谋杀就构成犯罪因素。

尽管他自己也很想快点儿脱身，因为瑞士女人已在那里等他，可是他做这工作已成习惯，一开讲怎么也收不住嘴，因此就向陪审员们详详细细解释，如果他们认为被告有罪，那就有权裁定他们有罪；如果他们认为被告无罪，那就有权裁定他们无罪；如果他们认为被告犯这一种罪而没有犯那一种罪，那就有权裁定他们犯这一种罪而没有犯那一种罪。接着他又向他们说明，他们虽享有这项权利，但必须合理使用。他还想向他们解释，如果他们对提出的问题做出肯定的回答，那就表示他们裁定问题中所提出的全部罪行；如果他们不同意提出的全部罪行，那就应该声明对不同意的地方持保留态度。这当儿，他看了看怀表，发现只差五分就三点钟了，于是决定立刻转入案情叙述。

“本案情况是这样的。”他开始讲，把辩护人、副检察官和证人们说过好几次的话重复了一遍。

庭长讲着话，两边法官都现出沉思的样子听着，偶尔看看表，觉得他的讲话很好，就是说照章办事，只是长了一点儿。副检察官也好，法庭上其他官员和在场的人也好，大家都有这样的感觉。最后，庭长结束了总结发言。

要说的话似乎都已说了。可是庭长怎么也不肯放弃他的发言权，他听着自己抑扬顿挫的声音，沾沾自喜，觉得还需要再说几句，强调一下陪审员所享权利的重要意义，指出他们行使这项权利必须慎重，不能滥用，因为他们已宣过誓，他们是社会的良心，陪审员议事室里的神圣秘密必须严加保守，等等，等等。

庭长一开始讲话，玛丝洛娃就目不转睛地盯住他，仿佛怕听漏一个字。这样，聂赫留朵夫不用担心跟她的目光相遇，就一直看着她。他心里发生了一种常见的情况：心爱的人久别重逢，她的外貌由于这些年饱经风霜，变得使他吃惊。但接着透过外貌，她的本来面目逐渐恢复，聂赫留朵夫脑海里又出现了那个举世无双的人的主要风貌。

聂赫留朵夫心里就发生了这样的情况。

不错，尽管她身穿囚袍，身体发胖，胸部高耸，尽管她下巴放宽，额上和鬓角出现皱纹，眼睛浮肿，她确实就是卡秋莎，就是在复活节黎明时用她那双充满生之欢乐的热情眼睛，天真地从脚到头笑盈盈瞅着他这个心爱的人的卡秋莎。

“居然会有这样的巧遇！偏偏安排在我陪审的庭上审讯，十年不见，偏偏在这里的被告席上看见她！这事将怎样收场啊？但愿快一点儿，快一点儿收场！”

他心里产生了悔恨情绪，但他还不愿受它支配。他认为这是个偶然事件，不久就会过去，不会损害他的生活。他觉得自己好像一只做了坏事的小狗，主人揪住它的颈背，把它的鼻子按在闯祸的地方。那小狗尖声狂叫，四脚抵住地面，身子往后退，想远远离开自己闯祸的地方，并且把它忘掉，但主人铁面无情，不肯罢休。聂赫留朵夫也感到他以前的行为多么卑劣，也感到主人那只强有力的手，但他还是不了解他所干的那件事的后果，也不承认他有一个支配他命运的主人。他还是不愿相信眼前这件事是他一手造成的。可是那只无形的手紧紧抓住他，他感到无法脱身。他还在硬充好汉，若无其事地坐在第一排第二座上，习惯成自然地把一条腿架在另一条腿上，随便摆弄着他的夹鼻眼镜。不过，在内心深处他已感到，不仅那个行为，而且他的整个闲散、放荡、残忍和自满的生活是多么残酷、卑鄙和恶劣。在以往的十二年里，有一块可怕的幕布一直遮住他的眼睛，使他看不见那件罪行和犯罪后所过的全部生活。如今这块幕布在飘动，他已经偶尔看到了幕后面的景象。

23

庭长终于结束发言，洒脱地拿起问题表，交给走到他跟前的首席陪审员。陪审员纷纷起立，因为可以退庭而高兴，但又仿佛害臊似的，两手不知往哪儿搁，一个个走进议事室。等他们走进去一关上门，就有一个宪兵来到门口，从刀鞘里拔出军刀搁在肩上，在门外站住，法官们站起来，走出去。被告们也被带走了。

陪审员走进议事室，像原先一样，第一件事就是掏出烟来吸。刚才在法庭里，他们坐在各自的座位上，多少都觉得自己的处境有点儿尴尬，自己的行为有点儿做作。但是一走进议事室开始吸烟，这种感觉就过去了。他们如释重负，在议事室里分头坐下，顿时兴致勃勃地交谈起来。

"那姑娘没有罪，她是一时糊涂，"好心肠的商人说，"应该从宽发落才是。"

"这正是我们要讨论的，"首席陪审员说，"我们不能凭个人印象办事。"

"庭长的总结做得很好。"那个上校说。

"哼，太好了！我差一点儿听得睡着了。"

"要是玛丝洛娃没有同他们串通好，他们不可能知道有这么一笔钱。关键就在这里。"脸型像犹太人的店员说。

"那么您的意思是说，钱是她偷的啰？"一个陪审员问道。

"这话我说什么也不信，"好心肠的商人叫起来，"全部勾当都是那个红眼睛的女骗子干的。"

"他们都是一路货。"上校说。

"可是她说她没有踏进那个房门。"

"您太相信她了，我这辈子说什么也不会相信那个贱货的。"

"不过，您光是不相信她，也不解决问题。"店员说。

"钥匙在她手里。"

"在她手里又怎么样？"商人反驳说。

"那么戒指呢？"

"她不是一再讲了吗，"商人叫起来，"那买卖人脾气暴躁，再加上喝了酒，就把她狠狠揍了一顿。后来呢，自然又疼她了。他就说：'这个给你，别哭了。'那个家伙，据说身高二俄尺十二俄寸，体重有八普特[①]呢！"

"这些都无关紧要，"彼得·盖拉西莫维奇打断他的话说，"问题在于这事是她策划和教唆的呢，还是那两个茶房？"

"不可能光是那两个茶房干的。钥匙在她手里嘛。"

他们就这样七嘴八舌地议论了好一阵。

"对不起，诸位先生，"首席陪审员说，"咱们坐到桌子旁边来讨论吧。请。"他说着在主席位子上坐下。

"那种姑娘都是坏蛋。"店员说。为了证实玛丝洛娃是主犯，他就讲到他的一个朋友怎样在林荫路上被一个这样的姑娘偷走了怀表。

上校就乘机讲了一个更加惊人的银茶炊失窃的案子。

"诸位先生，大家请按问题次序讨论。"首席陪审员用铅笔敲敲桌子说。

大家都住了口。要讨论的问题有这样几个：

（一）西蒙·彼得罗夫·卡尔津金，克拉比文县包尔基村农民，现年三十三岁。他有没有犯下下述罪行：一八八×年一月十七日在某城蓄意对商人斯梅里科夫谋财害命，串通他人在白兰地酒里放入毒药，致使斯梅里科夫死亡，并盗窃他的钱财约二千五百卢布和钻石戒指一枚？

① 1普特等于16.38公斤，8普特约合131公斤。

（二）小市民叶菲米雅·包奇科娃，现年四十三岁，她有没有犯第一个问题里所列举的罪行？

（三）小市民叶卡吉琳娜·米哈依洛夫娜·玛丝洛娃，现年二十七岁，她有没有犯第一个问题里所列举的罪行？

（四）如果被告叶菲米雅·包奇科娃没有犯第一个问题里所列举的罪行，那么她有没有犯下下述罪行：一八八×年一月十七日在某城摩尔旅馆服务时，从投宿该旅馆商人斯梅里科夫房内锁着的皮箱中盗窃现款二千五百卢布，并为此用随身带去的钥匙开启皮箱？

首席陪审员把第一个问题念了一遍。

“怎么样，诸位先生？”

对这个问题大家很快做了回答。大家一致同意说：“是的，他犯了罪。”——认定他参与谋财害命。只有一个上了年纪的劳动组合成员不同意认定卡尔津金有罪，不论什么问题，他都为被告开脱。

首席陪审员以为他不懂法律，就向他解释，不论从哪方面看，卡尔津金和包奇科娃无疑都是有罪的，但他回答说他也明白这一点，但最好还是宽大为怀。“我们自己也不是圣人。”他坚持自己的意见说。

至于同包奇科娃有关的第二个问题，经过长时间讨论和解释以后，大家都认为：“她没有犯罪。”因为说她参与毒死人命案缺乏确凿的证据，这一点她的律师尤其强调。

商人想替玛丝洛娃开脱罪责，就坚持包奇科娃是罪魁祸首。好几个陪审员都同意他的意见，但首席陪审员要严格按法律办事，认为说包奇科娃是毒死人命案的同谋犯根据不足。经过长时间争论以后，首席陪审员的意见胜利了。

至于有关包奇科娃的第四个问题，大家都回答说：“是的，她犯了罪，”不过应劳动组合成员的要求加了一句，“但可以从宽发落。”

同玛丝洛娃有关的第三个问题却引起了一场激烈争论。首席陪审员坚持说，她在毒死人命和盗窃钱财方面都犯了罪。商人不同意他的意见，上校、店员和劳动组合成员都支持商人，其余的人动摇不定，但首席陪审员的意见逐渐取得优势，主要因为陪审员个个都累了，情愿附和那种可以早些获得统一的意见，让大家离开法庭，自由行动。

聂赫留朵夫根据法庭审讯情况和他对玛丝洛娃的了解，深信她在盗窃钱财和毒死人命两方面都没有罪。起初他相信大家会这样裁定，但后来看到，那商人由于贪恋玛丝洛娃的美色，并且对这一层直认不讳，并且替她辩护得十分拙劣。同时由于首席陪审员据此对他进行攻击，更主要是大家都累了，因此都倾向于判玛丝洛娃有罪，聂赫留朵夫很想起来反驳，但他怕替玛丝洛娃说话，大家就会立刻发现他同她的特殊关系。但他又觉得这事不能就此罢休，应该起来反驳。他脸上一阵红，一阵白，刚要开口，不料到这时一直保持沉默的彼得·盖拉西莫维奇显然被首席陪审员那种唯我独尊的口吻所激怒，突然对他进行反驳，正好说出了聂赫留朵夫想说的话。

“对不起，”他说，“您说她偷了钱，因为她有钥匙。难道那两个茶房就不会在她走后用万能钥匙打开皮箱吗？”

“对呀，对呀！”商人响应说。

“再说，她也不可能拿那笔钱，因为就她的处境来说，她没有地方好放。”

“对，我也这么说。”商人支持他的意见。

“多半是她到旅馆取钱，使那两个茶房起了歹心。他们就乘机作案，事后又把全部罪责推到她身上。”

彼得·盖拉西莫维奇讲的时候情绪很激动。首席陪审员也恼火起来，因此特别固执地坚持相反的意见，但彼得·盖拉西莫维奇讲得很有道理，多数人都同意他的话，认为玛丝洛娃并没有参与盗窃钱财和戒指，戒指是商人送给她的。当谈到她有没有参与毒死人命时，热心替她辩护的商人说，必须裁定她没有犯这样的罪，因为她根本没有理由把他毒死。首席陪审员则说，不能裁定她无罪，因为她本人招认药粉是她放的。

“放是她放的，但她以为那是鸦片。”商人说。

“鸦片也能致人死命的。”上校说。他喜欢把话岔到题外去，就趁机讲到他的内弟媳妇有一次服鸦片自尽，要不是就近有医生，及时抢救，她就没命了。上校讲得那么动听，那么自信，那么威严，谁也不敢打断他的话。只有店员看到上校喜欢离题发挥，受了他的影响，决定打断他，好讲讲他自己的故事。

“有一些人可习惯了，”他讲了起来，“一次就能服四十滴鸦片。我有一个亲戚……”

但上校不让他打岔，继续讲鸦片对他内弟媳妇造成的后果。

“哦，诸位先生，现在已经四点多了。”一个陪审员说。

“那么怎么办，诸位先生，”首席陪审员说，“我们就裁定她犯了罪，但没有蓄意抢劫，没有盗窃财物。这样好不好？”

彼得·盖拉西莫维奇看到自己取得胜利，很得意，就表示同意。

“但应该从宽发落。”商人补了一句。

大家都同意，只有劳动组合成员一人坚持：“不，她没有罪。”

“这样岂不是说，”首席陪审员解释说，“并非蓄意抢劫，也没有盗窃财物。这样，她也就没有罪了。”

“就这么办吧，再加上要求从宽发落，那就尽善尽美了。”商人兴高采烈地说。

大家争论得头昏脑涨，都很疲劳，谁也没有想到在答案里要加上一句：是有罪，但并非蓄意杀人。

聂赫留朵夫太激动了，也没有发觉这个疏忽。答案就这样记录下来，被送到庭上。

拉伯雷[1]写过一个法学家，他在办案时引证各种法律条款，念了二十页莫名其妙的拉丁文法典，最后却建议法官掷骰子，看是单数还是双数。是双数，就是原告有理；是单数，就是被告有理。

今天的情况也是这样。通过这个决定而不是通过那个决定，并非因为大家都同意这个决定，而是因为第一，会议主持者的总结虽然做得那

① 拉伯雷（1490年—1553年）——法国作家，人文主义者，以讽刺见长，著有长篇小说《巨人传》。

么长，却偏偏漏掉平日讲惯的那句话："是的，她有罪，但并非蓄意杀人。"第二，上校讲他内弟媳妇的事讲得太长，太乏味；第三，聂赫留朵夫当时太激动，竟没有注意到漏掉"并非蓄意杀人"这个保留条款，他还以为有了"并非蓄意抢劫"这个保留条款就足以撤销公诉；第四，彼得·盖拉西莫维奇当时不在房间里，首席陪审员重读问题和答案时，他正好出去了；不过主要是因为大家都感到疲劳，都想快点儿脱身，因此就一致同意那个可以早一点儿结束的决定。

陪审员摇了摇铃。掮着出鞘军刀的宪兵把刀放回鞘里，身子闪到一旁。法官纷纷就位。陪审员一个跟着一个出来。

首席陪审员郑重其事地拿着那张表格。他走到庭长跟前，把表格递给他。庭长看完表格，显然大为惊讶，双手一摊，就同其余两位法官商量。庭长感到惊讶，因为陪审员提出了第一个保留条款"并非蓄意抢劫"，却没有提出第二个保留条款"并非蓄意杀人"。照陪审员这个决定只能得出这样的结论：玛丝洛娃没有盗窃，没有抢劫，却无缘无故毒死了一个人。

"您瞧，他们的答案多么荒唐，"庭长对左边的法官说，"这样她就要被判服苦役，可她又没有罪。"

"嗯，她怎么没有罪呢？"那个严厉的法官说。

"她就是没有罪。依我看，这种情形可以引用第八百一十八条。"（第八百一十八条规定：法庭如发现裁决不当，可取消陪审员的决定。）

"您看怎么样？"庭长问那个和善的法官。

和善的法官没有立刻回答，却看了看面前那份公文的号码，算了算那个数目能不能被三除尽。他计算着，要是能除尽，他就同意。结果这个数目除不尽，但他这人心地善良，还是同意了庭长的意见。

"我也认为应该这么办。"他说。

"那么您呢？"庭长问那个怒容满面的法官。

"说什么也不行！"他斩钉截铁地回答，"现在报纸上已经议论纷纷，说陪审员总是替罪犯开脱。要是法官也替罪犯开脱，人家又会怎么说呢？我说什么也不同意！”

庭长看了看表。

“很遗憾，可是有什么办法呢！”他说着把那份答案交给首席陪审员宣读。

全体起立。首席陪审员调换一只脚站着，咳清喉咙，把问题和答案宣读了一遍。法庭上的官员，包括书记官、律师，甚至检察官，个个露出惊讶的神色。

三个被告都若无其事地坐在那里，显然并不了解这答案的利害关系。大家又坐下来。庭长问副检察官，他认为应该判处那几个被告什么刑罚。

这样处理玛丝洛娃使副检察官感到意外的成功。他心里十分高兴，并把这成功归因于他出色的口才。他查了查法典，站起来说：“我认为处分西蒙·卡尔津金应根据第一千四百五十二条和第一千四百五十三条，处分叶菲米雅·包奇科娃应根据第一千六百五十九条，处分叶卡吉琳娜·玛丝洛娃应根据第一千四百五十四条。”

这几条都是法律所能判处的最重刑罚。

“审理暂停，法官商议判决。”庭长一边说，一边站起来。

大家都随着他起立，带着办完一件好事的轻松心情纷纷走出法庭，或者在法庭里来回走动。

“哦，老兄，我们做了一件错事，太丢人了，”彼得·盖拉西莫维奇走到聂赫留朵夫跟前说，这当儿首席陪审员正在对聂赫留朵夫讲话，“我们这是把她送去服苦役呀！”

“您说什么！”聂赫留朵夫叫起来，这会儿他完全不计较这位教师不拘礼节的态度。

“可不是，”他说，“我们在答案里没有注明：‘她有罪，但并非蓄意杀人。’刚才书记官告诉我：副检察官判她服十五年苦役。”

“我们不就是这样裁定的吗？”首席陪审员说。

彼得·盖拉西莫维奇争议说，既然她没有偷钱，她当然不可能蓄意杀人，这是理所当然的。

“刚才离开议事室以前我不是把答案念了一遍吗？”首席陪审员辩白说，“当时谁也没有反对。”

“当时我正好离开议事室，”彼得·盖拉西莫维奇说，“您怎么也会没注意？”

“我万万没有想到。”聂赫留朵夫说。

“哼，您没有想到！”

“这事还可以补救。”聂赫留朵夫说。

“唉，不行，现在全完了。”

聂赫留朵夫瞧了瞧那几个被告。他们，这几个命运已定的人，仍旧呆呆地坐在栏杆和士兵中间。玛丝洛娃不知为什么在微笑。聂赫留朵夫的心灵里有一种卑劣的感情在蠢蠢活动。他原以为她会无罪开释并将留在城里，因此感到忐忑不安，不知道该怎样对待她才好。就他来说，不论怎样对待她都很为难。如今呢，服苦役，去西伯利亚，这样就一笔勾销了同她保持任何关系的可能；那只负伤而没有死去的鸟就不会再在猎物袋里扑腾，也就不会使人想起它了。

24

彼得·盖拉西莫维奇的推测是正确的。

庭长从议事室回来，手里拿着公文，宣读起来：

“一八八×年四月二十八日，本地方法院刑事庭遵奉皇帝陛下圣谕，按照诸位陪审员先生裁定，根据《刑事诉讼法》第七百七十一条第三款、第七百七十六条第三款及第七百七十七条判决如下：农民西蒙·卡尔津金，年三十三岁，小市民叶卡吉林娜·玛丝洛娃，年二十七岁，褫夺一切公权，流放服苦役：卡尔津金八年，玛丝洛娃四年，并承担《刑法》第二十八条所列后果。小市民叶菲米雅·包奇科娃，年四十三岁，褫夺一切公权和特权，没收其财产，处徒刑三年，并承担《刑法》第四十九条所列后果。本案诉讼费用由被告平均分担，如被告无力缴纳，由国库支付。本案物证全部变卖，戒指追还，酒瓶销毁。”

卡尔津金仍旧挺直身子站着，双手贴住裤腿上的接缝，手指叉开，脸颊上的肌肉不断抖动。包奇科娃看上去若无其事。玛丝洛娃听到判决，脸涨得通红。

“我没有罪，没有罪！”她忽然对着整个法庭大声叫嚷，“冤枉啊！我没有罪！我根本没有起过坏心，连想都没有想过。我说的是实话，实话！”她说完往长凳上一坐，放声痛哭起来。

卡尔津金和包奇科娃走出法庭，可是玛丝洛娃还坐在那里痛哭，弄得宪兵只好拉拉她的衣袖。

“不，可不能就这样了结。”聂赫留朵夫完全忘了刚才那种卑劣的感情，自言自语。他身不由主地赶到走廊里，想再去看她一眼。门口挤满了陪审员和律师，他们有说有笑，为办完案子而高兴。聂赫留朵夫不得不在门口停留了几分钟。等他来到走廊里，玛丝洛娃已经走远了，他快步走去，也不顾人家的注意，直到追上她方才站住。她已经停止号哭，只是抽抽搭搭地呜咽着，用头巾梢儿擦着她那红块斑斑的脸。她头也不回地从他身边走过。等她过去了，聂赫留朵夫急忙返身往回走，想去找庭长，可是庭长已经走掉了。

聂赫留朵夫直到门房那里才追上他。

“庭长先生，”聂赫留朵夫走到他跟前说，这时庭长已穿上浅色大衣，从门房手里接过镶银手杖，“我可以同您谈一谈刚才判决的那个案件吗？我是陪审员。”

“哦，当然可以，您是聂赫留朵夫公爵吧？太荣幸了，我们以前见过面，”庭长说着同聂赫留朵夫握手，同时高兴地想到他们见面的那个晚上，当时聂赫留朵夫舞跳得多么漂亮多么轻快，比所有的青年都出色。“有什么事我能为您效劳吗？”

“有关玛丝洛娃那个答案有点儿误会了。她没有犯毒死人命罪，可是竟判了她服苦役。”聂赫留朵夫紧皱着眉头说。

“法庭是根据你们做出的答案判决的，”庭长一面说，一面向大门口走去，“虽然法庭也觉得你们的答案不符合案情。”

庭长这时才想起，他本想对陪审员们说明，既然他们回答：“是的，她犯了罪。”而没有否定蓄意杀人，那就是肯定了蓄意杀人，但他当时急于把这个案子办完，竟没有这样说。

“是的，难道有错也不能纠正吗？”

“要上诉总是可以找到理由的。这事得找律师商量。”庭长说，把帽子稍稍歪戴到头上，继续向门口走去。

“这可太不像话了。”

“不过，您要明白，玛丝洛娃前面也无非只有两条路。”庭长说，显然想尽量讨好聂赫留朵夫，对他客气些。他理理大衣领子外面的络腮胡子，轻轻挽着聂赫留朵夫的臂肘，往门口走去，嘴里说：“您也要走吧？”

“是的。”聂赫留朵夫说，慌忙穿上大衣，跟着他一起出去。

他们来到令人欢乐的灿烂阳光下，立刻由于街上辘辘的车轮声不得不提高声音说话。

“您瞧，情况是有点儿别扭，”庭长放开嗓子说，“那个玛丝洛娃前面本来是有两条路摆着，一条几乎可以无罪开释，坐一阵子牢，还可以扣除已监禁的日子，那简直只能算是拘留；另一条是服苦役。中间的路是没有的。你们原来要是能加上一句‘但并非蓄意谋杀’，她就可以无罪开释了。”

“我忽略了这一点，真是该死！”聂赫留朵夫说。

“是啊，关键就在这里。”庭长一面笑着说，一面看看表。此刻离克拉拉约定的时间只差三刻钟了。

“您要是愿意，现在还可以去找律师。一定要找个上诉的理由。要找总是找得到的。上贵族街，”他回答马车夫说，“三十戈比，多一个戈比不要。”

“是，老爷，您请上车。”

“再见，要是有什么事需要我为您效劳，请光临贵族街德伏尔尼科夫的房子。这地名好记。”

他亲切地鞠了一躬，坐上车走了。

25

同庭长谈了话，又呼吸到清新的空气，聂赫留朵夫心里稍微平静了些。他想，刚才他所以感到特别难受，是由于在那么不习惯的环境里度过了整整一个上午。

“这事真是万万没料到，太可怕了！一定要千方百计减轻她的苦难，而且要赶快动手。立刻就动手。对，我得在这里打听一下，法纳林或者米基兴住在什么地方。”他想起了两位名律师。

聂赫留朵夫返身回到法院，脱下大衣，走上楼去。他在第一条走廊里就遇见了法纳林。他拦住律师，说有事要同他商量。法纳林认识他，知道他的姓名，表示极愿意为他效劳。

“虽然我很累了……但要是时间不长，您就给我讲讲您的事吧。咱们到这里来。”

法纳林把聂赫留朵夫带到一个房间里，多半是哪个法官的办公室。他们在桌旁坐下。

“那么，是怎么一回事？”

“首先我要请求您，”聂赫留朵夫说，“不要让任何人知道我在过问这个案件。”

“噢，这是理所当然的。那么……”.

“我今天做了一次陪审员，我们把一个女人，一个无罪的女人判了服苦役。这件事使我很难过。”

聂赫留朵夫自己也没想到，竟然脸红耳赤，说不下去了。

法纳林瞥了他一眼，又垂下眼睛听着。

“哦！”他只应了一声。

“我们把一个无罪的女人判成有罪。我希望撤销原判，把这个案子转到最高法院重判。”

“转到枢密院去。”法纳林纠正他说。

“对了，我就是来求您办这件事的。”

聂赫留朵夫想赶快说出最难出口的话，因此立刻就接着说：“至于办这个案子的酬报和费用，不管多少，全部由我负担。”他红着脸说。

“哦，这事我们以后好商量。”律师说，他看到聂赫留朵夫的幼稚，宽厚地微笑着。

“那么问题究竟出在哪里呢？”

聂赫留朵夫把事情的始末讲了一遍。

“好吧，这事我明天就来办，要研究一下案情。后天，不，礼拜四晚上六点钟您到我家来，我给您答复。这样好吗？那咱们走n巴，我还有些事，要在这里查一下。”

聂赫留朵夫向他告辞，走了出去。

他同律师谈过话，又采取了措施替玛丝洛娃辩护，觉得心里平静多了。他走到法院外面，天气晴朗，他舒畅地吸了一大口春天的空气。马车夫纷纷向他兜揽生意，可是他情愿步行。有关卡秋莎以及他对她行为的种种思绪和回忆，顿时在他头脑里翻腾起来。他又变得垂头丧气，心情郁闷了。“不行，这事以后再说吧，”他自言自语，“现在我得抛开这些烦恼，去散散心。”

他想起了柯察金家的晚餐，看了看表。时间不算晚，还赶得上。正好有一辆公共马车叮当响着驶过来，他跑了几步，跳上马车。他在广场上下了车，另外雇了一辆漂亮的马车，过了十分钟，就来到柯察金家大门口。

26

“老爷，请进，都在等您呢，”柯察金家那个和蔼可亲的胖门房一面说，一面拉开装有英国铰链、开时没有声音的麻栎大门，“他们已经入席了，但关照过，您一到就请进。”

门房走到楼梯口，拉了拉通到楼上的铃。

“有客人吗？”聂赫留朵夫一面脱衣服，一面问。

“柯洛索夫先生，还有米哈伊尔少爷，其余都是家里人。”门房回答。

一个穿燕尾服、戴白手套的漂亮侍仆从楼梯顶上往下看了看。

“您请，老爷，”他说，“关照过了，请您上来。”

聂赫留朵夫上了楼，穿过熟识的华丽宽敞的大客厅，走进餐厅。餐厅里，一家人都已围坐在饭桌旁，除了母亲沙斐雅公爵夫人之外，她是从来不出房门一步的。饭桌上首坐着柯察金老头；他的左边坐着医生，右边坐着客人柯洛索夫，柯洛索夫当过省首席贵族，如今是银行董事，又是柯察金的具有自由派思想的朋友；左边再下去是米西的小妹的家庭教师蓝德小姐，还有就是才四岁的小妹；她们对面，右边再下去是米西的哥哥，柯察金的独生子，六年级中学生彼嘉，一家人就是因为等他考试而留在城里没有走；彼嘉旁边是那个担任补习教师的大学生；左边再下去是斯拉夫派信徒，四十岁的老姑娘卡吉琳娜；她对面是米哈伊尔，或者叫米沙，他是米西的表哥。饭桌下首是米西本人，她旁边放着一份没有动用过的餐具。

“哦，这就好了。请坐，我们刚开始吃鱼。”柯察金老头费力地用假牙小心咀嚼着，说道，抬起看不出眼皮的充血眼睛望望聂赫留朵夫。“斯吉邦。”他嘴里塞满食物，用眼睛示意那副没有用过的餐具，转身对那个神情庄重的餐厅胖侍仆说。

聂赫留朵夫同柯察金老头虽然很熟，同他一起吃过多次饭，可是今天聂赫留朵夫不知怎的特别讨厌他那张红脸，他那被背心上掖着的餐巾衬托着的两片吃得津津有味的贪婪嘴唇，他那粗大的脖子，尤其是他那吃得大腹便便的将军式身躯。聂赫留朵夫不由得想起这个老头的残酷。他在任地区长官的时候，常常无缘无故把人鞭笞一顿，甚至把人绞死，其实他既有钱又有势，根本没有必要这样来邀功请赏。

“马上就来，老爷。”斯吉邦一面说，一面从摆满银餐具的酒橱里拿出一个大汤勺，又向那个蓄络腮胡子的漂亮侍仆点点头。那个侍仆就把米西旁边那副没有用过的餐具摆摆正。那副餐具上原来盖着一块折叠得整整齐齐的浆过的餐巾，餐巾上面绣着家徽。

聂赫留朵夫绕饭桌一周，同大家一一握手。他走过的时候，除了柯察金老头和太太小姐们，一个个都站起来。聂赫留朵夫跟多数人虽然从没交谈过，但还是一一握手问好。这种应酬他今天觉得特别嫌恶，特别无聊。他为自己的迟到表示了歉意，正想在米西和卡吉琳娜之间的空位上坐下，但柯察金老头要他即使不喝酒，也先到那张摆着龙虾、鱼子酱、干酪和咸青鱼的冷菜桌上去吃一点儿。聂赫留朵夫自己也没想到肚子那么饿，一吃干酪面包就放不下，竟狼吞虎咽地吃起来。

“哦，怎么样，把是非彻底颠倒了？”柯洛索夫借用反动报纸抨击陪审制度的用语挖苦说，“把有罪的判成无罪，把无罪的判成有罪，是不是？”

“把是非彻底颠倒了……把是非彻底颠倒了……”老公爵笑着连声说，他无限信任这位自由派同志和朋友的博学多才。

聂赫留朵夫不顾是否失礼，没有搭理柯洛索夫，却坐到一盘刚端上来的热气腾腾的汤旁边，继续吃着。

“您让他先吃吧。”米西笑眯眯地说，用*他*这个代词表示他们之间的亲密关系。

这时柯洛索夫情绪激动，大声讲到那篇使他生气的反对陪审制的文章。公爵的表侄米哈伊尔附和他的看法，介绍了那家报纸另一篇文章的内容。

米西打扮得像平时一样*雅致*，她衣着讲究，但讲究得并不刺眼。

“您一定累坏了，饿坏了，是不是？”她等聂赫留朵夫咽下食物，说。

“不，还好。那么您呢？看过画展吗？”聂赫留朵夫问。

“不，我们改期了。我们在萨拉玛托夫家打*草地网球*[①]。说实在的，密丝脱克鲁克斯打得真漂亮。”

聂赫留朵夫到这里来是为了散散心。平时他在这座房子里总感到很愉快，不仅因为这种豪华的气派使他觉得舒服，而且周围那种亲切奉承的气氛使他高兴。今天呢，说也奇怪，这座房子里的一切，从门房宽阔的楼梯、鲜花、侍仆、桌上的摆设起，直到米西本人，什么都使他嫌恶。他觉得米西今天并不可爱，装腔作势，很不自然。他讨厌柯洛索夫那种妄自尊大的自由派论调，讨厌柯察金老头那种得意扬扬的好色的公牛般身材，讨厌斯拉夫派信徒卡吉琳娜的满口法国话，讨厌家庭女教师和补习教师那种拘谨的样子，尤其讨厌米西说到他时单用代词**他**……聂赫留朵夫对米西的态度常常摇摆不定：有时他仿佛眯细眼睛或者在月光底下瞅她，看到了她身上的种种优点，他觉得她又娇嫩，又美丽，又聪明，又大方……有时他仿佛在灿烂的阳光下瞧她，这样就不能不看到她身上的种种缺点。今天对他来说就是这样的日子。今天他看见她脸上的每道皱纹，看见她头发蓬

---

① 原文是英语。

乱，看见她的臂肘尖得难看，尤其是看见她大拇指上宽大的指甲，简直同她父亲的手指甲一模一样。

“那玩意儿没意思，”柯洛索夫谈到网球说，“我们小时候玩的棒球要有趣多了。”

“不，您没有尝到那个乐趣，那种球好玩极了。”米西不同意他的话，但聂赫留朵夫觉得她说**好玩极了**几个字有点儿装腔作势，怪不自然的。

于是展开了一场争论，米哈伊尔和卡吉琳娜也都参加进去。只有家庭女教师、补习教师和孩子们没作声，显然不感兴趣。

“老是**吵嘴**！”柯察金老头哈哈大笑，从背心上拉下餐巾，哗啦啦地推开椅子，从桌旁站起来。仆人把他的椅子接过去。其余的人也跟着他纷纷起立，走到放有漱口杯和香喷喷温水的小桌旁，漱了一下口，继续那种谁也不感兴趣的谈话。

“您说是吗？”米西转身对聂赫留朵夫说，要他赞成她的意见，她认为，人的性格再没有比在运动中暴露得更清楚的了。可她在他脸上却看到那种心事重重而且——她觉得——愤愤不平的神色。她感到害怕，很想知道那是什么缘故。

“说实话，我不知道。这问题我从来没有考虑过。”聂赫留朵夫回答。

“您去看看妈妈，好吗？”米西问。

“好，好！”他一面说，一面拿出香烟，但他的口气分明表示他不愿意去。

她不作声，困惑地对他瞧瞧。他感到有点儿不好意思。“不错，既然来看人家，可不能弄得人家扫兴啊！”他暗自想，就竭力做出亲切的样子说，要是公爵夫人肯接见，他是高兴去的。

“当然，当然，您去，妈妈会高兴的。烟到那边也可以抽，伊凡·伊凡内奇也在那里。”

这家的女主人沙斐雅公爵夫人长期卧病在床。她躺着会客已经有八年了，身上穿的满是花边、缎带和丝绒，周围都是镀金、象牙、青铜摆件和漆器，还有各种花草。她从不出门，一向只接见她所谓“自己的朋友”，其实就是她认为出类拔萃的人物。聂赫留朵夫属于这种被接见的“朋友”之列，因为她认为他是个聪明的年轻人，又因为他的母亲是他们家的老朋友，更因为米西如能嫁给他，那就更加称心了。

沙斐雅公爵夫人的房间在大客厅和小客厅后面。米西走在聂赫留朵夫前面，但一走进大客厅，她就突然站住，双手扶着涂金椅子背，对他瞧了瞧。

米西很想出嫁，而聂赫留朵夫是个好配偶，再说，她喜欢他，她惯于想：他是属于她的（不是她属于他，而是他属于她）。她还用精神病患者常用的那种无意而又固执的狡诈手法来达到目的。此刻她同他说话，就是要他说出他的心事来。

“我看出您遇到什么事了，”米西说，“您这是怎么了？”

聂赫留朵夫想到他在法庭上见到了卡秋莎，就皱起眉头，脸涨得通红。

“是的，遇到了事，”他说，想把今天的事老实说出来，“一件奇怪的、不寻常的大事。”

“什么事啊？您不能告诉我吗？”

“这会儿我不能，请您别问我。这件事我还来不及好好考虑。”聂赫留朵夫说着，脸涨得更红了。

“您对我都不肯讲吗？”她脸上的肌肉跳动了一下，手里的椅子也挪了挪。

“不，我不能！”他回答，觉得这样回答她，等于在回答自己，承认确实遇到了一件非同小可的事。

“噢，那么我们走吧。”

米西摇摇头，仿佛要甩掉不必要的想法，接着迈开异乎寻常的步子急急向前走去。

聂赫留朵夫觉得她不自然地咬紧嘴唇，忍住眼泪。他弄得她伤心，他觉得又不好意思又难过，但他知道只要心一软，就会把自己毁掉，也就是说同她结合在一起，再也拆不开。而这是他现在最害怕的事。于是他就一言不发地同她一起来到公爵夫人屋里。

27

沙斐雅公爵夫人刚吃完她那顿烹调讲究、营养丰富的晚饭。她总是单独吃饭，免得人家看见她在做这种毫无诗意的俗事时的模样。她的卧榻旁边有一张小桌，上面摆着咖啡。她在吸烟。沙斐雅公爵夫人身材瘦长，黑头发，牙齿很长，眼睛又黑又大。她总是竭力打扮成年轻的模样。

关于她同医生的关系，有不少流言飞语。聂赫留朵夫以前没把它放在心上，但今天他不仅想了起来，而且看见那个油光光的大胡子分成两半的医生坐在她旁边的软椅上，他感到有说不出的恶心。

沙斐雅公爵夫人身边的矮沙发上坐着柯洛索夫，他正在搅动小桌上的咖啡。小桌上还放着一杯甜酒。

米西陪聂赫留朵夫走到母亲屋里，但她自己没有留下来。

“等妈妈累了，赶你们走，你们再来找我。”她对柯洛索夫和聂赫留朵夫说，那语气仿佛她跟聂赫留朵夫根本没有闹过什么别扭。她快乐地嫣然一笑，悄悄地踩着厚地毯走了出去。

“哦，您好，我的朋友，请坐，来给我们讲讲，”沙斐雅公爵夫人说，脸上挂着一种简直可以乱真的假笑，露出一口同真牙一模一样精致好看的长长的假牙，“听说您从法院出来，心里十分愁闷。我明白，一个心地善良的人干这种事是很痛苦的。”她用法语说。

“对，这话一点儿也不错，”聂赫留朵夫说，“你会常常感到你没有……你没有权利去审判……”

“这话说得太对了！”她仿佛因为他的话正确而深受感动，其实她一向就是这样巧妙地讨好同她谈话的人的。

“那么，您那幅画怎么样了？我对它很感兴趣，”她又说，“要不是我有病，我早就到府上去欣赏欣赏了。”

“我完全把它丢下了。”聂赫留朵夫干巴巴地回答，今天他觉得她的假意奉承就跟她的老态一样使人一目了然。他怎么也不能勉强装出亲切的样子。

“这可不行！不瞒您说，列宾亲口对我说过，他很有才能。”她对柯洛索夫说。

“她这样撒谎怎么不害臊。”聂赫留朵夫皱着眉头暗想。

等到沙斐雅公爵夫人确信聂赫留朵夫心情不佳，不可能吸引他参加愉快有趣的谈话，她就把身子转向柯洛索夫，征求他对一出新戏的意见，仿佛柯洛索夫的意见能消除一切疑问，他的每一句话都将永垂不朽。柯洛索夫对这出戏批评了一通，还乘机发挥了他的艺术观。沙斐雅公爵夫人对他的精辟见解大为惊讶，试图为剧本作者辩护几句，但立刻就认输了，最多只能提出折中看法。聂赫留朵夫看着，听着，可是他所看见和听见的同眼前的情景完全不一样。

聂赫留朵夫时而听听沙斐雅公爵夫人说话，时而听听柯洛索夫说话，他发现：第一，沙斐雅公爵夫人也好，柯洛索夫也好，他们对戏剧都毫无兴趣，彼此也漠不关心，他们之所以要说说话，无非是为了满足饭后活动活动舌头和喉咙肌肉的生理要求罢了；第二，柯洛索夫喝过伏特加、葡萄酒和甜酒之后，有了几分酒意，但不像难得喝酒的农民那样烂醉如泥，而是像嗜酒成癖的那种人的微醺，他身子并不摇晃，嘴里也不胡言乱语，只是情绪有点儿反常，扬扬自得，十分兴奋；第三，聂赫留朵夫看到，沙斐雅公爵夫人在谈话时总是心神不定地望望窗子，因为有一道阳光斜射进窗口，这样就可能把她的老态照得一清二楚。

“这话真对。”她就柯洛索夫的一句评语说，接着按了按床边的电铃。

这时医生站起身来，一句话也没说就走了出去，仿佛是这个家里的人一样。沙斐雅公爵夫人边说话边目送他出去。

“菲利浦，请您把这块窗帘放下来。”那个模样漂亮的侍仆听到铃声走进来，公爵夫人用眼睛向他示意那块窗帘说。

“不，不管您怎么说，其中总有点儿神秘的地方，没有神秘就不成其为诗。”她说，同时斜着一只黑眼睛怒容满面地瞅着那个正在放窗帘的侍仆。

“没有诗意的神秘主义是迷信，而没有神秘主义的诗就成了散文。”她忧郁地微笑着，眼睛没有离开那正在拉直窗帘的侍仆。

“菲利浦，您不该放那块窗帘，要放大窗子上的窗帘。”沙斐雅公爵夫人痛苦地说，为了说出这两句话得费那么大的劲，她显然很怜惜自己。接着提起戴满戒指的手，把那支冒烟的香气扑鼻的纸烟送到嘴边，使自己平静下来。

胸膛宽阔、肌肉发达的美男子菲利浦仿佛表示歉意似的微微鞠了一躬，在地毯上轻轻迈动两条腿肚发达的强壮的腿，一言不发，顺从地走到另一个窗口，留神瞧着公爵夫人，动手拉窗帘，使她的身上照不到一丝阳光。可他还是没有做对，害得苦恼不堪的沙斐雅公爵夫人不得不放下关于神秘主义的谈话，去纠正头脑迟钝、无情地使她烦恼的菲利浦。菲利浦的眼睛里有个火星亮了一亮。

“‘鬼才知道你要怎么样！’——他心里大概在这么说吧。”聂赫留朵夫冷眼旁观着这一幕，暗自想着。不过，菲利浦，这个美男子和大力士，立刻掩藏住不耐烦的态度，沉住气，按照这位筋疲力尽、虚弱不堪而又矫揉造作的沙斐雅公爵夫人的话去做。

“达尔文学说自然有部分道理，”柯洛索夫说，伸开手脚懒洋洋地靠在矮沙发上，同时睡眼蒙眬地瞧着沙斐雅公爵夫人，“但他有点儿过头了。对了。”

“那么您相信遗传吗？”沙斐雅公爵夫人问聂赫留朵夫，对他的沉默感到难受。

“遗传？”聂赫留朵夫反问道，“不，不信，”他嘴里这样说，头脑里不知怎的却充满了各种古怪的形象。他想象大力士和美男子菲利浦赤身露体，旁边则是一丝不挂的柯洛索夫，肚子像个西瓜，脑袋光秃，两条没有肌肉的手臂好像两根枯藤。他还模模糊糊地想象着，沙斐雅公爵夫人用绸缎和丝绒裹着的肩膀其实是什么样子，不过这种想象太可怕了，他连忙把它驱除。

沙斐雅公爵夫人却用眼睛上上下下打量着他。

“米西可在等您了，”她说，“您到她那里去吧，她要给您弹舒曼的新作呢……挺有意思。”

“她根本不想弹什么琴。她这都是有意撒谎。”聂赫留朵夫暗自想，站起身来，握了握沙斐雅公爵夫人戴满戒指的枯瘦的手。

卡吉琳娜在客厅里迎接他，立刻就同他谈了起来。

“我看得出来，陪审员的职务可把您累坏了。”她照例用法语说。

“哦，对不起，我今天情绪不好，可我也没有权利使别人难受。”聂赫留朵夫说。

“您为什么情绪不好呢？”

“我不愿意说，请您原谅。”他一面说，一面找他的帽子。

“您该记得，您曾经说过做人要永远说实话，而且您还给我们讲过一些极其可怕的事。为什么您今天就不愿意说呢？你还记得吗？米西？”卡吉琳娜对走进来的米西说。

“因为当时只是开开玩笑，”聂赫留朵夫一本正经地回答，“开开玩笑是可以的。可是在实际生活里我们太糟糕了，我是说，我太糟糕了，至少我无法说实话。”

“您不用改口，最好还是说说，我们糟在什么地方？”卡吉琳娜说。她抓住聂赫留朵夫的语病，仿佛没有注意到他的脸色是那么严肃。

“再没有比承认自己情绪不好更糟的事了，”米西说，“我就从来不承认，因此情绪总是很好。走，到我那儿去吧，让我们来努力驱散你的不佳情绪。”

聂赫留朵夫觉得他好像一匹被人抚摩着而要它戴上笼头、套上车子的马。今天他特别不高兴拉车。他道歉说他得回家去，就向大家告辞。米西比平时更长久地握住他的手。

“您要记住，凡是对您重要的事，对您的朋友也同样重要。”她说，“明天您来吗？”

“多半不来。”聂赫留朵夫说着感到害臊，但他自己也不知道，究竟是为自己害臊还是为她害臊。他涨红了脸，匆匆走了。

“这是怎么回事？我可很感兴趣呢，”等聂赫留朵夫一走，卡吉琳娜说，“我一定要弄个明白。准是一件有关体面的事，我们的米哈伊尔怄气了。”

“恐怕是件不体面的桃色案件吧。”米西原想这样说，但是没有出口，她痴呆呆地瞪着前方，那阴郁的神色同刚才望着他时完全不同。不过，即使对卡吉琳娜也没有把这句酸溜溜的俏皮话说出来，而只是说：“我们人人都有开心的日子，也有不开心的日子。”

“难道连这个人都要欺骗我吗？”米西暗自想，“事到如今他还要这样，未免太不像话了。”

要是叫米西解释一下她所谓的“事到如今”是什么意思，她准说不出一个所以然来。不过她无疑知道，他不仅使她心里存着希望，而且简直已经答应她了。倒不是说他已经明确地对她说过，而是通过眼神、微笑、暗示和默许表明了这一点。她始终认为他是属于她的，要是失掉他，那她真是太难堪了。

28

“又可耻又可憎，又可憎又可耻。”聂赫留朵夫沿着熟悉的街道步行回家，一路上反复想着。刚才他同米西谈话时的沉重心情到现在始终没有消除。他觉得，表面上看来——如果可以这样说的话——他对她并没有什么过错：他从没有对她说过什么对自己有约束力的话，也没有向她求过婚，但他觉得实际上他已经同她联系在一起，已经答应过她了。然而今天他从心里感觉到，他无法同她结婚。“又可耻又可憎，又可憎又可耻。”他反复对自己说，不仅指他同米西的关系，而且指所有的事。“一切都是又可憎又可耻。”他走到自己家的大门口，又暗自说了一遍。

“晚饭我不吃了，”他对跟着他走进餐厅（餐厅里已经准备好餐具和茶了）的侍仆柯尔尼说，“你去吧。”

“是。”柯尔尼说，但他没有走，却动手收拾桌上的东西。聂赫留朵夫瞧着柯尔尼，觉得他很讨厌，他希望谁也别来打扰他，让他安静一下，可是大家似乎都有意跟他作对，偏偏缠住他不放。等到柯尔尼拿着餐具走掉，聂赫留朵夫刚要走到茶炊旁去斟茶，忽然听见阿格拉芬娜的脚步声。他慌忙走到客厅里，随手关上门，免得同她见面。这个做客厅的房间就是三个月前他母亲去世的地方。这会儿，他走进这个灯光明亮的房间，看到那两盏装有反光镜的灯，一盏照着他父亲的画像；另一盏照着他母亲的画像，他不禁想起了他同母亲最后一段时间的关系。他觉得这关系是不自然的，令人憎恶的。这也是又可耻又可憎。他想到，在她害病的后期他简直巴不得她死掉。他对自己说，他这是希望她早日摆脱痛苦，其实是希望自己早日摆脱她，免得看见她那副痛苦的模样。

他存心唤起自己对她美好的回忆，就瞧了瞧她的画像，那是花五千卢布请一位名家画成的。她穿着黑丝绒连衣裙，袒露着胸部。画家显然有意要充分描绘高耸的胸部、双乳之间的肌肤和美丽迷人的肩膀和脖子。这可实在是又可耻又可憎。把他的母亲画成半裸美女，这就带有令人难堪和亵渎的味道。尤其令人难堪的是，三个月前这女人就躺在这个房间里，她当时已干瘪得像一具木乃伊，还散发出一股极难闻的味道。这股味道不仅充溢这个房间，而且弥漫在整座房子里，怎么也无法消除。他仿佛觉得至今还闻到那股味道。于是他想起，在她临终前一天，她用她那枯瘦发黑的手抓住他强壮白净的手，同时盯住他的眼睛说："米哈伊尔，要是我有什么不对的地方，你不要责怪我。"说着她那双痛苦得失去光辉的眼睛里涌出了泪水。"多么可憎！"他望了望那长着像大理石一般美丽的肩膀和胳膊，绽露着得意扬扬的笑容的半裸美女，又一次自言自语。画像上袒露的胸部使他想起了另一个年轻得多的女人，几天前他看到她也这样裸露着胸部和肩膀。那个女人就是米西。那天晚上她找了一个借口把他叫去，为的是让他看看她去赴舞会时穿上舞会服装的模样。他想到她那白嫩的肩膀和胳膊，不禁有点儿反感。此外还有她那个粗鲁好色的父亲——他可耻的经历和残忍的行为，以及她那个声名可疑的*爱说俏皮话*的母亲。这一切都很可憎，同时也很可耻。真是又可耻又可憎，又可憎又可耻。

"不行，不行，必须摆脱……必须摆脱同柯察金一家人和玛丽雅的虚伪关系，抛弃遗产，抛弃一切不合理的东西……对，要自由自在地生活。到国外去，到罗马去，去学绘画……"他想到他怀疑自己有这种才能。"哦，那也没关系，只要能自由自在地生活就行。先到君士坦丁堡，再到罗马，但必须赶快辞去陪审员职务。还得同律师商量好这个案件。"

于是他的头脑里突然浮起了那个女犯的异常真切的影子，出现了她那双斜睨的乌黑眼睛。在被告最后陈述时，她哭得多么伤心！他匆匆把吸完的香烟在烟灰缸里捻灭。另外点上一支，开始在房间里来回踱步。于是，他同她一起度过的景象一幕又一幕地呈现在眼前。他想起他同她最后一次的相逢，想起当时支配他的兽性的欲望，以及欲望满足后的颓丧情绪。他想起了雪白的连衣裙和浅蓝色的腰带，想起了那次晨祷。“唉，我爱她，在那天夜里我对她确实怀着美好而纯洁的爱情，其实在这以前我已经爱上她了，还在我第一次住到姑妈家里，写我的论文时就深深地爱上她了！”于是他想起了当年他自己是个怎样的人。他浑身焕发着朝气，充满了青春的活力。想到这里他感到伤心极了。

当时的他和现在的他，实在相差太远了。这个差别，比起教堂里的卡秋莎和那个陪商人酗酒而今天上午受审的妓女之间的差别，即使不是更大，至少也一样大。当年他生气蓬勃，自由自在，前途未可限量，如今他却觉得自己落在愚蠢、空虚、苟安、平庸的生活罗网里，看不到任何出路，甚至不想摆脱这样的束缚。他想起当年他以性格直爽为自豪，立誓要永远说实话，并且恪守这个准则，可如今他完全掉进虚伪的泥淖里，掉进那种被他周围一切人认为真理的虚伪透顶的泥淖里。在这样的虚伪泥淖里没有任何出路，至少他看不到任何出路。他深陷在里面，越陷越深，不能自拔，甚至还扬扬自得。

怎样解决跟玛丽雅的关系，解决跟她丈夫的关系，使自己看到他和他孩子们的眼睛不至于害臊？怎样才能诚实地了结同米西的关系？他一面认为土地私有制不合理，一面又继承母亲遗下的领地，这个矛盾该怎样解决？怎样在卡秋莎面前赎自己的罪？总不能丢开她不管哪！“不能把一个我爱过的女人抛开不管，不能只限于出钱请律师，使她免除本来就不该服的苦役。不能用金钱赎罪，就像当年我给了她一笔钱，自以为尽了责任那样。”

于是他清清楚楚地回忆起当时的情景：他在走廊里追上她，把钱塞在她手里，就跑掉了。“哦，那笔钱！”他回想当时的情景，心里也像当时一样又恐惧又嫌恶。“唉，多么卑鄙！”他也像当时一样骂出声来。“只有流氓，无赖，才干得出这种事来！我……我就是无赖，就是流氓！”他大声说。“难道我真的是……”他停了停，“难道我真的是无赖吗？如果我不是无赖，那还有谁是呢？”他自问自答。“难道只有这一件事吗？”他继续揭发自己。“难道你同玛丽雅的关系，同她丈夫的关系就不卑鄙、不下流吗？还有你对财产的态度呢？你借口钱是你母亲遗留下来的，就享用你自己也认为不合理的财产。你的生活整个儿都是游手好闲、卑鄙无耻的。而你对卡秋莎的行为可说是登峰造极了。无赖，流氓！人家要怎样评判我就怎样评判我好了，我可以欺骗他们，可是我欺骗不了我自己。”

他恍然大悟，近来他对人，特别是今天他对公爵，对沙斐雅公爵夫人，对米西和对柯尔尼的憎恶，归根到底都是对他自己的憎恶。说也奇怪，这种自认堕落的心情是既痛苦又令人欣慰的。

聂赫留朵夫生平进行过好多次“灵魂的净化”。他所谓“灵魂的净化”是指这样一种精神状态：他生活了一个时期，忽然觉得内心生活迟钝，甚至完全停滞。他就着手把灵魂里堆积着的污垢清除出去，因为这种污垢是内心生活停滞的原因。

在这种觉醒以后，聂赫留朵夫总是订出一些日常必须遵守的规则，例如写日记，开始一种他希望能坚持下去的新生活，也就是他自己所说的“翻开新的一页”①。但每次他总是禁不住尘世的诱惑，不知不觉又堕落下去，而且往往比以前陷得更深。

他这样打扫灵魂，振作精神，已经有好几次了。那年夏天他到姑妈家去，正好是第一次做这样的事。这次觉醒使他生气蓬勃、精神奋发，而且持续了相当久。后来，在战争时期，他辞去文职，参加军队，甘愿以身殉国，也有过一次这样的觉醒。但不久灵魂里又积满了污垢。后来还有过一次觉醒，那是他辞去军职，出国学画的时候。

从那时起到现在，他有好久没有净化灵魂了，因此精神上从来没有这样肮脏过，他良心上的要求同他所过的生活太不协调了。他看到这个矛盾，不由得心惊胆战。

这个差距是那么大，积垢是那么多，以致他起初对净化丧失了信心。“你不是尝试过修身，希望变得高尚些，但毫无结果吗？”魔鬼在他

① 原文是英语。

心里说，“那又何必再试呢？又不是光你一个人这样，人人都是这样的，生活就是这样的。”魔鬼那么说。但是，那个自由的、精神的人已经在聂赫留朵夫身上觉醒了，他是真实、强大而永恒的。聂赫留朵夫不能不相信他。不管他所过的生活同他的理想之间差距有多大，对一个精神觉醒了的人来说，什么事情都是办得到的。

“我要冲破束缚我精神的虚伪罗网，不管这得花多大代价。我要承认一切。说老实话，做老实事，”他毅然决然地对自己说，“我要老实告诉米西，我是个生活放荡的人，不配同她结婚，这一阵我只给她添了麻烦。我要对玛丽雅（首席贵族的妻子）说实话。不过，对她也没有什么话可说，我要对她丈夫说，我是个无赖，我欺骗了他。我要合理处置遗产。我要对她，对卡秋莎说，我是个无赖，对她犯了罪，我要尽可能减轻她的痛苦。对，我要去见她，要求她饶恕我。对，我将像孩子一样要求她的饶恕。”他站住了，“必要时，我就同她结婚。”

他站住，像小时候那样双臂交叉在胸前，抬起眼睛仰望着上苍说：“主哇，你帮助我，引导我，来到我的心中，清除我身上的一切污垢吧！”

他做祷告，请求上帝帮助他，到他心中来，清除他身上的一切污垢。他的要求立刻得到了满足。存在于他心中的上帝在他的意识中觉醒了。他感觉到上帝的存在，因此不仅感觉到自由、勇气和生趣，而且感觉到善的全部力量。凡是人能做到的一切最好的事，他觉得如今他都能做到。

他对自己说这些话的时候，眼睛里饱含着泪水，有好的泪水，又有坏的泪水。好的泪水是由于这些年来沉睡在他心里的精神的人终于觉醒了；坏的泪水是由于他自怜自爱，自以为有什么美德。

他感到浑身发热。他走到窗口，打开窗子。窗子通向花园。这是一个空气清新而没有风的月夜，街上响起一阵辘辘的马车声，然后是一片寂静。窗外有一棵高大的杨树，那光秃的树枝纵横交错，把影子清楚地投落在广场干净的沙地上。左边是仓房的房顶，在明亮的月光下显得白忽忽的。前面是一片交织的树枝，在树枝的掩映下看得见一堵黑魆魆的矮墙。聂赫留朵夫望着月光下的花园和房顶，望着杨树的阴影，吸着沁人心脾的空气。

"太好了！哦，太好了，我的上帝，太好了！"他为自己灵魂里的变化而不断欢呼。

29

玛丝洛娃直到傍晚六时才回到牢房。她不习惯长途跋涉，如今一口气走了十五俄里[①]石子路，感到两腿酸痛，精神上又受到意想不到的严厉判决的打击，再加饥饿难忍，人简直要瘫下来。

在一次审讯暂停时，法警们在她旁边吃着面包和煮鸡蛋，她嘴里涌满口水。她感到饥饿，但去向他们讨一点儿来吃，又觉得失面子。这以后又过了三小时，她不再想吃东西，但觉得浑身乏力。就在这时，她听到了意想不到的判决。最初一刹那，她以为是她听错了，无法相信听到的话，无法把苦役犯这个词儿同自己联系起来。不过，她见法官和陪审员脸上都那么一本正经，无动于衷，判决时都若无其事，感到十分气愤，就向整个法庭大声叫屈。但看到就连她的叫屈人家也不当一回事，又不能改变局面，她就哭了，觉得只好顺受那个硬加到她头上的天大冤屈。特别使她感到惊讶的是，那么残酷地给她判刑的竟是那些一直和蔼可亲地打量着她的中年和青年男人。她看出，只有一个人，就是那个副检察官，心情一直与别人不同。她起初坐在犯人拘留室里等待开庭，后来在审讯暂停时又坐

① 1俄里等于1.06公里。

在那里，她看到这些男人都假装有什么事，在她门口走来走去，或者索性走进房间里来，只是为了要好好地看看她。谁想到就是这些男人竟莫名其妙地判她服苦役，尽管她并没有犯被控告的那些罪。开头她放声痛哭，后来停止了哭泣，呆呆地坐在拘留室里，等待押回监狱。现在她只渴望一件事：吸烟。当包奇科娃和卡尔津金在宣判后也被押到这个房间里时，她正处在这样的精神状态。包奇科娃一来就骂玛丝洛娃，叫她苦役犯。

“怎么样？你赢了？没罪了？这回怕逃不掉了吧，贱货！你这是罪有应得。服了苦役，看你还怎么卖俏！”

玛丝洛娃双手揣在囚袍袖管里，坐在那里，低下头，呆呆地望着前面两步外那块踩得很脏的地板，嘴里只是说：“我没惹您，您也别来犯我。我可没惹您。”

她反复说了几遍，就不再吭声了。直到卡尔津金和包奇科娃被押走，一个法警给她送来三个卢布，她才变得稍微灵活些。

“你是玛丝洛娃吗？”他问，“拿去，这是一位太太送给你的。”法警说着把钱交给她。

“哪位太太？”

“你拿去就是了，谁高兴跟你多啰唆。”

这钱是妓院掌班基达耶娃叫他送来的。她离开法庭的时候，问民事执行吏，她能不能给玛丝洛娃一点儿钱。民事执行吏说可以。她获得许可，就脱下钉有三个纽扣的麂皮手套，露出又白又胖的手，从绸裙的后面皱褶里掏出一个时式钱包。钱包里装有厚厚一叠息票[1]，那都是她从妓院挣得的证券上剪下来的。她取出一张两卢布五十戈比的息票，再加上两枚二十戈比的硬币和一枚十戈比的硬币，交给民事执行吏。民事执行吏唤来一名法警，当着女施主的面把这些钱交给法警。

“请您务必交给她。”基达耶娃对法警说。

法警因为人家如此不信任他而生气，所以才那么怒气冲冲地对待玛丝洛娃。

---

① 在帝俄时代，证券的息票往往当现钱流通。

玛丝洛娃拿到钱很高兴，因为有了钱就可以弄到此刻她所想要的唯一东西。

“真想弄些烟来抽抽。”她渴望抽烟，暗自想着。她实在想抽烟，就拼命吸着弥漫在走廊里的烟味——那是从各个办公室里飘出来的。但她还得等待好多时候，因为负责派人遣送她回狱的书记官把被告给忘了，只顾同一名律师谈论一篇查禁的文章，甚至同他发生争吵。审判结束后，有几个年轻的和年老的男人特意走来看她一眼，交头接耳地议论着什么。但她此刻根本不去理会他们。

直到四点多钟，她才被押解回狱。押解她的那个下城人和楚瓦什人从后门把她带出法庭。还在法庭前厅，她就给了他们二十戈比，要求他们给她买两个白面包和一包香烟。楚瓦什人笑了，接过钱说：“好的，我们去给你买。”他说完真的去给她买了香烟和面包，并且把找头交给她。

路上是不准吸烟的，这样玛丝洛娃只得带着没有满足的烟瘾走回牢房。她回到监狱门口，大约有一百名男犯正好从火车站被押解到这里来。她在过道里遇见了他们。

那些犯人有留大胡子的，有不留胡子的，有年老的，有年轻的，有俄罗斯人，有其他民族的人，有些人剃了阴阳头，脚上哐啷哐啷地拖着铁镣。他们弄得前屋里灰尘飞扬，并且充满脚步声、说话声和汗酸气。这些犯人从玛丝洛娃身边走过时，都色眯眯地打量着她，有几个擦着她的身子走过，脸上现出淫猥的丑态。

“嘿，这妞儿，长得多俏！”一个犯人说。

“你好哇，小娘子！”另一个挤挤眼说。

一个脸色黝黑的犯人，后脑壳剃得发青，刮得精光的脸上留着小胡子，脚上拖着哐啷啷响的脚镣，跳到她跟前，一把搂住她。

“难道连老朋友都不认得了？哼，别装腔了！”他露出牙，闪亮着眼睛，嚷道。玛丝洛娃把他推开了。

“你这是要干什么，混蛋！”副典狱长从后面走过来，对他吆喝道。

那犯人缩紧身子，慌忙躲开。副典狱长就转身对玛丝洛娃骂道：“你待在这儿干什么？”

玛丝洛娃想说她从法院里刚回来，但她实在太疲乏了，所以懒得开口。

“刚从法院里来，长官。”那个年纪大些的押解兵穿过人群，手举到帽檐上敬礼说。

“噢，那就把她交给看守长。简直不像话！”

“是，长官。”

“索柯洛夫！把她带去！”副典狱长嚷道。

看守长走过来，怒气冲冲地往玛丝洛娃的肩上一推，对她点点头，把她领到女监的走廊里。在那里她被浑身上下搜摸了一遍，没有搜到什么（那包香烟已被塞在面包里），就又被送回早晨出来的那间牢房里。

30

玛丝洛娃那间牢房长九俄尺，宽七俄尺，有两扇窗子，靠墙有一座灰泥剥落的火炉，还有几张木板干裂的板床，占去三分之二的地方。牢房中央，正对房门挂着乌黑的圣像，旁边插着一支蜡烛，下面挂着一束积满灰尘的蜡菊。房门左边有一块发黑的地板，上面放着一个臭气熏天的木桶。看守刚点过名，女犯们就被锁在牢房里过夜。

这里总共关着十五个人：十二个女人和三个孩子。

天色还很亮，只有两个女人躺在板铺上：一个是因没有身份证而被捕的傻婆娘，她差不多一直用囚袍蒙住头睡觉；另一个害有痨病，因犯盗窃罪而判刑。这个女人用囚袍枕着头，睁大一双眼睛躺在那里没有睡着，勉强忍着咳嗽，压下一口涌上喉咙而感到发痒的黏痰。其余的女人都披着头发，只穿一件粗布衬衫。有的坐在板铺上缝补，有的站在窗边望着院子里走过的男犯。三个做针线活儿的女人当中，有一个就是今天早晨玛丝洛娃去受审时送别她的老太婆，名字叫柯拉勃列娃，她神色忧郁，蹙着眉头，满脸皱纹，下巴底下皮肉松弛，像挂着一个口袋。她身材高大，淡褐色头发编成一根短小的辫子，两鬓花白，脸颊上有一个疣子，上面长着汗毛。这个老太婆因为用斧头砍死亲夫，被判处苦役。她之所以杀死他，是因为他纠缠她的女儿。她是这个牢房里的犯人头，但她还偷卖私酒。她戴着眼镜做针线活儿，那双做惯粗活儿的大手像一般农妇那样用三个手指捏着针，针尖对着自己的身子。她旁边坐着一个皮肤黝黑、个儿不高的女人。她生着狮子鼻和一双乌黑的小眼睛，模样和善，喜欢唠叨，在缝一个帆布口袋。她是铁路上的道口工，被判处三个月徒刑，因为火车来的时候她没有举起旗子，结果出了车祸。第三个做针线活儿的女人是费多霞，同伴们都叫她费尼奇卡。她是一个脸色白里透红、模样可爱的年轻女人，生有一双孩子般纯净的浅蓝色眼睛，两条淡褐色长辫子盘在小小的脑袋上。她被关押是因为蓄意毒死丈夫。她出嫁时还是个十六岁的小姑娘，结婚后就想毒死丈夫。在她交保出狱、等候审讯的八个月里，她不仅跟丈夫和好了，而且深深地爱上了他。当法院开庭的时候，她跟丈夫已经十分恩爱了。尽管丈夫和公公，特别是十分疼爱她的婆婆，在法庭上都竭力替她开脱，但她还是被判流放到西伯利亚服苦役。这个善良乐观、总是笑眯眯的费多霞就睡在玛丝洛娃旁边，她不仅很喜爱玛丝洛娃，而且认为关心她、替她做事是自己的本分。板铺上还有两个女人坐着不干活儿。一个四十岁光景，面黄肌瘦，年轻时一定长得很美，如今可变得又黄又瘦了。她手里抱着一个娃娃，露出又长又白的乳房给他喂奶。她犯的罪是：她的村子里被押走一名新兵，老百姓认为这样不合法，就拦住警察局长，把新兵夺回来；她就是那个被非法押走的小伙子的姑妈，带头抓住新兵所骑的马的缰绳。板铺上还闲坐着一个矮小的老太婆，相貌和善，满脸皱纹，头发花白，背有点儿驼。这个老太婆坐在火炉旁边的板铺上。一个短头发、大肚子的四岁男孩，嘻嘻哈哈地从她旁边跑过，她装出要捉他的样子。那孩子只穿一件小小的衬衫，在她面前跑来跑去，嘴里一直嚷着："哈哈，老婆婆，你抓不住我的，你抓不住我的！"这个老太婆和她的儿子一起被控犯纵火罪。她心平气和地忍受着监禁生活，只是为同时入狱的儿子难过，但她最放心不下的还是她的老头子，唯恐她不在，他会生满一身虱子，因为儿媳妇跑掉了，没有人招呼他洗澡。

除了这七个人，还有四个女人站在一扇打开的窗子前面，双手握住铁栅栏，同刚才在门口撞见玛丝洛娃、此刻正从院子里走过的男犯搭话，又是比手势，又是叫嚷。其中有个因犯偷窃罪而被判刑的女人，生得高大笨重，一身是肉，头发火红色，白里透黄的脸上和手上生满雀斑，粗大的脖子从敞开的衣领里露了出来。她对着窗口声音嘶哑地拼命嚷着一些不堪入耳的粗话。她旁边站着一个皮肤发黑、相貌难看的女犯，上身很长，两腿短得出奇，身材像十岁的小姑娘。她脸色发红，长满面疱，两只黑眼睛之间的距离很宽，嘴唇又厚又短，遮不住她那暴出的白牙齿。她看到院子里的景象，发出一阵阵尖利的笑声。这个女孩喜欢打扮，大家都叫她"俏娘儿们"。她因犯盗窃和纵火罪而受审。她们后面站着一个模样可怜的孕妇，她身穿一件肮脏的灰色衬衫，挺着大肚子，形容憔悴，青筋毕露。她被控犯了窝藏贼赃罪。这个女人沉默不语，但看到院子里的情景，一直露出赞许和亲切的微笑。站在窗口的第四个女人因贩卖私酒而判刑。她是个矮壮的乡下女人，生有一双圆圆的暴眼睛，相貌很和善。这个女人就是老太婆逗着玩的小男孩的母亲。她还有一个七岁的女孩，因为没有人照管，也跟她一起坐牢。她也瞧着窗外，但手里不停地织袜子。听到院子里走过的男犯们的话，她不以为然地皱起眉头，闭上眼睛。她那个七岁的女儿，披着一头浅色头发，只穿一件衬衫，站在那个火红色头发的女人旁边，用一只瘦瘦的小手拉住她的裙子，眼神呆滞，用心听着男女囚犯对骂，低声学着说，仿佛要把它们记住似的。第十二个女犯是教堂诵经士的女儿，她把她的私生子扔进井里活活淹死了。这是一个身材修长的姑娘，浅褐色头发扎成一根不长的粗辫子，但辫子松了，披散开来。她那双暴眼睛呆滞无神。她对周围的一切漠不关心，只穿一件肮脏的灰色衬衫，光着脚板，在牢房的空地上来回踱步，每次走到墙跟前又急促地转过身来。

31

铁锁哐啷响了一声，玛丝洛娃又被关进牢房。牢里的人都向她转过身去，就连诵经士的女儿也站住，扬起眉毛，瞧了瞧进来的人，但她一言不发，接着又迈开她那有力的大步走了起来。柯拉勃列娃把针扎在粗麻布上，带着疑问从眼镜上方凝视着玛丝洛娃。

"哎呀，老天爷！你回来啦，我还以为他们会把你释放呢，"她用男人一般沙哑低沉的声音说，"看样子他们要你坐牢喽。"

她摘下眼镜，把针线活儿放在身边的板铺上。

"好姑娘，我刚才还跟大婶说过，也许会当场把你释放的。据说这样的事是常有的。还会给些钱呢，全得看你的造化了。"道口工立刻用唱歌一般好听的声音说。"唉，真是没想到。看来我们占的卦都不灵。好姑娘，看来上帝有上帝的安排。"她一口气说出一套亲切动听的话来。

"难道真的判刑了？"费多霞现出满腔同情的神色，用她那双孩子般清澈的蓝眼睛瞧着玛丝洛娃，问。她那张快乐而年轻的脸整个儿变了样，仿佛要哭出来。

玛丝洛娃什么也没回答，默默地走到自己的铺位上坐下。她的床铺在靠墙第二张，紧挨着柯拉勃列娃。

"你大概还没有吃饭吧？"费多霞说着站起来，走到玛丝洛娃跟前。

玛丝洛娃没有回答，却把两个白面包放在床头上，开始脱衣服。她脱下满是灰土的囚袍，从鬈曲的黑头发上摘下头巾，坐下来。

背有点儿驼的老太婆在板铺另一头逗着小男孩玩，这时也走过来，站在玛丝洛娃面前。

“啧，啧，啧！”她满心怜悯地摇摇头，啧着舌头说。

那个男孩也跟着老太婆走过来，眼睛睁得老大，翘起上嘴唇，盯着玛丝洛娃带来的白面包。经过这一天的折腾以后，玛丝洛娃看见这一张张满怀同情的脸，她忍不住想哭，嘴唇都哆嗦起来。但她竭力忍住，直到老太婆和男孩向她走过来。当她听到老太婆充满同情的啧啧声，看见男孩子聚精会神地盯着白面包的眼睛又转过来瞧着她时，她再也忍不住了。她整个脸都哆嗦着，接着放声痛哭起来。

“我早就说过，得找一位有本事的律师。”柯拉勃列娃说，“怎么，要把你流放吗？”她问。

玛丝洛娃想回答，可是说不出话，她一面哭，一面从面包里挖出那包香烟。烟盒上印着一个脸色白里透红的太太，头发梳得很高，敞开的领子露出一块三角形的胸部。玛丝洛娃把那包烟交给柯拉勃列娃。柯拉勃列娃瞧了瞧烟盒上的画，不以为然地摇摇头，主要是怪玛丝洛娃不该这样乱花钱。她取出一支烟，凑着油灯点着，自己先吸了一口，然后把它交给玛丝洛娃。玛丝洛娃没有停止哭，一口接一口地拼命吸烟，然后把烟雾吐出来。

“服苦役。”她呜咽着说。

“这帮恶霸！该死的吸血鬼！不敬畏上帝，”柯拉勃列娃说，“平白无故就把人家姑娘判了刑。”

这当儿，那些留在窗口的女人迸发出一阵哄笑声。小女孩也笑了。她那尖细的孩子的笑声，同三个大人沙哑而刺耳的笑声汇成了一片。院子里有个男犯做了什么怪动作，逗得窗口的看客都忍不住笑起来。

“呸，这条剃光头毛的公狗！他这是干什么呀！”那个红头发的女人说，笑得浑身的胖肉都抖动起来。她把脸贴在铁栅栏上，嘴里胡乱嚷着下流话。

“嘿，这没良心的东西！有什么好笑的！”柯拉勃列娃对红头发女人摇摇头，说。接着她又问玛丝洛娃：“判了好多年吗？”

“四年。”玛丝洛娃说，眼睛里饱含着泪水，有一滴眼泪落到香烟上。

玛丝洛娃怒气冲冲地把那支烟揉成一团，扔掉，又拿了一支。

道口工虽然不吸烟，却连忙把烟头捡起来，把它弄直了，同时嘴里说个不停。

“看来一点儿也不错，好姑娘，”她说，“真理让骗猪给吃了。他们想干什么就干什么。柯拉勃列娃大婶说他们会把你放了的，我说不会。我说，好人儿，我的心觉得出来，他们不会放过她的。可怜的姑娘，果然没错。”她说，同时得意地听着自己的声音。

这时，男犯都已从院子里走掉，同他们搭话的女人也都离开窗口，来到玛丝洛娃跟前。第一个走过来的是带着女孩的暴眼睛私酒贩子。

“怎么判得这样重啊？”她一边问，一边挨着玛丝洛娃坐下来，手里继续迅速地编织着袜子。

“因为没有钱才判得那么重。要是有钱，请上一个有本事的讼师，包管就没有事了，”柯拉勃列娃说，“那个家伙……他叫什么呀……蓬头散发的，大鼻子……嘿，我的太太，要是能把他请来，他就会把你从水里捞起来，让你身上不沾一滴水。”

“哼，怎么请得起，”俏娘儿们龇着牙冷笑了一声，挨着她们坐下，“没有一千卢布你就甭想请得动他。”

“看样子，你生来就是这样的命，”因犯纵火罪而坐牢的老太太插嘴说。“我的命也真苦，人家把我的儿媳妇抢走了，还把儿子关到牢里喂虱子，连我这么一把年纪的人都被关进来了。”她又讲起她那讲过成百遍的身世来。“看样子，坐牢也罢，要饭也罢，你就甭想躲开它。不是要饭，就是坐牢。”

“他们都是一路货，”贩私酒的女人说，她仔细察看女孩的头，就放下手里的袜子，把女孩拉过来夹在两腿中间，手指灵活地在她的头上找虱子。“他们问我：‘你为什么贩卖私酒？’请问，叫我拿什么来养活孩子呢？”她一面说，一面熟练地做她做惯的活儿。

私酒贩子的这番话使玛丝洛娃想起了酒。

“最好弄点儿酒来喝喝。”她对柯拉勃列娃说，用衬衫袖子擦擦眼泪，只偶尔抽搭一声。

“要喝吗？行，拿钱来。”柯拉勃列娃说。

32

玛丝洛娃从面包里掏出钱，把一张息票交给柯拉勃列娃。柯拉勃列娃接过息票，瞧了瞧。她不识字，但信任那个无所不知的俏娘儿们。俏娘儿们告诉她息票值两卢布五十戈比。柯拉勃列娃爬到通气洞口，取出藏在那里的一瓶酒。女人们，除了贴近玛丝洛娃的几个外，看到这情景，纷纷回到自己的铺位上去。玛丝洛娃抖掉头巾和囚袍上的灰土，爬到铺上，开始吃面包。

“我给你留着茶，恐怕凉了。”费多霞说着从墙架上取下一把用包脚布裹着的白铁壶和一个带把的杯子。

那茶完全凉了，而且白铁味道比茶味更浓，但玛丝洛娃还是倒了一杯，就着吃面包。

“费纳什卡，给你。”她叫道，掰下一块面包，递给眼睛直盯住她嘴巴的小男孩。

这当儿，柯拉勃列娃把酒瓶和杯子交给玛丝洛娃。玛丝洛娃请柯拉勃列娃和俏娘儿们一起喝。这三个女犯是牢房里的贵族，因为她们有钱，有了东西就一起享用。

过了几分钟，玛丝洛娃兴奋了，兴致勃勃地讲起法庭上的情景和法庭上特别使她惊讶的一件事，还滑稽地模仿检察官的动作。她说，法庭上的男人个个都兴致勃勃地望着她，为此还特意闯到犯人室里来。

"就连那个押解我的兵都说：'他们这都是来看你的。'一会儿来了一个人，说是来拿文件或者什么东西，可是我看出，他要的不是文件，而是要用眼睛把我吞下去，"她笑嘻嘻地说，摇摇头，仿佛她也弄不清是怎么一回事，"全会演戏。"

"这话说得一点儿也不假，"道口工附和着，立刻用她那好听的声音滔滔不绝地说起来，"好比苍蝇见了糖。他们别的都不在意，可是见了女人就没命了。他们这帮男人光吃饭还不行……"

"这儿也一样，"玛丝洛娃打断她的话说，"到了这儿，我也遇到了那类事。他们刚把我带回来，正好有一批家伙从火车站上押到。他们死气白赖地纠缠人，我简直不知道怎样才能脱身。多亏副典狱长把他们赶走了。有一个死缠住不放，好容易才被我挣脱了。"

"那家伙什么模样？"俏娘儿们问。

"皮肤黑黑的，留着小胡子。"

"多半是他。"

"他是谁？"

"就是谢格洛夫。你看，他刚走过去。"

"这谢格洛夫是个什么人？"

"连谢格洛夫都不知道！谢格洛夫两次从服苦役的地方逃走，这回又把他抓住了，可他还是会逃走的。连看守都怕他呢，"俏娘儿们说，她同男犯们传递纸条，监狱里发生的事她都知道，"他准会逃走的。"

"哼，他会逃走，可不会把咱们带走！"柯拉勃列娃说，"你最好还是讲讲，"她对玛丝洛娃说，"关于上诉的事那理事（律师）都对你说了些什么，如今总得去上诉吧？”

玛丝洛娃说她什么也不知道。

这时候，红头发女人把雀斑累累的双手伸到蓬乱的浓密头发里，用指甲搔着头皮，走到那三个正在喝酒的“贵族”跟前。

“卡秋莎，我把该办的事都告诉你，”她开口道，“劈头第一件事，你得写个呈子，说你对那个判决不满意，然后再向检察官提出。”

“关你什么事？”柯拉勃列娃怒气冲冲地用低沉的声音说，“你闻到酒味了？这事不用你多嘴。你不说，人家也知道该怎么办，用不着你多嘴。”

“人家又不是跟你说话，要你啰唆什么！”

“想喝点儿酒吧？也赶过来了。”

“好哇，就给她喝一点儿吧。”玛丝洛娃说。她一向很慷慨，有了东西就分给大家。

“让我来给她尝尝……”

“哼，来吧！”红头发女人逼近柯拉勃列娃说，“我才不怕你呢。”

“臭犯人！”

“你自己才是臭犯人！”

“骚货！”

“我是骚货？你是苦役犯，凶手！”红头发女人嚷道。

“对你说，走开！”柯拉勃列娃板起脸说。

但红头发女人反而逼拢来。柯拉勃列娃猛然往她敞开的胖胸部推了一下。红头发女人仿佛就在等她来这一手，出其不意用一只手揪住柯拉勃列娃的头发，举起另一只手想打她耳光，但被柯拉勃列娃抓住。玛丝洛娃和俏娘儿们拉住红头发女人的双手，竭力想把她拉开，但红头发女人揪住对方的辫子，不肯松手。她刹那间把对方的头发松了一松，但目的是把它缠在自己的拳头上。柯拉勃列娃歪着脑袋，一只手揍着她的身体，同时用牙齿咬她的手臂。女人们都围着这两个打架的人，劝阻着，叫嚷着。就连那个害痨病的女犯也走过来，一面咳嗽，一面瞧着这两个扭成一团的女人。孩子们拥挤着，啼哭着。女看守听见闹声，带了一名男看守进来。他们把打架的女人拉开。柯拉勃列娃拆散她那灰白的辫子，拉掉那几绺被拔下的头发。红头发女人拉拢撕破的衬衫，盖住枯黄的胸部。两人都边哭边诉，大声叫嚷。

“哼，我知道这一切都是灌酒灌出来的。明天我告诉典狱长，让他来收拾你们。我闻得出来，这儿有酒味，”女看守说，“你们当心点儿，快把那些东西拿掉，要不你们会倒霉的。我们可没工夫来给你们评理。现在各就各位，保持安静。”

但过了好久还没有安静下来。两个女人又对骂了一阵，争辩着吵架是谁开的头，是谁的不是。最后，男看守和女看守都走了，女人们才安静下来，准备睡觉。那个老太婆随即跪在圣像前面做起祷告来。

“两个苦役犯凑在一起了。”红头发女人突然从板铺另一头哑着嗓子说，每说一句就插进几个刁钻古怪的骂人字眼儿。

“当心，别再自讨苦吃。”柯拉勃列娃也夹杂着类似的骂人话回敬她。于是两人都不作声了。

“要不是他们拦着我，我早就把你的眼珠子挖出来了……”红头发女人又开口了，柯拉勃列娃又立刻回敬。

然后又是沉默，沉默的时间更长了，但接着又是对骂。间隔的时间越来越长，最后完全安静了。

大家都睡了，有几个已发出鼾声，只有那个一向要祷告得很久的老太婆还跪在圣像前叩头。诵经士的女儿等看守一走，就从床上起来，又在牢房里来回踱步。

玛丝洛娃没有睡着，头脑里念念不忘她是个苦役犯：人家已经两次这样称呼她：一次是包奇科娃，另一次是红头发女人。她对这事怎么也不能甘心。柯拉勃列娃原来背对她躺着，这时转过身来。

“唉，真是做梦也没有想到，没有想到，”玛丝洛娃低声说，“人家做尽坏事，也没什么。我平白无故，倒要受这份罪。”

“别难过，姑娘。西伯利亚照样有人活着，你到那里也不会完蛋的。”柯拉勃列娃安慰她说。

“我知道不会完蛋，但到底太气人了。我不该有这个命，我过惯好日子了。”

“人拗不过上帝呀！”柯拉勃列娃叹了一口气说，“人是拗不过上帝的。”

“这我知道，大婶，但到底太难受了。”

她们沉默了一阵。

“你听见吗？又是那个骚娘儿们。”柯拉勃列娃说，要玛丝洛娃注意那从板铺另一头传来的古怪声音。

这是红头发女人勉强忍住的痛哭声。红头发女人所以痛哭，是因为刚才挨了骂，遭了打，她真想喝酒，却又不给她喝。她所以痛哭，还因为她这辈子除了挨骂、嘲弄、侮辱和被打以外没有尝过别的滋味。她想找点儿开心的事来安慰安慰自己，就回忆她同工人费吉卡的初恋，但一回忆，也就想到这次初恋是怎样结束的。那个费吉卡有一次喝醉了酒，开玩笑，拿明矾抹在她身上最敏感的地方，接着看到她痛得身子缩成一团，就跟同伴们哈哈大笑。她的初恋就这样结束了。她想起这件事，觉得伤心极了，以为没有人会听见，就出声哭起来。她哭得像个孩子，嘴里哼哼着，吸着鼻子，咽着咸滋滋的眼泪。

“她真可怜。”玛丝洛娃说。

“可怜是可怜，可她不该来捣乱嘛！”

33

聂赫留朵夫第二天一醒来，首先就意识到他遇上一件事。他甚至还没有弄清楚是什么事，就断定那是一件大好事。“卡秋莎，审判。”对了，再不能撒谎了，必须把全部真相说出来。说也凑巧，就在今天早晨他收到首席贵族夫人玛丽雅的来信。这封信聂赫留朵夫期待已久，现在对他特别重要。玛丽雅给了他充分自由，祝他今后婚姻美满，生活幸福。

“婚姻！”他嘲弄地说，“我现在离那种事太远了！”

他记得昨天还准备把全部真相告诉她的丈夫，向他道歉，并且愿意听凭他发落。但今天早晨他觉得这事并不像昨天想的那么好办。“再说，既然他不知道，又何必使他难堪呢？如果他问起来，那我当然会告诉他。但何必主动去告诉他呢？不，这可没有必要。”

把全部真相都告诉米西，今天早晨他也觉得很困难。这种事确实很难启齿，会让人笑话的。世界上有些事只能心照不宣。今天早晨他做了决定：他不再上他们家去，但要是他们问起来，他就说实话。

不过，对卡秋莎什么事都不该隐瞒。

“我要到监牢里去一次，把事情都告诉她，请求她的饶恕。如果有必要，对，如果有必要的话，我就同她结婚。”他想。

不惜牺牲一切同她结婚，来达到道德上的完善，这个想法今天早晨他觉得特别亲切。

他好久没有这样精神抖擞地迎接新的一天了。阿格拉芬娜一进来，他就断然——连他自己都没有想到会那么果断——宣布，他不再需要这座住宅，也不再需要她的伺候了。原来他同阿格拉芬娜有一件事心照不宣，他保留这座租金昂贵的大住宅是为结婚用的。因此，退租一事就有特殊的含义。阿格拉芬娜惊讶地对他瞧瞧。

“非常感谢您对我的一切照顾，阿格拉芬娜，我今后不再需要这么大的住宅，也不需要仆人了。要是您愿意帮我的忙，那就麻烦您清理这些东西，暂且像妈妈在世时那样把它们都收拾好。等娜塔莎来了，她会处理的。”娜塔莎是聂赫留朵夫的姐姐。

阿格拉芬娜摇摇头。

“怎么好处理呢？这些东西不是都要用的吗？”她说。

“不，用不着了，阿格拉芬娜，多半用不着了，”聂赫留朵夫看见她摇头，就这样回答，“还要请您费心对柯尔尼说一下，我多给他两个月工资，以后就不用他了。”

“德米特里·伊凡内奇，您这样做可不行啊！”她说，“嗯，您就是要到外国去一次，以后回来还是需要房子的。”

“您想错了，阿格拉芬娜。外国我不去，我要去也到别的地方去。”

他的脸唰地一下红了。

“对，应该告诉她，”聂赫留朵夫想，“不用隐瞒，应该把全部真相告诉一切人。”

“昨天我遇到一件意想不到的大事。您记得玛丽雅姑妈家的那个卡秋莎吗？”

“当然记得，针线活儿还是我教她的呢。”

“啊，就是那个卡秋莎昨天在法庭上受审判，正好碰到我做陪审员。”

“哎呀，老天爷，多可怜哪！”阿格拉芬娜说，“她犯了什么罪该受审判啊？”

“杀人罪，这一切都是我干的。”

“怎么会是您干的呢？您说得太奇怪了。”阿格拉芬娜说。她那双老花眼闪出调皮的光辉。

她知道他同卡秋莎的那件事。

“是的，我是罪魁祸首。就因为这个缘故，我把我的全部计划都改变了。”

“那件事怎么会弄得您改变主意呢？”阿格拉芬娜忍住笑，说。

“既然我害她走上了那条路，我就应该尽我的力量帮助她。”

“这是因为您有一副好心肠，您没有什么了不起的大错。那种事谁都免不了。要是冷静想一想，这一切本来就无所谓，都会被忘记的。大家还不都是这样过，”阿格拉芬娜一本正经地说，“您也不必把一切责任都揽在自己身上。我早就听说她走上了邪路，那又能怪谁呢？”

“怪我，因此我想补救。”

“啊，这事可不好补救。”

“这可是我的责任。您要是有什么为难的地方，那就想想妈妈生前怎么希望……”

“我倒没有什么为难的地方。我对先夫人一直感恩不尽，我也没有什么别的愿望。我的丽莎叫我去（丽莎是她已出嫁的侄女），等到这儿用不着我了，我就到她那儿去。您可不用把那种事放在心上，谁都免不了的。”

“嗯，我可不那么想。不过我还是请您帮我退掉这座住宅，把东西收拾收拾。您也别生我的气。您的种种好处我是非常感激的，非常感激的。”

说也奇怪，自从聂赫留朵夫认识到自己的卑鄙因而憎恨自己那时起，他就不再憎恨别人。相反，他却感到阿格拉芬娜和柯尔尼亲切而可敬。他很想把自己的悔恨心情告诉柯尔尼，但看到柯尔尼那副毕恭毕敬的样子，他又不敢这样做了。

聂赫留朵夫去法院，还是坐着原来那辆马车，经过平日经过的那些街道，但连他自己也觉得奇怪，他今天完全成了另一个人了。

同米西结婚，昨天他还觉得很称心，今天却觉得根本不可能。昨天他认为就自己的地位来说，她同他结婚无疑将得到幸福，今天他却觉得他不仅不配同她结婚，简直不配同她亲近。“只要她知道我是个怎样的人，就决不会同我来往了。我却还要埋怨她向那位先生卖弄风情呢。不行，就算她现在嫁给我，而我知道那个女人关在本地监狱里，明后天就要同大批犯人流放出去服苦役，难道我能幸福吗？不仅不能幸福，而且内心也不能平静。那个被我糟蹋的女人去服苦役，我却在这里接受人家的祝贺，还要带着年轻的妻子出去拜客。或者，我瞒住首席贵族，同他的妻子无耻地勾搭，同时又同他一起出席会议，统计票数，看有多少人赞成、多少人反对由地方自治会监督学校和类似的提案，事后又约她幽会，这是多么卑鄙呀！或者，我将继续去画画，虽然明知那幅画永远也画不成，因为我根本就不该去干那种无聊的事。事实上我也根本无法做那种事。”他自言自语，由于内心发生的变化而暗自高兴。

“首先得去找律师，”他想，“听听他的意见，然后……然后到监狱里去看她，看昨天那个女犯人，把全部真相告诉她。”

他一想到怎样跟她见面，怎样把心里话都讲给她听，怎样向她认罪，为了赎罪他什么都愿意做，甚至愿意同她结婚——他一想到这儿，心情异常激动，泪水忍不住夺眶而出。

34

聂赫留朵夫一到法院，在走廊里遇见昨天那个民事执行吏，就向他打听已判决的犯人关在哪里，要同这类犯人见面须得到谁的批准。民事执行吏说，犯人关在不同的地方，在没有正式宣布判决以前，探望必须得到检察官的批准。

“等审讯结束后，我来告诉您，陪您去。检察官现在还没有来。您就等审讯结束吧。现在先请出庭陪审，马上就要开庭了。”

聂赫留朵夫觉得这个民事执行吏今天的模样特别可怜。他谢了谢他的好意，向陪审员议事室走去。

他刚走近那个房间，陪审员正好纷纷从那里出来，到法庭上去。那个商人像昨天一样快乐，又吃过东西喝过酒了，一看见聂赫留朵夫，就像老朋友那样招呼他。彼得·盖拉西莫维奇的亲昵态度和大笑声，今天也没有使聂赫留朵夫反感。

聂赫留朵夫很想把他跟昨天那个女被告的关系告诉全体陪审员。“说实在的，”他想，“昨天开庭的时候我应该站起来，当众宣布我的罪状。”不过，他同其他几个陪审员一起走进法庭，同昨天一样的程序又开始了：又是“开庭了”的吆喝声，又是那三个有领章的法官登上高台，又是一片肃静，又是陪审员们在高背椅上就座，又是那几个宪兵，又是沙皇御像，又是那个司祭——这当儿聂赫留朵夫觉得，尽管他有责任这样做，但今天同昨天一样，他无法打破这种庄严的法庭气氛。

开庭前的种种准备工作也跟昨天一样，只是少了陪审员宣誓和庭长对他们的讲话。

今天审讯的是一个撬锁盗窃案。被告由两名手持出鞘军刀的宪兵押到庭上，这是一个二十岁的小伙子，身材瘦削，脸色苍白，穿着一件灰色囚袍。他单独坐在被告席上，皱起眉头打量着一个个出庭的人。这个小伙子被控同一个伙伴撬开仓库的挂锁，从那里偷走价值三卢布六十七戈比的破旧粗地毯。起诉书控告说，这个小伙子跟一个掮粗地毯的同伙在一起走，被警察截获了。他们两人立即认罪，于是双双进了监狱。那个同伙原是个小炉匠，不久就死在牢里。这样，今天就剩下小伙子单独受审。破旧的粗地毯放在物证桌上。

审讯案件同昨天一模一样，有各种证据，有罪证，有证人，有证人宣誓，有审问，有鉴定人，有交相讯问，等等。那个作为证人的警察遇到庭长、检察官和人问话，总是有气无力地回答几个字："是，大人，"或者"我不知道，大人，"接着又是"是，大人，"……不过，尽管他显出当兵的那种呆头呆脑的神气，说着简单刻板的话，还是看得出他很可怜小伙子，不大愿意讲述逮捕的经过。

另一个证人是失主，也就是房东和粗地毯的所有者，这个小老头看来肝火很旺，问他那些地毯是不是他的，他勉强回答是他的。当副检察官问他打算拿这些地毯做什么用，他是不是很需要这些地毯时，他勃然大怒，回答说："哼，这些破地毯，去他妈的，我根本用不着。早知道会惹出这么多麻烦来，我才不去找它呢。我情愿倒贴一张红票子，就是两张也情愿，只要不把我拉到这儿来受审，我坐马车差不多已花了五卢布。我身体又不好，我有疝气，还有风湿痛。"

证人们就说了这样一些话。被告本人全部招认了。他好像一头被逮住的小野兽，茫然地左顾右盼，同时断断续续地把犯罪的经过前前后后说了一遍。

案情明明白白，可是副检察官像昨天一样，耸起肩膀，提出一些古怪的问题，想叫狡猾的罪犯上钩。

他在发言中证实，这个盗窃案发生在住人的房屋里，门锁被撬开，因此这个小伙子应受最严厉的惩罚。

法庭指定的辩护人却证实这个盗窃案不是在住人的房屋里犯的，因此罪行固然无可否认但罪犯还不致像副检察官所肯定的那样对社会构成严重危害。

庭长又像昨天那样装得不偏不倚，大公无私，并且向陪审员详细解释那些他们早就知道、其实也不可能不知道的规矩。法庭又像昨天一样暂停了几次，大家照样又是抽烟，又是民事执行吏高呼"开庭了"，两个宪兵又是竭力克制着睡意，拿着出鞘的军刀坐在那里，恫吓犯人。

通过审讯知道，这个小伙子原先被他父亲送到香烟厂当学徒，在那里过了五年。今年，工厂老板同工人发生纠纷，他被老板解雇了。他找不到活儿干，在城里游荡，把最后一个子儿都拿去喝酒。他在小饭馆里认识了那个比他更早失业、酒喝得更凶的小炉匠。他们一起喝醉了酒，深夜撬开门锁，把首先看到的东西拿走。他们被捕了，供认盗窃地毯，就被关进牢里。小炉匠不等审讯就死了。现在，这个小伙子被认为是个危险分子，必须同社会隔离，并且受到审讯。

“说他是个危险分子，那也同昨天那个女犯人一样，”聂赫留朵夫听着庭上人们的话，想。“他们是危险的，难道我们就不危险吗？我是个放荡好色的人，是个骗子手，可是知道我底细的人不仅不鄙视我，还很尊敬我。难道我们就不危险吗？就算这个小伙子是整个法庭上最危险的人物，现在他落网了，应该拿他怎么办呢？

“这个小伙子分明不是什么坏蛋，而是一个极其普通的人。这一点大家都很清楚。他所以落到如此，无非因为他处在会产生这种人的环境里。因此，事情很清楚，要小伙子不至于变成这种人，必须努力消灭产生这种不幸的人的环境。

“可我们是怎么办的呢？我们抓住这样一个偶然落到我们手里的小伙子，明明知道还有成千上万这样的人逍遥在社会上，却把他关进监牢，使他终日无所事事，或者做些有害的无聊劳动，结交一批像他一样在生活上软弱无能因而迷途的人，然后由国库出钱把他夹在一批腐化堕落分子中间，从莫斯科省一直流放到伊尔库茨克省。

“我们不但没有采取任何措施，来消除产生这种人的环境，还一味鼓励产生这种人的机构，也就是工厂、工场、作坊、小饭馆、酒店、妓院。我们不仅不取消这类机构，还认为它们是必不可少的，对它们进行鼓励和调节。

“我们用这种方式培养出来的人不止一个，而是千百万个。然后我们逮捕了一个，就自以为办了一件大事，保障了自己的安全，再也不用做什么事了，我们就把他从莫斯科省遣送到伊尔库茨克省。”聂赫留朵夫坐在上校旁边，听着辩护人、检察官和庭长的不同音调，看着他们自以为是的姿态，情绪激动地思索着。“嘿，演这样的戏得耗费多少精力呀。”聂赫留朵夫环顾着这个大法庭，望望那些画像、灯盏、圈椅、军服以及厚墙和窗子，继续想。他想到这座宏伟的建筑物，还有那更加宏伟的整个机构，以及由全体官僚、文书、看守、差役等组成的庞大的队伍。这种队伍不仅这里有，而且俄国各地都有，他们领取薪金，就是为了表演这种无聊的闹剧。“要是我们用这种精力的百分之一来帮助那些被抛弃的人，那将会出现怎样的局面呢？可现在我们只把他们看作可以为我们的安宁和舒适服务的劳动力。其实，当他由于家境贫困从乡下来到城里时，只要有一个人怜悯他，周济他就好了。”聂赫留朵夫望着小伙子受惊的病容，暗自想着：“或者，当他进了城，在厂里做完十二小时工作后，被年纪大些的伙伴拉到小酒店里去时，要是有人对他说：‘别去，凡尼亚，到那里去不好，’小伙子也就不会去，不会堕落，不会做什么坏事了。

“但自从他在城里过着牛马般的学徒生活，为了防止生虱子而剃光头发，终日替师傅们东奔西跑买东西以来，从来没有一个人怜悯过他。正好相反，自从他住到城里以来，从师傅和伙伴嘴里听到的，不外乎‘谁会喝酒，谁会骂人，谁会打架，谁会放荡，谁就是好汉’这样的话。

“后来，有碍健康的繁重劳动、酗酒、放荡戕害了他的身心，他就变得头脑愚钝，举动轻狂，丧魂落魄，漫无目的地在城里乱闯，又一时糊涂溜到人家的板棚里，从那里拖走了毫无用处的破地毯。而我们这些丰衣足食、生活富裕、受过教育的人，非但不去设法消除促使这个小伙子堕落的原因，还要惩罚他，想以此来纠正这类事情。

“太可怕了，这种情形主要是由于残酷还是荒谬，谁也说不上来。不过，不论是残酷还是荒谬，都已达到登峰造极的地步。”聂赫留朵夫一心思考这问题，已经不在听庭上的审问了。这些想法使他自己也感到害怕。他感到奇怪的是，这种情况以前他怎么没有发现，别人怎么也没有看到。

35

聂赫留朵夫等到法庭第一次宣布审讯暂停，就站起身来，走到过道里，决心再也不回法庭了。不管他们拿他怎么办，他反正再不能参与这种既可怕又可憎的蠢事了。

聂赫留朵夫打听到检察官办公室在什么地方，就去找他。差役不肯放他进去，说是检察官此刻有事。但聂赫留朵夫不理他，径自走进门去。有一个官吏迎面走来，聂赫留朵夫就请他向检察官通报，说他是陪审员，有要事见他。公爵的头衔和讲究的衣着帮了聂赫留朵夫的忙。那官吏报告了检察官，就放聂赫留朵夫进去。检察官站着接待他，对聂赫留朵夫执意要求见他，显然不以为然。

“您有什么事？”检察官严厉地问。

“我是陪审员，姓聂赫留朵夫，我有事要同被告玛丝洛娃见面。”聂赫留朵夫迅速而坚决地说，脸涨得通红，意识到他现在所做的事将会对他今后的生活起决定作用。

检察官个儿不高，肤色浅黑，短短的头发已经花白，两只灵活的眼睛炯炯有神，突出的下巴上留着浓密的山羊胡子。

“玛丝洛娃吗？我当然知道，她被控犯了毒死人命罪，”检察官若无其事地说。“那么您究竟有什么事要见她？”接着他仿佛要缓和一下口气，补充说，“我若不知道为什么事，就不能准许您见她。”

“我要见她，因为我有一件特别重要的事。”聂赫留朵夫涨红了脸说。

“噢，原来是这样，”检察官说，抬起眼睛，仔细对聂赫留朵夫瞧了瞧。“她的案子有没有审问过？”

“她昨天受过审，被冤枉判了四年苦役。她没有罪。”

“噢，原来是这样。既然她昨天才被判决，”检察官说，对聂赫留朵夫说玛丝洛娃无罪那句话根本不加理会，“那么，在正式宣判以前她照理应关在拘留所里。拘留所的探望日期是有规定的，我建议您到那里去问一下。”

“但我需要见她，越快越好！”聂赫留朵夫下巴颤抖着说，感到关键性时刻接近了。

“您究竟有什么事一定要见她？”检察官有几分不安地扬起眉毛，问。

“因为她没有罪，却判她服苦役。我才是罪魁祸首。”聂赫留朵夫颤声说，同时觉得他没有必要说这些话。

“这话怎么说？”检察官问。

“因为我玩弄了她，害她落到现在这种地步。要不是我弄得她走上歧路，她也不至于受这样的控告了。”

“我还是不明白，这事同探监有什么关系。”

“有关系，因为我想跟她去，还要……同她结婚。”聂赫留朵夫说。他一讲到这事，眼泪就又夺眶而出。

“是吗？原来如此！”检察官说。“这倒真是个非常例外的事件。您好像是克拉斯诺彼尔斯克地方自治会的议员，是吗？”检察官问，仿佛此刻宣布奇怪决定的聂赫留朵夫，他以前听到过似的。

“对不起，我想这事同我的要求没有关系。”聂赫留朵夫涨红了脸，怒气冲冲地回答。

“当然没有，”检察官带着隐约的微笑，若无其事地说，“不过您的愿望太特别、太出格了……”

“那么我能获得许可吗？”

“许可？好的，我这就给您打个许可证，请您稍微坐一会儿。”

他走到桌子旁边，坐下来，动手写。

“请您坐一会儿。”

聂赫留朵夫站着不动。

检察官写好许可证，交给聂赫留朵夫，好奇地望着他。

“我还要声明一下，”聂赫留朵夫说，“我不能再参加审讯了。”

“这可得向法庭提出正当理由。这一点您一定也知道。”

“理由就是，我认为一切审判不仅无益，而且是不道德的。”

“噢，原来如此，”检察官说时依旧带着隐约可辨的微笑，仿佛用这样的笑容表示他熟悉这种意见，并且认为是一种可笑的谬论，“原来如此。不过您一定明白，我作为法庭检察官，不能同意您的意见。因此我劝您把这事向法庭提出，法庭会处理您的申请，裁定您的理由是不是正当。如果不正当，您就得付出一笔罚款。您去向法庭交涉吧。”

“我声明过了，哪儿也不去了。”聂赫留朵夫生气地说。

“再见！”检察官鞠躬说，显然想尽快摆脱这个古怪的来访者。

“刚才来找您的是谁？”聂赫留朵夫一走，就有个法官走进办公室，问检察官。

“是聂赫留朵夫，说实在的，他在克拉斯诺彼尔斯克县自治会上就发表过种种怪论。您倒想想，他是陪审员，竟发现被告中有个女人被判服苦役，他说他玩弄过她，现在打算跟她结婚。”

“怎么会有这样的事？”

“他就是这样对我说的……而且激动得厉害。”

“现在的年轻人都有点儿怪，有点儿不正常。”

“可他已经不太年轻了。”

“嘿，老兄，你们那个大名鼎鼎的伊凡申科夫可真把人烦死了。他说呀说呀说个没完，简直叫人受不了。”

“干脆得制止这种人发言，要不真是十足地捣乱公堂……”

36

聂赫留朵夫从检察官那里出来，乘车直奔拘留所。可是那里根本没有玛丝洛娃这个人。所长对聂赫留朵夫说，她准是在老的解犯监狱。聂赫留朵夫就上那里去。

玛丝洛娃果然在那里。检察官忘记了，大约六个月以前发生过一次政治案件，宪兵夸大其词，把它说得极其严重，弄得拘留所所有的牢房里都关满大学生、医生、工人、高等女校学生和女医士。

解犯监狱离拘留所很远，聂赫留朵夫傍晚才到那里。他想走近那座阴森森的大楼门口。哨兵不让他过去，只拉了拉铃。看守听见铃声走出来。聂赫留朵夫出示许可证，但看守说没有典狱长的准许不能放他进去。聂赫留朵夫就去找典狱长。他在楼上听见房间里传出一阵钢琴声，有人在弹奏一首复杂而雄壮的短曲。一个侍女一只眼睛上包着纱布，怒气冲冲地给他开了门。这当儿，琴声从房里冲出来，直灌到他的耳朵里。那是一首听腻了的李斯特狂想曲，虽然弹得很好，但弹到一个地方就停下来，然后又从头弹起。聂赫留朵夫问侍女典狱长在不在家。

侍女说他不在家。

“快回来了吗？”

狂想曲又停下了，接着又生气勃勃地从头弹起，直到那个仿佛被魔法停住的地方。

“让我去问问。”

侍女走了。

狂想曲刚刚又热情奔放地弹奏起来，还没有弹到那个被魔法停住的地方，突然中断了，传来了说话声。

“对他说，典狱长不在家，今天不会回来。他出去做客了。干吗纠缠不清啊！”门里传出来一个女人的声音。接着又响起狂想曲，又突然停止了。传来挪动椅子的声音。准是弹钢琴的女人发火了，要亲自训斥一下这个纠缠不清的不速之客。

“爸爸不在家。”一个头发蓬松、面容忧郁的姑娘走出来，生气地说。她脸色苍白，眼睛疲乏无神，眼圈发青。一看见一个身穿讲究大衣的年轻人，口气马上变得温和了，“请进来……您有什么事啊？”

“我要到监狱里去探望一个囚犯。”

“大概是个政治犯吧？”

“不，不是政治犯。我有检察官的许可证。”

“嗯，我不知道，爸爸不在家。您请进来！”她又从狭小的前室里招呼他。“不然您去找副典狱长吧，他此刻在办公室里，您去同他谈一谈。您贵姓？”

“谢谢您！”聂赫留朵夫说，没有回答她的问题就走了。

他一走，房门还没有关上，就又响起雄壮而欢乐的琴声。这声音同弹琴的地点和面容忧郁而顽强地学琴的姑娘都是很不相称的。聂赫留朵夫在院子里遇见一个两撇小胡子抹过油的年轻军官，就向他打听副典狱长在什么地方。原来他就是副典狱长。他接过许可证，看了看说，这是拘留所的许可证，他不敢让聂赫留朵夫到监狱探望。再说时间也已经晚了……

“您明天来吧。明天十点钟人人都可以探望。您到那时来吧，典狱长本人也将在家。明天您可以在大间里探望；要是典狱长许可，也可以在办公室里同她见面。”

这天聂赫留朵夫探监始终没有成功，就回家了。想到明天将同玛丝洛娃见面，聂赫留朵夫心情十分激动。他此刻在街上走着，不去回想法庭上的情景，而回想着他同检察官和副典狱长的谈话。想到他怎样努力要同她见面，怎样把他的愿望告诉检察官，怎样到拘留所和解犯监狱去，准备见她，他内心好半天不能平静。他一回到家里，立刻拿出他好久没有动过的日记本，念了几段，就写了下面这些话："两年没有记日记，原以为再也不会干这种孩子气的玩意儿了。其实这并不是什么孩子气的玩意儿，而是同自己谈话，同人人身上都存在的真正的圣洁的我谈话。这个我长期沉睡不醒，因此我没有一个人可以交谈。四月二十八日我当陪审员，在那次法庭上，那个非同寻常的事件把我惊醒了。我看见了她，看见了被我玩弄过的卡秋莎，身穿囚袍，坐在被告席上。由于荒唐的误会和我的过错，她被判服苦役。我刚才去找了检察官，去过监狱。他们不让我进去，但我决定要尽一切力量同她见面，向她认罪，甚至同她结婚来赎我的罪。主哇，你帮助我！我感到很快乐，心里充满喜悦。"

37

这天夜里，玛丝洛娃久久不能入睡。她睁大眼睛躺在板铺上，望着那不时被来回踱步的诵经士女儿身子遮住的门，听着红头发女人的鼾声，想着心事。

她想，她到了萨哈林岛[①]后绝不能嫁个苦役犯，总要另外找个归宿，或者嫁个长官，嫁个文书，至少也得嫁个看守或者副看守。他们都是色鬼。"只是人不能再瘦下去，要不然就完了。"她想起那个辩护人怎样盯住她，庭长怎样盯住她，法庭上遇见她和故意在她身边走过的男人怎样盯住她。她想起别尔塔到监狱里来探望她时说起，她在基塔耶娃妓院里爱上

① 即库页岛。

的那个大学生问起过她，对她的遭遇很表同情。她想起红头发女人同人打架的事，她很怜悯这个红头发女人。她想起面包店老板怎样多给了她一个白面包。她想到许许多多人，就是没有想到聂赫留朵夫。她的童年，她的少女时代，特别是她对聂赫留朵夫的爱情，她从来不回想，因为回想起来太痛苦了。这些往事原封不动地深埋在她的心底，她连一次也没有梦见过聂赫留朵夫。今天她在法庭上没有认出他来，倒不是因为她最后一次看见他时，他还是个军人，没有留胡须，只蓄着两撇小胡子，鬈曲的头发很短很浓密，如今却留着大胡子，显得很老成，主要是因为她从来没有想到过他。在他从军队回来、却没有拐到姑母家去的那个可怕的黑夜，她在心里把她同他发生过的事全部埋葬掉了。

在那个夜晚以前，她满心希望他回来，因此不仅不讨厌心口下的娃娃，而且常常对她肚子里时而温柔、时而剧烈地蠕动的小生命感到亲切。但在那个夜晚以后一切都变了，未来的孩子纯粹成了累赘。

两位姑妈都盼望聂赫留朵夫，要求他顺路来一次，可是他回电说不能来，因为要如期赶回彼得堡。卡秋莎知道了这件事，决定到火车站去同他见面。火车将在夜间两点钟经过当地车站。卡秋莎服侍两个老姑娘上床睡了，怂恿厨娘的女儿玛莎陪她一起去。她穿上一双旧的半筒靴，戴上头巾，把衣服收拾了一下，就跟玛莎一起往火车站跑去。

这是一个黑暗的风雨交加的秋夜。温暖的大颗雨点儿时下时停。田野里，看不清脚下的路；树林里像坑里一样黑魆魆的。卡秋莎虽然熟悉这条路，但在树林里还是迷失了方向。火车在那个小站上只停三分钟。她原希望能提早赶到车站，可是当她到达时已铃响第二遍了。卡秋莎一跑上站台，立刻从头等车厢的窗子里看见了他。这节车厢里的灯光特别明亮。有两个军官面对面坐在丝绒座椅上，没有穿上装，正在打牌。靠窗的小桌上点着几支淌油的粗蜡烛。聂赫留朵夫穿着紧身的马裤和雪白的衬衫，坐在软椅扶手上，臂肘靠着椅背，不知在笑些什么。卡秋莎一认出他，就用冻僵的手敲敲窗子。但就在这当儿，第三遍铃响了。火车缓缓开动了，它先往后一退，接着，车厢一节碰着一节依次向前移动。有一个军官手里拿着纸牌站起来，往窗外张望。卡秋莎又敲了一下窗子，把脸贴在窗玻璃上。这时她面前的那节车厢也猛地一震，动了起来。她跟着那节车厢走去，眼睛往窗子里张望。那个军官想放下窗子，可是怎么也放不下。聂赫留朵夫站起来，推开那个军官，动手把窗子放下。火车加快了速度，卡秋莎也加快脚步跟住火车。可是火车越来越快。就在窗子放下的一刹那，一个列车员走过来把她推开，自己跳上火车。卡秋莎落在后头，但她仍一个劲儿地在湿漉漉的站台上跑着。她跑到站台尽头，好容易才收住脚步免得摔倒，然后从台阶上跑下地面。她还在跑着，但头等车厢已经离得很远了。接着二等车厢也一节节从她旁边驶过，然后三等车厢以更快的速度掠过，但她还是跑个不停。等尾部挂着风灯的最后一节车厢驶过去，她已经越过水塔，周围一点儿遮拦也没有了。风迎面刮来，掀起她头上的头巾，吹得衣服裹紧她的双腿。她的头巾被风吹落了，但她还是一个劲儿地跑着。

“阿姨！卡秋莎阿姨！”玛莎喊着，好容易才追上她，“您的头巾掉了！”

“他在灯光雪亮的车厢里，坐在丝绒软椅上，有说有笑，喝酒玩乐，可我呢，在这儿，在黑暗的泥地里，淋着雨，吹着风，站着哭！”卡秋莎想着站住了，身子往后一仰，双手抱住头，放声痛哭起来。

“他走啦！”卡秋莎叫道。

玛莎害怕了，搂住卡秋莎湿淋淋的衣服。

“阿姨，我们回家去。”

“等一列火车开过来，往轮子底下一钻，就完事了。”卡秋莎想着，没有回答小姑娘的话。

她打定主意这样做。但就在这当儿，如同通常在激动以后乍一平静下来那样，她肚子里的孩子，他的孩子，突然颤动了一下，使劲儿一撞，慢慢地伸开四肢，然后用一种又细又软又尖的东西顶了一下。忽然间，那在一分钟前还那么折磨她、使她觉得几乎无法活下去的重重苦恼，她对聂赫留朵夫的满腔愤恨，她不惜一死来向他报复的念头——这一切顿时都烟消云散了。她平静下来，理了理衣服，扎好头巾，匆匆走回家去。

她浑身湿透，溅满泥浆，筋疲力尽地回到家里。从那天起，她心灵上发生了一场大变化，结果就变成了现在这个样子。自从那个可怕的夜晚起，她不再相信善了。以前她自己相信善，并且以为别人也相信善，但从那一晚起，她断定谁也不相信善，人人嘴里说着上帝，说着善，无非只是为了骗骗人罢了。她知道，他爱过她，她也爱过他，可是他亵渎了她的感情，拿她玩够了，又把她抛弃了。而他还是她所认识的人中最好的一个呢，其他的人就更坏了。她的全部遭遇都证实了这一点。他那两位姑妈，两位虔诚的老婆子，看到她不能像以前那样服侍她们，就把她从家里撵走。她遇到的一切人，凡是女人都把她当作摇钱树；凡是男人，从上了年纪的警察局长到监狱看守，个个都把她看成玩物。不论什么人，除了寻欢作乐，除了肉体的淫乐，活在世界上就没有别的事了。在她过自由生活的第二年，她跟一个老作家同居，那个作家也证实了这一点。他直截了当地对她说，这种欢乐富有诗意，充满美感，是人生的全部幸福。

人人活着都为了自己，为了自己的欢乐，一切有关上帝和善的话都是骗人的。如果她心里发生疑问：为什么人间安排得如此糟糕，为什么人们互相欺凌，受苦受难，那么，最好就是不要去想它。如果她感到苦闷，那就抽抽烟，喝喝酒，同男人谈谈爱情，这样也就会把苦闷忘掉。

38

第二天，星期日，清晨五点钟，女监里照例响起哨子声，柯拉勃列娃早已起床，这时就把玛丝洛娃叫醒。

“我是一个苦役犯。”玛丝洛娃恐惧地想。她揉揉眼睛，不由自主地吸着室内积到早晨时已臭不堪闻的空气，想再睡一会儿，重返茫茫睡乡，可是心惊胆战的习惯驱除了睡意。她一骨碌爬起来，盘腿坐好，向四下里打量着。女人都已起床，只有孩子们还在睡觉。贩卖私酒的女人鼓着一双暴眼睛，小心翼翼地抽出孩子们身下的囚袍，唯恐把他们弄醒。反抗募兵的女人把包孩子用的破布晾在火炉旁边。她的娃娃在蓝眼睛的费多霞怀里拼命啼哭。费多霞把他摇荡着，柔声柔气地给他唱催眠曲。患痨病的女人揪住胸口，脸涨得通红，拼命咳嗽；在咳嗽的间歇大声喘气，简直像叫嚷一样。红头发女人醒了，仰天躺在床上，曲着两条肥大的腿，津津有味地大声讲着她的梦景。犯纵火罪的老太婆又站在圣像前，反复叨念着同一套祷词，画着十字，鞠着躬。诵经士的女儿一动不动地坐在板铺上，她那双睡意未消的呆滞眼睛茫然瞧着前方。俏娘儿们把她那抹过油的粗硬黑发缠在一个手指上，想把它弄鬈曲。

走廊里传来大棉鞋走路的啪哒啪哒声，接着铁锁哐啷一响，进来两个倒便桶的男犯，他们身穿短上衣和裤脚管高出踝骨一大截的灰色裤子，板着脸，怒气冲冲地用扁担挑起臭气熏天的便桶，把它送到牢房外面。女人纷纷到走廊里水龙头旁洗脸。红头发女人在水龙头旁同隔壁牢房一个女人争吵起来，又是辱骂，叫嚷，诉怨……

“你们是不是想蹲单人牢房！”男看守大声喝道，他啪的一声朝红头发女人肥胖的光脊背上打了一巴掌，声音响得整个走廊里都听得见，“小心别再让我听见你的声音！”

“你看，老头子又来劲了。”红头发女人把这举动当作抚爱，说。

“喂，快一点儿，收拾好去做礼拜！”

玛丝洛娃还没有梳好头，典狱长就带着卫兵来了。

“点名了！”典狱长吆喝道。

从另一个牢房里又出来一批女犯。所有的女犯在走廊里站成两排，后排女人照规矩必须把手搭在前排女人的肩上。全体点名完毕。

点好名以后，女看守走来把女犯人领到教堂里。从各个牢房里出来的女犯有一百多名，她们排成一个纵队。玛丝洛娃和费多霞就在队伍中间。她们个个包着囚犯的白头巾，穿着白衣裙。只有少数几个穿着自己的花衣服，这几个女人带着孩子，是跟随丈夫去流放的。整座楼梯都被这支队伍挤得满满的，只听得穿大棉鞋走路的脚步声，说话声，间或还有笑声。在拐弯的地方，玛丝洛娃看见自己的冤家包奇科娃凶相毕露地走在前头，就指给费多霞看。女人们走下楼梯，不再作声，画着十字，鞠着躬，开始走进还很空的金碧辉煌的教堂。给她们规定的位置在右边。她们互相拥挤着，停住脚步。紧接着女人之后进来的是穿灰色囚袍的男犯，其中有解犯，有监犯，有经村社判决的流放犯。他们大声咳嗽着，紧挤在教堂左边和中间。在教堂上边的敞廊里站着许多先进来的男犯，一边是剃阴阳头、脚镣哐啷作响的苦役犯；另一边是没有剃头、不戴脚镣的拘留犯。

这座监狱教堂是一个富商花了几万卢布重建的，显得色泽鲜艳，金碧辉煌。

教堂里一片肃静，只听得擤鼻涕声、咳嗽声、婴儿的哭声，偶尔还有铁链的哐啷声。接着站在教堂中央的男犯忽然挪动身子，彼此挤紧，在正当中让出一条路来。典狱长就从这条路走到教堂正当中全体犯人前面。

39

礼拜开始了。

礼拜仪式是这样的：司祭身穿一件样子古怪而行动不便的锦缎法衣，把碟子里的面包切成许多小块，放到一个葡萄酒杯子里，同时嘴里念着各种名字和祷词。诵经士不停地念各种斯拉夫语祷词，然后又同犯人们组成的唱诗班轮流唱歌。这些祷词本来都艰涩难懂，如今既念得快，又唱得快，就越发难懂了。祷词内容主要是祈求皇帝和皇室福寿康宁。这种祈福的祷词大家跪着念了许多遍，时而跟其他祷词一起念，时而单独念。此外，诵经士又念了几节《使徒行传》，声音那么古怪，紧张，简直一句也听不出来。司祭也念了《马可福音》中的一段，倒念得很清楚。内容是说耶稣复活后在升天、坐到圣父右边以前，先向抹大拉的马利亚显现，从她身上驱除七个魔鬼，后来又向十一个门徒显现，吩咐他们向普天下的万民传布福音，并声明不信的必被定罪，信而受洗的必然得救，还能赶鬼，手按病人，病人就好，还能说新方言，手能拿蛇，若喝了什么毒物，也必不受害。①

礼拜的要义据说是，司祭把面包切成小块，放到葡萄酒里，通过一定手法和祈祷，变成上帝的身体和血。那手法是这样的：司祭身穿碍手碍脚的口袋般锦缎法衣，从容不迫地高举起双臂，这样举着不动，然后跪下来，吻吻圣坛和上面的东西。不过关键性的仪式是司祭两手拿起一块餐巾，慢条斯理地在碟子和金杯上挥动着。据说，面包和葡萄酒就在这时变成上帝的身体和血，因此这一部分仪式特别隆重。

“最大的荣耀归于至圣、至洁、至福的圣母。”司祭做完这些仪式，隔着隔板大声叫道。接着唱诗班就庄严地唱起来：荣耀理应归于童女马利亚，她生下基督，却没有失去童贞，她应该比司智天使得到更多的光荣，比六翼天使得到更大的荣耀。于是变化就完成了。司祭揭去碟子上的餐巾，把碟子中央的面包切成四份，先在酒里蘸了蘸，然后送进嘴里，大家认为，他这就是吃了一小块上帝身上的肉，喝了一小口上帝身上的血。随后司祭撩开帘幕，推开中间的门，手拿金杯，从门里走出来，请想进圣餐的信徒也来吃喝泡在杯里的上帝的血肉。

有几个孩子想进圣餐。

司祭先问了每个孩子的姓名，然后用茶匙小心翼翼地从杯子里舀出一小块浸过酒的面包，深深地送进每个孩子的嘴里。诵经士就当场给孩子们擦擦嘴，又快乐地歌唱孩子们吃上帝的身体，喝上帝的血。接着，司祭

① 见《马可福音》第十六章。

把杯子端到隔板后面，在那里喝干杯子里的血，吃完上帝的身体，用心舔干净小胡子，擦干嘴巴和杯子，兴高采烈、精神抖擞地从隔板后面走出来，脚上那双薄后跟小牛皮靴发出吱嘎吱嘎的响声。

礼拜的主要仪式到此结束。但司祭存心安慰安慰不幸的囚犯们，就在通常礼拜之外增加一项特殊仪式，就是：司祭站在那由十支蜡烛照亮的铸铁包金、黑脸黑臂的圣像——据认为就是刚才被吃掉的上帝——面前，用怪声怪气的假嗓又像唱又像念，添了下面一段话：

“至亲至爱的耶稣哇！使徒的荣耀，我的耶稣哇！殉道者的赞美，万能的主耶稣哇！拯救我，我的救主耶稣，我的至美的耶稣，拯救找你的人，救主耶稣哇！饶恕我，全体圣徒，全体先知祷告中诞生的耶稣，我的救主耶稣哇！赐给我们天堂的快乐，爱人类的耶稣哇！”

他念到这里停住了，换了一口气，画了一个十字，跪下去叩头。大家也照他的样子做。典狱长、看守、囚犯都跪了下去。上边敞廊里脚镣的哐啷声格外频繁。

“天使的创造者，万军之主，”他继续念道，“极顶神妙的耶稣，天使们的惊奇，万能的耶稣，祖先的救主，至亲至爱的耶稣，族长们的赞美，极顶光荣的耶稣，皇帝的后盾，至善的耶稣，预言的实现，极顶奇妙的耶稣，殉道者的堡垒，极顶温和的耶稣，修士们的喜悦，极顶仁爱的耶稣，圣徒们的欢乐，至洁的耶稣，童贞者的贞洁，万古永存的耶稣，罪人的救星，耶稣，上帝的儿子，饶恕我吧！”最后总算念完了，又反复呼喊着“耶稣”，但声音越来越沙哑了。他一手稍稍提起绸里子的法衣，曲着一条腿，跪在地上叩头。唱诗班都唱着最后那句话：“耶稣，上帝的儿子，饶恕我吧！”犯人们都匍匐在地，再爬起来，把没有剃掉的一半头发往后一甩，那磨伤他们瘦腿的脚镣就哐啷发响。

这项仪式持续了很久。总是以赞美词开始，以“饶恕我吧”结束，然后又是一套新的赞美词，最后以“哈利路亚”终结。犯人们画十字，跪下去，匍匐在地。开头每赞颂一次，犯人们就跪拜一次；后来隔一次跪拜，甚至隔两次跪拜。等到全部赞颂完毕，司祭轻松地舒了一口气，合上

《圣经》，走到隔板后面去了。大家都感到很高兴。剩下最后一项仪式，就是司祭从大桌子上拿起一个四端镶有珐琅圆饰的包金十字架，举着它走到教堂中央。首先是典狱长走到司祭跟前，吻了吻十字架，然后是副典狱长，然后是看守们，最后是犯人们。犯人们互相拥挤，低声咒骂，走到司祭跟前。司祭一面跟典狱长谈话，一面把十字架和自己的手凑到犯人嘴边和鼻子旁，犯人们就竭力去吻十字架和司祭的手。这次专门为安慰和教训迷途弟兄而做的礼拜就这样结束了。

40

在场的人，从司祭、典狱长到玛丝洛娃，谁也没有想到，司祭声嘶力竭地反复叨念和用种种古怪字眼儿颂扬的耶稣本人，恰好禁止这里所做的一切事情。他不仅禁止这种毫无意义的饶舌和以师尊自居的司祭使用面包和酒所做的亵渎法术，而且斩钉截铁地禁止一些人把另一些人称为师尊，禁止在教堂里祈祷，并叮嘱各人单独祈祷。他甚至禁止人们修建教堂，说要毁坏教堂，还说人们不应该在教堂里祈祷，而应该在心灵里和真理中祈祷。主要是他不但禁止对人进行审判、监禁、折磨、侮辱和惩罚，像这里所做的那样，而且禁止对人使用任何暴力，并说他是来释放一切囚犯，使他们获得自由的。

在场的人，谁也没有想到，这里所做的一切正是最严重的亵渎，以基督名义所做的一切正是对基督本人的嘲弄。谁也没有想到，司祭举着让人亲吻的四端镶有珐琅圆饰的包金十字架，不是别的，恰恰就是基督受刑的绞架的形象，而他之所以上绞架，就是因为他禁止此刻这里所做的事情。谁也没有想到，司祭吃着面包，喝着葡萄酒，自以为是在吃基督的身体，喝基督的血，其实他们确实是在吃喝基督的血肉，不过并非因为他们吃了面包，喝了葡萄酒，而是因为他们不仅蛊惑那些被基督认为同自己一样的“弱小者”，而且剥夺他们最大的幸福，使他们遭到最残酷的折磨，不让人们知道基督带给他们的福音。

司祭心安理得地做着这一切，因为他从小就受了这样的教育，认为这是唯一正确的信仰，从前的圣徒都信奉过它，现在的神职长官和俗世长官也都信奉它。他相信的并非面包会变成身体，说许多空话会有益于灵魂，或者他真的吃了上帝身上的一块肉。这类事是不足信的。他相信的只是非有这样的信仰不可。使他确立这种信心的，主要是十八年来他靠这种礼拜收入钱财，养家活口，让儿子读中学，送女儿进神学校。诵经士也这样相信，而且信心比司祭更坚定，因为他压根儿忘记了这种教义的实质，只知道香火、追荐亡灵、诵经、普通祈祷和带赞美词的祈祷都有一定的价格，凡是真正的基督徒都乐意缴付，因此他叫喊“饶恕吧，饶恕吧”也好，唱赞美诗也好，念经也好，总是镇定沉着，满心相信非这样做不可，就像人家出卖木柴、面粉和土豆一样。至于典狱长和看守，他们虽然从来不知道也不研究教义和教堂里各种圣礼的意义，但却相信非有这样的信仰不可，因为最高当局和沙皇本人都信奉它。除此以外，他们还感觉到这种信仰在为他们残酷的职务辩解，虽然这种感觉是隐隐约约的，因为他们自己也解释不清究竟是怎么一回事。要是没有这种信仰，恐怕很难甚至不可能像现在这样心安理得地拼命折磨人。典狱长天性善良，要不是从这种信仰中获得支持，他绝对不可能这样生活下去。就因为有了这种支持，他才能俨然挺直身子站在那里，又是跪拜，又是画十字，听到大家唱“那些司智天使”，就情绪激动，而在给孩子们授圣餐时，就走上前去，亲手抱起一个领圣餐的孩子，把他举得高高的。

在犯人中间，只有少数几个看透这类玩意儿纯属骗局，用来愚弄这一类信徒，因此心里暗暗好笑。大多数人却相信，这种包金的圣像、蜡烛、金杯、法衣、十字架、反复叨念的“**至亲至爱的耶稣**”和“**饶恕**

吧”，都蕴藏着神秘的力量，依靠这种力量就可以在今世和来世得到许多好处。虽然多数人都做过一些尝试，想借助于祈求、祷告、蜡烛，在今世得到好处，结果却一无所得，他们的祷告也没有如愿，但大家还是坚信，失败是偶然的，这一套做法既然得到有学问的人和总主教的赞同，总是很有道理的。即使对今世没有作用，对来世也一定会起作用。

玛丝洛娃也这样相信。她在做礼拜时也像别人一样，产生一种又虔诚又厌烦的复杂心情。起初她站在隔板后面的人群中间，除了同牢的几个女伴以外，谁也看不见。后来，领圣餐的人往前走去，她跟费多霞也一起往前移动，于是就看见了典狱长，还看见典狱长后面的看守中间有一个矮小的农民，长着浅褐头发，留着淡白胡子。这人就是费多霞的丈夫。他正目不转睛地盯着妻子。玛丝洛娃在唱赞美诗的时候不断打量他，同时跟费多霞交头接耳地谈话，直到大家画十字和跪拜时，她才也跟着这样做。

41

聂赫留朵夫一清早从家里出来，看见一个乡下人赶着一辆大车在巷子里走，怪腔怪调地叫道：“卖牛奶，卖牛奶，卖牛奶！”

昨晚下了第一场温暖的春雨，凡是没有修马路的地方一下子都长出了嫩绿的青草。花园里的桦树枝上布满了翠绿的绒毛，稠李和杨树抽出了芳香的细长叶子。住宅和商店都卸去了套窗，人们把窗子擦得干干净净。在聂赫留朵夫乘车经过的旧货市场上，一座座货棚旁边密密麻麻地挤满了人。有些衣服褴褛的人腋下夹着皮靴，肩上搭着熨得笔挺的长裤和背心，在市场上走来走去。

小饭馆周围挤满了不上工的男人，他们穿着干净的腰部打褶的上衣和擦得发亮的皮靴；还有些女人，头上包着花花绿绿的绸头巾，身上穿着钉有玻璃珠的外套。警察挎着用黄丝带系住的手枪，站着岗，窥察什么地方有纠纷，好借此排遣他们难堪的无聊。在林荫道上，在一片新绿的草地上，孩子们和狗在奔跑嬉戏，保姆们兴致勃勃地坐在长凳上聊天。

大街上，左面半边路面没有照到阳光，还很潮湿阴凉，中间的路面已经干了。沉重的载货马车不停地在街上隆隆驶过，四轮轻便马车辘辘地行驶着，公共马车不断发出叮当的响声。四面八方响起教堂参差错落的钟声，震得空气不住地颤抖，号召人们去参加和监狱教堂一样的礼拜。人们打扮得漂漂亮亮，向各自的教区走去。

聂赫留朵夫所雇的马车没有把他送到监狱门口，而在通往监狱的路口停下。

在这通往监狱的路口，在离监狱大约一百步的地方，站着一些男人和女人，手里多半拿着包袱。右边有几所不高的木屋，左边是一座两层的楼房，门口挂着招牌。用石块砌成的巨大监狱就在前面，但探监的人不准走近。一个持枪的哨兵走来走去，谁想从他身旁绕过，他就向谁吆喝。

木屋小门旁边，在岗哨对面的右边长凳上坐着一个看守。他身穿镶丝绦的制服，手里拿着一个小本子。来探监的人都走到他跟前，报了他们要探望的人的姓名，他就记下来。聂赫留朵夫也走到他跟前，报了玛丝洛娃的姓名，穿制服的看守也记了下来。

“为什么还不让人进去？”聂赫留朵夫问。

“他们正在做礼拜。等做完礼拜，就放你们进去。”

聂赫留朵夫走到探监的人群那里，人群中走出一个人，衣服褴褛，帽子揉皱，光脚上套着一双破鞋，脸上布满一道道伤痕，向监狱走去。

“你往哪儿溜？”持枪的哨兵对他吆喝道。

“你嚷嚷什么呀？”衣服褴褛的人全没被哨兵的吆喝吓倒，顶嘴说，然后走回来。“你不放，我等着就是。何必大声嚷嚷，简直像个将军似的。”

人群发出赞许的笑声。探监的人大都穿得很寒酸，甚至破破烂烂，但也有一些男女衣着很体面。聂赫留朵夫旁边站着一个服饰讲究的男人，脸色红润，胡子刮得精光，手里拿着一个包袱，显然是衬衣裤。聂赫留朵夫问他是不是第一次来探监。那人回答说，他每星期日都来。他们就这样攀谈起来。原来他是银行的看门人，是来探望犯制造伪证罪的弟弟的。这人和蔼可亲，把自己的身世都讲给聂赫留朵夫听，还想打听聂赫留朵夫的情况，但这时来了一辆橡胶轮胎的轻便马车，由一匹高大的良种黑马拉着，车上坐着一个大学生和一个戴面纱的小姐。这样，他们的注意力就被吸引过去了。大学生手里抱着一个大包袱，走到聂赫留朵夫跟前，向他打听，可不可以散发施舍物（他带来的白面包），以及为此要办什么手续。

“这是未婚妻要我来办的。她就是我的未婚妻。她的爹妈要我们把东西散发给犯人。”

“我也是头一次来，我不知道，但我想应该问问那个人。”聂赫留朵夫说，指指身穿制服、手里拿着小本子的看守。

就在聂赫留朵夫同大学生谈话的时候，正中开有小窗洞的监狱大铁门开了，里面走出一个穿军服的军官和另一个看守。那个手拿小本子的看守就宣布探监开始。哨兵退到一边，所有探监的人都争先恐后，有的甚至跑步，纷纷向监狱大门涌去。站在门口的看守高声数着从他身边走过的探监人：“十六，十七……”在监狱里面，另一个看守用手拍着每个进入二道门的人，也在点数，目的是免得让一个探监的人留在狱里，也不致跑掉一个犯人。这个点数的看守，眼睛不看走过去的人，在聂赫留朵夫的背上重重地拍了一下。看守这一拍起初使聂赫留朵夫感到屈辱，但他立刻想到他到这里来是为了什么事。这种屈辱的情绪使他感到害臊。

二道门里面首先看到的是一个拱形大房间，房间里有几个不大的窗子，上面装有铁栅栏。在这个称为聚会厅的房子里，聂赫留朵夫怎么也没有料到，壁龛里竟会有耶稣钉在十字架上的巨像。

“挂这个干什么？”他想，情不自禁地把耶稣像同自由人联系起来，却怎么也无法把他同囚犯联系在一起。

聂赫留朵夫慢吞吞地走着，让急于探监的人走在前面。他百感交集，想到关在这里的恶人就感到不寒而栗，对昨天的男孩和卡秋莎那样的无辜者则满怀同情，而想到即将同卡秋莎见面，不禁又觉得胆怯和爱怜。他走出这个房间的时候，听见看守在那一头说着些什么。但聂赫留朵夫满腹心事，没有理会看守的话，继续往多数探监人走的方向走去。也就是走往男监，而不是他要去的女监。

聂赫留朵夫让性急的人走在前头，自己最后一个走进会面的房间。他推开门，走进这个房间，首先使他吃惊的是一片喧闹声，那是由几百个人的叫嚷声汇合成的震耳欲聋的声音。直到他走过去，看见房间被一道铁丝网隔成两半，人们像苍蝇叮在糖上那样紧贴在铁丝网上，他才明白是怎么一回事。原来这个后墙上开有几个窗洞的房间，不是由一道铁丝网而是由两道铁丝网隔成两半，而且铁丝网都是从天花板一直挂到地板上。有几个看守在这两道铁丝网之间来回监视。铁丝网那边是囚犯，这边是探监的人，中间隔着两道铁丝网，距离有三俄尺①宽，因此双方不但无法私相授受什么东西，连要看清对方的脸都很困难，特别是近视眼。谈话也很困难，一定要拼命叫嚷，才能使对方听见。两边的人都把脸贴在铁丝网上，做妻子的，做丈夫的，做父母的，做子女的，大家都想看清对方的脸，说出要说的话。大家都想让对方听见，但他们的声音相互干扰，因此大家都放开嗓门叫，要压倒别人的声音。聂赫留朵夫一走进这个房间，就被这片大叫大嚷的喧闹声吓呆了。要听清他们在说些什么，那是根本不可能的。只能从脸部表情上判断他们在谈些什么，彼此是什么关系。聂赫留朵夫旁边有个扎头巾的老太婆，脸贴紧铁丝网，下巴哆嗦，正对一个脸色苍白、剃阴阳头的年轻人大声说话。那男犯扬起眉毛，皱紧眉头，用心听着她的话。老太婆旁边是一个穿农民外衣的年轻人，双手遮在耳朵后边，听一个面貌同他相像、脸色憔悴、胡子花白的男犯说话，不住地摇头。再过去一点儿，站着一个衣衫褴褛的人，挥动一条胳膊，一边叫嚷一边笑。他旁边的地上坐着一个手抱婴儿的女人，头上包着一块上等羊毛头巾，放声痛

① 3俄尺等于2.13米。

哭，显然是第一次看到对面那个头发花白的男人穿着囚衣，剃了阴阳头，戴着脚镣。这个女人后边站着同聂赫留朵夫谈过话的银行看门人，他正用尽力气向对面一个头上光秃、眼睛明亮的男犯叫嚷着。当聂赫留朵夫明白他只能在这样的条件下说话时，对规定并实行这套办法的人不由得产生了满腔愤恨。他感到奇怪的是，这种可怕的状况，这种对人类感情的亵渎，竟没有人感到屈辱。士兵也罢，典狱长也罢，探监的人也罢，囚犯也罢，都在这样做，仿佛认为这样做是天经地义的。

聂赫留朵夫在这个房间里待了五分钟，心里感到说不出的痛苦，觉得自己软弱无能，同整个世界格格不入。他在精神上感到极其厌恶，难过得仿佛晕船一般。

42

“不过，该办的事还是要办，”聂赫留朵夫鼓励自己说，“可是该怎么办呢？”

他用眼睛找寻长官。他看见一个佩军官肩章、留小胡子、身材瘦小的人在人群后面走来走去，就对他说：“先生，请问，女犯关在什么地方？什么地方可以同她们见面？”他非常紧张而又谦恭地问。

“难道您要探望女监吗？”

“是的，我希望同一个关在这里的女人见面。”聂赫留朵夫依旧那么紧张而谦恭地回答。

“您刚才在聚会厅里就该这么说了。那么您要见什么人？”

“我要见玛丝洛娃。”

“她是政治犯吗？”副典狱长问。

“不，她只不过是……”

“她怎么，判决了吗？”

“是的，她前天判决了。”聂赫留朵夫恭顺地回答，生怕破坏这个似乎同情他的副典狱长的情绪。

“既然您要探女监，那就请到这里来。”副典狱长说，显然从聂赫留朵夫的外表上看出为他效劳是值得的。“西多罗夫，”他吩咐胸前挂着几个奖章的留小胡子的军士说，“把这位先生带到女监探望室去。”

“是，长官。”

这当儿，铁栅栏那边传来一阵令人心碎的痛哭声。

聂赫留朵夫觉得一切都很古怪，而最古怪的是，他还得感激典狱长和看守长，感谢在这座房子里干着种种暴行的人，还得认为他承受了他们的恩惠。

看守长把聂赫留朵夫从男监探望室领到走廊里，随即打开对面的房门，又把他领进女监探望室。

这个房间也像男监探望室一样，由两道铁丝网隔成三部分，但地方要小得多，来探监的人和囚犯也都少些，不过里面的喧闹声同男监一样。在两道铁丝网中间也有个长官在来回踱步。不过，这里的长官是一个女看守，也穿着制服，袖口上镶有丝绦，绲着蓝边，腰里也像男看守一样系一条宽腰带。两边铁丝网上，也像男监探望室一样，贴满了人：这边是穿着各式衣服的城里居民，那边是穿着白色囚衣或便服的女犯。整个铁丝网上都挤满了人。有人踮起脚，这样可以超过人家的头说话，使对方听得清楚些；有人坐在地板上同对方交谈。

在所有女犯中间有一个女人特别显眼，她的叫嚷和模样也特别引人注意。这是一个头发蓬乱、身体瘦弱的吉卜赛女犯，头巾从她那鬈曲的头发上滑了下来。她站在铁丝网那边，挨近柱子，几乎就在房间中央，对一个身穿蓝上衣、腰里紧束着皮带的吉卜赛男人嚷着什么，同时迅速地做着手势。在吉卜赛男人旁边，蹲着一个士兵，正同一个女犯说话。再过去，站着一个穿树皮鞋的矮小农民，留着浅色胡子，脸涨得通红，显然好不容易才忍住眼泪。同他谈话的是一个头发浅黄、相貌好看的女犯。她用一双明亮的蓝眼睛瞅着对方。这就是费多霞和她的丈夫。他们旁边站着一个衣衫褴褛的男人，正同一个披头散发的宽脸膛女人说话。再过去是两个女人，一个男人，又是一个女人，他们各自都同对面的女犯说着话。在女犯中没见到玛丝洛娃。但在那一边，在那些女犯后面还站着一个女人。聂赫留朵夫立刻悟到那个女人就是她，他的心怦怦直跳，气都快喘不过来了。生死攸关的时刻到了。他走到铁丝网旁边，认清了是她，她站在蓝眼睛的费多霞后面，笑眯眯地听她说话。她不像前天那样穿着囚袍，只穿着一件腰带紧束的白上衣，高耸着胸部。头巾里露出鬈曲的黑发，就像那天在法庭上一样。

“马上就要摊牌了，”他暗自想，“我该怎么称呼她呢？也许她会自动过来吧？”

但她并没有走过来。她在等克拉拉，根本没有想到这个男人是来找她的。

“您要找谁？”那个在铁丝网中间踱步的女看守走到聂赫留朵夫跟前问。

“玛丝洛娃。”聂赫留朵夫好容易才说出口。

“玛丝洛娃，有人找你！”女看守叫道。

43

玛丝洛娃转过身，抬起头，挺起胸部，带着聂赫留朵夫所熟悉的温顺表情，走到铁栅栏跟前，从两个女犯中间挤过来，惊讶地盯着聂赫留朵夫，却没有认出他来。

不过，她从衣衫上看出他是个有钱人，就嫣然一笑。

“您找我吗？”她问，把她那张眼睛斜睨的笑盈盈的脸凑近铁栅栏。

“我想见见……”聂赫留朵夫不知道该用“您”还是“你”，但随即决定用“您”。他说话的声音并不比平时高。“我想见见您……我……”

“你别跟我啰唆了，”他旁边那个衣衫褴褛的男人叫道，“你到底拿过没有？”

“对你说，人都快死了，你还要什么？”对面有一个人嚷道。

玛丝洛娃听不清聂赫留朵夫在说些什么，但他说话时脸上的那副神情使她突然想起了他，但她不相信自己的眼睛，不过，她的笑容消失了，眉头痛苦地皱起来。

“您说什么？我听不见。”她叫起来，眯细眼睛，眉头皱得更紧了。

“我来是……”

“对，我在做我该做的事，我在认罪。”聂赫留朵夫想。他一想到这里，眼泪就夺眶而出，喉咙也哽住了，他用手指抓住铁栅栏，说不下去，竭力控制住感情，免得哭出声来。

“对你说：你去管闲事干什么……”这边有人喝道。

“老天爷在上，我连知道也不知道。”那边有个女犯大声说。

玛丝洛娃看到聂赫留朵夫激动的神气，认出他来了。

“您好像是……但我不敢认。”玛丝洛娃眼睛不看他，叫道。她那涨红的脸突然变得阴沉了。

“我来是要请求您饶恕！”聂赫留朵夫大声说，但声调平得像背书一样。

他大声说出这句话，感到害臊，往四下里张望了一下。但他立刻想到，要是他觉得羞耻，那倒是好事，因为他是可耻的。于是他高声说下去："请您饶恕我，我在您面前是有罪的……"他又叫道。

她一动也不动地站着，斜睨的目光盯住他不放。

他再也说不下去，就离开铁栅栏，竭力忍住翻腾着的泪水，不让自己哭出声来。

把聂赫留朵夫领到女监来的副典狱长，显然对他发生了兴趣，这时走了过来。他看见聂赫留朵夫不在铁栅栏旁边，就问他为什么不同他要探望的女犯谈话。聂赫留朵夫擤了擤鼻涕，提起精神，竭力让自己平静下来，回答说："隔着铁栅栏没法说话，什么也听不见。"

副典狱长沉思了一下，"嗯，好吧，把她带到这儿来一下也行。"

"马丽雅·卡尔洛夫娜！"他转身对女看守说，"把玛丝洛娃带到外边来。"

过了一分钟，玛丝洛娃从边门走出来，她步履轻盈地走到聂赫留朵夫跟前站住，皱着眉头看了他一眼。乌黑的鬈发也像前天那样一圈圈飘在额上，苍白而微肿的脸有点儿病态，但很可爱，而且十分镇定，她那双乌黑发亮的斜睨眼睛在浮肿的眼皮下显得特别有神。

"可以在这里谈话。"副典狱长说完就走开了。

聂赫留朵夫走到靠墙的长凳旁边。

玛丝洛娃困惑地瞧了瞧副典狱长，然后仿佛感到惊讶，耸耸肩膀，跟着聂赫留朵夫走到长凳那儿，理了理裙子，在他旁边坐下。

"我知道要您饶恕我很困难，"聂赫留朵夫开口说，但又停住，觉得喉咙哽住了，"过去的事既已无法挽回，那么现在我愿尽最大的努力去做。您说说……"

"您是怎么找到我的？"她不理他的话，径自问。她那双斜睨的眼睛又像在瞧他，又像不在瞧他。

"上帝呀！你帮助我，教教我该怎么办！"聂赫留朵夫望着她那张变丑的脸，暗自说。

"前天您受审的时候，我在做陪审员，"他说。"您没有认出我来吧？”

“没有，没有认出来。我没有工夫认人。当时我根本没有看。”玛丝洛娃说。

“不是有过一个孩子吗？”聂赫留朵夫问，感到脸红了。

“赞美上帝，他当时就死了。”她气愤地简单回答，转过眼睛不去看他。

“真的吗？是怎么死的？”

“我当时自己病了，差一点儿也死掉。”玛丝洛娃说，没有抬起眼睛来。

“姑妈她们怎么会放您走的？”

“谁还会把一个怀孩子的女佣人留在家里呢？她们一旦发现这事，就会把我赶出来。说这些干什么呀！我什么都不记得，全都忘了。那事早完了。”

“不，没有完。我不能丢下不管，哪怕到今天我也要赎我的罪。”

“没有什么罪可赎的。过去的事都过去了，全完了。”玛丝洛娃说。接着，完全出乎他的意料，她忽然瞟了他一眼，又嫌恶又妖媚又可怜地微微一笑。

玛丝洛娃怎么也没想到会看见他，特别是在此时此地，因此最初一刹那，他的出现使她震惊，使她回想起她从不回想的往事。最初一刹那，她模模糊糊地想起那个充满感情和理想的新奇天地，这是那个热爱她并为她所热爱的迷人青年给她打开的。然后她想到了他那难以理解的残酷，想到了接二连三的屈辱和苦难，这都是紧接着那些醉人的幸福降临和由此而产生的。她感到痛苦，但她无法理解这事。她就照例把这些往事从头脑里驱除，竭力用堕落生活的特种迷雾把它遮住。此刻她就是这样做的。最初一刹那，她把坐在她面前的这个人同她一度爱过的那个青年联系起来，但接着觉得太痛苦了，就不再这样做。现在这个衣冠楚楚、脸色红润、胡子上洒过香水的老爷，对她来说，已不是她所爱过的那个聂赫留朵夫，而是一个截然不同的人。那种人在需要的时候可以玩弄像她这样的女人，而像她这样的女人也总要尽量从他们身上多弄到些好处。就因为这个缘故，她向他妖媚地笑了笑。她沉默了一会儿，考虑着怎样利用他弄到些好处。

“那事早就完了，”她说，“如今我被判决，要去服苦役了。”

她说出这句悲痛的话，嘴唇都哆嗦了。

“我知道，我相信，您是没有罪的。”聂赫留朵夫说。

“我当然没有罪。我又不是小偷，又不是强盗。这儿大家都说，一切全在于律师，”她继续说，“大家都说应该上诉，可是得花很多钱……”

“是的，一定要上诉，”聂赫留朵夫说，“我已经找过律师了。”

“别舍不得花钱，得请一个好律师。”她说。

“我一定尽力去办。”

接着是一阵沉默。

她又像刚才那样微微一笑。

“我想请求您……给些钱，要是您答应的话。不多……只要十个卢布就行。”她突然说。

“行，行！”聂赫留朵夫窘态毕露地说，伸手去掏皮夹子。

她急促地瞅了一眼正在屋里踱步的副典狱长。

“当着他的面别给，等他走开了再给，要不然会被他拿走的。”

等副典狱长一转过身去，聂赫留朵夫就掏出皮夹子，但他还没来得及把十卢布钞票递给她，副典狱长又转过身来，脸对着他们。他把钞票团在手心里。

“这个女人已经丧失生命了。”他心里想，同时望着这张原来亲切可爱、如今饱经风霜的浮肿的脸，以及那双妖媚的乌黑发亮的斜睨眼睛——这双眼睛紧盯着副典狱长和聂赫留朵夫那只紧捏着钞票的手。他的内心刹那间发生了动摇。

昨晚迷惑过聂赫留朵夫的魔鬼，此刻又在他心里说话，又竭力阻止他思考该怎样行动，却让他去考虑他的行动会有什么后果，怎么才能对他有利。

“这个女人已经无可救药了，”魔鬼说，“你只会把石头吊在自己脖子上，活活淹死，再也不能做什么对别人有益的事了。给她一些钱，把你身边所有的钱全给她，同她分手，从此一刀两断，岂不更好？”他心里这样想。

不过，他同时又感到，他的心灵里此刻正要完成一种极其重大的变化，他的精神世界这会儿仿佛搁在不稳定的天平上，只要稍稍加一点儿力气，就会向这边或者那边倾斜。他花了一点儿力气，向昨天感到存在于心灵里的上帝呼救，果然上帝立刻响应他。他决定此刻把所有的话全向她说出来。

“卡秋莎！我来是要请求你的饶恕，可是你没有回答我，你是不是饶恕我，或者，什么时候能饶恕我。”他说，忽然对玛丝洛娃改称“你”了。

她没有听他说话，却一会儿瞧瞧他那只手，一会儿瞧瞧副典狱长。等副典狱长一转身，她连忙把手伸过去，抓住钞票，把它塞在腰带里。

“您的话真怪！”她鄙夷不屑地——他有这样的感觉——微笑着说。

聂赫留朵夫觉得她身上有一样东西，同他水火不相容，使她永远保持现在这种样子，并且不让他闯进她的内心世界。

不过，说也奇怪，这种情况不仅没有使他疏远她，反而产生一种特殊的新的力量，使他去同她接近。聂赫留朵夫觉得他应该在精神上唤醒她，这虽然极其困难，但正因为困难就格外吸引他。他现在对她的这种感情，是以前所不曾有过的，对任何人都不曾有过，其中不带丝毫私心。他对她毫无所求，只希望她不要像现在这样，希望她能觉醒，能恢复她的本性。

“卡秋莎，你为什么说这样的话？你要明白，我是了解你的，我记得当时你在巴诺伏的样子……”

“何必提那些旧事。”她冷冷地说。

“我记得这些事是为了要改正错误，赎我的罪，卡秋莎。”聂赫留朵夫开了头，本来还想说他要同她结婚，但接触到她的目光，发觉其中有一种粗野可怕、拒人于千里之外的神色，他不敢开口了。

这时候，探监的人纷纷出去。副典狱长走到聂赫留朵夫跟前，说探望的时间结束了。玛丝洛娃站起来，顺从地等待人家把她带回牢房。

“再见，我还有许多话要对您说，可是，您看，现在没时间了，”聂赫留朵夫说着伸出一只手，“我还要来的。”

“话好像都已说了……”

她伸出一只手，但是没有同他握。

“不，我要设法找个可以说话的地方再同您见面，我还有些非常重要的话要对您说。”聂赫留朵夫说。

“好的，那您就来吧。”她说，做出一种要讨男人喜欢的媚笑。

“您对我来说比妹妹还亲哪！”聂赫留朵夫说。

“真怪！”她又说了一遍，接着摇摇头，向铁栅栏那边走去。

44

第一次重逢的时候，聂赫留朵夫以为卡秋莎见到他，知道他要为她出力并且感到悔恨，一定会高兴，一定会感动，一定又会恢复原来那个卡秋莎的面目。他万万没有料到，原来的那个卡秋莎已经不存在了，只剩下了一个现在的玛丝洛娃。这使他感到又惊奇又恐惧。

使他感到惊奇的，主要是玛丝洛娃不仅不以自己的身份为耻（不是指她囚犯的身份，当囚犯她是感到羞耻的，而是指她妓女的身份），似乎还觉得心满意足，甚至引以为荣。不过话也得说回来，一个人处在这样的地位的，也就非如此不可。不论什么人，倘若要活动，必须自信他的活动是重要的，有益的。因此，一个人，不论地位怎样，他对人生必须具有这样的观点，使他觉得他的活动是重要的，有益的。

通常人们总以为小偷、凶手、间谍、妓女会承认自己的职业卑贱，会感到羞耻。其实正好相反，凡是由命运安排或者自己造了孽而堕落的人，不论他们的地位多么卑贱，他们对人生往往抱着这样的观点，仿佛他们的地位是正当的，高尚的。为了保持这样的观点，他们总是本能地依附那些肯定他们对人生和所处地位的看法的人。但要是小偷夸耀他们的伎俩，妓女夸耀她们的淫荡，凶手夸耀他们的残忍，我们就会感到惊奇。我们之所以会感到惊奇，无非因为这些人的生活圈子狭小，生活习气特殊，而我们却是局外人。不过，要是富翁夸耀他们的财富，也就是他们的巧取豪夺，军事长官夸耀他们的胜利，也就是他们的血腥屠杀，统治者夸耀他们的威力，也就是他们的强暴残忍，还不都是同一回事？我们看不出这些人歪曲了生活概念，看不出他们为了替自己的地位辩护而颠倒善恶，这无非因为他们的圈子比较大，人数比较多，而且我们自己也是这个圈子里的人。

玛丝洛娃就是这样看待她的生活和她在世界上的地位的，她是个妓女，被判处服苦役，然而她也有她的世界观，而且凭这种世界观她能自我欣赏，甚至自命不凡。

她的世界观就是：凡是男人，不论年老年轻，不论是中学生还是将军，受过教育的还是没有受过教育的，无一例外，个个认为同富有魅力的女人性交就是人生最大的乐事。因此，凡是男人，表面上都装作在为别的事忙碌，其实都一味渴望着这件事。她是一个富有魅力的女人，可以满足，也可以不满足他们的这种欲望，因此她是一个重要的不可缺少的人物。她过去的生活和现在的生活全都证实这种观点是正确的。

在这十年中间，不论在什么地方，她都看见，一切男人，从聂赫留朵夫和上了年纪的警察局长开始，到谨慎小心的监狱看守为止，个个都需要她。至于那些不需要她的男人，她没有看到，对他们也不加注意。因此，照她看来，茫茫尘世无非是好色之徒聚居的渊薮，他们从四面八方窥伺她，不择手段——欺骗、暴力、金钱、诡计——去占有她。

玛丝洛娃就是这样看待人生的。从这样的人生观出发，她不仅不是一个卑贱的人，而且是一个很重要的人。玛丝洛娃把这样的人生观看得高于一切。她不能不珍重它，因为一旦抛弃这样的人生观，她就会丧失生活在人间的意义。为了不丧失自己的生活意义，她本能地依附于具有同样人生观的人。她发觉聂赫留朵夫要把她拉到另一个世界里去，就加以抵制，因为预见到在那个世界里她将丧失这样的生活地位，从而也就丧失自信心和自尊心。也就因为这个缘故，她竭力避免回忆年轻时的事和她同聂赫留朵夫最初的关系。那些往事的回忆同她现在的世界观格格不入，因此已从她的记忆里抹掉，或者说原封不动地深埋在记忆里，而且封存得那么严密，就像蜜蜂把一窝螟虫（幼虫）封起来，免得它们糟蹋蜜蜂的全部劳动成果一样。因此，现在的聂赫留朵夫对她来说已不是她一度以纯洁的爱情爱过的人，而只是一个阔老爷。她可以而且应该利用他，她和他只能维持她和一切男人那样的关系。

“嗯，我没有能把主要的话说出来，”聂赫留朵夫跟人群一起往出口处走去时想，“我没有告诉她我要同她结婚。尽管没有说，但我会这样做的。”

门口的两个看守又用手逐个拍着探监的人，点着数，免得多放一个人出去，或者把一个人留在牢里。这一次他们拍聂赫留朵夫的背，聂赫留朵夫不仅没有生气，而且简直没有注意到。

45

聂赫留朵夫想改变生活方式：退掉这座大住宅，解散佣人，自己搬到旅馆去住。但是阿格拉芬娜竭力劝说他，没有任何理由在冬季以前改变生活方式，因为夏季谁也不要租大住宅，再说自己也总得有个地方居住和存放家具杂物。这样，聂赫留朵夫想改变生活方式，过学生般简朴生活的努力，全都成了泡影。家里不仅一切如旧，而且又紧张地忙起家务事来：把全部毛料和皮子衣服拿出来晾一晾，挂开来吹吹风，掸去灰尘。扫院子的人、他的下手、厨娘和柯尔尼都一齐忙碌着。他们先把军服、制服和从来没有人穿过的古怪皮货晾在绳子上，然后把地毯和家具也都搬出去。扫院子的人和他的下手卷起袖子，露出肌肉发达的胳膊，很有节奏地敲打着这些东西。个个房间都弥漫着樟脑味儿。聂赫留朵夫从院子里走过，后来从窗子里望出去，看见那么多东西，而且都是毫无用处的，不禁感到惊讶。“保存这些东西的唯一用处，”聂赫留朵夫想，“就在于让阿格拉芬娜、柯尔尼、扫院子的人、他的下手和厨娘有个机会活动活动筋骨。”

“玛丝洛娃的事还没有解决，暂时用不着改变生活方式，”聂赫留朵夫想，“再说改变生活方式也实在困难。等她得到释放或者被流放，我也跟着她去，到那时生活方式也就自然改变了。”

在同法纳林律师约定的那一天，聂赫留朵夫坐上马车去看他。律师的私人住宅富丽堂皇，摆满高大的花盆，窗子上挂着精美的窗帘。总之，排场十分阔气，表明主人发了横财，因为这样的排场只有暴发户才会有。聂赫留朵夫走进这座房子，在接待室里看见许多来访的人，好像医生的候诊室那样，大家没精打采地坐在几张桌子旁，翻阅供他们消遣的画报，等待着接见。律师的助手也坐在这儿一张很高的斜面办公桌旁。他一认出聂赫留朵夫，就走过来同他寒暄，并且说马上去报告律师。但不等律师助手走到办公室门口，门就开了，传出来响亮而热烈的谈话声。一个矮胖的中年人，脸色红润，留着浓密的小胡子，穿一身崭新的服装，正在同法纳林谈话。两人脸上的神色表明，他们刚办完一件有利可图而不太正当的事。

“是您自己作的孽呀，老兄。”法纳林笑嘻嘻地说。

“天堂想进，可就是罪孽深重，上天无门哪！”

“行了，行了，这我们知道。”

两人都不自然地笑起来。

“啊，公爵，请进！”法纳林看见聂赫留朵夫，说道。他对出去的商人又点了一下头，把聂赫留朵夫领进他那陈设庄重的办公室。“请抽烟。”律师说着在聂赫留朵夫对面坐下，竭力忍住因刚才那桩得意的买卖而浮起的笑容。

“谢谢，我是为玛丝洛娃的案子来的。”

“好，好，我们这就来研究。哼，那些财主都是骗子手！”他说。“您看到刚才那个家伙吗？他有一千二百万家财，可他还说什么‘上天无门哪’。哼，只要能从您身上捞到一张二十五卢布钞票，他就是用牙也要把它咬到手。”

“他说‘上天无门’，你就说‘二十五卢布钞票’。”聂赫留朵夫想，对这个肆无忌惮的人感到按捺不住的憎恶。律师说话的腔调想表示他同他聂赫留朵夫是同一个圈子里的人，而那些委托他办案的和其他的人则属于另一个圈子，和他们截然不同。

“嘿，他把我折磨得够苦的，这混蛋！我真想散散心哪！”律师说，仿佛在为他没有立刻谈正经事辩护。“好吧，现在来谈谈您的案子……我已经仔细查阅了案卷，可是就像屠格涅夫说的那样，‘它的内容我不赞成’[①]，那个该死的律师糟透了，没有给上诉留下任何余地。”

“那您决定怎么办？”

“等一下。告诉他，”律师转身对进来的助手说，“我怎么说，就怎么办；他认为行，很好；他认为不行，就拉倒！”

“可他不同意。”

“哼，那就拉倒。”律师说。他的脸色顿时由快乐和善变得阴郁愤怒了。

“有人说，律师都是白拿人家的钱的，”他恢复原来的快乐神色，说，“前不久有个破产的债务人遭到诬告，我救了他。如今大家都纷纷找上门来。但每办一个案子我都得费不少心血。有位作家说，把自己身上

① 引自屠格涅夫中篇小说《多余人日记》。

的一块肉留在墨水缸里[1]，这话对我们也适用。好吧，现在来谈谈您的案子，或者说，您感兴趣的那个案子吧，”他继续说，“情况很糟，没有充足的上诉理由，但试一试还是可以的。您看，我写了这样一个状子。”

他拿起一张写满字的纸，跳过那些枯燥乏味的套话，振振有词地念着正文：

“谨呈刑事案上诉部，等等，等等。上诉事由，等等，等等。该案经某某等裁决，等等，玛丝洛娃犯用毒药毒死商人斯梅里科夫罪，根据刑法第一四五四条，等等，判处该犯服苦役，等等。”

他念到这里停住了。显而易见，他虽然长年累月惯于办案，但此刻还是津津有味地念着自己写的状子。

“‘此项判决是由严重破坏诉讼程序与错误造成的，’”他振振有词地继续念着，“‘理应予以撤销。第一，在开庭审讯时，斯梅里科夫内脏检查报告刚开始宣读，就为庭长所阻止。’这是一。”

“不过，您也知道，这是公诉人要求宣读的呀！”聂赫留朵夫惊奇地说。

“那没有关系，辩护人也有理由要求宣读的。”

“不过，说实在的，宣读毫无必要。”

“但这毕竟是个上诉理由哇。再有：‘第二，玛丝洛娃的辩护人，’”律师继续念下去，“‘在发言时有意说明玛丝洛娃的人品。因此涉及她堕落的内在原因，却为庭长所阻挠，理由是辩护人这些话同案情没有直接关系。然根据枢密院多次指示，在刑事案件中，被告品德和精神面目关系至为重大，至少有利于裁定罪责。’这是二。”他瞅了一眼聂赫留朵夫，说。

“那家伙当时讲得很糟，简直叫人摸不着头绪。”聂赫留朵夫感到越发惊奇，说。

“那小子很笨，当然说不出什么有道理的话来，”法纳林笑着说，“但仍不失为一个理由。好吧，下面还有。‘第三，庭长在总结时完全违

① 这话其实就是托尔斯泰自己说的。

反《刑事诉讼法》第八〇一条第一款，没有向陪审员们解释，犯罪的概念是根据什么法律因素构成的，也没有向他们说明，即使他们裁定玛丝洛娃对斯梅里科夫下毒事实确凿，也无权根据她并非蓄意谋害而认为她有罪，因此也不能裁定她犯有刑事罪，而只是由于一种过失，一种疏忽，使商人出乎玛丝洛娃的意料死于非命。’这一点是主要的。”

“这一点我们自己也应该懂得。这是我们的过错。”

“‘最后，第四，’”律师继续念道，“‘陪审员们对法庭所提出的玛丝洛娃犯罪问题的答复，在形式上显然是矛盾的。玛丝洛娃被控蓄意毒死斯梅里科夫，目的是谋财，因此她杀人的唯一动机是谋财。然而陪审员们在答复中否定玛丝洛娃有掠夺钱财和参与盗窃贵重财物的目的，由此可见他们本来就是否定被告有谋害性命的意图，仅由于庭长总结不完善而引起误解，致使陪审员们在答复中没有用适当方式表明，因此对陪审员们的答复，绝对须援引《刑事诉讼法》第八一六和八〇八条，即庭长应当向陪审员们解释他们所犯的错误，退回答复，责成他们重新协商，就被告犯罪问题做出新的答复。’”法纳林读到这里停下来。

“那么庭长究竟为什么不这样做？”

“我也很想知道为什么呢。”法纳林笑着说。

“那么，枢密院会纠正这个错误吗？”

“这要看到时候审理这个案子的是哪些老废物了。”

“怎么是老废物呢？”

“就是养老院里的老废物哇。嗯，就是这么一回事。接下去是这样的：‘这样的裁决使法庭无权判定玛丝洛娃刑事处分。对她引用《刑事诉讼法》第七十一条第三款，显然是严重破坏我国刑事诉讼的基本原则的。基于上述理由，谨呈请某某、某某根据《刑事诉讼法》第九〇九条、第九一〇条、第九一二条第二款和第九二八条等等，等等，撤销原判，并将本案移交该法院另组法庭，重新审理。’就是这样。凡是能做的，都已经做了。不过恕我直说，成功的希望是很小的。但话要说回来，关键在于枢密院里审理这个案子的是哪些人。要是有熟人，您可以去奔走奔走。”

“我认得一些人。”

“那可得抓紧，要不他们都出去医治痔疮，就得等上三个月了……嗯，万一不成功，还可以向皇上告御状。这也要靠幕后活动。这方面我也愿意为您效劳，不是指幕后活动，是指写状子。”

“谢谢您，那么您的酬劳……”

“我的助手会给您一份誊清的状子，他会告诉您的。”

“我还有一件事要向您请教。检察官给了我一张到监狱探望这人的许可证，可是监狱官员对我说，要在规定日期和地点以外探监，还得经省长批准。真的需要这个手续吗？”

“我想是的。不过现在省长不在，由副省长管事。可他是个十足的笨蛋，您找他是什么事也办不成的。”

“你是说马斯连尼科夫吗？”

“是的。”

“我认识他。”聂赫留朵夫说着站起来，准备告辞。

这当儿，一个又黄又瘦、生着狮子鼻、奇丑无比的矮小女人快步闯进房间里来。她就是律师的妻子。她对自己的丑陋显然毫不在意，不仅打扮得与众不同，十分古怪——身上的衣服又是丝绒又是绸缎，颜色鹅黄加上碧绿——而且她那头稀疏的头发也卷过了。她得意扬扬地闯进接待室。和她同来的是一个高个子男人，脸色如土，满面笑容，身穿缎子翻领的礼服，系一条白领带。这是个作家，聂赫留朵夫认得他。

“阿纳托里，”她推开门说，“你来，你看，谢苗·伊凡内奇答应给我们朗诵他的诗，你可得念念迦尔洵[1]的作品。”

聂赫留朵夫刚要走，可是律师的妻子同丈夫咬了个耳朵，立刻转过身来对他说话。

“对不起，公爵，我认得您，我想不用介绍了。我们有个文学晨会，请您光临指教。那会挺有意思。阿纳托里朗诵得好极了。”

“您瞧，我有多少杂差呀！”阿纳托里说。他摊开两手，笑嘻嘻地

---

① 迦尔洵（1855年—1888年）——俄国作家。

指指妻子，表示无法抗拒这样一位尤物的命令。

聂赫留朵夫脸色忧郁而严肃，彬彬有礼地向律师太太感谢她的盛情邀请，但因无暇不能参加，接着就走进接待室。

“好一个装腔作势的家伙！”他走后，律师太太这样说他。

在接待室里，律师助手交给聂赫留朵夫一份抄好的状子。谈到报酬问题，他说阿纳托里·彼得罗维奇定了一千卢布，并且解释说他本来不接受这类案件，这次是看在聂赫留朵夫面上才办的。

“这个状子该怎样签署，由谁出面？”聂赫留朵夫问。

“可以由被告自己出面，但要是有困难，那么阿纳托里·彼得罗维奇也可以接受她的委托，由他出面。”

“不，我去一趟，叫她自己签个名。”聂赫留朵夫说，因为能有机会在预定日期之前见到玛丝洛娃而感到高兴。

46

监狱看守到了规定时间在走廊里吹响哨子。铁锁和铁门哐啷啷地响着，走廊门和牢房门纷纷打开，光脚板和棉鞋后跟发出啪哒啪哒和咯噔咯噔的响声。倒便桶的男犯在走廊里来回忙碌，弄得空气里充满恶臭。男犯女犯都在洗脸，穿衣，然后到走廊里点名，点完名就去打开水冲茶。

今天喝茶的时候，各个牢房里群情激愤，纷纷谈论着一件事，就是有两个男犯今天将受笞刑。这两个男犯中有一个是年轻的店员瓦西里耶夫。他很有文化，由于醋劲儿发作而杀死了自己的情妇。同监犯人都很喜欢他，因为他乐观、慷慨，对长官态度强硬。他懂得法律，要求依法办事。长官因此不喜欢他。三星期前，有个看守殴打倒便桶的男犯，因为那个男犯把粪汁溅到他的新制服上。瓦西里耶夫为那个犯人抱不平，说没有一条法律允许殴打犯人。“我要让你瞧瞧什么叫法律！”看守说，把瓦西里耶夫臭骂了一顿。瓦西里耶夫就回敬他。看守想动手打他，瓦西里耶夫就抓住他的手，紧紧捏了三分钟光景，然后拧着他的手叫他转过身，一下子把他推到门外。看守告到上边，典狱长下令把瓦西里耶夫关进单身牢房。

单身牢房是一排黑暗的仓房，外面上了锁。这种牢房又黑又冷，没有床，没有桌椅，关在里面的人只能在肮脏的泥地上坐着或者躺着，听任老鼠在身边或者身上跑来跑去，而那里的老鼠又特别多特别大胆，因此在黑暗中连一块面包都无法保存。老鼠常常从囚犯手里抢面包吃，要是囚犯一动不动，它们就会咬他们的身体。瓦西里耶夫不肯蹲单身牢房，因为他没有罪。几个看守硬把他拉去。他拼命挣扎，另外两个男犯帮他从看守手里挣脱身子。看守们都跑拢来，其中有个叫彼得罗夫的，以力气大出名，犯人们敌不过，一个个被推进单身牢房。省长立刻得到报告，说发生了一件类似暴动的事。监狱里接到一纸公文，命令对两个主犯，瓦西里耶夫和流浪汉聂波姆尼亚西，各用树条抽打三十下。

这项刑罚将在女监探望室里执行。

这事昨天傍晚全体囚犯就都听说了，因此各个牢房里的犯人便都纷纷谈论着即将执行的刑罚。

柯拉勃列娃、俏娘儿们、费多霞和玛丝洛娃坐在她们那个角落里，已经喝过伏特加，个个脸色通红，精神振奋。现在玛丝洛娃手头经常有酒，她总是大方地请伙伴们一起喝。此刻她们正在喝茶，也在谈论这事。

“难道是他闹事还是怎么的？”柯拉勃列娃说到瓦西里耶夫，同时用她坚固的牙齿一小块一小块地咬着糖，“他只是替同伴打抱不平罢了。如今谁也不兴打人哪。”

“听说这人挺好。”费多霞插嘴说。她拖着两条长辫子，没有扎头巾，坐在板铺对面一块劈柴上。板铺上放着一把茶壶。

“我说，这件事得告诉他，玛丝洛娃大姐。”道口工说。这里的他是指聂赫留朵夫。

“我会对他说的。他为了我什么事都肯做。”玛丝洛娃笑吟吟地把头一晃，回答说。

“可就是不知道他几时来。据说马上就要去收拾他们了。”费多霞说。“可不得了！”她叹了一口气，又说。

“我有一次看见乡公所里揍一个庄稼汉。那天我公公打发我去找乡长，我一到那里，抬头一看，他呀……”道口工就讲出一个很长的故事来。

道口工故事讲到一半，就被楼上走廊里的说话声和脚步声打断了。

女人们安静下来，留心听着。

“他们来抓人了，那些魔鬼，”俏娘儿们说，“这下子会把他活活打死的。那些看守可把他恨透了，因为他总是不肯向他们低头。”

楼上的响声又沉寂了。道口工继续讲她的故事，讲到他们在乡公所仓房里怎样毒打那个庄稼汉，吓得她魂不附体。俏娘儿们却说，谢格洛夫挨过鞭子，可是他一声不吭。随后费多霞把茶具收掉，柯拉勃列娃和道口工动手做针线活儿，玛丝洛娃则抱住双膝，坐在板铺上，感到十分无聊。她刚想躺下睡觉，女看守就跑过来叫她，说有人探望，要她到办公室去。

“你一定要把我们的事告诉他，”玛丝洛娃正对着水银一半剥落的镜子整理头巾，明肖娃老婆子对她说，“不是我们放了火，是那个坏蛋自己放的。有个工人也看见了，他不会昧着良心乱说的。你对他说，让他把米特里叫来，米特里会原原本本地把事讲给他听的。要不然也太不像话了，我们平白无故被关在牢里，可那个坏蛋却霸占人家的老婆，在酒店里吃喝玩乐。”

“真是无法无天！”柯拉勃列娃肯定地说。

“我去说，我一定去对他说。”玛丝洛娃回答，“要不，再喝一点儿壮壮胆也好。”她挤挤眼，补充说。

柯拉勃列娃给她倒了半杯酒。玛丝洛娃一饮而尽，擦擦嘴，兴高采烈地又说了一遍“壮壮胆也好”，然后摇摇头，笑嘻嘻地跟着女看守沿长廊走去。

47

聂赫留朵夫在监狱的门廊里已等了好久。

他来到监狱，在大门口打了打铃，然后把检察官的许可证交给值班的看守。

“您要找谁？”

“探望女犯玛丝洛娃。”

“现在不行。典狱长正忙着呢。”

“他在办公室里吗？”聂赫留朵夫问。

“不，他在这里，在探望室里。”看守回答。聂赫留朵夫觉得他的神色有点儿慌张。

“难道今天是探监的日子吗？”

“不，今天有一件特殊的事。”他说。

“怎么才能见到他呢？”

“回头他出来，您自己对他说吧。您先等一会儿。”

这时，司务长从边门出来。他穿一身丝绦亮闪闪的制服，容光焕发，小胡子上满是烟草味，厉声对看守说：“怎么把人带到这儿来？带到办公室去……”

“他们对我说，典狱长在这儿。”聂赫留朵夫说，看到司务长也有点儿紧张，不禁感到纳闷。

这时候，里边一扇门开了，彼得罗夫神情激动，满头大汗，走了出来。

“这下子他会记住了。”他转身对司务长说。

司务长向他使了个眼色，意思是说聂赫留朵夫在这儿，彼得罗夫就不再作声，皱起眉头，从后门走掉了。

“谁会记住？为什么他们都这样慌慌张张？为什么司务长对他使了个眼色？”聂赫留朵夫心里琢磨着。

“不能在这儿等，您请到办公室去吧！”司务长又对聂赫留朵夫说。聂赫留朵夫刚要出去，典狱长正好从后门进来，神色比他的部下更加慌张。他不住叹气，一看见聂赫留朵夫，就转身对看守说：“费陀托夫，把五号女牢的玛丝洛娃带到办公室去。”

“您请到这里来！”他对聂赫留朵夫说。他们沿着陡峭的楼梯走到一个小房间里，里面只有一扇窗，放着一张写字台和几把椅子。典狱长坐下来。

“这差使真苦，真苦。”他对聂赫留朵夫说，掏出一支很粗的香烟来。

“您看样子累了。”聂赫留朵夫说。

“这差使我干腻了，实在太痛苦了。我想减轻些他们的苦难，结果反而更糟。我真想早点儿离开，这差使真苦，真苦哇。”

聂赫留朵夫不知道什么事使典狱长感到特别苦，但他看出典狱长今天情绪非常沮丧，惹人怜悯。

“是的，我看您是很苦的，”他说，“可您何必担任这种差使呢？”

“我没有财产，可是得养家活口。”

“您既然觉得苦……”

“嗯，老实跟您说，我还是尽我的力做些好事，来减轻他们的痛苦。要是换了别人，决不会这么办的。您看，这儿有两千多人，都是些什么样的人，真是谈何容易！得懂得怎么对付他们。他们也是人，也惹人可怜，可又不能放纵他们。”

典狱长讲起不久前发生过的一件事。几个男犯打架，结果弄出人命来了。

这当儿，看守领着玛丝洛娃进来，把他的话打断了。

玛丝洛娃走到门口，还没有看见典狱长，聂赫留朵夫却看见她了。她脸色红红的，精神抖擞地跟着看守走来，摇头晃脑，不住地微笑着。她一看见典狱长，脸上现出惊惶的神色，她盯住他，但立刻镇定下来，大胆而快乐地向聂赫留朵夫打招呼。

“您好！”她拖长声音说，脸上挂着微笑，使劲儿握了握他的手，这跟上次大不一样。

“喏，我给您带来了状子，您来签个字，”聂赫留朵夫说，对她今天见到他时表现出来的那副活泼样子，感到有点儿奇怪。“律师写了个状子，您签个字，我们就把它送到彼得堡去。”

“行，签个字也行。干什么都行。”她眯缝着一只眼睛，笑嘻嘻地说。

聂赫留朵夫从口袋里掏出一张折拢的纸，走到桌子旁边。

“可以在这里签字吗？”聂赫留朵夫问典狱长。

“你到这儿来，坐下，”典狱长说，“给你笔。你识字吗？”

“以前识过。”她说，微笑着理理裙子和上衣袖子，坐到桌子旁边，用她有力的小手笨拙地握住笔，笑起来，又瞟了聂赫留朵夫一眼。

他指点她该怎么签，签在什么地方。

她拿起笔，用心在墨水缸里蘸了蘸，抖掉一滴墨水，写上自己的名字。

“没有别的事了？”她问，忽而望望聂赫留朵夫，忽而望望典狱长，随后把笔插在墨水缸里，接着又放在纸上。

“我有些话要跟您说。”聂赫留朵夫接过她手里的笔，说。

“好，您说吧。”她说，忽然像是想起了什么心事或者想睡觉，脸色变得严肃了。

典狱长站起来，走了出去，屋子里剩下聂赫留朵夫和玛丝洛娃两个人。

48

带玛丝洛娃来的看守在离桌子稍远的窗台上坐下。对聂赫留朵夫来说，决定命运的时刻到了。他不断责备自己，上次见面没有说出主要的话，就是他打算跟她结婚。现在他下定决心要把这话说出来。玛丝洛娃坐在桌子一边，聂赫留朵夫坐在她对面。屋子里光线很亮，聂赫留朵夫第一次在近距离看清她的脸：眼睛边上有鱼尾纹，嘴唇周围也有皱纹，眼皮浮肿。他见了越发怜悯她了。

他把臂肘搁在桌上，身子凑近她，这样说话就不会让那个坐在窗台上、络腮胡子花白、脸型像犹太人的看守听见，而只让她一个人听见。他说："要是这个状子不管用，那就去告御状。凡是办得到的事，我们都要去办。"

"唉，要是当初有个好律师就好了……"她打断他的话说。"我那个辩护人是个十足的笨蛋，他老是对我说肉麻话，"她说着笑了，"要是当初人家知道我跟您认识，情况就会大不相同了。可现在呢？他们总是把人家都看成小偷。"

"她今天好怪！"聂赫留朵夫想，刚要说出他的心事，却又被她抢在前头了。

"我还有一件事要跟您说。我们那儿有个老婆子，人品挺好。说实在的，大家都弄不懂是怎么搞的，这样一个顶呱呱的老婆子，竟然也叫她坐牢，不但她坐牢，连她儿子也一起坐牢。大家都知道他们没犯罪，可是有人控告他们放火，他们就坐了牢。她呀，说实在的，知道我跟您认识，”玛丝洛娃一面说，一面转动脑袋，不时瞟聂赫留朵夫一眼，“她就说：‘你跟他说一声，让他把我儿子叫出来，我儿子会原原本本讲给他听的。’那老婆子叫明肖娃。怎么样，您能办一办吗？说实在的，她真是个顶呱呱的老婆子，分明受了冤枉。好人儿，您就给她帮个忙吧！”玛丝洛娃说，对他瞧瞧，又垂下眼睛笑笑。

“好了，我来办，我先去了解一下。”聂赫留朵夫说，对她的态度那么随便，越来越感到惊奇。“但我自己有事要跟您谈谈。您还记得我那次对您说的话吗？”他说。

“您说了好多话。上次您说了些什么呀？”玛丝洛娃一面说，一面不停地微笑，脑袋一会儿转到这边，一会儿转到那边。

“我说过，我来是为了求您的饶恕。”聂赫留朵夫说。

“嘿，何必呢，老是饶恕饶恕的，用不着来那一套……您最好还是……”

“我说过我要赎我的罪，”聂赫留朵夫继续说，“不是嘴上说说，我要拿出实际行动来。我决定跟您结婚。”

玛丝洛娃脸上顿时现出恐惧的神色。她那双斜睨的眼睛发呆了，又像在瞧他，又像不在瞧他。

“这又是为什么呀？”玛丝洛娃愤愤地皱起眉头说。

“我觉得我应该在上帝面前这样做。”

“怎么又弄出个上帝来了？您说的话总是不对头。上帝？什么上帝？咳，当初您要是记得上帝就好了！”她说了这些话，又张开嘴，但没有再说下去。

聂赫留朵夫这时闻到她嘴里有一股强烈的酒味，才明白她激动的原因。

“您安静点儿！”他说。

“我可用不着安静。您以为我醉了吗？我是有点儿醉，但我明白我在说什么，”玛丝洛娃突然急急地说，脸涨得通红，“我是个苦役犯，是个……您是老爷，是公爵，您不用来跟我惹麻烦，免得辱没您的身份。还是找您那些公爵小姐去吧，我的价钱是一张红票子。”

“不管你说得怎样尖刻，也说不出我心里是什么滋味，”聂赫留朵夫浑身哆嗦，低声说，“你不会懂得，我觉得我对你犯了多大的罪！”

“‘我觉得犯了多大的罪……’”玛丝洛娃恶狠狠地学着他的腔调说，“当初您并没有感觉到，却塞给我一百卢布。瞧，这就是您出的价钱……”

“我知道，我知道，可如今我该怎么办呢？”聂赫留朵夫说。“如今我决定再也不离开你了，”他重复说，“我说到一定做到。”

“可我敢说，您做不到！”玛丝洛娃说着，大声笑起来。

“卡秋莎！”聂赫留朵夫一面说，一面摸摸她的手。

“你给我走开！我是个苦役犯，您是位公爵，您到这儿来干什么？”她尖声叫道，气得脸都变色了，从他的手里抽出手来。“您想利用我来拯救你自己。”玛丝洛娃继续说，急不可待地把一肚子怨气都发泄出来。“你今世利用我作乐，来世还想利用我来拯救你自己！我讨厌你，讨厌你那副眼镜，讨厌你这副又肥又丑的嘴脸。走，你给我走！”她霍地站起来，嚷道。

看守走到他们跟前。

“你闹什么！怎么可以这样……”

“您就让她去吧！”聂赫留朵夫说。

“叫她别太放肆了。”看守说。

“不，请您再等一下。”聂赫留朵夫说。

看守又走到窗子那边。

玛丝洛娃垂下眼睛，把她那双小手的手指紧紧地交叉在一起，又坐下了。

聂赫留朵夫站在她前面，不知道该怎么办才好。

“你不相信我。”他说。

“您说您想结婚，这永远办不到。我宁可上吊！这就是我要对您说的。”

“我还是要为你出力。”

“哼，那是您的事。我什么也不需要您帮忙。我对您说的是实话。”玛丝洛娃说。“唉，我当初为什么没死掉哇？”她说到这里伤心得痛哭起来。

聂赫留朵夫说不出话，玛丝洛娃的眼泪也引得他哭起来。

玛丝洛娃抬起眼睛，对他瞧了一眼，仿佛感到惊奇似的，接着用头巾擦擦脸颊上的眼泪。

这时看守又走过来，提醒他们该分手了。玛丝洛娃站起来。

“您今天有点儿激动。要是可能，我明天再来。您考虑考虑吧！”聂赫留朵夫说。

玛丝洛娃一句话也没有回答，也没有对他瞧一眼，就跟着看守走出去。

“嘿，姑娘，这下子你可要走运了！”玛丝洛娃回到牢房里，柯拉勃列娃就对她说。“看样子，他被你迷住了。趁他来找你，你别错过机会。他会把你救出去的，有钱人什么事都有办法。”

“这倒是真的，”道口工用唱歌一般好听的声音说，“穷人成亲夜晚也短，有钱人想什么有什么，要怎么办就准能办到。好姑娘，我们那里就有一个体面人，他呀……”

“怎么样，我的事情你提了没有？”那个老婆子问。

玛丝洛娃没有回答同伴们的话，却在板铺上躺下来。她那双斜睨的眼睛呆呆地望着墙角。她就这样一直躺到傍晚。她的内心展开了痛苦的活动。聂赫留朵夫那番话使她回到了那个她无法理解而对之满怀仇恨的世界。她在受尽了折磨后离开了那地方。现在她已经无法把往事搁在一边，浑浑噩噩地过日子，而要清醒地生活下去又实在太痛苦了。到傍晚，她就又买了些酒，跟同伴们一起痛饮起来。

49

“唉，真没想到会弄得这么糟，这么糟！”聂赫留朵夫一边想，一边走出监狱。直到现在，他才了解自己的全部罪孽。要不是他决心赎罪自新，他也不会发觉自己罪孽的深重。不仅如此，她也不会感觉到他害她害到什么地步。直到现在，这一切才暴露无遗，使人触目惊心。直到现在，他才看到他怎样摧残了这个女人的心灵，他也才懂得怎样伤害了她。以前聂赫留朵夫一直孤芳自赏，连自己的忏悔都很得意，如今他觉得这一切简直可怕。他觉得再也不能把她抛开不管。但又无法想象他们的关系将会有怎样的结局。

聂赫留朵夫刚走到大门口，就有一个戴满奖章的看守露出一副使人讨厌的媚相，鬼鬼祟祟地递给他一封信。

“嗯，这信是一个女人写给阁下的……”他说着交给聂赫留朵夫一封信。

“哪一个女人？”

“您看了就会知道。是个女犯，政治犯。我跟他们在一起。这事是她托我办的。这种事虽然犯禁，但从人道出发……”看守不自然地说。

一个专管政治犯的看守，在监狱里几乎当着众人的面传递信件，这使聂赫留朵夫感到纳闷。他还不知道，这人既是看守又是密探。他接过信，一面走出监狱，一面看信。信是用铅笔写的，字迹老练，不用旧体字母，内容如下：

听说您对一个刑事犯很关心，常到监狱里来看她。我很想同您见一次面。请您要求当局准许您同我见面。如果得到批准，我可以向您提供许多有关那个您替她说情的人以及我们小组的重要情况。感谢您的薇拉。

薇拉原是诺夫哥罗德省一个偏僻乡村的女教师。有一次聂赫留朵夫跟同伴去那里猎熊。这个女教师曾要求聂赫留朵夫给她一笔钱，帮助她进高等学校念书。聂赫留朵夫给了她钱，事后就把她忘记了。现在才知道她是个政治犯，关在监狱里。她大概在监狱里听说了他的事，所以愿意替他效劳。当时一切事情都很简单，如今却变得那么复杂难弄。聂赫留朵夫生动而愉快地回忆起当时的情景，他同薇拉认识的经过。那是谢肉节之前的事，在一个离铁路线六十俄里的偏僻乡村。那次打猎很顺手，打死了两头熊。他们正在吃饭，准备动身回家。这时，他们借宿的农家主人走来说，本地教堂助祭的女儿来了，要求见一见聂赫留朵夫公爵。

“长得好看吗？”有人问。

“嗐，住口！”聂赫留朵夫板起脸说，从饭桌旁站起来，擦擦嘴，心里感到奇怪，助祭的女儿会有什么事要见他？随即走到主人屋里。

屋子里有一个姑娘，头戴毡帽，身穿皮外套，脸容消瘦，青筋毕露，相貌并不好看，只有一双眼睛和两道扬起的眉毛长得很美。

“喏，薇拉·叶夫列莫夫娜，这位就是公爵，”上了年纪的女主人说，“你跟他谈谈吧。我走了。”

“我能为您效点儿什么劳呢？”聂赫留朵夫说。

“我……我……您瞧，您有钱，可您把钱花在无聊的事上，花在打猎上，这我知道，”那个姑娘很难为情地说，“我只有一个希望，希望自己成为一个对人类有益的人，可是我什么也不会，因为什么也不懂。”

她的一双眼睛诚恳而善良，脸上的神色又果断又胆怯，十分动人。聂赫留朵夫不由得设身处地替她着想——他有这样的习惯——立即懂得她的心情，很怜悯她。

“可是我能为您出什么力呢？”

“我是个教员，想进高等学校念书，可是进不去。倒不是人家不让进，人家是让我进的。可是要有钱。您借我一笔钱，等我将来毕业了还您。我想，有钱人打熊，还给庄稼人喝酒，这样不好。他们何不做点儿好事呢？我只要八十卢布就够了。您要是不愿意，那就算了。”她怒气冲冲地说。

“正好相反，我很感谢您给了我这样一个机会……我这就去拿来。”聂赫留朵夫说。

他走出屋子，看见他那个同伴正在门廊里偷听他们谈话。他没有回答同伴的取笑，从皮夹子里取出钱，交给她。

“您请收下，收下，不用谢。我应该谢谢您才是。”

聂赫留朵夫此刻想起这一切，感到很高兴。他想到有个军官想拿那事当作桃色新闻取笑他，他差点儿同他吵架，另一个同事为他说话，从此他同他更加要好。又想到那次打猎很顺手很快活，那天夜里回到火车站，他心里特别高兴。双马雪橇一辆接着一辆，排成一长串，悄没声儿地在林间狭路上飞驰。两边树木，高矮不一，中间杂着积雪累累的枞树。在黑暗中，红光一闪，有人点着一支香味扑鼻的纸烟。猎人奥西普在没膝深的雪地里，从这个雪橇跑到那个雪橇，讲到麋鹿怎样徘徊在深雪地上，啃着白杨树皮，又讲到熊怎样躲在密林的洞穴里睡觉，洞口冒着嘴里吐出来的热气。

聂赫留朵夫想到这一切，想到自己当年身强力壮，无忧无虑，多么幸福。他鼓起胸膛，深深地呼吸着冰凉的空气。树枝上的积雪被马轭碰下来，撒在他脸上。他感到周身暖和，脸上凉快，心里没有忧虑，没有悔恨，没有恐惧，也没有欲望。那时是多么快乐呀！如今呢？我的天，如今一切都是多么痛苦，多么艰难哪！

薇拉显然是个革命者，她因革命活动而坐牢。应该见见她，特别是因为她答应帮他出主意，来改善玛丝洛娃的处境。

50

第二天早晨，聂赫留朵夫回想昨天的种种事情，心里不由得感到害怕。

不过，心里虽然害怕，他还是更坚强地下定决心，一定要把开了头的事做下去。

他怀着强烈的责任感，走出家门，乘车去找玛斯连尼科夫，要求准许他到牢房探望玛丝洛娃，以及玛丝洛娃要他去探望的明肖夫母子。此外他还想要求探望薇拉，因为她可能帮玛丝洛娃的忙。

聂赫留朵夫在团里服役的时候就认识玛斯连尼科夫。玛斯连尼科夫当时任团的司库，忠心耿耿，奉公守法，除了团里和皇室以外，天下什么事也不关心，什么事也不想过问。聂赫留朵夫发现，他现在已当上行政长官，他所管辖的已不是一个团，而是一个省和省政府。他娶了一个既有钱又泼辣的女人，那女人逼得他脱离军队，改任文职。

她一会儿嘲弄他，一会儿又像对驯服的小猫小狗那样抚爱他。聂赫留朵夫去年冬天到他们家去过一次，但他觉得这对夫妻十分乏味，以后再也没去过。

玛斯连尼科夫一看见聂赫留朵夫，就满面笑容。他的脸还是那样又胖又红，身材还是那样高大，衣服还是像在军队里一样讲究。以前他总是穿一身款式新颖的军装或者制服，干干净净，紧包着他的肩膀和胸部；如今他穿着时髦的文职服装，也是那样紧包着肥胖的身子和宽阔的胸膛。今天他穿着一身文官制服。他们两人虽然年龄悬殊（玛斯连尼科夫已近四十岁了），但彼此还是不拘礼节，你我相称。

“啊，你来了，真是太感谢了。到我太太那儿去吧。我此刻正好有十分钟空，过后要去开会。我们的上司出门了。省里的事现在我在管。”他说着，露出掩饰不住的得意神色。

“我有事找你。”

“什么事啊？”玛斯连尼科夫仿佛一下子警惕起来，用惊恐而又有点儿严厉的音调说。

“监狱里有一个人我很关心（玛斯连尼科夫一听见‘监狱’两个字，脸色变得更严厉了），我很想探望，但不要在普通探监室里，要在办公室里，并且不限于规定的日子，要多探望几次。听说这事要由你决定。”

“行，*老弟*，我随时准备为你效劳，”玛斯连尼科夫说着，双手摸摸聂赫留朵夫的膝盖，仿佛要表示自己平易近人，“这可以，不过你也看到，我只是个临时皇帝。”

“那么你能给我开一张证明，让我同她见面吗？”

“你说的是一个女人？”

“是的。”

“那么她为什么事坐牢呢？”

“毒死人命罪。但她是被错判的。”

“你瞧，这就是所谓公正审判，*不可能有别的结果*。”他不知怎的夹着法语说。“我知道你不会同意我的意见，可是有什么办法呢，我是坚*定不移地这样相信的*，”他补充说，把他一年来从顽固的保守派报上看到的各种文章的同一观点说了出来，“我知道你是个自由派。”

“我不知道我是自由派还是什么派。”聂赫留朵夫笑嘻嘻地说。他常常感到惊讶，为什么人家总是把他归到什么派，并且说他是个自由派，无非因为他主张在审判的时候，先要听完人家的话，在法庭面前人人平等，并且主张不该折磨人，拷打人，特别是对那些还没有判刑的人。“我不知道我是不是自由派，我只知道现在的审判制度再糟也比以前的好。”

“那么，你请的律师是哪一个？”

“我找过法纳林。”

“嗨，法纳林！”玛斯连尼科夫皱着眉头说，回想到去年他在法庭上做证，法纳林曾经客客气气地捉弄他足足半小时，引得法庭上哄堂大笑。“我劝你别去跟他打交道。法纳林是个名誉扫地的人。”

“我还有一件事要求你，”聂赫留朵夫不理他的话，径自说，“有一个当教员的姑娘，是我老早就认识的。她这人很可怜，如今也在坐牢，她很想同我见面。你能不能再开一张条子，让我也去探望探望她？”

玛斯连尼科夫稍稍侧着头，考虑着。

“她是个政治犯吗？”

“是的，据说是个政治犯。”

“不瞒你说，凡是政治犯，只能同他们的家属见面，不过我可以给你开一张特别通行证，哪儿都可以通用。我知道你是不会随意滥用的。你关心的那个女人叫什么名字？薇拉？她长得美吗？”

“长得很丑。”

玛斯连尼科夫不以为然地摇摇头，走到桌子跟前，在一张印有头衔的信纸上写道：“准许来人聂赫留朵夫公爵在监狱办公室会见在押小市民玛丝洛娃及医士薇拉，请洽办。”他写完信，又以潦草的字迹签了名。

“你将会看到那边的秩序是个什么样子。那边的秩序很难维持，因为关的人太多，特别是解犯太多，但我还是对他们严加管理。我喜爱这工作。你将会看到他们在那边过得很好，大家都很满意。就是要善于对付他们。前几天发生过一次麻烦，有人违抗命令。换了别人就会把它作为暴动来对待，好多人就会遭殃。可我们这里解决得很顺利。一方面得关心他们，另一方面又要对他们严加管理。”他说着，从衬衫的浆得笔挺、扣着金纽扣的白袖子里伸出一只又白又胖的拳头，手指上戴着绿松石戒指，“要做到恩威兼施。”

“嗯，这一套我确实不知道，”聂赫留朵夫说，“我到那边去过两次，感到难受极了。”

“我老实告诉你，你得跟巴赛克伯爵夫人见一次面，”玛斯连尼科夫谈得上了劲，继续说，“她把全部心血都花在这工作上。她做了许多好事。亏得她，恕我不客气地说一句，也亏得我，这儿才面目一新，消灭了以前种种可怕的现象，他们在那边确实过得挺好。是的，你会看见的。至于法纳林，我同他没有私交，但就我的社会地位来说，我同他走的不是一条路，但他确实是个坏人，他在法庭上竟然说得出那样的话来，竟然说得出那样的话来……”

“好，谢谢你！”聂赫留朵夫接过通行证说。他没有听完这位老同事的话，就向他告辞了。

“那你不到我太太那儿去了？”

“不，对不起，我现在没空。”

“嗯，那也没有办法，可她不会原谅我的。”玛斯连尼科夫说，把老同事送到楼梯第一个平台上。凡不是头等重要而是二等重要的客人，他总是送到这里为止。他把聂赫留朵夫也归到这一类客人里面。“不，还是请你去一下，哪怕只待一分钟也行。”

但聂赫留朵夫主意已定。当男仆和门房走到他跟前，把大衣和手杖递给他，推开外面有警察站岗的大门时，他回答玛斯连尼科夫说，他今天实在没有空。

“嗯，那么星期四请您务必来。她每逢星期四招待客人。我去告诉她！”玛斯连尼科夫站在楼梯上，对他大声说。

51

从玛斯连尼科夫家出来，聂赫留朵夫乘车赶到监狱，往他熟悉的典狱长家里走去。他像上次一样又听到那架蹩脚钢琴的声音，不过今天弹的不是狂想曲，而是克莱曼蒂[①]的练习曲，但也弹得异常有力、清楚、快速。开门的还是那个一只眼睛用纱布包着的侍女。她说上尉在家，然后把聂赫留朵夫带到小会客室。会客室里摆着一张长沙发、一张桌子和一盏大灯，灯下垫着一块毛线织成的方巾，粉红色的纸灯罩有一角被烧焦了。典狱长走进来，脸上现出惊讶和阴郁的神色。

"请问有何见教？"他一面说，一面扣上制服中间的纽扣。

"我刚才去找了副省长，这是许可证，"聂赫留朵夫把证件交给他，说，"我想看看玛丝洛娃。"

"玛尔科娃？"典狱长因琴声听不清楚，反问道。

"玛丝洛娃。"

"哦，有的！哦，有的！"

典狱长站起来，走到门口，从那里传来克莱曼蒂练习曲的华彩乐段[②]。

"玛露霞，你就稍微停一下吧！"他说，从口气里听出这种音乐已成了他日常生活中的一大苦恼，"简直什么也听不见。"

---

① 克莱曼蒂（1752年—1832年）——意大利作曲家，钢琴家。作有钢琴练习曲一百首，是系统的钢琴教材。

② 华彩乐段（Cadenza）——又译华彩经过句。在一些大型独唱曲、独奏曲和协奏曲中，插于乐曲或乐章末尾的一个结构自由的段落。

钢琴声停了。传来不知谁的不愉快的脚步声。有人往房门里张望了一眼。

典狱长仿佛因音乐停止而松了一口气，点上一支淡味的粗烟卷，并且向聂赫留朵夫敬了一支。聂赫留朵夫谢绝了。

“我很想见见玛丝洛娃。”

“玛丝洛娃今天不便会客。”典狱长说。

“为什么？”

“没什么，这得怪您自己不好，”典狱长微微地笑着说，“公爵，您不要把钱直接交给她。要是您乐意，可以交给我。她的钱还是属于她的。您昨天一定给了她钱，她就弄到了酒——这个恶习她怎么也戒不掉，今天她喝得烂醉，醉得发酒疯了。”

“真的吗？”

“可不是，我只好采取严厉措施：把她搬到另一间牢房里。这女人本来倒安分守己。您今后再别给她钱了。他们那些人就是这样的……”

聂赫留朵夫清清楚楚地回想起昨天的情景，心里又感到害怕。

“那么，薇拉，那个政治犯，可以见见吗？”聂赫留朵夫沉默了一会儿，问。

“嗯，这可以。”典狱长说。“哎，你来做什么？”他问一个五六岁的女孩子，她正扭过头，眼睛盯着聂赫留朵夫，向父亲走来。“瞧你要摔跤了。”典狱长看见女孩向他这个做父亲的跑来，眼睛不看地面，脚在地毯上绊了一下，就笑着说。

“要是可以，我去看看她。”

“好的，可以。”典狱长抱起那个一直盯住聂赫留朵夫瞧的小女孩说，接着站起身，温柔地把女孩放下，走到前室。

典狱长接过眼睛包纱布的侍女递给他的大衣，还没有穿好，就走出门去。克莱曼蒂练习曲的华彩乐段声又清楚地响了起来。

“她原来在音乐学院里学琴，可是那边的教学法不对头。她这人倒是有才气的，”典狱长一边下楼，一边说，“她想到音乐会上演出呢。”

典狱长陪着聂赫留朵夫走到监狱门口。典狱长一走近边门，那门就立刻开了。看守们都把手举到帽檐上，目送典狱长走过去。四个剃阴阳头的人抬着满满的便桶，在前室里遇见他们。那几个人一见典狱长，都缩拢身子。其中一个身子弯得特别低，阴沉沉地皱起眉头，一双乌黑的眼睛闪闪发亮。

“当然，有才能应该培养，不应该埋没。但是，不瞒您说，房子小，练琴招来了不少烦恼。”典狱长继续说，根本不理睬那些犯人。他拖着疲劳的步子，同聂赫留朵夫一起走进聚会室。

“您想见谁呀？”典狱长问。

“薇拉。”

“她关在塔楼里。您得等一会儿。”他对聂赫留朵夫说。

“那么我能不能先看看明肖夫母子俩？他们被控犯了纵火罪。”

“明肖夫关在二十一号牢房。行，可以把他们叫出来。”

“我不能到明肖夫牢房里去看他吗？”

“你们还是在这里见面安静些。”

“不，我觉得牢房里见面有意思些。”

“嗐，您居然觉得有意思！”

这时候，衣着讲究的副典狱长从边门走出来。

“好，您把公爵领到明肖夫牢房里，第二十一号牢房，”典狱长对副典狱长说，“然后把公爵带到办公室。我去把她叫来。她叫什么名字？”

“薇拉。”聂赫留朵夫说。

副典狱长是个青年军官，头发淡黄，小胡子上涂过香油，周身散发出花露水的香味。

“请吧！”他笑容可掬地对聂赫留朵夫说。“您对我们这地方感兴趣吗？”

“是的，我对这个人也感兴趣，据说他落到这里是完全冤枉的。”

副典狱长耸耸肩膀。

“是的，这种事是有的，”他若无其事地说，彬彬有礼地让客人走在前头，来到宽阔而发臭的走廊里，“但有时他们也会撒谎。请！”

牢房门都没有上锁。有几个男犯待在走廊里。副典狱长向看守们点点头，眼睛瞟着犯人。那些犯人，有的身子贴着墙，溜回牢房里；有的双手贴住裤缝，像士兵那样目送长官走过去。副典狱长带着聂赫留朵夫穿过走廊，把他领到由铁门隔开的左边一条走廊里。

这条走廊比刚才那条更狭、更暗、更臭。走廊两边的牢房都上着锁。每个牢门上有个小洞，称为门眼，直径不到一寸。走廊里，除了一个神色忧郁、满脸皱纹的老看守，一个人也没有。

“明肖夫在哪个牢房？”副典狱长问看守。

“左边第八个。”

52

“里面可以看看吗？”聂赫留朵夫问。

“请吧！”副典狱长笑容可掬地说，接着就向看守问了些什么。聂赫留朵夫凑近一个小洞往里看：牢房里有一个高个子年轻人，只穿一套衬衣裤，留着一小撮黑胡子，在迅速地走来走去。他一听见门外的沙沙声，抬头看了看，皱起眉头，又继续踱步。

聂赫留朵夫从另一个小洞往里望，他的眼睛正好遇到一只从里面望出来的恐惧的大眼睛，他慌忙躲开。他凑近第三个小洞，看见床上躺着一个个子矮小的人，蜷缩着身子，用囚袍蒙住脑袋。第四个牢房里坐着一个阔脸的人，脸色苍白，低垂着头，臂肘支在膝盖上。这人一听见脚步声，就抬起头来，向前看了看。他的整个脸上，特别是那双大眼睛里，现出万念俱灰的神色。他显然毫不在乎是谁在向他张望。不论谁来看他，他显然不指望会有什么好事。聂赫留朵夫感到害怕，不再看别的牢房，就一直来到关押着明肖夫的第二十一号牢房。看守哐啷一声开了锁，推开牢门。一个脖子细长、肌肉发达的年轻人，生有一双和善的圆眼睛，留着一小撮胡子，站在床铺旁边。他现出惊惧的神色，慌忙穿上囚袍，眼睛盯着来人。特别使聂赫留朵夫感动的是他那双和善的圆眼睛，又困惑又惊惧地瞧瞧他，又瞧瞧看守，再瞧瞧副典狱长，然后又回过来瞧瞧他。

“喏，这位先生要了解了解你的案子。”

“十分感谢。”

“是的，有人给我讲了您的案子，”聂赫留朵夫走到牢房里，站在装有铁栅的肮脏窗子旁，说，“很想听您自己谈一谈。”

明肖夫也走到窗前，立刻讲起他的事来。他先是怯生生地瞧瞧副典狱长，随后胆子渐渐大起来。等到副典狱长走出牢房，到走廊里去吩咐什么事，他就毫无顾虑了。从语言和姿态上看，讲这个故事的是一个极其淳朴善良的农村小伙子。但在监狱里听一个身穿囚服的犯人亲口讲述，聂赫留朵夫觉得特别别扭。聂赫留朵夫一边听，一边打量着铺草垫的低矮床铺、钉有粗铁条的窗子、涂抹得一塌糊涂的又潮又脏的墙壁，以及这个身穿囚鞋囚服、受尽折磨的不幸的人，他那痛苦的神色和身子，心里觉得越来越难受。他不愿相信，这个极其善良的人所讲的事情是真的。他想到一个人平白无故被抓起来，硬给套上囚服，关在这个可怕的地方，就因为有人要恣意加以凌辱，他不禁感到心惊胆战。不过，想到万一这个相貌和善的人所讲的事只是欺骗和捏造，他就感到更加心惊胆战。事情是这样的：在他婚后不久，一个酒店老板就夺了他的妻子。他到处申诉告状。可是酒店老板买通了长官，官方就一直庇护他。有一次明肖夫把妻子硬拉回家，可是第二天她又跑了。于是他就上门去讨。酒店老板说他的妻子不在（他进去的时候明明看见她在里面），喝令他走开。他不走。酒店老板就伙同一名雇工把他打得头破血流。第二天，酒店老板的院子起火。明肖夫连同他的母亲被指控放火，其实他当时正在他教父家里，根本不可能放火。

“那你真的没有放过火吗？”

“老爷，我连这样的念头都不曾有过。准是那坏蛋自己放的火。据说，他刚刚保过火险。他却说我和我妈去过他家，还吓唬过他。不错，我那次把他大骂了一顿，我实在气不过。至于放火，确实没有放过。再说，起火的时候，我人也不在那里。他却硬说我和我妈在那里。他贪图保险费，自己放了火，还把罪名硬栽在我们头上。”

“真有这样的事吗？”

“老爷，我可以当着上帝的面说一句，这都是真的。您就算是我的亲爹吧！”他说着要跪下去。聂赫留朵夫好不容易才把他拦住。“您把我救出去吧，要不太冤枉了，我会完蛋的。”他继续说。

明肖夫的脸颊忽然哆嗦起来，他哭了。接着他卷起囚袍袖子，用肮脏的衬衫袖子擦擦眼睛。

“你们谈完了吗？”副典狱长问。

“谈完了。那么您不要灰心，我们一定努力想办法。”聂赫留朵夫说完，走了出去。明肖夫站在门口，因此看守关上牢门时，那门正好撞在他身上。看守锁门的时候，明肖夫就从门上的小洞往外张望。

53

聂赫留朵夫沿着宽阔的走廊往回走（正是吃午饭的时候，牢房门都开着），看见许多穿淡黄囚袍、宽大短裤和棉鞋的犯人仔细打量着他，不禁产生一种异样的感觉：又同情这些坐牢的人，又对那些关押他们的人感到恐惧和惶惑，又因为自己对这一切冷眼旁观而害臊。

在一条走廊里，有一个人穿着棉鞋“啪嗒啪嗒”地跑过。他跑进牢房，接着就有几个人从里面跑出来，拦住聂赫留朵夫，向他鞠躬。

“对不起，老爷，不知道该怎样称呼您才好，求您替我们做主。”

“我不是长官，我什么也不知道。”

“反正都一样，求您对哪位长官说一声，”一个人怒气冲冲地说，“我们什么罪也没有，可是已经给关了一个多月了。”

“什么？这怎么会？”聂赫留朵夫问。

“您瞧，就这么把我们关在牢里。我们坐了一个多月的牢，连自己也不知道为了什么。”

“是的，这是不得已，”副典狱长说，“这些人被捕是因为没有身份证，本应把他们送回原籍，可是那边的监狱遭了火灾，省政府来同我们联系，要求我们不把他们送回去。您瞧，其他各省的人都已遣送回去了，就剩下他们这批人。”

“怎么，就是因为这点儿事吗？”聂赫留朵夫在门口站住了，问。

一群人，大约有四十名光景，全都穿着囚服，把聂赫留朵夫和副典狱长团团围住。立刻就有几个人七嘴八舌地说起来。副典狱长制止他们说：“由一个人说。”

人群中走出一个五十岁上下的农民，个儿很高，相貌端正。他向聂赫留朵夫解释说，他们被驱逐和关押就因为没有身份证。其实身份证他们是有的，只是过期两个礼拜了。身份证过期的事年年都有，从来没有处分过人，今年却把他们当作罪犯，在这里关了一个多月。

“我们都是泥瓦匠，是同一个作坊的。据说省里的监狱烧掉了。可这又不能怪我们。看在上帝分上，您行行好吧！”

聂赫留朵夫听着，但简直没听清那个相貌端正的老人在说些什么，因为他一直注视着一只有许多条腿的深灰色大虱子，怎样在这个泥瓦匠的络腮胡子缝里爬着。

“这怎么会呢？难道就因为这点儿事吗？”聂赫留朵夫问副典

狱长。

“是的，这是长官们的疏忽，应该把他们遣送回乡才是。”副典狱长说。

副典狱长的话音刚落，人群中又走出一个矮小的人，也穿着囚袍，怪模怪样地撇着嘴，讲起他们平白无故在这里受尽折磨的情况。

“我们过得比狗还不如……”他说。

“喂，喂，别说废话，闭嘴，不然要你知道……”

“要我知道什么？”个儿矮小的人不顾死活地说，“难道我们有什么罪吗？”

“闭嘴！”长官一声吆喝，个儿矮小的人不作声了。

“这是怎么搞的？”聂赫留朵夫走出牢房，问着自己。那些从牢门里往外看和迎面走来的犯人，用几百双眼睛盯住他，他觉得简直像穿过一排用棍棒乱打的行刑队一样。

“难道真的就这样把一大批无辜的人关起来吗？”聂赫留朵夫同副典狱长一起走出长廊，说。

“请问有什么办法？不过有许多话他们是胡说的。照他们说来，简直谁也没有罪。”副典狱长说。

“不过，刚才那些人确实没犯什么罪。”

“那些人，就算是这样吧。不过老百姓都变坏了，非严加管制不可。有些家伙真是天不怕地不怕，可不好惹呢。喏，昨天就有两个人非处分不可。”

“怎么处分？”聂赫留朵夫问。

“根据命令用树条抽打……”

“体罚不是已经废止了吗？”

“褫夺公权的人不在其内，对他们还是可以施行体罚的。”

聂赫留朵夫想起昨天他在门廊里等候时见到的种种情景，这才明白那场刑罚就是在那时进行的。他心里觉得又好奇，又感伤，又困惑。这种心情使他感到一阵精神上的恶心，逐渐又变成近乎生理上的恶心。这种感觉以前虽也有过，但从没像现在这样强烈。

他不再听副典狱长说话，也不再往四下里张望，就急急地离开了走廊，往办公室走去。典狱长刚才在走廊里忙别的事，忘记派人去叫薇拉。直到聂赫留朵夫走进办公室，他才想起答应过他把她找来。

“我这就打发人去把她找来，您坐一会儿。”他说。

54

办公室共有两间。第一间里有一个炉膛凸出、灰泥剥落的大炉子和两扇肮脏的窗子。屋角立着一管给犯人量身高的黑尺，另一个角落挂着一幅巨大的基督像——凡是折磨人的地方总有这种像，仿佛是对基督教义的嘲弄。这个房间里站着几个看守。另一个房间里靠墙坐着二十来个男女，有的几人一起，有的两人一对，低声交谈着。窗口放着一张写字台。

典狱长坐在写字台旁，请聂赫留朵夫在旁边一把椅子上坐下。聂赫留朵夫坐下来，开始打量屋里的人。

首先吸引他注意的是一个相貌好看、穿短上装的青年，那青年站在一个上了年纪的黑眉毛女人面前，情绪激动地对她说着话，比着手势。旁边坐着一个戴蓝眼镜的老人，拉住一个穿囚衣的年轻女人的手，一动不动地听她对他讲着什么事。一个念实科中学的男孩，脸上现出惊惧的神色，眼睛一直盯住那个老人。离他们不远的角落里坐着一对情人。女的是个年纪很轻的姑娘，留着淡黄色短头发，模样可爱，容光焕发，身穿一件时髦连衣裙。男的是个漂亮的小伙子，生得眉清目秀，头发鬈曲，身穿橡胶短上衣。他们两人坐在屋角喁喁私语，显然陶醉在爱情里。最靠近写字台的地方坐着一个头发花白的女人，身穿黑色连衣裙，看样子是个母亲。她睁大一双眼睛，瞅着一个也穿橡胶上衣、样子像害痨病的青年。她想说话，可是喉咙被哽住，刚开口，就说不下去。那青年手里拿着一张纸，显然不知道该怎么办，只怒气冲冲地不住折叠和揉搓那张纸。他们旁边坐着一个身材丰满、脸色红润的姑娘，相貌好看，但生着一双暴眼睛，身穿灰色连衣裙，外加一件短披肩。她坐在哀哀哭泣的母亲旁边，温柔地摩挲着她的肩膀。这个姑娘身上什么都美：那白净的大手，鬈曲的短发，线条清楚的鼻子和嘴唇。不过她脸上最迷人的却是那双诚挚善良像绵羊一般的深褐色眼睛。聂赫留朵夫一进去，她那双好看的眼睛就从母亲的脸上移开，同他的目光相遇。但她立刻又扭过头去，对母亲说了些什么。离开那对情人不远的地方坐着一个皮肤黝黑的男人。他头发蓬乱，脸色阴沉，正气愤地对一个像是阉割派教徒的没有胡子的探监人说话。聂赫留朵夫坐在典狱长旁边，怀着强烈的好奇心观察着周围的一切。忽然有个剃光头的男孩走到他跟前，尖声问他说："您在等谁？"

聂赫留朵夫听到这话感到惊奇，他对男孩瞧了一眼，看见他脸色严肃老成，眼睛活泼有神，就一本正经地回答说在等一个熟识的女人。

"怎么，她是您的妹妹吗？"男孩子问。

"不，不是妹妹，"聂赫留朵夫奇怪地回答，"那么，你是跟谁一起到这儿来的？"他问那孩子。

"我跟妈妈在一起。她是政治犯。"男孩骄傲地说。

"玛丽雅·巴夫洛夫娜，您把柯里亚带去。"典狱长说，大概觉得聂赫留朵夫同男孩谈话是违法的。

玛丽雅·巴夫洛夫娜就是引起聂赫留朵夫注意的那个生有一双绵羊眼睛的好看姑娘。她站起来，挺直高高的身子，迈着像男人一样有力的大步，向聂赫留朵夫和男孩走去。

"他问了您什么话？您是谁呀？"她问聂赫留朵夫，微微笑着，信任地瞧着他的眼睛，神情那么坦率，看来她一定对谁都是这样朴实、亲切和友好。"他什么事都想知道。"她说，对着男孩露出和蔼可亲的微笑，男孩和聂赫留朵夫看见她的微笑也都忍不住笑了。

“是的，他问我来找谁。”

“玛丽雅·巴夫洛夫娜，不准跟外面人说话。这一点您是知道的。”典狱长说。

“好的，好的。”她说，用她白净的大手拉着一直盯住他看的柯里亚的小手，回到那个害痨病青年的母亲身边。

“这是谁家的孩子啊？”聂赫留朵夫问典狱长。

“一个女政治犯的孩子，是在牢里生下的。”典狱长用带点儿得意的口气说，似乎这是监狱里少见的奇迹。

“真的吗？”

“真的，他不久就要跟他母亲到西伯利亚去了。”

“那么这个姑娘呢？”

“我不能回答您的问题，”典狱长耸耸肩膀说，“喏，薇拉来了。”

55

薇拉身材矮小，又瘦又黄，头发剪得很短，生着一双善良的大眼睛，步态蹒跚地从后门走进来。

“哦，您来了，谢谢！”她握着聂赫留朵夫的手说，“您还记得我吗？我们坐下来谈吧。”

“没想到您现在会弄成这个样子。”

“嘿，我倒觉得挺好！挺好，好得不能再好了！”薇拉说，照例圆睁着她那双善良的大眼睛，怯生生地瞅着聂赫留朵夫，并且转动她那从又脏又皱的短袄领子里露出来的青筋毕露的黄瘦脖子。

聂赫留朵夫问她怎么落到这个地步。她就兴致勃勃地讲起她所从事的活动来。她的话里夹杂着"宣传""解体""团体""小组""分组"等外来语，显然认为这些外来语谁都知道，其实聂赫留朵夫却从来没有听到过。

薇拉把她的活动讲给他听，满心以为他一定很乐于知道民意党的全部秘密。聂赫留朵夫呢，瞧着她那细得可怜的脖子和她那稀疏的蓬乱头发，弄不懂她为什么要做这种事，讲这种事。他可怜她，但绝不像他可怜庄稼汉明肖夫那样，因为明肖夫是完全被冤枉关在恶臭的牢房里的。她最惹人怜悯的是她头脑里显然充满糊涂思想。她分明认为自己是个女英雄，为了他们事业的成功不惜牺牲生命。其实她未必能说清楚他们的事业究竟是怎么一回事，事业成功又是怎么一回事。

薇拉要对聂赫留朵夫讲的是这样一件事：她有一个女朋友，叫舒斯托娃，据她说并不属于她们的小组，五个月前跟她一起被捕，关在彼得保罗要塞，只因为在她家里搜出别人交给她保管的书籍和文件。薇拉认为舒斯托娃被拘禁，她要负一部分责任，因此要求交游广阔的聂赫留朵夫设法把她释放出狱。薇拉求聂赫留朵夫的另一件事，是设法替关押在彼得保罗要塞里的古尔凯维奇说个情，让他同父母见一次面，并且弄到必要的参考书，使他可以在狱中进行学术研究。

聂赫留朵夫答应回到彼得堡以后努力去办。

薇拉讲到她自己的经历时说，她在助产学校毕业后，就接近民意党，参加他们的活动。开头他们写传单，到工厂里宣传，一切都很顺利，但后来一个重要人物被捕，搜出了文件，其余的人也都被抓去了。

"我也被捕了，如今就要被流放出去……"她讲完了自己的事，"不过，这没什么。我觉得挺好，自己觉得心安理得。"她说着，惨然一笑。

聂赫留朵夫问起那个生有一双绵羊般眼睛的姑娘。薇拉说她是一个将军的女儿，早已加入了革命党，她被捕是因为主动承担枪击宪兵的罪名。她住在一个秘密寓所里，那里有一架印刷机。一天夜里警察和宪兵来搜查，住在里面的人决定自卫。他们熄了灯，动手销毁罪证。警察和宪兵破门而入，地下党中有人开了枪，一个宪兵受了致命伤。宪兵队审问是谁开枪，她就说是她开的，其实她一辈子没有拿过手枪，连蜘蛛也没有弄死过一只。罪名就这样定下来了。如今她就要去服苦役。

“真是个利他主义的好人……”薇拉称赞说。

薇拉要说的第三件事是关于玛丝洛娃的。她知道监狱里的一切事情，也知道玛丝洛娃的身世和聂赫留朵夫同她的关系。她劝聂赫留朵夫为她说情，把她转移到政治犯牢房，或者至少让她到医院里去当一名护士。现在医院里病人特别多，很需要护士。聂赫留朵夫谢谢她的好意，并说要努力照她的话去做。

56

典狱长站起来宣布，探监的时间到了，必须分手。聂赫留朵夫同薇拉的谈话就这样被打断了。聂赫留朵夫起身同薇拉告别，走到门口又站住，观察着眼前的种种景象。

“各位先生，时间到了，时间到了。”典狱长说，一会儿站起来，一会儿又坐下。

典狱长的要求只是使屋里的犯人和探监的人更加紧张，他们都不想分手。有些人站起来，但还是说个不停。有些仍坐着说话。有些在那里告别，哭泣。那个害痨病的青年同他母亲的会面特别叫人感动，他一直摆弄着那张纸，但脸色越来越激愤。他竭力克制感情，免得受他母亲情绪的影响。他母亲一听说要分手，就伏在他肩膀上，放声痛哭，不住地吸着鼻子。那个生有一双绵羊眼睛的姑娘——聂赫留朵夫不由得注意着她——站在哀哭的母亲旁边，劝慰着她。那个戴蓝眼镜的老头儿，拉住女儿的手站着，一面听她说话，一面连连点头。那对年轻的情人站起来，手拉着手，默默地瞧着对方的眼睛。

“瞧，只有他们两个才开心。”穿短上衣的青年，站在聂赫留朵夫身边，也像他那样冷眼旁观着，这时指着那对情人说。

这对情人——穿橡胶上衣的小伙子和浅黄头发、模样可爱的姑娘——发觉聂赫留朵夫和那个青年在看他们，就手拉着手，伸直胳膊，身子向后仰，一面笑，一面旋舞起来。

“今儿晚上他们在这儿，在监牢里结婚，然后她跟他一起到西伯利亚去。”那个青年说。

“他是什么人？”

“是个苦役犯。就让他们俩快活快活吧，要不在这儿听着那些声音实在太难受了。”穿短上衣的青年一边听着患痨病青年的母亲的啼哭，一边又说。

“各位先生！请吧，请吧！别逼得我采取严厉的措施。”典狱长再三说。“请吧，是的，请吧！”他有气无力地说。“你们这算什么呀？时间早就到了。这样可不行啊。我最后一次对你们说。”他没精打采地重复说，一会儿点上马里兰香烟，一会儿又把它熄灭。

那些纵容一些人欺凌另一些人而又无需负责的理由，不管多么冠冕堂皇，由来已久，司空见惯，典狱长显然还是不能不承认，在造成这一屋子人痛苦上他是罪魁祸首之一，因此心情十分沉重。

最后，犯人和探监的人纷纷走散：犯人往里走，探监的人向外道门走。男人们，包括穿橡胶上衣的，患痨病的和皮肤黝黑、头发蓬乱的，都走了；玛丽雅·巴夫洛夫娜带着在狱里出生的男孩也走了。

探监的人也都走了。戴蓝眼镜的老头儿迈着沉重的步子走出去，聂赫留朵夫也跟着他出去。

“是的，这里的情况真怪，”那个健谈的青年跟聂赫留朵夫一起下楼时说，仿佛他的话头刚被打断，此刻继续说下去，“还得谢谢上尉，他真是个好心人，不死扣规章制度，让大家谈一谈，心里也好过些。”

“难道在别的监狱里不能这样探监吗？”

“嗐，根本不行。得一个一个分开来谈，还得隔一道铁栅栏。”

聂赫留朵夫同那个自称梅顿采夫的健谈青年一边谈，一边下楼。这时，典狱长带着疲劳的神色走到他们跟前。

“您要见玛丝洛娃，请明天来吧。”他说，显然想对聂赫留朵夫表示殷勤。

“太好了！”聂赫留朵夫说着就急急地走了出去。

明肖夫无缘无故饱受煎熬，真是可怕。但最可怕的与其说是肉体上的痛苦，不如说是由于他眼看那些无故折磨他的人的残忍，心里产生困惑，因此对善和上帝不再相信。可怕的是那一百多个人没有一点儿罪，只因为身份证上有几个字不对，就受尽屈辱和苦难。可怕的是那些看守麻木不仁，他们折磨同胞兄弟，还满以为是在做一件重大有益的工作。不过，聂赫留朵夫觉得最可怕的还是那个年老体弱、心地善良的典狱长，他不得不拆散人家的母子和父女，而他们都是亲骨肉，就同他和他的子女一样。

“这究竟是为什么呀？”聂赫留朵夫问着自己，同时精神上感到极度恶心，又逐渐发展成为生理上的恶心。他每次来到监狱都有这样的感觉，但问题的答案始终没有找到。

57

第二天，聂赫留朵夫去找律师，把明肖夫母子的案件讲给他听，要求他替他们辩护。律师听完聂赫留朵夫的介绍，说要看一看案卷，又说事情要是确实像聂赫留朵夫所说的那样——这是很可能的——他愿意担任辩护，而且不取分文报酬。聂赫留朵夫顺便给律师讲了那一百三十人冤枉坐牢的事，并问他这事该由谁负责，是谁的过错。律师沉默了一下，显然在考虑怎样做出正确的回答。

"是谁的过错吗？谁也没有过错，"他断然说。"您去对检察官说，他会说这是省长的过错。您去对省长说，他会说这是检察官的过错。总之，谁也没有过错。"

"我这就去找玛斯连尼科夫，对他说去。"

"哼，这没有用，"律师笑嘻嘻地反对说，"那个家伙，是个……他不是你的亲戚或者朋友吧？他呀，我不客气说一句，是个笨蛋，又是个狡猾的畜生。"

聂赫留朵夫记起玛斯连尼科夫讲过律师的坏话，一言不发，跟他告了别，坐车去找玛斯连尼科夫。

聂赫留朵夫有两件事要求玛斯连尼科夫：一件是把玛丝洛娃调到医院去，一件是解决那一百三十名囚犯因身份证过期而坐牢的事。去向一个他瞧不起的人求情，虽然很难堪，但要达到目的，这是唯一的途径，他只得硬着头皮去做。

聂赫留朵夫乘车来到玛斯连尼科夫家，看见门口停着好几辆马车，有四轮轻便马车，有四轮弹簧马车，有轿车。他这才想起今天正好是玛斯连尼科夫夫人会客的日子，上次玛斯连尼科夫曾邀请他今天来他家。聂赫留朵夫到达这家公馆时，看见门口停着一辆轿车，一个帽子上钉有帽徽、身披短披肩的男仆正扶着一位太太走下台阶，准备上车。她提着长裙的下摆，脚穿便鞋，露出又黑又瘦的脚踝。聂赫留朵夫在停着的一排马车中认出柯察金家扯起篷的四轮马车。头发花白、脸色红润的马车夫毕恭毕敬地摘下帽子，向他这位特别熟识的老爷致意。聂赫留朵夫还没来得及问门房主人在什么地方，玛斯连尼科夫就出现在铺有地毯的楼梯上。他正好送一位贵客出来，因为那人的身份很高，他就不是把他送到梯台上，而是一直送到楼下。这位显要的军界客人一边下楼，一边用法语说市里举办摸彩会，为孤儿院募捐，这是太太小姐们做的一件有意义的事：“她们既可以借此机会玩一番，又可以募捐到钱。”

*“让她们快活快活，愿上帝保佑她们……啊，聂赫留朵夫，您好！*怎么好久没见到您了？”他向聂赫留朵夫招呼说。*“您去向女主人问个好*吧。柯察金一家也来了。*还有纳丁·布克斯海夫登也来了。全市的美人都来了。”*他一面说，一面微微耸起他那穿军服的肩膀，让他那个身着金绦制服的跟班替他穿上军大衣。*“再见，老兄！”*他又握了握玛斯连尼科夫的手。

“哦，上去吧，你来我真高兴！”玛斯连尼科夫兴奋地说，挽住聂赫留朵夫的胳膊，尽管他身体肥胖，还是敏捷地把聂赫留朵夫带上楼去。

玛斯连尼科夫所以特别兴奋，是那位显要人物对他另眼相看。玛斯连尼科夫在近卫军团供职，本来就接近皇室，经常同皇亲国戚交往，但恶习总是越来越厉害，上司的每次垂青总弄得玛斯连尼科夫心花怒放，得意忘形，就像一只温顺的小狗得到主人拍打、抚摩和搔耳朵那样，它会摇摇尾巴，缩成一团，扭动身子，垂下耳朵，疯疯癫癫地乱转圈子。玛斯连尼科夫此刻正处在这种状态。他根本没有注意聂赫留朵夫脸上严肃的神色，没有听他在说些什么，就硬把他拉到客厅里，聂赫留朵夫无法推辞，只得跟着他去。

“正事以后再说。只要你吩咐，我一定统统照办。”玛斯连尼科夫带着聂赫留朵夫穿过客厅说。“去向**将军夫人**通报一声，聂赫留朵夫公爵来了。”他一面走，一面对仆人说。那仆人就抢到他们前头，跑去通报。“你有事只要吩咐一声就行。但你一定得去看看我的太太。我上次没有带你去，挨过一顿骂了。”

等他们走进客厅，仆人已去通报了。安娜·伊格纳基耶夫娜，这位自称为将军夫人的副省长夫人，这时夹在长沙发周围的许多女帽和脑袋中间，满面春风地向聂赫留朵夫点头致意。客厅另一头有一张桌子，桌上摆着茶具，有几位太太坐在那里喝茶，旁边站着几个男人，有军人，也有文官，男女喧闹的说话声从那边不断传来。

“您到底来了！您为什么不愿意同我们来往啊？我们什么地方得罪您了？”

安娜·伊格纳基耶夫娜用这样的话来迎接客人，表示她同聂赫留朵夫的关系非常亲密，其实根本不是那么一回事。

“你们认识吗？认识吗？这位是别利亚夫斯卡雅太太，这位是契尔诺夫。请坐过来一点儿。”

“米西，您到我们这一桌来吧，茶会给您送过来的……还有您……”她对那个正在同米西谈话的军官说，显然忘记他的名字了，“请到这儿来。公爵，您用茶吗？”

“我说什么也不同意，说什么也不同意！她就是不爱他嘛！”一个女人的声音说。

“她只爱油煎包子。”

“您老是说无聊的笑话。”另一个头戴高帽、身着绸缎、浑身珠光宝气的太太笑着说。

“太美了，这种华芙饼干，又薄又松。您再给我们一点儿。”

“怎么样，您快走了吗？”

“今天是最后一天了，因此我们特地跑来。”

“春光可美啦，现在去乡下真是再好也没有了！”

米西戴着帽子，身上那件深色条纹连衣裙紧裹着她那苗条的腰肢，没有一点儿皱褶，仿佛她生下来就穿着这样的衣裳，显得十分美丽。她一看见聂赫留朵夫，脸就红了。

“我还以为您已经走了呢。”她对他说。

“差一点儿走了，”聂赫留朵夫说，“因为有事耽搁了。我到这儿来也是有事情。”

“您去看看妈妈吧，她很想见见您呢。”她嘴里这么说，心里明白这是在撒谎，而且他也懂得这一层，因此她的脸更红了。

“恐怕没有工夫了。”聂赫留朵夫冷冷地回答，竭力装作没有发觉她脸红。

米西生气地皱起眉头，耸耸肩膀，转身去同一个风度翩翩的军官周旋。那军官从她手里接过一只空茶杯，精神抖擞地把它放到另一张桌上，弄得身上的军刀不断碰撞圈椅。

“您也应该为孤儿院捐点儿钱哪！”

“我又没有拒绝，不过我想到摸彩会上让大家看看，我这人有多慷慨。到那时我一定要大显身手。”

“嗨，那您可得记住哇！”接着就发出一阵装腔作势的笑声。

这个会客日过得很热闹，安娜·伊格纳基耶夫娜更是兴高采烈。

“小米卡对我说过，您在忙监狱里的事。这一点我是很了解的，”她对聂赫留朵夫说（小米卡就是指她的胖丈夫玛斯连尼科夫），“小米卡可能有其他缺点，但您要知道，他这人心地真好。他待那些不幸的囚犯就像自己的孩子，他待他们就是这样的。他这人心地真好……”

她停住了，想不出适当的字眼儿来形容她丈夫的善良——事实上，抽打犯人的命令就是他发出的。接着她笑眯眯地招呼一个走进房来的满脸皱纹、头上扎着紫色花结的老太婆。

聂赫留朵夫为了不失礼，照例说了一些客套话，然后起身向玛斯连尼科夫那儿走去。

“那么，对不起，你能听我说几句吗？”

“哦，当然！你有什么事啊？我们到这儿来吧。”

他们走进一个日式小书房，在窗边坐下来。

58

“嗯，来吧，我听候吩咐。要抽烟吗？等一下，我们别把这地方弄脏了！”玛斯连尼科夫说着拿来一个烟灰碟。“嗯，你说吧，有什么事？”

“我有两件事要麻烦你。”

“原来如此。”

玛斯连尼科夫的脸色变得阴郁而颓丧了，那种像被主人搔过耳朵的小狗一样兴奋的神色顿时消失得踪影全无。客厅里传来谈话声，一个女人说：“我绝对不相信，绝对不相信。”客厅另一头有个男人重复说：“伏伦卓娃伯爵夫人和维克多·阿普拉克辛。”再有一个方向传来喧闹的说笑声。玛斯连尼科夫一面留神听着客厅里的谈笑，一面听着聂赫留朵夫说话。

“我还是为了那个女人的事来找你。”聂赫留朵夫说。

“哦，就是那个被冤枉判罪的女人吗？我知道，我知道。”

“我求你把她调到医院里去工作。据说，可以这么办。”

玛斯连尼科夫抿紧嘴唇，考虑起来。

“恐怕不行，”他说，“不过，我去同他们商量一下，明天给你回电。”

“我听说那里病人很多，需要护士。”

“好吧，好吧。不管怎么样，我都会给你回音的。”

“那么，费神了！”聂赫留朵夫说。

客厅里传来一阵哄笑声，听上去似乎不是装出来的。

“这是维克多在作怪，”玛斯连尼科夫笑着说，“他兴致好的时候，说话总是俏皮得很。”

“再有一件事，”聂赫留朵夫说，“现在监狱里还关着一百三十个人，他们没有什么罪，就因为身份证过期了。他们在那里已经关了一个月了。”

聂赫留朵夫就说明他们是怎样被关押的。

“你怎么知道这些事？”玛斯连尼科夫问，脸上忽然现出焦虑和恼怒的神色。

“我去找一个被告，他们在走廊里把我围住，要求我……”

“你找的是哪一个被告？”

“一个农民，他平白无故遭到控告，我替他请了一位律师。这且不去说它。难道那些人没有犯一点儿罪，只因为身份证过期就该坐牢吗？”

“这是检察官的事，”玛斯连尼科夫恼怒地打断聂赫留朵夫的话说，“这就是你所谓办事迅速、公平合理的审判制度。副检察官本来有责任视察监狱，调查在押人员是不是都合乎法律手续，可是他们什么也不干，只知道打牌。”

“那你就毫无办法吗？”聂赫留朵夫想起律师说过，省长会把责任往检察官身上推，老大不高兴地说。

“不，我会管的。我马上就去处理。”

“对她来说，这样更糟。*这个苦命的女人！*”客厅里传来一个女人的声音，她对刚刚讲的那件事显然漠不关心。

“那样更好，我把这个也带走。”另一头传来一个男人戏谑的声音，以及一个女人的嬉笑声，她似乎不肯把一件什么东西给他。

“不行，不行，说什么也不行！”女人的声音说。

“好吧，那些事让我去办吧，”玛斯连尼科夫用戴绿松石戒指的白手捻灭香烟，重复说，“现在我们到太太们那儿去吧。”

“对了，还有一件事。”聂赫留朵夫没有走进客厅，在门口站住说。“我听说昨天监牢里有人受了体罚。真有这样的事吗？”

玛斯连尼科夫脸红了。

“啊，你是说那件事吗？不，*老兄*，真不能放你到监狱里去，什么闲事你都要管。走吧，走吧，安娜在叫我们了。”他说着挽住聂赫留朵夫的胳膊，情绪又非常激动，就像刚才那位贵客光临时一样，但此刻不是兴高采烈，而是惊惶不安。

聂赫留朵夫从玛斯连尼科夫的臂弯里抽出胳膊，没有向谁告别，也没有说什么，脸色阴沉地穿过客厅和大厅，从站起来向他致意的男仆们面前经过，走到前厅，来到街上。

“他怎么了？你什么事得罪他了？”安娜问丈夫。

“他这是*法国人作风*。”有人说。

“这哪儿是*法国人作风，这是祖鲁人*[①]作风。”

“嗯，他向来是这样的。”

有人起身告辞，有人刚刚来到，叽叽喳喳的谈话在继续着。聂赫留朵夫的事便自然而然成了今天谈话的好话题。

聂赫留朵夫走访玛斯连尼科夫后的第二天，就收到他的来信。玛斯连尼科夫在一张印有官衔、打有火漆印的光滑厚信纸上字迹奔放地写道，关于把玛丝洛娃调到医院一事他已写信给医生，估计可以如愿以偿。信末署名是“热爱你的老同事玛斯连尼科夫”，而“玛斯连尼科夫”这个名字则是用花哨粗大的字体签署的。

“蠢货！”聂赫留朵夫忍不住说。从“同事”这两个字上特别感觉到玛斯连尼科夫对他有一种纡尊俯就的味道，表示他玛斯连尼科夫虽然担任着伤天害理的无耻职务，仍自以为是个要人。他自称是他的同事，即使不是有意奉承，至少也表示并未因自己名位显赫而目中无人。

---

① 非洲东南部一个民族。

59

有一种迷信流传很广，认为每一个人都有固定的天性：有的善良，有的凶恶，有的聪明，有的愚笨，有的热情，有的冷漠，等等。其实人并不是这样的。我们可以说，有些人善良的时候多于凶恶的时候，聪明的时候多于愚笨的时候，热情的时候多于冷漠的时候，或者正好相反。但要是我们说一个人善良或者聪明，说另一个人凶恶或者愚笨，那就不对了。可我们往往是这样区分人的。这是不符合实际情况的。人好像河流，河水都一样，到处相同。但每一条河都是有的地方河身狭窄，水流湍急，有的地方河身宽阔，水流缓慢，有的地方河水清澈，有的地方河水浑浊，有的地方河水冰凉，有的地方河水温暖。人也是这样。每一个人都具有各种人性的胚胎，有时表现这一种人性，有时表现那一种人性，他常常变得面目全非，但其实还是他本人。有些人身上的变化特别厉害。聂赫留朵夫就是这一类人。这种变化，有的出于生理原因，有的出于精神原因。聂赫留朵夫现在就处在这样的变化之中。

在法庭审判以后，在第一次探望卡秋莎以后，他体会到一种获得新生的庄严而欢乐的心情。如今这种心情已一去不返，代替它的是最近一次会面后产生的恐惧甚至嫌恶她的情绪。他决定不再抛弃她，也没有改变同她结婚的决心，只要她愿意的话，然而现在这件事却使他感到痛苦和烦恼。

在走访玛斯连尼科夫后的第二天，他又坐车到监狱去看她。

典狱长准许他同她会面，但不在办公室，也不在律师办事室，而是在女监探望室里。典狱长虽然心地善良，但这次对待聂赫留朵夫的态度不如上次热情。聂赫留朵夫同玛斯连尼科夫的两次谈话显然产生了不良后果，上级指示典狱长对这个探监人要特别警惕。

“见面是可以的，”典狱长说，“只是有关钱的事，请您务必接受我的要求……至于阁下写信提出要把她调到医院里去，那是可以的，医生也同意了。只是她自己不愿意，她说：‘要我去给那些病鬼倒便壶，我才不干呢……’您瞧，公爵，她们那帮人就是这样的。”他补充说。

聂赫留朵夫什么也没回答，只要求让他进去探望。典狱长派一个看守带他去，聂赫留朵夫就跟着他走进一间空荡荡的女监探望室。

玛丝洛娃已经在那里，她从铁栅栏后面走出来，模样文静而羞怯。她走到聂赫留朵夫跟前，眼睛不看他，低声说：“请您原谅我，德米特里·伊凡内奇，前天我话说得不好。”

“可轮不到我来原谅您……”聂赫留朵夫想说，但没有说下去。

“不过您还是离开我的好。”玛丝洛娃补充说，用可怕的目光斜睨了他一眼。聂赫留朵夫在她的眼睛里又看到了紧张而愤恨的神色。

“究竟为什么我得离开您呢？”

“就该这样。”

“为什么就该这样？”

她又用他认为愤恨的目光瞅了瞅他。

“嗯，说实在的，”她说。“您还是离开我吧，我对您说的是实话。我受不了。您把您那套想法丢掉吧！”她嘴唇哆嗦地说，接着沉默了一下。“我这是实话。要不我宁可上吊。”

聂赫留朵夫觉得，她这样拒绝，表示她因为他加于她的屈辱恨他，不能饶恕他，但也夹杂着一种美好而重要的因素。她这样平心静气地再次拒绝他，这就立刻消除了聂赫留朵夫心里的种种猜疑，使他恢复了原先那种严肃、庄重和爱怜的心情。

“卡秋莎，我原先怎么说，现在还是怎么说，”他特别认真地说，“我求你同我结婚。要是你不愿意，现在不愿意，那么，我继续跟着你，你被发送到哪里，我也跟到哪里。”

“那是您的事。我没有别的话要说了。”她说，嘴唇又哆嗦起来。

聂赫留朵夫也不作声，觉得说不下去了。

“我现在先到乡下去一下，然后上彼得堡，”他终于镇定下来说，“我将为您的事……为我们的事去奔走。上帝保佑，他们会撤销原判的。”

“不撤销也没有关系。我就算不为这事，也该为别的事受这个罪……”玛丝洛娃说，他看见她好容易才忍住眼泪。“那么，您看到明肖夫了吗？”她突然问，以此来掩盖自己的激动。“他们没有犯罪，是吗？”

“我想是的。”

“那个老太婆可好了！”她说。

聂赫留朵夫把从明肖夫那儿打听到的情况都告诉了她。他问她还需要什么，她回答说什么也不需要。

他们又沉默了。

“哦，至于医院的事，”她忽然用那斜睨的眼睛瞅了他一眼，说，“要是您要我去，那我就去。酒我也不再喝了……”

聂赫留朵夫默默地瞧了瞧她的眼睛。她的眼睛在微笑。

“那很好。”他只能说出这样一句话来，说完就同她告别了。

“是啊，是啊，她简直换了一个人了。”聂赫留朵夫想。他消除了原来的种种疑虑，产生了一种崭新的感觉，那就是相信爱的力量是不可战胜的。

玛丝洛娃在同聂赫留朵夫见面以后，回到臭气熏天的牢房里，脱下囚袍，坐到铺上，两手支住膝盖。牢房里只有几个人：那个原籍弗拉基米尔省、带着奶娃娃的患痨病女人，明肖夫的老母亲，以及道口工和她的两个孩子。诵经士的女儿昨天诊断有精神病，被送进了医院，其余的女人都洗衣服去了。老太婆躺在铺上睡觉；牢房门开着，几个孩子都在走廊里玩。弗拉基米尔省女人手里抱着孩子，道口工拿着只袜子，一面手指灵敏地不断编织着，一面走到玛丝洛娃跟前。

“嗯，怎么样，见到了？”她们问。

玛丝洛娃没有回答，坐在高高的铺上，晃动着两条够不到地的腿。

“你哭什么呀？”道口工说。“千万别灰心。哎，卡秋莎！说吧！”她两手敏捷地编织着。

玛丝洛娃没有回答。

“她们都洗衣服去了。据说，今天来了一大批捐献物品，送来的东西可多了！”弗拉基米尔省女人说。

“菲纳什卡！”道口工对着门外叫道，“这淘气鬼不知跑到哪儿去了。”

她说着抽出一根针，把它插在线团和袜子里，来到走廊里。

这时候，走廊里传来一片脚步声和女人说话声。住在这里的女犯都光脚穿着棉鞋，走进牢房，人人手里拿着一个白面包，有的还拿着两个。费多霞立刻走到玛丝洛娃跟前。

“怎么样，有什么事不顺心吗？”费多霞问，她那双明亮的浅蓝眼睛亲切地瞧着玛丝洛娃。“瞧，这是给我们当点心吃的。”她说着把白面包放到架子上。

“怎么，是不是他变卦了，不想同你结婚了？”柯拉勃列娃问。

“不，他没有变卦，是我不愿意，”玛丝洛娃说。“我就这样对他说了。”

“瞧你这个傻瓜！”柯拉勃列娃声音沙哑地说。

“是啊，既然不能住在一起，结婚还有什么意思呢？”费多霞说。

“那你的丈夫不是要跟你一块儿走吗？”道口工说。

“那有什么，我们是正式夫妻嘛，”费多霞说，“可他们，不能住在一起，那又何必结婚呢？”

“你自己才是傻瓜！何必结婚？要是他娶了她，就会让她过富日子了。”

“他说：‘不论你被发送到哪里，我都跟你到哪里。’”玛丝洛娃说。“他去就去，不去就不去。我可不求他。现在他上彼得堡奔走去了，那边的大臣全是他的亲戚，”她继续说，“不过我还是不需要他。”

“这个当然！”柯拉勃列娃忽然同意说，一面理着她的袋子，显然在想别的事。“咱们来喝点儿酒怎么样？”

“我不喝了，”玛丝洛娃回答，“你们喝吧。”

第二部

1

玛丝洛娃的案子可能过两星期后由枢密院审理。这以前，聂赫留朵夫打算先上彼得堡，万一在枢密院败诉，那就听从写状子律师的主意，去告御状。那个律师认为，这次上诉可能毫无结果，必须有所准备，因为上诉理由不够充足。这样，玛丝洛娃就可能随同一批苦役犯在六月上旬出发。聂赫留朵夫既已决定跟随玛丝洛娃去西伯利亚，在出发以前得做好准备，现在就需要先下乡一次，把那里的事情安排妥当。

聂赫留朵夫首先乘火车到最近的库兹明斯科耶去，他在那里拥有一大片黑土的地产，那是他收入的主要来源。他在那里度过童年和少年，成年后又去过两次。有一次他奉母命把德籍管家带到那里，同他一起检查农庄经营情况，因此他早就熟悉地产的位置，熟悉农民同账房的关系，也就是农民同地主的关系。农民同地主的关系，说得客气些，是农民完全依赖账房，说得直率些，是农民受账房奴役。这不是一八六一年废止的那种明目张胆的奴役，也就是一些人受一个主人的奴役，而是一切无地或少地的农民受大地主们的共同奴役，有时还受到生活在农民中间的某些人的奴役。这一点聂赫留朵夫知道，也不可能不知道，因为农庄经营就是以这种奴役为基础，而他又亲自过问过这种经营方式。不过，聂赫留朵夫不仅知道这一点，他还知道这种经营方式是不公平的，残酷无情的。早在学生时代，他就信奉亨利·乔治的学说并热心加以宣扬。当时他就知道这个问题。根据这个学说，他把父亲留给他的土地分赠给农民，认为今天拥有土地同五十年前拥有农奴一样都是罪孽。不错，他在军队生活，养成了每年挥霍近两万卢布的习惯。复员回来后，原先信奉的学说已被置诸脑后，对他的生活不再有约束力。他非但不再思考他对财产应抱什么态度，母亲给他的钱是从哪儿来的，而且竭力回避这些问题。不过，母亲去世后，他继承了遗产，开始管理财产，也就是管理土地，这些事又使他想到土地私有制的问题。要是在一个月以前，聂赫留朵夫会安慰自己说，要改变现行制度，他无能为力，庄园也不是他在管理。这样，他生活在远离庄园的地方，收取从那里汇来的钱，多少还能心安理得。但现在他已毅然做出决定：虽然他不久就将去西伯利亚，而且为了处理监狱里的各种麻烦问题，都需要花钱，他却不能再维持现状，而一定要加以改变，宁可自己吃亏。因此他决定自己不再经营土地，而是以低廉的租金出租给农民，使他们完全不必依赖地主。聂赫留朵夫反复拿地主同农奴主的地位进行比较，觉得地主不雇工种地而把土地租给农民，无异于农奴主把农民的徭役制改为代役租制。这样并不解决问题，但向解决问题迈出了一步，也就是压迫从比较粗暴的形式过渡到不太粗暴的形式。他就打算这样做。

聂赫留朵夫在中午时分到达库兹明斯科耶。他在生活上力求简朴，事先没有打电报回家，而在火车站雇了一辆双驾四轮马车。车夫是个小伙子，身穿黄土布长外套，腰身细长，腰身以下打褶裥的地方束着一根皮带。他照一般马车夫的习惯侧坐在驭座上，很高兴同车上的老爷攀谈。他们这样一攀谈，那匹衰老而又瘸腿的白色辕马和害气肿病的瘦骖马就可以一步一步慢慢走，那是它们求之不得的。

车夫讲起库兹明斯科耶的那个管家。他不知道车上坐的就是庄园主人。聂赫留朵夫有意不告诉他。

"好一个阔气的德国佬。"这个在城里住过、读过小说的马车夫说。他坐在驭座上，侧身对着车上的乘客，忽而握着长鞭的柄，忽而握着长鞭的梢，显然想说些文雅的话来炫耀他的知识："他买了一辆大马车，配上三匹草黄大马，带着太太一起兜风，嘿，好不威风！"他继续说，"冬天过圣诞节，他那所大房子里摆着一棵很大的圣诞树，我送客人到他家去看见的，还有电光灯呢。全省都找不到第二家！捞的钱真是多得吓死人！他没有什么事办不到，大权都在他手里嘛。据说他还买了一份好田产。”

聂赫留朵夫想，不管那德国人怎样管理他的庄园，怎样揩他的油，他都毫不在乎。但那个腰身细长的马车夫讲的话，却使他不快。他欣赏这美好的春光，眺望空中不时遮住太阳的浓云，看到春播作物的田野上到处都有农民的翻耕燕麦地，看到浓绿的草木上空飞翔着百灵鸟。树林里除了晚发的麻栎外都已盖上翠绿的萌芽，草地上散布着一群群牛马，田野上看得见耕作的农民。他看着看着，不禁心里又闷闷不乐起来。他问自己，究竟什么事使他烦恼？于是他想到车夫讲的那个德国人怎样在库兹明斯科耶主宰一切，为所欲为。

聂赫留朵夫抵达库兹明斯科耶后，着手处理事务，才克服了这种不愉快的情绪。

聂赫留朵夫查阅过账目，同管家谈了话。那管家直率地说，亏得农民缺少土地，他们的地又夹在地主的领地当中，因此地主占了很多便宜。聂赫留朵夫听了他的话，更打定主意，不再经营农庄，而把全部土地分给农民。通过查账和同管家谈话，他知道情况同过去一样，三分之二的好耕地是他的雇工直接用改良农具耕种的，其余三分之一土地雇农民耕种，每俄亩付五卢布，也就是说农民为了这五卢布，每俄亩土地就得犁三遍，耙三遍，播下种子，再要收割，打捆，或者把谷子送到打谷场。如果雇廉价的自由工人来做这些农活儿，每俄亩至少也得付十卢布工钱。农民从账房那儿取得必需的东西，都要按最贵价格折成工役来支付。他们使用牧场、树林和土豆茎叶，都得付工役，因此农民几乎个个都欠账房的债。这样，耕地以外的土地由雇来的农民耕种，地主所得的利益就比用五分利计算的地租收入还多四倍。

这些事聂赫留朵夫尽管早就知道，但现在听来却又觉得很新鲜。他感到惊奇的是，他们这些拥有土地的老爷怎么会看不到这种不合理的事。总管提出种种理由，认为把土地交给农民会损失全部农具，连四分之一的本钱都收不回来，又说农民会糟蹋土地，聂赫留朵夫交出土地会吃大亏。

但这些理由反而使聂赫留朵夫坚定了自己的信念，即把土地交给农民，使自己丧失大部分收入，正是做了一件好事。他决定趁这次回乡机会，把这件事办好。收获和出售已种下的粮食，把农具和不必要的房屋卖掉，这些事他让总管在他走后处理。现在他要总管召集库兹明斯科耶周围三村农民第二天来开会，向他们宣布自己的计划，并跟农民商定出租土地的租金。

聂赫留朵夫想到自己坚决抑制总管的意见，准备为农民做出牺牲，感到很愉快。他从账房出来，一面考虑当前要办的事，一面绕过正房，穿过如今荒芜的花圃（总管住宅前却新辟了一个花圃），走过蒲公英丛生的草地网球场，来到菩提树夹峙的小径。以前他常在这里散步，吸雪茄，三年前漂亮的基里莫娃到他母亲家来做客，还在这里同他调过情。聂赫留朵夫考虑了一下明天对农民大致要讲些什么话，然后去找总管，同他一面喝茶，一面商量清理全部田产的问题。他在这些事上定了心，才走到这座大宅邸里平时用作客房、这次为他收拾好的房间里。

这个房间不大，但很干净，墙上挂着威尼斯风景画，两个窗子中间挂着一面镜子。房间里放着一张清洁的弹簧床，一张小桌，桌上放着一个玻璃水瓶、一盒火柴和一个灭烛器。镜子旁边有一张大桌子，桌上放着他那只盖子打开的皮箱，箱子里露出他的化妆用品盒和随身带着的几本书：一本是研究刑法的俄文书，还有一本德文书和英文书，都是同一类内容。这次下乡，他想抽空阅读这几本书，但今天已经没有时间了。他要上床睡觉，明天早点儿起来，准备向农民说明他的计划。

房间的一角放着一把古色古香的红木镶花圈椅。聂赫留朵夫记得这把椅子原来放在母亲卧室里，如今一看到，不禁产生一种奇特的感情。他忽然很舍不得这座快要倒塌的房子，舍不得这个荒芜的花园，这片将被砍伐的树林，以及那些畜栏、马厩、工棚、机器和牛马。那些产业虽不是他置办的，但他知道都来之不易，而且好不容易才保存到今天。以前他觉得放弃那一切轻而易举，如今却又很舍不得，舍不得他的土地，舍不得他的一半收入——今后他很可能需要这些钱。于是立刻就有一种理论来支持这种感情，认为他把土地分给农民，毁掉他的庄园是愚蠢的，荒唐的。

“我不应该占有土地。我失去土地，就不能维持这个庄园。不过，如今我要到西伯利亚去，因此房子也好，庄园也好，都用不着了。”他心里有一个声音说。“这话固然不错，”他心里另一个声音说，“但是，第一，你不会在西伯利亚待一辈子。你要是结婚，就会有孩子。你完整无缺地接受这个庄园，以后你也得完整无缺地把它传给后代。你对土地负有责任。把土地交出去，把庄园毁掉，这都很容易，但重新创立这点儿产业可就难了。你首先得考虑你的生活，决定今后怎么过，据此再来处理你的财产。你的决心究竟有多大？再有，你现在这样做是不是真的出于良心？还是只做给人家看看，好在他们面前炫耀自己的德行？”聂赫留朵夫这样问自己。他不能不承认，人家对他的行为说长道短，会影响他的决定。他越想，问题越多，越不容易解决。为了摆脱这些思想，他在干净的床上躺下来，想好好睡一觉，到明天头脑清醒了，再来解决这些目前搅得他心烦意乱的问题。但他好久都睡不着觉，从打开的窗子里涌进清凉的空气，泻下溶溶的月光，传来一片蛙鸣，还夹杂着夜莺的鸣啭和啁啾——有几只在远处花园里，有一只就在窗下盛开的丁香花丛中。聂赫留朵夫听着夜莺的鸣啭和青蛙的聒噪，不禁想起了典狱长女儿的琴声。一想起典狱长，也就想起了玛丝洛娃，想起她说“您还是死了这条心吧”时，嘴唇不断地哆嗦，简直像鸣叫时的青蛙一般。于是那个德籍总管走下坡去捉青蛙。得把他拦住，但他不仅一个劲儿地走下坡去，而且变成了玛丝洛娃，还责备他说：“我是苦役犯，您是公爵。”“不，我不能让步，”聂赫留朵夫想着，惊醒过来，自问道，“我究竟做得对不对？我不知道，反正我也无所谓。无所谓。但该睡觉了。”他也顺着总管和玛丝洛娃走过的路往下滑，于是一切都消失了。

2

第二天早晨，聂赫留朵夫九点钟醒来。账房派来伺候老爷的年轻办事员，一听见他在床上翻身，就给他送来一双擦得锃亮的皮鞋和一杯清凉的矿泉水，并向他报告说，农民们正在集合拢来。聂赫留朵夫一骨碌从床上爬起来，头脑清醒了。昨天舍不得交出土地、清理庄园的心情已完全消失。此刻想到那种心情，反而觉得奇怪。他想到当前要办的事感到高兴和自豪。他从房间窗口望出去，看见蒲公英丛生的草地网球场。农民们遵照总管的命令聚集在那里。昨天黄昏青蛙拼命聒噪，怪不得今天天气阴晦。一早就下着温暖的濛濛细雨，没有风，树叶上、树枝上和青草上都滚动着水珠。从窗子里飘进来草木的芳香，还有久旱的泥土的气息。聂赫留朵夫一面穿衣服，一面几次三番往窗外张望，看农民纷纷集合到网球场上来。他们三二两两地走来，见面互相脱帽致意，拄着拐杖，站成一个圆圈。总管是个身强力壮、肌肉发达的年轻人，穿着一件安有绿色竖领和大纽扣的短上衣。他走来告诉聂赫留朵夫，人都到齐了，但可以让他们等一下，聂赫留朵夫不妨先喝点儿咖啡或红茶，这两样东西都已准备好了。

“不，我还是先去同他们见面。”聂赫留朵夫说，一想到马上就要同农民谈话，竟感到又胆怯又害臊。

他要满足农民们连想也不敢想的愿望——以低廉的地租分给他们土地，也就是说恩赐给他们，可他反而感到害臊。聂赫留朵夫走到农民面前，农民一个个脱下帽子，露出淡褐色的、鬈曲的和花白的头发，以及秃顶的脑袋，他忽然觉得十分狼狈，半天说不出话来。空中仍下着濛濛细雨，农民的头发上、胡子上和长袍绒毛上都是水珠。农民们望着老爷，等他开口，可是他却窘得一句话也说不出来。这种难堪的沉默由镇定沉着和刚愎自用的德国总管打破了，他自认为摸透了俄国农民的脾气，并且讲得一口漂亮的俄国话。这个吃得肥头胖耳、体格强壮的人，也像聂赫留朵夫一样，同满脸皱纹、身体枯瘦、肩胛骨从袍子里凸出来的农民形成了强烈的对比。

“听我说，现在公爵少爷要施恩给你们，要把土地交给你们自己种，可是说实在的，你们不配。”总管说。

“我们怎么不配，华西里·卡尔雷奇？难道我们没有替你干过活儿吗？我们一向很感激先夫人，愿她在天上平安。我们也很感激公爵少爷，他没有扔下我们。”一个喜欢饶舌的红头发农民说。

“我约你们来就是为了这件事。要是你们乐意，我打算把全部土地都交给你们。”聂赫留朵夫说。

农民都不作声，仿佛没有听懂他的话，或者不相信。

“把土地交给我们，您这是什么意思？”一个身穿腰部打褶长袍的中年农民说。

“就是租给你们，你们只要稍微付些租金就可以耕种。”

“这事太美了！”一个老头儿说。

“但租金要我们出得起才行。”另一个老头儿说。

“给土地还会不要吗！”

“种地是我们的本行，我们就是靠土地吃饭的！”

“这样您也省事些，只要收收钱就行，免得许多麻烦！”几个人同时说。

“麻烦都是你们弄出来的，”德国人说，“要是你们好好干活儿，能守规矩……”

“这我们可办不到，华西里·卡尔雷奇，”一个尖鼻子的瘦老头说，“你问我为什么把马放到田里，可谁存心把它放过？我从早到晚整天抡镰刀，干一天活儿好比干一年，夜里放马，免不了打个盹儿，马溜到你的燕麦田里，你就要剥我的皮！”

“你们应该守规矩。”

“守规矩，你说得倒轻巧，可我们做不到。”一个高个儿的中年农民说，他头发乌黑，满脸都是胡子。

“我早就对你们说过，要造一道围墙。”

“那你给我们木材，”一个外貌不扬的小个儿农民插嘴说。“我原来就想用木头围起来，可你却把我关进牢里，喂了三个月虱子。嘿，这就叫造围墙！”

“究竟是怎么一回事？”聂赫留朵夫问总管。

“村子里的头号小偷。”总管用德语说。“他年年在树林里偷树，都被人逮住。你要先学会尊重别人的财产。”总管说。

“难道我们还不尊敬你吗？”老头儿说。“我们不能不尊敬你，因为我们都捏在你的手心里，你要我们长就长，要我们短就短。”

“嗨，老兄，人家是不会欺负你们的，只要你们不欺负人家就是了。”

“哼，‘人家是不会欺负你们的’！去年夏天你打了我一记耳光，打了就打了，还有什么话说呢！跟有钱人没法讲道理，这是明摆着的事。”

“你做事只要守法就是了。”

就这样展开了一场舌战。交战双方都不太明白他们在争些什么，说些什么。只见一方满腔怒火，但因恐惧而有所克制；另一方明白自己地位优越，大权在握。聂赫留朵夫听着他们的争吵，心里很难受，他竭力想使大家回过来谈正经事，商定地租和付款期限。

“那么土地的事怎么办？你们愿意不愿意？要是把全部土地交给你们，你们出什么价钱？”

“东西是您的，价钱得由您定。”

聂赫留朵夫定了一个价钱。尽管他定的价钱比附近一带的租金要低得多，农民们还是嫌高，就开始还价。聂赫留朵夫原以为他定的价钱人家会高高兴兴接受，不料谁也没有表现出丝毫满意的样子。聂赫留朵夫断定他定的价钱对他们有利，因为在谈到由谁来承租的时候——是由全村农民来承租，还是成立一个合作社来承租——农民分成两派，争论得很激烈。一派是想把劳动力弱、付款困难的农民排挤在外，另一派就是那些被排挤的农民。最后亏得总管出力，才讲定了价钱和付款期限。于是农民们就吵吵闹闹地走下山坡，回村子里去，聂赫留朵夫则同总管一起到账房去拟订租约。

聂赫留朵夫的愿望和计划都实现了：农民得到了土地，付的租金比附近一带要低三成；他自己从土地上所得的收入几乎减少了一半，但对他还是绰绰有余，何况他卖掉树林、出售农具都有进款。看来一切都顺顺当当，但聂赫留朵夫总觉得有点儿羞愧。他看到，农民中间尽管有人对他说了一些感激的话，他们并不满足，而是指望更多的好处。结果是他自己吃了大亏，却还没有使农民满足。

第二天，在家里订了租契，签了字。聂赫留朵夫在几个推选出来的老农护送下，怀着事情没有办完的惆怅心情，坐上总管那辆被出租马车夫称为阔气的三驾马车，同那些脸上现出困惑神色、不满意地摇头的农民告了别，直奔火车站。聂赫留朵夫对自己很不满意，至于什么事不满意，他自己也说不上来，但一直觉得闷闷不乐，感到羞愧。

3

聂赫留朵夫乘车离开库兹明斯科耶，来到两位姑妈让他继承的庄园，也就是他认识卡秋莎的地方。他很希望像在库兹明斯科耶那样处理这里的地产。此外，他还想尽量打听一下卡秋莎的事，以及她和他的孩子的情况：那个孩子是不是真的死了？他是怎么死的？他一早来到巴诺伏。他的马车驶进庄园，使他触目惊心的，首先是全部建筑物特别是正房那种衰败荒凉的景象。原来的绿铁皮屋顶，好久没有油漆，已锈得发红；有几块铁皮卷了边，多半是被暴风雨掀起的。正房四周的护墙板，有的已被人撬走，主要是那些钉子生锈、容易撬掉的地方。前门廊和后门廊都已朽烂倒塌，只剩下梁架。特别是后门廊，他记得尤其清楚。有几个窗子由于玻璃损坏已钉了木板。原来管家住的厢房还有厨房和马厩，都已破旧，色泽灰暗。唯独花园没有衰败，更加葱茏繁茂，枝叶扶疏，百花争艳；从墙外就可以看见樱花、苹果花和李子花盛开，白花花一片仿佛天上的浮云。编成篱笆的丁香也像十二年[①]前一样盛开，那年聂赫留朵夫曾和十六岁的卡秋莎一起玩捉人游戏。他在这丁香花丛里跌了一跤，被荨麻刺伤了。当年索菲雅姑妈在正房旁边种的一棵落叶松，小得像木橛子，如今已长大成材，枝条上长满了柔软的黄绿色松针。河水在两岸之间奔流，流到磨坊的水闸上，哗哗地往下冲去。对岸草地上放牧着农家毛色斑驳的牛马。管家是个没有毕业的神学校学生，他笑吟吟地在院子里迎接聂赫留朵夫，笑吟吟地请他到账房里去，又笑吟吟地走到隔板后面，仿佛用这样的笑容表示将有什么特殊的事在等着他。隔板后面有人在叽叽喳喳地谈话，随后又沉默了。马车夫领到酒钱后，叮叮当当地把车赶出院子，接着周围又静了下来。过了一会儿，有一个穿绣花衬衫的姑娘从窗外跑过，她赤着脚，耳朵上挂着绒球当耳环。一个农民跟在她后面跑过，大靴子的铁钉在踩实的地面上发出叮叮的响声。

聂赫留朵夫坐在窗口，望着花园，听着各种声音。从双扉小窗子里飘进来春天的清新空气和翻耕地的泥土香，风轻轻地吹动他汗滋滋的额上的头发和放在刀痕累累的窗台上的便条纸。河上传来娘儿们噼里啪啦的捣衣声，此起彼落，融成一片，飘荡在阳光灿烂的河面上。磨坊那边传来流

① 原文是十四年前，卡秋莎的年龄是十八岁，看来同上下文有矛盾。毛德英文译本改成十二年前，卡秋莎的年龄改成十六岁，比较符合全书情节，这里也仿毛德英文译本做了改动。

水倾泻的匀调声音。一只苍蝇从聂赫留朵夫耳边飞过，发出惊恐的响亮的嗡嗡声。

聂赫留朵夫忽然想起，很久以前，当他年纪很轻、心地还很单纯的时候，也在这儿，在磨坊有节奏的喧闹声中，听见河上的捣衣声；春风也是这样吹动他湿润的额上的头发和刀痕累累的窗台上的便条纸；而且也有这样的一只苍蝇惊恐地从他耳边飞过。他不仅想起了十八岁时的情景，而且觉得自己像当年一样朝气蓬勃，心地单纯，胸怀大志，但又觉得像梦景一样不可能重现，他感到无比惆怅。

“老爷，您什么时候吃饭哪？”管家微笑着问。

“随您的便，我不饿。我到村子里去走走。”

“您是不是先到房子里看看？房子里我都收拾得整整齐齐了。您去看看吧，要是外表上……”

“不，以后再看，请您先告诉我，你们这里有没有一个叫玛特廖娜的女人？”

玛特廖娜就是卡秋莎的姨妈。

“有，当然有，就住在村子里，我真拿她没有办法。她卖私酒。我知道这事，揭发过她，训斥过她，可是到官府告她，又不忍心：年纪大了，妇道人家，又有孙儿孙女。”管家说，脸上一直挂着微笑，想讨好东家，又满心相信东家看事情都同他一样。

“她住在哪里？我想去找找她。”

“住在村子尽头，从村边数起第三家。左边是一所砖房，她的小屋就在砖房后面。最好还是让我送您去。”管家快乐地笑着说。

“不用了，谢谢您，我自己找得着的。倒是要请您通知那些农户，叫他们来开个会，我要同他们谈谈土地的事。”聂赫留朵夫说。他打算也像在库兹明斯科耶那样，在这里同农民们处理好事情，而且最好今天晚上就办完。

4

聂赫留朵夫走出大门，遇见一个农家姑娘。她身穿花花绿绿的围裙，耳朵上挂着绒球，迅速地迈动两只厚实的光脚板，穿过车前草和独行菜丛生的牧场，沿着一条踩实的小径跑来。她左胳膊拼命在胸前来回甩动，右胳膊紧搂住一只红毛公鸡，把它贴在肚子上，正要回家。那公鸡晃动血红的鸡冠，仿佛很镇定，只转动两只眼珠，时而伸出一只黑腿，时而又缩回去，爪子不时抓住姑娘的围裙。姑娘走近老爷身边，放慢了脚步。她走到他面前，停住脚步，脑袋往后一昂，向他鞠了个躬。直到他过去了，她才抱着公鸡往前走。聂赫留朵夫下坡来到水井那儿，遇见一个背有点儿驼的老太婆，身穿一件肮脏的粗布衫，挑着一担沉甸甸的装满水的木桶。老太婆小心翼翼地把两只水桶放下来，也像姑娘那样把脑袋往后一昂，对他鞠了个躬。

过了水井就是村子。天气晴朗炎热，上午十点钟就闷热得厉害，空中的浮云只偶尔遮住太阳。整条街上都弥漫着浓烈而并不难闻的畜粪味，有的是从大车上山经过的平坦坚实的路上飘来的，但主要还是从各家院子耙松的畜粪堆里冒出来的。聂赫留朵夫正好走过各家大门敞开的院子。有几个农民光着脚板，裤子和布衫上溅满粪汁，赶着大车上坡。他们不时回头望望身材魁伟的老爷，看他头上戴着灰色礼帽，缎子的帽箍在阳光下闪闪发亮，手里拄着光亮的银头曲节手杖，每走两步就拿手杖往地上一点，上坡往村子走来。那些从大田里赶着空车回来的农民，坐在驭座上颠个不停，看见街上走着这么一个与众不同的人，都向他脱帽致敬。农妇们走到大门外，或者站在台阶上，对他指指点点，目送他走过。

聂赫留朵夫走到第四户人家的大门口，停住脚步，让一辆吱吱嘎嘎响的大车从院子里驶出来。这辆大车装着畜粪，堆得很高，拍打得很结实，上面铺着一张供人坐的蒲席。一个五六岁的男孩跟在大车后面，兴高采烈地等着坐车。一个年轻的农民脚穿树皮鞋，迈着大步，把马赶出门外。一匹蓝灰色长腿马驹从大门里窜出来，看见聂赫留朵夫，吓了一跳，身子贴紧大车，腿蹭着车轮，窜到母马前面。那母马刚把大车拉到门外，低声嘶鸣着，显得心神不宁。后面还有一匹马，由一个精神矍铄的瘦老头儿牵出来。这老头也光着脚板，穿着条纹裤和肮脏的长布衫，隆起尖尖的肩胛骨。

等马匹上了撒满仿佛烧焦的灰黄色粪块的大路，老头又回到大门口，对聂赫留朵夫鞠了个躬。

"你是我们那两位小姐的侄儿吧？"

"是的，我是她们的侄儿。"

"欢迎欢迎。你是不是来看看我们哪？"老头儿兴致勃勃地说。

"对了，对了。那么，你们过得怎么样？"聂赫留朵夫回答，不知道该说什么才好。

"我们过的是什么日子啊！糟得不能再糟了。"饶舌的老头儿连忙拖长声音说。

"怎么会这样糟呢？"聂赫留朵夫一面走进大门，一面问。

"这算是什么日子啊？糟得不能再糟了。"老头儿一面说，一面跟着聂赫留朵夫走进院子，来到敞棚下畜粪已经铲掉的地方。

聂赫留朵夫也来到敞棚底下。

"你瞧，我一家老少有十二口呢！"老头儿继续说，指着两个手拿大叉、头巾滑下来的女人，她们站在还没有出清的粪堆上，满头大汗，裙摆掖在腰里，露出半截溅满粪汁的腿肚。"月月都得买进六普特粮食，可是哪来的钱哪？"

"难道自己打的还不够吃吗？"

“自己打的？！”老头儿冷笑一声说，“我的地只能养活三口人，还吃不到圣诞节。”

“那你们怎么办呢？”

“我们就这么办：一个孩子送出去做长工，又向府上借了点儿钱。不到大斋节就用光了，可是税还没有缴呢！”

“税要缴多少？”

“我们一户每四个月得缴十七卢布。唉，老天爷，这年头，自己都不知道该怎么对付！”

“可以到你们屋里看一下吗？”聂赫留朵夫说，穿过院子，从那已经铲除畜粪的地方走到用大叉翻过、冒出强烈味儿的红棕色畜粪上。

“当然可以，请吧！”老头儿说。他迅速迈动脚趾缝里冒出粪汁的两只光脚，跑到聂赫留朵夫前头，给他打开小屋的门。

那两个农妇理好头巾，放下裙摆，露出好奇而恐惧的神情，瞧着袖口钉着金纽子的整洁的老爷走进来。

两个小姑娘，身穿粗布衫，从小屋里跑出来。聂赫留朵夫弯下腰，脱去帽子，进了门廊，接着又走进弥漫着食物酸味的肮脏小屋。小屋里放着两台织布机。炉灶旁站着一个老太婆，卷起袖子，露出两条又黑又瘦、青筋毕露的胳膊。

“瞧，东家少爷看我们来了。”老头说。

“哦，那太高兴了！”老太婆放下卷起的袖子，亲切地说。

“我要看看你们日子过得怎么样。”聂赫留朵夫说。

“我们日子过得怎么样？你就瞧吧。这小房子眼看就要倒了，说不定哪天会压死人。可老头子还说这房子挺不错。你看，这就是我们的天地，”大胆的老太婆神经质地晃动着脑袋说，“马上就要开饭了。我得喂饱那些干活儿的人。”

“你们吃些什么呀？”

“吃什么？我们的伙食好得很。第一道是面包下克瓦斯[①]，第二道是

---

① 家庭自制的饮料。

克瓦斯下面包。”老太婆露出蛀掉一半的牙齿，笑着说。

“不，您别开玩笑，让我看看你们今天吃些什么。”

“吃什么？”老头儿笑着说，“我们的伙食并不讲究。你给他看看，老婆子。”

老太婆摇摇头。

“你想看看我们庄稼人的伙食吗？老爷，我看你这人太仔细了，什么事都想知道。我说过，面包下克瓦斯，还有菜汤，昨天婆娘们送来几条鱼。喏，这就是菜汤，吃完汤就是土豆。”

“没有别的了？”

“还能有什么呢，最多在汤里加一点儿牛奶。”老太婆笑着说，然后抬起眼睛望着门口。

房门开着，门廊里挤满了人，男孩、女孩、怀抱婴儿的女人都挤在门口，瞅着这个察看庄稼人伙食的怪老爷。老太婆显然因为能同老爷周旋感到很得意。

“是啊，老爷，我们的日子糟得很，真是糟得很。”老头儿说。“你们跑来干什么！”他对站在门口的人嚷道。

“好吧，再见了！”聂赫留朵夫说，觉得又窘迫又羞愧，但他自己也不知道是什么缘故。

“多谢您来看望我们！”老头儿说。

门廊里的人互相挤紧，给聂赫留朵夫让路。聂赫留朵夫来到街上，沿着斜坡往上走。两个赤脚的男孩跟着他从门廊里出来，一个年纪大些，穿一件脏得要命的白衬衫；另一个穿一件窄小的褪色粉红衬衫。聂赫留朵夫回头对他们瞧了瞧。

“你这会儿到哪儿去？”穿白衬衫的男孩问。

“去找玛特廖娜，”他说，“你们认识她吗？”

穿粉红衬衫的小男孩不知怎地笑起来，可是岁数大些的那个一本正经地反问道：“哪一个玛特廖娜？是很老的那一个吗？”

“对了，她很老了。”

“哦——哦，”他拖长声音说，“那是谢梅尼哈，她住在村子尽头。我们带你去。走，费吉卡，我们带他去。”

“那么马怎么办？”

“那不要紧！”

费吉卡同意了。他们三人就一起沿着街道往坡上走。

5

聂赫留朵夫觉得同孩子们一起比同大人一起自在得多。他一路上同他们随便聊天。穿粉红衬衫的小男孩不再笑，却像那个大孩子一样懂事地说话。

“那么，你们村里谁家最穷啊？”聂赫留朵夫问。

“谁家穷？米哈伊拉穷，谢苗·玛卡罗夫穷，还有玛尔法也穷得要命。”

“还有阿尼霞，她还要穷。阿尼霞连母牛都没有一头，他们在要饭呢。”小费吉卡说。

“她没有牛，但他们家总共才三个人，可玛尔法家有五个人呢。”大孩子反驳说。

“可阿尼霞到底是个寡妇哇！”穿粉红衬衫的男孩坚持自己的意见。

“你说阿尼霞是寡妇，人家玛尔法也同寡妇一样，”大孩子接着说，“同寡妇一样，她丈夫不在家。”

“她丈夫在哪里？”聂赫留朵夫问。

"蹲监牢，喂虱子。"大孩子用老百姓惯常的说法回答。

"去年夏天他在东家树林里砍了两棵小桦树，就被送去坐牢。"穿粉红衬衫的男孩赶紧说。"到如今都关了有五个多月了，他老婆在要饭，还有三个孩子，一个害病的老太婆。"他详详细细地说。

"她住在哪儿？"聂赫留朵夫问。

"喏，就住在这个院子里。"男孩指着一所房子说。房子前面有一个非常瘦小的淡黄头发男孩，那孩子生着一双罗圈腿，身子摇摇晃晃，站在聂赫留朵夫走着的那条小路上。

"华西卡，你这淘气鬼，跑到哪儿去了？"一个穿着脏得像沾满炉灰的布衫的女人从小屋里跑出来，大声叫道。她神色惊惶地跑到聂赫留朵夫前面，一把抱起孩子就往屋里跑，仿佛怕聂赫留朵夫会欺负他似的。

这就是刚才说到的那个女人，她的丈夫因为砍伐聂赫留朵夫家树林里的小桦树而坐牢。

"那么，玛特廖娜呢，她穷吗？"聂赫留朵夫问，这时他们已经走近玛特廖娜的小屋：

"她穷什么？她在卖酒。"穿粉红衬衫的瘦男孩断然回答。

聂赫留朵夫走到玛特廖娜小屋跟前，把两个孩子打发走，自己走进门廊，又来到屋子里。玛特廖娜老婆子的小屋只有六俄尺长，要是高个子躺到炉子后面的床上，就无法伸直身子。聂赫留朵夫心里想："卡秋莎就是在这张床上生了孩子，后来又害了病的。"玛特廖娜的整个小屋几乎被一架织布机占满。老婆子和她的孙女正在修理织布机。聂赫留朵夫进门时，头在门楣上撞了一下。另外两个孩子紧跟着东家冲进小屋，小手抓住门框，站在他后面。

"你找谁？"老婆子因织布机出了毛病，心里很不高兴，怒气冲冲地问。再说，她贩卖私酒，见了陌生人就害怕。

"我是地主。我想跟您谈谈。"

老婆子不吭声，仔细对他瞧了瞧，脸色顿时变了。

"啊呀。我的好人儿，我这傻瓜可没认出你来呀，我还以为是什么过路人呢！”玛特廖娜装出亲热的口气说。“哎哟，我的好老爷呀……”

“我想跟您单独谈谈，最好不要有外人在场。”聂赫留朵夫望着打开的门说。门口站着几个孩子，孩子后面站着一个瘦女人，她手里抱着一个脸色苍白的娃娃，那娃娃十分虚弱，但一直笑嘻嘻的，头上戴着一顶碎布缝成的小圆帽。

“有什么好看的，我来让你们知道厉害，把拐杖给我！”老婆子对站在门口的人嚷道。“把门关上，听见没有！”

孩子们都走了，抱娃娃的女人把房门关上。

“我正在琢磨，这是谁来了？原来是老爷，是我们的金子宝贝，百看不厌的美男子！”老婆子说。“你怎么光临我们这个穷地方了，也不嫌这儿脏。啊，你真像金刚钻一样好看！来吧，老爷，这儿坐，就坐在这个矮柜上吧，”她说着用围裙擦擦矮柜，“我还以为是哪个鬼溜进来了，原来是东家，是好老爷，是恩人，是养活我们的好人。你可得原谅我这老糊涂，是我瞎了眼了。”

聂赫留朵夫坐下来。老婆子站在他面前，右手托住脸颊，左手抓住尖尖的右臂肘，用唱歌一般的声音讲起来：

“老爷，你也见老了。想当年你真是棵鲜嫩鲜嫩的牛蒡，可是现在呢，简直认不出来了！你准是太操心了。”

“我是来向你打听一件事的，你还记得卡秋莎·玛丝洛娃吗？”

“卡吉琳娜吗？怎么不记得，她是我的外甥女……怎么不记得，我为了她流过多少眼泪，流过多少眼泪！那件事我全知道。我的老爷，谁在上帝面前没有作过孽？谁在皇上面前没有犯过法？年轻人嘛，就是这样的，再加上喝了咖啡红茶，就让魔鬼迷了心窍。要知道，魔鬼可厉害了。有什么办法呢！你又没有把她扔掉，你赏了她钱，给了她整整一百卢布。可她干了什么啦？她就是糊涂，没有头脑。她要是听了我的话，也就会过日子了。她虽是我的外甥女，我得直说，这姑娘不走正道。我后来给她安排了一个多好的差使，可她不听话，竟然骂起东家来了。难道我们这等人可以骂老爷吗？嗐，人家就把她辞掉了。后来又到林务官家里干，日子本来也过得去，可她又不干了。”

“我想打听下那孩子的情况。她不是在您这儿生了个孩子吗？那孩子在哪儿？”

“当年为了那娃娃我费了不少心思，我的好老爷。她那时病得可厉害，我料想她再也起不了床了，我就照规矩给孩子受了洗，把他送到育婴堂。嗯，做母亲的眼看就要死了，何必叫这小宝贝的灵魂受罪呢。换了别人，就会把娃娃撂下不管，也不会给他吃，让他死去算了。可我想还是花点儿力气，把他送育婴堂吧。好在还有几个钱，就打发人把他送了去。”

“有登记号码吗？”

“号码是有的，可他当时就死了。她说刚一送到，他就死了。”

“她是谁？”

“就是住在斯科罗德诺耶村的那个女人，她专干这个行当，她叫玛拉尼雅，现在死了。这女人可聪明啦，干得挺灵巧！人家把娃娃送到她家里，她就收下来养在家里，喂他吃。喂了一阵子，另外凑几个再送去。咳，我的好老爷！等凑满三四个，一起送去。她干这事可聪明了：先做一个大摇篮，好像双层床，上上下下都装娃娃。摇篮上还有把手。她就这样一下子装四个娃娃，让他们脚对着脚，脑袋不挨着脑袋，免得相碰，这样一次就送走四个。她还用几个假奶头塞在娃娃嘴里，这样他们就不吵了。”

“后来怎么样？”

“后来，卡吉琳娜的娃娃就这么被送走了。她在家里把他养了两个礼拜的样子。那娃娃在她家里就害病了。”

“那娃娃长得好看吗？”聂赫留朵夫问。

“好看极了，再也找不着比他更好看的娃娃了。长得跟你一模一样。”老太婆一只眼睛眨了眨，说。

“他怎么会这样弱？多半是喂得很差吧？”

“哪里谈得上喂！只不过做做样子罢了。这也难怪，又不是自己的孩子，只要送到的时候活着就行。那女人说刚把他送到莫斯科，他就断气了。她连证明都带回来了，手续齐备，真是个聪明女人。”

关于他的孩子，聂赫留朵夫就只打听到这些。

6

聂赫留朵夫在小屋的门楣上和门廊的门楣上又接连碰了两次头，才来到街上。穿白衬衫的、穿灰衬衫的、穿粉红衬衫的几个孩子都在门外等他。另外有几个孩子也凑到他身边来。还有几个抱婴儿的女人也在等他，包括那个不费劲地抱着头戴碎布小圆帽、脸色苍白的娃娃的瘦女人。这娃娃的脸像个小老头儿，但一直现出古怪的微笑，摆动着痉挛的大拇指。聂赫留朵夫知道这是一种痛苦的笑容。他打听这个女人是谁。

“她就是我对你说的那个阿尼霞。”岁数大些的男孩说。

聂赫留朵夫转身招呼阿尼霞。

“你的日子过得怎么样？”他问，“你靠什么过活？”

“怎么过活吗？要饭！”阿尼霞说着哭起来。

模样像小老头儿的娃娃整个脸上浮起微笑，同时扭动两条像蚯蚓一般的细腿。

聂赫留朵夫掏出皮夹子，给了那女人十个卢布。他还没有走上两步，另一个抱娃娃的女人就追上他，然后是一个老太婆，接着又是一个女人。她们都说自己穷，要求周济。聂赫留朵夫把皮夹子里的六十卢布零钱都散发掉，十分忧郁地走回家，也就是回到管家的厢房。管家笑眯眯地迎接他，告诉他农民将在傍晚集合。聂赫留朵夫向他道了谢，不去房间，而走到花园里，在撒满白色苹果花瓣、杂草丛生的小径上徘徊，思索着刚才见到的种种情景。

厢房周围先是静悄悄的，但过了一会儿，聂赫留朵夫听见管家房里有两个女人愤怒的争吵声，偶尔还夹杂着管家含笑的平静声音。聂赫留朵夫留神倾听。

“我已经精疲力竭了，你为什么还要撕下我脖子上的十字架[①]？”一个女人的愤怒声音说。

“你要知道，它刚闯进去，”另一个女人的声音说。“我说，你还给我吧。你何必折磨牲口，还害得我孩子没有牛奶吃！”

“你得赔钱，或者做工来抵偿。”管家若无其事地回答。

聂赫留朵夫走出花园，来到住房的台阶前，那里站着两个披头散发的女人，其中一个怀了孕，看样子快分娩了。管家身穿帆布大衣，双手插在口袋里，站在门口台阶上。两个女人一看见东家，就不作声，动手理理头上的头巾；管家从口袋里抽出手，脸上浮起了微笑。

事情是这样的：据管家说，农民常常故意把小牛甚至奶牛放到东家草场上。现在，这两个农妇的两头奶牛就在草场上被捉住，赶到这里来了。管家要罚每头奶牛三十戈比，或者做两天工抵偿。两个农妇再三说，第一，她们的奶牛是偶然闯进来的；第二，她们没有钱；第三，她们即使答应做工抵偿，也要求先立刻放还这两头牛，因为它们一早就在太阳底下烤，没有吃过一点儿饲料，正在那里可怜地哞哞叫。

“我向你们提过多少次了，”管家一面笑嘻嘻地说，一面回头瞧瞧聂赫留朵夫，仿佛要请他做见证似的，“要是你们回家吃午饭，一定得把牲口看好。”

“我刚跑开去看看我的娃娃，那些畜生就走掉了。”

“你既然在放牛，就不能随便走掉。”

“那么叫谁去喂娃娃呢？总不能要你去喂奶吧。”

“要是牲口真的踩坏了草场，那我们也没有话说，可是它刚跑进去。”另一个女人说。

---

① 基督徒常戴十字架，到死才脱下。这里的意思就是：“你为什么要逼我死？”

“整个草场都被踩坏了，”管家对聂赫留朵夫说，“要是不处分她们，将来一点儿干草都收不到。”

“哎，别造孽了！”怀孕的女人叫道，“我的牲口从来没有被人捉住过。”

“喏，这会儿可捉住了，你要么罚款，要么做工抵偿。”

“得了，做工就做工，你快把牛放了，别把它饿死了！”她恶狠狠地嚷道。“人家没日没夜地干。我婆婆害病，我丈夫只知道灌酒，我一个人里里外外忙个没完，力气都使光了，你还要逼人家做工，也不怕罪过！”

聂赫留朵夫叫管家把牛放了，自己走到花园里继续想心事，但现在已没有什么可想的了。他觉得事情一清二楚，因此弄不懂像这样清楚的问题人家怎么看不出，他自己又怎么这样长久一直没有看出来。

“老百姓纷纷死亡，他们对死已不当一回事，因为经常有人死亡。儿童夭折，妇女从事力不胜任的繁重劳动，食品普遍不足，尤其老年人缺乏吃的东西。老百姓一步一步落入这种悲惨的境地，他们自己却没有发觉，也不怨天尤人。而我们就认为这种状况历来如此，理所当然。”现在他十分清楚，老百姓知道并经常指出，他们贫困的主要原因是他们唯一能用来养家活口的土地被地主霸占了。他十分清楚，儿童和老人纷纷死亡，因为他们没有牛奶吃，而之所以没有牛奶吃，是因为他们没有土地放牧牲口，又收不到粮食和干草。他十分清楚，老百姓的全部灾殃，或者说老百姓遭殃的主要原因，就是他们赖以生存的土地不在他们手里，而在那些享有土地所有权，因此靠老百姓劳动过活的人手里。老百姓极其需要土地，由于缺地而死去，但土地又靠他们耕种，从土地上收获的粮食又被卖到国外去，这样地主就可以给自己买礼帽、手杖、马车、青铜摆件等东西。这一点聂赫留朵夫十分明白，就像不放马到牧场上去吃草而把它们关在围墙里，它们吃光围墙里的草就会消瘦，就会饿死一样……这种现象真是太可怕了，再也不能这样继续存在下去，必须设法消灭，至少自己不能参与其事。“我一定要想出个办法来，”他在最近一条桦树夹峙的小径上徘徊，同时想，“各种学术团体、政府机关和报纸都在讨论老百姓贫穷的原因和改善他们生活的办法，唯独忽略那种切实可靠的办法，那就是不再从他们手里夺走他们必需的土地。”他清楚地想起亨利·乔治[①]的基本原理，想起当年他对它的信奉，弄不懂自己怎么会把它忘记得一干二净。“土地不能成为私有财产，不能成为商品，就像水、空气和阳光一样。人人都有权享用土地，享用土地提供的一切利益。”现在他才恍然大悟，为什么他想到处理库兹明斯科耶土地的办法，就感到害臊。他在欺骗自己。他明明知道谁也无权占有土地，却还要肯定自己享有这种权利。他把一部分土地收益送给农民，但在灵魂深处知道他是没有这个权利的。今后他不打算再这样做，并且要改变库兹明斯科耶的那套办法。他心里拟定了一个方案，把土地交给农民，收取租金，并规定地租是农民的财产，由他们自己支配，缴纳税款和用作公益事业。这不是单一税[②]，但在现行制度下是最接近单一税的办法。不过主要是他放弃了土地所有权。

他回到房子里，看见管家笑得特别高兴，请他吃午饭，还说什么他担心妻子在那个耳朵上戴绒球的侍女帮助下做的菜会煮得太烂，烤得太熟。

桌上铺着一块粗桌布，上面放着一块绣花手巾代替餐巾。桌上摆着一个撒克逊古瓷汤盆，盆耳已断，盆里盛着土豆鸡汤——那只时而伸出这条黑腿、时而伸出那条黑腿的公鸡已被切成块，上面还留着些鸡毛。吃完汤以后，下道菜还是那只连毛都烤焦的公鸡。然后是加了大量奶油和砂糖的煎奶渣饼。这些菜虽然并不可口，聂赫留朵夫还是吃了下去，根本没留意他在吃些什么。他正在专心致志地思索，把他从村子里带回来的烦恼都忘记了。

神色慌张、耳朵上戴绒球的姑娘每次上菜，管家的妻子总要从门缝往里张望，而管家则一直以他妻子的烹饪手艺而扬扬得意，笑得更欢了。

饭后，聂赫留朵夫好容易使管家坐定下来。为了看看自己的想法是否对头，同时也想对人家说说自己感兴趣的问题，他就对管家讲了把土地

① 亨利·乔治（1839年—1897年）——美国资产阶级经济学家。

② 亨利·乔治主张土地单一税，宣扬由资产阶级国家把土地收归国有，把地租变成交给国家的赋税。这里原文是英语。

交给农民的方案，并且征求他的意见。管家笑笑，装出一副似乎早就想到过这问题的样子，并且乐于听取聂赫留朵夫的意见。其实他对这个方案可说是一窍不通。这倒不是因为聂赫留朵夫没有讲清楚，而是因为根据这个方案，聂赫留朵夫必须为别人的利益而放弃自己的利益。管家头脑里有一个根深蒂固的信条，那就是人人都在损人利己。现在聂赫留朵夫竟主张土地的全部收益应成为农民的公积金，管家就以为可能是有些话他没有听懂。

“我懂了，就是说这笔公积金的利息归您收取，是不是？”管家满面堆笑地说。

“绝对不是。您要明白，土地不能成为私有财产。”

“这话很对！”

“因此土地上的收益应归大家共享。”

“这样一来，您岂不是没有收入了？”管家收起笑容说。

“我就是不要。”

管家深深地叹了一口气，又笑了。现在他明白了，聂赫留朵夫这人头脑有毛病。于是他就研究聂赫留朵夫放弃土地的方案，看能不能从中找到对他有利的东西，并且断定聂赫留朵夫放弃土地，他做管家的一定能捞到好处。

不过，当他明白没有这样的可能时，他对方案就不再感兴趣，并且只是为了讨好东家，脸上才保持笑容。聂赫留朵夫看到管家不理解他，就放他走了，自己则在刀痕累累、墨迹斑斑的桌旁坐下来，动手起草他的方案。

太阳已落到新叶翠绿的菩提树后面，蚊群飞进屋里，不住叮着聂赫留朵夫。他刚写完方案草稿，就听见村子里传来牲口的叫声、吱嘎的开门声，以及来开会的农民的谈话声。聂赫留朵夫对管家说，不必叫农民到账房来，他决定亲自到农民集合的院子里去。聂赫留朵夫匆匆喝完管家端给他的一杯茶，就往村子里走去。

7

村长的院子里人声鼎沸，但聂赫留朵夫一到，农民们就停止谈话，并且像在库兹明斯科耶那样纷纷脱下帽子。这里的农民比库兹明斯科耶的农民要穷得多。村里的姑娘和婆娘耳朵上都戴着绒球，男人则几乎个个穿着树皮鞋、土布衫和老式长外衣。有几个光着脚板，只穿一件衬衫，仿佛刚干完活儿回来。

聂赫留朵夫提起精神，开始讲话。他向农民们宣布，他打算把土地都交给他们。农民都不作声，脸上表情也毫无变化。

“因为我认为，”聂赫留朵夫涨红了脸说，“不种地的不应该占有土地，而且人人都有权使用土地。”

“这个当然。这话说得很对。”几个农民响应说。

聂赫留朵夫又说，土地的收入应该大家平分，因此他建议他们接受土地，付出他们自己定的价钱作为公积金，这笔公积金今后仍归他们享用。又传出一片称赞声，但农民们严肃的脸色却越来越严肃了，原来瞅着东家的眼睛都垂了下去，仿佛看穿了他的诡计，谁也不愿上当，但又不愿使他难堪。

聂赫留朵夫讲得相当明白，农民也都是懂事的，但这会儿他们不理解他的话。他们无法理解他的话，就同管家无法理解他的话一样。他们深信，维护自己利益是人类的本性。这一点不容怀疑。他们通过祖祖辈辈的经验知道，地主总是以损害农民的利益来维护自己的利益的。因此，要是地主把他们召集拢来，向他们提出什么新办法，那准是想用更狡猾的手段来欺骗他们。

“那么，你们打算定个什么价钱使用土地呢？”聂赫留朵夫问。

“怎么要我们来定价钱？我们可不能定。地是您老爷的，权柄在您老爷手里。”人群中有人回答。

“不，这些钱将来都要用在你们村社的公益事业上。”

“这我们不能定。村社是村社，钱是钱。”

“你们要明白，”管家跟在聂赫留朵夫后面，想把问题解释得更清楚，含笑说，“公爵老爷把土地交给你们，要你们出一笔钱，但这笔钱又当作你们的本钱，供村社使用。”

“这号事我们太明白了，”一个牙齿脱落的老头儿没有抬起眼睛，怒气冲冲地说，“这事有点儿像银行，到时候就得付钱。我们不来这一套，因为我们已经够苦的了，再来这一套，非得破产不可。”

“这一套用不着。我们还是照老规矩办吧！”有几个人发出不满意的、甚至粗鲁的声音。

聂赫留朵夫提出要立一个契约，他将在上面签字，他们也得签字。他们听了，反对得更加激烈。

“签字干什么？以前我们怎样干活儿，以后还是怎样干活儿。要来这一套干什么？我们都是大老粗，没有文化。”

“我们不同意，因为这一套弄不惯。以前怎么办，以后也怎么办。只要种子能取消就好了！”几个人异口同声地说。

所谓取消种子，就是说，照现行规矩，在对分制的农田上种子应由农民出，现在他们要求种子由地主出。

“这么说，你们拒绝这个办法，不愿接受土地啰？”聂赫留朵夫对一个年纪不老、容光焕发的赤脚农民说。这个农民身穿破旧的老式长外衣，弯着左胳膊，把他那顶破帽子举得特别直，就像士兵听到脱帽的口令拿着帽子那样。

“是，老爷。”这个农民说，显然还没有改掉士兵的习惯，一听到口令，就好像中了催眠术。

“这么说，你们的地够种啦？”聂赫留朵夫说。

“不，老爷。”这个退伍士兵装出快乐的神气回答，竭力把他那顶破帽子举在前面，仿佛要把它奉送给愿意要的人。

“嗯，你们还是把我的话好好琢磨琢磨吧！”聂赫留朵夫感到困惑不解，把他的建议又说了一遍。

“我们没什么好琢磨的，我们怎么说就怎么做。”脸色阴沉、牙齿脱落的老头儿怒气冲冲地说。

“我明天还要在这儿待一天。你们要是改变主意，就派人来同我说。”

农民们什么也没有回答。

聂赫留朵夫就这样一无所获，回到账房里。

“我老实对您说吧，公爵，”聂赫留朵夫同管家回到家里，管家说，“您同他们是谈不拢的，这些老百姓顽固得很。开起会来，他们总是固执得要命，谁也说不服他们。他们什么事情都有顾虑。那些庄稼汉，白头发的也好，黑头发的也好，尽管不同意你的办法，可人都挺聪明。他们到账房里来，你只要请他们坐下来喝杯茶，”管家笑嘻嘻地说，“一谈起来，真是海阔天空，头头是道，活像一位大臣。可是一来开会，就换了个人，咬定一点，死不改口……”

“那么，能不能找几个最明白事理的农民到这儿来，”聂赫留朵夫说，“我想给他们详细解释解释。”

“这个行。”管家笑嘻嘻地说。

“那么就请您约他们明天来一下。”

“这都好办，我召集他们明天来就是了。”管家说，更加欢畅地笑了笑。

“瞧，他这人真鬼！”一个皮肤黝黑、胡子蓬乱的庄稼汉摇摇晃晃地骑着一匹肥马，对旁边那个身穿破旧老式长外衣、又老又瘦的庄稼汉说。那个庄稼汉所骑的马，腿上的铁绊索叮当作响。

这两个庄稼汉夜里到大路上放马，纵容他们的马溜到地主的树林里吃草。

“‘你只要签个字，我就把土地白白送给你。’哼，他们捉弄咱们还不够吗！不成，老兄，办不到，如今我们也学乖了。”他接着说，同时叫唤一匹离群的周岁马驹，“小驹子，小驹子！”他想把马驹叫住，可是回头一看，马驹不在后面，而是往斜里闯到草场上去了。

“瞧你这狗杂种，溜到东家草场上去了。”皮肤黝黑、胡子蓬乱的庄稼汉听见那匹离群的马驹一面嘶鸣，一面在露珠滚滚、野草芳香的洼地上奔跑，踩得酸模嚓嚓发响，这样说。

“你听见吗？草场上都长满杂草了，到了休息日得打发娘儿们到对分制田里去锄草，”穿破旧老式长外衣的瘦庄稼汉说，“要不然镰刀都会割坏的。”

“他说‘你签个字吧’，”胡子蓬乱的庄稼汉继续评论东家的话，“你一签字，他就会把你一口活活吞下肚子去。”

“这话一点儿不错！”年纪老的那一个应和说。

他们不再说什么，只听得坚硬的大路上响起得得的马蹄声。

8

聂赫留朵夫回到家里，发现他们已把账房收拾干净供他过夜。账房里有一张高大的床，铺着鸭绒垫子，放着两个枕头，还有一条厚得卷不拢的大红双人被子，绗得很细密，带有花纹，大概是管家妻子的嫁妆。管家请聂赫留朵夫吃中午剩下的饭菜，但聂赫留朵夫谢绝了。管家对伙食粗劣和设备简陋表示歉意，然后告辞，把聂赫留朵夫一个人留在房间里。

农民们的拒绝并没有使聂赫留朵夫感到丝毫困惑。正好相反，尽管库兹明斯科耶的农民接受他的建议并再三向他道谢，而这里的农民却不信任他，甚至对他抱着敌意，他却觉得心情平静而快乐。账房里又闷又脏。聂赫留朵夫走到户外，想到花园里去，可是一想到那个夜晚，想到侍女房间的窗户，想到后门廊，他就不愿再到那些被犯罪的往事所玷污的地方去。他又坐在门廊里，吸着那充满桦树嫩叶浓香的温暖空气，久久地眺望着暮色苍茫的花园，谛听磨坊汩汩的流水声、夜莺的鸣啭和门廊附近灌木丛里一只小鸟的单调叫声。管家窗子里的灯光熄灭了。东方，在仓房后面，初升的月亮倾泻出一片银光。空中的闪电越来越清楚地照亮鲜花盛开的蓊郁花园和颓败的房子。远处传来雷声，三分之一的天空被乌云遮住。夜莺和其他鸟类都停止了鸣叫。在磨坊的流水声中传来鹅的嘎嘎声。然后在村子里，在管家院子里，早醒的公鸡开始啼叫——每逢雷雨交加的闷热夜晚，它们总是叫得特别早。俗话说：夜晚过得好，公鸡啼得早。对聂赫留朵夫来说，那个夜晚不止过得好。对他来说，那是个欢乐幸福的夜晚。他那时还是个纯洁的少年，在这里度过了一个幸福的夏天，种种情景如今都历历在目。他觉得现在不仅同当年一样快活，而且同一生中最美好的时光一样幸福。他不仅记得，而且重新体验到，在十四岁那年他向上帝祷告，祈求上帝向他揭示真理。他还记得，小时候怎样伏在妈妈膝盖上，哭着向她告辞，答应她永远做个好孩子，决不使她伤心。他还记得小时候同尼科连卡·伊尔捷涅夫一起说定，他们将互相帮助过高尚的生活，并尽力为一切人谋幸福。

这会儿，他想起他在库兹明斯科耶经受的诱惑：他留恋他的房子、树林、农庄和土地。如今他问自己：他是不是还舍不得那些东西？他甚至觉得奇怪，他居然会留恋那些东西。他想起白天见到的种种景象：那带着几个孩子而失去丈夫的女人，她的丈夫就是因为砍伐他聂赫留朵夫家树林里的树木而坐牢的；还有那荒唐的玛特廖娜，她居然认为或者至少口头上说：像她们那种女人理应充当东家的情妇；还有她对待孩子的态度，以及把孩子送往育婴堂的办法；那个头戴小圆帽、样子像小老头儿、不住地苦笑的不幸孩子，因为吃不饱而奄奄一息；那个怀孕的瘦弱女人，因为劳累过度，没有看好饥饿的奶牛而被迫为他白白做工。他又想到了监狱、阴阳头、牢房、恶臭和镣铐，同时也想到了自己的以及京城里全体贵族穷奢极欲的生活。事情一清二楚，不容怀疑。

一轮近乎圆满的明月从仓房后面升起，院子里铺满了乌黑的阴影，破房子的铁皮屋顶都被照得闪闪发亮。

一只夜莺沉默了一阵，似乎不愿辜负这皎洁的月光，又在花园里鸣啭起来。

聂赫留朵夫想起他怎样在库兹明斯科耶开始考虑自己的生活，决定今后该做些什么和怎样做。他想起他怎样被这些问题困住，无法解决，因为他对每个问题都顾虑重重。现在他又向自己提出这些问题，发现它们都很简单，不禁感到奇怪。所以变得简单，因为他现在不再考虑对他将有什么后果，甚至对这些问题不感兴趣，而只考虑照道理应该怎么办。说也奇怪，应该为自己做些什么，他简直毫无主意，可是应该为别人做些什么，他却一清二楚。现在他明白，必须把土地交给农民，因为保留土地是很可恶的。他明白，不应该撇下卡秋莎，而应该帮助她，不惜任何代价向她赎罪。他明白，必须研究、分析、理解一切同审判和刑罚有关的问题，因为他看出一些别人没有看出的事。这一切会有什么后果，他不知道，但他明白，不论是第一件事，还是第二件事，还是第三件事，他都非做不可。这种坚强的信念使他感到快乐。

乌云逼近了。现在看见的已不是远处朦胧的电光，而是照亮整个院子、破屋和倒塌门廊的明亮闪电。雷声在头上隆隆震响。鸟雀都已停止鸣叫，但树叶却飒飒地响起来，风一直吹到聂赫留朵夫坐着的门廊里，吹动了他的头发。大颗的雨点一滴一滴地落下来，敲打着牛蒡叶子和铁皮屋顶。一道明晃晃的闪电照亮整个天空，刹那间万籁俱寂。聂赫留朵夫还没来得及从一数到三，一声霹雳就在头上打响，接着空中隆隆地滚过一阵响雷。

聂赫留朵夫走进屋里。

“真的，真的，”他想，“我们生活中的一切事情，这些事情的全部意义，我不理解，也无法理解。我为什么有两个姑妈？为什么尼科连卡死了，而我却活着？为什么世界上会有一个卡秋莎？我怎么会对她疯疯癫癫？为什么要发生那场战争？后来我怎么过起放荡的生活来？要理解这一切，理解主的全部事情，我无能为力。但执行深铭在我心灵的主的意志，那是我力所能及的。这一点我毫不怀疑。我这样做，自然就心安理得。”

滴滴答答的小雨已变成倾盆大雨，雨水从屋顶上流下来，哗哗地落到一个木桶里；闪电照亮院子和房屋，但不那么频繁了。聂赫留朵夫回到屋里，脱下衣服，躺到床上，但担心有臭虫，因为肮脏的破墙纸很可能藏着臭虫。

“是的，我不是东家而是仆人。”他这样想，心里感到高兴。

他的担心是有道理的。他刚一熄灯，小虫就来咬他了。

“交出土地，到西伯利亚去，西伯利亚有的是跳蚤、臭虫、肮脏……那有什么了不起，既然得受这种罪，我也受得了。”不过，尽管有这样的心愿，他还是受不了这个罪。他起来坐到打开的窗口，欣赏着渐渐远去的乌云和重新露面的月亮。

9

聂赫留朵夫直到下半夜才睡着，因此第二天醒得很迟。

中午，七名被推选出来的庄稼汉应管家的邀请来到苹果园的苹果树下。管家安排了一张桌子和几条长凳，都是用木桩打进地里，再铺上木板搭成的。聂赫留朵夫和管家费了不少口舌才使农民戴上帽子，在板凳上坐下。那个退伍的士兵今天包着干净的包脚布，穿一双干净的树皮鞋，特别恭敬地把他那顶破帽子举在胸前，仿佛送丧一般。直到那个肩膀宽阔、相貌端正的老农戴上他的大帽子，紧了紧崭新的土布长外衣，走到长凳旁坐下，其余的人才学着他的样儿，戴上帽子，落座了。这个老农留着花白的鬈曲大胡子，活像米开朗琪罗塑造的摩西[①]，他那光秃的前额被太阳晒得发黑，周围生着花白的鬈发。

等大家都坐好，聂赫留朵夫也在他们对面坐下来，臂肘搁在桌上，面前摆着一张纸，他就根据纸上的提纲开始说明他的方案。

不知是因为今天农民少一些呢，还是因为聂赫留朵夫不计较个人得失而关心大家的事，他今天并不感到心慌意乱。他自然而然地主要对肩膀宽阔、留花白大胡子的老农说话，看他赞成还是反对。但聂赫留朵夫对他估计错了。这个相貌端正的老农虽然有时也赞同地点点他那具有家长气派的端庄的头，有时听到别人的反驳就皱着眉摇摇头，其实他不太懂得聂赫留朵夫的话，往往要等别的农民用他们自己的话解释一番，他才明白。倒是坐在他旁边的一个小老头儿比较懂聂赫留朵夫的话。这个小老头儿瞎了一只眼睛，脸上几乎没有胡子，身穿一件打过补丁的土黄布紧身外衣，脚上套着一双后跟磨歪的旧皮靴。聂赫留朵夫后来知道他是个砌炉匠。这个小老头儿迅速地动着眉毛，留神倾听，立刻把聂赫留朵夫的话翻译一遍。那个身材矮壮、留着雪白大胡子、一双机灵的眼睛炯炯有神的老头儿也很能领会他的话，并且找各种机会插几句嘴嘲弄东家，借此卖弄自己的小聪明。退伍士兵看样子也很懂事，可惜长期的士兵生活使他头脑迟钝，而士兵的习惯又使他讲起话来叫人摸不着头脑。对这事态度最认真的是那个声音低沉、鼻子很长、蓄有一撮山羊胡子的高个子。他穿着一件干净的土布衣服和一双新树皮鞋，完全懂得聂赫留朵夫的话，而且非不得已不开口。还有两个老头儿——一个就是昨天在会上坚决反对聂赫留朵夫一切建议的

---

① 米开朗琪罗（1475年—1564年）——意大利雕塑家、画家、建筑师。《摩西》是他的著名雕塑。据《圣经》记载，摩西是古代犹太人领袖。

牙齿脱落的老头儿；另一个老头儿个儿很高，头发全白，相貌和善，瘸腿，两只瘦脚用雪白的包脚布裹着，外套一双农民靴子——几乎没有开过口，虽然一直很用心地听着。

聂赫留朵夫首先说明他对土地所有制的看法。

“照我看，”他说，“土地不能买进，也不能卖出。如果可以买卖，那么有钱人就可以买进全部土地，他们就可以凭土地使用权任意夺取没有土地的人的东西。你哪怕在地上站一下，他们也要向你收钱。”他引用斯宾塞的理论补充说。

“只有一个办法，就是把他的翅膀捆起来，看他还能不能上天。”留花白大胡子的老头眼睛含笑说。

“这话说得不错！”长鼻子老头声音低沉地说。

“是，老爷。”退伍的士兵说。

“有个婆娘给她的奶牛割点儿草，就被抓起来，送去坐牢。”相貌和善的瘸腿老头说。

“我们自己的地在五俄里外。租地又贵得要命；付了地租，本钱都捞不回来，”牙齿脱落的老头儿怒气冲冲地补充说，“人家要我们长就长，要我们短就短，比劳役制还糟。”

“我同你们想的一样，”聂赫留朵夫说，“我认为占有土地是罪孽，所以我要把土地交出去。”

“嗯，这可是好事！”留摩西式鬈曲大胡子的老头儿说，显然以为聂赫留朵夫想出租土地。

“我来就是为了这事。我不想再占有土地了，现在就是要考虑一下，土地应该怎么分。”

“把地交给庄稼汉，不就成了吗？”牙齿脱落、怒容满面的老头儿说。

聂赫留朵夫觉得这句话含有怀疑他的诚意的味道，乍一听来叫人很不舒服。但他立刻镇静下来，赶紧说完自己要说的话。

“我是乐意交的，”他说，“可是交给谁？怎么交？交给哪些庄稼汉？还有，为什么要交给你们村社而不交给杰明斯科耶村社？”（这是邻近一个村，那里份地很少。）

大家都不作声，只有退伍士兵说了一句：“是，老爷。”

“那么，好吧，”聂赫留朵夫说，“你们倒说说，要是皇上说把地主的地都拿过来，分给农民……”

“难道真有这样的事吗？”牙齿脱落的老头儿说。

“没有，皇上什么也没有说。这只是我说的：要是皇上说，把地主的地都拿来交给农民，你们怎么办？”

“怎么办？把全部土地按人头平分，庄稼人有份，老爷也有份。”砌炉匠忽上忽下地迅速动着眉毛，说。

“要不又怎么办？按人头平分好了。”相貌和善、裹白色包脚布的瘸腿老头说。

大家都赞成这个办法，认为它能使人人满意。

“到底怎样按人头分呢？”聂赫留朵夫问：“做佣人的也有份吗？”

“绝对不行，老爷！”退伍士兵说，竭力想显出又快乐又有精神的样子。

不过，明白事理的高个子农民不同意他的意见。

“既然分，那就该人人有份，大家平分。”他想了想，声音低沉地回答。

“不行！”聂赫留朵夫事先就准备好反驳意见，说，“要是大家平分，那些自己不劳动不耕种的人，譬如老爷、听差、厨师、官吏、文书、所有的城里人，就个个都可以领到一份，可以把地卖给有钱人，这样土地就又集中到财主手里。那些靠自己一小块地过活的人，他们生儿育女，人口增加，土地就更加分散，财主又会把缺地的人抓在手里。”

“是，老爷。”退伍士兵赶快响应。

“那就得禁止出卖土地，只有自己耕种的人才有地。”砌炉匠怒气冲冲地打断退伍士兵说。

聂赫留朵夫反驳说，谁在为自己耕种，谁在为别人耕种，很难区别。

明白事理的高个子农民提出一个办法，就是大家用合作社方式耕种。

“凡是种地的就分，凡是不种地的就不分。”他用坚决的低音说。

对这种共产主义式方案，聂赫留朵夫也准备好了反对意见。他说，要做到这一点，就得人人有犁，人人有同样的马。谁也不能比谁差，或者马匹、犁、脱粒机和整个农场都是公有的，而要共同经营，还得大家意见一致。

“我们老百姓是死也不会同意的。”怒容满面的老头儿说。

“这样打架就打不完了，”眼睛含笑的白胡子老头儿说，“娘儿们准会彼此把眼珠都挖出来。”

“再说，土地有肥有瘦，怎么办？”聂赫留朵夫说，“凭什么有人可以分到黑土，有人只能分到黏土和砂地呢？”

“那只好把所有的地都划成一小块一小块的，大家平分。”砌炉匠说。

聂赫留朵夫反对说，问题不在于一个村社分地，而在于各省都要普遍分。要是土地无代价分给农民，那么凭什么有人分到好地，有人只能分到坏地呢？人人都想分到好地。

“是，老爷。”退伍士兵说。

其余的人都不作声。

“因此事情并不像看起来那么简单，”聂赫留朵夫说。“这一层不光我们在考虑，许多人都在考虑。有一个叫乔治的美国人想出了一个办法，我同意他的意见。”

“反正你是东家，你要怎么办就怎么办，有谁拦着你？你做主就是了。”怒容满面的老头儿说。

这种插话使聂赫留朵夫感到很窘，但他高兴地发现，对这种插话感到不满的，不止他一个人。

“等一下，谢苗大叔，你让他把话说完。”明白事理的农民用威严的低音说。

他这番话使聂赫留朵夫得到了鼓励，他就向他们说明亨利·乔治的单一税方案。

“土地不属于任何人，土地属于上帝。”他讲道。

“对，这话不错！”有几个人同声回答。

“土地都是公有的，人人享有同等权利。土地有好有坏，人人都想得到好地，那么，该怎样分才公平呢？该这么办：凡是分到好地的人就该按地价付钱给没有土地的人，”聂赫留朵夫自问自答，“但究竟谁应该付钱给谁，很难确定；再说村社公益事业也需要筹款。因此得这么办：凡是分到土地的人，都要按地价付钱给村社做各种用途，这样就公平合理了。你想要土地，就得付钱，好地多付些，坏地少付些。你不要土地，就不用出钱，公益金就由拿到土地的人替你付。”

“这样可合理了，”砌炉匠动动眉毛说，“谁的地好，谁就多出钱。”

“那乔治倒是个有头脑的人。”相貌端正、胡子鬈曲的老头说。

“但价钱要大家出得起才好。”高个儿农民声音低沉沉的，显然已预见到下一步的问题。

“价钱不能定得太贵，也不能太便宜……要是太贵，人家付不起，就会亏空；要是太便宜，相互买卖，就会拿土地做生意。我在这里就是要把这件事办好。”

“这话很对，这话有理。行，这样办很好。”农民们说。

“他的头脑行，”肩膀宽阔、头发鬈曲的老头儿又说，“那个乔治！想出来的主意多好。”

“那么，要是我希望弄到一块地，该怎么办？”管家笑嘻嘻地说。

“要是有空地，您就自己拿去种吧！”聂赫留朵夫说。

“你要地干什么？没有地你也够饱的了。”眼睛含笑的老头儿说。

会议到此结束。

聂赫留朵夫把他的建议又说了一遍，但并不要他们当场答复，而是劝他们同大伙商量商量，再来给他答复。

农民们说他们会去同大伙商量，然后再给他答复。他们同东家告了别，心情激动地走了。他们响亮的说话声，久久地从大路上传来，越来越远。但村子里农民们的谈话声从河上传来，一直到深夜。

第二天，农民们没有干活儿，都在讨论东家的建议。全村分成两派：一派认为东家的建议对他们有利，没有危险；另一派认为其中有诈，但不知道诈在哪里，因此疑虑重重。不过到第三天，大家都同意东家的建议，走来向聂赫留朵夫宣布整个村社的决定。在接受东家建议上，有个老太婆的一番话起了作用。她说东家在考虑他的灵魂，他这样做是为了拯救灵魂。老头儿们同意她的话，这就打消了对东家行为有诈的忧虑。聂赫留朵夫在巴诺伏逗留期间施舍了不少钱，这也证实老太婆的解释有道理。不过，聂赫留朵夫在这里施舍钱财，起因是他第一次看到本地农民贫穷和困苦的程度，大为震惊，因此虽然知道施舍是不合理的，还是忍不住散发了一些钱。目前他手头的钱特别多，因为收到了去年出售库兹明斯科耶树林的钱，还有出卖农具的定金。

老百姓听说东家对求告的人都给了钱，顿时就有许多人从附近各村赶来求他帮助，其中主要是妇女。他简直不知道该怎么办，该按什么原则行事，该周济谁，该给多少。他觉得既然他有的是钱，就应该周济那些确实很穷的求告者。不过，有求必应却是没有意思的，摆脱这种困境的唯一办法就是一走了事。他就赶紧离开这地方。

在巴诺伏逗留的最后一天，聂赫留朵夫来到正屋，清理房子里的杂物。在清理时，他在姑妈那个配着狮头铜环的红木旧衣柜底下抽屉里找到许多信件，里面夹着一张几个人合拍的照片，上面有索菲雅姑妈、玛丽雅姑妈、做大学生时的他和卡秋莎。卡秒莎显得纯洁、娇嫩、美丽、生气勃勃。从正房的杂物中，聂赫留朵夫只取走了信件和这张照片，其余的东西都让给了磨坊主。磨坊主通过笑嘻嘻的管家的介绍，以十分之一的价钱买下这些东西，包括巴诺伏的正屋和全部家具。

聂赫留朵夫回想他在库兹明斯科耶时怎样舍不得放弃财产，感到奇怪：他怎么会有这样的思想？现在他越来越感到放下包袱的轻松愉快，并且像旅行家发现新大陆那样觉得新鲜。

10

聂赫留朵夫这次回城，觉得这个城市特别新奇。傍晚，他在一片光亮的街灯下从火车站回到寓所。个个房间里都还有臭樟脑的气味，阿格拉斐娜和柯尔尼都疲劳不堪，满腔怨气，甚至为收拾衣物吵架，而那些衣物的用处就在于挂出来晾一晾，透透风，再藏起来。聂赫留朵夫的房间没有被占用，但也没有收拾好。许多箱子堵住通道，进出房间不便，因此聂赫留朵夫这时回来，显然妨碍了出于奇怪的习惯而在这里干的活儿。聂赫留朵夫以前也参加过这类活动，但农村的贫困在他头脑里留下深刻印象，他觉得这种活动显然是荒唐的，因此十分反感。他决定第二天就搬到旅馆去住，听凭阿格拉斐娜收拾衣物——她认为这是必要的——直到他姐姐来了，再由她最后清理房子里的全部东西。

聂赫留朵夫第二天一早就离开这所房子，在监狱附近随便找了一家简陋、肮脏的带家具公寓，要了两个房间，吩咐仆人把他从家里挑出来的东西搬到这里，自己就去找律师。

外边天气很冷，在雷雨之后往往会出现这样的春寒。天那么冷，风那么刺骨，聂赫留朵夫穿着薄大衣觉得身上发冷，就不断加快步伐以暖和身子。

他回忆着农村里的各种人：妇女、孩子、老人，他们的贫穷和困顿

（他仿佛第一次见到似的），特别是那个模样像小老头儿、乱蹬着两条没有腿肚的细腿、一味苦笑的孩子。他情不自禁地拿农村的情形同城里的景象做对比。他经过肉店、鱼店、服装店，看到那么多肥头胖耳、衣冠楚楚的老板，不禁感到惊奇，仿佛第一次看见似的，因为这样的人乡下一个也没有？这些老板显然满心相信，他们千方百计哄骗不识货的顾客，不是什么坏事，而是十分有益的活动。在城里，丰衣足食的还有臀部肥大、背上钉有纽扣的私人马车夫，头戴饰丝绦制帽的看门人，头发鬈曲、身系围裙的侍女。特别显眼的是那些后脑勺剃得光光的出租马车夫，他们伸开手脚懒洋洋地靠在轻便马车上，鄙夷而好色地打量着过往行人。聂赫留朵夫看出这些人都是乡下人，他们丧失了土地，因此被迫进城。这些乡下人中间，有的善于利用城市条件，过起上等人的生活来，并且扬扬自得。但有的在城里过的生活比乡下还不如，因此也就更加可怜。聂赫留朵夫觉得那些在地下室窗口干活的鞋匠，就是这种可怜人；还有那些洗衣女工也是挺可怜的，她们身体干瘦，脸色苍白，披头散发，露出瘦胳膊，在敞开的窗前熨衣服，而从窗子里不断冒出带肥皂味的蒸气。聂赫留朵夫遇见的两个油漆工也同样可怜，他们系着围裙，赤脚套着破鞋，从头到脚都沾满油漆。他们把袖子卷到胳膊肘以上，露出晒得黑黑的筋脉毕露的胳膊，手里提着油漆桶，不住地相互对骂，他们的脸色显得疲劳而愤怒。运货马车夫，一身灰土，脸色乌黑，坐在大板车上摇摇晃晃，也是同样的脸色。那些衣服褴褛、面孔浮肿、带着孩子站在街角要饭的男女，也是这样的脸色。聂赫留朵夫乘车经过小饭店，从窗子里望见里面的人也是这样的脸色。那儿，在几张摆满酒瓶和茶具的肮脏桌子之间，穿白衣服的堂倌正摇晃着身子，来回穿梭，桌子周围坐着些满头大汗、脸色通红而神情呆滞的人，嘴里又嚷又唱。有一个人坐在窗口，皱起眉头，努出嘴唇，眼睛呆呆地瞪着前方，仿佛在拼命回想什么事。

“他们聚集在这儿干什么呀？”聂赫留朵夫想，不由自主地吸着由寒风送来的灰尘和空气中新鲜油漆的刺鼻味儿。

在一条街上，一队运载铁器的货车在坎坷不平的路上发出可怕的隆隆声，追上了他，震得他脑袋和耳朵作痛。他加紧步子，想赶到货车前头去。在这铁器的隆隆声中，他忽然听见有人在叫他的名字。他停住脚步，看见前方不远处有一辆轻便马车，车上坐着一个军官，容光焕发，肤色滋润，留着两端翘起的八字胡子，胡子上涂过油。他热情地向聂赫留朵夫招招手，笑得露出一排雪白的牙齿。

“聂赫留朵夫！是你吗？”

聂赫留朵夫起初感到很高兴。

“啊！申包克！”他快活地说，但他立刻明白，根本没有什么值得高兴的。

这就是当年到聂赫留朵夫姑妈家去过的申包克。聂赫留朵夫好久没有见到他了，不过听说他尽管一身是债，从步兵团调到了骑兵队，却不知凭什么法术始终待在有钱人圈子里。他那志得意满的神气证明了这一点。

“啊，碰到你真是太好了！我眼下在城里一个熟人也没有。哎，老兄，你可见老了！”申包克跳下马车，挺挺胸说。“我是从你走路的样子认出你来的。喂，咱们一起吃饭去，怎么样？你们这儿哪家馆子好些？”

“我不知道还有没有时间奉陪。”聂赫留朵夫回答，一心想尽快摆脱这个朋友而又不至于得罪他。“你到这儿来干什么？”他问。

“有事啊，老兄。有关监护的事。我现在当上监护人了，在管理萨玛诺夫的产业。说实在的，他是个财主，他得了脑软化症，可他有五万四千俄亩土地呢！”他神气活现地说，仿佛他自己拥有这么多土地。“他那份产业糟蹋得厉害。土地全部租给了农民，可是他们一个钱也不交，欠款就达八万多卢布。我去了一年就改变局面，让东家增加收入百分之七十。你说怎么样？”他得意扬扬地说。

聂赫留朵夫想起，他听人说过，申包克因为荡光了家产，还欠下一屁股债，这才通过特殊关系，当上一个挥霍成性的老财主的产业监护人。现在他就靠这种监护工作过活。

“怎样才能摆脱他而又不至于得罪他？”聂赫留朵夫一面想，一面瞧着他那张容光焕发、胡子抹油的胖脸，听着他亲切地谈论哪家饭馆的菜好，吹嘘他搞监护工作的本领。

“嗯，咱们究竟到哪儿去吃饭呢？”

“我可没工夫。”聂赫留朵夫瞧瞧表说。

“那么还有一件事，今天晚上赛马，你去不去？”

“不，我不去。”

“去吧！我自己现在没有马，但我总是赌格里沙的马。你记得吗？他养着几匹好马。你就去吧，咱们一块儿吃晚饭去。”

“晚饭我也不能吃。”聂赫留朵夫微笑着说。

“嘿，这是怎么一回事？你现在上哪儿去？要不要我送你去？”

“我去找个律师，他住在这儿，拐个弯就到。”聂赫留朵夫说。

“噢，对了，你在监狱里忙什么事吧？你在替坐牢的人说情，是吗？柯察金家的人告诉我了，”申包克笑着说。“他们已经走了。究竟是怎么一回事？你倒说说！”

“对，对，这都是真的，”聂赫留朵夫回答，“但街上怎么好说呢。”

“是的，是的，你一向是个怪人。那么你去看赛马吗？”

“不，我没空去，也不想去。请你不要生气。”

“嗐，生气，哪儿的话！你现在住在哪儿？”申包克问，忽然脸色变得严肃起来，眼神停滞，眉头皱起，他显然想回忆一件什么事。聂赫留朵夫看到他脸上有一种迟钝的表情，同他刚才从饭店窗口里惊奇地望见的那个皱起眉头、努出嘴唇的人一模一样。

“天好冷啊！是吗？”

“是的，是的，很冷。”

“我买的东西在你车上吗？”申包克转身问马车夫。

“嗯，那么再见。遇见你真是高兴，真是高兴！”申包克说，接着紧紧地握了握聂赫留朵夫的手，跳上马车，把他那只戴白麂皮手套的大手举到红润的脸庞前，挥了挥，照例露出白得异样的牙齿笑了笑。

“难道我原来也是个这样的人吗？”聂赫留朵夫一面想，一面继续往律师家走去，“是的，我原来还不完全是这样，但很希望做个这样的人，这样过上一辈子。”

11

律师没有按照次序，而是提前接见了聂赫留朵夫，并且立刻谈到明肖夫母子一案。他看过这份案卷，对控告他们缺乏根据表示愤慨。

“这个案子真叫人气愤！”他说，“火很可能是房东自己放的，目的是要捞到一笔保险费。但问题在于明肖夫母子的罪行根本没有得到证实，连一点儿罪证也没有。这都是侦讯官过分卖力，副检察官粗心大意弄出来的。这个案子只要不转到县里，而是在这里审讯，我担保官司一定会赢，而且不取分文报酬。好，现在谈另一个案件。费多霞给皇上的呈文已经写好了。您要是上彼得堡，就随身带着，亲自递上去，再托托人情。要不然他们随便问一下司法部，那边敷衍了事，一下子把它推出来，也就是驳回上诉，这样，这笔官司就完了。您得设法送到最高当局那里去。”

“去见皇上吗？”聂赫留朵夫问。

律师笑起来。

“那可是最高级了，高得不能再高了。我说最高当局是指上诉委员会秘书或者主任。那么，没有别的事了吧？”

“有，我这里还有教派信徒写给我的信，”聂赫留朵夫从口袋里掏出一封信，说。“要是他们写的都是事实，那可真是怪事了。我今天一定要同他们见个面，了解一下到底是怎么一回事。”

“我看您已经变成一个漏斗或者瓶口，监狱里的冤案都要通过您一个一个流出来了，”律师笑嘻嘻地说。“实在太多了，您应付不了的。”

“不，这可真是咄咄怪事。”聂赫留朵夫说，接着就简要地讲了讲案情。有一个村子，老百姓聚在一起读《福音书》。长官走来，把他们驱散。下一个礼拜日他们又聚在一起。长官就派了警察来，写了个公文，把他们送交法院。法院侦讯官审问他们，副检察官拟好起诉书，高等法院批准起诉，他们就被送交法庭审判。副检察官宣读起诉书，桌上放着物证——《福音书》，他们就被判处流放。“这真是骇人听闻，”聂赫留朵夫说，“难道真有这样的事吗？”

“这有什么好奇怪的？”

“一切都很怪。嗯，警察奉命捕人，这我是能理解的，但拟起诉书的副检察官，他总是受过教育的吧？”

“错就错在这里：我们总以为检察官、侦讯官都是些自由派，都是新派人。他们一度是这样的人物，可现在完全变了。他们都是官僚，只关心每个月的二十号[①]。他们领薪水，还想加薪。他们行动的全部准则就在于此。他们要控告谁就控告谁，要审判谁就审判谁，要定谁的罪就定谁的罪。”

“一个人因为同人家一起读读《福音书》，就该被判处流放，天下真有这样的法律吗？”

“只要证实他们在读《福音书》时敢于不按教会规定解释，他们就不仅该被流放到不很远的地方，而且可以被送到西伯利亚服苦役。当众诽谤东正教，按《刑法》第一百九十六条，要被判处终身流放。”

“这不可能。”

“我老实告诉您，我一向对法官老爷们说，”律师继续讲下去。“我看见他们不能不感激涕零，因为我没有坐牢，您没有坐牢，我们大家都没有坐牢，那就得感谢他们的恩德。至于要褫夺我们每人的特权，流放到不很远的地方，那是再容易不过的事了。”

“要是检察官和有权引用或不引用法律的人可以为所欲为，那还要

① 帝俄官府发薪的日子。

法院干什么？”

律师哈哈大笑。

“哈哈，瞧您提出什么问题来了！哎，老兄，这可是个哲学问题呀。当然，这种问题也可以谈。您礼拜六来吧。在我家里，您可以遇见学者、文人和画家，到那时咱们就可以谈谈一般问题了，”律师说“一般问题”时带有嘲讽的口气，“我妻子您认识的。您来吧！”

“好的，我想法子来。”聂赫留朵夫回答，觉得自己在说谎。事实上，他所谓想法子，就是想法子不来律师家参加晚会，避免同学者、文人和画家应酬。

刚才聂赫留朵夫讲到法官有权引用或不引用法律，并且可以为所欲为，那还要法院干什么。律师听了他的话却哈哈大笑，而在谈到“哲学”和“一般问题”时又带着特殊的语气，这使聂赫留朵夫觉得他跟律师，大概也包括律师的朋友，对问题的看法大不相同。他还觉得尽管现在他跟申包克之流的旧友有了距离，但他跟律师和律师圈子里的人的距离要大得多。

12

到监狱路很远，时间已不早了，聂赫留朵夫就雇了一辆马车。车夫是个中年人，相貌聪明而善良。在一条街上，他向聂赫留朵夫转过身来，指给他看一座正在动工修建的大厦。

“您瞧，他们在盖一座多阔气的大楼！”他说，那副神情仿佛他也是这座房子的股东，因此得意扬扬。

那座房子确实很大，结构复杂，式样别致。坚固的脚手架用粗大的松木搭成，再用铁钩扣紧，围着正在兴建的大楼；一道板墙把它同街道隔开。工人们身上溅满石灰浆，像蚂蚁似的在脚手架上来来往往，有的在砌墙，有的在劈砖头，有的在把沉甸甸的砖斗和泥桶提上去，然后把空斗和空桶放下来。

一个服装讲究的胖老爷，大概是建筑师吧，站在脚手架旁，指手画脚地对一个毕恭毕敬地听着的弗拉基米尔籍包工头说着什么。有些载货的大车从门里进来，有些空车从门里出去，都从建筑师和包工头身边驶过。

“做工的人也好，迫使他们做工的人也好，全都认为应该这样过日子。尽管工人们的妻子怀了孕，还得在家里干着不能胜任的重活，他们的孩子戴着碎布小圆帽，在濒临饿死前像小老头儿似的露出苦笑，乱蹬着细腿，他们自己还得为一个愚蠢无用的人，一个掠夺他们和迫使他们破产的人建造这么一座愚蠢无用的宫殿。”聂赫留朵夫瞧着这座房子，心里想。

“是的，盖这样的房子真是荒唐！”他把心里的想法说出口来。

“怎么会荒唐呢？”马车夫生气地说，“老百姓靠它吃饭，可不能说它荒唐！”

“要知道这工作是没有用的。”

“既然人家在盖，那就是有用的，”马车夫反驳说，“老百姓有饭吃了。”

聂赫留朵夫不作声，特别是因为车轮辘辘作响，说话很费力。在离监狱不远的地方，马车从石子路拐到驿道上，谈话就方便了。马车夫又同聂赫留朵夫聊了起来。

“今年怎么有这么多乡下人涌到城里来？”他说着，从驭座上转过身，给聂赫留朵夫指指一伙从农村来的工人。他们背着锯子、斧子、短皮袄和口袋迎面走来。

“难道比往年多吗？”聂赫留朵夫问。

“多得多啦！今年到处都挤满人，简直要命。老板把乡下人丢来丢去，简直像刨花一样。到处都挤满了人。”

“怎么会这样呢？”

“人越来越多，没地方去。”

“人怎么会越来越多呢？为什么他们不肯待在乡下？”

“待在乡下没活儿干。没有土地呀。”

聂赫留朵夫好像一个负伤的人，觉得别人总是有意碰他的伤疤，其实那是因为碰到痛的地方才有这样的感觉。

“难道到处都是这样吗？”他暗想，并询问马车夫，他们村子里有多少土地，他自己家里有多少土地，为什么他要待在城里。

“我们乡下的地，老爷，每人平均只有一俄亩。我们家里有三口人的地，”马车夫兴致勃勃地讲起来，“我家里有父亲，一个兄弟，还有一个兄弟当兵去了。他们在地里干活儿，可是活儿不多，一干就完了。所以我那个弟弟也想到莫斯科来。”

“你们不能租点儿地来种吗？”

“如今上哪儿去租？原来的地主老爷都把家产吃尽卖光了。商人们把地统统抓在手里，你别想从他们手里租到土地，他们都自己经营。我们那里来了一个法国人，他把我们老东家的地全买下，自己经营。他不肯出租土地，你就毫无办法。”

“那是个什么样的法国人？”

“一个叫杜弗尔的法国人，您也许听说过，他在大剧院里给演员做假发。那是个好买卖。他发了财。他把我们女东家的地产全买下了。如今我们只好听他摆布，他想怎样欺侮我们就怎样欺侮我们。谢谢天老爷，他本人还不错。可他娶的那个俄国老婆是一只母老虎，但愿上帝保佑别让人碰上她。她搜刮老百姓，可凶了。喏，监狱到了，您在哪儿下？在大门口吗？我看他们是不让进去的。”

13

聂赫留朵夫在监狱大门口拉了拉铃。他不知道玛丝洛娃今天情绪怎样，又想到她和她同监的人都对他保守着什么秘密，不禁提心吊胆，神经紧张。他向出来开门的看守说明要见玛丝洛娃。看守回去打听了一下，告诉他玛丝洛娃在医院里。聂赫留朵夫就又奔医院去。医院看门的是个和善的小老头儿，立刻放他进去，问明他要见什么人，就把他领到儿科病房。

一个青年医生，浑身散发着碳酸味，在走廊里接见聂赫留朵夫，严厉地问他有什么事。这位医生处处体恤囚犯，因此经常同监狱当局，甚至同主任医生发生冲突。他唯恐聂赫留朵夫提出什么违章要求，就表示他对任何人一视同仁，还装出一副怒气冲冲的样子。

“这里没有女病人，这里是儿科病房。”青年医生说。

“我知道，不过这里有个女人是从监狱里调来担任助理护士的。”

“对，这样的女人这儿有两个。您究竟有什么事？”

“其中有个叫玛丝洛娃的，我同她很熟，”聂赫留朵夫说，“我想见见她。我为她的案子要到彼得堡去上诉，我想把这东西交给她，里面只有一张照片。”聂赫留朵夫从口袋里掏出一个信封，说。

“行，这个可以。”医生态度缓和下来，接着吩咐一个系白围裙的老太婆把助理护士玛丝洛娃叫来。“您要不要在这儿坐一下？到候诊室去也行。”

“谢谢您！”聂赫留朵夫说，趁医生态度好转，就向他打听玛丝洛娃在医院里工作得好不好。

“还不错，要是考虑到她过去的生活经历，应该说很不错了，”医生说。“喏，她来了。”

老太婆从一扇门里走出来，后面跟着玛丝洛娃。玛丝洛娃穿一件条纹连衣裙，外面系着白围裙，头上扎着一块三角巾，盖住头发。她一看见聂赫留朵夫，脸唰地红起来，迟疑不决地站住，然后皱起眉头，垂下眼睛，踏着走廊里的长地毯快步向他走来。她走到聂赫留朵夫跟前，本想不同他握手，但后来还是向他伸出手，她的脸涨得越发红了。自从上次他们谈话时她发了脾气又道了歉以后，聂赫留朵夫还没有见到过她。他料想她今天的心情同上次一样。但今天她完全不同，脸上出现了一种新的表情：拘谨、羞怯，而且聂赫留朵夫觉得她对他很反感。他对她说的话同刚才对医生说的话一样。他告诉她他将去彼得堡，并且把他装着从巴诺伏带来的照片的信封交给她。

“这是我在巴诺伏找到的，一张很旧的照片，说不定您会喜欢的。拿去吧！”

她扬起黑眉毛，用她那双斜睨的眼睛惊奇地瞅了瞅，仿佛在问这给她做什么。然后默默地接过信封，把它插在围裙里。

“我在那里看到了您的姨妈。”聂赫留朵夫说。

“看到了？”她冷冷地说。

“您在这儿好吗？”聂赫留朵夫问。

“没什么，挺好。”她说。

“不太苦吧？”

“不，不算什么。可我还没有过惯。”

“我很替您高兴。总比那边好一些。”

“‘那边’指什么地方？”她问，顿时脸上泛起了红晕。

“那边就是牢里。”聂赫留朵夫赶快回答。

“好什么呀？”她问。

“我想这里的人好些，不像那边的人。”

“那边好人多得很。”她说。

“明肖夫母子的事我奔走过了，但愿他们能得到释放。”聂赫留朵夫说。

“但愿上帝保佑，那老太婆人真好！”她说，再次表示她对那个老太婆的看法，接着微微一笑。

“我今天要上彼得堡去。您的案子很快就会受理，我希望能撤销原判。”

“撤销也好，不撤销也好，如今对我都一样。”她说。

“为什么说‘如今都一样’？”

“不为什么。”她说，用询问的目光瞅了一下他的脸。

聂赫留朵夫把她这句话和这个目光理解为她想知道，他是不是坚持他的决定，还是接受了她的拒绝而改变了主意。

“我不知道为什么对您都一样。”他说。“不过对我来说，您无罪释放也好，不释放也好，倒真的都一样。不管情况怎样，我都将照我说过的话去做。”他坚决地说。

她抬起头来。她那双斜睨的黑眼睛又像瞅着他的脸，又像瞅着别的地方。她整个脸上洋溢着快乐的神采。不过她嘴里所说的同她眼睛所说的截然不同。

“您何必说这种话呢！”她说。

“我说这话是要让您明白我的心意。”

“这事您已经说够了，用不着再说了。”她好容易忍住笑说。

病房里不知怎的喧闹起来。传来孩子的哭声。

“他们好像在叫我。”她不安地回头望望说。

“好吧，那么再见了。”他说。

她假装没有看见他伸出手来，没有跟他握手就转过身，竭力掩饰她的得意神情，沿着走廊的长地毯快步走去。

“她身上起了什么变化？她在想些什么？她有什么感受？她是要考验我，还是真的不能原谅我？她是没法把她的思想和感受说出来，还是不愿说？她的心肠变软了，还是怀恨在心？”聂赫留朵夫问自己，却怎么也无法回答。他只知道一点，那就是她变了，她的心灵里发生了重大变化。这个变化不仅使他同她联结起来，而且使他同促成这变化的上帝联结起来。这样的联结使他欢欣鼓舞，心里充满温暖。

玛丝洛娃回到放有八张童床的病房里，听从护士的吩咐开始铺床。她铺床单的时候腰弯得太低，脚底一滑，差点儿跌跤。一个脖子上扎着绷带的男孩，正在休养，看见她差点儿跌跤，笑起来。玛丝洛娃也忍不住，在床边上一坐，发出响亮而富有感染性的笑声，逗得几个孩子都哈哈大笑。护士生气地对她嚷道："笑什么？你以为你还在原来那种地方吗？快去拿饭来！"

玛丝洛娃不作声，拿起食具到护士吩咐她的地方去，但她同那个扎着绷带、被护士禁止笑的男孩相互看了一眼，又扑哧一声笑出来。这天白天，当房间里没有人时，玛丝洛娃几次从信封里取出照片，欣赏一下。晚上下班以后，她回到同另一个助理护士合住的房间里，才把照片从信封里取出来，含情脉脉地一动不动仔细察看着照片上的那几个人、他们的服装、阳台的台阶、灌木丛，以及灌木丛前面他的脸、她的脸和两位姑妈的脸，看了好半天。她看着这张发黄的褪色照片，怎么也看不够，特别是对她自己，对她那张额上鬈发飘飞的年轻美丽的脸看得出了神。她看得这样专心致志，连那个跟她同住的助理护士走进屋子，她都没有发觉。

"这是什么？是他给你的吗？"身体肥胖、心地善良的助理护士弯下腰来看照片，问道，"难道这是你吗？"

"不是我又是谁？"玛丝洛娃笑吟吟地瞧着同伴的脸说。

"那么这是谁？就是他？这是他母亲吗？"

"是姑妈。难道你认不出来？"玛丝洛娃问。

"怎么认得出来？一辈子也认不出来。整个模样都变了。我看离现在都有十年了吧！"

"不是几年，是隔了一辈子。"玛丝洛娃说。她的活泼样儿顿时消失。脸色变得阴郁，眉毛之间凹进去一条皱纹。

"怎么样，那边的生活一定很轻松吧。"

"哼，轻松！"玛丝洛娃闭上眼睛，摇摇头说，"比服苦役还要苦。"

"那怎么会？"

"就是这样。从晚上八点钟忙到早晨四点钟。天天这样。"

"那大家为什么不抛下这种生活呢？"

"抛是想抛的，可是办不到。说这些做什么！"玛丝洛娃说着，霍地站起来，拿起照片往抽屉里一扔，好容易忍住愤怒的眼泪，砰的一声带上门，跑到走廊里。刚才她瞧着照片，觉得自己似乎还是原来的样子，迷迷糊糊地想象着她当年是多么幸福，现在要是同他在一起又将是多么幸福。同伴的话使她想起她现在的处境，也使她想起当年在那边的生活——那种生活的痛苦，她当时只模模糊糊地感觉到，却不让自己去深入思量。现在她才清楚地想起那些痛苦的夜晚，特别是谢肉节的夜晚，她在等待那个答应替她赎身的大学生。她想起那天她穿着一件酒迹斑斑的袒胸红绸连衣裙，蓬乱的头发上系着一个大红蝴蝶结，精疲力竭，浑身虚弱，喝得醉醺醺的，直到深夜二时才把客人们送走。趁跳舞间歇，她在那个瘦得皮包骨头、满脸粉刺的给小提琴伴奏的弹钢琴女人旁边坐下，向她诉说自己的悲惨遭遇。弹钢琴女人也诉说她对处境的苦恼，很想改变环境。这当儿，克拉拉也走到她们跟前，她们三人立刻决定抛弃这种生活。她们以为这个夜晚已经过去，刚要走散，忽然听见有几个喝醉酒的客人在前厅喧闹。小提琴手又拉起前奏曲，女钢琴师使劲敲着琴键，弹奏卡德里尔舞①曲第一节，用的是一首欢乐的俄罗斯歌曲。一个穿燕尾服、系白领带的矮小男人，满头大汗，酒气熏天，打着饱嗝，走过来一把搂住她的腰。到弹第二节时，他又把燕尾服脱掉。另外一个留大胡子的胖子，也穿着燕尾服（他们刚从一个舞会出来），搂住了克拉拉的腰。他们旋转，跳舞，叫嚷，喝酒，闹了好一阵……就这样，一年又一年，一年又一年过着同样的日子。一个人怎么能不变！归根结底这一切都是他造成的。对他的旧恨顿时又涌上她的心头，她真想把他训斥一番，痛骂一顿。她后悔今天错过机会没有

① 四人组成两对的舞蹈，包括六个舞式。

再对他说：她知道他是个怎样的人，她决不受他欺骗，不让他在精神上利用她，就像从前在肉体上利用她那样，也不让他借她来显示他的宽宏大量。她又是怜惜自己，又是徒然责备他。她很想喝点儿酒来浇灭心头的痛苦。要是她此刻在监狱里，她就会不遵守诺言，喝起酒来。在这里要喝酒，除了找医士，没有别的办法，可是她害怕医士，因为他老是纠缠她。现在她厌恶同男人来往。她在走廊长凳上坐了一会儿，然后回到小屋子里，没有搭理同伴，而为自己饱经沧桑的身世哭了好半天。

14

聂赫留朵夫在彼得堡有三件事要办：向枢密院提出上诉，要求重新审查玛丝洛娃案；把费多霞的案子提交上告委员会；受薇拉之托到宪兵司令部或者第三厅去要求释放舒斯托娃，并让一个做母亲的同关在要塞里的儿子见面。为了这事薇拉给他写过信。这两件事他并在一起，算作第三件。再有就是教派信徒的案子，他们因为诵读和讲解《福音书》而被迫离开家人，流放高加索。他与其说是答应他们，不如说是自己下定决心，一定要使这个案子真相大白。

聂赫留朵夫自从上次访问玛斯连尼科夫，特别是回乡一次以后，他不是随便断定，而是全身心感觉到，他憎恶他生活在其中的那个圈子，憎恶那个为了确保少数人享福而迫使千万人受苦并且竭力加以掩盖的圈子。那个圈子里的人没有看到，也看不到他们的苦难，因此也看不到自己生活的残酷和罪恶，聂赫留朵夫现在同那个圈子里的人交往，不能不觉得嫌恶，不能不责备自己。不过，长期的生活习惯又把他吸引到那个圈子里去，他的亲友也吸引着他。而主要是因为要办理他现在唯一关心的事——帮助玛丝洛娃和他愿意帮助的其他一切受难者，他不得不求助于那个圈子里的人，尽管那些人不仅无法令他尊敬，而且常常使他愤慨和蔑视。

聂赫留朵夫来到彼得堡，住在姨妈察尔斯基伯爵夫人家里。他的姨父做过大臣。他一到姨妈家，就落到同他格格不入的贵族社会的核心里。这使他很反感，但又无可奈何。要不是住姨妈家而住旅馆，那就会得罪姨妈。而他知道姨妈交游广阔，对他要奔走的各种事可能极有帮助。

“啊，关于你，我听到些什么事啦？真是太奇怪了！”姨妈等他一到立刻请他喝咖啡，这样对他说。“你简直是霍华德[①]！你帮助罪犯，视察监狱，平反冤狱。”

“不，我连想都没有想过这样做。”

“那很好。不过，这里面好像还有什么风流韵事吧。嗯，你倒说说！”

聂赫留朵夫把他同玛丝洛娃的关系从头到尾讲了一遍。

“我记得，记得，可怜的爱伦[②]对我说起过，当年你住在那两个老太婆家里，她们好像要你同她们的养女结婚，”察尔斯基伯爵夫人一向瞧不起聂赫留朵夫的两位姑妈。“……原来就是她吗？她现在还漂亮吗？”

这位姨妈今年六十岁，身体健康，精力充沛，兴致勃勃，谈锋很健。她的身材又高又胖，唇上有黑色汗毛。聂赫留朵夫喜欢她，从小就受她生气蓬勃和快活开朗的性格的影响。

“不，姨妈，那件事已经结束了。我现在只想帮助她。因为第一她被冤枉判了刑，我有责任；再说她这辈子弄到如此地步，我更是罪责难逃。我觉得我应该尽一切力量替她奔走。”

“可我怎么听人说你要同她结婚呢？”

“是的，我有过这样的想法，可是她不愿意。”

察尔斯基伯爵夫人扬起眉毛，垂下眼珠，惊讶地默默瞧了瞧外甥。

---

① 约翰，霍华德（1726年—1790年）英国慈善家，为改良监狱制度进行过活动。

② 指聂赫留朵夫的母亲。

她的脸色顿时变了，现出高兴的样子。

“嗯，她比你聪明。嘿，你可真是个傻瓜！你真的想同她结婚吗？”

“当然。”

“她干过那种营生，你还愿意同她结婚吗？”

“更加愿意了。因为我是罪魁祸首。”

“哼，你简直是个蠢货！”姨妈忍住笑说。“十足的蠢货！但我就喜欢你这种十足的蠢货。”她反复说，特别喜欢“蠢货”这个名词，因为她认为这个名词确切地表明了外甥的智力和精神状态。“说来也真凑巧，”她说下去，“阿林办了个出色的抹大拉[①]收容所，我去过一次，她们真叫人恶心，我回来从头到脚都好好地洗了一遍。不过阿林办这事是全心全意的。我们就把她，你那个女人，交给她吧。要叫她们这批人改恶从善，再没有比阿林更有办法了。”

“不过她被判服苦役了。我就是来替她奔走，要求撤销这个判决的。这是我来求您的第一件事。”

“原来如此！那么她的案子归哪里管呢？”

“枢密院。”

“枢密院吗？对了，我那个亲爱的表弟廖伏什卡就在枢密院。不过他是在那儿的傻瓜部里办事，当承宣官。至于真正的枢密官我可一个也不认识。天知道他们是些什么人：要不是德国人，什么盖啦，费啦，德啦，无奇不有，就是什么伊凡诺夫啦，谢苗诺夫啦，尼基丁啦，再不然就是什么伊凡宁科啦，西蒙宁科啦，尼基丁科啦，五花八门，都是另一个世界的人。好吧，反正我对丈夫说一下就是了，他认识他们。他什么人都认识。我会对他说的。但你自己得对他说个清楚，我的话他总是听不懂。不管我说什么，他总是说什么也不明白。他这是存心装不懂。人家个个听得懂，就是他听不懂。”

这时，一个穿长筒袜的男仆端来一个银托盘，上面放着一封信。

① 原指《新约全书·路加福音》中从良的妓女马利亚。此处泛指妓女。

“正好是阿林写来的信，这下子你就可以听见基泽维特的讲话了。”

“基泽维特是什么人？”

“基泽维特吗？你今天晚上来吧，你就会知道他是个什么人了。他讲得那么动人，就连死不改悔的罪犯听了也会跪下来，痛哭流涕，诚心忏悔。”

不论这事有多怪，也不论这事同察尔斯基伯爵夫人的脾气多么格格不入，她却狂热地信奉基督教的精神在于赎罪那种学说。她常到宣传这种学说的聚会场所，有时还把信徒召集到家里。这种风行一时的学说不仅否定一切宗教仪式和圣像，而且否定圣礼，但察尔斯基伯爵夫人却在每个房间里挂着圣像，甚至连床头上都有圣像，她还参与一切教会仪式，并不认为这同赎罪说有什么矛盾。

“对了，应该让你的抹大拉听听他的讲道，她会皈依的，”伯爵夫人说，“你今天晚上一定要待在家里。你听听他的讲道。这是一个了不起的人物。”

“我对这种事不感兴趣，姨妈。”

“我告诉你，这很有趣。你一定要来。那么，你倒说说，你还有什么事要我办？全说出来吧！”

“还有，在要塞那边也有一件事。”

“在要塞那边？好，我可以给你写一封信，你到那边去找克里斯穆特男爵。他这人人品极好。你自己会知道的。他是你父亲的同事。他就是对死亡着了迷。不过，这也没关系。他这人心地挺好。你在那边有什么事？”

“我要求他们准许一个做母亲的同关在那边的儿子见一次面。不过我听说这种事不归克里斯穆特管，它归切尔维扬斯基管。”

“切尔维扬斯基这人我可不喜欢，但他是玛丽爱特的丈夫。可以托托她。她肯为我出力的。她挺可爱。”

“我再要为另一个女人求情。她坐了几个月牢，可是谁也不知道为了什么。”

“不会的，她自己一定知道为了什么。她们清楚得很。她们都是罪有应得，这批剃光头的家伙。”

“我们不知道是不是罪有应得。可是她们在受罪。您是位基督徒，相信《福音书》，可是心肠这么硬……”

“这可不相干。《福音书》是《福音书》，讨厌的就是讨厌的。譬如说，我恨虚无党，特别是那些剪短头发的女虚无党，要是我假装喜欢她们，那就不好了。”

“您到底为什么恨她们呢？”

“在出了三月一日事件①以后，您还要问为什么吗？”

“那些女人又不是个个都参加三月一日事件的。”

“还不是一样，她们为什么要管闲事？那又不是女人家的事。”

“那么，为什么您认为玛丽爱特就可以过问那种事呢？”聂赫留朵夫说。

“玛丽爱特吗？玛丽爱特是玛丽爱特。可是天知道她是什么路数。一个轻薄的女人倒想教训起大家来了。”

“不是教训人，只是想帮助老百姓。”

“没有她们，人家也知道谁该帮助，谁不该帮助。”

“不过，您要知道，老百姓穷得很。喏，我刚从乡下回来。农民干活儿干得死去活来，还吃不饱肚子，我们却过着穷奢极侈的生活。这难道合理吗？”聂赫留朵夫不由得受他姨妈善心的影响，把心里话都说了出来。

“那你是不是要我也去做工而不吃饭呢？”

“不，我不是要您不吃饭，”聂赫留朵夫回答，不由得笑了，“我只是要人人工作，个个有饭吃。”

姨妈又拧紧眉头，垂下眼珠，好奇地瞧着他。

“我的好外甥，你不会有好下场的。”她说。

① 指1881年3月1日沙皇亚历山大二世被民意党人暗杀一事。

“那是为什么呀？”

这时候，一个身材很高、肩膀宽阔的将军走进房间里来。这就是察尔斯基伯爵夫人的丈夫，一位退休的大臣。

“啊，德米特里，你好！”他说，凑过刮得光光的脸颊让聂赫留朵夫亲吻，“你几时来的？”

他默默地吻了吻妻子的前额。

“哦，他这个人真是少见！”察尔斯基伯爵夫人对丈夫说，“他叫我到河边去洗衣服，光吃土豆过日子。他是个十足的傻瓜。不过他求你的事，你还是帮他办一下吧。他是个十足的蠢货。”她又说，“你有没有听到，据说卡敏斯卡雅伤心得不得了，大家怕她的命会保不住，”她对丈夫说，“你最好去看她一下。”

“是吗？这太可怕了！”做丈夫的说。

“好，你去同他谈谈，我要写信了。”

聂赫留朵夫刚走到客厅旁边那个房间里，她就对他叫道：“那么要给玛丽爱特写封信吗？”

“麻烦您了，姨妈。”

“那么我就在信纸上留一块空白，你自己把那个短头发女人的事写上去，玛丽爱特会叫她丈夫去办的。他一定会办的。你别以为我这人心眼儿坏。她们，就是那批受你保护的人，都很可恶，但我并不希望她们遭殃。上帝保佑她们！你去吧。不过今天晚上你一定要待在家里。你可以听听基泽维特的讲道。我们一块儿做祷告。只要你不反对，这对你是大有好处的。我知道，爱伦也好，你也好，在这方面都很落后。那么再见了。”

15

察尔斯基伯爵是位退休大臣，对一些事情自己有坚定不移的看法。

他从青年时代起就坚决相信，鸟儿天生要吃昆虫，要披羽毛和绒毛，要在空中飞翔。同样，他生下来就该吃名厨烹调的山珍海味，该穿轻暖舒适的华贵衣服，该坐最快最稳的马车，因此这一切都得为他准备好。此外，察尔斯基伯爵认为，他从国库支取的现款越多，他获得的勋章——包括钻石勋章——越多，他同皇亲国戚的交往和谈话越频繁，他就越满意。同这种基本宗旨相比，察尔斯基伯爵认为其他一切都微不足道，毫无价值。其他一切，可以这样，也可以那样，都无所谓。本着这种信念，察尔斯基伯爵在彼得堡生活了四十年，活动了四十年，而在四十年届满时当上了大臣。

察尔斯基伯爵谋得这种高位的主要条件在于：第一，他有本事看懂公文和法规，有本事起草虽不漂亮但可以看懂的公文，而且没有什么错别字；第二，他生得仪表堂堂，在必要时可以装得十分自负，甚至使人感到高不可攀，威风凛凛。在另一种场合，却又可以卑躬屈节，达到肉麻和下贱的地步；第三，不论在个人道德还是公务处理上他没有一成不变的原则，只要有需要，他可以同意一切，也可以反对一切。他在行动的时候，总是竭力摆出道貌岸然的样子，使人不觉得他自相矛盾。至于他的行为是不是合乎道德规范，对俄罗斯帝国或全世界会造成极大益处还是极大害处，他都无所谓。

他当上大臣以后，不仅所有依赖他的人（依赖他的人和他的亲信极多），甚至一切局外人和他自己都深信，他是一个英明的治国人才。但过了一些时候，他却毫无建树，毫无政绩。于是按照生存竞争的法则，就有一些同他一样能起草公文和看懂公文、仪表堂堂而毫无原则的官僚把他排挤出去，他只好退休。直到这时大家才明白，他这人不仅并不英明卓越，深谋远虑，而且鼠目寸光，不学无术，却又刚愎自用。其实照他的程度只能勉强读懂庸俗的保守派报纸的社论。的确，他同那些不学无术、刚愎自用、把他排挤出来的官僚毫无区别。这一层他自己明白，但这丝毫也不会动摇他的信念，就是他应该年年领取大笔公款，年年获得新的勋章来装饰他讲究的衣服。这种信念十分顽强，因此谁也不敢停止给他这些酬劳。他照旧每年领取几万卢布，一部分算是养老金，一部分算是参与国事的报酬，因为他在最高政府机关里挂了个名，又担任各种各样委员会的主席。此外，他又年年获得他所珍重的肩上或长裤上的丝绦，礼服上的新绶带和珐琅星章。这样，察尔斯基伯爵的交游就越发广阔了。

察尔斯基伯爵听聂赫留朵夫讲话就像以前听办公室主任报告什么事一样。他听完以后说，他要为聂赫留朵夫写两封信，其中一封是给上诉部枢密官沃尔夫的。

“人家对他有种种说法，但不论怎么说，他是个正派人，”他说，“他还欠了我的情，准会尽力去办的。”

察尔斯基伯爵给他的另一封信，是写给上诉委员会里一个有势力的人物的。他对聂赫留朵夫所说的费多霞一案很感兴趣。聂赫留朵夫告诉他想就此事写个呈文给皇后，察尔斯基伯爵说这事确实很动人，有机会要向那边说说。但他不能说定。上诉还是照章办理的好。他想，要是有机会，要是礼拜四举行碰头会，他可能谈一谈这件事。

聂赫留朵夫拿到伯爵写的两封信和姨妈写给玛丽爱特的信，立刻就到那几个地方去。

他先去找玛丽爱特。他认识她的时候，她还是个并不富裕的贵族家庭的少女，后来知道她嫁给了一个官运亨通的人。关于这个人他听到一些不好的名声，主要是他对千百个政治犯残酷无情，特别擅长折磨人。聂赫留朵夫照例心头感到十分沉重。他想到为了帮助被压迫者不得不站在压迫者一边，因为他得去向他们求情，要他们对某几个人手下留情，稍稍减轻他们习以为常、因而不以为意的残酷手段。而他这样做就等于承认他们的行为是合法的。遇到这种情况，他总觉得内心很矛盾，自怨自艾，对求情的事拿不定主意，但最后还是决定去。他这样做，在玛丽爱特和她丈夫面前确实感到别扭、羞愧、不愉快，但关在单身牢房里那个受罪的不幸女人却能因此获得释放，她和她的亲人就不会再备受折磨。此外，他觉得向那批人求情往往言不由衷，因为他已不把他们看作自己人，而他们却把他当作自己人。他处身在这个圈子里，觉得又落到惯常的旧轨道，不由自主地屈服于笼罩这个圈子的轻浮罪恶的气氛。他在察尔斯基姨妈家里就有这样的感觉，今天早晨他同她谈到一些很严肃的问题时，就用了戏谑的口吻。

总的说来，久别的彼得堡照例对他起了刺激肉体和麻痹精神的作用：一切都是那么清洁、舒适、方便，主要是人们在道德上无所追求，过日子就特别轻松。

干净漂亮、彬彬有礼的马车夫，载着他从干净漂亮、彬彬有礼的警察身旁经过，沿着洒过水的干净漂亮的街道，经过干净漂亮的房子，来到河滨玛丽爱特的房子前。

大门口停着一辆马车，套着两匹戴眼罩的英国马。一个模仿英国人气派的马车夫，下半截面颊上留着络腮胡子，穿着号衣，手拿马鞭，神气活现地坐在驭座上。

门房穿着一身非常干净的制服，打开通门廊的大门。门廊里站着一个跟班，号衣更加干净，上面镶着丝绦，络腮胡子梳理得更加整齐好看。还有一个值班的勤务兵，穿一身干净的崭新军服，身上带着刺刀。

“将军现在不会客。将军夫人也不会客，她现在要出门。”

聂赫留朵夫拿出察尔斯基伯爵夫人的信，取出他的名片，然后走到放着来宾留言簿的小桌旁，拿起笔来写道：“来访未晤，甚以为憾。”他刚写到这里，跟班走到楼梯口，门房走到大门外，喝道：“来车！”勤务兵就挺直身子立正，两手贴住裤缝，两眼迎接从楼上下来的身材瘦小而步伐快得同她的身份不相称的太太。

玛丽爱特戴一顶插有羽毛的大帽子，身穿黑色连衣裙，外披黑斗篷，手戴崭新的黑手套，脸上遮着面纱。

她一看见聂赫留朵夫，就撩起面纱，露出她那非常可爱的脸和一双亮晶晶的眼睛，疑惑地对他瞅了一眼。

“啊，德米特里·伊凡内奇公爵！”她用愉快动听的声音叫道，“我该认得……”

“怎么，您连我的称呼都还记得吗？”

“可不是，我跟我妹妹当年还爱上了您呢！”她用法语说。“唉，您的模样可变多了，可惜我现在要出去。要不，我们回到楼上去吧。”她说着，迟疑不决地站住。

她瞧了瞧墙上的挂钟。

“不，不行。我要到卡敏斯卡雅家去参加丧事礼拜。她伤心透了。”

“卡敏斯卡雅是谁呀？”

“难道您没听说吗？她的儿子在决斗中被人打死了。他跟波森决斗。他是独生子。真是可怕。他母亲伤心死了。”

“是的，我听说了。”

“不，我还是去一下好，您明天或者今天晚上来吧。”她说，迈开轻快的步子向大门口走去。

“我今天晚上不能来。”他跟她一起走到大门口，回答说。“要知道，我有事找您。”他说，眼睛却瞧着那对向门口走来的棕黄马。

“什么事啊？”

“喏，这是我姨妈的信，信上讲的就是那件事，”聂赫留朵夫说，递给她上面印有很大花体姓氏字母的长信封，“您看了信就明白了。”

“我知道，察尔斯基伯爵夫人以为我在公事上可以左右丈夫，她错了，我无能为力，我也不愿过问他的事。不过，当然啰，为了伯爵夫人和您，我可以破一次例。那么，究竟是什么事？”她说，用那只戴黑手套的小手摸索她的口袋，却没有找着。

“有个姑娘被关在要塞里，可是她有病，吃了冤枉官司了。”

“她姓什么？”

“舒斯托娃。李迪雅·舒斯托娃。信上写了。”

“好吧，我去试试。”她说，轻盈地跳上挡泥板在阳光下闪闪发亮的皮座弹簧马车，打开阳伞。跟班在驭座上坐下来，示意车夫赶车。马车刚一移动，她就用阳伞碰碰车夫的脊背，那两匹漂亮的细皮英国种母马就被马勒拉住，仰起好看的头，站住，但不住地活动着它们的细腿。

“您务必要来，但不光是为了办您那些事。”她说着嫣然一笑，而且很懂得这一笑的力量。接着，仿佛演完戏放下幕布，她把面纱放下。“好，我们走吧。”她又用阳伞碰碰车夫。

聂赫留朵夫举起帽子。那两匹纯种棕黄色母马喷着鼻子，蹄子得得地敲响马路，飞奔而去，马车的新橡胶轮胎在道路坎坷的地方偶尔轻轻跳动一下。

16

聂赫留朵夫想到他竟同玛丽爱特相对微笑，不禁摇摇头，对自己感到很不满意。

“还没来得及反省一番，就又跌进那种生活里去了。”他想，内心感到矛盾和疑虑。每逢他不得已去讨好他所不尊敬的人时，总有这样的感觉。聂赫留朵夫考虑了一下先到哪里，然后再到哪里，免得走冤枉路，就动身去枢密院。他被领到办公室，在那富丽堂皇的大房间里，他看见许多衣冠楚楚、彬彬有礼的文官。

那些文官告诉聂赫留朵夫，玛丝洛娃的上诉书已收到，并交给枢密官沃尔夫审查和呈报。聂赫留朵夫姨父的信正好就是写给他的。

“枢密院本星期要开庭审案，玛丝洛娃一案未必能在这次审理。但要是托一下人，本星期三开庭时也可能审理。”一个文官说。

聂赫留朵夫在枢密院办公室等他们查明案情，又听见他们在谈论那场决斗，他们详细谈到了卡敏斯基被人打死的经过。他在这里才知道这个轰动整个彼得堡的事件的详情。事情是这样的：几个军官在饭店里吃牡蛎，照例喝了许多酒。有个军官对卡敏斯基所属的那个军团说了几句难听的话，卡敏斯基当面斥责他造谣污蔑。那个军官就动手打卡敏斯基。第二天两人进行决斗，卡敏斯基腹部中了弹，两小时后就死了。凶手和两个副手都被捕，但据说关了两星期禁闭又都获得释放了。

聂赫留朵夫从枢密院办公室出来，乘车到上诉委员会去拜访权力很大的沃罗比约夫男爵。这位男爵住在一所豪华的官邸里。门房和听差都毫不客气地对聂赫留朵夫说，除了会客日之外见不到男爵，今天他在皇上那里，明天还要去禀报。聂赫留朵夫把信留下，又坐上车，到枢密官沃尔夫家去。

沃尔夫刚吃过早饭，照例吸着雪茄在房间里来回踱步，以帮助消化。他接见了聂赫留朵夫。沃尔夫的确为人十分正派。他把这个品德看得高于一切，并根据这个标准看待一切人。他不能不重视这种品德，因为全凭它，他才如愿以偿，获得高官厚禄，也就是说通过结婚而获得一笔财产，使他每年有一万八千卢布收入，又靠自己的勤奋而当上了枢密官。他认为自己不仅为人十分正派，而且像骑士一般廉洁奉公。他所谓廉洁奉公，就是不在暗中接受贿赂。至于他向公家报销各种出差费、车旅费、房租，并且像奴隶般忠实执行政府指令，他都认为这是天经地义的。当年他在波兰王国[①]某省任省长，残酷迫害当地几百名无辜百姓，使他们因眷恋同胞和世代相传的宗教而破产、流放和坐牢。他这样做，非但不以为耻，

① 按照1814年至1815年维也纳会议决定，波兰一部分国土归并人俄罗斯帝国。

反而认为是出于高尚、胆略和爱国而建立的功勋。他霸占热爱他的妻子的财产和他姨妹的财产，同样不以为耻。相反，他还认为这是为一家人生活而做的合理安排。

沃尔夫的家庭包括他那没有个性的妻子，财产也被他侵占的姨妹——他卖掉她的田产，把钱存在自己名下——和那温柔胆怯、外貌不扬的女儿。这个女儿过着孤独痛苦的生活，为了排遣愁闷，近来信奉了福音教派，常常参加阿林和察尔斯基伯爵夫人家的聚会。

沃尔夫的儿子天性善良，十五岁就长了胡子，从此开始喝酒，放荡，到二十岁那年被从家里撵了出去，因为他没有念完过一个学校，而且交了坏朋友，欠下债务，败坏父亲的名声。做父亲的有一次替儿子偿还了二百三十卢布的债，另一次偿还了六百卢布的债，但同时向儿子声明这是最后一次，他要是不洗心革面，就要被撵出家门，并要同他断绝父子关系。儿子不仅没有悔改，而且又欠下一千卢布的债，甚至肆无忌惮地对父亲说，他在家里本来就觉得憋气。于是沃尔夫就向儿子宣布，他要到哪里去都请便，但他不再是他的儿子。从那时起，沃尔夫就装作自己没有儿子，家里谁也不敢向他提到儿子的事，而沃尔夫却自以为妥善安排了家庭生活。

沃尔夫在书房里站住，同聂赫留朵夫打了招呼，情不自禁地露出亲切而又带几分嘲弄的微笑。这种笑容表示他自觉比大多数人高尚正直。然后他读了聂赫留朵夫带来的信。

“您请坐！对不起，我不能陪您坐，我要走走，”他双手插在上衣口袋里说，同时在这个格调庄重的大书房里沿着对角线轻快地来回踱步，“同您认识我很高兴，当然我也愿意为察尔斯基伯爵效劳。”他吐出一口芳香的淡蓝色烟雾，小心翼翼地从嘴里取下雪茄，免得烟灰落下来。

“我只要求早一点儿审理这个案子，因为如果被告非去西伯利亚不可，那还是早一点儿去好。”聂赫留朵夫说。

“对，对，那就可以从下城搭第一批轮船动身，我知道，”沃尔夫露出宽容的微笑说，不论什么事只要人家一开口，他总是立刻就懂得人家的意思。“被告姓什么？”

“玛丝洛娃……”

沃尔夫走到写字台旁，看了看公文夹上的一张纸。

“哦，哦，玛丝洛娃。好的，我去跟同事们商量一下。我们礼拜三就办这个案子。”

“我能打电报先通知律师吗？”

“您还请了律师？那又何必？不过，也随您的便。”

“上诉理由也许不够充足，”聂赫留朵夫说，“不过我想从案卷上也可以看出，这个判决是由于误会。”

“是的，是的，这也可能，但枢密院不可能审查案件的是非曲直，”沃尔夫眼睛瞧着烟灰，严厉地说，“枢密院只审查引用法律和解释法律是否正确。”

“我觉得，这个案子是特殊的。”

“我知道，我知道。个个案子都是特殊的。我们将照章办事。就是这样。”烟灰还留在雪茄上，但已有裂缝，有掉下来的危险。“那么，您难得到彼得堡来，是吗？”沃尔夫说，把雪茄竖起来，免得烟灰落下。但烟灰还是摇摇欲坠，沃尔夫小心翼翼地把它拿到烟灰碟旁，烟灰果然落下了。“卡敏斯基的事真是太惨了！”他说。“一个很好的青年，又是独生子，做母亲的可不好受哇！”他说，几乎是逐字逐句重复着彼得堡流行着的有关卡敏斯基的话。

沃尔夫还谈到察尔斯基伯爵夫人，谈到她对新的教义信得入迷。他对这种新教义既不责难，也不袒护，不过从他高尚正直的观点来看，这种东西显然是多余的。然后他拉了拉铃。

聂赫留朵夫起身告辞。

“您要是方便，就来吃饭，”沃尔夫一面说，一面伸出手去，“礼拜三来最好，到那时我可以给您一个确切的答复。”

天色晚了，聂赫留朵夫就乘车回家，也就是回到姨妈家里。

17

察尔斯基伯爵家七点半钟开饭。吃饭用的是一种聂赫留朵夫从未见过的新办法：菜都先摆在桌上，摆好后仆人退出餐厅，吃饭的人就自己动手取菜。男人们摆出男子汉气概，不让太太们过分劳累，毅然承担起给太太们和自己分菜斟酒的重任。吃完一道菜，伯爵夫人就按一按桌上的电铃，仆人就又悄没声儿地走进来，迅速地把用过的菜碟收走，再端来下一道菜。菜肴很讲究，酒也很高级。在灯火通明的大厨房里，法籍厨师正带着两个穿白衣服的下手做菜。吃饭的有六个人：伯爵和伯爵夫人，他们的儿子——一个脸色忧郁、双臂搁在桌上的近卫军军官，聂赫留朵夫，法籍女朗诵员和从乡下来的伯爵家的总管。

餐桌上也谈到那场决斗。大家说起皇上对这事的态度。大家知道，皇上很怜悯死者的母亲，大家也都很为她难过。不过大家又知道，皇上虽然很同情母亲，但又不愿严办身为军人的凶手，因此大家对身为军人的凶手也就宽大为怀。只有察尔斯基伯爵夫人敢想敢说，无所顾忌，对凶手做了谴责。

“他们这样喝酒胡闹，会把一个个好端端的青年都打死的，我说什么也不能原谅他们。”她说。

“你这话我可不明白了！”伯爵说。

“我知道，我说的话你总是不明白的，”伯爵夫人转身对聂赫留朵夫说，“人人都明白，就是我的丈夫不明白。我说我很为做母亲的难过，我不愿看到一个人杀了人还扬扬得意。”

到这时一直保持沉默的儿子开始为凶手辩护，反对母亲的意见，粗声粗气地向她证明，他身为军官非这样做不可，要不然同事们将批评他，把他驱逐出团。聂赫留朵夫听着，没有插嘴。他当过军官，对小察尔斯基的理由虽不加认可，但是能够理解。他还情不自禁地拿杀人的军官，同监狱里那个因殴斗误伤人命而被判苦役的漂亮青年农民进行比较。两人都是因喝醉酒而打死人。那个农民在火头上打死人，就此抛下妻儿，离开亲友，戴上脚镣，剃了阴阳头，去服苦役；而那个军官却坐在漂亮的禁闭室里，吃着上等伙食，喝着上等美酒，看看书，而且早晚一定会获得释放，又可以像原来那样过活，甚至更受人注意。

他把心里的想法都说了出来。察尔斯基伯爵夫人开头同意外甥的话，后来却不作声，其他的人也是这样。聂赫留朵夫才发觉他讲这些话是失礼的。

晚上，吃过饭以后，大厅里像开会似的摆着几排雕花高背椅，桌子后面放着一把圈椅，旁边有一个茶几，上面放着玻璃水瓶，那是给讲道的人饮用的。外国人基泽维特将在这里讲道，听的人纷纷来到。

大门口停着许多华贵的马车。在摆设讲究的大厅里，坐着许多身穿绸缎、丝绒和花边衣服的贵妇人，她们头上戴着假发，腰身勒得很细。在贵妇人中间坐着一些男人，有军人，有文官，还有五个老百姓：两个扫院子的、一个小店老板、一个听差、一个马车夫。

基泽维特体格强壮，头发花白，说一口英语。一个戴夹鼻眼镜的瘦姑娘又快又好地替他翻译。

他说我们的罪孽这样深重，将要受到的惩罚又这样严厉而且无法逃脱，因此不能坐等惩罚临头。

“亲爱的兄弟姊妹们！我们只要想想我们自己，想想我们的生活，想想我们的所作所为，我们怎样生活，我们怎样触怒仁慈的上帝，致使基督受难，我们就会明白，我们不可能得到宽恕，我们没有出路，我们不可能得救，我们大家注定要灭亡。灭亡是可怕的，永恒的磨难在等着我们，”他用哆嗦的带哭腔的声音说，“怎样才能得救呢？兄弟们，怎样从这场可怕的烈火中得救呢？烈火已经包围了房子，没有出路了。”

他沉默了一会儿，眼泪真的沿着脸颊滚滚而下。八年来，每当他讲到这个他十分得意的地方时，总会感到喉咙哽塞，鼻子发酸，眼泪夺眶而出。眼泪一出来，他自己就更加感动。房间里响起了一片哭声。察尔斯基伯爵夫人坐在一张细工镶嵌的小桌旁，两手抱住脑袋，肥胖的肩膀不住抖动着。马车夫惊奇地瞧着这个德国人，仿佛他正赶着一辆车，车杠眼看就要撞到德国人身上，而德国人却不肯让开。多数人坐的姿势跟察尔斯基伯爵夫人一样。沃尔夫的女儿，相貌很像父亲，穿着一件时髦的连衣裙，双手捂住脸，跪在地上。

口若悬河的讲道人突然容光焕发，露出那种像演员表示欢乐的可以乱真的微笑，声音温柔甜蜜地说：“现在有救了！这是一种轻松愉快的拯救。这种拯救就是上帝的独生子为我们流了血，他情愿为我们受苦受难。他的苦难，他的鲜血拯救了我们。兄弟姊妹们！”他又带着眼泪说，“让我们来感谢上帝吧，上帝为了替人类赎罪而献出他的独生子。他的宝血……”

聂赫留朵夫感到十分恶心，就悄悄站起来，皱着眉头，忍住羞愧的呻吟，踮起脚尖走出大厅，回自己的房间去。

18

第二天，聂赫留朵夫刚穿好衣服，准备下楼，听差就给他送来莫斯科律师的名片。律师是为自己的事来的，但玛丝洛娃一案枢密院如即将审理，他愿意出庭。聂赫留朵夫发出的电报，正好同他错开。聂赫留朵夫告诉他玛丝洛娃的案子什么时候开庭，由哪几个枢密官审理，他听了微微一笑。

“这三个枢密官正好是三种类型，”律师说，“沃尔夫是典型的彼得堡官僚，斯科沃罗德尼科夫是个有学问的法学家，贝则是一个实事求是的法学家，因此在三人中间他最有生气。希望也在他身上。嗯，那么上诉委员会那边的事进行得怎样了？”

“喏，今天我要到沃罗比约夫男爵那里去，昨天没有机会见到他。”

“您知道沃罗比约夫是怎么当上男爵的吗？”律师说，回答聂赫留朵夫在说这个纯粹俄国姓和外国爵位时露出的滑稽口吻。“这是保罗皇帝[①]因什么事赐给他祖父的，他祖父大概是个听差。他不知什么事博得了皇上的欢心。皇上说：‘封他为男爵吧，这是我的旨意，谁也不准拦着。’这样就冒出一个沃罗比约夫男爵来了。他为此很得意。其实是个老滑头。”

“那我现在就去找他一下。”聂赫留朵夫说。

“嗯，那太好了，咱们一块儿走吧。我用车子送您去。”

临走以前，聂赫留朵夫在前厅里接到听差交给他的玛丽爱特的法文信。

> 我不惜违反我的原则，遵嘱在丈夫面前替您所庇护的人求情。此人不久即可获释。丈夫已对该司令官发了手谕。那么，您就堂而皇之来看我吧。我等您。玛。

“这像什么话！”聂赫留朵夫对律师说，“真是太可怕了！一个女人在单身牢房里被关了七个月，原来什么罪也没有。如今把她释放，也只需要一句话。”

“这种事向来如此。嗯，至少您的愿望实现了。”

---

① 指俄皇保罗一世（1754年—1801年），在位期为1796年—1801年。

“是的，但事情这样容易解决，反而使我觉得不是滋味。请问：那里究竟在干些什么？究竟为什么把她关起来？”

“算了，这种事还是不要追根究底的好。我送您去吧。”律师说，这时他们已走到大门口的台阶上。律师所雇的那辆漂亮马车来到门前。“您现在要到沃罗比约夫男爵那儿去，是吗？”

律师告诉车夫到什么地方。几匹骏马就把聂赫留朵夫送到男爵家门口。男爵在家。进门第一间里有一个穿文官制服的青年官员，他的脖子特别细长，喉结突出，步伐特别轻巧。另外还有两位太太。

“贵姓？”喉结突出的青年官员异常洒脱地从两位太太那里走到聂赫留朵夫跟前，问。

聂赫留朵夫报了姓名。

“男爵谈到过您。请稍等一下！”

青年官员走进一个房门关着的房间，从那里领出一个身穿丧服、满脸泪痕的太太。这位太太用瘦削的手指放下随便卷起的面纱来掩饰泪痕。

“请进！”青年官员对聂赫留朵夫说，步态轻盈地走到书房门口，推开门，自己在门口站住。

聂赫留朵夫走进书房，看见大写字台后面的圈椅上坐着一个中等身材的结实男子，头发剪得很短，身穿礼服，眼睛快活地瞧着前方。他一见聂赫留朵夫，那张双颊鲜红、胡子雪白的和蔼的脸就浮出亲切的微笑。

“看到您很高兴，我跟令堂早就认识，我们是老朋友。您小时候我就见到过，后来您当上军官，我又见到过。好吧，请坐，您说说，有什么事我能为您效劳。”

“是的，是的！”他听着聂赫留朵夫讲费多霞的事，摇摇他那白发剪得很短的头说，“您说吧，说吧，我全明白。是的，是的，这事确实很叫人感动。那么，您已经提出上诉了？”

“上诉书我已准备好了，”聂赫留朵夫说着从口袋里拿出诉状，“但我要请您对这个案子多多关照。”

“您做得很好。我一定亲自把这个案子向上奏明，”男爵说，他那张快乐的脸上想装出怜悯的样子，但装不像。“这个案子很动人。看样子她还是个孩子，丈夫先是待她粗暴，使她嫌恶他，但过了一阵，他们又和好了……是的，我要把案子向上奏明。”

“察尔斯基伯爵说，他打算去向皇后求情。”

聂赫留朵夫话音未落，男爵的脸色顿时变了。

“不过，您把上诉书送到办公室去吧，我尽力而为。”他对聂赫留朵夫说。

这时候，青年官员又走了进来，显然有意卖弄他那种潇洒的步态。

“那位太太要求再说几句话。”

“好，请她来吧！唉，*老弟*，你在这儿会看到多少眼泪，要是能把大家的眼泪都擦干就好了！但也只能尽力而为。”

那位太太走了进来。

“我忘记求您，可不能让他把女儿抛弃，因为他已经横了心……”

“我不是说过我会尽力而为吗？”

“男爵，看在上帝份上，您救救我这个做母亲的吧！”

她抓住他的一只手，吻了起来。

“一切都会办到的。”

等那位太太走了，聂赫留朵夫也起身告辞。

“我们一定尽力而为。我们要同司法部商量一下，他们会给我们答复的。到那时我们再尽力去办。”

聂赫留朵夫走出房间，穿过办公室。像在枢密院那样，他在这个漂漂亮亮的房间里又看到许多漂漂亮亮的官员，个个整齐清洁，彬彬有礼，服装端庄大方，说话严肃清楚。

“这种人怎么这样多，真是多得要命！他们的身子都保养得多么好，他们的衬衫和手都多么干净，他们的靴子又擦得多么亮。他们靠的是谁？别说同囚犯比，就是同乡下人比，他们也显然多么阔绰优裕呀！”聂赫留朵夫又情不自禁地想。

19

操纵彼得堡全体囚犯命运的是一个德国男爵出身的老将军。他一生战功卓著，得过许多勋章，但平时只在纽扣孔里挂一个白十字章。据说现在他已头脑糊涂了。他在高加索服务时，获得了这枚他特别引以为荣的十字章。当时他统率剪短头发、身穿军服的俄罗斯农民，手持步枪和刺刀，屠杀了一千多名保卫自由、家园和亲人的人①。后来他在波兰服务时，又驱使俄国农民犯下种种罪行②，为此他又获得勋章和军服上新的饰品。后来又在别的地方工作过。如今他已是个龙钟的老人，但获得了这个重要职位，再加一座好房子、一笔可观的年俸和尊贵的地位。他认真执行上司各种命令，对派给他的任务特别卖力。他非常重视上司的命令，认为天下万事都可以改变，唯独上司的命令不能改变。他的职责就在于把男女政治犯关在特种监狱和单身牢房里，关得这些人在十年之内一半瘐死，一部分发疯，一部分死于痨病，一部分自杀：其中有人绝食而死，有人用玻璃割破血管，有人上吊，有人自焚。

老将军知道这一切，这一切都是在他眼前发生的，但所有这些事都没有触动他的良心，就像雷击和洪水等天灾造成的苦难不会触动他的良心一样。这一切都是执行以皇帝名义发布的命令的结果。这些命令都非执行不可，因此考虑这类命令的后果是完全无益的。老将军也不让自己去考虑这些事，认为军人的爱国天职不容许他考虑，免得在执行时心慈手软。

① 指十九世纪上半叶高加索山区少数民族反抗沙皇俄国的斗争，遭到沙皇军队残酷镇压。
② 指1830年沙皇军队镇压波兰人民起义的罪行。

老将军按照规定的职责，每星期到各监狱巡查一次，询问囚犯有什么要求。囚犯们向他提出各种各样的要求。他不动声色地听着，一声不吭，但对他们的要求总是置之不理，认为这些要求都是非法的。

聂赫留朵夫坐车来到老将军寓所，塔楼上的自鸣钟正用尖细的钟声奏出《荣耀归于上帝》的乐曲，然后敲了两下。聂赫留朵夫听着这钟声，不禁回想起十二月党人的笔记，那里谈到这种每小时响一次的可爱音乐怎样打动终身囚徒的心。聂赫留朵夫来到的时候，老将军正坐在阴暗的会客室里，挨着一张嵌花小桌，跟一个年轻人一起在纸上转动一个小碟。那年轻人是他一个部下的弟弟，是个画家。画家潮润的细弱手指嵌在老将军皮肤发皱、瘦骨嶙峋的僵硬手指中。这两只合在一起的手一起按住一个倒扣的茶碟，茶碟在那张写有全部字母的纸上转动。那个茶碟正在解答将军的问题：人死后灵魂怎样才能相互认识？

勤务兵拿着聂赫留朵夫的名片进来的时候，贞德[①]的灵魂正通过茶碟说话。贞德的灵魂用一个个字母拼成的字句说："他们相互认识是……"这几个字刚记下来。勤务兵一进来，茶碟刚拼完"通过"两字，正在滑来滑去转动。茶碟所以这样游移不定，老将军认为是由于下一个字应该是"清"，也就是贞德要说，人的灵魂只有通过清除一切尘世杂念，才能相互认识。画家却认为下一个字应该是"灵"，贞德的灵魂将说，他们相互认识是通过灵魂本身发出的光。老将军阴郁地拧紧两条浓密的白眉毛，盯住茶碟上面的两只手，拼命把茶碟往拼成"清"的字母上推，但还以为那是茶碟自己在移动。脸色苍白的年轻画家则把稀疏的头发撩到耳朵后面，一双暗淡无神的浅蓝眼睛瞧着会客室里阴暗的角落，神经质地动着嘴唇，把茶碟往拼成"灵"的字母那里推。老将军因为手头的事被打断而皱起眉头，沉默了一会儿，接过名片，戴上夹鼻眼镜，因为他的粗腰作痛哼了一声，站起来，挺直高大的身躯，揉揉发麻的手指。

"请他到书房里去。"

① 贞德（1412年—1431年）——法国民族女英雄，在百年战争时期领导法国人民抗击英国侵略者。

“大人，您让我一个人来把它弄完吧，”画家站起来说，“我觉得灵魂还在这儿。”

“好的，您把它弄完吧。”老将军果断而严厉地说，迈开僵直的腿，刚毅而均匀地大步向书房走去。“欢迎，欢迎！”将军用粗糙的声音亲切地对聂赫留朵夫说，指指写字台旁那张圈椅请他坐。“来彼得堡好久了吗？”

聂赫留朵夫说来了没有多久。

“令堂大人，公爵夫人身体好吗？”

“妈妈已经过世了。”

“对不起，真没想到，太遗憾了。儿子对我说他遇见过您了。”

将军的儿子像父亲一样官运亨通。他在军事学院毕业后，就进侦察局工作，并为这个差事扬扬得意。他的工作就是管理暗探。

“是啊，我跟令尊同过事。我们是老朋友，又是老同事。怎么样，您在担任什么差事吗？”

“不，我没有担任什么差事。”

将军不以为然地低下头去。

“我有事要拜托您，将军！”聂赫留朵夫说。

“太——好了。什么事我能为您效劳？”

“要是我拜托您的事不得当，那就请您原谅。但那件事我不得不来麻烦您。”

“什么事啊？”

“您这儿关着一个叫古尔凯维奇的人，他的母亲要求探望他，或者至少能把一些书转交给他。”

将军听到聂赫留朵夫的问题，既没有表示高兴，也没有表示不高兴，只是侧着头，眯缝着眼睛，仿佛在考虑似的。其实他根本不在思考，对聂赫留朵夫的问题也毫无兴趣，因为他心里明白他将照章回答。他只是在闭目养神，根本不想什么。

“这件事，老实说，我做不了主，”他歇了一会儿说。“探监的问题，有最高当局批准的法令明确规定，凡是法令许可的，可以同意。至于书籍，我们这儿有个图书馆，凡是许可的书，都可以借给他们看。”

“是的，不过他需要学术性的书籍，他要研究学问。”

“您别相信他们那一套，”将军沉吟了一会儿，说，“他们根本不是要研究学问。他们只是无事生非罢了。”

“不过，他们处境这么痛苦，总得有些活动消磨消磨时间哪！”聂赫留朵夫说。

“他们老是诉苦，”将军说，“我们可知道他们。”他谈到他们就像谈到一种品质恶劣的特殊的人。“其实这里给他们提供的条件很舒服，这在监狱里是少见的。”将军继续说。

他仿佛要证实自己的话，就详详细细列举为囚犯提供的舒服条件，仿佛他们的宗旨就是为囚犯安排舒适的居留地。

“以前确实相当艰苦，但现在他们在这儿得到很好的照顾。他们经常吃三道菜，而且总有肉吃：不是牛排就是肉饼。每逢礼拜天还要添一道菜，就是甜点心。啊，上帝保佑，但愿个个俄国人都能吃到这样的伙食！”

将军也像一切老年人那样，一旦遇到他要强调的事，总会反反复复讲上好几遍。此刻他想证明，那些囚犯都是贪得无厌，不知感恩的。

“我们给他们提供宗教书籍，还有旧杂志。在我们图书馆里适当的书有的是，可是他们难得去翻阅。开头他们似乎还感兴趣，后来新书倒有一半书页都没有裁开，旧书更没有人问津。我们还做过试验，”将军似笑非笑地说，“故意在书里夹上一些纸片。结果那些纸片都原封不动夹在里面。再有，这里也不禁止他们写字，”将军继续说，“发给他们石板，发给他们石笔，他们尽可以写写字消遣消遣。他们可以擦掉再写。可他们也不写。不，他们很快就会完全定下心来。他们只是开头有点儿烦躁，后来甚至会慢慢发胖，变得十分安静。”将军说，根本没想到他的话其实是多么残酷。

聂赫留朵夫听着他那沙哑苍老的声音，瞧瞧他那僵直的手脚和白眉毛下暗淡无神的眼睛，又瞧瞧他那被军服直领撑住的皮肉松弛的光颧骨，以及他特别引以为荣的白十字章——那是因为极端残酷和血腥屠杀而获得的——心里明白，反驳他或者揭穿他这话的实质，都是多余的。但他还是强自镇定，又问到另一个案子，打听囚犯舒斯托娃的情况，还说他今天得到消息，上面已下令要释放她了。

“舒斯托娃吗？舒斯托娃……我记不住所有犯人的名字。因为人数太多。”他说，显然责怪犯罪的人太多。他打了打铃，吩咐把办事员叫来。

将军趁办事员还没有来，就劝告聂赫留朵夫担任些差事，说什么凡是高尚正直的人（他自以为是其中的一个）都是皇上……“和祖国”所特别需要的。他加上“和祖国”三个字，显然只是为了说起来音调更动听罢了。

“我虽然老了，但还要尽力当好差。”

办事员瘦小而结实，生有一双聪明灵活的眼睛，走来报告说，舒斯托娃关在一个警卫森严的特殊地方，有关她的公文还没有收到。

“只要公文一下来，我们当天就把她释放。我们不会留住他们的，他们的光临我们并不太欢迎。”将军说，又试图现出调皮的微笑，结果只是使他的老脸显得更丑。

聂赫留朵夫起身告辞，竭力克制自己，免得流露出对这个可恶的老头儿又嫌恶又怜悯的复杂心情。老头儿呢，他则认为对老同事的这个轻浮而分明不走正路的儿子不必过分严厉，只要顺便教诲他几句就是了。

“再见，老弟，请勿见怪，我这是爱护您才说这话的。不要跟关在我们这里的人打交道。没有一个是无罪的，他们都是些道德败坏的人。我可了解他们了。”他用不容怀疑的口气说。他对这一点确实毫不怀疑，倒不是因为这是事实，而是因为不这样想，他就无法肯定自己是一位可敬的英雄，可以心安理得地过优裕的生活，而成了个出卖过良心、到了晚年还在继续出卖良心的无赖。“您最好还是去担任些差事。”他继续说。“皇上需要正直的人……祖国也需要正直的人，”他补充说。“嗯，要是我们这些人都像您那样不当差，那怎么得了？叫谁来干呢？我们动不动批评现在的制度，可自己又不愿帮政府的忙。”

聂赫留朵夫深深地叹了一口气，低低地鞠了一躬，握了握宽宏大量地向他伸出来的瘦骨嶙峋的大手，走出房间。

将军不以为然地摇摇头，揉揉腰，又走到会客室里。画家已把贞德灵魂的答复记录下来，正在那里等将军。老将军戴上夹鼻眼镜，念道：“他们相互认识是通过灵魂本身发出来的光。”

“啊！”将军闭上眼睛，赞许地说。“要是大家的光都是一样的，那又怎么认得清楚呢？”他问，又在小桌旁坐下来，手指同画家的手指夹在一起。

聂赫留朵夫的马车这时正好驶出大门。

“这地方真气闷哪，老爷，”马车夫对聂赫留朵夫说，“我本来想不等您出来就走掉。”

“是的，很气闷。”聂赫留朵夫同意道，深深地吸了一口气，如释重负地望望空中烟灰色的浮云，又望望涅瓦河上被小舟和轮船激起的银光闪闪的波浪。

20

第二天要开庭审理玛丝洛娃的案子，聂赫留朵夫就坐车去枢密院。在枢密院大厦雄伟的大门口，已停了好几辆马车。他看见法纳林律师也乘车赶来。他们沿着富丽堂皇的楼梯登上二楼。律师熟悉这里的一切通路，往左一拐，就走进一扇上面刻着诉讼条例制定年份的木门。他在第一个长方形房间里脱去大衣，露出燕尾服、白胸衬和白领带，从门房那里打听到枢密官都已到齐，就煞有介事地走进下一个房间。在这个房间里，右边放着一个大橱，旁边有一张桌子，左边是一道旋梯。这时候，一个身穿文官制服风度翩翩的官员腋下夹着皮包从楼梯上下来。房间里有一个留着银白长发，穿着短上衣和灰长裤的小老头儿，样子像个家长。他的旁边毕恭毕敬地站着两个跟班。

这位白发苍苍的小老头儿钻进充作更衣室的大橱，关上橱门。这时候，法纳林看见一个同行——跟他一样穿燕尾服、系白领带的律师，立刻兴致勃勃地同他攀谈起来。聂赫留朵夫趁机打量一下房间里的人。大约有十五个人来旁听，其中两个是女的：一个年轻的戴一副夹鼻眼镜，另一个头发花白。今天要审理一个报纸诽谤案，因此旁听的人特别多，主要是新闻界人士。

一个脸色红润、相貌英俊的民事执行吏，穿着漂亮的制服，手里拿着一张纸，走到法纳林跟前，问他办哪一个案子。听说是办玛丝洛娃案，就在纸上记下来，走开了。这时候大橱的门开了，家长模样的小老头儿从里面出来，已经不穿上衣，而换上一身镶满丝绦的官服，胸前挂满闪闪发亮的勋章和奖牌。他的模样活像一只大鸟。

这身可笑的服装显然使小老头儿自己也有点儿不好意思。他慌忙快步走到入口处对面的一扇门里。

“这位就是贝，德高望重啊！”法纳林对聂赫留朵夫说，又介绍同行跟他认识，然后讲了当前即将审理的他认为很有趣的案子。

不多一会儿，这个案子开审了。聂赫留朵夫同旁听群众一起往左走进法庭。他们，包括法纳林在内，走到栅栏后面的旁听席上，只有那个彼得堡律师来到栅栏前面的斜面写字台旁。

枢密院的法庭比地方法院的法庭要小一点儿，布置也简单些，唯一的区别是枢密官面前桌上铺的不是绿呢，而是镶有金边的深红色丝绒。不过，凡是行使审判职能机关的标志：守法镜、圣像、皇帝御像等，这里也无不具备。民事执行吏也那样庄严地宣布：“开庭了。”所有的人也都那样站起来，身穿制服的枢密官也那样纷纷走进法庭，也那样在高背扶手椅上坐下，也那样用臂肘支在桌上，竭力装出泰然自若的样子。

枢密官总共四名。首席枢密官尼基丁脸形狭长，不留胡子，生有一双银灰色眼睛。沃尔夫煞有介事地噘起嘴唇，他那双白净的小手翻阅着案卷，下面是斯科沃罗德尼科夫，体格魁梧，麻脸，是个有学问的法学家。第四个是贝，就是那个样子像家长的小老头儿，他走在最后。跟枢密官一起进来的还有书记长和副检察官。副检察官是个中等身材的年轻人，身体干瘦，脸色很黑，胡子刮得精光，生有一双忧郁的黑眼睛。尽管他穿着一身古怪的制服，聂赫留朵夫也有六年没有同他见面，但立刻认出是他大学时代的要好朋友。

“副检察官是谢列宁吧？”聂赫留朵夫问律师。

“是的，怎么样？”

“我跟他很熟，人品极好……”

“也是个很好的副检察官，很能干。对了，您本来应该托托他。”法纳林说。

“他不论办什么事总是凭良心的。”聂赫留朵夫说，想起他同谢列宁的亲密关系和友谊，想起谢列宁的种种优秀品质，例如纯洁、诚恳和非常正派。

“但现在已经来不及了。”法纳林聚精会神地倾听着案情报告，低声说。

原来高等法院的裁定并没有改变地方法院的判决，现在开庭就是审理对高等法院裁定的上诉。

聂赫留朵夫留神倾听，竭力想弄明白目前开审的案子究竟是怎么一回事。但也像在地方法庭上一样，使他无法理解的主要原因在于，他们所讲的都不是问题的关键，而是些枝节琐事。这个案子涉及报上一篇揭发某股份公司董事长舞弊的文章。问题的关键在于股份公司董事长有没有真的侵占股东利益，怎样才能制止他的侵占行为。可是这一点根本没有谈到。他们谈论的只是按照法律报纸发行人有没有在报上刊登小品文的权利，他发表了小品文，又是犯了什么罪，是诽谤还是诬蔑，是诽谤中含有诬蔑，还是诬蔑中含有诽谤。此外还涉及某个总署所颁布的各种法令和决议，那是普通人更难理解的。

聂赫留朵夫只理解一点，那就是报告案情的沃尔夫虽然昨天对他声色俱厉地说，枢密院不可能审查案件的是非曲直，此刻在报告时却显然有意偏袒被告，以利于撤销高等法院的裁定。谢列宁呢，一反向来的稳重作风，用意料不到的激烈言辞发表了相反意见。一向老成持重的谢列宁所以如此激愤，使聂赫留朵夫感到吃惊，却是有原因的。原来谢列宁知道这个董事长在金钱方面手脚不干净，又无意中得知，沃尔夫几乎就在临开庭之前参加了这个商人的豪华宴会。此刻沃尔夫在报告案情，虽然措辞十分慎重，但分明在偏袒这个商人。谢列宁听了火冒三丈，就用异常愤激的口气痛加驳斥。他的话显然触犯了沃尔夫，他脸红耳赤，身子哆嗦，默默地装出惊讶的神气，带着威风凛凛而又深受冒犯的样子跟其他几个枢密官一起向议事室走去。

“请问，您来办哪一个案子？”等枢密官们一走，民事执行吏又问法纳林。

“我不是对您说过了，是办玛丝洛娃的案子。”法纳林说。

“对，对，今天要审理这个案子。不过……”

“不过怎么样？”律师问。

“不瞒您说，这个案子不公开辩论了，因此枢密官先生在宣布案子的裁定以后，未必会再出来。但我可以去通报……”

“怎么去通报？”

“我会去通报的，会去通报的。”民事执行吏又在纸上记了些什么。

枢密官们果然打算在宣布诽谤案的裁定后，不再离开议事室，在那里一边喝茶吸烟，一边办完其他的案子，包括玛丝洛娃一案在内。

21

枢密官们在议事室里刚围桌坐下，沃尔夫就滔滔不绝地说出必须撤销本案原判的种种理由。

首席枢密官尼基丁为人一向刻薄，今天心情格外恶劣。在审案的时候，他听着案情报告，就有了主意。此刻他坐在那里听沃尔夫发言，心里却在想自己的事。他在回想昨天写在备忘录上的一件事，那就是他垂涎已久的一个肥缺，没有委派给他，却委派给了维梁诺夫。尼基丁深信，凡是在他任职期间接触过的形形色色的一二等文官，他对他们的评述将成为重要历史文献。昨天他写了一章备忘录，猛烈抨击几个一二等文官，说他们阻挠他拯救俄国，而他却要使俄国避免被当今那些统治者所摧毁。事实上，他们只是阻挠他领取更多的薪俸罢了。此刻他正在思考，怎样使子孙后代对这些事有个全新的认识。

"是啊，那当然！"他回答沃尔夫说，其实他根本没有在听。

贝脸色忧郁地听着沃尔夫说，同时在面前的一张纸上画着花环。他是一个十足的自由派。他忠心耿耿地捍卫六十年代传统[1]，即使有时放弃严格的公正立场，那也只是为了偏袒自由派。因此当前审理这个案子，除了提出控诉的董事长是个卑鄙的人之外，贝之所以主张驳回上诉，还因为控告报馆人员犯诽谤罪，就是压制新闻自由。等沃尔夫报告完毕，贝就撂下没有画完的花环，露出闷闷不乐的神色——他之所以闷闷不乐，是因为像这样起码的常识还要他多费口舌——用温柔悦耳的声音，简单扼要而又

① 指俄国十九世纪六十年代资产阶级自由派的思潮和斗争。

令人信服地说明，上诉是缺乏根据的。然后低下白发苍苍的头，继续把花环画完。

斯科沃罗德尼科夫坐在沃尔夫对面，不停地用粗手指把上下胡子塞进嘴里咀嚼。等到贝的话音一落，他就不再咀嚼胡子，用尖厉刺耳的声音说，虽然董事长是个坏蛋，如果有法律根据，他还是主张撤销原判，但既然没有法律根据，那他就支持贝的意见。他说完暗暗高兴，因为借此机会对沃尔夫挖苦一番。首席枢密官赞同斯科沃罗德尼科夫的意见，这个案子就这样被否决了。

沃尔夫很不高兴，特别是因为他那种不正当的偏袒行为似乎被揭穿了。不过他装得若无其事，翻开下一个由他报告的玛丝洛娃案的卷宗，用心阅读。枢密官们这时打了打铃，叫人送茶来，又纷纷谈起与卡敏斯基决斗案同时轰动整个彼得堡的另一件事。

这是关于某局长的案子，他触犯《刑法》第九九五条，遭到揭发检举。

“多么下流！”贝不胜嫌恶地说。

“这有什么不好？我可以在图书资料里找出一位德国作家的文章给您看。他直截了当地认为这种事不算犯罪，男人同男人也可以结婚。”斯科沃罗德尼科夫说，拼命吸着一支夹在指根中间揉皱的香烟，声音洪亮地哈哈大笑。

“那不可能！”贝说。

“我可以拿给您看。”斯科沃罗德尼科夫说，举出那本著作的全名，甚至还说出出版年份和地点。

“据说他已被调到西伯利亚某城当省长去了。”尼基丁说。

“太好了。主教准会举着十字架去迎接他。应该找一个同他一样的主教。我倒可以给他们推荐一个。”斯科沃罗德尼科夫说，把烟蒂丢进茶碟，然后竭力把上下胡子都塞到嘴里咀嚼。

这时候，民事执行吏进来报告说，律师和聂赫留朵夫希望在审理玛丝洛娃一案时出庭做证。

“这个案子啊，”沃尔夫说，“倒是一件风流韵事呢。”他就把他所知道的聂赫留朵夫跟玛丝洛娃的关系讲了一遍。

枢密官们就这事谈了一阵，吸好烟，喝够茶，然后回到法庭，宣布对上一个案子的裁决，接着开始审理玛丝洛娃案。

沃尔夫用尖细的嗓子详细报告了玛丝洛娃要求撤销原判的申诉，他的措辞又不很公正，听得出是希望撤销法庭的原判。

“您有什么要补充的吗？”首席枢密官转身问法纳林。

法纳林站起来，挺起穿着白胸衬的宽阔胸膛，措辞庄重而恰当，逐条证明法庭有六点背离法律本义。此外他还扼要提一下本案的实质，指出原判的不公正令人发指。法纳林做了简短有力的发言，他的口气仿佛表示歉意，因为他所坚持的理由，诸位枢密官凭他们明察秋毫的目力和渊博的法学知识一定看得比他更明白，理解得更透彻，他之所以这样做，无非是出于所承担的责任罢了。法纳林这番话似乎使人觉得，枢密院无疑会撤销原判。法纳林发言完毕后，得意扬扬地微微一笑。聂赫留朵夫望望律师，看见这种笑容，相信这场官司一定会打赢。不过，他向枢密官们瞅了一眼，才看出只有法纳林一人在笑，一人在得意。枢密官们和副检察官都没有笑，也没有得意，却露出厌烦的神色，仿佛在说：“你们那种人的发言我们听得多了，毫无意思。”直到律师发言完毕，不再耽搁他们了，他们才感到满意。律师发言刚结束，首席枢密官就转身对副检察官说话。谢列宁发言简短而明确，认为要求撤销原判的各种理由都缺乏根据，主张维持原判。于是枢密官又纷纷起立，去开会商议。在议事室里意见分歧。沃尔夫主张撤销原判。贝了解本案的症结所在，也坚决主张撤销原判，并且根据他的正确理解，给同事们生动地描摹当时开庭的情景和陪审员们发生误会的经过。尼基丁照例主张严格从事，恪守官样文章，反对撤销原判。这样，本案就取决于斯科沃罗德尼科夫的态度。他主张驳回上诉，主要理由是聂赫留朵夫出于道德要求决定同那个姑娘结婚，实在可恶之至。

斯科沃罗德尼科夫是个唯物主义者，达尔文主义者，认为任何抽象道德的表现，或者更坏一点儿，任何宗教的表现，不仅是一种恶劣的癫狂，而且是对本人的侮辱。由这个妓女而引起的这场麻烦，再加上替她辩护的名律师和聂赫留朵夫的亲自出庭，在他看来都是可恶之至。他不住把胡子塞到嘴里，做出一脸苦相，天真地装得并不了解本案内情，只认为撤销原判理由不足，因此同意首席枢密官意见，不批准本案上诉。

上诉就这样被驳回了。

22

“岂有此理！”聂赫留朵夫同收拾好皮包的律师一起走进接待室时说，“这样明明白白的案子，他们还要死抠形式，把它驳回。真是岂有此理！”

“这个案子是在原来的法庭上弄糟的。”律师说。

“连谢列宁都主张驳回。岂有此理，真是岂有此理！”聂赫留朵夫反复说，“现在怎么办呢？”

“向皇上告御状。趁您在这里，亲自把状子递上去。我来给您起草。”

这时候，个儿矮小的沃尔夫身穿制服，佩着几枚星章，走进接待室，来到聂赫留朵夫跟前。

“有什么办法呢，亲爱的公爵。没有充足的理由啊！”他闭上眼睛，耸耸肩膀说，接着就走开了。

谢列宁也跟着沃尔夫出来了。他从枢密官那里得知他的旧友聂赫留朵夫也在这里。

“哦，真没想到会在这儿遇见你，”他走到聂赫留朵夫跟前说，嘴唇上露出笑意，但眼睛仍旧显得很忧郁，“我根本不知道你来彼得堡。”

“我也不知道你当上了检察官……”

“副检察官，”谢列宁更正说，“你怎么会来枢密院的？”他忧郁而颓丧地瞧着朋友，问，“我听说你在彼得堡，可你怎么会到这儿来？”

“我到这儿来是希望伸张正义，营救一个无辜判刑的女人。”

“哪一个女人？”

“就是刚才裁决那个案子里的女人。”

“啊，玛丝洛娃的案子，”谢列宁想起来，说。“那个上诉状是完全缺乏根据的。”

“问题不在于上诉状，而在于那个女人没有犯罪，却被判了刑。”

谢列宁叹了一口气。

“这很可能，但是……”

“不是可能，而是确实……”

“你怎么知道？”

“因为我是审理那个案子的陪审员。我知道我们在什么地方犯了错误。”

谢列宁沉思起来。

“当时就应该声明的呀。”他说。

“我声明过了。”

“应该把它笔录下来，上诉时一起送上来就好了……”

谢列宁一向公务繁忙，很少参加社交活动，对聂赫留朵夫的风流韵事显然毫无所闻。聂赫留朵夫注意到这一点，决定不提他同玛丝洛娃的关系。

“是的，不过就是现在这样，原判显然也是很荒谬的。”他说。

“枢密院是无权说这话的。要是枢密院认为原判不公正，因而把它撤销，那么姑且不说枢密院可能丧失立场，不能维护正义，反而有破坏正义的危险，”谢列宁一面回想刚才的案子，一面说，“姑且不说这一点，至少陪审员的裁决就会变得毫无意义。”

“我只知道一点，那个女人是完全没有罪的，把她从不应得的惩罚中拯救出来的最后一线希望现在也丧失了。最高机构竟批准了完全非法的行为。”

“枢密院没有批准，因为它没有审查，也无权审查案子本身。”谢列宁眯缝着眼睛说。“你大概住在姨妈家里吧，”他加上一句，显然想改变话题，“我昨天听她说你在这里。伯爵夫人约我跟你一起去参加一个聚会，听一个外国人讲道。”谢列宁嘴唇上露出一丝笑意说。

“是的，我去听过，实在讨厌，我听了一半就走掉了。”聂赫留朵夫怒气冲冲地说，谢列宁岔开话题使他很恼火。

“哦，那又何必讨厌呢？无非是一种宗教感情罢了，虽然有点儿过火，有点儿教派的味道。”谢列宁说。

“简直是胡闹。”聂赫留朵夫说。

“哦，那倒不能这样说。只有一点说来奇怪，我们对教会的教义知道得太少了，因此往往把一些基本道理当作什么新发现。”谢列宁说，仿佛急于要把自己的新见解告诉老朋友。

聂赫留朵夫惊奇地对谢列宁仔细瞧瞧。谢列宁没有垂下眼睛，他的眼神不仅忧郁，而且带有恶意。

“难道你相信教会的教义吗？”聂赫留朵夫问。

“当然相信。”谢列宁回答，直勾勾地盯住聂赫留朵夫的眼睛。

聂赫留朵夫叹了一口气。

“真奇怪。”他说。

“好吧，我们以后再谈，”谢列宁说。“我这就去，”他转身回答那个毕恭毕敬地走到他跟前的民事执行吏说。“一定得找个机会再见见面，”他不胜感慨地说。“我找得到你吗？至于我，晚上七点钟吃饭前总在家里。我住在纳杰日津街。”他说了他家的门牌号码。“我们多少年没见面了！”他添了一句，嘴唇上又露出笑意，走了。

“要是有工夫，我会去看你的。”聂赫留朵夫说，觉得这个原来亲切可爱的人，经过这番简短的交谈，变得生疏、隔膜而难以理解，如果不说变成对头的话。

23

谢列宁在大学读书的时候，聂赫留朵夫就认识他了。当时他是个优秀子弟，忠实朋友，上流社会里教养有素的青年，待人接物很有分寸，而且相貌俊美，风度翩翩，又异常正直诚恳。他并不特别用功，也没有丝毫书生气，但书读得很好，所写的论文几次得到过金质奖章。

他不仅在口头上，而且在实际行动上把为人们服务作为生活目标。他认为要为人们服务没有其他途径，只能进政府机关工作，因此一毕业，就把凡是能贡献力量的工作做了一次系统研究，断定到立法办公厅二处工作最有益，就进了那个机关。然而，尽管他兢兢业业，忠于职守，他却觉得这种工作并不能满足他有益于人们的愿望，也不觉得这样做就是尽了本分。由于他同浅薄庸俗的顶头上司发生冲突，这种不满足的感觉就更加强烈，结果他离开了二处，调到枢密院来。他到了枢密院，觉得好一点儿，但不满足的感觉还是经常使他苦恼。

他时刻感到，一切都和他的期望截然相反，一切都和应有的情况截然相反。在枢密院任职期间，他的亲戚为他奔走，替他谋得宫中侍从的职务。于是他只好穿上绣花制服，戴上白麻布胸衬，坐车一家家登门道谢，因为他们让他当上了听差。他左思右想，也不能解释这种差事的意义。他觉得这种差事比在政府机关任职更加“不对头”，然而，一方面他又不能拒绝这项委任，否则就会惹怒那些热心帮他忙的人。另一方面，这项委任又迎合他的劣根性。他在镜子里看到自己身穿金绦制服，人家见到他肃然起敬，又感到沾沾自喜。

在婚姻问题上他也遇到同样情况。人家为他撮合了从上流社会看来很美满的婚姻。他所以结婚，主要因为如果拒绝这门亲事，他就会得罪和伤害希望它成功的新娘和撮合的亲戚，同时也因为同这个年轻貌美、门第显贵的姑娘结婚，他的虚荣心得到了满足。不过，这门亲事很快就证实它比机关职务和宫廷差事更加“不对头”。他的妻子生第一个孩子以后，就不愿再生孩子，开始过奢侈的社交生活，而且不管愿意不愿意，他也得参加。她长得并不特别美，但对他是忠实的。不过，姑且不说她这种生活方式严重影响丈夫的生活，就是她自己除了浪费大量精力，换得过分疲劳以外，可以说一无所得。虽然如此，她还是竭力维持这种生活。他千方百计想改变这种生活方式，但她在亲友支持下认为非这样生活不可，结果他的企图就像撞在石墙上一样粉碎了。

他们有个女孩，生着长长的金黄鬈发，露着两条白腿，但做父亲的不喜欢她，主要因为她不是按照他的希望培养的，夫妇之间经常发生隔阂，甚至双方都不愿意互相了解，因此一场不动声色、瞒过外人耳目、碍于礼节而保持一定分寸的暗斗就使他的家庭生活变得十分痛苦。这样，他的家庭生活就比机关职务和宫廷差事更加“不对头”。

不过，最“不对头”的却是他对宗教的态度。他也像所有同时代和同圈子里的人那样，随着智力的增长，毫不费力就挣脱了他在其中受到熏陶的宗教迷信的枷锁，并且不知在什么时候得到了解脱。他是一个严肃而正直的人，在大学念书、同聂赫留朵夫交往的青年时代，就公然摆脱了官方宗教的迷信。但随着岁月的流逝，官位的步步高升，特别是当时社会上保守反动势力的抬头，这种精神上的自由开始同他的活动发生抵触。且不说家里的情况，尤其是他父亲死后做安魂礼拜，他母亲要他持斋，以及社会舆论对他施加的压力，就是在机关里任职，他也不得不参加祈祷、供奉、谢恩等礼拜，简直难得有一天不接触宗教仪式，而且无法逃避。对这种礼拜，只能两者取其一：要么假装信仰（凭他诚实的天性，这是办不到的），要么认为这些宗教仪式虚伪，竭力避免参加。但为了处理这种似乎无关紧要的问题，却需要做大量工作。除了必须同周围的人经常斗争外，还得完全改变他的地位，放弃公职，牺牲他自以为通过现在职务给人们带来的利益，以及今后将会给人们带来的更多利益。为了要这样做，必须坚信自己的观点是正确的。他有这样的信心，就像当代一切受过教育的人，只要稍微知道一点儿历史，知道宗教的起源，知道基督教的起源和分裂，就不能不相信这种观点是正确的。他不承认教会宣扬的教义是真理，这一点也是完全正确的。

不过，在生活环境的逼迫下，他这个诚实的人只好自己欺骗一下自己。他对自己说，为了证实不合理的事是不合理的，首先就得对这种不合理的事进行研究。这是一点儿小小的虚伪，但它却把他引向大的虚伪，使他至今不能自拔。

他是在东正教的氛围下出生和成长的，周围的人全要他信仰东正教，不承认这个教，他就无法继续从事有益于人们的活动。因此，对他自己提出的东正教是不是正确这个问题，他心中早已有了答案。同时为了阐明这个问题，他不读伏尔泰、叔本华、斯宾塞、孔德①的著作，而读黑格尔的哲学和维奈、霍米雅科夫②的宗教论著。自然，他在那些论著里找到了他所需要的东西：精神上的宽慰和对教义的辩护。他从小就受宗教教义的熏陶，可是他的理性早已把它否定了。然而，没有宗教信仰，整个生活就会充满烦恼，而只要承认它，一切烦恼就会烟消云散。此外，他也学会了种种流行的诡辩术，例如个人的智慧无法认识真理，只有人类智慧的总和才能发现真理；认识真理的唯一途径就是神的启示，而神的启示只有教会才能保存，等等。从那时起，他就心安理得地参加祈祷、安魂礼拜、弥撒、守斋，对着圣像画十字，继续在机关任职，并不觉得在自欺欺人。而在机关任职就使他觉得对人有益，并给他缺乏欢乐的家庭生活带来安慰。

---

① 伏尔泰（1694年—1778年）——法国启蒙思想家。叔本华（1788年—1860年）——德国哲学家。斯宾塞（1820年—1903年）——英国哲学家。孔德（1798年—1857年）——法国哲学家。他们在不同程度上否定基督教。

② 黑格尔（1770年—1831年）——德国哲学家。维奈——十九世纪瑞士神学家。霍米雅科夫（1804年—1860年）——俄国斯拉夫派理论家。他们从不同立场承认基督教义。

他自认为信仰东正教；但另一方面，整个身心又空前强烈地感到，这种信仰完全“不对头”。

就因为这个缘故，他的眼神总是那么忧郁。也就因为这个缘故，他看见聂赫留朵夫，就想起当年他认识聂赫留朵夫时还没有沾染这种虚伪的习气，他是个怎样的人。尤其是在他迫不及待地向聂赫留朵夫暗示了自己的宗教观以后，他空前强烈地感觉到这一切“不对头”，心里十分悲哀。聂赫留朵夫见到这个老朋友，在一阵高兴以后，也有同样的感觉。

也就因为这个缘故，他们两人虽然表示再要见面，却没有找机会会晤，结果在聂赫留朵夫逗留彼得堡期间，他们没有再见过面。

24

聂赫留朵夫同律师一起从枢密院出来，沿着人行道走去。律师吩咐他的马车跟在后面，然后给聂赫留朵夫讲述枢密院里提到的那个局长的事，讲到他怎样被揭发检举，但他非但没有被依法判处苦役，反而被派到西伯利亚去当省长。律师讲完这事的前后经过和全部丑恶内幕，还津津有味地讲了另一件事：有一笔捐款原是用作建造他们今晨乘车经过的一座未完成的纪念碑的，却被几个地位很高的人侵吞了，而那座纪念碑一直没有建成。他又讲到某人的情妇在证券交易所发了几百万横财；某人出卖老婆，由某人买进。此外，律师还讲到政府高级官员怎样营私舞弊，犯下种种罪行，他们非但没有坐牢，而且在机关里仍旧坐着头几把交椅。这类奇闻轶事显然是讲不完的。律师讲得眉飞色舞，因为它们清楚地表明，律师赚钱的手段，同彼得堡高级官员赚钱的手段相比，是完全正当的。因此，当聂赫留朵夫不等听完高级官员犯罪的最后一个故事，就向他告辞，自己雇马车回河滨街姨妈家去时，律师不禁感到很惊讶。

聂赫留朵夫心里非常愁闷。他所以愁闷，主要因为枢密院驳回上诉，无辜的玛丝洛娃不得不忍受无谓的苦难；还因为驳回上诉，他要跟她同生死、共患难的决心更难实现。再有，他想起律师津津有味地讲到那些骇人听闻的丑事，以及不住浮现在他面前的谢列宁的眼神——以前是那么坦率、高尚、可爱，如今却变得那么凶恶、冷淡，拒人于千里之外。这一切都使他闷闷不乐。

聂赫留朵夫回到家里，看门人交给他一张字条，多少带点儿鄙夷的神气，说是一个女人在门房里写的。原来这是舒斯托娃的母亲。她写道，她专程前来向女儿的救命恩人道谢，并恳请他光临瓦西里耶夫岛五马路某号。她还写道，薇拉非常希望他去。还说他不用顾虑，她们决不会用感谢的话来亵渎他的高尚情操。她们不会向他道谢，她们只是想见见他。要是可能的话，希望他明天早晨光临。

另一张字条是聂赫留朵夫的旧同事，宫廷侍从武官鲍加狄廖夫写的。聂赫留朵夫曾托他把聂赫留朵夫亲自替教派信徒写的状子呈交皇上。鲍加狄廖夫用粗大豪放的笔迹写道，他将信守诺言，把状子面呈皇上，但他有个主意，聂赫留朵夫是不是先去找一找经办本案的人，当面托他一下，岂不更好。

聂赫留朵夫在彼得堡几天所得的印象，使他灰心丧气，觉得要办成任何一件事都是没有希望的。他在莫斯科拟订的计划，他觉得就像青年时代的梦，一旦踏进生活，就全部破灭。不过既然已来到彼得堡，他认为原定计划还是应该执行，就决定明天先到鲍加狄廖夫家，然后照他的意见去拜访那个能左右教派信徒一案的人。

他刚从皮包里取出教派信徒的状子，想重新读一遍，不料察尔斯基伯爵夫人的听差来敲门，请他上楼喝茶。

聂赫留朵夫说他马上就去。他把状子放回皮包里，就到姨妈那儿去。上楼的时候，他无意中从窗子里往街上望了一下，看见玛丽爱特那对枣红马，不禁高兴起来，忍不住想笑。

玛丽爱特头上戴着帽子，但身上穿的已不是黑色连衣裙，而是一件花哨的浅色连衣裙。她手里拿着一杯茶，坐在伯爵夫人圈椅旁，嘴里尖声尖气地说着什么，那双笑盈盈的美丽眼睛闪闪发亮。聂赫留朵夫进来的时候，玛丽爱特刚说了一句可笑的话，一句不成体统的笑话——聂赫留朵夫从笑声中听得出来——逗得心地善良、嘴上有毛的察尔斯基伯爵夫人呵呵大笑，她那肥胖的身子都哆嗦起来。玛丽爱特露出特别调皮的神气，微微撇着含笑的嘴，扭过她那张精神饱满、容光焕发的脸，默默地瞧着同她谈话的女主人。

聂赫留朵夫从他听到的几个字中听出，她们在谈当时彼得堡的第二号新闻，也就是关于西伯利亚新省长的轶事。玛丽爱特就是在这件事上讲了一句非常好笑的话，逗得伯爵夫人好久都止不住笑。

"你要把我笑死了！"她笑得咳嗽起来，说。

聂赫留朵夫打过招呼，在她们旁边坐下。他刚要批评玛丽爱特举止轻浮，玛丽爱特已发现他板着脸，有点儿不高兴。她立刻改变脸色，甚至整个情绪来讨他的欢心。自从她见到他以后，总是竭力这样做。此刻她忽然变得严肃起来，对自己的生活感到不满，仿佛在寻找什么，追求什么。她这倒不是装出来的，而是确实产生了和聂赫留朵夫同样的心情，虽然她说不出这究竟是一种什么样的心情。

她问他的事办得怎么样。他就讲了上诉枢密院失败的经过，还讲到他遇见了谢列宁。

"哪！一颗多么纯洁的灵魂！真是一个见义勇为的骑士。一颗纯洁的灵魂！"两位太太用了上流社会对谢列宁的惯用外号。

"他的妻子是个怎样的人？"聂赫留朵夫问。

"她吗？哦，我不想说她的坏话。但她不了解他。怎么，难道他也主张驳回上诉吗？"玛丽爱特怀着由衷的同情问。"这太糟了，我真可怜她！"她叹息着又说了一句。

聂赫留朵夫皱起眉头，想改变话题，就谈起那个关在要塞里、经她说情才放出来的舒斯托娃。他向玛丽爱特道谢，感谢她在丈夫面前说了情。接着他想说，这个女人和她的一家只因没有人想到他们而受苦，这件事想起来都可怕，但她不让他把话说完，立刻表示了她的愤慨。

“您不用对我说这话，”她说，“我丈夫一告诉我她可以放出来，我就大吃一惊。既然她没有罪，为什么要把她关起来呢？”她正好说出了聂赫留朵夫想说的话。“真是岂有此理，岂有此理！”

察尔斯基伯爵夫人看到玛丽爱特在同外甥调情，觉得很好玩。

“你听我说，”伯爵夫人等他们沉默下来，说，“你明天晚上到阿林家去，基泽维特要在她那儿讲道。你也去吧！”她转身对玛丽爱特说。

“他注意到你了，”她对外甥说，“我把你说的话全告诉他，他说那是好兆头，你一定会走到基督身边的。你一定要去。玛丽爱特，你叫他务必要去。你自己也去。”

“我呀，伯爵夫人，第一，没有任何权利指挥公爵的行动，”玛丽爱特盯着聂赫留朵夫说，并且用这种目光表示，在对待伯爵夫人的话上，在对待福音派的态度上，他们之间已经有了完全的默契。“第二，您知道，我不太喜欢……”

“不论什么事你总是顶牛，自作主张。”

“我怎么自作主张？我像一个乡下女人那样信教。”她笑嘻嘻地说。“第三，”她继续说，“我明天要去看法国戏……”

“啊！那你看到过那个……哦，她叫什么名字？”察尔斯基伯爵夫人说。

玛丽爱特说了那个著名法国女演员的名字。

“你一定要去看一看，她演得太好了。”

“那我应该先去看谁呢，我的姨妈，先看女演员，还是先看传教士？”

“请你别找我的碴儿。”

“我想还是先看传教士，再看法国女演员的好，要不然就根本没有兴致去听讲道了。”聂赫留朵夫说。

“不，最好还是先看法国戏，然后再去忏悔。”玛丽爱特说。

“哼，你们别拿我取笑了。讲道是讲道，做戏是做戏。要拯救自己的灵魂，可不用把脸拉得两尺长，哭个没完。人只要有信仰，心里就快活了。”

“您哪，我的姨妈，传起教来可不比随便哪个传教士差呢。”

“我看这样吧，”玛丽爱特笑了笑说，“您明天到我的包厢里来吧。”

“我怕我去不了……”

一个听差进来通报有客来访，把他们的谈话打断了。那是伯爵夫人主持的慈善团体的秘书。

“哦，那是个很乏味的人，我还是到那边去接待他吧。我回头就来。您给他倒点儿茶，玛丽爱特。”伯爵夫人说，轻快地向客厅走去。

玛丽爱特脱下手套，露出一只强壮扁平、无名指上戴着戒指的手。

“要茶吗？”她说，拿起酒精灯上的银茶壶，古怪地翘起小手指。

她的脸色显得严肃而忧郁。

“我很尊重人家的意见，可他们总是把我和我所处的地位混为一谈，弄得我心里很不好受。”

玛丽爱特说最后几个字时，仿佛要哭出来。她这些话，只要仔细想一想，并没有什么意思，或者说并没有什么特殊意思，但聂赫留朵夫却觉得这些话异常深刻、诚恳和善良。这是因为这位年轻美丽、衣着讲究的女人说这话时，她那双水汪汪的眼睛完全把聂赫留朵夫迷住了。

聂赫留朵夫默默地瞧着她，眼睛离不开她的脸。

“您以为我不了解您，不了解您心里的种种想法。其实您做的事谁都知道。这是公开的秘密。我赞赏您的行为，对您表示钦佩。”

“说实话，没什么值得赞赏的，我做得还很少。”

“这没关系。我了解您的心情，也了解她……嗯，好吧，好吧，这事不谈了。”玛丽爱特察觉他脸上不高兴的神色，把话收住。“不过我还了解，您亲眼看见监狱里的种种苦难，种种可怕的景象，”玛丽爱特说，一心想把他迷住，并且凭她女性的敏感猜出他重视的是什么，“您想帮助那些苦难的人，他们由于人家的冷酷和残忍吃尽了苦，真是吃尽了苦……我了解有人可以为此献出生命，我自己也真愿意这样做。但各人有各人的命……”

“难道您对您的命不满意吗？”

“我吗？”玛丽爱特问，仿佛弄不懂人家怎么会提出这样的问题来。“我应该满意，事实上也是满意的。不过我心里有一条虫子在觉醒……”

“是不应该再让它睡觉了，应该相信它的呼声。”聂赫留朵夫说，把她的花言巧语当作真心话。

事后聂赫留朵夫多次想到同她的谈话，感到很羞愧。他想到她那些与其说是虚伪的不如说是有意迎合他的话，还有当他讲到监狱里的种种惨状和乡村的印象时，她那副悲天悯人的脸相。

等伯爵夫人回来，他们已谈得十分投机，仿佛老朋友一般。不仅是老朋友，简直是极其知心的朋友。而且在一群不了解他们的人当中，唯独他们俩能相互了解。

他们谈到当权者的不公正，谈到不幸的人们的苦难，谈到人民的贫困，但在谈话时眉来眼去，仿佛在问：“你能爱我吗？”对方就回答说：“我能。”异性的魅力通过想象不到的迷人方式把他们相互吸引住了。

临走时，玛丽爱特对他说，她永远愿意为他效劳，并要求他明天务必到戏院去找她，哪怕只去一分钟也好，因为她还有一件要紧事要同他谈。

“那么，什么时候我再能见到您呢？”她叹了一口气，又说。接着小心翼翼地把手套套在戴满戒指的手上，“您说您一定来。”

聂赫留朵夫答应了。

那天晚上，聂赫留朵夫独自待在房间里。他在床上躺下，灭了蜡烛，可是好久睡不着。他想起玛丝洛娃，想起枢密院的裁决，想起他决心跟她一起走，想起他放弃了土地所有权。突然，仿佛同这些念头作对似的，他的眼前出现了玛丽爱特的脸、她的叹息、她说“什么时候我再能见到您呢”这句话时的眼神以及她的笑容，这些形象是那么清楚，就像他真的看到了她。他不禁笑了。“我要到西伯利亚去，这样好不好呢？我要放弃财产，这样又好不好呢？”他问着自己。

在这个明亮的彼得堡之夜，月光从窗帘的隙缝里漏进来，但他对这些问题的回答却是游移不定的。他的头脑里一片混乱。他想唤起原来的心情，继续思索原来那些事情，可是他已无法说服自己了。

“万一这一切都只是我的胡思乱想，我无法那样生活，我对我的行为感到后悔，那怎么办？”他问自己，却无法回答，心里产生一种好久没有过的烦恼和绝望。他理不清这些问题，却渐渐进入痛苦的梦乡，就像以前赌输了一大笔钱后那样。

25

聂赫留朵夫早晨醒来的第一个感觉，就是昨天他做了一件卑劣的事。

他开始回想：卑劣的事没有做过，坏的行为也没有，但有过一些想法，一些坏的想法，那就是他现在的种种打算，例如同卡秋莎结婚，把土地交给农民等，都是不能实现的，都无法坚持，都脱离实际，都不自然，他应该像过去那样生活才是。

坏行为确实没有，但有比坏行为坏得多的东西，那就是引起种种坏行为的思想。坏行为可以不再重犯，并为此感到后悔，但坏思想却经常产生坏行为。

一种坏行为只能为其他坏行为开路；而坏思想却会拖着人顺着那条路一直往下滑。

早晨聂赫留朵夫的头脑里重温昨天的思想，不由得感到惊奇，他怎么会有那些想法，哪怕只有一刹那。不论他打算做的事多么新奇，多么困难，他知道，这样行动是他现在唯一的出路。他知道，恢复原来的生活是多么轻而易举，但那是死路一条。他现在觉得，昨天的诱惑好比一个睡过头的人，他已经不想再睡，却还是赖在床上，迷糊一会儿，虽然明明知道，他该起床去做那些等着他去做的重要而快乐的事。

今天是他在彼得堡逗留的最后一天。他一早就到瓦西里耶夫岛去看望舒斯托娃。

舒斯托娃住在二楼。聂赫留朵夫按照扫院子人的指点，找到后门，顺着陡直的楼梯上去，一脚踏进闷热的食物味道很浓的厨房。一个上了年纪的女人戴着眼镜，系着围裙，卷起袖子，站在炉子旁边，在一口热气腾腾的锅里搅拌着什么东西。

“您找谁？”她从眼镜架上边瞅着来客，厉声问。

不等聂赫留朵夫报名，那女人脸上就现出惊喜交集的神色。

“哦，公爵！”那女人用围裙擦擦手，惊叫起来，“您怎么走后楼梯呀？您是我们的恩人！我就是她的母亲。本来他们会把我们的姑娘完全给毁掉的。您是我们的救星啊！”她说着抓住聂赫留朵夫的手，拼命吻着。“我昨天到您那儿去过。是我妹妹特意要我去的。她就在这里。您跟我来，这边走，这边走！”舒斯托娃的母亲说着，领聂赫留朵夫穿过一道狭门和一条黑暗的小过道，一路上放下掖起的衣襟，理理头发。“我妹妹叫柯尔尼洛娃，您大概听人说起过吧，”她在门口站住，轻声加了一句，“她被牵连到政治事件里去了。她是个非常聪明的女人。”

舒斯托娃的母亲打开一扇走廊门，把聂赫留朵夫领到一个小房间里，房间里放着一张桌子，桌子后面的长沙发上坐着一个身体丰满、个儿不高的姑娘，身穿一件条纹布上衣，一头淡黄的鬈发围着一张苍白的圆脸，相貌很像她的母亲。她对面的单人沙发上坐着一个男青年，腰弯得很低，穿一件领子绣花的俄国式衬衫，嘴唇上和下巴上都留着黑色的胡子。他们两人谈得津津有味，直到聂赫留朵夫进门，才回过头来。

“丽达，聂赫留朵夫公爵来了，他就是……”

脸色苍白的姑娘紧张地跳起来，把一绺从耳朵后面披下来的头发撩回去，睁着她那双灰色的大眼睛瞪着来客。

“那么，你就是薇拉托我营救的那个危险女人吗？”聂赫留朵夫说，笑眯眯地向她伸出手来。

“是的，我就是，”丽达说，露出一排好看的牙齿，像孩子般善良地笑了一笑，“我姨妈很想见见您呢。姨妈！”她用婉转悦耳的声音对着门叫了一声。

“薇拉因为您被捕心里很难过。”聂赫留朵夫说。

“请坐，或者这儿坐舒服些！”丽达指着青年刚才坐过的那把破沙发说。“这是我的表哥扎哈罗夫。”她发觉聂赫留朵夫打量那青年的目光，说。

那青年也像丽达一样和善地微笑着，同客人握手问好。等聂赫留朵夫在位子上坐下，他就搬过窗口一把椅子，坐在旁边。从另一扇门里又进来一个浅黄头发的中学生，大约十六岁的样子，一声不响地坐到窗台上。

“薇拉是我姨妈的好朋友，可我简直不认识她。”丽达说。

这时从隔壁房间里进来一个女人，生有一张讨人喜欢的聪明的脸，身穿白色短上衣，腰里束一条皮带。

“您好，您特地跑到这儿来，真是太感谢了！”她在长沙发上挨着丽达坐下，说。“哦，我们的薇拉怎么样？您见到她了？她过得怎么样？”

“她不抱怨，”聂赫留朵夫说，“她说她的自我感觉好得不能再好了。”

“唉，我的薇拉，我了解她！”姨妈笑着摇摇头说。“应该了解她，她是一个了不起的人。一心一意为别人，从来不替自己着想。”

“是的，她自己什么要求也没有，她只为您的外甥女操心。她说，让她难过的主要是您的外甥女无缘无故被捕了。”

“确实是这样，”姨妈说，“这事真糟糕！说实在的，她是在为我受罪。”

“根本不是的，姨妈！”丽达说。“即使您没有托我，我也会保管那些文件的。”

“这事我可知道得比你更清楚！”姨妈说。“不瞒您说，”她又转身对聂赫留朵夫说，“这是因为有人托我暂时保管一些文件，我自己没有房子，就把那些文件送到她那儿。不料当天晚上就来搜查，那些文件和她都被带走了。她一直关到现在，他们逼她说出这些文件是从谁手里拿来的。”

“我始终没有讲出来。”丽达慌忙说，神经质地撩一下头发，虽然那绺头发并不碍她的事。

“我又没有说你讲出来。”姨妈反驳说。

“他们逮捕了米丁，那也不是我把他供出来的。”丽达说，脸涨得通红，心神不宁地向四下里打量着。

“这事你不用提了，丽达！”做母亲的说。

“为什么不用提，我偏要讲！”丽达说，已经收起笑容，但脸色还是通红，她不再撩头发，却把一绺头发缠在手指上，不住往四下里张望。

“昨天你一提到这事，不是出了岔子吗？”

“根本没有……你不要管，姨妈。我什么也没有说，一直没吭声。他两次审我，问到姨妈，问到米丁，我什么也没有说。我还对他声明，我什么话也不回答。于是那个……彼得罗夫……”

“彼得罗夫是个暗探，是个宪兵，是个大混蛋！”姨妈插嘴给聂赫留朵夫解释说。

“于是他，”丽达慌慌张张地继续说，“他就来劝我。他说：‘不论您对我说什么，都不会损害什么人，正好相反……您要是说出来，那么，那些也许是被我们冤枉受罪的人就可以获得自由。’哼，可我还是咬定不说。于是他就说：‘嗯，好吧，您不说就不说，但我说出来您也别否认。’于是他就举出一个个名字来，也提到了米丁。”

“啊，你别说了！”姨妈说。

“哎，姨妈，您别打岔……”她不断地拉扯她那绺头发，老是往四下里张望。“到了第二天，真是想不到，忽然有人敲墙头告诉我，米丁被捕了。唉，我想这是我把他出卖了。我难受极了，难受得简直都快疯了。”

“其实他被捕同你完全没有关系。”姨妈说。

“可我当时不知道，我还以为是我把他出卖了。我从这边墙跟前走到那边墙跟前，走过来，走过去，脑子里静不下来。总以为是我把他出卖了。我躺下来睡觉，盖上被子，就听见有人在我耳边说：‘你把米丁出卖了，你把米丁出卖了，米丁是你出卖的。’我知道这是幻觉，可是又无法克制。我想睡，睡不着；我要不想，又办不到。哦，这真是可怕！”丽达越说越激动，把一绺头发缠在手指上，再把它松开，不住地往四下里张望。

“丽达，你安静一下吧！”母亲说着碰碰她的肩膀。

可是丽达已克制不住了。

“这种事可怕就可怕在……”她又开口说，但不等说完哇的一声哭了。她从沙发上跳起来，衣服在圈椅上钩了一下，从房间里冲出去。母亲跟着她跑出去。

“把那些混蛋统统绞死！”坐在窗台上的中学生说。

“你说什么？”母亲问。

“我没说什么……我只是随便说说。”中学生回答，抓起桌上的一支香烟，点上火，吸了起来。

26

“是啊，对年轻人来说这种单身牢房真是可怕！”姨妈说着摇摇头，也点上一支烟。

“我看对谁都一样。”聂赫留朵夫说。

“不，不是对谁都一样，”姨妈回答。“我听人家说，对真正的革命者来说，这是一种休息，一种疗养。一个地下工作者总是生活动荡，缺衣少食，并且为自己、为别人、为事业提心吊胆，可是一旦被捕，就没事了，一切责任都卸下，你就坐下来休息吧。我听他们说，被捕时还高兴呢。不过，对没有罪的年轻人——像丽达那样没有罪的人总是首先被捕——对这些人来说，第一次打击确实很沉重。这倒不是因为你丧失了自由，受到粗暴的对待，伙食很差，空气很坏，总之，这种种苦难都无所谓。苦难即使再加两倍，也可以忍受，难以忍受的是初次被捕时精神上所受到的打击。”

“难道您也有过这样的经历吗？”

“我吗？坐过两次牢，”姨妈凄苦而动人地笑着说。“我第一次被捕是无缘无故的。那时我才二十二岁，有了一个孩子，而且又怀孕了。我失去了自由，离开孩子，离开丈夫。这些事再痛苦，比起精神上的痛苦来，简直算不了一回事。当时我觉得我不再是一个人，我变成一样任人摆布的东西。我想同女儿告别，可是他们逼我坐上马车。我问要把我带到哪儿去，他们说到了就会知道。我问我犯了什么罪，他们不理我。受过审问后，我被迫脱下自己的衣服，穿上编号的囚衣，又被押回走廊。他们打开牢门，把我推进牢房，再锁上门，只留下一个扛枪的哨兵。他一声不响地走来走去，偶尔从门缝里张望一下，我感到难受极了。当时有一件事使我特别惊讶，那就是审问的时候宪兵军官递给我一支烟。可见他懂得人是喜欢吸烟的。可见他懂得人是喜欢自由和光明的，他也懂得母亲爱孩子，孩子爱母亲。那他们为什么冷酷地把我同我所珍爱的一切拆开，把我像一头野兽似的锁起来呢？一个人受到这样的待遇不可能不受到损害。一个人原来相信上帝和人，相信大家都应相亲相爱，但在经历了这一切以后就会丧失这种信念。我就是从那时起不再相信人，心肠也变硬了。”她说完微微笑了笑。

丽达的母亲从丽达出去的那扇门进来，说丽达情绪很坏，不来了。

“唉，为什么要摧残这样一个年轻的生命？”姨妈说，“我特别难过的是我竟成了这件事的罪魁祸首。”

“上帝保佑，她呼吸呼吸乡下的空气会复原的，”做母亲的说，“我们要把她送到她父亲那儿去。”

“是啊，要不是您出了力，她会完全给毁了的，”姨妈说，“谢谢您。我要同您见面，因为有一封信要托您转交给薇拉。”她说着从口袋里取出一封信，“信没有封口，您可以看看，或者把它撕掉，或者把它转交，总之，您觉得怎么合适就怎么办吧！”她说。“信里并没有什么损害人的名誉的话。”

聂赫留朵夫接了信，答应把它转交，然后起身告辞，走到街上。

他没有看信，把口封上，决定把它交给薇拉。

27

使聂赫留朵夫逗留在彼得堡的最后一件事，就是解决教派信徒案。他准备通过军队旧同事、宫廷侍从武官鲍加狄廖夫把他们的状子呈交皇上。他一早乘车来到鲍加狄廖夫家，碰到他还在吃早饭，但马上就要出门。鲍加狄廖夫生得矮壮结实，体力过人，能空手扭弯马蹄铁，但为人善良、诚实、直爽，甚至有点儿自由主义思想。尽管他具有这些特点，但同宫廷关系密切，热爱皇上和皇族。他还有一种惊人的本领，那就是生活在最上层社会，却只看到好的一面，也不参与任何坏事和不正派活动。他从来不指摘什么人，也不批评什么措施。他总是要么保持沉默，要么声若洪钟地大胆说出他要说的话，同时纵声大笑。他这样大声说笑倒不是装腔，而是出于他的性格。

“啊，你来了，太好了。你不吃点早饭吗？要不你就坐下来。煎牛排挺不错。我吃一顿饭开头和收尾都得吃点儿扎实的东西。哈，哈，哈！那么，你来喝点儿酒，”他指着一瓶红葡萄酒，大声说，“我一直在想你呢，你最好还是先到托波罗夫那儿去一下。”

他一提到托波罗夫，聂赫留朵夫就皱眉头。

“这件事全得由他做主。不管怎样总归要去问他。说不定他当场就会满足你的要求的。”

“既然你这么说，我就去一下。”

“那太好了。嗯，彼得堡给你的印象怎么样？”鲍加狄廖夫大声说，“你说说，好吗？”

“我觉得我仿佛中了催眠术。”聂赫留朵夫说。

“中了催眠术？”鲍加狄廖夫重复着他的话，呵呵大笑。“你不想吃，那么听便。”他用餐巾擦擦小胡子。“那么，你去找他吗？呃？要是他不干，那你就把状子交给我，我明天递上去。”他又大声说，从桌旁站起来，画了一个很大的十字，显然像他擦嘴一样漫不经心，然后佩上军刀。“那么，再见了，我得走了。”

“我也要走了。”聂赫留朵夫说，高兴地握了握鲍加狄廖夫强壮有力的大手，并且像每次看到健康、朴实、生气勃勃的人那样，头脑里留下愉快的印象，在大门口同鲍加狄廖夫分手。

聂赫留朵夫虽然估计去一次不会有什么结果，但他还是听从鲍加狄廖夫的劝告坐车去拜访托波罗夫，也就是那个能左右教派信徒案的人。

托波罗夫所担任的职务，从它的职责来说，本身就存在着矛盾，只有头脑迟钝和道德沦丧（托波罗夫正好具有这两种缺点）的人才看不出来。这种矛盾就在于它的职责是不择手段——包括暴力在内——维护和保卫教会，而按教义来说，教会是由上帝建立的，它绝不会被地狱之门和任何人力所动摇。这个由上帝创建并绝不会被任何力量所动摇的神的机构，却不得不由托波罗夫这类官僚所主管的人的机构来维护和保卫。托波罗夫没有看到这种矛盾，也许是不愿看到，因此他百倍警惕，唯恐有哪个天主教教士、耶稣教牧师或者教派信徒破坏地狱之门都无法征服的教会。托波罗夫也像一切缺乏基本宗教感情和平等博爱思想的人那样，确信老百姓是一种跟他截然不同的生物，有一种东西老百姓非有不可，而他即使没有也毫无关系。他自己在灵魂深处没有任何信仰，并且觉得这样精神上无拘无束，十分惬意，但唯恐老百姓也百无禁忌，因此照他自己的说法，把他们从这种精神状态中解救出来是他的神圣职责。

有本烹调书说，龙虾天生喜欢被活活煮死，同样，他充分相信老百姓天生喜欢成为迷信的人。不过，烹调书里用的是转义[①]，他的话却是本义。

① 原意是龙虾活煮味道才鲜美。

他对待他所维护的宗教，就像养鸡的人对待他用来喂鸡的腐肉：腐肉很招人讨厌，但鸡喜欢吃，因此得用腐肉来喂鸡。

不消说，那些伊维利亚圣母啦，喀山圣母啦，斯摩棱斯克圣母啦，都是愚昧的偶像崇拜，但既然老百姓喜欢这些东西，信仰这些东西，那就得维护这种迷信。托波罗夫就是这样想的。他根本没有考虑到，老百姓之所以容易接受迷信，就因为自古以来总是有像他托波罗夫这样残酷的人。这批人自己有了知识，看到了光明，却不把这种知识用到该用的地方，帮助老百姓克服愚昧，脱离黑暗，反而加强他们的愚昧，使他们永远处在黑暗之中。

聂赫留朵夫走进托波罗夫接待室的时候，托波罗夫正在办公室里同女修道院院长谈话。那院长是一个活跃的贵族妇女，她在俄国西部被迫改信东正教的合并派信徒[①]中间传布东正教，维护它的势力。

在接待室里，值班官员问聂赫留朵夫有什么事。聂赫留朵夫告诉他打算为教派信徒向皇上呈送状子，值班官员就问能不能先让他看一看。聂赫留朵夫把状子交给他，他接了状子走进办公室。女修道院院长头戴修道帽，脸上飘着一块面纱，身后拖着黑色长裙走出来。她拿着一串茶晶念珠，雪白的双手合抱在胸前，手指甲剔得干干净净，往出口处走去。但聂赫留朵夫还没有被请到办公室里。托波罗夫在里面看状子，一边看一边摇头。他读着这个叙述清楚、行文有力的状子，心里感到惊奇和不快。

“这状子万一落到皇帝手里，就可能引起麻烦，造成误会。”他看完状子想，他把状子放在桌上，打了打铃，吩咐手下请聂赫留朵夫进来。

他想起这些教派信徒的案子，他早就收到过他们的状子。原来这些脱离东正教的基督徒先是受到告诫，后来送交法庭受审，法庭却判决无罪释放。于是主教会同省长就以他们的婚姻不合法为理由，硬把丈夫、妻子和孩子拆散，流放到不同地方。那些做丈夫的和做妻子的请求不要把他们拆散。托波罗夫记得当初这案子落到他手里时的情形。他当时犹豫了一

① 十六世纪末波兰某些地方东正教与天主教合并。十九世纪波兰被瓜分后，在俄国所取得的乌克兰和白俄罗斯土地上废止教会合并，重新建立东正教，强迫合并派信徒改信东正教。

下，不知道该不该制止这种事。但他知道，批准原来的决定，把这些农民家庭拆散分送到各地去，那是不会有什么害处的；倘若让他们留在原地，那就会影响其他居民，使他们也脱离东正教。再说，这事主教特别起劲，因此他就听任这个案子按原来的决定处理。

可是现在，忽然冒出一个聂赫留朵夫，一个在彼得堡交游广阔的辩护人，这个案子可能作为一个暴行提到皇帝面前，或者刊登在外国报纸上，因此他当机立断，做了一个出人意料的决定。

“您好！”他装出十分忙碌的样子，站起来迎接聂赫留朵夫，接着就开门见山地谈起案子来。

“这个案子我知道。我一看到那些人的名字，就想起这个不幸的案子，”他拿起状子向聂赫留朵夫一晃，说。“这件事您提醒了我，我很感谢。这件事省当局做得过分了……”聂赫留朵夫不作声，嫌恶地瞅着这张没有血色、毫无表情像假面具一样的脸。“我这就下命令撤销决定，把他们送回原籍。”

“那我就不用把这状子递上去了？”聂赫留朵夫问。

“完全用不着。这事**我**答应您了，”他说时把“我”字说得特别响，显然充分相信**他的**诚实，**他的**话就是最好的保证，“我还是现在就写个命令的好。麻烦您坐一下。”

他走到写字台旁，坐下来写。聂赫留朵夫没有坐下，居高临下地瞧着他那狭长的秃头，瞧着他那只迅速挥动钢笔的青筋毕露的手，心里感到惊奇，像他这样一个无所用心的人此刻怎么肯做这件事，而且做得这么卖力？这是什么缘故……

“喏，好了！”托波罗夫封上信，说，“您去告诉您那些当事人吧。”他加上说，撇一撇嘴唇，做出微笑的样子。

“那么，这些人究竟为什么受罪呀？”聂赫留朵夫接过信封，问。

托波罗夫抬起头来，微微一笑，仿佛觉得聂赫留朵夫的问题很有趣。

“这一点我没法跟您说。我只能说，我们所捍卫的人民利益太重要了，因此对宗教问题过分热心，决不会比目前普遍存在的对这种问题过分冷淡有害和可怕。”

“可是怎么能用宗教的名义来破坏善的最基本要求，弄得人家妻离子散呢？”

托波罗夫仍旧那么宽厚地笑着，显然觉得聂赫留朵夫的话很好玩。不论聂赫留朵夫说什么，托波罗夫从国家高度看问题，总觉得他的话很偏激，很好玩。

“从个人观点看，事情也许是这样的，”他说，“不过从国家观点看，情况就不同了。对不起，我少陪了。”托波罗夫说，低下头，伸出一只手。

聂赫留朵夫握了一下那只手，一言不发地匆匆走了出去，后悔同他握了手。

“人民的利益，”他学着托波罗夫的腔调说。“你的利益，不过是你的利益罢了。”他走出托波罗夫官邸时想。

聂赫留朵夫头脑里逐一回顾被这些伸张正义、维护宗教信仰和教育人民的机关处理过的人。他想到了因贩卖私酒而被判刑的农妇，因盗窃而被判刑的小伙子，因流浪而被判刑的流浪汉，因纵火而被判刑的纵火犯，因侵吞公款而被判刑的银行家，以及仅仅因为要从她身上弄到必要情报而被监禁的不幸的丽达，还有因反东正教而被判刑的教派信徒，还有因要求制订宪法而遭到惩罚的古尔凯维奇。聂赫留朵夫左思右想，得出明确的结论：所有这些人被捕、被关或者被流放，绝对不是因为他们有什么不义行为，或者有犯法行为，而只是因为他们妨碍官僚和富人据有他们从人民头上搜刮来的财富。

妨碍他们这种剥削行为的包括贩卖私酒的农妇，在城里闲荡的小偷，藏匿传单的丽达，破坏迷信的教派信徒和要求制订宪法的古尔凯维奇。因此聂赫留朵夫觉得十分清楚，所有那些官僚，从他的姨父、枢密官和托波罗夫起，直到政府各部里坐在办公桌旁官微职小而衣冠楚楚的先生们止，他们对于无辜的人遭殃，根本无动于衷，一心只想清除各种危险分子。

因此，他们不但不遵守宁可宽恕十个有罪的人而决不冤枉一个无辜的人这个信条，正好相反，他们宁可惩罚十个没有危险的人，以便除掉一个真正的危险分子，就像为了挖掉腐烂的皮肉，不惜把好的皮肉也一起挖掉。

这样解释当前的种种现象，聂赫留朵夫觉得真是再简单明白不过了，但就因为太简单明白，聂赫留朵夫反而犹豫不决，不敢肯定这样的解释。这样复杂的现象总不能用这样简单而可怕的理由来解释吧。所有那些关于正义、善、法律、信仰、上帝等等的话，总不能只是一些空话，用来掩盖最野蛮的贪欲和暴行吧。

28

聂赫留朵夫原定那天傍晚离开彼得堡，但他答应玛丽爱特到戏院里去看她。虽然明明知道不该去，但他还是违背理性，以履行诺言作为理由，到戏院去了。

“我抵挡得住那种诱惑吗？”他内心斗争着，“我再试一次吧。”他换上礼服，来到剧场。这时《茶花女》正好演到第二幕，那个从国外新来的女演员正用新的演技表现患痨病女人怎样渐渐死去。

剧场满座。聂赫留朵夫打听到玛丽爱特的包厢在哪里，立刻就有人恭恭敬敬地指给他看。

走廊里有一个穿号衣的跟班，像见到熟人那样对聂赫留朵夫鞠了一躬，给他打开包厢门。

对面几个包厢里一排排坐着的和站在后面的人，那些在包厢旁边靠墙坐着的看客，正厅里的观众，有的头发花白，有的头发全秃，有的头顶半秃，有的涂过发蜡，有的头发鬈曲，总之，全体观众都聚精会神地观看那个身裹绸缎和花边、瘦得皮包骨头的女演员扭扭捏捏、装腔作势地念着独白。包厢门打开时，有人嘘了一声，同时有两股气流，一股冷，一股热，向聂赫留朵夫脸上袭来。

包厢里坐着玛丽爱特和一个他不认识的女人，那女人身披红披肩，头上盘着又高又大的发髻。还有两个男人，一个是玛丽爱特的丈夫，一个是高大英俊的将军，神情严肃，莫测高深，生着鹰钩鼻子，胸部用棉花和土布胸衬垫得很高。另外一个男人头发浅黄，头顶半秃，留着威严的络腮胡子，下巴剃得很光洁。玛丽爱特妩媚、雅致、身材苗条，袒胸露肩的夜礼服显露出她那丰满的美人肩和脖子与肩膀之间的一颗黑痣。聂赫留朵夫一走进包厢，她立刻回过头来，用扇子给他指指她身后的一把椅子，对他嫣然一笑，表示欢迎和感激，但他觉得她的笑还别有一番情意。她的丈夫若无其事地瞧了聂赫留朵夫一眼，点了一下头。从他的姿势，从他同妻子交换眼色的神情中都可以看出，他就是这个美人的主人和所有者。

女演员的独白一念完，剧场里就掌声雷动。玛丽爱特站起来，提起窸窣作响的绸裙，走到包厢后边，把聂赫留朵夫向丈夫介绍了一下。将军眼睛里一直含着笑意，嘴里说了一句"幸会，幸会！"就心平气和而又莫测高深地不再吭声。

"我本来今天要走，可是我答应过您。"聂赫留朵夫转身对玛丽爱特说。

"您要是不愿来看我，那么您就看看那个出色的女演员吧！"玛丽爱特针对他话中的话说。"她在最后一幕里演得太漂亮了，是吗？"她转身对丈夫说。

丈夫点点头。

"这戏打动不了我，"聂赫留朵夫说，"因为今天我看到了太多不幸的事……"

“您坐下来，讲一讲。”

她丈夫留神听着，眼睛里含着的讥笑越来越明显了。

“我去看过那个长期坐牢、刚刚放出来的女人。她完全垮了。”

“就是我对你说起过的那个女人。”玛丽爱特对丈夫说。

“是啊，她获得了自由，我很高兴，”他平静地说，摇摇头，在小胡子底下露出聂赫留朵夫认为显然是嘲讽的微笑，“我出去吸吸烟。”

聂赫留朵夫坐下来，等待玛丽爱特对他讲她要告诉他的一些话，可是她什么话也没有对他讲，甚至没有要讲的意思，老是开着玩笑，谈着那个戏，说它一定会特别打动聂赫留朵夫的心[①]。

聂赫留朵夫看出她根本没有什么话要对他说，无非是要让他看看自己穿着夜礼服、露出肩膀和黑痣有多么迷人罢了。他感到又愉快又嫌恶。

她那娇艳的外表原来遮盖了一切，如今在聂赫留朵夫面前虽不能说已经揭开，但毕竟让他看到了里面隐藏着的货色。他瞅着玛丽爱特，欣赏着她的姿色，但心里知道她是个虚伪的女人，她同那个用千百人的眼泪和生命猎取高官厚禄的丈夫生活在一起，完全无动于衷。他还知道她昨天说的都是谎话，她一味要把他迷住。至于为了什么，他不知道，她也不知道。他对她又迷恋又嫌恶。他几次拿起帽子想走，却又留下了。最后，她丈夫回到包厢里，浓密的小胡子散发着烟味，他居高临下、鄙夷不屑地对聂赫留朵夫瞧了一眼，仿佛不认得他似的。聂赫留朵夫不等包厢门关上，就来到走廊，找到大衣，走出剧场。

他沿着涅瓦大街步行回家，发现有个女人在前面宽阔的人行道上悄悄地走着。这女人个儿很高，身段优美，装束妖冶。从她的脸上和整个体态上都可以看出，她知道自己具有一种迷人的性感。凡是迎面走来的人和从后面赶上去的人，个个都要瞧她一眼。聂赫留朵夫走得比她快，也情不自禁地向她的脸上打量了一下。她的脸擦过脂粉，很好看。她眼睛闪闪发亮，对聂赫留朵夫嫣然一笑。说也奇怪，聂赫留朵夫顿时又想到了玛丽爱

① 这里指《茶花女》中男主角同一个妓女的恋爱故事，以此影射聂赫留朵夫同玛丝洛娃的关系。

特，因为他又像在剧场里那样产生了又迷恋又嫌恶的感觉。聂赫留朵夫匆匆赶到她的前头，不由得生自己的气。他转身拐到海军街，然后又来到滨河街，在那里来回踱步，引起警察的注意。

“刚才我走进剧场包厢的时候，那个女人也是这样对我嫣然一笑，”他心里想，“不论是那个女人的微笑，还是这个女人的微笑，含意都是一样的。差别只在于：这个女人直截了当地说：‘你需要我，那就可以摆布我。你不需要我，那就走你的路。’那个女人装模作样，仿佛根本没想到这种事而生活在高尚的情操中，其实骨子里都是一回事。这个女人至少老实些，那个女人却一味装假。何况这个女人是因为穷才落到这步田地，而那个女人却是放纵这种又可爱又可恶又可怕的情欲，寻欢作乐。这个街头女郎是一杯肮脏的臭水，是供那些口渴得顾不上恶心的人喝的；剧场里那个女人却是一剂毒药，谁接触她，谁就会不知不觉被毒死。”聂赫留朵夫想起他同首席贵族妻子的关系，可耻的往事一下子涌上心头。“人身上的兽性真是可憎，”他想，“当它赤裸裸地出现的时候，你从精神生活的高度观察它，就能看清它，蔑视它，因此不论你有没有上钩，你本质上不会受影响。不过，当这种兽性蒙上一层诗意盎然的美丽外衣，把你迷得神魂颠倒时，你就会对它敬若神明，跌进它的陷阱，分不清好歹。这才可怕呢。”

这一层聂赫留朵夫现在看得清清楚楚，就像他看见前面的皇宫、哨兵、要塞、河流、木船、交易所一样。

今天夜里地面上没有让人静心休息、催人安眠的黑暗，只有不知来自何处的朦朦胧胧的奇怪亮光[①]。聂赫留朵夫的心灵里同样不再存在愚昧的黑暗，使他昏然入睡。一切都清清楚楚。事情很明白，凡是人们认为重要和美好的事物，往往是卑鄙龌龊，不值一提的。而所有那些光辉夺目、富丽堂皇的外衣，往往掩盖着司空见惯的罪行。这些罪行不但没有受到惩罚，而且风靡一时，被人们费尽心机加以美化。

聂赫留朵夫很想把这些事忘掉，避开，但他不能视而不见。虽然他

① 指彼得堡白夜的光。

还没有看到替他照亮这一切的光是从哪里来的，正像他不知道照亮彼得堡的光是从哪里来的一样，虽然这种光显得朦胧，暗淡，古怪，他却不能不看见这种光替他照亮的东西。他心里感到又快乐又惶恐。

29

聂赫留朵夫回到莫斯科后，第一件事就是到监狱医院，把枢密院决定维持法院原判这一不幸消息告诉玛丝洛娃，并要她做好去西伯利亚的准备。

他对那份由律师起草、此刻带到牢里让玛丝洛娃签字呈交皇上的状子所抱的希望很小。说也奇怪，他现在倒不希望这事成功。他已经做好思想准备，到西伯利亚去，生活到流放犯和苦役犯当中去。因此，要是玛丝洛娃无罪释放，他简直很难想象他将怎样安排自己的生活和玛丝洛娃的生活。他想起美国作家梭罗[①]的话。梭罗在美国还存在奴隶制的时候说过，在一个奴隶制合法化和得到庇护的国家里，正直公民的唯一出路就是监狱。聂赫留朵夫也有这样的想法，特别是他在彼得堡访问了各种人，见到种种情景以后。

“不错，在现代俄国，一个正直的人的唯一出路就是监狱！”他想。他坐车来到监狱，走进监狱的围墙时，这种感受就更加深切。

医院看门人一认出聂赫留朵夫，立刻告诉他，玛丝洛娃已经不在他

① 梭罗（1817年—1862年）——美国作家，写过许多文章，支持废奴运动。1849年在《论公民 的违抗》一文里写道：“在不公正地把人监禁起来的政府下，一个正直的人的真正出路就是监狱。”

们这里了。

“她到哪里去了？”

“又回牢房了。”

“怎么又把她调回去了？”聂赫留朵夫问。

“她们本来就是那号人嘛，老爷！”看门人鄙夷不屑地笑着说，“她同这里的医士勾勾搭搭，被主任医师打发走了。”

聂赫留朵夫万万没有想到玛丝洛娃的精神状态竟同他如此相似。他听到这个消息，仿佛突然知道大难将要临头，不由得愣住了。他感到难受极了。他听到这消息后的第一个感觉就是羞愧。他首先觉得自己很可笑，因为他竟得意扬扬地认为她的精神状态起了变化。他想，她的拒绝接受他的牺牲，还有她的责备，她的眼泪，这一切都是一个堕落女人的诡计，想尽量从他身上多捞到点儿好处罢了。他现在觉得，上次探监时从她身上看出她这人不可救药，如今更显得一清二楚。当他随手戴上帽子，走出医院时，他的头脑里掠过这样的想法。

“现在怎么办呢？”他问自己，“我还要跟她同甘共苦吗？既然她有这样的行为，我不是可以撇开她不管吗？”

不过，他刚向自己提出这个问题，就立刻明白，他认为可以撇开她不管，其实受到惩罚的不是他想惩罚的她，而是他自己。他害怕起来。

“不！她那件事不能改变我的决心，只能坚定我的决心。她的精神状态促使她怎么做就怎么做好了，她要跟医士勾勾搭搭，就让她去勾勾搭搭吧，那是她的事……我要做的是良心要我做的事，”他自言自语，“良心要我牺牲自己的自由来赎罪。我要同她结婚，哪怕只是形式上的结婚；我要跟她走，不论她被流放到哪里。我这些决心绝不改变。”他固执地自言自语，走出医院，向监狱大门大踏步走去。

他来到监狱门口，要值班的看守通报典狱长，他希望同玛丝洛娃见面。值班的看守认识聂赫留朵夫，像朋友那样告诉他一件监狱里的重要消息：原来的上尉免职了，由另外一个严厉的长官接替。

“现在办事严格多了，严格得要命，”那看守说，“他就在这里，我这就去通报。”

典狱长果然在监狱里，不多一会儿就出来同聂赫留朵夫见面。这位新典狱长是个瘦骨棱棱的高个子，颧骨突出，脸色阴沉，动作很缓慢。

“只有在规定的日子才能同犯人在探监室里见面。”他眼睛不看聂赫留朵夫，说。

“我要她在呈交皇上的状子上签个字。”

“可以交给我。”

“我要见一见这犯人。以前一向允许我探望的。”

“那是以前的事了。”典狱长匆匆地瞟了聂赫留朵夫一眼，说。

“我有省长的许可证。”聂赫留朵夫坚持说，同时掏出皮夹子来。

“您让我看看。”典狱长说，仍旧没有看他的眼睛，伸出瘦长白净、食指上戴着金戒指的手，从聂赫留朵夫手里接过文件，慢吞吞地看了一遍。“您请到办公室来。”他说。

这次办公室里一个人也没有。典狱长坐到办公桌后面，翻阅着桌上的文件，显然想在他们会面时留在这里。聂赫留朵夫问他能不能同政治犯薇拉见面，典狱长干脆回答说不行。

“政治犯不准探望。”他说着，又埋头看文件。

聂赫留朵夫口袋里藏着一封给薇拉的信，觉得自己好像一个企图犯罪的人，他的企图被揭穿了。

等玛丝洛娃走进办公室，典狱长没有抬起头来，他眼睛不看玛丝洛娃，也不看聂赫留朵夫，说：“你们可以谈了！”他说完继续埋头看文件。

玛丝洛娃又像从前那样穿着白上衣，围着白裙子，头上包一块白头巾。她走到聂赫留朵夫跟前，看见他脸色冷冰冰，气呼呼，她的脸顿时涨得通红，一只手揉着上衣底边，垂下眼睛。她的窘态使聂赫留朵夫相信医院看门人的话是真的。

聂赫留朵夫很想像上次那样对待她，但他不能像上次那样主动同她握手。此刻他对她反感极了。

“我给您带来了一个坏消息，”他声音呆板地说，眼睛不看她，也不向她伸出手去，“上诉被枢密院驳回了。”

“我早就料到了。”她音调古怪地说，仿佛在喘气。

要是从前，聂赫留朵夫准会问她怎么会料到的，但此刻他光是看了她一眼。她的眼眶里饱含着泪水。

但这不仅没有使他心软，反而使他对她更加恼火。典狱长站起来，在房间里来回踱步。

尽管聂赫留朵夫此刻对玛丝洛娃十分反感，他还是觉得应该为这事向她表示遗憾。

“您不要灰心，”他说，“向皇上递的状子可能有结果。我希望……”

“我又不是在想这件事……”她用泪汪汪的眼睛凄苦地斜睨着他，说。

“那您在想什么？”

“您到医院去过了，他们大概向您谈到过我了……”

“哦，那是您的事！”聂赫留朵夫皱紧眉头，冷冷地说。

他那自尊心受到触犯而产生的强烈反感原来已平息下去，此刻她一提起医院，这种反感变得更强烈了。“像他这样一个有财有势的人，上流社会随便哪个姑娘都会觉得嫁给他就是幸福，他却情愿去做这样一个女人的丈夫，而她偏偏又迫不及待地去跟一个医士调情。”他恼火地瞧着她，心里想。

“喏，您就在这状子上签个字。”他说着从口袋里掏出一个大信封，把信封里的状子摆在桌上。她用头巾角擦去眼泪，在桌旁坐下来，问他写在哪里，写什么。

他指点她写什么，写在哪里。她坐在桌子旁边，左手理理右手的袖子。他站在她后面，默默地俯视着她那伏在桌上、不时因为忍住呜咽而颤动的弓起的脊背。在他的心里，恶与善，受屈辱的自尊心与对这个受苦女人的怜悯，斗争得很激烈。结果后者占了上风。

他记不起首先产生的是哪种感情：是先从心底里怜悯她呢，还是先想到自己，想到自己的罪孽，自己的卑劣行径——他现在就为这种事责怪她。总之，他忽然觉得自己有罪，同时又很怜悯她。

她签了字，把沾了墨水的手指在裙子上擦擦，然后站起来，对他瞧了一眼。

“不管结果怎样，不管出什么事，我的决心绝不动摇。”聂赫留朵夫说。

他一想到他原谅了她，他对她就越发怜悯，越发疼爱。他很想安慰安慰她。

“我怎么说，就怎么做。不论他们把您发配到哪里，我一定跟您去。”

“这可用不着。”她慌忙打断他的话，脸色顿时开朗起来。

“您想想，您路上还需要什么。”

“好像不需要什么了。谢谢您。”

典狱长走到他们跟前。聂赫留朵夫不等他开口，就同玛丝洛娃告辞，走出监狱。他产生一种从未有过的快乐平静的心情，觉得一切人都很可爱。不论玛丝洛娃的行为怎样，他对她的爱都不会改变。这种思想使他高兴，使他的精神升华到空前的高度。让她去同医士调情吧，那是她的事。他聂赫留朵夫爱她不是为了自己，而是为了她，为了上帝。

不过，聂赫留朵夫信以为真的玛丝洛娃同医士调情而被逐出医院，其实是这么一回事：玛丝洛娃有一次奉女医士派遣，到走廊尽头药房里去取草药，在那里碰到那个满脸粉刺的高个子医士乌斯基诺夫。乌斯基诺夫一直跟她纠缠不休，她很讨厌他。这一次玛丝洛娃为了摆脱他，使劲推了他一把，他撞在药架上，有两个药瓶从架上掉了下来，砸碎了。

这时候，主任医师正好从走廊上经过，听见砸碎瓶子的声音，看见玛丝洛娃脸红耳赤跑出来，就生气对她嚷道：“喂，小娘儿们，你要是在这里跟人家搞鬼，我就请你开路。这是怎么回事？”他转过身去，从眼镜架上严厉地瞧着医士，说。

医士赔着笑脸为自己辩白。主任医师没有听完他的话，抬起头来，透过眼镜对他瞧瞧，就到病房里去了。当天他要典狱长另派一个稳重些的女助手来接替玛丝洛娃。所谓玛丝洛娃同医士调情，就是这么一回事。玛丝洛娃在同男人调情的罪名下被逐出医院，这使她感到特别难堪，因为她早就讨厌跟男人发生什么关系，自从她同聂赫留朵夫重逢以后，就更加憎恶这种事。所有的男人，包括满脸粉刺的医士在内，根据她过去的身份和现在的处境，都认为有权侮辱她，现在竟然遭到她的拒绝，不禁感到惊奇。她却觉得极其委屈，不由得为自己的身世伤心得流下泪来。这会儿，她从牢房里出来同聂赫留朵夫见面，猜想他一定已听到她的新罪名，想为自己辩白一番，说这事是冤枉的。她本来要开口辩白，但觉得他不会相信，只会更加怀疑，于是哽住喉咙，说不下去。

玛丝洛娃仍然认为并竭力要自己相信，正像第二次见面时她对他说的那样，她没有原谅他，她恨他。其实她早已重新爱着他了，而且爱得那么深，凡是他要她做的，她都不由自主地去做。她戒了烟酒，不再卖弄风情，还到医院里做杂务工。她所以这样做，就因为这是他的愿望。每次他提出要同她结婚，她总是断然拒绝，不肯接受这样的牺牲。这固然是由于她有一次高傲地对他说过这话，不愿再改口，但主要却是由于她知道，同她结婚，他会遭到不幸。她下定决心不接受他的牺牲，但一想到他瞧不起她，认为她还是原来那样的人，而没有看到她精神上的变化，她觉得十分委屈。他现在可能认为她在医院里做了什么丑事。这个念头比她听到最后判决服苦役的消息还要使她伤心。

30

玛丝洛娃可能随第一批犯人遣送出去，因此聂赫留朵夫积极做着动身前的准备工作。但要做的事太多，他觉得无论有多少时间总归来不及。他现在的情况同以前正好相反。以前他要想出些事来做，而且永远只是为了一个人，为了德米特里·伊凡内奇·聂赫留朵夫。不过，尽管生活里的一切活动都是为了他聂赫留朵夫一个人，那些事情本身却都很乏味。现在的事情都是为了别人，不是为了他聂赫留朵夫，但这些事情却是有意义的，很吸引人，而且多得数不清。

不仅如此，以前别人为聂赫留朵夫办事总使他感到烦恼和不满；如今为别人做事却使他心情愉快。

聂赫留朵夫现在要做的事可分三类。他凭他的古板作风把事情这样分了类，并且据此把有关文件分别放在三个文件夹里。

第一类事是为了玛丝洛娃和对她的帮助。这方面主要就是为告御状奔走，争取支持，以及为西伯利亚之行做好准备。

第二类事是处理地产。在巴诺沃，土地已交给农民，由他们缴付地租，作为农民的公益金。但为了使这件事在法律上生效，必须立下契约和遗嘱，并且在上面签字。在库兹明斯科耶，事情仍像他原先安排的那样，就是他收地租，得规定交租期限，并且确定从这笔钱中提取多少作为生活费，留下多少给农民做福利。他还不知道西伯利亚之行需要花多少钱，因此这笔收入他还不敢全部放弃，只是把它减去了一半。

第三类事是帮助囚犯们，而来求他的人也越来越多了。

起初，他遇到向他求助的犯人，总是立刻为他们奔走，竭力减轻他们的痛苦；但后来求助的人实在太多，他无法一一帮助他们，这样他就情不自禁地承担起第四类事来。这一类事他近来最感兴趣。

第四类事就是要解答这样一个问题：所谓刑事法庭这种奇怪的机关究竟是什么东西？有什么必要存在？是怎么产生的？有了这种机关，也就产生了他同一部分囚徒在其中相识的监狱，以及从彼得保罗要塞起到萨哈林岛止的种种监狱，而成千上万的人由于有了这么一部莫名其妙的刑法正在那里受尽苦难。

聂赫留朵夫通过他同囚徒的私人关系，通过他同律师、监狱牧师和典狱长的谈话，以及了解被监禁人的经历，他把囚徒，也就是所谓罪犯，归纳为五种人。

第一种是完全无罪的，是法庭错判的受害者。例如被诬告的纵火犯明肖夫，又如玛丝洛娃和其他人。这种人不很多，据神父估计，大约占百分之七，但他们的遭遇特别引人同情。

第二种人是在狂怒、嫉妒、酗酒等特殊情况下做了什么事而被判刑的。那些审判他们的人，要是处在同样情况下，多半也会做出这样的事来。这种人，据聂赫留朵夫估计，大概超过全体罪犯的半数。

第三种人受惩罚是由于他们做了自认为极其平常甚至良好的事，但他们的行为，按照那些和他们持有不同观点的制定法律的人看来，就是犯罪。属于这一种的有贩卖私酒的，有走私的，有在地主和公家大树林里割草打柴的。还有盗窃成性的山民、不信教的和打劫教堂的也属于这一种。

第四种人成为罪犯，只因为他们的品德高于社会上的一般人。这种人包括教派信徒，为争取独立而造反的波兰人和契尔克斯人，也包括为反抗政府而被判刑的各种政治犯——社会主义者和罢工工人。这种人是社会上的优秀分子，据聂赫留朵夫估计，他们所占的百分比很大。

最后，第五种是这样一些人，社会对他们所犯的罪要比他们对社会所犯的罪重得多。他们被社会所抛弃，经常受到压迫和诱惑，以致头脑愚钝，就像那个偷旧地毯的小伙子和聂赫留朵夫在监狱内外看到的几百名罪犯那样。他们不断受到生活的压力，以致做出那些所谓犯罪的行为来。据聂赫留朵夫观察，有好多盗贼和凶手就属于这一种。近来他同其中一部分人有过接触。至于那些道德败坏、腐化堕落的，聂赫留朵夫通过深入了解，认为也可归到这一种。然而犯罪学新派却把他们称为“犯罪型”，认为社会上存在这种人，就是刑法和惩罚必不可少的主要证据。照聂赫留朵夫看来，社会对这些人所犯的罪，其实超过他们对社会所犯的罪，不过，社会不是对他们本人犯了罪，而是以前对他们的父母和祖先犯了罪。

在这些人中间，惯窃奥霍京特别吸引聂赫留朵夫的注意。奥霍京是妓女的私生子，从小在夜店里长大，活到三十岁也没有见过一个道德比警察更高尚的人。他从少年时代起就在盗贼群中厮混，却因天赋滑稽的才能，招人喜爱。他要求聂赫留朵夫帮忙，同时却又嘲笑自己，嘲笑法官，嘲笑监狱，嘲笑一切法律——不但嘲笑刑法，而且嘲笑神的律法。另一个是相貌英俊的费多罗夫，他带领一伙匪徒劫掠一个年老的官吏，并把他打死。费多罗夫出身农民，他父亲的房屋被人家非法霸占，他自己后来当了兵，在军队里因为爱上军官的情妇而吃尽了苦。这人天生活泼热情，到处寻欢作乐。在他的心目中，天下没有一个人会克制欲望，放弃享乐。他也从来不知道，人生在世除了享乐还有其他目的。聂赫留朵夫看得很清楚，这两个人都禀赋优异，只是缺少教养，以致畸形发展，犹如植物无人照管就会疯长，变成畸形一样。他还看见过一个流浪汉和一个女人，他们的麻木迟钝和表面残酷使人望而生畏，但他怎么也看不出他们就是意大利犯罪学派所谓的“犯罪型”。他只觉得他个人讨厌他们，就像他讨厌监狱外面那些穿礼服、佩肩章的男人和全身饰满花边的女人一样。

这样，为什么上述形形色色的人都在坐牢，而另一些同他们一样的人却自由自在，还可以对他们进行审判？这就是聂赫留朵夫所关心的第四类事。

聂赫留朵夫起初想从书本上找到这问题的答案，他就把凡是同这问题有关的书都买来。他买了龙勃罗梭、嘉罗法洛、费利、李斯特、摩德斯莱、塔尔德[①]的著作，用心阅读，但越读越感到失望。有些人研究学问，目的不是在学术方面做点儿什么事，例如写作、辩论、教书等等，而是在寻找一些简单的生活问题的答案，但结果往往失望。聂赫留朵夫现在碰到的就是这样的情况：学术给他解答了成千个同刑法有关的深奥问题，可就是没有解答他的问题。他提出的问题很简单。他问：为什么有些人可以把另一些人关押起来，加以虐待、鞭挞、流放、杀害，而他们自己其实跟被他们虐待、鞭挞、杀害的人毫无区别？他们凭什么可以这样胡作非为？回答他的却是各种各样的议论：人有没有表达自己意志的自由？能不能用头盖骨测定法来判断一个人是不是属于"犯罪型"？遗传在犯罪中起什么作用？有没有天生道德败坏的人？究竟什么是道德？什么是疯狂？什么是退化？什么是气质？气候、食物、愚昧、模仿、催眠、情欲对犯罪有什么影响？什么是社会？社会有哪些责任？等等，等等。

这些议论使聂赫留朵夫想起一个放学回家的男孩曾怎样回答他的问题。聂赫留朵夫问他有没有学会拼法。男孩回答说"学会了"。"好，那么你拼一下'爪子'这个词。""什么'爪子'？是狗爪子吗？"那个男孩就这样狡猾地回答他。在那些学术著作里，聂赫留朵夫为他的主要问题所找到的，也就是这种反问式答案。

那些书里有许多聪明、深奥、有趣的见解，但就是没有回答他的主要问题：凭什么有些人可以惩罚另一些人？不仅没有回答这个问题，而且所有的议论都归结为一点，那就是替惩罚做辩解，认为惩罚必不可少，这是天经地义。聂赫留朵夫看了很多书，但断断续续，这样他就把找不到答案归咎于钻研不足，希望以后能找到答案。就因为这个缘故，他还不能肯定近来越来越频繁地盘旋在头脑里的那个答案[②]。

---

① 关于龙勃罗梭和塔尔德，请参看本书第一部第21章脚注。嘉罗法洛（生于1852年）和费利都是意大利犯罪学家，龙勃罗梭的信徒。李斯特（1789年—1846年）是德国经济学家。摩德斯莱（1835年—1918年）是英国心理学家。

② 指前面第27章结尾提出的那个答案："所有这些人被捕、被关或者被流放，绝对不是因为他们有什么不义行为，或者有犯法行为，而只是因为他们妨碍官僚和富人据有他们从人民头上搜刮来的财富。"

31

包括玛丝洛娃在内的那批犯人，预定七月五日出发。聂赫留朵夫准备在那天跟她一起走。动身前一天，聂赫留朵夫的姐姐和姐夫一起进城来，同弟弟再见一面。

聂赫留朵夫的姐姐娜塔丽雅比弟弟大十岁。他的成长多少受到她的影响。他小时候，姐姐很喜欢他。后来，在她快出嫁时，他们特别谈得来，简直像同龄人那样投契，虽然她已是个二十五岁的姑娘，他还是个十五岁的少年。当时她爱上弟弟的朋友尼科连卡，后来尼科连卡死了。姐弟俩都爱尼科连卡，因为他们都具备四海一家的博爱精神。

后来他们俩都堕落了：他到军队里服务，沾染了不良习气；她嫁了人，但她只在肉体上爱丈夫，而她的丈夫对她同弟弟以前认为最神圣最宝贵的一切不仅不喜爱，甚至不理解他们的感情，还把她原来作为生活目标的追求道德完善和为人们服务的志向，说成纯属虚荣心作怪，想在人家面前出风头。

娜塔丽雅的丈夫拉戈任斯基没有名望，也没有产业，但是个手腕灵活的官场老手。他周旋于自由派和保守派之间，随机应变，左右逢源，尽量利用此时此地能给他的生活带来最大利益的那一派。不过，他在司法界飞黄腾达，步步高升，主要是依靠某种能博得女人欢心的特殊本领。他在国外认识聂赫留朵夫一家时，年纪已经不很轻了。他使年纪也不算太轻的姑娘娜塔丽雅爱上他，几乎违背她母亲的心意同她结了婚。她母亲认为这门亲事不是门当户对。聂赫留朵夫憎恨姐夫，虽然竭力克制这种情绪，避免想到这一点。聂赫留朵夫所以对姐夫反感，是因为姐夫感情庸俗，目光短浅而又刚愎自用。不过，他对他反感的主要原因，还是姐姐居然会那么热烈、自私、从肉体上爱上这个精神贫乏的人，并且为了讨好他而摒弃自己的一切美德。聂赫留朵夫每次想到，娜塔丽雅就是这个浑身汗毛、秃头发亮而刚愎自用的人的妻子，心里就很痛苦。他甚至对这个人的孩子都按捺不住心头的嫌恶。每次听说娜塔丽雅要生孩子，他就会产生一种痛惜的感情，仿佛她从这个同他们格格不入的人身上又传染到了什么脏东西。

拉戈任斯基夫妇有两个孩子，一男一女，但这次没有带来。他们在一家最好的旅馆里开了一套最好的房间。娜塔丽雅立刻乘车到娘家去，但在那里没有碰到弟弟。阿格拉斐娜告诉她，弟弟已搬到一个带有家具的公寓里。娜塔丽雅到那里去找他。在光线昏暗、恶臭难闻、白天也点着灯的走廊里，一个肮脏的茶房告诉她，公爵不在家。

娜塔丽雅想到弟弟房间里，给他留一张字条。茶房就领她去。

娜塔丽雅走进他的两个小房间，仔细观看了一下。她处处都看到她所熟悉的那种整齐清洁，但同时发觉房间的陈设简朴得使她吃惊。她看见写字台上放着那个镶有铜狗的吸墨纸床，还有几个文件夹，一些纸张和文具，几本《刑法典》，一本英文的亨利·乔治的著作和一本法文的塔尔德的著作，书里还夹着一把她所熟悉的弯曲大象牙刀。

她在桌子旁写了一张字条，要他务必到她那里去一次，而且今天就去。她对眼前的景象摇摇头，就回旅馆了。

娜塔丽雅现在关心弟弟的两件事：一件是他要同卡秋莎结婚，这是她在她居住的城里听到的，那里对此事议论纷纷；另一件是他要把土地交给农民，这事也尽人皆知，而且被许多人看作危险的政治行为。他要同卡秋莎结婚，娜塔丽雅一方面有点儿高兴，她欣赏这种果断行为，因为看到了她出嫁前他们姐弟俩的本来面目，但一想到弟弟竟然要同这样一个下贱的女人结婚，她又感到不寒而栗。后面这种感情要强烈得多，她决定竭力去影响他，劝阻他，虽然知道这是极其困难的。

至于他打算把土地交给农民，那件事她并不怎么关心。但丈夫对此却十分愤慨，要她劝阻弟弟。拉戈任斯基说，这种行为是轻举妄动，自我欣赏；它没有任何意思，只能被认为是标新立异，哗众取宠。

“把土地交给农民，租金也归农民使用，这究竟有什么意思？”他说。“要是他真想这样做，他尽可以通过农民银行把土地卖出去。这样还说得过去。总之，这种行为近乎精神失常。”拉戈任斯基说，心里已经在考虑聂赫留朵夫需要有个监护人。他要妻子务必同弟弟认真谈谈他这个古怪的意图。

32

聂赫留朵夫回到家里，发现桌上有姐姐的字条，就立刻坐车去找她。这时已是黄昏。拉戈任斯基在另一个房间里休息，娜塔丽雅独自迎接弟弟。她穿一件小腰身黑绸连衣裙，胸前扎着一个红花结，蓬蓬松松的乌黑头发梳成时髦的款式。她竭力打扮得年轻漂亮，显然是要讨年龄相同的丈夫的欢心。她一看见弟弟，霍地从沙发上站起来，快步向他走去，绸连衣裙的下摆发出窸窣的响声。他们接吻，笑眯眯地对视了一下，意味深长地交换了一下眼色，那姿态神秘而难以用语言表达，但感情真挚。接着他们开始交谈，他们的话就不那么真挚了。自从母亲去世以后，他们没有再见过面。

“你胖了，显得更年轻了！”弟弟说。

姐姐高兴得嘴唇都皱起来。

“你可瘦了。”

“那么，姐夫怎么样？”聂赫留朵夫问。

"他在休息。他一夜没睡。"

他们有许多话要说，但一句也没有说，倒是他们的眼神说出了他们嘴里没有说出来的话。

"我到你那里去过了。"

"是的，我知道。我已经从家里搬出来了。房子太大，我住在那里觉得孤独、寂寞。如今我什么也不需要了，你把东西统统拿去吧，就是那些家具什么的。"

"是的，阿格拉斐娜对我说了，我到那里去过，那太感谢你了。不过……"

这当儿，旅馆茶房送来一套银茶具。

茶房摆茶具的时候，姐弟俩没有说话。娜塔丽雅坐到茶几后面的圈椅上，默默地斟茶。聂赫留朵夫也不作声。

"哦，我说，德米特里，我全知道了。"娜塔丽雅瞟了他一眼，断然说。

"是吗？你知道了，我很高兴。"

"不过，她经历了那种生活，你还能指望她改过自新吗？"娜塔丽雅说。

他挺直身子坐在一把小椅子上，双臂没有搁在什么地方，留神听她说话，竭力好好领会她的意思，好好回答她的话。他最近一次同玛丝洛娃见面，情绪很好，心里仍充满宁静的快乐，看见什么人都很高兴。

"我不要她改过自新，我只要我自己改过自新。"他回答说。

娜塔丽雅叹了一口气。

"不结婚也有别的办法。"

"可我认为这是最好的办法。再说，这个办法可以把我带到另一个世界，我到了那里就能成为一个有益的人。"

"我认为，你不可能幸福。"娜塔丽雅说。

"我并不要个人的幸福。"

"那当然，但她要是有心肠的话，也不可能幸福，甚至不可能指望幸福。”

“她本来就不想。”

“我明白，可是生活……”

“生活怎么样？”

“生活要求的是别的东西。”

“生活没有别的要求，只要求我们做我们该做的事。”聂赫留朵夫说，瞅着她那张还很好看、只是眼角和嘴边已出现细纹的脸。

“我不明白。”她叹了一口气说。

“我可怜的亲爱的姐姐！她怎么会变成这个样子？”聂赫留朵夫记起娜塔丽雅出嫁前的样子，想。无数童年的回忆交织在心头，唤起了他对她的亲切感情。

这时候，拉戈任斯基像平时那样高高地昂起头，挺起宽阔的胸膛，轻手轻脚地走进房间。他脸上浮着微笑，他的眼镜、秃头和黑胡子都闪闪发亮。

“您好，您好！”他装腔作势地说。

（虽然拉戈任斯基婚后最初一段时期，他们竭力不拘礼节，相互用“你”称呼，但后来还是恢复用“您”。）

他们握了握手。拉戈任斯基轻快地在一把圈椅上坐下。

“我不妨碍你们谈话吗？”

“不，我说话，做事，从来不瞒着什么人。”

聂赫留朵夫一看见这张脸，一看见那双毛茸茸的手，一听见那种居高临下、自以为是的口气，他对姐夫的情意顿时消失了。

“是啊，我们在谈他的打算。”娜塔丽雅说。“给你倒一杯吗？”她拿起茶壶，添上说。

“好的。那么究竟有什么打算呢？”

“我打算跟一批犯人到西伯利亚去，因为其中有一个女人我认为我对她犯了罪。”聂赫留朵夫说。

“我听说您不仅仅陪送她，还有别的打算。”

“是的，只要她愿意，我还打算同她结婚。”

“原来如此！要是您不嫌烦的话，您给我解释解释您的动机。我不了解您的动机。”

“我的动机就是这个女人……她堕落的第一步……”聂赫留朵夫想不出恰当的措词，不由得生自己的气。“我的动机就是，我犯了罪，她却受到惩罚。”

“既然她受到惩罚，那就不会没有罪。”

“她完全没有罪。”

聂赫留朵夫情绪激动地把这事原原本本讲了一遍。

“是的，这是审判长疏忽了，弄得陪审员在答复时考虑不周。不过，这种情况还可以向枢密院提出上诉。”

“枢密院已经把上诉驳回了。”

“枢密院驳回了，这就说明上诉理由不足，”拉戈任斯基说，显然人云亦云地认为法庭口头陈述的结果就是真理。“枢密院不可能审查案情的是非曲直。要是法庭审判确实有错误，那就得上告皇上。”

“已经上告了，但毫无成功的希望。他们会向司法部查问，司法部会向枢密院查问，枢密院会重述它的裁定。这样，无罪的人还不是照样将受到惩罚。”

“第一，司法部不会向枢密院查问，”拉戈任斯基倨傲地笑着说，“司法部会向法庭直接调卷，如果发现错误，就会加以纠正；第二，无罪的人从来不会受到惩罚，即使有，也是极少见的例外。凡是受惩罚的，总是有罪的。”拉戈任斯基不慌不忙，得意扬扬地笑着说。

“可我相信事实正好相反，”聂赫留朵夫对姐夫抱着反感说，“我相信，被法庭判刑的人，大部分是无罪的。”

“这话怎么讲？”

“我说的无罪就是没有任何罪。例如这个被控犯毒害人命罪的女人根本没有罪；还有我最近认识一个农民，被控犯杀人罪，其实他没有杀过人，什么罪也没有；还有母子两人被控犯纵火罪，其实那场火是主人自己放的，他们却差一点儿被定罪。”

“是的，审判错误一向有的，将来也还会有，这一点不消说。人类的机关不可能十全十美。”

“再说，有大量犯人并没有罪，只因为他们是在某种环境里成长的，他们并不认为他们的行为是犯罪。”

“对不起，您这话可没有道理。做贼的个个都知道，偷窃是不好的，不应该偷窃，偷窃是不道德的。”拉戈任斯基说，又露出那种若无其事、自命不凡和略带轻蔑的微笑，这使聂赫留朵夫更加恼火。

“不，他们不知道。人家对他们说：别偷东西。可是他们明白，工厂老板用压低工资的办法来盗窃他们的劳动，政府和政府官员用收税的方式不断地盗窃他们的财物。”

“这是无政府主义理论。”拉戈任斯基平静地说，对内弟的话下了断语。

“我不知道这是什么主义，但我说的都是事实。”聂赫留朵夫继续说，“他们知道，政府在盗窃他们的东西。他们知道，我们这些地主掠夺了应该成为公共财产的土地，一直在盗窃他们的东西。后来，他们在被盗窃的土地上捡了一些树枝当柴烧，我们就把他们关进牢里，硬说他们是贼。但他们知道，做贼的不是他们，而是从他们手里盗窃土地的人，因此，让被盗窃的东西物归原主，是他们对家庭应尽的责任。”

“您的话我不明白，即使明白，也不能同意。土地非成为私有财产不可。要是您把土地分给大家，”拉戈任斯基说，断定聂赫留朵夫是个社会主义者，认为社会主义的理论就是平分全部土地，而平分土地是很愚蠢的，他可以轻易驳倒这种理论，“要是您今天把土地平分给大家，明天它又会转到勤劳能干的人手里。”

“谁也不打算把土地平分，但土地不应该成为谁的私有财产，不应该成为买卖或者租佃的对象。”

“私有财产权是人类天赋的。没有私有财产权，耕种土地就会毫无兴致。一旦消灭私有财产权，我们就会回到蛮荒时代。”拉戈任斯基振振有词地说，重复着维护私有财产权的陈词滥调。这种论调被认为是驳不倒的，中心意思就是，土地的占有欲就是土地必须私有的标志。

“正好相反，只有消灭土地私有制，土地才不会像现在这样荒废。现在地主霸占土地，就像狗占马槽一样，自己不会种，又不让会种的人种。”

“您听我说，德米特里·伊凡内奇，这简直是发疯！难道我们今天能消灭土地私有制吗？我知道这是您长期以来心心念念的一个问题。但恕我直说一句……”拉戈任斯基说到这里脸色发白，声音发抖，显然这问题打中了他的要害。“我要奉劝您在着手处理这问题以前，先好好考虑一番。”

“您说的是我的个人问题吗？”

“是的。我认为我们这些有一定地位的人，应该承担由这种地位产生的责任，应该维护我们的生活水平，那是我们从祖先手里继承下来，并且必须传给子孙后代的。”

“我认为我的责任是……”

“请您让我把话说完！”拉戈任斯基不让对方打断他的话，继续说，“我说这话不是为我自己，也不是为我的孩子们。我孩子们的生活和教育是有保障的，我挣的钱足够我们过了。而且我认为我的孩子们将来也不会过穷日子，因此，老实说，我反对您考虑不周的行为，不是出于我个人的利害得失，我是从原则出发不能同意您的见解。我劝您多考虑考虑，读点儿书……”

“哦，我的事您让我自己来处理吧，我自己知道什么书该读，什么书不该读。”聂赫留朵夫说。他脸色发白，同时觉得双手发凉，他控制不住自己的情绪，停下话头，喝起茶来。

33

“哦，孩子们好吗？”聂赫留朵夫稍稍平静下来，问姐姐说。

姐姐讲起她的两个孩子，说他们跟奶奶住在一起。她看到弟弟跟丈夫争论结束，很高兴，就讲起她的孩子们怎样玩旅行游戏，就像他弟弟小时候玩两个布娃娃——一个黑人，一个法国女人——那样。

“你还记得吗？”聂赫留朵夫笑眯眯地说。

“你看，他们的玩法跟你从前一模一样。”

弟弟跟丈夫的不愉快谈话结束了。娜塔丽雅感到放心，但她不愿当着丈夫的面讲只有她弟弟才听得懂的话。为了让大家都能参加谈话，她就讲起那件刚传到此地的彼得堡新闻：卡敏斯基决斗身亡，他母亲失去这个独子悲痛极了。

拉戈任斯基表示不赞成把决斗致死排除在普通刑事罪之外。

他这种说法受到聂赫留朵夫的批驳，于是原来意见分歧的题目重又引起激烈的争论。两人都没有把自己的意见讲清楚，但各人坚持各人的观点，谴责对方的想法。

拉戈任斯基觉得，聂赫留朵夫谴责他，蔑视他的全部工作。他想对聂赫留朵夫指出，他的观点是完全错误的。聂赫留朵夫呢，姑且不谈姐夫干预他土地方面的事而使他恼火（他在内心深处却感到，姐夫、姐姐和他们的孩子，作为他财产的继承人，是有权干预他的事的），他感到愤恨的是，那些显然荒谬和罪恶的事，这个目光短浅的人却自认为是正确和合法的。姐夫这种自以为是的态度激怒了聂赫留朵夫。

“那么，这类事法院会怎么处理呢？”聂赫留朵夫问。

“法院会判处决斗中的一方服苦役，就像普通的杀人犯那样。”

聂赫留朵夫又双手发凉，他情绪激动地讲起来。

“嘿，那又怎么样？”他问。

“那就伸张了正义。”

“这么说，法院活动的目的就是伸张正义啰！”聂赫留朵夫说。

“还有什么别的目的呢？”

“维护阶级利益。照我看来，法院只是一种行政工具，用来维护现存的有利于我们阶级的制度罢了。”

“这倒是一种全新的观点，”拉戈任斯基若无其事地笑着说，“一般认为法院是另有使命的。”

“我看理论上可以这样说，但实际并非如此。法院的唯一宗旨就是维持社会现状，因此它要迫害和处决那些品德高于一般水平并想提高这个水平的人，也就是所谓政治犯，同时又要迫害和处决那些品德低于一般水平的人，也就是所谓犯罪型。”

“第一，说政治犯被判刑是因为他们的品德高于一般人，这我不能同意。他们中间的多数都是社会渣滓，跟您认为品德低于一般人的犯罪型同样堕落，虽然表现方式有所不同。”

“可是我认得一些人，他们的品德比审判他们的法官不知要高多少倍。那些教派信徒个个都品德高尚，意志坚强……”

不过，拉戈任斯基有个习惯，说话的时候不许别人打岔，因此他不听聂赫留朵夫说，只管自己讲下去。这使聂赫留朵夫更加恼火。

“说法院的宗旨在于维持现存制度，这我也不能同意。法院有法院的宗旨，那就是要么改造……”

“关在监狱里改造，真是太好了！”聂赫留朵夫插嘴说。

“……要么去掉威胁社会生存的道德败坏分子和兽性难驯的家伙。”拉戈任斯基固执地继续说。

“问题就在于现在的社会既不能做到这一点，也不能做到那一点。

现在的社会是无能为力的。”

“这话什么意思？我不明白。”拉戈任斯基勉强装出笑容说。

“我想说的是，合理的惩罚其实只有两种：那就是古代常用的体罚和死刑，但随着社会风气的好转，这些刑罚用得越来越少了。”聂赫留朵夫说。

“哦，这种话从您嘴里听到真是新鲜得很。”

“是啊，把一个人痛打一顿，使他以后不再做挨打的事，这是有道理的；砍掉一个对社会有害的危险分子的脑袋，这也是完全有道理的。这两种惩罚都是有道理的。可是把一个游手好闲、学坏样而堕落的人关进牢里，使他不愁衣食而又被迫无所事事，并且同极端堕落的人相处在一起，这有什么意思呢？还有，为了一点点事情把一个人从图拉省押解到伊尔库茨克省，或者从库尔斯克省押解到别的地方①，而国家要在每人头上花费五百多卢布，这又有什么意思呢？”

“不过，说实在的，这种公费旅行人家是害怕的。要是没有这种旅行和监狱，我和您就不可能这样安安稳稳地坐在这里了。”

“这种监狱并不能保障我们的安全，因为那些人不是一辈子关在那里，他们会被放出来。结果就正好相反，他们在那种地方变得更加罪恶和堕落，也就是说变得更加危险了。”

“您是说，这种惩治制度必须加以改进。”

“改进是不可能的。改良监狱花费的钱会超过国民教育的经费，这样就会给人民增加负担。”

“不过，即使惩治制度有缺点，也不能因此就废除法院。”拉戈任斯基又不听内弟的话，继续讲他自己的观点。

“那些缺点是无法克服的。”聂赫留朵夫提高嗓门说。

“那怎么办？得把人杀掉，还是像一位政府要人所提议的那样，把他们的眼睛挖出来？”拉戈任斯基得意扬扬地笑着说。

“是的，这样做残酷是残酷，但还有点儿效果。可是现在的办法呢？既残酷，又没有效果，而且极其愚蠢，简直使人无法理解，头脑健全

① 指流放。

的人怎么能参与像刑事法庭那样荒谬而残酷的工作？”

“可我就参与了这工作。”拉戈任斯基脸色发白地说。

“那是您的事。但我不能理解。”

“我看您不理解的事多着呢。”拉戈任斯基声音发抖地说。

“我在法庭上看到，副检察官怎样千方百计硬把一个男孩治罪，而那个男孩只会引起一切头脑健全的人的同情。我还知道一个检察官审讯教派信徒，竟然认为读《福音书》是触犯《刑法》。总而言之，法院的全部活动就在于干这种毫无意义的残酷勾当。”

“我要是这样想，就不会干这一行了。”拉戈任斯基说着站起来。

聂赫留朵夫看见姐夫的眼镜底下有一种古怪的亮光。“难道那是眼泪吗？”聂赫留朵夫想。真的，这是屈辱的眼泪。拉戈任斯基走到窗口，掏出手帕，清了清喉咙，动手擦眼镜，然后又擦擦眼睛。他回到沙发旁，点着一支雪茄，不再说什么。聂赫留朵夫看到他把姐夫和姐姐得罪到这个地步，心里感到又难过又羞愧，特别是因为他明天就要动身，从此再也见不到他们了。他窘态毕露地同他们告了别，便回家去了。

“我说的话多半是正确的，至少他没有话好反驳我。但我不该用那种态度对他说话。我能这样被邪恶的感情所支配，能这样得罪姐夫，弄得可怜的娜塔丽雅这样伤心，可见我这人改变得很少。”他想。

34

包括玛丝洛娃在内的那批犯人定于三点钟从火车站出发。聂赫留朵夫要等他们从监狱里出来，跟他们一起到车站，就准备在十二点以前赶到监狱。

聂赫留朵夫收拾行李和文件时，看到日记，就停下来重新阅读最近写的几段话："卡秋莎不肯接受我的牺牲，情愿自己牺牲。她胜利了，我也胜利了。我觉得她的心灵在发生变化，我不敢相信，但很高兴。我不敢相信，但我觉得她在复活。"接下去还有这样一段话："遇到一件很痛苦又很快乐的事。听说她在医院里不规矩，我顿时感到十分痛苦。没想到我会这么痛苦。我跟她说话又嫌恶又憎恨，但我立刻想到自己，我痛恨她的那种事我自己做过多少次，直到现在还有做这种事的念头。我顿时讨厌我自己，同时又可怜她。这样一来，我心里就舒畅了。只要我们能经常及时看到自己眼中的梁木[①]，我们就会变得善良些。"他在今天的日记里写道："去娜塔丽雅家。由于自满而变得不善，凶恶，至今心里沉重。可是有什么办法？明天起开始过新生活。别了，旧生活，永别了。百感交集，但理不出一个头绪。"

聂赫留朵夫第二天早晨醒来，头一个感觉就是悔不该跟姐夫吵架。

"就这样走掉可不行，"他想，"应该去向他们赔个不是才对。"但他看了看表，发觉已经来不及了。他得赶紧动身，才不会错过那批犯人离开监狱的时间。聂赫留朵夫匆匆收拾好行李，打发看门人和费多霞的丈夫塔拉斯——他随聂赫留朵夫一起出门——把行李直接送到车站，自己雇了一辆首先遇到的出租马车，直奔监狱。流放犯的那列火车比聂赫留朵夫搭乘的邮车早开两小时，因此他把公寓房钱付清，打算不再回来。

正是炎热的七月天气。街上的石头、房屋和铁皮屋顶经过闷热的夜晚还没有凉下来，又把余热发散到闷热的空气里。空中没有风，即使偶尔起一阵风，也只会带来充满灰尘和油漆味的又臭又热的空气。街上行人稀少，那少数行人也都竭力在房屋的阴影里行走。只有皮肤晒得黧黑的修路农民坐在街道中央，脚上穿着树皮鞋，用铁锤把石子砸到热砂里。还有一些脸色阴沉的警察，身穿本色布制服，挂着橘黄色武装带，没精打采地换

① 见《新约全书·马太福音》第七章第三节："为什么看见你弟兄眼中有刺，却不想自己眼中有梁木呢？"

动两脚站在街心。还有一些公共马车叮叮当当地在街上川流不息，车厢向阳的一面挂着窗帘，拉车的马头上戴着白布头罩，两只耳朵从布罩孔里露出来。

聂赫留朵夫坐车来到监狱，那批犯人还没有出来。在监狱里，从四点钟起就开始移交和验收犯人。这工作很紧张，到现在还没有结束。这批流放的有六百二十三名男犯和六十四名女犯，都得按名册一个个核对，把有病的和体弱的挑出来，统统移交给押解队。新来的典狱长、两名副典狱长、一个医师、一个医士、一个押解官和一个文书，都坐在院子里靠墙阴凉处的一张桌子周围，桌上放着公文簿册和办公用具。他们逐一报出犯人名字，一个个进行审查、问话、登记。

现在桌子已有一半晒到阳光了。这里很热，没有风，站在周围的犯人又不断吐出热气，弄得更加闷热难受。

“怎么搞的，简直没有个完了！”押解官又高又胖，脸色红润，肩膀耸起，胳膊很短，一面不住地吸烟，从小胡子里吐出一团团烟雾，一面说。“可把人累死了。你们这是从哪儿弄来这么多人？还有好多吗？”

文书查了查名册。

“还有二十四个男的和几个女的。”

“喂，怎么不动了，过来！”押解官对那些挤在一起还没有验过身份的犯人吆喝道。

犯人们已站了三个多小时队，头上太阳直射，又没有地方遮蔽。

这项工作是在监狱里进行的，大门口照例站着一个持枪的哨兵，还有二十辆光景的大车停在那儿，准备装载流放犯的行李和体弱的犯人。街道转角处站着一批犯人的亲友，等待犯人出来再见一面，要是可能的话，再说几句话，递给他们一点儿东西。聂赫留朵夫就挤在这批人中间。

他在这儿站了将近一小时。门里终于响起了铁镣的哐啷声、脚步声、长官的吆喝声、咳嗽声和人群低低的谈话声。这样持续了五分钟光景。在这段时间里，几个看守在小门里进进出出。最后传出了口令声。

大门隆隆地打开来，铁镣的哐啷声更响了。一大批穿白军服扛枪的押解兵走到街上，在大门外整齐地排成一个圆圈，显然这是他们干惯的事情。等他们站好队，又传出了一声口令。男犯人头发剃光，头上戴着像薄饼一般的囚帽，背上背着袋子，两人一排，困难地一步步拖着脚镣走出来。他们一只手扶住背上的袋子，另一只手前后摆动。先出来的是苦役犯，都穿着灰色的长裤和囚袍，囚袍背上缝着一块标志苦役犯的方布。他们当中有年轻的，有年老的，有瘦的，有胖的，有白脸的，有红脸的，有黑脸的，有留小胡子的，有留大胡子的，有不留胡子的，有俄罗斯人，有鞑靼人，有犹太人，个个都哐啷啷地拖着铁镣，拼命挥动一条胳膊，仿佛要走到远处去，但走了十步光景就停住了，听话地四人一排，依次站好。随后，大门里又涌出一批剃光头的男犯。他们也穿着囚服，但没有戴脚镣，只是每两人用一副手铐锁在一起。这是流放犯，他们同样迅速地走出来，站住，四人一排站好队。然后是各村社判处的流放犯，再后面是女犯，也按同样的次序，先是穿灰色囚袍、系灰色头巾的女苦役犯，然后是女流放犯，以及穿城里服装或者乡下服装自愿跟随丈夫一起流放的女人。有几个女犯手里抱着娃娃，用囚袍的前襟包着。

跟女犯一起走的还有一些孩子，包括男孩和女孩。这些孩子像马群里的小马一样，夹在女犯中间。男犯们默默地站在那里，只偶尔咳嗽几声，简短地说一两句话。但女犯的队伍里却话声不断。聂赫留朵夫自己觉得看见玛丝洛娃出来，但后来在人群中又找不到她了。他只看见一群灰色的生物，丧失人类的特征，而那些排在男人后面、带着孩子和袋子的女犯，更是丧失了女性的特征。

尽管在监狱的围墙里已清点过全体人犯，押解兵又重新点了一遍人数，核对了一下。这次清点花的时间特别多，因为有些犯人走来走去，影响了清点工作。押解兵破口大骂，把犯人推来推去。犯人听凭摆布，但怒形于色。押解兵重新点了一遍。等到重新清点完毕，押解官又发出一声口令，人群里顿时骚乱起来。那些身体虚弱的男人、女人和孩子争先恐后地往大车那边跑去，先把袋子放到车里，然后爬上车去。接着爬上车去就座的有抱着啼哭的奶娃娃的女人，兴高采烈地抢着座位的孩子和脸色阴郁、神情沮丧的男犯。

有几个男犯脱下帽子，走到押解官跟前，请求他什么事。聂赫留朵夫后来才知道，他们是要求坐车。聂赫留朵夫只看见押解官一言不发，也不看要求的人，只顾自己吸烟，后来忽然对那犯人挥动他的短胳膊，那犯人怕挨打，慌忙缩起光头，拔腿跑开。

“我要叫你尝尝当贵族老爷的滋味，好让你一辈子记住！走着去！”押解官嚷道。

只有一个戴脚镣的颤巍巍高个子老头儿得到押解官的准许。聂赫留朵夫看见他脱下薄饼般的囚帽，画了个十字，向大车走去，可是他那衰老的腿拖着锁链，爬了好久都爬不上车。幸亏车上有个女人抓住他的一只手，总算把他拉上去了。

等那几辆大车都装满袋子，被允许乘车的人在袋子上坐好，押解官才摘下军帽，用手绢擦擦前额、秃头和又红又粗的脖子，然后画了个十字。

“全体，开步走！”他喊着口令。

士兵们肩上的枪铿铿作响。犯人们脱下帽子，有几个用左手画着十字。送行的人大声叫嚷，犯人们也大声叫嚷着回答。女人中间有的号啕大哭。整个队伍就在穿白军服的士兵包围下走动起来，脚上的锁链扬起了尘土。带头的是士兵，后面是戴脚镣的犯人，四人一排，然后是流放犯，然后是村社农民，每两个人铐在一起，然后是女人。后面是装着行李和身体衰弱的人的大车，其中一辆车上有一个女人，裹紧衣服，不住地尖叫和号哭。

35

队伍非常长，前头的人已经走得看不见了，后面装载行李和老弱病残的大车才刚刚起动。等大车一起动，聂赫留朵夫就坐上马车，吩咐车夫赶上队伍，看看在男犯中间有没有熟人，并在女犯中找到玛丝洛娃，问问她有没有收到送去的东西。天气更热了，空中没有风，上千只脚扬起的灰尘，一直飘浮在街心走着的犯人们头上。犯人们走得很快，聂赫留朵夫的马车驾的不是快马，费了好大工夫才赶到队伍前头。一排又一排模样古怪的可怕生物，迈动上千只穿着同样鞋袜的脚，合着步伐摆动空手，似乎在给自己鼓气。他们人数那么多，模样那么单调，又处在那么古怪的特殊条件下，以致聂赫留朵夫觉得，他们仿佛不是人，而是一种可怕的特种生物。直到他在苦役犯中认出凶手费多罗夫，在流放犯中认出滑稽家伙奥霍京和一个求他帮过忙的流浪汉，才改变了这种印象。犯人几乎个个回过头来，斜视着那辆赶上他们的轻便马车和车上那个不断打量他们的老爷。费多罗夫扬了扬头，表示他认识聂赫留朵夫。奥霍京挤了挤眼。不过他们两人都没有点头，认为这是犯禁的。聂赫留朵夫走到女犯旁边，立刻认出了玛丝洛娃。她在女犯的第二排。这一排边上走着一个女犯，红脸庞，黑眼睛，短腿，模样难看，把囚袍前摆掖在腰里，她就是俏娘儿们。她旁边是个孕妇，勉强拖着两腿走着。第三个就是玛丝洛娃。玛丝洛娃肩上扛着袋子，眼睛瞧着前方，脸色镇定而坚毅。这一排的第四人是个年轻漂亮的女人。穿一件短袍，像农妇那样扎着头巾，步伐矫健，她就是费多霞。聂赫留朵夫跳下马车，向女犯队伍走去，想问问玛丝洛娃有没有收到东西，她身体怎样，可是在队伍这边走着的一个押解军士一发现有人接近队伍，立刻赶过来。

"不行，老爷，接近队伍是不允许的。"他走过来，大声说。

军士走过来，认出聂赫留朵夫（在监狱里人人都认识聂赫留朵夫），就把手举到帽檐上敬了个礼，在聂赫留朵夫身边站住说："现在不行。到火车站就可以了，这儿是不允许的。别掉队，快走！"他对犯人们吆喝道。接着不顾天气炎热，抖擞精神，迈着穿漂亮新皮靴的脚，快步跑到原来的位子。

聂赫留朵夫回到人行道上，吩咐车夫赶着马车跟在他后面，自己就同队伍并排走去。队伍不论走到哪里，都引起人们的注意。大家看到它又是同情又是恐惧。乘车路过的人都从车窗里探出头来，目送着犯人们，直到看不见为止。过路的行人都站住，又惊又惧地瞧着这可怕的景象。有些人走上前去，施舍一点儿钱。押解兵就把钱收下。有些人像中了催眠术，跟着队伍走去，但走了一阵又站住，摇摇头，只用眼睛送着队伍。人们纷纷从房子里跑出来，互相招呼着，也有人从窗子里探出身来，他们都呆呆地望着这支可怕的队伍，默不作声。在一处十字路口，队伍挡住了一辆豪华的马车。马车驭座上坐着一个满脸油光、屁股肥大的车夫，身穿一件背上有两排纽扣的号衣。马车后座上坐着一对夫妻：妻子消瘦，苍白，戴一顶浅色帽子，打一把色彩鲜艳的阳伞；丈夫戴一顶高礼帽，穿一件讲究的浅色大衣。前座上，面对他们坐着两个孩子：女孩打扮得漂漂亮亮，娇嫩得像朵小花，披着一头浅色头发，也打着一把色彩鲜艳的阳伞；八岁的男孩脖子细长，锁骨突出，戴一顶水手帽，拖着两条长飘带。做父亲的怒气冲冲地责备车夫，怪他没有及时抢在队伍前面穿过马路；做母亲的嫌恶地眯细眼睛，皱起眉头，把绸阳伞放得低低的遮住脸，以挡住阳光和灰尘。大屁股的车夫听着主人不公正的责备，皱起眉头，面带愠色，因为走这条路，正好是主人吩咐的。他费力地勒住那几匹笼头底下和脖子上汗光闪闪、一个劲儿往前冲的黑马。

警察一心一意想为豪华的马车的主人效劳，想把犯人拦住，放马车过去，但他发觉这支队伍里有一种阴森肃穆的气氛，不能破坏，即使为了这样一位阔老爷也不能破例。他只把手举到帽檐上敬了个礼，表示他对财富的尊重，然后严厉地瞅着犯人，仿佛决心保护车上的贵客，不让犯人们侵袭。因此这辆豪华的马车也不得不等整个队伍走完，直到最后一辆装载行李和坐在行李上的女犯的大车过去，才继续赶路。在那辆大车上，有一个歇斯底里的女人刚安静下来，一看到这辆豪华的马车，就又尖叫和号哭起来。直到这时，车夫才轻轻抖动一下缰绳，那几匹黑鬃骏马就在马路上迈开步子，拉动那辆微微晃动的橡皮轮马车，蹄声得得地往别墅跑去，把丈夫、妻子、女儿和脖子细长、锁骨突出的男孩一起送到那里去消夏享乐。

做父亲的也好，做母亲的也好，都没有向女孩子或者男孩子解释，他们看见的景象是怎么一回事，因此两个孩子只好自己来解答这问题。

女孩子察看父母的脸色，这样来解答问题：这批人同她的父母和亲友截然不同，他们都是坏人，因此就该这样对待他们。就因为这个缘故，女孩子只觉得害怕，直到那些人看不见了，她才放下心来。

不过，脖子细长的男孩一直盯住犯人的队伍，眼睛一眨也不眨。他对这问题的看法不同。他直接从上帝那里得到启示，坚决相信他们也是人，跟他自己，跟所有的人一样，因此一定有人欺侮他们，对他们做了什么不该做的事。他怜悯他们。他害怕这些戴着镣铐、剃光头发的人，同时也害怕那些硬要他们戴上镣铐、剃光头发的人。就因为这个缘故，男孩的嘴唇才噘得越来越高，他好不容易忍住眼泪，因为他认为在这种场合哭是丢脸的。

36

聂赫留朵夫像犯人们一样快步向前走去。他只穿一件薄大衣，但还是热得受不了，主要是因为街上灰尘飞扬，空气炎热，停滞不动，使人闷得喘不过气来。他走了半里路光景，就坐上马车往前走，可是坐马车走在街心，他觉得更热。他竭力回想昨天同姐夫的谈话，但这事此刻已不像早晨那样使他不安了。这事已被囚犯们走出监狱和列队出发的景象所冲淡。主要是天气实在热得厉害。在矮墙旁边的树荫下，有个卖冰激淋的小贩蹲在地上，他的面前站着两个实科中学学生。其中一个孩子正舔着牛角小匙，吃得津津有味；另一个孩子则等待小贩把黄糊糊的东西盛满玻璃杯。

“这儿什么地方可以喝点儿东西解解渴？”聂赫留朵夫感到口渴得厉害，很想喝点儿什么，就问车夫。

“这儿有一家好饭店。”车夫说，赶着马车拐过街角，把聂赫留朵夫送到一家挂有大招牌的饭店门口。

肥头胖耳的掌柜只穿一件衬衫，坐在柜台里。几个堂倌穿着脏得发黑的白工作服，因为没有顾客，都散坐在桌子旁。这当儿看到这位不寻常的客人，都露出好奇的神色，赶紧迎上前来伺候。聂赫留朵夫要了一瓶矿泉水，在离窗较远的地方挨着一张铺有肮脏桌布的小桌坐下。

另一张桌旁坐着两个人，桌上放着茶具和一个白色玻璃瓶。他们擦着额上的汗，和颜悦色地算着账。其中一个皮肤很黑，头顶光秃，后脑壳上留着一圈黑发，跟拉戈任斯基一样。这个景象使聂赫留朵夫又想起昨天跟姐夫的谈话，他很想在动身之前跟姐夫和姐姐再见一面。“恐怕来不及了，”他想，“还是写一封信吧。”他问堂倌要来了信纸、信封和邮票，一面喝着泡沫翻滚的清凉矿泉水，一面考虑该写些什么。可是他脑子里千头万绪，信怎么也写不好。

“亲爱的娜塔丽雅！昨天跟姐夫的谈话给我留下痛苦的印象，我不能一走了事……”他开了个头。“接下去写些什么？要求他原谅我昨天的话吗？可我说的都是心里话呀。他会以为我放弃原来的看法了。再说他这是在干涉我的私事……不，我不能这样写。”聂赫留朵夫又感到对这个同他格格不入、自以为是的人的满腔憎恨，把那封没有写成的信放进口袋里，付清账，来到街上，坐车去追赶那批犯人。

天气更热了。墙壁和石头仿佛都在冒热气。光脚走在滚烫的石子路上一定像火烧火燎。聂赫留朵夫的光手接触到马车上油过漆的挡泥板，就像被火烫着似的。

马没精打采地在街上跑着，蹄子在尘土飞扬的坎坷的路上发出均匀的得得声。车夫不住地打着盹儿。聂赫留朵夫坐在车上，眼睛冷冷地瞧着前方，脑子里什么也不想。在一条倾斜的街上，一座大厦的门口聚集着一群人，还站着一个持枪的押解兵。聂赫留朵夫吩咐马车停下来。

“什么事啊？”他问扫院子的人。

“有个犯人出了事。”

聂赫留朵夫跳下马车，走到人群跟前。在靠近人行道的坎坷倾斜的路面上，头朝坡下躺着一个上了年纪的男犯。这犯人肩膀宽阔，蓄着棕红色大胡子，红脸膛，扁鼻子，穿着灰色囚袍和灰色囚裤。他仰天躺着，伸开两只雀斑累累的手，手心朝下。他睁着两只呆滞的充血眼睛，望着天空，嘴里发出哼哼唧唧的声音，隔很长一会儿他那高大的胸脯均匀地起伏一下。他的旁边站着一个皱眉头的警察、一个叫卖的小贩、一个邮差、一个店员、一个打阳伞的老太婆、一个手提空篮的男孩。

“他们的身体在牢里关得虚了，虚透了，如今又把他们带到这么毒的日头底下来。”店员对走近来的聂赫留朵夫说，显然在责备什么人。

“他恐怕就要死了。”打阳伞的女人哭丧着脸说。

“得把他的衬衫解开。”邮差说。

警察用哆嗦的粗手指笨拙地解开犯人青筋毕露的红脖子上的带子。他显然又激动又紧张，但仍然认为必须把群众呵斥一番。

“你们围着干什么？天气这么热，还要把风挡住。”

“应该先请个医生来检查检查。把身体虚弱的都留下。要不然把半死不活的都拉了来。”店员说，有意显示他通情达理，懂得规矩。

警察解开犯人衬衣上的带子，挺直腰板，向四下里扫视了一下。

“对你们说，走开！不关你们的事，有什么好看的？”他说，转过脸来对着聂赫留朵夫，希望得到他的支持，可是他在聂赫留朵夫眼神里看不到同情，就瞅了一眼押解兵。

可是押解兵站在一旁，只顾瞧着自己踩歪了的靴后跟，对警察的困难处境不闻不问。

“该管的人都不管。活活把人折磨死，天下有这样的规矩吗？”

“囚犯是囚犯，可到底也是人哪！”人群中有人说。

“把他的头枕得高些，给他点儿水喝。”聂赫留朵夫说。

“已经有人去拿水了。”警察回答，把手伸到犯人的胳肢窝下，好不容易才把他的身体拖到高一点儿的地方。

“这么多人围着干什么？”忽然传出一个威风凛凛的声音。警官穿一身白得耀眼的制服和一双亮得更加耀眼的高筒皮靴，快步向人群走来。“都走开！站在这儿干什么？”他还没有看清楚人群围着干什么，就大声吆喝道。

他走到紧跟前，看到奄奄一息的囚犯，肯定地点点头，仿佛早就料到是这么一回事。接着对警察说：“这是怎么搞的？”

警察报告说，有一批犯人押过，其中一个倒在地上，押解兵吩咐把他留下来。

“有什么大不了的？把他送到局里去。叫一辆马车来。”

“扫院子的去叫了。”警察把手举到帽檐上敬了个礼，说。

店员刚说了一句天气太热，警官就狠狠地瞪了他一眼，说：“这事轮得到你管吗？呃？走你的路！”店员就不作声了。

“得给他喝点儿水。”聂赫留朵夫说。

警官对聂赫留朵夫也狠狠地瞧了一眼，但没有说什么。扫院子的端来一杯水，警官吩咐警察端给犯人喝。警察托起犯人的脑袋，想把水灌到他嘴里，可是犯人没有咽下去，水顺着胡子流下来，把上衣前襟和满是尘土的麻布衬衫都弄湿了。

“在他脑袋上泼点儿水！”警官命令道。警察脱下犯人头上薄饼般的帽子，对准他红棕色的鬈发和秃顶泼了水。

犯人仿佛害怕似的把眼睛睁得更大，不过没有改变姿势。他脸上流着沾有尘土的污水，嘴里仍旧均匀地呻吟着，整个身子不住地哆嗦。

“这不是马车吗？就用这辆车好了！”警官指着聂赫留朵夫的马车对警察说。“过来！喂，叫你过来！”

“有客人了。”马车夫没有抬起眼睛，阴沉沉地说。

“这是我雇的车，”聂赫留朵夫说，“不过你们用好了。钱我来付。”他对马车夫补了一句。

“喂，你们都站着干什么？”警官嚷道，“快动手！”

警察、扫院子的和押解兵把奄奄一息的犯人抬起来，送上马车，放在座位上。可是那犯人自己坐不住，头老是往后倒，整个身子从座位上滑下来。

“让他躺平！”警官命令道。

“不要紧，长官，我就这样把他送去。”警察说，稳稳当当地坐在垂死的人旁边，用有力的右胳膊插到他的胳肢窝下，搂住他的身体。

押解兵托起犯人没有裹包脚布而只穿囚鞋的脚，放到驭座底下，让两条腿伸直。

警官环顾了一下，瞧见犯人那顶薄饼般的帽子掉在马路上，就把它捡起来，戴在犯人向后倒的湿淋淋的脑袋上。

“走！”他命令道。

马车夫怒气冲冲地回头看了看，摇摇头，在押解兵的监督下向警察分局慢吞吞地走去。警察跟犯人坐在一起，不断把犯人滑下去的身体拖起来。犯人的脑袋一直前后左右晃动着。押解兵走在马车旁边，不时把犯人的腿放放好。聂赫留朵夫跟在他们后面。

37

马车载着犯人，经过站岗的消防队员身旁，驶进警察分局院子，在一个门口停下。

院子里有几个消防队员，卷起袖子，大声说笑，正在冲洗几辆大车。

马车一停下来，就有几个警察把它围住。他们从胳肢窝下抱住犯人没有生气的身体，抬起他的脚，把他从车上抬下来。马车被他们踩得吱嘎发响。

送犯人来的警察跳下马车，甩动发麻的胳膊，脱下帽子，画了个十字。死人被抬进门，送到楼上。聂赫留朵夫跟着他们上去。他们把死人抬到一个不大的肮脏房间里，里面放着四张床。两张床上坐着两个穿睡衣的病人：一个歪着嘴，脖子上扎着绷带；另一个害着痨病。另外两张床空着。他们就把那犯人放在其中一张床上。这时有一个矮小的人，身上只穿衬衣裤和袜子，双目闪亮，不停地动着眉毛，蹑手蹑脚地走到犯人跟前，对他瞧瞧，然后又瞧瞧聂赫留朵夫，纵声大笑。这是一个留在候诊室里的疯子。

“他们想吓唬我，”他说，“那不行，办不到！”

警官和一个医士跟着抬死人的警察走进来。

医士走到死人跟前，摸了摸犯人雀斑累累的蜡黄的手，那只手虽然还软，但已现出死灰色。他把那只手拿起来，然后又放开，那只手就软绵绵地落在死人肚子上。

“完了。”医士摇摇头说，但显然是为了照章办事，解开死人身上湿漉漉的粗布衬衫，把自己的鬈发撩到耳朵后面，弯下腰，把耳朵贴在犯人蜡黄的一动不动的高胸脯上。大家都不作声。医士直起腰来，又摇了摇头，用一根手指扒开一只眼皮，又扒开另一只眼皮，那两只淡蓝色眼睛已经木然不动了。

“你们吓不倒我，吓不倒我！”那疯子说，不住地往医士那边吐唾沫。

“怎么样？”警官问。

“怎么样？”医士照样说了一遍。“送太平间。”

“您得留点儿神。是不是真的完了？”警官问。

“到这地步，错不了！”医士说，不知为什么拉拉死人的衬衫把他的胸脯盖住。“我打发人去找马特维·伊凡内奇，让他来瞧瞧。彼得罗夫，你去一下！”医士说着，从死人旁边走开。

“把他抬到太平间去。”警官说。“你回头到办公室来一下，签个字。”他对那个一直跟住犯人的押解兵说。

“是。”押解兵回答。

那几个警察抬起死人，又把他抬下楼。聂赫留朵夫想跟他们去，可是疯子把他拦住了。

“您该没有参加他们的阴谋吧，那么给我一支烟抽！”他说。

聂赫留朵夫掏出一盒烟，递给他。疯子扬起眉毛，急急地讲起来，他们怎样用种种提示法折磨他。

“他们全都跟我作对，用妖术折磨我，把我搞得好苦……”

“对不起，我还有事。”聂赫留朵夫说，没有听完他的话就走到院子里，想看看他们把死人抬到哪里去。

那几个警察抬着死人穿过院子，刚走进地下室的门。聂赫留朵夫想走到他们那边去，可是被警官拦住了。

“您要干什么？”

“不干什么。”聂赫留朵夫回答。

“不干什么，那就走开。”

聂赫留朵夫服从了，向他雇的那辆马车走去。车夫在打瞌睡。聂赫留朵夫把他叫醒，又坐上马车到火车站去。

马车走了不到一百步，聂赫留朵夫看见迎面又来了一辆大车，由持枪的押解兵押送着。车上也躺着一个犯人，显然已经断气了。那犯人仰天躺在大车上，留着黑色大胡子，剃得光光的脑袋上覆着一顶薄饼般帽子，那顶帽子已经滑到鼻子上。大车每颠动一下，他的脑袋就摇晃一下，撞在车板上。大车的车夫穿着大皮靴，在大车旁边走着赶车。后面跟着一个警察。聂赫留朵夫拍拍他的车夫的肩膀。

“瞧他们搞的！”车夫勒住马说。

聂赫留朵夫跳下马车，跟着那辆大车走去，又经过站岗的消防队员，走进警察分局的院子。这时候，院子里的消防队员已洗好车子，走开了，只剩下又高又瘦的消防队长，他戴着镶蓝帽圈的帽子，双手插在口袋里，严厉地瞧着一匹由消防队员牵来的颈部膘很厚的浅黄色公马。公马的一条前腿有点儿瘸，消防队长生气地对站在旁边的兽医说着话。

警官也站在这里。他看见又拉来一个死人，就走到大车旁边。

“从哪儿拉来的？”他不以为然地摇摇头，问。

“从老戈尔巴朵夫街运来的。”警察回答。

“是犯人吗？”消防队长问。

“是，长官。”

“今天第二个了。”警官说。

“哼，真不像话！天气也实在太热了。”消防队长说，接着转身对那个牵着浅黄马的消防队员嚷道：“把它牵到拐角那个单马房里去！我要教训教训你这狗崽子，你把这些好马都弄残废了，它们可是比你这混蛋值钱多了！”

这个死人也像刚才那个一样，由几个警察从大车上搬下来，抬到候诊室。聂赫留朵夫像中了催眠术似的跟着他们走去。

“您有什么事？”一个警察问他。

他没有回答，仍旧往他们送死人的地方走去。

疯子坐在床铺上，拼命吸着聂赫留朵夫送给他的纸烟。

“啊，您回来了！”他说着哈哈大笑。他一看见死人，就皱起眉头。“又来了！”他说。“我都看腻了。我又不是小孩子，是吗？”他带着疑问的微笑，对聂赫留朵夫说。

聂赫留朵夫瞧着现在没有被人遮住的死尸。死尸的脸原先盖着帽子，此刻也暴露无遗。刚才那个犯人长得很丑，可是这个犯人面貌和体型都长得非常好。这个人体格强壮，正当盛年。尽管他被剃了怪模怪样的阴阳头，他那饱满的天庭和那双如今毫无生气的黑眼睛却显得很美，还有那个不大的高鼻子和短短的黑色小胡子，也都生得很好看。他的嘴唇发青，唇边挂着笑意。他的大胡子只盖住下半截脸，在那剃光头发的半边脑袋上露出一只结实好看的不大的耳朵。脸上的神情平静、严肃而善良。且不说从这张脸上可以看出，这个人在精神上原可以得到长足的发展，如今被断送了——单从他双手和套着脚镣的双脚的细小骨骼和匀称四肢的强壮肌肉就可以看出，他是一个优秀、强壮和灵巧的人类动物。作为一种动物来说，他在同类中也远比那匹由于受伤而惹得消防队长生气的浅黄马完美得多。然而他却被活活折磨死了，非但没有人把他当作人来哀悼，而且也没有人把他当作被活活折磨死的会做工的动物来怜悯。他的死在所有的人心里引起的唯一情绪，就是厌烦，因为他的尸体眼看就要腐烂，必须赶快收拾掉，这样就给大家添了麻烦。

医师带着医士在警察分局长陪同下来到候诊室。医师是个矮壮结实的人，穿一件茧绸上装和一条裹紧粗壮大腿的茧绸裤子。警察分局长是个矮胖子，红润的脸庞圆滚滚的，像个球。他有个习惯，喜欢鼓起双颊，然后再把气慢慢吐出来。这样鼓着双颊，他的脸就显得更圆了。医师挨着死人坐到床上，也像刚才医士那样摸摸死人的双手，听听心脏，然后站起来拉拉自己的裤子。

“完全死了。”他说。

警察分局长的双颊鼓得满满的，又慢慢地把气吐出来。

“他是哪个监狱的？”他问押解兵。

押解兵回答了他，又提到要收回死人的脚镣。

“我会叫他们取下来的。感谢上帝，我们这里还有铁匠。”警察分局长说，接着又鼓起脸颊向门口走去，再慢慢地吐出气来。

“怎么会这样？”聂赫留朵夫问医师说。

医师透过眼镜对他瞧瞧。

“怎么会这样吗？您是说，他们怎么会中暑死掉吗？您看，整整一个冬天蹲在牢里，没有活动，不见天日，突然给带到今天这样的大太阳底下，那么多人挤在一块儿走路，空气又不流通，怎么能不中暑呢！”

“那么，为什么要把他们流放出去？”

“那您去问他们好了。不过，请问您是谁？”

“我是局外人。”

“噢！对不起，我可没闲工夫。”医师说，又恼火地把裤腿往下拉拉，向病人床铺走去。

“喂，你怎么样？”他问那个脸色苍白、脖子上扎着绷带的歪嘴病人说。

这当儿疯子坐在自己的床铺上，不再吸烟，只是朝医师那边吐唾沫。

聂赫留朵夫下楼走到院子里，从消防队的马匹、几只母鸡和戴铜盔的哨兵旁边走过，出了大门，坐上他的马车（车夫又在打瞌睡），向火车站跑去。

38

聂赫留朵夫来到火车站，犯人们都已坐到装有铁窗的车厢里。站台上有几个送行的人，但押解兵不准他们接近车厢。押解兵今天特别操心。从监狱到车站的一路上，除了聂赫留朵夫看到的两名犯人，还有三个中暑死亡：其中一名也像前两名那样被送到就近的警察分局，还有两名都是在车站上倒下的。[①]押解人员操心的，倒不是在他们的押解下死了五个本来可以不死的人。这事根本不在他们心上。他们操心的只是依法办理必要的手续：把死人和他们的文件、杂物送到该送的地方，把他们的名字从押送到下城的犯人名册中勾销。办这些事很麻烦，特别是在这样的大热天。

押解兵此刻正忙于处理这些事，因此在这些事没有办完以前，不准聂赫留朵夫和其他人接近车厢。不过聂赫留朵夫还是获得许可走近车厢，因为他给了押解的军士一点儿钱。这个军士就放聂赫留朵夫过去，但要他谈得快一点儿，谈完就走开，免得被长官看见。车厢总共十八节，除了长官坐的那一节以外，节节车厢都被犯人挤得满满的。聂赫留朵夫走过那些车厢窗口，留神听听里面在干什么。每节车厢里都是一片镣铐声、忙乱声、说话声，其中还夹着毫无意思的下流话，但出乎聂赫留朵夫的意料，没有一个地方在谈论路上死去的同伴。他们谈的多半是他们的袋子、饮用水和挑座位问题。聂赫留朵夫从一节车厢的窗口往里张望，看见押解兵在过道上给犯人卸手铐。犯人们伸出双手，一个押解兵打开手铐上的锁，

① 十九世纪八十年代初，有一批犯人从布狄斯基监狱押送到下城火车站，一天里就有五名犯人中暑死亡。——作者注

把手铐脱掉。另一个押解兵把手铐收集在一起。聂赫留朵夫走过所有男犯的车厢，来到女犯车厢旁边。第二节车厢里传出一个女人均匀的呻吟声：“喔唷，喔唷，喔唷，老天爷！喔唷，喔唷，喔唷，老天爷！”

聂赫留朵夫走过这节车厢，听从一个押解兵的指点，走到第三节车厢窗口。聂赫留朵夫的头刚凑近窗口，就有一股充满汗酸臭的热气扑面袭来，同时清楚地听见女人叽叽喳喳的说话声。所有长凳上都坐着满头大汗、脸色通红、身穿囚袍和短袄的女人，她们在大声谈话。聂赫留朵夫的脸凑近铁窗，引起了她们的注意。靠窗几个女人住了口，向他凑过去。玛丝洛娃只穿一件短袄，没有包头巾，坐在对面窗口。皮肤白净、脸带笑容的费多霞坐在她旁边，离这边窗口近一点儿。她一认出聂赫留朵夫，就推推玛丝洛娃，给她指指这边窗口。玛丝洛娃慌忙站起来，拿头巾包住乌黑的头发，红润冒汗的脸上现出活泼的微笑，走到窗口，双手抓住铁栅。

“天气真热呀！”她快乐地笑着说。

“东西收到了吗？”

“收到了，谢谢。”

“还需要什么吗？”聂赫留朵夫问，觉得车厢里的热气简直像从蒸气浴室里冒出来的一样。

“什么也不需要了，谢谢。”

“最好能弄点儿水喝喝。”费多霞说。

“是啊，最好弄点儿水喝喝。”玛丝洛娃也跟着说。

“难道你们没有水喝吗？”

“送来过，都喝光了。”

“我这就去，”聂赫留朵夫说，“我去问押解兵要点儿水来。我们要到下城才能见面了。”

“难道您也去吗？”玛丝洛娃仿佛不知道这件事，快乐地瞅了聂赫留朵夫一眼，说。

“我坐下一班车走。”

玛丝洛娃一言不发，过了几秒钟才深深地叹了口气。

“这是怎么搞的，老爷，说是有十二个犯人被折磨死了，是真的吗？”一个神情严厉的上了年纪的女犯人用男人般的粗嗓子说。

她就是柯拉勃列娃。

“十二个，我没听说。我只看见两个。”聂赫留朵夫说。

“听说有十二个。造这样的孽，他们都没事吗？简直都是魔鬼！”

“妇女中间没有人害病吧？”聂赫留朵夫问。

“娘儿们身子骨硬朗些，”另一个矮小的女犯笑着说，“只是有一个要生孩子了。听，她在那儿嚷嚷呢。”她指着隔壁的车厢说，那儿不断传来同一种呻吟声。

“您问我们还需要什么，”玛丝洛娃竭力忍住嘴唇上快乐的笑意，说，“那么，能不能把这女人留下来？要不她太受罪了。哎，您最好去跟长官说说。”

“好的，我去说。”

“哎，还有，能不能让她同她丈夫塔拉斯见一次面？”她瞥了一眼笑盈盈的费多霞，示意聂赫留朵夫说。“她丈夫就要跟您一起动身了。”

“老爷，不可以同她们说话。”一个押解的军士说。这不是放聂赫留朵夫过来的那个军士。

聂赫留朵夫就去找长官，想为临产的女人和塔拉斯求情，可是找了好半天都没有找到，也不能从押解兵那里打听到长官在哪里。他们都很忙：有些正把犯人带到什么地方去，有些跑去给自己买食物，或者把自己的行李放到车厢里，有些在伺候跟押解官一起动身的太太。他们都不高兴回答聂赫留朵夫的话。

聂赫留朵夫找到押解官的时候，已经响过第二遍铃了。押解官用他那只短手擦擦盖没嘴巴的小胡子，耸起肩膀，为什么事在斥责司务长。

“您究竟有什么事？”他问聂赫留朵夫说。

“你们车上有个女人要生孩子了，我想应该……”

“那就让她生好了。等生出来再说。”押解官说，向他自己那节车厢走去，拼命摆动两条短胳膊。

这时候，列车长手里拿着哨子走过。紧接着响起了最后一遍铃声和哨子声，从站台上送行的人群中和女犯的车厢里传出一片号叫声。聂赫留朵夫跟塔拉斯并排站在站台上，眼看一节节带铁窗的车厢和车窗里一个个剃光头发的男人脑袋从面前掠过。接着是第一节女犯车厢，从窗子里可以看见里面的女犯，有的露着头发，有的扎着头巾。然后是第二节车厢，从里面传出那个临产女人的呻吟。再后面就是玛丝洛娃的那节车厢。玛丝洛娃同另外几个女犯站在窗口，瞧着聂赫留朵夫，对他发出凄苦的微笑。

39

聂赫留朵夫所搭的那班客车离开车还有两小时。聂赫留朵夫原想利用这段时间到姐姐家去一次，可是今天上午看到的那些景象使他感慨万千，精疲力竭，而一坐到头等车候车室的沙发上，更觉得极其困倦。他侧过身子，一只手垫在脸颊下，就立刻睡着了。

一个身穿礼服、胸戴徽章、肩上搭着餐巾的茶房把他叫醒了。

“老爷，老爷，您是聂赫留朵夫公爵吗？有位太太在找您呢。”

聂赫留朵夫霍地跳起来，揉揉眼睛，这才记起他在什么地方，想到今天上午发生的种种事情。

他头脑里留下的印象是：犯人的队伍，几个死人，有铁窗的车厢和关在里面的女犯，其中一个在临产的阵痛中，无人照料，另一个从铁栅后面向他凄苦地微笑。可是此刻出现在他面前的却是一种截然不同的景象：一张大桌子，上面放着酒瓶、花瓶、大烛台和餐具，几个机灵的茶房在桌子周围侍候客人。候车室深处有个柜台，柜台里面的酒橱前站着一个侍者，柜台上放着各种果盘和酒瓶，旅客都背对外站在柜台旁。

聂赫留朵夫刚从沙发上坐起来，头脑清醒了些，便发现房间里人人都在好奇地向门口张望。他也往那边望望，看见一伙人抬着一把圈椅，椅上坐着一位头上包着轻纱的太太。前面抬圈椅的那个跟班，聂赫留朵夫觉得很面熟。后面一个戴着镶金绦的制帽，是聂赫留朵夫认识的一个看门人。圈椅后面跟着一个装束雅致的侍女，她头发鬈曲，身上系着围裙，手里提着一个包裹、一个装着圆滚滚东西的皮盒子和两把阳伞。再后面走着的就是柯察金公爵。公爵生着两片厚嘴唇，一个容易中风的肥大脖子，挺起胸脯，头上戴着一顶旅行帽。他后面是米西和她的表哥米沙，还有那个聂赫留朵夫认识的外交官奥斯登。奥斯登脖子细长，喉结突出，神情总是很快活。他一面走，一面郑重其事地同笑盈盈的米西说话，但带点儿戏谑的味道。最后是那个怒气冲冲地吸着烟的医生。

柯察金一家人正从他们城郊的庄园搬到公爵夫人姐姐的庄园里去。那个庄园坐落在下城的铁路线上。

抬圈椅的仆人、侍女和医生鱼贯进入女客候车室，引起所有在场的人的好奇和尊敬。老公爵在桌旁一坐下来，立刻把茶房唤到跟前，向他要了酒菜。米西跟奥斯登也在餐厅里停下来，刚要坐下，忽然看见门口有个熟识的女人，就迎着她走去。原来她就是娜塔丽雅。娜塔丽雅在阿格拉斐娜伴同下走进餐厅，不住地向两边张望。她几乎同时看见了米西和弟弟。她对聂赫留朵夫只点点头，先走到米西跟前。不过她同米西互吻以后，就转身对弟弟说话。

“我总算找到你了。”娜塔丽雅说。

聂赫留朵夫站起来同米西、米沙和奥斯登打了招呼，站住同他们谈话。米西把他们乡下的房子着火、逼得他们搬到姨妈家去的事告诉聂赫留朵夫。奥斯登趁机讲了一个同火灾有关的笑话。

聂赫留朵夫没有听奥斯登说，却转身同姐姐谈话。

“你来，我真是太高兴了！”他说。

“我早就来了，”她说，“我是跟阿格拉斐娜一起来的。”她指指阿格拉斐娜说，那个女管家头戴帽子，身穿防雨布大衣，现出亲切而稳重的神态，羞怯地从远处对聂赫留朵夫鞠了一躬，不愿打扰他。“我们在到处找你。”

“可我在这儿睡着了。你来，我真是太高兴了！”聂赫留朵夫又说了一遍。“我刚才给你写信，刚开了个头。”他说。

“真的吗？”她忧虑地问。“有什么事？”

米西和她的男伴发现姐弟两人在密谈，就走开了。聂赫留朵夫同姐姐在靠窗的丝绒长沙发上坐下来，沙发上还放着别人的行李、毛毯和帽盒。

“昨天我从你家出来以后，本想再回去赔罪，但不知道姐夫会怎样对待我，”聂赫留朵夫说。“我同他谈得不投机，心里很难过。”

“我知道，”姐姐说，“我相信你不是有意的。你也知道……”

娜塔丽雅的眼睛里充满了泪水，她碰碰他的手。她这句话的意思不明确，可是他完全了解她，被她的情意所感动。她原来想表示，除了她对丈夫的满腔热爱以外，她对他，对弟弟的手足之情，在她也是很重要很宝贵的，他们之间的任何龃龉在她都是痛苦的。

“谢谢，谢谢你……唉，今天我看见什么了！”聂赫留朵夫突然想起第二个死去的犯人，说，“有两个犯人被害死了。”

“怎么被害死了？”

“就这样被害死了。这样的大热天把他们押出来，有两个就中暑死了。”

“那不可能！怎么会呢？今天吗？刚才吗？”

“是的，就是刚才。我看见他们的尸体。”

“可是为什么要害死他们呢？是谁害死他们的？”娜塔丽雅问。

“就是那些硬把他们押出来的人。”聂赫留朵夫怒气冲冲地说，觉得她看待这事用的也是她丈夫那种眼光。

“啊，我的天！”阿格拉斐娜走到他们跟前，说。

“是的，这些不幸的人遭到什么待遇，我们一点儿也不清楚，但我们应该知道。”聂赫留朵夫瞧着老公爵说。老公爵这时已围好餐巾，坐在放有一瓶混合酒的桌旁，回过头来对聂赫留朵夫瞧了一眼。

“聂赫留朵夫！”他叫道，“要不要喝一点儿解解暑气？出门喝一点儿再好没有了！”

聂赫留朵夫谢绝了，转过身来。

“那么你究竟打算怎么办呢？”娜塔丽雅又问。

“尽我的力量去做。我不知道该做什么，但觉得总应该做些什么。我一定尽我的力量去做。”

“是的，是的，这我明白。那么，你跟这一家人，”她微笑着瞧瞧柯察金，说，“难道真的就一刀两断了？”

“一刀两断了。我想，这样双方都不会感到遗憾的。”

“可惜。我觉得很可惜。我喜欢她。嗯，就算是这样吧，可是你为什么要作茧自缚？”娜塔丽雅怯生生地说。“你何必跟着去呢？”

“那是因为我应该去。”聂赫留朵夫一本正经地冷冷地说，似乎希望不要再谈这事。

不过，他对待姐姐这样冷淡，立刻感到羞愧。“我为什么不把心里所想的都告诉她呢？”他想。“让阿格拉斐娜也听听好了，”他瞅了一下老女仆，对自己说。有阿格拉斐娜在场，这就鼓励他把自己的决心再对姐姐说一遍。

“你是说我想跟卡秋莎结婚这件事吗？说实在的，我决心这样做，可是她一口拒绝了。”他声音哆嗦着说。每次谈到这事，他总是这样的。“她不愿接受我的牺牲，情愿自己牺牲，而就她的处境来说，她牺牲得太多了。我不能接受这种牺牲，如果这只是出于一时冲动的话。所以我现在决心跟她去，她走到哪儿，我跟到哪儿。我还要尽我的力量帮助她，来减轻她的痛苦。”

娜塔丽雅一言不发。阿格拉斐娜用疑问的目光瞧瞧娜塔丽雅，摇摇头。这时候，原来那一伙人又从女客候车室里出来，仍旧由漂亮的跟班菲利浦和看门人抬着公爵夫人。公爵夫人吩咐停下来，向聂赫留朵夫招招手，露出一副疲劳不堪的可怜相，伸给他一只戴满戒指的白手，恐惧地等待他有力的握手。

“真要人的命！”她指炎热的天气说。“我可受不了。这样的天气真要我的命。”接着她谈了一阵俄罗斯气候的恶劣，又请聂赫留朵夫到他们家去玩，然后示意抬圈椅的人继续上路。“那么，您务必要来。”她坐在圈椅上，转过她的长脸，又向聂赫留朵夫说了一句。

聂赫留朵夫走到站台上。公爵夫人的一伙人往右拐了个弯，向头等车厢走去。聂赫留朵夫同搬行李的脚夫和背着袋子的塔拉斯一起向左边走去。

“喏，这是我的同伴。”聂赫留朵夫指着塔拉斯对姐姐说，关于塔拉斯的遭遇他上次已对姐姐讲过了。

“难道你真的坐三等车吗？”娜塔丽雅看见聂赫留朵夫在三等车厢旁边站住，脚夫拿着行李和塔拉斯一起走上那节车厢，就问。

“是的，这样方便些，我有塔拉斯一起走。”他说。“哦，还有一件事要同你说一下，”他添加说，“我至今还没有把库兹明斯科耶的土地分给农民，万一我死了，就由你那几个孩子继承好了。”

“德米特里，别说这种话！”娜塔丽雅说。

“就算我把那些地都给了农民，我也有一件事要说明，那就是我其余的东西都将传给他们，因为我恐怕不会结婚，即使结婚也不会有孩子……所以……”

“德米特里，我求求你，别说这种话！”娜塔丽雅说，不过聂赫留朵夫看出她听了这话觉得高兴。

前面，在头等车厢旁边，站着一小群人，仍旧瞧着柯察金公爵夫人被抬进去的那节车厢。其余的人都已按座位坐好。几个迟到的乘客匆匆走过，把站台的木板踩得咚咚直响。列车员砰地关上车门，请旅客就座，请送客的下车。

聂赫留朵夫走进被太阳晒得又热又臭的车厢，立刻又走到车尾的小平台上。

娜塔丽雅头戴一顶时髦的帽子，披着披肩，跟阿格拉斐娜并排站在车厢旁边，显然在找话题，但没有找到。她连说一句“写信来”都觉得不行，因为她同弟弟早就嘲笑过送人出门那套老规矩了。一谈到财产和继承问题，就破坏了他们的手足之情；他们觉得彼此疏远了。等到火车开动，她只点点头，现出惆怅而亲切的脸色说：“嗯，再见，德米特里，再见！”这时，她心里反而感到高兴。但等这节车厢一离开，她就想到她该怎样把同弟弟谈的事告诉丈夫，她的脸色顿时变得严肃而紧张了。

尽管聂赫留朵夫对姐姐一向很有感情，也没有对她隐瞒过任何事情，如今同她待在一起却觉得别扭，难堪，巴不得早点儿分开。他觉得当年同他那么亲近的娜塔丽雅已不再存在，只剩下一个胡子蓬松、肤色发黑的讨厌丈夫的奴隶。他清楚地看出这一点，因为当他谈到她丈夫感兴趣的事，也就是分地给农民和遗产继承等问题时，她的脸色才显得特别兴奋。而这一点却使他感到伤心。

40

三等车的大车厢被太阳晒了一整天，又挤满了人，闷热得叫人喘不过气来。聂赫留朵夫一直站在车尾的小平台上，没有回车厢。但连这里也呼吸不到新鲜空气。直到列车从周围房屋中开出，车厢里有了穿堂风，聂赫留朵夫才挺起胸膛，深深地吸了一口气。“是的，他们是被害死的。”他暗自重复了一遍对姐姐说过的话。他的头脑里今天充满了各种印象，此刻却特别生动地浮现出第二个死去的犯人那张漂亮的脸，以及他那含笑的嘴唇、严峻的前额、头皮剃得发青的头盖骨和头盖骨下不大的结实的耳朵。“最最可怕的是他被害死了，却没有人知道到底是谁把他害死的。但他确实被害死了。他也同别的犯人一样，是遵照玛斯连尼科夫的命令被押解出来的。至于玛斯连尼科夫呢，公事公办，在印好的公文纸上用他难看的花体字签上名，他当然不会认为自己该负责任。那个专门检查犯人身体的监狱医生更不会认为自己该负责任。他认真执行自己的职责，把体弱的犯人剔出，绝没有料到天气会这么热，犯人被押解出来又那么迟，而且被迫那么紧紧地挤在一起。那么典狱长呢？典狱长只不过执行命令，在某一天把多少男女苦役犯和流放犯送上路罢了。押解官同样没有责任，因为他的职责只是根据名册点收若干犯人，然后到某地再把他们点交出去。他照例根据规定把那批犯人押解上路，可怎么也没有料到，像聂赫留朵夫看到的那两个身强力壮的人，竟会支持不住而死去。谁也没有责任，可是人却给活活害死，而且归根到底是被那些对这些人的死毫无责任的人害死的。

“所以会有这样的事，”聂赫留朵夫想，“就因为所有这些人——省长、典狱长、警官、警察——都认为世界上有这样一种制度，根据这种制度，人与人之间无须维持正常的关系。说实话，所有这些人，玛斯连尼科夫也好，典狱长也好，押解官也好，要是他们不做省长、典狱长和军官，就会反复思考二十次：这样炎热的天气叫人挤在一起上路，行吗？即使上路，中途也会休息二十次。要是看见有人体力不支，呼吸急促，也会把他从队伍里带出来，让他到阴凉的地方喝点儿水，休息一下。如果出了不幸的事，也会对人表示同情。他们所以没有这样做，并且不让别人这样做，无非因为他们没有把这些人当作人看待，也没有看到他们对这些人应负的责任。他们总是把官职和规章制度看得高于人与人之间的关系和人对人的义务。问题的症结就在这里。”聂赫留朵夫想，“只要承认天下还有比爱人之心更重要的东西，哪怕只承认一小时，或者只在某一特殊场合承认，那就没有一种损人的罪行干不出来，而在干的时候还不认为自己是在犯罪。”

聂赫留朵夫沉思着，连天气变了都没有注意到。太阳已被前方低垂的云朵遮住，从西方地平线那儿涌来一大片浓密的浅灰色雨云。远处田野和树林上空已经下着倾斜的大雨。雨云送来湿润的空气。闪电偶尔划破灰云，滚滚的雷鸣同列车越来越急促的隆隆声交响成一片。雨云越来越近，斜雨开始打着车尾的小平台，也打着聂赫留朵夫的薄大衣。他走到小平台的另一边，吸着湿润清凉的空气和久旱待雨的土地发出的庄稼味，望着眼前掠过的果园、树林、开始发黄的黑麦地、依旧碧绿的燕麦地和种着正在开花的深绿色土豆的黑色田畦。大地万物似乎都涂了一层清漆，绿的更绿，黄的更黄，黑的更黑了。

“再下，再下！”聂赫留朵夫望着好雨下生意盎然的田野、果园和菜园，不禁快乐地说。

大雨下了没有多久。雨云一部分变成雨水落下来，一部分飘走了。此刻只剩下暴雨后残留下来的蒙蒙细雨，垂直地落到湿漉漉的地面上。太阳又露了出来，大地万物又闪闪发亮。在东方地平线那儿，出现了一道长虹，位置不高，色彩鲜艳，紫色特浓，但一端却模糊不清。

“哦，我刚才在想什么呀？”聂赫留朵夫想，这时自然界的种种变化结束了，火车已驶入一道高坡夹峙的山沟。“是啊，我在想，所有那些人，典狱长也好，押解官也好，其他官员也好，原来都是温和善良的，他们之所以变得凶恶，就因为他们做了官。”

他想起他讲到监狱里种种情景时玛斯连尼科夫那种冷漠的表情，想起典狱长的严厉和押解官的残酷，想起押解官不准病弱的犯人搭大车，也不管临产的女犯在火车上痛苦哀号。“这些人个个都是铁石心肠，对别人的苦难漠不关心，无非因为他们做了官。他们一旦做了官，心里就渗不进爱人的感情，就像石砌的地面渗不进雨水一样。”聂赫留朵夫瞧着山沟两旁杂色石头砌成的斜坡想。他看见雨水没有渗进地里去，却汇成一道道水流淌下来。“也许山沟两旁的斜坡非用石头砌不可，但这些土地本来可以像坡顶上土地那样，生长庄稼、青草、灌木、树林，现在却寸草不生。这景象看着真叫人痛心。人也是这样，”聂赫留朵夫想，“那些省长啦，典狱长啦，警察啦，也许都非有不可，但看到有人丧失了人的主要本性，也就是人与人之间的友爱和怜悯，那真是可怕！”

“问题的症结在于，”聂赫留朵夫想，“那些人把不成其为法律的东西当作法律，却不承认上帝亲自铭刻在人们心里的永恒不变的律法才是法律。正因为这样，我跟那些人很难相处，”聂赫留朵夫想。“我简直怕他们。他们确实可怕。比强盗更可怕。强盗还有恻隐之心，那些人却没有恻隐之心。他们同恻隐之心绝了缘，就像这些石头同花草树木绝了缘一样。他们可怕就可怕在这里。据说，普加乔夫、拉辛[①]之类的人很可怕。其实，他们比普加乔夫、拉辛可怕一千倍，”他继续想。“如果有人提出一个心理学问题：怎样才能使我们这个时代的人，基督徒、讲人道的人、一般善良的人，干出罪孽深重的事而又不觉得自己在犯罪？那么，答案只有一个：就是必须维持现有秩序，必须让那些人当省长、典狱长、军官和警察。也就是说，第一，要让他们相信，世界上有一种工作，叫作国家公职，从事这种工作可以把人当作物品看待，不需要人与人之间的手足情谊；第二，要那些国家公职人员结成一帮，这样不论他们对待人的后果怎样，都无须由某一个人单独承担责任。没有这些条件，就不会干出像我今天所看到的那种可怕的事来。问题的症结在于，人们认为世界上有一种规矩，根据这种规矩人对待人不需要有爱心，但这样的规矩其实是没有的。人对待东西可以没有爱心，砍树也罢，造砖也罢，打铁也罢，都不需要爱心，但人对待人却不能没有爱心，就像对待蜜蜂不能不多加小心一样。这是由蜜蜂的本性决定的。如果你对待蜜蜂不多加小心，那你就会既伤害蜜蜂，也伤害自己。对待人也是这样，而且不能不这样，因为人与人之间的友爱是人类生活的基本准则。的确，人不能像强迫自己工作那样强迫自己去爱，但也不能因此得出结论说，对待人可以没有爱心，特别是对人有所求的时候。如果你对人没有爱心，那你还是安分守己地待着，”聂赫留朵夫对自己说，“你就自己顾自己，干干活儿，就是不要去跟人打交道。只有肚子饿的时候，吃东西才有益无害；同样，只有当你有爱心的时候，去同人打交道才会有益无害。只要你容忍自己不带爱心去对待人，就像昨天对待姐夫那样，那么，今天亲眼看见的种种待人的残酷行为就会泛滥成

① 俄国十七世纪和十八世纪农民起义领袖。

灾，我这辈子亲身经历过的那种痛苦，也将无穷无尽。是啊，是啊，就是这么一回事。”聂赫留朵夫想。“这真是太好了，太好了！”他对自己反复说，感到双重的快乐：一方面是由于酷热之后天气凉快下来，另一方面是由于长期盘踞在心头的疑问忽然得到了澄清。

41

聂赫留朵夫所乘的那节车厢只有半车旅客。其中有仆役、工匠、工厂工人、肉店老板、犹太人、店员、妇女、工人的妻子，还有一个士兵，两个贵夫人，其中一个年轻，另一个上了年纪，裸露的手臂上戴着几只手镯。另外还有一个脸色严峻的老爷，头戴黑制帽，帽子上有个帽徽。这些人都已找到了座位，怡然自得地坐着，有的在嗑葵花子，有的在吸烟，有的兴致勃勃地同邻座闲聊。

塔拉斯得意扬扬地坐在过道右边的长椅上，给聂赫留朵夫留着一个座位。他兴致勃勃地跟对面一个乘客谈着话。那人敞着乡下的粗呢上装，肌肉发达。聂赫留朵夫后来知道他是个花匠，正乘车到外地去工作。聂赫留朵夫还没有走到塔拉斯跟前，就在一个神态庄重的老头儿旁边站住。那老人留着雪白的大胡子，身穿腰部打褶的土布长袍，正在同一个乡下装束的年轻女人交谈。这女人旁边坐着一个七岁光景的小姑娘。小姑娘身穿一件崭新的无袖长衫，淡得近乎白色的头发扎成一根辫子，她的脚离地很远，嘴里不停地嗑着葵花子。老人回过头来瞧了聂赫留朵夫一眼，掖起长袍前摆，在磨得发亮的长椅上腾出一个位子，亲切地说：“您请坐吧。”

聂赫留朵夫道了谢，在指定的位子上坐下。聂赫留朵夫刚坐下，那女人就继续讲她的事。她讲到她丈夫在城里怎样招待她，现在她回乡下去。

“上次谢肉节[1]，托上帝的福，去过一次。这会儿又去了一次，”她说，“到圣诞节，求上帝保佑，还能再去一次。”

“这是好事，”老人瞅着聂赫留朵夫，说，“你得常去看看他，要不然年轻人单独住在城里，容易变坏。”

“不，老大爷，我们当家的可不是那种人。他从来不做蠢事，简直像个大姑娘。挣到的钱全部寄回家，自己一个子儿也不留。他挺喜欢这丫头，别提有多喜欢了。”女人笑眯眯地说。

小姑娘一面吐着葵花子壳，一面听母亲说话，仿佛在证实母亲的话。她那双聪明文静的眼睛瞧瞧老人的脸，又瞧瞧聂赫留朵夫的脸。

“看来是个聪明人，再好也没有了，”老人说，“那么，他不来这玩意儿吗？”他补了一句，用眼睛示意坐在过道另一边的一对夫妇。他们大概都是厂里的工人。

做丈夫的把一瓶伏特加的瓶口对住嘴，仰起头，喝着酒；做妻子的拿着装酒瓶的袋子，眼睛盯住丈夫。

“不，我们当家的不喝酒，也不抽烟，”同老人谈话的那个女人说，抓住机会再次夸奖丈夫，“像他那样的人，老大爷，可以说天下少有。喏，他就是这样的人。”她又转过身来对聂赫留朵夫说。“那再好也没有了。”老头儿瞧了瞧喝酒的工人，又说。

那工人凑着酒瓶喝了好几口，就把酒瓶递给妻子。妻子接过酒瓶，笑着摇摇头，也把瓶口对准自己的嘴。工人发觉聂赫留朵夫和老头儿瞧着他，就回过头来对他们说：“怎么了，老爷？瞧我们喝酒吗？我们干活儿，谁也没有看见，如今一喝酒，大家都看见了。我干活儿挣了钱，自己喝一点儿，也让老婆喝一点儿，没有别的了。”

“是啊，是啊！”聂赫留朵夫说，不知该怎样回答才好。

“我说得对不对，老爷？我老婆是个稳重的女人！我对她很满意，

[1] 基督教节日，一般在大斋前三天举行。

因为她会疼我。我说得对吗，玛芙拉？”

“喏，拿去吧。我不想再喝了，”妻子把酒瓶递给他说，“你在啰唆什么呀？”她添了一句。

“瞧，她就是这样的，”工人接着说，“她一会儿挺好，一会儿又像没上过油的大车，吱吱嘎嘎地闹个不停。玛芙拉，我说得对吗？”

玛芙拉一面笑，一面带着酒意挥了挥手。

“嘻，他又瞎扯起来……”

“嗯，她就是这样的。好是好，可只是一时的。一旦发起牛脾气来，什么事都干得出……我说的可是实话。老爷，您可得包涵着点儿。我喝了点儿酒，嗯，可是有什么办法……”工人说着躺下来睡觉，把头枕在笑盈盈的妻子的膝盖上。

聂赫留朵夫又跟老头儿一起坐了一阵。老头儿讲到他的身世，说他是个砌炉匠，干了五十三年活儿，这辈子砌的炉子数也数不清，想休息一下，可总是没有工夫。这回他在城里，给孩子们找了工作，现在回乡去看看家里人。聂赫留朵夫听完老头儿的话，站起来，往塔拉斯给他留的座位那边走去。

“哦，老爷，您坐。我们把袋子挪到这儿来。”坐在塔拉斯对面的花匠抬起头来瞅了瞅聂赫留朵夫的脸，亲切地说。

“不怕受挤，就怕受气。”塔拉斯笑嘻嘻地用唱歌般的声音说，然后伸出两条强壮的胳膊把两普特重的袋子像鸿毛似的轻轻举起来，搬到窗口。“地方有的是，站站也可以，钻到椅子底下去也行。这儿可是太平无事，没有人吵架！”他满面笑容，和蔼可亲地说。

塔拉斯讲到他自己时说，他不喝酒就没有话说；一喝酒，话就可以滔滔不绝地说个没完。的确，塔拉斯清醒的时候总是沉默寡言，可是喝了点儿酒——这在他是很难得的，只有逢到特殊情况时才喝——就特别喜欢说话。他一开口，总是讲得很多，很有意思，而且非常朴实，非常真诚，尤其是非常亲切，他那双善良的浅蓝色眼睛和殷勤含笑的嘴唇总是洋溢着亲切的情意。

今天他就处在这样的状态。聂赫留朵夫走过来，他暂时住了口。但他把袋子放好后，就照原来那样坐下，把两只经常劳动的有力的手放在膝盖上，直瞧着花匠的眼睛，继续讲他的事。他向这位新朋友详详细细地讲他妻子被判刑的始末，讲她为什么被流放，他现在为什么跟她一起到西伯利亚去。

聂赫留朵夫从来没有听过这事的前后经过，因此全神贯注地听着。他听的时候，塔拉斯刚讲到下毒的事已发生，家里人都知道那是费多霞干的。

“我这是在讲我的伤心事，”塔拉斯和蔼可亲地对聂赫留朵夫说，“碰到这样一位热心朋友，我们就攀谈起来，我也就讲讲我的事。”

“好哇，好哇！”聂赫留朵夫说。

“嗯，大哥，这件事就这样暴露了。我妈当时拿着那块饼说：‘我去找警察。’我爹是个通情达理的老头儿。他说：‘慢着，老太婆，这小娘儿们还是个娃娃，她自己也不知道干的是什么，咱们得原谅她。说不定她会明白过来的。’可是有什么用，我妈一句话也听不进去。她说：‘要是咱们把她留下，她就会把咱们像蟑螂那样统统毒死的。’大哥，她说完就跑去找警察，警察一下子冲到我们家里……一下子就把证人都传了去。”

“那么，你当时怎么样呢？”花匠问。

“我吗，大哥，肚子痛得直打滚，嘴里吐个不停，吐得五脏六腑都翻过来，一句话也说不出。我爹马上套好车，叫费多霞坐上去，就赶到警察局，又从警察局到法官那儿。她呢，大哥，一开头就全部认了罪，后来又向法官一五一十招供了。她从什么地方弄到砒霜，怎样把它糅进饼里。法官问她：‘你为什么要干这样的事？’她回答说：‘因为我讨厌他呗。我情愿到西伯利亚去，也不愿跟他一块儿过。’她这是说不愿跟我一块儿过，”塔拉斯笑着说，“她就这样完全认了罪。不消说，她被关进牢里。我爹一个人回来了。这时正好是农忙时节，我们家的婆娘只我妈一个，她又没有力气。我们合计了一下，该怎么办，能不能取个保把她保出来。我爹去找一个长官，不成，又去找一个，还是不成。他一口气找了总有五个长官。我们打算不再奔走，不料碰到了一个人，是官府里的一名小官。那家伙可机灵了，真是天下少见。他说：‘给我五个卢布，我就把她保出来。’我爹同他讲价钱，结果讲定三个卢布。好吧，大哥，我就把她织的土布押出去，把钱给了他。他拿起笔来这么嚓嚓一写，”塔拉斯拖长音说，仿佛讲到开枪似的，“一下子就写好了。我当时已经起床，就亲自驾车去接她。大哥，我这就来到城里。我把我那匹母马拴在客店里，拿起公事，一口气走到监狱。他们问我：‘你有什么事？’我就一五一十地说了一遍，说我老婆关在你们这里。他们问我：‘你有没有公文？’我就马上把公文递给他。他看了一下，说：‘你等一等。’我就在一条长凳上坐下来。太阳已经过头顶了。有个长官走出来问：‘你就是瓦尔古肖夫吗？’我说：‘我就是。’他说：‘好，你把她领回去吧。’他们立刻把牢门打开。她穿着自己的衣服，整整齐齐的，被押了出来。我就说：‘行了，咱们走吧。’她却问我说：‘你难道是走来的吗？’我说：‘不，我是赶车来的。’我们一起走到客店，算清了账，把马套上车，把马吃剩下来的干草铺在车上，上面再盖一块麻布。我老婆坐到车上，扎上头巾。我们就坐车回家。她一路上不开口，我也不作声。直到快到家了，她才问：‘那么，妈没事吧？’我说：‘没事。’她又问：‘那么，爹没事吧？’我说：‘没事。’她对我说：‘塔拉斯，我干了傻事，你原谅我吧！我自己也说不出，怎么会干出这样的事来。’我就说：‘还说这些干什么，我早就原谅你了。’我也就不再说什么。我们一回到家里，她就在我妈面前下了跪。我妈说：‘去求上帝宽恕吧！’我爹跟她打过招呼说：‘干吗再提那些旧事。好好过日子吧。眼下也没有工夫说那些，该下地收庄稼了。在斯科罗德诺耶那里，那块上过肥的黑麦地，上帝保佑，长势可好了，镰刀都插不进去，麦穗同麦穗纠结在一起，都倒在地里。得收割了。明天你就跟塔拉斯一起去割吧。’大哥，她就立刻动手干活儿。她干得可卖力了，简直叫人吃惊。当时我们家租了三亩地，上帝保佑，黑麦也罢，燕麦也罢，都是少见的好收成。我割麦，她打捆，要不我们俩就一起割。我干活儿利索，干什么都错不了。她呢，不论干什么活儿，比我还利索。我老婆年纪轻，手脚灵活，浑身是劲。大哥，她干活儿简直不要命，我只好劝她停一停。我们干完活儿回家，手指头都肿了，胳膊酸痛，该歇一会儿才是，可是她晚饭也不吃，就跑到仓库里，去打第二天用的草绳。她可真是变了样！”

“那么，她跟你亲热了吗？”花匠问。

“那还用说，她跟我可真是太贴心了。我心里想点儿什么，她都清楚。我妈对她原是一肚子气，可连她也说：‘我们的费多霞好像让人调了包，都变了个人了。’有一次我们俩赶两辆车去装麦捆，我跟她一起坐前面那辆车。我就问她：‘费多霞，当初你怎么会干出那种事来？’她回答说：‘我怎么会干出那种事来？就是不愿跟你一块儿过。我想，我情愿死，也不愿跟你一起过。’我就说：‘那么现在呢？’她说：‘现在吗，现在你可变成我的心上人了。’”塔拉斯停了停，现出快乐的笑容，困惑地摇摇头。“我们从地里收割回来，把大麻泡在水里，刚回到家，”他沉默了一下，接下去说，“没想到，传票来了，要开庭审判。可我们已经忘记为什么要开庭审判。”

“这准是鬼附上身了，不会是别的，”花匠说，“难道一个人自己会无缘无故去害死人吗？对了，我们那儿有过这样一个人……”花匠刚要讲故事，可是火车停了下来。

“准是到站了，”他说，“最好下去喝点儿什么。”

谈话到此中断。聂赫留朵夫跟着花匠走出车厢，来到湿漉漉的木板站台上。

42

聂赫留朵夫还没有走出车厢，就看见车站广场上停着几辆豪华的马车，都套有三四匹膘肥体壮的骏马，马脖子上挂着叮当作响的小铃铛。他走到被雨淋得潮湿发黑的站台上，一眼就看见头等车厢旁站着一伙人。其中最引人注目的是一个又高又胖的太太，头戴插有珍贵羽毛的帽子，身穿雨衣；再有一个高个子青年，两腿细长，穿一身自行车装，手里牵着一头脖子上套有贵重颈圈的肥壮大狗。他们后面站着几个仆人，手拿雨衣雨伞，还有一个马车夫，都是来接客的。这一伙人，从胖太太起到手提长袍前摆的马车夫止，个个都显得优裕富足，怡然自得。在这伙人四周顿时围了一批好奇成性、拜金成癖的人，其中包括戴红制帽的站长、一个宪兵、一个穿俄罗斯民族服装、颈戴项链、夏天里每逢有火车到站必定赶来迎接的瘦姑娘、电报员和几个男女乘客。

聂赫留朵夫认出那个牵狗的青年就是在念中学的柯察金家少爷。那位胖太太就是公爵夫人的姐姐——柯察金一家就是搬到她的庄园来住的。列车长身穿金绦闪亮的制服，脚蹬擦得锃亮的皮靴，拉开车厢门，并且为了表示敬意，一直拉住那门，好让菲利浦和系白围裙的脚夫把马脸的公爵夫人坐着的圈椅小心抬下车来。两姐妹相互问好，还听到他们用法语商量，公爵夫人坐轿车还是篷车。于是队伍就以手拿阳伞和帽盒的鬈发侍女殿后，向车站出口处走去。

聂赫留朵夫不愿同他们再次见面，再次告别，就站住，等队伍浩浩荡荡地走出车站。公爵夫人带着儿子、米西、医生和侍女走在前头，老公爵和他的妻姐跟在后面。聂赫留朵夫没有走到他们跟前去，只能听见他们用法语交谈的片言只语。在公爵所讲的话中，有一句不知怎的——当然这种情况也是常有的——连同他的腔调和声音都深深印进聂赫留朵夫的脑海里。

“啊！他可真正是个上等人，真正是个上等人。”公爵用洪亮而自信的声音讲到什么人，在毕恭毕敬的列车员和脚夫的簇拥下，同妻姐一起走出车站。

就在这时候，车站拐角处出现了一群不知从哪儿来的工人。他们穿着树皮鞋，背着羊皮袄和袋子，向站台走来。工人们迈着矫健的步子走到最近一节车厢旁边，想上去，可是立刻被列车员赶走了。工人们没有停下，又匆匆向前走去，彼此踩着脚，来到旁边那节车厢门口登上火车。他们背上的袋子不断地撞在车角和车门上。这当儿另一个列车员在车站出口处看见他们要上车，就恶狠狠地对他们吆喝起来。已经上车的工人连忙下车，又迈着同样矫健的步子，向下一节车厢走去。聂赫留朵夫就坐在那节车厢里。列车员又把他们拦住。他们刚站住，准备继续向前走，但聂赫留朵夫对他们说，车厢里有空位，可以上去。他们听从他的话，聂赫留朵夫跟在他们后面上了车。工人们正要各自找位子坐下，可是那个帽子上有帽徽的老爷和两位太太看见他们胆敢坐到他们这节车厢里来，认为这是对他们的侮辱，坚决反对，把他们赶了出去。这批工人有年纪老的，有年纪很轻的，总共二十人光景，个个又黑又瘦，满面风霜。他们受到老爷太太的驱逐，显然觉得自己错了，立刻穿过车厢往前走，他们背上的袋子不住地撞在车座、板壁和车门上。他们的神情似乎准备走到天涯海角，坐到人家吩咐他们坐的任何地方，哪怕是坐到钉子上也行。

“你们闯到哪儿去，鬼东西！就在这儿找个位子坐下！”另一个列车员迎着他们走来，嚷道。

“这倒是件新鲜事儿！”两位太太中年轻的那一位说，自以为她那口漂亮的法国话会吸引聂赫留朵夫的注意。那位戴手镯的太太只是皱起眉头，嗅个不停，嘴里嘲弄说，跟这批臭庄稼佬坐在一起真是受惠不浅。

工人们却像度过重大危险似的，感到如释重负，心情轻松，站停下来，分头找位子坐下，动动肩膀，卸下背上的袋子，把它们塞到座位底下。

同塔拉斯攀谈的花匠坐的不是他自己的位子，这时就回到自己的座位上去。这样，塔拉斯旁边和对面就空出三个位子来。有三个工人就坐在这些空位子上，可是聂赫留朵夫一走到他们跟前，他那副老爷的装束使他们手足无措。他们站起来想走，聂赫留朵夫却叫他们坐着不要动，自己在靠近过道座位的扶手上坐下来。那几个工人中，有一个五十岁光景的老头儿同一个年纪轻的交换了一下眼色，露出疑惑甚至恐惧的神色。聂赫留朵夫不像一般做老爷的那样对他们吆五喝六，把他们赶走，反而给他们让座，这使他们感到惊讶，弄不懂是怎么一回事。他们甚至担心到头来会不会出什么对他们不利的事。不过，他们看到这里并没有什么阴谋诡计，聂赫留朵夫同塔拉斯谈话也很随便，他们才放下心来，吩咐一个小伙子坐在袋子上，请聂赫留朵夫坐到自己的位子上去。那个上了年纪的工人坐在聂赫留朵夫对面，起初畏畏缩缩，拼命把穿着树皮鞋的脚缩起来，免得碰到老爷的脚，但后来同聂赫留朵夫和塔拉斯谈得很投机，在他想让聂赫留朵夫注意自己的话时，还用手背碰碰聂赫留朵夫的膝盖。他讲到自己的种种情况，讲到泥炭田的工作。原来他们在泥炭田里干了两个半月活儿，每人大约挣了十个卢布——有一部分工资他们在受雇时已经预支了——现在就是带着工钱回家去。他讲到，他们干活儿总是在没膝深的水中，从日出干到日落，中午吃饭休息两小时。

"谁没有干惯，干这活儿当然很苦，"他说，"但干惯了，也就不觉得苦了。就是伙食要像样。起初伙食很糟，大伙儿都挺不满意，后来伙食有了改进，干活儿也就轻松了。"

接下去他讲到，他在外面做了二十八年工，总是把全部工钱都寄回家，开头交给父亲，后来交给哥哥，现在则交给当家的侄儿。他每年挣五六十卢布，自己只花两三个卢布，买点儿烟草和火柴，找点儿乐子。

“罪过，有时候累了，也喝一点儿伏特加。”他露出负疚的微笑，补了一句。

他还讲到，男人出门后女人怎样当家，今天回家以前包工头怎样请他们喝了半桶白酒，还讲到他们中间死了一个人，另外有一个生了病，现在由他们送回家去。那个病人就坐在这节车厢的角落里。他还是个孩子，脸色灰白，嘴唇发青。他显然在发疟疾，还没有退烧。聂赫留朵夫走到他跟前，但那孩子那么严厉而痛苦地对他瞅了一眼，弄得聂赫留朵夫不敢问什么，只是劝老头儿给他买些奎宁来吃，并在一张小纸片上写了药名交给他。聂赫留朵夫想给些钱，可是老头儿说不需要，他自己会买的。

“哦，我出过多少次门，这样的老爷还没有见过。他不仅不揍你，还让位子给你坐。可见老爷也是个个不同的。”他最后对塔拉斯说。

“是啊，这可是一个截然不同的世界，一个崭新的世界！”聂赫留朵夫瞧着这些筋骨强壮而又干瘦如柴的四肢、粗糙的土布衣服，以及黧黑、疲劳而亲切的脸庞，心里想。同时他觉得周围这些人，过着真正的劳动生活，他们有严肃的兴趣、欢乐和痛苦，他们才是彻头彻尾的新人。

“瞧，他们才是*真正的上等人*！”聂赫留朵夫想起了柯察金公爵说过的这句话，同时想起了柯察金之流的那个游手好闲、穷奢极侈的世界以及他们猥琐无聊的兴趣。

他好像一个旅行家，发现了一个陌生而美丽的新世界，为此感到兴高采烈。

第三部

1

包括玛丝洛娃在内的那批犯人，走了将近五千俄里路。在到彼尔姆[1]以前，玛丝洛娃一直同刑事犯一起坐火车，乘轮船。到了彼尔姆，聂赫留朵夫才算向有关方面疏通好，把玛丝洛娃调到政治犯队伍中。这个主意是同行的薇拉给他出的。

在到达彼尔姆以前，玛丝洛娃在肉体上和精神上都感到十分痛苦。肉体上痛苦，是由于拥挤、肮脏以及虱子等小虫的骚扰。精神上痛苦，是由于跟虫子一样讨厌的男人——虽然每到一站都换一批，但都同样死乞白赖，纠缠不清，使人不得安宁。在女犯人同男犯人、男看守、男押解人员之间淫乱成风，因此一个女犯人，尤其是年轻的，要是不愿牺牲自己做女人的贞洁，就得时刻小心戒备。经常处于这种恐惧和挣扎中，那是很痛苦的。玛丝洛娃由于相貌迷人和尽人皆知的身世，特别容易受到这一类袭击。现在她对纠缠她的男人一律严加抗拒，这样使他们觉得受了侮辱，他们就会恼羞成怒。这种状况在她同费多霞和塔拉斯接近后有所改善。塔拉斯知道妻子受到男人的进攻后，就自愿加入犯人队伍来保护她，因此从下城起他就以犯人身份同他们一起赶路。

玛丝洛娃调到政治犯队伍后，她的处境各方面都有所改善。且不说政治犯的膳宿比较好，受到的待遇不那么粗暴，玛丝洛娃自从加入政治犯队伍后，不再受男人迫害，日子过得比较太平，没有人再提起她现在极想忘却的往事。不过，这次调动的最大好处是她认识了几个人，这几个人对

① 西伯利亚西部城市。

她起了极好的影响，决定了她的前途。

玛丝洛娃获准在旅途中跟政治犯同住，但她身体健康，赶路还得跟刑事犯一起。她从托木斯克[①]起就一直这样步行。跟她一起步行的还有两名政治犯：一名是谢基尼娜，也就是聂赫留朵夫到狱里探望薇拉时，惊奇地看到的那个生有羔羊般眼睛的美丽姑娘；另一名是流放到雅库茨克省[②]的名叫西蒙松的男犯，他肤色浅黑，头发蓬松，眼睛在前额下凹得很深，聂赫留朵夫那次探监也见到过他。谢基尼娜所以步行，因为把座位让给一个怀孕的女刑事犯坐了。至于西蒙松步行，那是因为他觉得享受阶级特权[③]是不合理的。这三人同其他政治犯不同，大清早就跟刑事犯一起上路。其他政治犯坐大车，要晚一点儿出发。在到达大城市前，这种方式一直维持到最后一个旅站。到了大城市，就会有新的押解官来接班。这是一个阴雨连绵的九月的早晨，天忽而落雪，忽而下雨，寒风阵阵。这批犯人总共有四百名男的和近五十名女的，都集合在旅站院子里，其中一部分围着把两天伙食费发给犯人头的押解官，一部分在向放进院子里的女贩购买食物。犯人纷纷数钱买食物，女贩们尖声说话，一片喧闹。

玛丝洛娃和谢基尼娜都穿着高筒皮靴和羊皮袄，扎着头巾，从旅站房间出来，向女贩们走去。女贩都坐在北面墙脚背风的地方，嘈杂地叫卖各种东西：新鲜面包、馅饼、鱼、面条、麦粥、牛肝、牛肉、鸡蛋、牛奶等等。有个女贩甚至带了一头烤乳猪来卖。

西蒙松穿一件橡胶短上衣，脚穿羊毛袜，外套胶鞋，用带子扎紧（他是个素食者，不穿戴皮革制品）。他也来到院子里，等待出发。他站在台阶旁，在笔记本里记着刚想到的话：

“要是细菌能观察和研究人的指甲，它准会认为指甲是无机物。同样，我们观察地球外壳，也会认为地球是无机物。这是不正确的。”

玛丝洛娃同女贩讲好价钱，买了几个鸡蛋、一串面包圈、几条鱼和

① 西伯利亚城市。
② 在西伯利亚中部。
③ 指俄国民粹派因出身贵族，享有坐车赶路的特权。

几个新鲜小麦面包，放进袋子里；谢基尼娜在同女贩算账、付钱。这时犯人们不再说话，纷纷站好队。押解官走出来，在出发前对犯人做最后一次训话。

一切都照规定办理：清点人数，检查镣铐，把犯人排成双行，一对对用手铐锁在一起。但突然响起军官的怒斥声、打人的响声和孩子的哭声。人群里顿时静了下来，接着发出低低的埋怨声。玛丝洛娃和谢基尼娜向喧闹的地方走去。

2

谢基尼娜和玛丝洛娃走到喧闹的地方，看到这样的景象：一个留很长淡黄小胡子的强壮军官，皱着眉，左手揉着打犯人耳光打痛的右手掌心，嘴里不停地骂着不堪入耳的粗话。他面前站着一个剃阴阳头的瘦长男犯人。这犯人身穿一件短囚袍，下身穿一条更短的裤子，一只手擦着被打得出血的脸，另一只手抱着一个尖声啼哭的包围巾的小女孩。

“我要教训教训你这个……”那军官骂了一句粗话，“叫你懂得顶嘴的滋味……”他又骂了一句。“把孩子交给婆娘们。快戴上手铐！”他吆喝道。

原来那犯人是个被村社判处流放的农民，他的妻子在托木斯克得伤寒病死了，给他留下了小女儿，他一路上就得抱着她走。押解官下令给他戴上手铐，他说要抱孩子，不能戴手铐。押解官本来就不高兴，一听这话更加火冒三丈，便动手毒打这个违抗命令的犯人。[1]

① 这事在德·阿·李涅夫所著的《押解》一书中有描写。——作者注

对面站着一个押解兵和一个留黑色大胡子的男犯。这个男犯一只手戴着手铐，阴郁地皱着眉头，一会儿看看押解官，一会儿看看那个挨打的抱孩子犯人。押解官再次命令押解兵把小女孩抱走。犯人们的埋怨声越来越响。

“从托木斯克起从没叫他戴过手铐。”后排里传出一个沙哑的声音。

“又不是狗崽子，是个娃娃呀。”

“叫他拿这小妞儿怎么办？”

“这样是违反法律的。”另一个人说。

“这话是谁说的？”那押解官仿佛被蛇咬了一口，向人群扑去，嘴里嚷道。“我要让你懂得什么叫法律。是谁说的？是你？是你？”

“大家都在说。因为……”一个矮个儿、阔脸膛的男犯说。

他还没有把话说完，押解官就左右开弓朝他的脸打去。

“你们要造反啦！我要让你们尝尝造反的滋味。我要把你们像狗那样统统毙掉。上级知道还会感谢我呢。把小妞儿带走！”

人群不再作声。一个押解兵夺下拼命啼哭的小女孩，另一个给顺从地伸出手的犯人戴上手铐。

“把她抱给娘儿们去！”押解官对押解兵嚷道，整了整挂军刀的皮带。

小女孩挣扎着从围巾里伸出小手，不停地尖声啼哭，脸涨得通红。谢基尼娜从人群里出来，走到押解兵跟前。

“军官先生，这娃娃让我来抱吧。”押解兵抱着小女孩站住了。

“你是什么人？”押解官问。

“我是个政治犯。”

谢基尼娜美丽的脸蛋和她那双好看的金鱼眼睛，显然对押解官起了作用（他在接收犯人时已见过她）。他默默地对她瞧了瞧，仿佛在权衡什么似的。

“我都无所谓，你要，就抱去好了。你可怜他们不要紧，可是万一跑掉一个人，叫谁负责呢？”

“他抱着娃娃怎么跑得掉？”谢基尼娜说。

“我可没工夫跟你们磨嘴皮子。你要，就抱去吧。”

“您说给她吗？”押解兵问。

“给她。”

“你来，到我这儿来！”谢基尼娜召唤着，竭力把小女孩叫到自己身边。

小女孩却从押解兵怀抱里向父亲探过身去，仍旧尖声啼哭，不肯到谢基尼娜那边去。

“您等一下，谢基尼娜，瞧她会到我这儿来的。”玛丝洛娃从口袋里取出一个面包圈，说。

小女孩认得玛丝洛娃，看见她和面包圈，就向她走去。

一场风波就这样过去了。这时大门已打开，犯人们走到门外排好队。押解兵重新清点人数。大家把口袋放到大车上，捆在一起，又让体弱的人上车。玛丝洛娃抱着小女孩，走到女犯队伍里，站在费多霞旁边。西蒙松一直注视着刚刚发生的事，这时大踏步向军官走去。军官刚把事情安排好，准备跳上他的四轮马车。

“您这样做不对，军官先生。”西蒙松说。

“回队伍里去，不关您的事！”

“怎么不关我的事？你们这种做法不对，我就是要说，而且我也说了。”西蒙松紧锁住两道浓眉，盯住押解官的脸说。

“都好了吗？全体注意，起步走！”押解官不理西蒙松，大声喊道，接着按住赶车士兵的肩膀，钻进马车。

队伍动了起来，拉成长长的一串，穿过茂密的树林，沿着两边是沟的坎坷不平的泥泞道路前进。

3

玛丝洛娃在城里过了六年奢侈放荡的生活，又在监狱里同刑事犯一起度过两个月，如今同政治犯待在一起，尽管处境艰苦，她却觉得心情舒畅。每天步行二三十俄里，伙食很好，走两天休息一天。这样，她的身体便逐步强壮起来。再有，结交一批新朋友，使她发现了以前一无所知的生活乐趣。她认为目前同她一起赶路的人都**好得出奇**，不仅以前从没见过，简直无法想象。

"是啊，判刑的时候，我哭了，"玛丝洛娃说，"但我要永远感谢上帝。如今我懂了好多事，那在以前是一辈子都不会懂得的。"

玛丝洛娃毫不费力就懂得了这些人从事革命活动的动机。她出身平民，对他们自然很同情。她明白，这些人站在老百姓一边，反对老爷太太们；这些人原来也是老爷太太，但他们为了老百姓的利益，不惜牺牲特权、自由、生命。这就使她格外敬重他们，钦佩他们。

她钦佩所有的新朋友，但最钦佩谢基尼娜。她不仅钦佩她，而且怀着特殊的敬意热爱她。她感到惊讶的是，这个富裕将军家庭出身的美丽姑娘，能讲三种外语，却过着最普通的工人生活，把有钱的哥哥寄给她的东西全都分赠给别人，自己穿戴得不仅很朴素，甚至可以说很粗陋，而且对自己的外表毫不在意。谢基尼娜从不卖弄风情，这使玛丝洛娃感到特别惊奇，因此对她格外钦佩。玛丝洛娃看到谢基尼娜知道自己长得美，并因此感到高兴，但她不仅不因男人欣赏她的美貌而快乐，并且有点儿恐惧，她对谈情说爱甚至觉得嫌恶和害怕。凡是知道她脾气的男人，即使爱慕她，也不敢有所表示，而总是像对待男朋友那样对待她。那些不熟悉她的男人，往往对她纠缠不清，但据她自己说，全靠她力气大才把他们摆脱掉，而她也就以力气大自豪。她笑着讲道："有一次，有个老爷在街上缠住我不放，我就抓住他使劲摇晃了几下，把他吓得拔腿就跑。"

她之所以成为革命家，据她自己说，是因为从小就厌恶贵族生活，而喜欢平民生活。那时她常常挨骂，因为喜欢待在女仆室、厨房和马房里，却不愿待在客厅里。

"我跟厨娘和车夫在一起，总是很快活，可是跟我们那些老爷太太在一起却觉得无聊，"谢基尼娜讲道，"后来我懂事了，看出我们的生活真是糟透了。我没有母亲，我不喜欢父亲。十九岁那年我就离开家，跟一个女朋友一起到厂里做工。"

谢基尼娜离开工厂就住到乡下去。后来又回到城里，住在一处设有秘密印刷所的房子里，终于被捕，判处苦役。这些事她自己从没讲过，但玛丝洛娃从别人嘴里知道，她被判苦役，是因为那所房子被搜查时，有个革命者在黑暗中开了一枪，她却把开枪的罪名揽到自己头上。

玛丝洛娃自从认识她以来就看出，不论在什么地方，不论在什么情况下，谢基尼娜从来不顾自己，遇到大小事情，总是只考虑怎样帮助别人，为别人出力。她现在的同志中有个叫诺伏德伏罗夫的，讲到她时总是戏称她为慈善迷。这话确实不错。她生活的全部乐趣就在于找寻机会为别人出力，像猎人找寻猎物一样。这种爱好已成为习惯，成为她的终身事业。她做起来十分自然，以至凡是知道她的人都不客气地要她帮助，并且认为不值得一提。

玛丝洛娃刚加入政治犯的队伍时，谢基尼娜有点儿嫌恶她。玛丝洛娃注意到这一点，但后来又发现谢基尼娜竭力克制自己的感情，待她特别和蔼可亲。这样一位不平凡的人物竟如此和蔼可亲，这使玛丝洛娃深为感动，她就把整颗心都交给她，并且不知不觉接受她的观点，情不自禁地处处模仿她。玛丝洛娃的一片赤忱感动了谢基尼娜，她也就真心喜欢玛丝洛娃了。

这两个女人特别投机，还因为她们对性爱都十分嫌恶。一个憎恨这种感情，因为在这方面尝够了痛苦；另一个虽没有这方面的体验，但认为这是一种辱没人格而难以理解的可憎的事。

4

谢基尼娜的影响是玛丝洛娃甘心情愿接受的。玛丝洛娃所以愿意接受，是因为她喜欢谢基尼娜；另一种影响来自西蒙松，这种影响的产生是由于西蒙松爱上了玛丝洛娃。

任何人过日子，做事情，总是部分按照自己的思想，部分顺从别人的想法。人过生活在多大程度上按照自己的思想，在多大程度上顺从别人的想法，这是人与人之间重大区别之一。有些人运用自己的思想往往像做智力游戏那样，把理智当作卸去传动皮带的飞轮，让它任意转动；可是在行动上往往顺从别人的想法，也就是顺从风俗、传统和法律。另一些人却把自己的思想看作一切行动的指针，几乎总是倾听自己理智的要求，顺应这种要求，只偶尔服从别人的决定，而且服从以前先要经过分析批判，看它是否正确。西蒙松就是属于这一类人。不论遇到什么事，他总是理智地反复思考，然后做出决定，一旦做出决定，就坚决实行。

还在中学念书的时候，他就断定父亲做军需官挣来的钱是不义之财。他要父亲把财产还给老百姓，可是父亲不仅不听他，反而把他痛骂一顿，他就离家出走，从此不用父亲的钱。他断定今天的一切罪恶就是由于老百姓没有受过教育，因此他就离开大学，参加民粹派，到乡下去当教师，大胆向学生和农民宣传他认为正确的东西，反对他认为谬误的东西。

他被捕了，受到审讯。

在法庭上，他公然声明法官无权审问他。法官不理他的话，继续对他进行审讯，他就打定主意不再回答，对他们的问题一概置之不理。他被流放到阿尔汉格尔斯克省。他在那里自己制定了一套教义，来指导自己的一切行动。这种教义认为世间万物都是活的，根本没有死的东西，我们认为死的和无机的一切东西，只不过是我们所无法理解的巨大有机体的组成部分。因此人既是这个巨大有机体的组成部分，就有责任维护这个有机体和所有组成部分的生命。因此他认为杀生是一种犯罪行为：他反对战争，反对死刑，反对屠杀。不仅反对杀害人类，而且反对杀害一切动物。在婚姻问题上，他也有自己的一套理论，认为生儿育女只是人类的低级职能，人类的高级职能在于为活着的人服务。他用血液里存在吞噬细胞这个事实来证实他的理论。他认为，单身汉相当于吞噬细胞，它们的责任就在于帮助有机体中衰弱有病的部分。自从他确立了这样的理论以后，就一直按照它生活，尽管年轻的时候也曾沉湎于酒色。他现在认为自己同谢基尼娜一样，是人间的吞噬细胞。

他对玛丝洛娃的爱，并不违背这个理论，因为他的爱情是柏拉图式的，他认为这种爱情不仅不会妨碍他像吞噬细胞那样帮助弱者，而且会更加激励他去这样做。

不仅解决精神问题他有一套自己的办法，就是处理实际问题，他也大多有自己的方式。他处理各种实际问题都有自己的理论，并定出一套规则：每天应当工作几小时，休息几小时，吃什么东西，穿什么衣服，怎样生炉子，怎样点灯，等等。

虽然如此，西蒙松见到人却非常胆怯和谦逊。但他一旦做出决定，那就什么也不能拦阻他。

就是这样一个人的爱情对玛丝洛娃影响特别大。玛丝洛娃凭着女人的敏感很快察觉他在爱她。她想到她居然能在这样一个不平凡的人心里唤起爱情，她的自信心也就提高了。聂赫留朵夫向她求婚是出于宽宏大量和过去那件事；西蒙松爱的却是今天的她，而且纯粹是因为喜欢她。此外，她觉得西蒙松把她看作一个不平凡的女性，品德特别高尚，跟一般女人不一样。她不太清楚究竟他认为她具有哪些品德，但不管怎样，为了不使他失望，她就竭力把她认为自己具有的最好品德表现出来。这样也就促使她努力做一个她所能做到的最好的好人。

这种情况早在监狱里就开始了。有一天，政治犯会见探监人，她发觉他那双纯朴善良的深蓝色眼睛，从突出的前额和眉毛下特别执拗地盯住她。早在那时，她就发觉他有点儿特别，瞅她的神气也有点儿特别，她还发现他那直立的头发和皱起的眉头显得很严肃，而眼神却像孩子一般纯洁善良，这两种表情竟能同时表现在一张脸上，不能不使人感到惊奇。到了托木斯克后，她调到政治犯中间来，她又看到了他。尽管他们没有谈过一句话，但是两人对视的目光却表明他们都还认得，而且相互都很尊重。此后他们也没有做过意义深长的谈话，但玛丝洛娃觉得，有她在场，他说话总是说给她听的，是为她而说的，并且竭力把话说得明白易懂。他们之间的关系特别接近，是从西蒙松跟刑事犯一起步行开始的。

5

从下城到彼尔姆这段路上，聂赫留朵夫同玛丝洛娃只见过两次面：一次在下城，在犯人们坐上装有铁丝网的驳船以前；另一次是在彼尔姆的监狱办公室。这两次见面，他发现玛丝洛娃沉默寡言，态度冷淡。聂赫留朵夫问她身体怎样，需要不需要什么东西，她回答时支支吾吾，神色慌张，而且他觉得还带有一种责备的意思，那是以前也有过的。这种阴郁的情绪是由于她遭到了男人的纠缠才出现的，它使聂赫留朵夫感到很烦恼。

他担心一路上处在艰苦的条件和淫猥的气氛下，她又会自暴自弃，对生活感到绝望，借烟酒麻醉自己，并对他产生恼恨。但他又无法帮助她，因为在旅途的最初阶段，一直没有机会同她见面。直到玛丝洛娃调到政治犯队伍后，他才相信自己的忧虑毫无根据。不仅如此，聂赫留朵夫每次看见她，都越来越清楚地看到她内心的变化，而那正好是他所渴望的。在托木斯克第一次见面时，她又变得同出发前一样。她看见他，不皱眉头，也不窘迫；相反，还高高兴兴、神态自若地迎接他，感谢他为她出的力，特别是把她调到她目前所处的人们中间来。

经过两个月的长途跋涉，她内心的变化在外表上也反映出来。她变得又瘦又黑，似乎见老了；两鬓和嘴角出现了皱纹，她包上一块头巾，不再让一绺头发飘落到额上。装束也罢，发型也罢，待人接物的态度也罢，再也没有原先那种卖弄风情的味道了。她这种已经发生和还在继续发生的变化使聂赫留朵夫感到特别高兴。

现在他对她产生了另一种感情。这种感情不同于最初诗意洋溢的迷恋，更不同于后来肉体的魅惑，甚至也不同于法庭判决后他决心同她结婚，来履行责任和满足虚荣心的那种心情。他现在纯粹是怜悯和同情她，就像第一次在监狱里同她见面时那样。他去过医院以后，竭力克制对她的嫌恶，原谅她同医士的所谓暧昧关系（后来知道她是受冤枉的），这种感情曾变得更加强烈。其实这是同一种感情，唯一的区别只在于那时是暂时的，现在却是经常的。现在，他不论想什么事，做什么事，总是满怀怜悯和同情，不仅对她一人，而且对一切人。

这种感情打开了聂赫留朵夫心灵的闸门，使原先找不到出路的爱的洪流滚滚向前，奔向他所遇见的一切人。

聂赫留朵夫觉得自己在这次旅行中一直情绪昂扬，他不由自主地关心和体贴一切人，从马车夫和押解兵起，直到他与之打过交道的典狱长和省长。

在这段时间里，由于玛丝洛娃调到政治犯队伍，聂赫留朵夫就有机会接触许多政治犯，先是在政治犯自由地同住一个大牢房的叶卡捷琳堡[①]，后来是在路上又认识了同玛丝洛娃一起走的五个男犯和四个女犯。聂赫留朵夫同流放的政治犯接近后，对他们的看法完全变了。

自从俄国革命运动[②]开始以来，特别是在三月一日事件以后，聂赫留朵夫对革命者一直没有好感，总是抱着蔑视的态度。他对他们没有好感，首先因为他们采用残酷和秘密的手段反对政府，尤其是采用惨无人道的暗杀，其次因为他们都有一种自命不凡的优越感。通过同他们的接触，他才知道他们常常遭到政府莫须有的迫害，他们这样做是迫不得已的。

不管一般所谓刑事犯遭到多么残酷的折磨，在判刑之前和判刑之后，对待他们多少还讲一点儿法律。可是对待政治犯，往往连法律的影子都见不到，就像聂赫留朵夫所看到的舒斯托娃一案和后来认识的许多新朋友的案件那样。当局对付他们就像用大网捕鱼：凡是落网的统统拖到岸上，然后拣出他们所需的大鱼。至于那些小鱼，就无人过问，被弃在岸上活活干死。当局就是这样逮捕了几百名显然没有犯罪而且不可能危害政府的人，把他们送进监狱，一关几年，使他们在狱中得了痨病，发了疯，或者自杀而死。他们所以一直被关在牢里，仅仅是因为缺乏释放的理由，再说，把他们关在就近监狱里也便于提审，可以随时要他们就某个问题做证。这些人即使从政府观点来看也是无罪的，但他们的命运却取决于宪兵队长、警官、密探、检察官、法官、省长和大臣等人的脾气、他们的忙闲和情绪。这些官僚往往由于闲得无聊或者存心表功，大肆逮捕，然后根据他们的心情或者上司的情绪，把逮捕的人投入监狱或者释放。至于更高的上级长官，那也要看他有没有立功的要求，或者同大臣的关系如何，才能决定把被捕人员流放到天涯海角，还是关进单身牢房，或者判处流放、苦役、死刑。但只要有个贵夫人来求情，他们就可以获得释放。

人家用暴力对付他们，他们自然也只能用同样手段还击。军人通常总是受社会舆论的影响，把他们的血腥罪行掩盖起来，还说是立了不朽的功勋。同样，政治犯总是受到他们团体舆论的影响，他们冒着丧失自由、

---

① 西伯利亚城市，原是帝俄罪犯流放的地区，后改名斯维尔德洛夫斯克；现又改回原名。
② 指十九世纪六七十年代俄国民粹派的革命运动。

生命和人世一切宝贵东西的危险，开展残酷的活动。在他们看来，这不仅不是罪恶，而且还是英勇行为。这就向聂赫留朵夫说明了一种奇怪的现象，为什么一些天性温良的人，原来非但不忍心伤害随便什么生物，而且不忍心看到它们受苦，现在却能若无其事地动手杀人。他们几乎个个都认为，在一定情况下，以杀人作为手段，来自卫和达到全民幸福这一崇高目标是合法的，正当的。他们认为他们的事业十分崇高，因此自视也很高，其实那是政府很重视他们，对他们实行残酷惩罚的结果。是的，为了能承受他们所承受的苦难，他们非自视很高不可。

聂赫留朵夫同他们接近，对他们有了进一步的了解，深信他们并不像有些人所想的那样是十足的坏蛋，也不像另一些人所想的那样是十足的英雄，而是些普普通通的人，其中有好人，有坏人，也有不好不坏的人，同任何地方一样。有些成为革命者，因为真心认为自己有责任同现存的恶势力进行斗争。但有些人选择革命活动只是出于自私的虚荣心。不过多数人倾向革命，却是出于聂赫留朵夫在战争中熟悉的那种冒险和玩命的愿望，那是一般精力充沛的青年都具有的。他们比一般人优越的地方，在于他们的道德标准高于公认的道德标准。他们不仅要求清心寡欲、艰苦朴素、真诚老实、大公无私，而且能为共同事业随时牺牲一切，直至献出生命。就因为这个缘故，在这些人中间，凡是水平高的，往往大大超过一般水平，成为德行高超的典范；凡是水平低的，往往弄虚作假，装腔作势，同时又刚愎自用，高傲自大。因此聂赫留朵夫对有些新朋友不仅满怀敬意，而且衷心热爱，可是对有些新朋友则敬而远之。

6

聂赫留朵夫特别喜爱一个叫克雷里卓夫的害痨病的青年。克雷里卓夫跟玛丝洛娃在同一个队里，被流放去服苦役。聂赫留朵夫早在叶卡捷琳堡就认识他，在途中又同他见过几面，还同他谈过话。夏天里，有一次在旅站上休息，聂赫留朵夫跟他几乎消磨了一整天。克雷里卓夫兴致勃勃地把自己的身世讲给他听，还讲了他怎样成为革命者。他入狱前的经历很简单：父亲是个富有的南方地主，他小时候父亲就去世了。他是个独子，由母亲抚养长大。他念中学和念大学都很轻松，大学数学系毕业时名列第一，得硕士学位。学校要他留校，以后还要送他出国深造。他犹豫不决。他爱上了一个姑娘，想同她结婚，并且进地方自治会工作。他什么事都想做，可就是拿不定主意。这时候，有几个同学要他给公共事业捐点儿钱。他知道，这种公共事业就是革命事业，但那时他对它还毫无兴趣，只是出于同学的情谊和自尊心，唯恐人家说他胆小怕事，就捐了钱。收钱的人被捕了，搜出一张字条，知道钱是克雷里卓夫捐的，他因此也被捕了，先是关在警察分局，后来进了监狱。

“我坐的那个监狱，”克雷里卓夫对聂赫留朵夫讲道（他胸部凹陷，两肘撑住膝盖，坐在高高的板铺上，偶尔用他那双害热病的聪明、善良、好看的亮晶晶眼睛对聂赫留朵夫瞧瞧），“那个监狱不算太严，我们不仅可敲敲墙壁互通音讯，而且可以在过道里来回走动，随便交谈，相互分送食物和烟草，到了晚上甚至可以齐声唱歌。我原来有一副好嗓子。真的，要不是我妈过分伤心，我待在牢里也还不错，甚至很愉快。我在这里认识了赫赫有名的彼得罗夫（他后来在要塞里用碎玻璃割破喉咙自杀了），还有别的人。但那时我还不是个革命者。我还认识了隔壁牢房里的两个人，他们都是因携带波兰宣言[1]案被捕，后来又在押往车站途中企图逃跑而受审。一个是波兰人，姓洛靖斯基；另一个是犹太人，姓罗卓夫斯基。是啊，那个罗卓夫斯基简直还是个孩子。他说他十七岁，可是看上去只有十五岁。他又瘦又小，两只黑眼睛亮晶晶的，人挺机灵，也像一切犹太人那样赋有音乐才能。他还在变嗓，但唱起歌来很好听。是啊！他们被提审我是看到的。他们一早被带出去，傍晚回来，说是被判了死刑。这事谁也没料到。他们的案情实在轻得很，只不过企图从押解兵手里逃走，也没有伤什么人。再说，把罗卓夫斯基这样一个孩子判处死刑，实在太不近人情。我们关在牢里的人，个个都认为这只是吓唬吓唬他们，上级是不会批准的。开头大家激动了一阵，后来平静了，又像原来那样过日子。是啊！不料有一天晚上，看守来到我的门边，鬼鬼祟祟地告诉我说，来了几个木匠，正在搭绞架。我开头没弄懂是怎么一回事，什么绞架不绞架的。但看守老头儿十分激动，我瞅了他一眼，这才明白是为我们那两个人预备的。我想敲敲墙壁，把这事告诉大伙儿，可是又怕被那两个人听见。大伙儿也都不作声，显然全知道了。那天晚上，过道里和牢房里一直像死一般地安静。我们没有敲墙壁，也没有唱歌。十点钟光景，看守又走来告诉我说，从莫斯科调来了一名刽子手。他说完就走开了。我唤他，要他回来。忽然听见罗卓夫斯基从他那过道对面的牢房里对我叫道：'您怎么了？您叫他有什么事？'我支支吾吾地说，他给我送烟草来了，但罗卓夫斯基似乎猜到是什么事，就问我为什么我们不唱歌，不敲墙壁。我不记得当时对他说了些什么，但我赶快走开，免得他再问我什么。是啊！那真是个可怕的夜晚。我通宵留神听着各种声音。第二天一早，忽然听见过道的门开了，进来了好几个人。我站在窗洞旁。过道里点着一盏灯。第一个进来的是典狱长。他是个胖子，平时神气活现，行动果断，但这会儿脸色惨白，垂头丧气，仿佛吓破了胆。他后面是副典狱长，皱着眉头，神情严峻；再

① 指十九世纪六十年代起波兰反对沙皇专制的运动宣言。

后面是一个卫兵。他们经过我的门口，在旁边那个牢房门前站住。我听见副典狱长声音古怪地叫道：‘洛靖斯基，起来，穿上干净衣服！’是啊！然后听见牢门吱嘎响了一声，他们走到他跟前，接着就听见洛靖斯基的脚步声。他向过道另一头走去。我只能看见典狱长一个人。他站在那儿，脸色苍白，忽而解开胸前的纽扣，忽而又扣上，还耸耸肩膀。是啊！忽然他仿佛害怕什么似的闪开身子。原来是洛靖斯基从他身边走过，来到我门外。他是个漂亮的小伙子，生有一副好看的波兰人脸型：前额开阔平直，一头细密的淡黄鬈发，一双美丽的天蓝色眼睛。是个身强力壮、血气方刚的小伙子。他站在我的窗洞前面，因此我看见了他的整个脸庞。他的脸瘦削、灰白，怪可怕的。他问我：‘克雷里卓夫，有烟吗？’我刚要拿出烟来给他，可是副典狱长仿佛怕耽误时间，掏出烟盒递给他。他拿了一支烟，副典狱长给他划亮火柴，点上烟。他抽起烟来，仿佛在想心事。后来忽然想到什么事似的，开口说：‘太残酷，太不讲理了！我什么罪也没有。我……’我的眼睛一直盯住他那白嫩的脖子，看见他喉咙里有样东西在抖动，他说不下去。是啊！这当儿，我听见罗卓夫斯基在过道里用尖细的犹太人嗓子嚷着什么。洛靖斯基丢掉烟头，从我的牢门口走开去。于是，罗卓夫斯基就出现在我的窗洞口。他那张孩子气的脸涨得通红，还在冒汗，眼睛泪汪汪的。他也穿着一身干净的衬衣，但裤子太大，他老是用两手把它往上提，整个身子直打哆嗦。他把他那张可怜的脸凑近我的窗洞，说：‘克雷里卓夫，医生给我开了润肺汤，是不是？我觉得不舒服，还要再喝一点儿润肺汤。’谁也没有理他，他就用询问的目光对我瞧瞧，又对典狱长瞧瞧。他说这话是什么用意，我始终没有弄懂。是啊！副典狱长顿时板起脸，又尖声尖气地嚷道：‘开什么玩笑？快走。’罗卓夫斯基显然弄不懂有什么事在等着他，急急地沿着过道走去，简直抢在所有人的前头。但接着他站住不肯走，我听见他尖声大叫和号哭。传来一片喧闹，还有顿脚的声音。他刺耳地号叫，痛哭。后来，声音越去越远，过道的门哗啦响了一声，接下来就一片肃静……是啊！他们就这样被绞死了。两个都被绳子勒死了。有个看守看见这景象，告诉我，说洛靖斯基没有反抗，罗卓夫斯基却挣扎了好半天，因此他们只好把他拖上绞架，硬把他的脑袋塞进绳套里。是啊！那看守傻乎乎的。他对我说：‘老爷，人家都说这事很可怕。其实一点儿不可怕。他们被绞死的时候，只这么耸了两下肩膀，’他装出肩膀猛一下往上耸，然后又耷拉下来的样子，‘后来刽子手把绳子一拉，喏，就是把绳套拉得紧些，这就完了，他们再也不动了。’哼，‘一点儿也不可怕！’”克雷里卓夫把看守的话又说了一遍，他想笑，没有笑成，却放声痛哭起来。

随后他沉默了好一阵，吃力地喘着气，把涌到喉咙里的哽咽硬压下去。

“从那时起我就成了革命者。是啊！”他平静下来说，简短地讲完了他的身世。

他参加了民意党，还当上破坏小组的组长，专门对政府官员采用恐怖手段，强迫他们放弃政权，让人民掌权；他为这个目的到处奔走，一会儿去彼得堡，一会儿出国，一会儿到基辅，一会儿到敖德萨，一次又一次取得成功。后来却被一个他十分信任的人出卖了。他被捕了，受审讯，在监狱里关了两年，被判死刑，后来改为终身苦役。

他在狱中得了痨病。在现在这种条件下，看来他只能再活几个月。他知道这一点，但对自己的行为并不后悔。他说，要是让他再活一辈子，他还是会那么干，也就是破坏他目睹的那种罪恶累累的社会制度。

克雷里卓夫的身世和同他的接触，使聂赫留朵夫懂得了许多以前不懂的事。

7

押解官同犯人从旅站出发时为一个孩子发生冲突的那一天，聂赫留朵夫在客店里正好醒得很迟，起身后又写了几封信，准备带到省城去寄，因此坐车离开客店晚了一点儿，没像往常那样在途中赶上大队人马。他到达犯人们过夜的村子时，已经黄昏了。聂赫留朵夫借宿的客店是由一个身体肥胖、脖子又白又粗的老寡妇开设的。他在那里烘干衣服，在饰有大量圣像和画片的干净客房里喝够了茶，连忙赶到旅站去找押解官，要求准许他同玛丝洛娃见面。

在过去的六个旅站上，尽管押解官不断更换，但没有一个准许聂赫留朵夫进入旅站房间，因此他已有一个多星期没见到玛丝洛娃了。他们所以这样严格，是因为有一个管监狱的大官将路过此地。如今，那个长官已经过去，根本没有对旅站看上一眼。聂赫留朵夫希望今天接管这批犯人的押解官能准许他同犯人见面。

客店女掌柜劝聂赫留朵夫坐车到村尾的旅站，但聂赫留朵夫情愿走着去。一个肩膀宽阔、体格魁伟的年轻茶房，脚穿一双刚擦过油、柏油味很重的大皮靴，给他带路。空中一片迷雾，天色黑得厉害。领路的茶房在灯光照不到的地方只要走出三步，聂赫留朵夫就看不见他，只听见他的大皮靴在厚厚的泥浆里咕唧咕唧地响。

聂赫留朵夫跟着带路的茶房穿过教堂前的广场和两边房子灯火通明的街道，来到漆黑的村尾。但不多一会儿，黑暗中又出现了亮光，那是旅站附近的路灯透过迷雾发出来的。那些淡红色的灯火越来越大，越来越亮。栅栏的木桩，走动的哨兵的黑影，漆成条纹的木柱和岗亭渐渐隐约可见。哨兵看见有人走近，照例吆喝一声："谁？"他发觉来的不是自己人，顿时变得十分严厉，坚决不准他们在栅栏旁逗留。不过，给聂赫留朵夫领路的茶房看见哨兵态度严厉，并不慌张。

"嗨，你这小子，脾气倒不小哇！"他对哨兵说。"你去叫你们的头儿出来，我们在这儿等着。"

哨兵没有答话，只对着边门喊了一声，停住脚步，眼睛盯着那肩膀宽阔的小伙子，看他怎样就着灯光用木片刮掉聂赫留朵夫靴上的泥泞。栅栏里传出来男男女女嘈杂的说话声。过了三分钟光景，边门哗啦一声开了，队长身披军大衣，从黑暗中来到路灯下，问他们有什么事。聂赫留朵夫把准备好的名片和一张写明有私事求见的字条交给队长，请他转送押解官。那队长不像哨兵那样严厉，但好奇心特别重。他一定要知道聂赫留朵夫有什么事要见押解官，他是什么人。显然，他已嗅到有油水可捞，不肯放过机会。聂赫留朵夫说他有一桩特殊的事，要他把字条送上去，办成后他会感谢他的。队长接过字条，点点头走了。他走后不多一会儿，边门又哗啦响了一声，走出几个女人，手里拿着筐子、树皮篮、牛奶壶和袋子。她们声音响亮地用西伯利亚方言交谈着，跨过边门的门槛。她们都不是乡下人打扮，而像城里人那样穿着大衣和皮袄，裙子高高地掖在腰里，头上包着头巾。她们借路灯的光好奇地打量着聂赫留朵夫和给他领路的人。其中一个女人看见这个宽肩膀的小伙子，显然很高兴，立刻用西伯利亚骂人话亲热地骂起他来。

"你这该死的林鬼，到这儿来干什么？"她对他说。

"你看，我送个客人到这儿来了，"小伙子回答。"你送什么东西来了？"

"奶制品，他们要我明早再送些来。"

"那么他们没有叫你留下来过夜吗？"小伙子问。

"去你的，死鬼，烂掉你的舌头！"她笑着嚷道。"咱们一块儿回村子去，你送送我们。"

带路的还对她说了些什么笑话，不仅引得女人们咯咯地笑，就连哨兵也笑了起来。接着他对聂赫留朵夫说："怎么样，您一个人回去找得着吗？不会迷路吧？"

"找得着，找得着。"

"过了教堂，从那座两层楼房子算起，右边第二家就是。喏，给您根拐棍。"他说，把随身带着的那根一人多高的棍子交给聂赫留朵夫。然后他踩着咕唧咕唧响的大皮靴，跟那些女人一起在黑暗中消失了。

当边门再次哗啦作响，队长请聂赫留朵夫跟他一起去见押解官时，从迷雾里还传来那小伙子的说话声，中间夹杂着女人的声音。

8

这个旅站也跟西伯利亚沿途所有的旅站一样，有一个用尖头圆木桩围起来的院子，院子里有三座住人的平房。最大的一座装有铁窗，住着犯人。另一座住着押解兵。再有一座住着军官，还设有办公室。这三座房子此刻灯火通明，照例使人产生一种错觉，以为里面一定很漂亮舒适，特别是在这个旅站。每座房子人口处都点着灯，围墙四周另外有五六盏灯，把院子照亮。一个军士领着聂赫留朵夫走过一块木板，来到那座最小的房子门口。他登上三级台阶，让聂赫留朵夫走在前面，进入点着一盏小灯、弥漫着煤烟味的前室。火炉旁有个穿粗布衬衫和黑色长裤、系领带的士兵，一只脚穿着长筒黄皮靴，弯着腰，拿另一只靴筒子给茶炊扇风。他一看见聂赫留朵夫，就丢下茶炊，帮聂赫留朵夫脱下皮衣，然后走进里屋。

"他来了，长官。"

“哦，叫他进来！”传出来一个怒气冲冲的声音。

“您从这门进去吧。”那士兵说着继续烧茶炊。

在点着一盏吊灯的第二个房间里，有一个脸色通红、留着很长淡黄色小胡子的军官，身穿紧裹宽阔胸膛和肩膀的奥地利式上装，坐在桌旁。桌上铺着桌布，放着吃剩的饭菜和两个酒瓶。在这个温暖的房间里，除了烟草味，还弥漫着一股刺鼻的劣等香水的气味。押解官看见聂赫留朵夫，欠了欠身，又像嘲讽又像疑惑地盯住他。

“您有什么事？”他问，不等对方答话，就对着门口嚷道，“别尔诺夫！茶炊什么时候烧好哇？”

“马上就好。”

“我马上给你点儿颜色瞧瞧，好叫你记住！”押解官对他白了一眼，骂道。

“来了！”士兵嘴里叫着，端着茶炊走进来。

聂赫留朵夫等士兵把茶炊放好（军官睁着一双小眼睛，恶狠狠地盯住这个士兵，仿佛要看准一个地方，动手打他）。等茶炊放好后，押解官就开始煮茶。接着从旅行食品箱里拿出一个盛白兰地的方玻璃瓶和一些夹心饼干。他把这些东西放在桌上，转身对聂赫留朵夫说：“那么我能为您效点什么劳呢？”

“我要求探望一个女犯人。”聂赫留朵夫说，没有坐下来。

“是政治犯吗？法律规定，禁止探望。”押解官说。

“这个女人不是政治犯。”聂赫留朵夫说。

“您请坐。”押解官说。

聂赫留朵夫坐下来。

“她不是政治犯，”他又说了一遍，“但经我提出要求，最高长官批准让她同政治犯一起走……”

“啊，我知道了！”押解官打断他的话说，“就是那个黑头发的小娘儿们吧？好哇，可以。您抽烟吗？”

他把一盒香烟推到聂赫留朵夫面前，小心地倒了两杯茶，把一杯送到聂赫留朵夫面前。

“请！”他说。

“谢谢您。我想见一见……”

“夜很长，您有的是工夫。我派人去把她给您叫来就是了。”

“能不能不叫她出来，让我到他们那里去呢？”

“到政治犯那儿去吗？这是违法的。”

“我去过好几次了。要是您怕我把什么东西带给政治犯，那我通过她也可以转交。”

“哦，不，她要被抄身的。”押解官说，现出不愉快的笑容。

“哦，那你们可以先把我搜一搜。”

“哦，不搜也行，”押解官说，拿起一个开了塞子的酒瓶，送到聂赫留朵夫的茶杯上，“加一点儿好不好？哦，那么听便。一个人住在西伯利亚这种地方，能见到一个有教养的人，真是太高兴了。老实说，干我们这一行，真是再伤心也没有了。一个人过惯别种生活，来到这地方，苦透了。您要知道，人家一提到干我们这一行，当押解官，总认为都是没有教养的大老粗，可就是不想想，我们生下来干别的事也完全可以。”

押解官通红的脸、他的香水味、他的戒指，特别是他那难听的笑声，都很使聂赫留朵夫反感。不过，聂赫留朵夫今天也像整个旅行期间那样，抱着严肃谨慎的态度。他对任何人都不怠慢，也不蔑视，同谁说话都“一本正经”，这是他给自己规定的态度。他听了押解官这番话，以为他很同情受他管辖的那些人的苦难，因此心情沉重。聂赫留朵夫就严肃地对他说：“我想，您做这种工作，可以设法减轻人家的痛苦，这样您就会比较心安了。”

“他们有什么痛苦？他们本来就是这号人嘛。”

“他们有什么特别的地方？”聂赫留朵夫说，“还不跟大家一样都是人。其中还有无辜的呢。”

“当然，什么样的人都有。当然，很可怜。别的押解官丝毫不肯马虎，可我呢，总是尽可能减轻他们的痛苦。宁可我自己受罪，也不让他们吃苦。别的押解官遇到什么事，马上来个依法办理，再不然干脆枪毙，可我总是可怜他们。再来点儿茶吗？您吃吧。”他说着又给他倒茶。“您要见的女人，究竟是个什么人？”他问。

“她是个不幸的女人，落到一家妓院里，在那儿遭到诬告，说她毒死了人，其实她是个很好的女人。”聂赫留朵夫说。

押解官摇摇头。

“是啊，这种事情是有的。我可以告诉您，喀山就有过一个这样的女人，名字叫爱玛。她原是个匈牙利人，生有一双地地道道的波斯眼睛，”他继续说，一想到这事就情不自禁地笑起来，“风度好极了，简直像个伯爵夫人……”

聂赫留朵夫打断押解官的话，回到原来的话题上。

“我想，既然他们现在归您管，您就可以减轻他们的痛苦。您要是能这样做，我相信您会感到快乐的。”聂赫留朵夫说，尽量把话说得清楚些，就像同外国人或者孩子说话那样。

押解官眼睛闪闪发亮，瞧着聂赫留朵夫，显然急不可待地巴望他把话说完，好继续讲那生有一双波斯眼睛的匈牙利女人。她的形象显然生动地浮现在他的脑海里，把他的全部注意力都吸引了。

“是的，这话很对，确实是这样的，”他说，“我也很可怜他们。不过我还想跟您谈谈那个爱玛。您想她干出什么事来了……”

“我对这事不感兴趣，”聂赫留朵夫说，“不瞒您说，我以前也是另外一种人，可如今我痛恨这种对待女人的态度。”

押解官吃惊地对聂赫留朵夫瞧瞧。

“那么，再给您来点儿茶吗？”他说。

“不，谢谢。”

“别尔诺夫！”押解官叫道，“把这位先生带到瓦库洛夫那儿去，对他说，让这位先生到政治犯房间里，可以让他待到点名。”

9

聂赫留朵夫由传令兵护送着，又来到路灯昏黄的黑暗院子里。

“上哪儿去？”一个押解兵迎面走来，问护送聂赫留朵夫的传令兵说。

“到隔离室去，第五号。”

“这里过不去，锁上了，得穿过那门廊。”

“怎么锁上了？”

“队长锁上的，他自己到村子里去了。”

“哦，那么往这儿走。”

传令兵领聂赫留朵夫往另一个门廊走去，沿着铺木板的路，来到另一个门口。还在院子里就听见嘈杂的说话声和人们活动的声音，好像一群将要离窝的蜜蜂。聂赫留朵夫走近，推开门，喧闹声就更响了。听得出有叫嚷、谩骂和哄笑。还听见哐啷啷的镣铐声。空中弥漫着熟悉的粪便和煤焦油的恶臭。

镣铐的哐啷声和刺鼻的恶臭，这两样东西合在一起，总是使聂赫留朵夫感到难受，精神上感到恶心，又渐渐变成生理上的恶心。这两样东西混合在一起，相互助长，确实使人觉得特别难受。

旅站门廊里放着一个臭烘烘的大木桶，就是“便桶”。聂赫留朵夫踏进门，第一眼就看见一个女人坐在便桶边上。她的面前站着一个剃阴阳头的男人，头上歪戴着一顶薄饼般的帽子。他们正谈得起劲儿。男犯一看见聂赫留朵夫，挤了挤眼，说：“就是皇帝也憋不住尿哇！”

那女人放下囚袍下摆，低下头。

从门廊往里走是一条过道，过道两边的牢房门都开着。第一间是带家眷的牢房，第二间是单身犯人的大牢房。过道另一头有两个小间，是关政治犯的。这个旅站的房子原定可关一百五十人，现在却关了四百五十人，十分拥挤，犯人在牢房里住不下，把过道都挤满了。有人在地板上坐着或者躺着，有人拿着空茶壶出去，或者提着装满开水的茶壶回来。塔拉斯也在这些人中间。他赶上聂赫留朵夫，亲切地同他打招呼。塔拉斯那张和蔼可亲的脸显得难看了，因为鼻子上和眼睛底下有好几处乌青块。

“你这是怎么了？”聂赫留朵夫问。

“出了一点儿毛病。”塔拉斯笑眯眯地说。

“他们老是打架。”押解兵鄙夷不屑地说。

“为了婆娘，”他们后面有个犯人说，“他跟瞎子费特卡干了一家伙。”

“费多霞怎么样？”聂赫留朵夫问。

“没什么，身体很好，我这就是打开水来给她沏茶的。”塔拉斯说着走进带家属的牢房。

聂赫留朵夫往门里望了一眼。整个牢房挤满了男男女女，有的坐在板床上，有的躺在板床下。牢房里晾着湿衣服，弥漫着水蒸气。还听见女人们一刻不停的叫嚷声。隔壁是单身犯人的牢房。这间牢房更加拥挤，连门口和过道里都站满一群群喧闹的犯人。他们穿着湿衣服，正在分配什么东西，或者解决什么问题。押解兵向聂赫留朵夫解释说，监狱里有个开赌场的犯人，专门借钱给别的犯人，谁一时还不出就用纸牌剪成纸片做借据，此刻犯人头正根据纸片从伙食费中扣下钱来还给赌场老板。那些站得近的犯人看见军士和一个老爷，就住了口，恶狠狠地打量着他们。在分钱的人中间，聂赫留朵夫发现他认识的苦役犯费多罗夫。费多罗夫身边总带着一个皮肤白净、面孔浮肿、眉头紧皱、模样可怜的小伙子。另外，他还看见一个麻脸、烂鼻、面目可憎的流浪汉。据说这人在原始森林里杀死了同伴，吃了他的肉。流浪汉一个肩膀上披着湿囚袍，站在过道里，嘲弄而大胆地瞧着聂赫留朵夫，没有给他让路。聂赫留朵夫就从他身旁绕过去。

尽管聂赫留朵夫对这种景象十分熟悉，尽管在过去三个月中，他常常看到这四百名刑事犯处在各种不同的场合：大热天，他们在灰砂飞扬的大道上拖着脚镣行进，或者在大路旁休息；逢到天气暖和的日子，还看到男女犯人在旅站院子里公开通奸的可怕景象。虽然如此，他每次来到他们中间，像现在这样发现他们的目光集中在他身上，还是觉得羞愧和负疚。尤其难堪的是，除了这种羞愧和负疚感之外，还会产生克制不住的嫌恶和恐惧。他知道，就他们的处境来说也是无可奈何的，但他还是无法消除对他们的嫌恶。

“他们过得可舒服了，这些寄生虫！”聂赫留朵夫向政治犯牢门走去，听见背后有人说，“这些鬼东西有什么好苦恼的，反正不会肚子疼。”一个沙哑的声音说，还夹着不堪入耳的骂人话。

人群中响起一阵不友善的嘲弄的哄笑。

10

护送聂赫留朵夫的军士经过单身犯牢房时对聂赫留朵夫说，他将在点名前来接他，然后转身走了。军士刚走开，就有一个男犯提起镣铐上的铁链，光着脚，快步走到聂赫留朵夫跟前，浑身发出一股浓重的汗酸臭，偷偷地对他说：“老爷，您出头管一下吧。那小子上了当，人家把他灌醉了。今天交接犯人的时候，他竟冒名顶替，说自己是卡尔玛诺夫。您出头管一下吧，我们可不能管，不然会被打死的。”那个男犯神色慌张地向四周看了一下，立刻从聂赫留朵夫身边溜走。

事情是这样的：一个叫卡尔玛诺夫的苦役犯，怂恿一个相貌同他相似的终身流放犯同他互换姓名，这样苦役犯就可以改为流放，而流放犯却要代替他去服苦役。

这件事聂赫留朵夫已经知道，因为那个犯人上礼拜就把这个骗局告诉了他。聂赫留朵夫点点头表示明白，并将尽力去办，然后头也不回地往前走去。

聂赫留朵夫在叶卡捷琳堡就认识这个犯人了，他当时请聂赫留朵夫替他说情，准许他去服苦役，把妻子一起带去。聂赫留朵夫对他的要求感到惊奇。这人中等身材，生有一个最普通的农民脸型，三十岁光景，因蓄意谋财害命而被判服苦役。他名叫玛卡尔。他犯罪的经过很奇怪。他对聂赫留朵夫说，这罪不是他玛卡尔犯的，而是**他**魔鬼犯的。他说，有个过路人找到他父亲，愿意出两个卢布要他父亲用雪橇把他送到四十俄里外的村子去。父亲就吩咐玛卡尔把他送去。玛卡尔套好雪橇，穿上衣服，就同那过路人一起喝茶。过路人一面喝茶，一面告诉他要回家成亲，随身带着在莫斯科挣到的五百卢布。玛卡尔听了这话，就走到院子里，找了一把斧子藏在雪橇草垫下。

“连我自己也不知道为什么要带斧子，”他讲道，“只听得有个声音对我说：‘带上斧子。’我就把斧子带上。我们坐上雪橇出发。一路走去，什么事也没有。我也把那斧子给忘了。直到离村子不远，只剩下六俄里路，我们的雪橇离开村道，走上大路，往山坡上爬去。我就从雪橇上下来，跟在后面，这时他又低声对我说：‘你还在犹豫什么呀？你一到山上，大路上就有人，前头就是村子。他就会带着钱走掉。要干，现在就得动手，还等什么呀？’我弯下腰，装作整理一下雪橇上铺着的草，那斧子仿佛自动跳到我手里。他回过头来对我一看，说：‘你要干什么？’我抡起斧子，想把他一家伙劈死，可他这人挺机灵，霍地跳下雪橇，一把抓住我的手，说：‘混蛋，你想干什么？’他把我推倒在雪地上，我也不还手，听他摆布。他用腰带捆住我的双手，把我扔在雪橇上。他就把我送到区警察局。我就坐了牢，后来开庭审判。我们的村社替我说好话，说我是个好人，从来没有做过坏事。我的东家也替我说好话。可是我们没有钱请律师，我就被判了四年苦役。”

现在，就是这样一个人要搭救同乡。他明明知道，这事有生命危险，但他还是把犯人中的秘密告诉了聂赫留朵夫，万一人家知道这事是他干的，准会把他活活勒死。

11

政治犯住两个小房间，门外是一截同外界隔离的过道。聂赫留朵夫走进这部分过道，看见的第一个人就是西蒙松。西蒙松身穿短上衣，手里拿着一块松木，蹲在炉子跟前。炉门被热气吸进去，不断颤动。

西蒙松一看见聂赫留朵夫，没有站起来，只从两道浓眉下抬起眼睛，并同他握手。

“您来了，我很高兴，我正要跟您见面呢！”他凝视着聂赫留朵夫的眼睛，现出意味深长的样子说。

“什么事啊？”聂赫留朵夫问。

“回头告诉您。现在我走不开。”

西蒙松继续生炉子，应用他那套尽量减少热能损耗的原理。

聂赫留朵夫刚要从一扇门里进去，玛丝洛娃却从另一扇门里出来。她手拿扫帚，弯着腰，正在把一大堆垃圾往炉子那边扫。玛丝洛娃身穿白色短上衣，裙子下摆掖在腰里，脚穿长筒袜，头上为了挡灰，齐眉包着一块白头巾。她一看见聂赫留朵夫，就挺直腰，脸涨得通红，神态活泼，放下扫帚，在裙子上擦擦手，笔直站在他面前。

“您在收拾房间吗？”聂赫留朵夫一面说，一面同她握手。

“是啊，这是我的老行当，”她说着微微一笑。“这儿脏得简直不像话，我们打扫了又打扫，还是弄不干净。怎么样，我那条毛毯干了吗？”她问西蒙松。

“差不多干了。”西蒙松说，用一种使聂赫留朵夫惊讶的异样目光瞧着她。

“哦，那我回头来拿，我那件皮袄也要拿来烤烤干。我们的人都在这里面。”她对聂赫留朵夫说，指指靠近的门，自己却往另一个门走去。

聂赫留朵夫推开门，走进一个不大的牢房。牢房里，板铺上点着一盏小小的铁皮灯，光线微弱。牢房里很阴冷，空中弥漫着灰尘、潮气和烟草味。铁皮灯只照亮一小圈地方，板铺处在阴影中，墙上跳动着影子。

在这个不大的牢房里，除了两个掌管伙食的男犯出去取开水和食物外，所有的人都在。聂赫留朵夫的老相识薇拉也在这里。她更加又瘦又黄，睁着一双惊惶不安的大眼睛，额上暴起一根很粗的青筋，头发剪得很短，身穿一件灰短袄。她坐在一张摊开的报纸前面，报纸上撒满烟草。她正紧张地把烟草往纸筒里装。

这里还有一个聂赫留朵夫觉得极其可爱的女政治犯——艾米丽雅。她负责掌管内务，给他的印象是，即使处境极其艰苦，也具有女性持家的本领，并且富有魅力。这会儿她坐在灯旁，卷起衣袖，用她那双晒得黑黑的灵巧而好看的手擦干大小杯子，把它们放在板铺的手巾上。艾米丽雅年轻，并不漂亮，但聪明而温和，笑起来显得快乐、活泼和迷人。现在她就用这样的笑容迎接聂赫留朵夫。

“我们还以为您已经回俄罗斯，不再来了呢！”她说。

这里还有谢基尼娜。她坐在较远的阴暗角落里，正在为一个淡黄头发的小女孩做着什么事。那女孩用悦耳的童音咿咿呀呀地说个不停。

“您来了，真是太好了。见到玛丝洛娃啦？”谢基尼娜问聂赫留朵夫，“您瞧，我们这儿来了个多好的小客人哪。”她指指小女孩说。

克雷里卓夫也在这里。他盘腿坐在远处角落里的板铺上，脚穿毡靴，脸容消瘦苍白，弯着腰，双手揣在皮袄袖管里，浑身发抖，用他那双害热病的眼睛瞅着聂赫留朵夫。聂赫留朵夫正想到他跟前去，忽然看见房门右边坐着一个淡棕色鬈发的男犯。这男犯戴着眼镜，身穿橡胶上衣，一面整理口袋里的东西，一面跟相貌俊美、脸带笑容的格拉别茨谈话。这个人就是赫赫有名的革命者诺伏德伏罗夫。聂赫留朵夫连忙同他招呼。聂赫留朵夫所以特别忙着跟他招呼，因为在这批政治犯中，他就不喜欢这个人。诺伏德伏罗夫闪动浅蓝色眼睛，透过眼镜瞅着聂赫留朵夫，接着皱起眉头，伸出一只瘦长的手来同他握。

“怎么样，旅行愉快吗？”他说，显然带着嘲弄的口气。

“是啊，有趣的事可不少！”聂赫留朵夫回答，装作没有听出他的嘲弄，把它当作亲切的表示。他说完，就往克雷里卓夫那边走去。

聂赫留朵夫表面上装得若无其事，但心里对诺伏德伏罗夫却远不是没有芥蒂的。诺伏德伏罗夫说的话，以及他招人不快的意图，破坏了聂赫留朵夫的情绪。他感到沮丧和气恼。

“您身体怎么样？”他握着克雷里卓夫冰凉的哆嗦的手说。

“没什么，就是身子暖不过来，衣服都湿透了，”克雷里卓夫说着，慌忙把手揣到皮袄袖管里，“这里也冷得要死。您瞧，窗子都破了。”他指指铁栅外面玻璃窗上的两个窟窿，“您怎么一直不来？”

“他们不让我进来，长官严得很。今天这一个还算和气。”

“哼，好一个还算和气的长官！”克雷里卓夫说，“您问问谢基尼娜，他今天早晨干了什么事。”

谢基尼娜没有站起来，讲了今天早晨从旅站出发前那个小女孩的事。

“照我看来，必须提出集体抗议，”薇拉断然说，同时胆怯而迟疑地瞧瞧这个人，又瞧瞧那个人，“西蒙松提过抗议了，但这还不够。”

“还提什么抗议？”克雷里卓夫恼怒地皱着眉头说。显然，薇拉的装腔作势和神经质早就使他反感了。“您是来找玛丝洛娃的吧？”他对聂赫留朵夫说。“她一直在干活儿，打扫。我们男的这一间她打扫好了，现在打扫女的那一间去了。就是跳蚤扫不掉，咬得人不得安生。谢基尼娜在那边干什么呀？”他扬扬头示意谢基尼娜那个角落，问。

“她在给养女梳头呢。”艾米丽雅说。

“她不会把虱子弄到我们身上来吧？”克雷里卓夫问。

“不会，不会，我很留神。现在她可干净了。”谢基尼娜说。“您把她带去吧，”她对艾米丽雅说，“我去帮帮玛丝洛娃。给她送块毛毯去。”

艾米丽雅接过女孩，带着母性的慈爱把她两条胖嘟嘟的光胳膊贴在自己胸口，让她坐在膝盖上，又给她一小块糖。

谢基尼娜出去了，那两个取开水和食物的男人紧接着回到牢房里。

12

进来的两个人当中有一个是青年，个儿不高，身体干瘦，穿一件有面子的皮袄，脚蹬一双高筒皮靴。他步伐轻快地走进来，手里提着两壶热气腾腾的开水，胳肢窝里夹着一块用头巾包着的面包。

“哦，原来是我们的公爵来了。”他说着将茶壶放在茶杯中间，把面包交给玛丝洛娃[①]。“我们买到些好东西。”他说着脱掉皮袄，把它从大家头顶上扔到板铺角上，“玛尔凯买了牛奶和鸡蛋，今天简直可以开舞会了。艾米丽雅总是把屋子收拾得干干净净，整整齐齐的。”他笑眯眯地瞧着艾米丽雅说，“来，现在你来沏茶吧！”他对她说。

① 从上下文看，这里应是艾米丽雅。毛德英译本作艾米丽雅看来是对的。

这人的外表、动作、腔调和眼神都洋溢着生气和欢乐。进来的另一个人，个儿也不高，瘦骨棱棱，灰白的脸上颧骨很高，生有一双距离很宽的好看的淡绿色眼睛和两片薄薄的嘴唇。他同前面那个人正好相反，神态忧郁，精神萎靡。他身上穿着一件旧的棉大衣，靴子外面套着套鞋，手里提着两个瓦罐和两只树皮篮。他把东西放在艾米丽雅面前，对聂赫留朵夫只点了点头，但眼睛一直瞅着他。然后勉强向他伸出一只汗湿的手，慢吞吞地把食物从篮子里取出来放好。

这两个政治犯都是平民出身：第一个是农民纳巴托夫，第二个是工人玛尔凯。玛尔凯参加革命活动时已是个三十五岁的中年人；纳巴托夫却是十八岁时参加的。纳巴托夫先是在乡村小学读书，因成绩优良进了中学，并靠当家庭教师维持生活，中学毕业时得金质奖章，但他没有进大学，还在念七年级的时候就决心到他出身的平民中间去，去教育被遗忘的弟兄。他真的这样做了：先到一个乡里当文书，不久就因向农民朗读小册子和在农民中间创办生产消费合作社而被捕。第一次他坐了八个月牢，出狱后暗中仍受到监视。他一出狱，就到另一个省的一个乡里，在那里当了教员，仍旧搞那些活动。他再次被捕。这次他被关了一年零两个月，在狱中更加强了革命信念。

他第二次出狱后，被流放到彼尔姆省。他从那里逃跑了。他又一次被捕，又坐了七个月牢，然后被流放到阿尔汉格尔斯克省。他在那里又因拒绝向新沙皇宣誓效忠，被判流放雅库茨克区。因此他成年后有一半日子倒是在监狱和流放中度过的。这种颠沛流离的生活丝毫没有使他变得暴躁，也没有损耗他的精力，反而使他更加精神焕发。他喜爱活动，胃口奇好，永远精力旺盛，生气勃勃，干这干那，忙个不停。不论做什么事，他从不后悔，也不海阔天空地胡思乱想，而总是把全部智慧、机灵和经验用在现实生活中。他出了监狱，总是为自己确定的目标奋斗，也就是教育和团结以农村平民为主的劳动者。一旦坐了牢，他仍旧精力旺盛、脚踏实地地同外界保持联系，并且就现有条件尽量把生活安排好，不仅为他自己，而且为集体。他首先是个村社社员，总是以村社利益为重。他自己一无所求，安贫乐穷，但处处为集体谋利益，并且可以废寝忘食不停地工作，不论是体力劳动还是脑力工作。他出身农民，勤劳机灵，干活利落，善于控制情绪，待人彬彬有礼，不但能体贴人家的感情，而且能尊重人家的意见。他的老母亲是个寡妇，不识字，满脑子迷信。纳巴托夫一直照顾她，没有坐牢时常去看她。他每次回家，总是仔细了解她的生活，帮她干活儿，并且同他以前的伙伴，那些农村青年，来往频繁。他跟他们一起吸劣等烟草卷成的狗腿烟①，同他们比武斗拳，向他们宣传，说他们都受了骗，应该从这种骗局中醒悟过来。每逢他思索或说明革命会给人民带来什么好处时，他这个平民出身的人，总认为人民的生活条件将与原来相似，只不过将拥有土地，而且不会再有地主和官僚。他认为，革命不应该改变人民的基本生活方式。在这一点上，他同诺伏德伏罗夫和诺伏德伏罗夫的信徒玛尔凯的看法不同。照他看来，不应该摧毁这座他所热爱的美丽、坚固、宏伟的古老大厦，只要把里面的房间重新分配一下就行了。

对待宗教，他也采取十足的农民态度。他从来不思索虚无缥缈的问题，不考虑万物的本源，也不猜度阴间的生活。他和阿拉哥②一样看待上帝是否存在的问题，只是他至今还认为没有必要提出这种假设。世界是怎样创造的，究竟是摩西说得对，还是达尔文说得对，他根本不关心。他的同志们认为达尔文学说极其重要，他却觉得这种学说同六天创造世界一样，无非是思想游戏罢了。

他对世界是怎样产生的这个问题不感兴趣，因为他面前总是摆着人怎样才能在世界上生活得更好的问题。关于来世的生活他从不考虑。他内心深处有一种从祖先传下来并为种田人所共有的坚定信念，那就是世间一切动物和植物永远不会消灭，它们只是经常从一种形式转变成另一种形式，例如粪肥变成谷子，谷子变成母鸡，蝌蚪变成青蛙，青虫变成蝴蝶，橡实变成橡树，人也不会消灭，只不过发生变化罢了。他有这样的信念，因此总是无所畏惧，甚至高高兴兴地面对死亡，并且坚强地忍受各种导致

① 俄国农民自卷的纸烟，形似狗腿。

② 阿拉哥（1786年—1853年）——法国物理学家，天文学家。

死亡的痛苦，但他不喜欢也不善于谈论这一类问题。他热爱工作，总是忙于事务，并且推动同志们也致力于实际工作。

在这批犯人中，另一个来自民间的政治犯玛尔凯的气质就完全不同。他十五岁当上工人，开始吸烟喝酒，以排遣心头朦朦胧胧感觉到的屈辱。他第一次感到这种屈辱，是过圣诞节的时候。当时他们做童工的被带到工厂老板娘装饰好的圣诞树跟前，他和同伴们得到的礼物是只值一戈比的小笛、一个苹果、一个用金纸包的核桃和一个干无花果，可是老板的儿女得到的，都是些奇妙的玩具，他后来才知道价值在五十卢布以上。他二十岁那年，有位著名的女革命家到他们厂里做工，她发现玛尔凯超人的才能，就送书和小册子给他看，并且同他谈话，向他解释他处于这种悲惨境地的原因和改善生活的办法。一旦他明白自己和别人能从这种受压迫的处境中获得解放，他就越发觉得这种不合理的处境是极其残酷、极其可怕的。他不仅强烈要求解放，而且要求惩罚造成和维护这种不合理局面的人。人家说，实现这个目标需要知识，玛尔凯就废寝忘食地追求知识。他不清楚，怎样依靠知识来实现社会主义理想，但他相信，知识既然能使他懂得他的处境是不合理的，那么知识也就能消除这种不合理现象。再说，有了知识，也可以使他显得比别人高明。他因此戒绝烟酒，一有空就读书，而他自从当上仓库管理员以后，空闲的时间就更多了。

女革命家教他读书，对他如饥似渴地吸收知识的特异能力感到惊讶。两年间，他学会了代数、几何和他特别喜爱的历史，涉猎了各种文学作品和评论著作，特别是社会主义著作。

后来女革命家被捕，玛尔凯一起被捕，因为在他家里搜出了禁书。

他坐了牢，后来又被流放到沃洛格达省。他在那里认识了诺伏德伏罗夫，又读了许多革命书籍，并且记在心里，更加坚定了他的社会主义思想。流放期满，他领导一次大罢工，最后砸烂了工厂，打死了厂长。他再次被捕，判处褫夺公权，流放西伯利亚。

他对宗教也像对现行经济制度那样，抱否定态度。一旦看出他从小信奉的宗教的荒唐无稽，他就毅然把它抛弃，开头不免有点儿顾虑，后来却觉得轻松愉快。从此以后，他仿佛要为自己和祖祖辈辈所受的欺骗进行报复，一有机会总要尖刻地嘲笑教士和教条。

长期来他养成禁欲习惯，对物质的要求极低。他像一切从小劳动惯的人那样，肌肉发达，不论干什么体力活儿都能胜任愉快，得心应手。他十分珍惜时间，在监狱里和旅站上始终努力学习。他现在正在钻研马克思著作第一卷①，小心地把这书藏在袋子里，当作无价之宝。他对同志们都比较疏远，冷淡，唯独对诺伏德伏罗夫特别崇拜。诺伏德伏罗夫不论发表什么意见，他都认为是无可争辩的真理。

他对女人抱着无法克制的轻蔑态度，认为女人是一切正经工作的障碍。不过他同情玛丝洛娃，待她亲切，认为她是下层阶级受上层阶级剥削的一个实例。就因为这个缘故，他不喜欢聂赫留朵夫，不同他交谈，不同他握手，除非聂赫留朵夫先同他打招呼，他才伸出手去同他握一下。

13

炉子生好，房间里暖和起来。茶烧开了，倒在玻璃杯和带把的杯子里，加上牛奶，变成白色。面包圈、精白粉面包、普通面包、煮老的鸡蛋、牛奶、牛头、牛蹄都摆了出来。大家凑着那个当桌子用的板铺吃喝，谈天。艾米丽雅坐在木箱上，给大家倒茶。其余的人都围着她，只有克雷里卓夫不在。他脱掉湿漉漉的皮袄，用烤干的毛毯裹着身子，躺在铺上，跟聂赫留朵夫谈话。

经历了一天又冷又湿的长途跋涉，他们发现这地方又脏又乱，就不

---

① 指俄译本《资本论》第一卷，出版于1872年。

辞辛劳把它收拾整齐。如今吃了些好东西．喝了热茶，大家都觉得精神焕发，心情愉快。

隔墙传来刑事犯跺脚、叫嚷和咒骂的声音，提醒他们外面是个什么世界。这样，待在屋里就感到格外舒适。他们仿佛处在大海的孤岛上，不会受到周围屈辱和痛苦浪潮的侵袭，因此情绪昂扬，兴高采烈。他们海阔天空无所不谈，但对他们的处境和前途则避而不谈。除此以外，他们也像一般青年男女那样，朝夕相处，自然产生错综复杂的爱情，有情投意合的，也有勉强结合的。几乎每个人都在谈恋爱。诺伏德伏罗夫迷恋长得漂亮而又总是笑脸相迎的格拉别茨。格拉别茨原是个高等女校的学生，年纪很轻，思想单纯，对革命漠不关心。但她也受到时代潮流的冲击，卷入某个案件，被判处流放。入狱以前，她生活上的主要兴趣就是博得男人的欢心。后来在受审期间，在监狱里，在流放途中，这种兴趣始终保持不变。如今在流放途中，由于诺伏德伏罗夫迷恋她，她感到安慰，同时也爱上了他。薇拉是个多情的女人，但引不起人家对她的爱情。不过，她一会儿爱上纳巴托夫，一会儿爱上诺伏德伏罗夫，总是指望对方也能对她发生感情。克雷里卓夫对谢基尼娜的态度近似恋爱。他像一般男人爱女人那样爱她，但他知道她的恋爱观，就用友谊和感激来掩盖自己的真情，而他之所以感激她，是因为她对他照顾得特别周到。纳巴托夫和艾米丽雅之间的爱情关系十分微妙，就像谢基尼娜是个十分贞洁的处女那样，艾米丽雅是个对丈夫十分忠贞的妻子。

艾米丽雅十六岁念中学的时候，就爱上彼得堡大学学生兰采夫；十九岁那年就同他结婚，当时他还在大学念书。她丈夫四年级的时候，卷进学潮，被驱逐出彼得堡，从此成了革命者。她就放弃医学院课程，跟丈夫一起出走，也成了革命者。如果她的丈夫在她心目中不是天下最优秀、最聪明的人，她也不会爱上他；如果她没有爱上他，自然也不会嫁给他了。既然她爱上她认为天下最优秀、最聪明的人，同他结了婚，她自然就按天下最优秀、最聪明的那个人的看法来理解生活和生活的目的。他起初认为生活就是读书，她也就这样看待生活。后来他成了革命者，她也就成了革命者。她能有力证明，现行制度不合理，人人有责任反对它，并建立一种新的政治和经济制度，在那种制度下，个性可以获得自由发展，等等。她自以为确实这样想，这样感觉，其实只是把丈夫的想法看作绝对真理。她所追求的，无非就是在精神上同丈夫和谐一致，水乳交融。只有这样，她在精神上才感到满足。

她同丈夫离别，同她的孩子离别——孩子由她母亲领去抚养——感到痛苦。但分手时她坚强而镇定，因为知道她忍受这种痛苦是为了丈夫，为了事业——那个事业无疑是正义的，因为她丈夫在为它奋斗。她在精神上永远同丈夫在一起。她以前没有爱过任何人，如今除了丈夫，也不可能爱上任何人。然而纳巴托夫对她的一片诚意和纯洁的爱却打动了她的心，使她不能平静。他为人正直而坚强，又是她丈夫的朋友，竭力像对待姐妹那样对待她，可是他对她的感情却超过兄妹情谊。这使他们两人都感到不安，但却使他们目前艰苦的生活变得好过些。

因此，在这个小集体里，同恋爱完全不沾边的，只有谢基尼娜和玛尔凯两人。

14

聂赫留朵夫通常总是在喝过茶、吃完饭以后同玛丝洛娃单独谈话。这会儿，他坐在克雷里卓夫旁边，同他聊天，心里也做着这样的打算。聂赫留朵夫顺便告诉他玛卡尔向他提出的要求，还讲了玛卡尔犯罪的经过。克雷里卓夫目光炯炯地盯着聂赫留朵夫的脸，用心听他讲。

“是啊，”克雷里卓夫忽然说，“我常常这样想：我们同他们一起赶路，肩并肩地一起赶路——'他们'究竟是些什么人？我们不辞辛劳长途跋涉，就是为了他们。不过，我们并不认识他们，也不想认识他们。他们呢，更糟糕，他们还恨我们，把我们看作敌人。瞧，这有多可怕。"

"这有什么可怕，"诺伏德伏罗夫一直听着他们谈话，这时插嘴说，"群众总是只崇拜权力，"他用尖锐刺耳的声音说，"政府掌权，他们崇拜政府，仇恨我们。一旦我们掌了权，他们就会崇拜我们了……"

这时隔墙突然传来一阵咒骂声、撞墙声、锁链的哐啷声、尖叫声和呐喊声。有人在挨打，有人在叫喊："救命啊！"

"您瞧，他们这帮野兽！我们怎么能同他们交朋友呢？"诺伏德伏罗夫平静地说。

"你说他们是野兽。可是你听听，刚才聂赫留朵夫讲给我们听的那件事吧，"克雷里卓夫怒气冲冲地说，接着就讲了玛卡尔怎样冒着生命危险营救同乡，"这非但不是野兽干得出来的事，简直是侠义行为，"

"你也真是太多情了！"诺伏德伏罗夫挖苦说，"我们很难理解他们的情绪和他们的动机。你以为这是他心肠好，说不定他是在嫉妒那个苦役犯呢。"

"你怎么总是不愿看到人家身上一点儿好的地方呢！"谢基尼娜突然激动地说（她对谁都你我相称）。

"不存在的东西是无法看到的。"

"人家不惜冒横死的危险，怎么还说不存在呢？"

"我想，"诺伏德伏罗夫说，"我们要是想干我们的事业，"玛尔凯本来在灯下看书，这时放下书，也留神地听他的老师说话，"那么，最重要的就是不要胡思乱想，而应该面对现实。应该尽全力为群众工作，但不要指望从他们那里得到什么。群众是我们工作的对象，但只要他们一天像现在这样浑浑噩噩，他们就一天不能成为我们的同志，"他像发表演说似的讲道，"就因为这个缘故，在我们还没有帮助他们完成发展过程以前，要指望他们来帮助我们，那纯粹是幻想。"

"什么发展过程？"克雷里卓夫脸涨得通红，说，"我们常说，我们反对飞扬跋扈和骄横霸道，难道这不就是最可怕的霸道吗？”

“根本不是什么霸道，”诺伏德伏罗夫冷静地回答，“我只是说，我知道人民应该走哪条路，并且能向他们指出这条路。”

“可是凭什么相信你指出的道路是正确的？难道这不就是产生过宗教裁判所[①]和大革命屠杀的那种霸道吗？他们当年也认为那是符合科学的唯一正确道路呢。”

“他们迷失方向，并不能证明我也迷失方向。再说，思想家的空想同经济学的数字是两回事。”

诺伏德伏罗夫的声音震动了整个牢房。只有他一个人在说话，其余的人都不作声。

“老是争论个没完没了的！”诺伏德伏罗夫停了停，谢基尼娜就说。

“那么您对这事有什么看法呢？”聂赫留朵夫问谢基尼娜。

“我认为克雷里卓夫说得对，不该把我们的观点强加到人民头上。”

“那么你呢，卡秋莎？”聂赫留朵夫笑眯眯地问，等玛丝洛娃回答，但又担心她说出什么不得体的话来。

“我认为老百姓总是受欺负，”她脸涨得通红，说，“老百姓太受欺负了。”

“说得对，玛丝洛娃，说得对，”纳巴托夫叫道，“老百姓尽受欺负。可不能再让他们受欺负了。我们的全部工作就是为了这个目标。”

“这可把革命任务想得太奇怪了！”诺伏德伏罗夫说，接着不再作声，只气冲冲地吸着烟。

“跟他真是谈不拢！”克雷里卓夫低声说，接着也不再作声。

“最好还是别谈。”聂赫留朵夫说。

---

① 中世纪天主教会的侦察和审判机构。主要设置在法国、意大利、西班牙等国，在镇压异教徒的名义下残酷迫害参加反封建斗争的人、进步思想家和自然科学家，对他们实行秘密审讯、严刑拷打、火刑、流放等酷刑。

15

尽管诺伏德伏罗夫很受所有革命者的尊敬，尽管他很有学问，并被认为很聪明，聂赫留朵夫却认为他这种革命者的品德远不如一般人。这个人的智力——好比分子——是大的，但他对自己的估价——好比分母——却大大超过他的智力。

这个人在精神上同西蒙松正好截然相反。西蒙松具有男子汉的气质，他们这类人的行动总是由自己的思想所指导，由自己的思想所决定。诺伏德伏罗夫却具有女性的气质，他这一类人所考虑的，是怎样达到由感情决定的目标，以及怎样证明由感情引起的行动是正确的。

尽管诺伏德伏罗夫能把他的全部革命活动讲得头头是道，令人信服，聂赫留朵夫却认为他只是出于虚荣心，无非想出人头地罢了。起初，凭着他善于领会别人的思想并加以准确表达的能力，他在高度重视这种能力的教师和学生中间（在中学、大学和硕士学位进修班）真的名列前茅，出人头地，他感到很得意。可是等他领到文凭，离开学校后，就无法再出人头地了。后来，正如不喜欢诺伏德伏罗夫的克雷里卓夫对聂赫留朵夫说的，为了在新的环境里再出人头地，他就突然改变观点，以一个渐进的自由派，摇身一变而成为红色的民意党人。由于他天生缺乏怀疑和踌躇这种道德和审美方面的特点，他很快就在革命者的圈子里获得党的领导人的地位，这样他的虚荣心也就得到了满足。他一旦选定方向，就不再怀疑，不再踌躇，因此相信自己决不会犯错误。他认为一切事情都十分简单明了，从来没有什么疑问。由于他的观点狭隘、片面，一切事情确实显得简单明了。照他的话说，人只要有逻辑头脑就行。他的自信心实在太强，因此人家对他要么敬而远之，要么唯命是从。他的活动是在年轻人中间开展的，他们往往把他的极度自信当作深谋远虑和真知灼见。这样，大多数人都听从他的指挥，他在革命者的圈子里也就取得了很高的威信。他的活动就是准备暴动，通过暴动取得政权，然后召开重要会议，并在会上通过由他拟定的纲领。他充分相信这个纲领可以解决一切问题，因此必须执行。

同志们因为他大胆果断而尊敬他，但并不喜欢他。他也不喜欢任何人，把一切杰出人物都看成是自己的对手，并且总是想用老猴对待小猴那样的态度来对待他们。他恨不得剥夺人家的一切智慧和一切才能，免得他们妨碍他表现才能。只有对那些崇拜他的人，他才好意相待。现在在流放途中，他对待接受他宣传的工人玛尔凯，对待倾心于他的薇拉和相貌美丽的格拉别茨就是这样。他虽然口头上也主张解决妇女问题，但心底里却认为女人都是愚蠢的，猥琐的，除了他所热恋的女人之外，譬如他现在所爱的格拉别茨。只有那些女人才不同凡响，她们的优点也只有他一人能够发现。

他认为男女关系也像其他一切问题那样简单明了，只要承认恋爱自由，就算彻底解决问题。

他有过一个非正式的妻子，还有过一个正式的妻子，但后来同正式的妻子脱离了关系，认为他们之间没有真正的爱情。现在他又打算同格拉别茨缔结新的自由婚姻。

诺伏德伏罗夫瞧不起聂赫留朵夫，认为他在对待玛丝洛娃的问题上"装腔作势"；特别是因为在看待现行制度的缺点和纠正办法上，竟敢跟他诺伏德伏罗夫不一样，甚至敢于有他自己的想法，公爵老爷的想法，愚蠢的想法。聂赫留朵夫尽管一路上心情很好，但知道诺伏德伏罗夫对他抱这样的态度，也无可奈何，只得采取以眼还眼的态度，怎么也无法克制对他的极度反感。

16

隔壁牢房里传来长官的说话声。大家都安静下来，接着队长带着两名押解兵走进房间。这是来点名的。队长指着每一个人，计算着人数。他指到聂赫留朵夫时，就和颜悦色地赔笑说：“公爵，现在点过名可不能再待着了。您得走了。”

聂赫留朵夫懂得这话的意思，走到他跟前，把事先准备好的三卢布钞票塞在他手里。

“嘿，拿您有什么办法呢！您就再坐一会儿吧。”

队长刚要出去，另外有个军士走进来，后面跟着一个又高又瘦的男犯。那男犯留着一把稀疏的胡子，一只眼睛底下有瘀伤。

“我是来看我那个小丫头的。”那个男犯说。

“啊，爸爸来了！”忽然响起了孩子响亮的声音，接着就有一个浅黄头发的小脑袋从艾米丽雅身后探出来。艾米丽雅正在跟谢基尼娜和玛丝洛娃一起用艾米丽雅捐出来的一条裙子给小女孩做新衣。

“是我，孩子，是我！”布卓夫金亲切地说。

“她在这儿挺好，”谢基尼娜说，同情地瞧着布卓夫金那张被打伤的脸，“把她留在我们这儿吧。”

“太太她们在给我做新衣裳呢。”女孩指给父亲看艾米丽雅手里的针线活儿，说。“可好看啦，真漂亮！”她含糊不清地说。

“你愿意在我们这儿过夜吗？”艾米丽雅抚爱着女孩说。

“愿意。爸爸也留下来。”

艾米丽雅脸上泛起笑容。

“爸爸可不行。”她说。“那么就把她留在这儿吧！”她转身对做父亲的说。

“好，那就留下吧。”站在门口的队长说，说完就跟军士一起走了出去。

等押解人员一出去，纳巴托夫就走到布卓夫金跟前，拍拍他的肩膀说：“喂，老兄，你们那里的卡尔玛诺夫真的要同别人调包吗？”

布卓夫金和蔼可亲的脸容突然变得很忧郁，他的眼睛似乎蒙上了一层白翳。

“我们没听说。大概不会吧。”他说。说话的时候眼睛上仿佛仍旧蒙着一层白翳，接着又对女儿说：“哦，阿克秀特卡，你就跟太太她们一起在这儿享福吧！”说完就连忙走出去。

“这事他全知道，他们果然调包了，”纳巴托夫说。“那您现在怎么办呢？”

“我到城里去告诉长官。他们两个人的模样我都认得。”聂赫留朵夫说。

大家都不作声，显然担心再发生争吵。

西蒙松双手枕在脑后，一直默默地躺在角落里的板铺上。这会儿突然坐起来，下了床，小心翼翼地绕过坐着的人们，走到聂赫留朵夫跟前。

“现在您可以听我说几句吗？”

“当然可以。”聂赫留朵夫说着站起来，想跟他出去。

卡秋莎瞟了一眼聂赫留朵夫，眼睛同他的目光相遇，他顿时涨红了脸，仿佛摸不着头脑似的摇摇头。

“我有这样一件事要跟您谈谈。”聂赫留朵夫跟着西蒙松来到过道里，西蒙松开口说。在过道里，刑事犯那边的喧嚣和说话声听得特别清楚。聂赫留朵夫皱起眉头，西蒙松却毫不在意。

“我知道您跟玛丝洛娃的关系，”他用他那双善良的眼睛留神地直盯着聂赫留朵夫的脸，继续说，“所以我认为有责任……”他说到这里不得不停下来，因为牢房门口有两个声音同时叫起来："我对你说，笨蛋，这不是我的！"一个声音嚷道。

"巴不得呛死你这魔鬼！"另一个沙哑的声音说。

这时候，谢基尼娜来到过道里。

"这里怎么能谈话呢？"她说，"你们到那间屋里去吧，那儿只有薇拉一个人。"她说着就在前面带路，把他们带到隔壁一个很小的，显然是单身牢房里，那房间如今专门拨给女政治犯住宿。薇拉躺在板铺上，头蒙在被子里。

"她害偏头痛，睡着了，听不见的，我走了！"谢基尼娜说。

"不，你别走！"西蒙松说，"我没有什么秘密要瞒着别人，更不要说瞒你了。"

"嗯，好吧！"谢基尼娜说，像孩子一般扭动整个身子，坐到板铺深处，准备听他们谈话。她那双羔羊般的美丽眼睛瞧着远处。

"我有这样一件事，"西蒙松重又说，"我知道您跟玛丝洛娃的关系，所以我认为有责任向您说明我对她的态度。"

"究竟是什么事啊？"聂赫留朵夫问，不由得很欣赏西蒙松跟他说话的那种坦率诚恳的态度。

"就是我想跟玛丝洛娃结婚……"

"真没想到！"谢基尼娜眼睛盯住西蒙松，说。

"……我决定要求她做我的妻子。"西蒙松继续说。

"我能帮什么忙呢？这事得由她自己做主。"聂赫留朵夫说。

"是的，不过这事她不得到您的同意是不能决定的。"

"为什么？"

"因为在您跟她的关系没有完全明确以前，她是不能做出什么选择的。"

"从我这方面说，事情早就明确了。我愿意做我认为应该做的事，同时减轻她的苦难，但我绝不希望使她受到什么约束。"

"对，可是她不愿接受您的牺牲。"

“根本谈不上牺牲。”

“不过我知道她这个主意是决不动摇的。”

“哦，那么有什么必要找我谈这件事呢？”聂赫留朵夫说。

“她要您也同意这一点。”

“可是，我怎么能同意不做我应该做的事呢？我只能说一句：我是不自由的，可她享有自由。”

西蒙松沉思起来，不作声。

“好的，我就这样对她说。您别以为我迷上她了，”西蒙松继续说，“我爱她，因为她是个少见的好人，却受尽了折磨。我对她一无所求，但我真想帮助她，减轻她的苦难……”

聂赫留朵夫听见西蒙松声音发抖，不由得感到惊讶。

“……减轻她的苦难，”西蒙松继续说。“要是她不愿接受您的帮助，那就让她接受我的帮助吧。只要她同意，我就要求把我调到她监禁的地方去。四年又不是一辈子。我愿意待在她身边，这样也许可以减轻些她的苦难……”他又激动得说不下去。

“我还有什么话可说呢？”聂赫留朵夫说，“她能找到像您这样的保护人，我很高兴……”

“喏，这就是我所要知道的，”西蒙松继续说，“我想知道，既然您爱她，愿她幸福，您认为她跟我结婚会幸福吗？”

“一定会的！”聂赫留朵夫斩钉截铁地说。

“这事全得由她做主，我只希望这个受尽苦难的心灵能得到喘息。”西蒙松说，带着孩子般天真的神情瞧着聂赫留朵夫。这样的神情出现在这个平时脸色阴沉的人的脸上，那是很意外的。

西蒙松站起来，抓住聂赫留朵夫的一只手，把脸凑到他跟前，羞怯地微笑着，吻了吻他。

“那我就这样去告诉她。”西蒙松说着走了。

17

“哦，怎么搞的？”谢基尼娜说。“他在谈恋爱了，真的在谈恋爱了。嘿，西蒙松简直像个孩子，居然这样傻头傻脑地谈起恋爱来，这

可是万万想不到的。真是太奇怪了，说实在的，也是太可悲了！”她叹了一口气，结束说。

“那么，卡秋莎呢？您想她会怎样对待这件事？”聂赫留朵夫问。

“她吗？”谢基尼娜停了停，显然在考虑怎样尽可能恰当地回答这个问题。“她吗？您要知道，尽管她以前有过那样的经历，人倒是挺本分的……也很能体贴人……她爱您，真心爱您，她要是能为您做件好事，哪怕是从消极方面考虑，只要您不再受她的拖累，她就感到很高兴了。对她来说，跟您结婚将是一种可怕的堕落，比以前干的什么事都更堕落，因此她决不会同意。再说，您在她身边，反而使她感到不安。”

“那怎么办呢？我得离开这儿吗？”聂赫留朵夫说。

谢基尼娜天真地微微一笑。

“是的，多多少少得这么办。”

“多多少少，我怎么能多多少少离开这儿呢？”

“我这是胡说了。不过，她的事，我想告诉您，她大概看出他那种狂热的爱有点儿荒唐（他其实还没有向她表白过），所以又喜又惊。不瞒您说，这种事我是不在行的，但我觉得，他的感情虽然比较含蓄，也不外乎男人的那种感情。他说这种爱情使他精神上变得高尚，又说它是柏拉图式的。但我看，这种爱情即使与众不同，它的基础还是肮脏的……就像诺

伏德伏罗夫对格拉别茨那样。”

谢基尼娜一谈到她心爱的题目，就离开了本题。

“那么，我究竟该怎么办呢？”聂赫留朵夫问。

“我想您得对她说一说，把事情都讲讲清楚总是好的。您同她谈一谈，我去把她叫来好吗？”谢基尼娜说。

“那就麻烦您了。”聂赫留朵夫说。谢基尼娜走了出去。

聂赫留朵夫独自留在小小的牢房里，听着薇拉轻微的呼吸声，偶尔还夹杂着呻吟，以及隔着两个房门，从刑事犯那里不断传来的喧闹声，他心头涌起一种古怪的感情。

西蒙松对他说了那番话，解除了他自愿承担的责任，这种责任在他意志脆弱的时刻是沉重而别扭的，但此刻他的心情不仅并不轻松，甚至感到痛苦。他的内心还有这样的感觉，就是西蒙松的求婚使他独特的高尚行为无法实现，使他的自我牺牲在他自己眼里和别人眼里降低了价值：既然这样一个跟她毫无关系的人都愿意跟她同甘共苦，那么他的牺牲就显得微不足道了。也许这里还有一种普通的妒意，因为他已经惯于领受她对他的爱，无法容忍她再爱别人。再说，这样一来也就破坏了他的计划：在她服刑期间同她生活在一起。她要是嫁给西蒙松，他待在这里就没有必要，他就得重新考虑生活计划。他还没来得及琢磨自己的心情，房门突然开了，传来刑事犯更嘈杂的喧哗（今天他们那里出了一件不平常的事），紧接着玛丝洛娃走了进来。

她快步走到聂赫留朵夫跟前。

“是谢基尼娜叫我来的。”玛丝洛娃在他身边站住，说。

“是的，我有话要跟您说。您请坐。西蒙松跟我谈过话了。”

玛丝洛娃双手放在膝盖上，坐下来，样子很镇定，但聂赫留朵夫一提到西蒙松的名字，她的脸就涨得通红。

“他跟您说了些什么？”她问。

“他告诉我，他想跟您结婚。”

玛丝洛娃的脸顿时皱起来，现出痛苦的神色。她什么也没有说，只是垂下了眼睛。

“他要征得我的同意，或者听听我的想法。我说这事全得由您做主，由您决定。”

“哦，这是怎么一回事？何必这样呢？”她说，用那种一向使聂赫留朵夫特别动心的斜睨瞧了瞧他的眼睛。他们默默地对视了几秒钟。这种目光对双方都含义深长。

“这事应当由您决定。”聂赫留朵夫又说了一遍。

“我有什么可决定的？”玛丝洛娃说，“一切都早已决定了。”

“不，您应当决定接受不接受西蒙松的求婚。”聂赫留朵夫说。

“像我这样一个苦役犯怎么能做人家的老婆？我何必把西蒙松也给毁了呢？”她皱起眉头说。

“嗯，要是能获得特赦呢？”聂赫留朵夫说。

“哎，您别管我。我没有什么话要说了。”她说着站起来，走了出去。

18

聂赫留朵夫跟着玛丝洛娃回到男犯牢房，看见那里人人都很激动。纳巴托夫平时到处走动，同每个人交往，留心观察各种动静，这会儿给大家带来一个惊人消息：他在墙上发现被判苦役的革命家彼特林写的条子。大家都以为彼特林早已到了卡拉河流域，如今发现他不久前才同刑事犯一起路过此地。

“八月十七日我单独同刑事犯一起上路。涅维罗夫原先跟我一起，可他在喀山疯人院里上吊了。我身体健康，精神饱满，希望万事如意。”他在条子里这样写着。

大家都在讨论彼特林的处境和涅维罗夫自杀的原因。克雷里卓夫却聚精会神，一声不吭，他那双炯炯有神的眼睛直瞪着前方。

“我丈夫对我说过，涅维罗夫关押在彼得保罗要塞时就精神错乱，看见鬼魂。”艾米丽雅说。

“是啊，他是个诗人，是个幻想家，这样的人蹲单身牢房是受不了的。”诺伏德伏罗夫说。“我蹲单身牢房的时候，就不让自己胡思乱想，总是最有条有理地安排时间，因此总能熬过去。”

“有什么不好熬的？叫我蹲牢房，我总是挺高兴的，”纳巴托夫激昂地说，显然想驱散阴郁的气氛。“本来总有点儿提心吊胆，唯恐自己被捕，牵累别人，坏了事业；一旦坐牢，就什么责任都不用负，可以歇一口气。你就坐下来抽抽烟吧。”

“你跟他很熟吗？”谢基尼娜不安地打量着克雷里卓夫那张顿时变色的瘦脸，问道。

“涅维罗夫是个幻想家！”克雷里卓夫突然上气不接下气地说，仿佛他刚叫嚷或者歌唱了好一阵。“涅维罗夫这个人哪，就像我们的门房说的那样，**天下少见**……对了……这是个像水晶一样通体透明的人。是啊，他不仅不会撒谎，甚至不会作假。他不仅脸皮薄，浑身上下就像被剥掉皮似的，每根神经都暴露在外面。是啊……他的个性复杂得很，可不是那种……唉，说这些有什么用！”他沉默了一阵。“我们争论究竟该怎么办，”他怒气冲冲地皱着眉头说，“是先教育人民，再改变生活方式呢，还是先改变生活方式，再教育人民？再有，我们争论该怎样斗争：开展和平宣传，还是采用恐怖手段？是啊，我们老是争论不休。可他们并不争论，他们懂得该怎么办。死掉几十个人，几百个人，而且都是多么好的好人，但他们不在乎！相反，他们巴不得好人都死掉。对了，赫尔岑说，十二月党人一被取缔，整个社会的水平就下降了。哼，怎么能不下降呢！后来，连赫尔岑和他那辈人都被取缔了，如今又轮到涅维罗夫这些人……”

“人是消灭不光的，”纳巴托夫激昂地说，“总有人会留下来的。”

“不，要是我们姑息**他们**的话，就不会有人留下来，”克雷里卓夫提高嗓门，不让人家打断他的话，说。“给我一支烟。”

“抽烟对你可不好哇，阿纳托里，”谢基尼娜说，“请你别抽了。”

“哼，你别管！”他怒气冲冲地说，吸起烟来，但立刻咳嗽，恶心得像要呕吐。他吐了一口唾沫，继续说，“我们干得不对头，是啊，不对头。不要光发发议论，应该把所有的人都团结起来……去把他们消灭掉。就是这样。”

“不过他们也都是人哪！”聂赫留朵夫说。

“不，他们不是人，只要干得出他们干的那种事，就不是人……嗯，听说有人发明了炸弹和飞艇。我说，我们要坐着飞艇飞上天，在他们头上扔炸弹，把他们像臭虫一样统统消灭掉……是啊，因为……”他正要说下去，可是忽然脸涨得通红，咳得更厉害，接着吐出鲜血来。

纳巴托夫跑到外面去取雪。谢基尼娜拿来缬草酊给他吃，可是他闭上眼睛，伸出一只苍白的瘦手把她推开，沉重而急促地喘着气。等到雪和凉水使他稍微镇静下来，大家扶他睡好，聂赫留朵夫就同大家告辞，跟那个早就来接他的军士一起回去。

刑事犯这时都已安静，大多睡着了。尽管牢房里板铺上和板铺下都睡了人，过道里也睡了人，还是容纳不下所有的囚犯，因此有一部分就头枕着包裹，身上盖着潮湿的囚袍，睡在走廊地板上。

从牢房门里，从走廊里，都有打鼾声、呻吟声和梦呓声传出来。到处可以看见身上盖着囚袍的身体，密密麻麻地挤在一起。只有在刑事犯的单身牢房里，有几个人没有睡，他们在墙角围着一个蜡烛头坐着，一看见士兵走过，就把它熄灭。有一个老头儿坐在走廊的灯下，光着身子捉衬衫上的虱子。政治犯牢房里病菌弥漫的空气，同这里臭气熏天的恶浊空气相比，似乎干净多了。那盏冒烟的油灯看上去仿佛在雾中发亮。人在这里呼吸都感到困难。穿过这条走廊，要不踩着或者绊着睡着的人必须先看清前面什么地方可以落脚，然后再找下一步落脚的地方。有三个人显然在走廊里也没有找到空地方，只得躺在门廊里，靠近一个从裂缝里渗出粪汁来的臭烘烘的便桶。其中一个是聂赫留朵夫在旅途上常常见到的痴老头儿。另外有个十岁的男孩，他躺在两个男犯中间，一只手托着脸颊，头枕在一个男犯的腿上。

聂赫留朵夫走出大门，停住脚步，挺起胸脯，久久地使劲呼吸着冰凉的空气。

19

户外星光灿烂。聂赫留朵夫沿着上了冻、只有少数几处还有泥泞的道路回到客店，敲敲没有灯光的窗子，肩膀宽阔的茶房光着脚出来给他开门，放他进门廊。从门廊右首的披屋里发出马车夫响亮的鼾声；前面院子里传来许多马匹咀嚼燕麦的声音。左边有一道门，通向一间干净的正房。在这个干净的正房里弥漫着苦艾和汗酸的味儿，隔板后面，不知谁的强壮肺部发出均匀的鼾声，神像前面点着一盏红玻璃罩的神灯。聂赫留朵夫脱去衣服，把方格毛毯铺在漆布面子的沙发上，放好皮枕头，躺下来，头脑里重温着这一天的见闻。在聂赫留朵夫今天看到的各种景象中，最可怕的是那个头枕着男犯大腿、躺在便桶里渗出的粪汁中的男孩。

今晚他同西蒙松和卡秋莎的谈话虽然很意外，而且关系重大，但他不再考虑这件事。他同这件事的关系太复杂了，前途很难预料，因此索性不去想它。然而他越来越生动地想起那些不幸的人，他们在恶浊的空气里喘息，在便桶渗出的粪汁中睡觉，特别是那个睡在男犯腿上的天真孩子的影子一直萦回在他的脑海里。

知道远处有人在折磨另一些人，使他们受到各种腐蚀、非人的屈辱和苦难，这是一回事。在三个月中连续不断地目睹一些人腐蚀和折磨另一些人，那可完全是另一回事。聂赫留朵夫现在就有这样的体会。他在这三个月中不断地问自己："到底是我疯了，所以才看到人家看不到的事，还是做出我所看到那些事的人疯了？"不过，既然做出那些惊人和可怕的事的人（他们的人数是那么多）都心安理得，满心相信他们的行为不仅必要，而且十分有益，那就不能说他们是疯子；但他也无法自认为疯子，因为觉得自己头脑清楚。就因为这个缘故，他一直感到困惑不解。

这三个月的见闻，使聂赫留朵夫得出这样的印象：一些人利用法院和行政机关，从自由人中间抓走一批最神经质、最激烈、最容易冲动、最有才气和最坚强的人。这批人不像人家那么狡猾和小心，对社会却不比享有自由的人更有罪，更危险。首先，这批人被关在牢里，被迫流放，服苦役，成年累月无所事事，衣食无虞，但脱离自然，脱离家庭，脱离劳动，也就是脱离人类的自然生活和精神生活。第二，他们在那里遭到种种莫须有的屈辱，例如戴上镣铐，剃阴阳头，穿上可耻的囚服，也就是被剥夺了过良好生活的主要动力：舆论影响、羞耻心和自尊心。第三，他们经常有丧命的危险，因为监禁地疫病流行，再加劳累过度，横遭毒打，至于中暑、水淹、火灾，那就更不用说了。处身在这样的环境里，就连品德最高尚、心地最善良的人，也会出于自卫的本能干出惨无人道的事来，并且会原谅别人干那样的事。第四，他们被迫同那些生活极端腐化（尤其是处身在这样的环境里）的淫棍、凶手和歹徒朝夕相处，于是极端腐化分子对还没有完全腐化的人，就像酵母对面团一样，起了发酵作用。最后，凡是身受这种影响的人，无不通过各种最有力的方式——通过人家强加到他们头上的惨无人道的行为，例如虐待儿童、妇女、老人，殴打，用树条或皮鞭抽打，奖励凡是活捉或击毙逃犯的人，拆散夫妻，促使有夫之妇和有妇之夫与人私通，枪毙，绞刑等方式——使人懂得一个道理：各种暴行、酷行、兽行，只要对政府有利，不仅不会遭到禁止，反会得到政府的许可，而这类暴行加在丧失自由、贫困不幸的人身上，那就更是合法的了。

所有这些办法仿佛都是精心设计出来的，以便制造在其他条件下不可能产生的极端腐化和罪恶，并且把它最大规模地传布到全民中去。“简直像规定任务似的，要用最有成效的方式尽量多腐蚀一些人。”聂赫留朵夫分析监狱和流放途中的见闻，想。年年都有成千上万的人被极度腐蚀，等他们腐化透了，又被释放出狱，以便把他们在监狱里沾染的恶习传布到全民中间去。

在秋明、叶卡捷琳堡和托木斯克等地的监狱里，在流放旅站上，聂赫留朵夫看到这个由社会本身提出的目标正在顺利地达到。本来具有俄国社会道德、农民道德、基督教道德的普通人，如今都放弃那些道德，而接受了监狱里所流行的道德，主要认为一切对人的凌辱、暴行和残杀，只要有利可图，都是可以容许的。凡是在监狱里待过的人，通过切身体会都深深懂得，教会和道德大师所宣扬的尊重人和怜悯人的道德，在实际生活中都已被废弃，因此无需遵循。聂赫留朵夫在他所认识的犯人身上都看到了这一点，不论是费多罗夫，玛卡尔，还是塔拉斯。塔拉斯在流放途中同犯人们一起待了两个月，他那道德沦丧的观点使聂赫留朵夫大为吃惊。聂赫留朵夫一路上听人说，有些流浪汉往原始森林逃跑，还怂恿同伴跟他们一起跑，然后把他们杀死，吃他们的肉。他亲眼看见一个人被控犯了这种罪，而且自己直认不讳。最骇人听闻的是，这类吃人事件并非绝无仅有，而是一再发生。

只有经监狱和流放地特殊培养而产生的恶习，才能使一个俄罗斯人堕落成为无法无天的流浪汉，他们的思想甚至超过尼采的最新学说，对什么事都没有顾虑，真是百无禁忌，并且把这种理论传布给犯人，然后再扩散到全体人民中去。

目前这一切行为，照书本里的解释，完全是为了制止罪行，实施警戒，改造罪犯，依法惩办。但在实际生活中，根本不存在上述这四种作用。这样做不仅不能制止罪行，反而传布罪行。这样做不仅不能实施警戒，反而鼓励犯罪，许多人就像流浪汉那样自愿投狱。这样做不仅不能改造罪犯，反而把各种恶习系统地传染给别人。政府的处分不仅不能减少报复，反而在人民中间培养这种情绪。

“那他们究竟为什么要这样做呢？”聂赫留朵夫问自己，但是找不到答案。

最使他感到惊奇的是，这一切并非意外，也不是由于误会，不是偶尔一遭，而是几百年来司空见惯的现象，差别只在于以前是对犯人削鼻子割耳朵，后来在犯人身上打烙印，拴在铁杆子上，现在则用脚镣手铐，运送犯人不用大车而用轮船火车。

政府官员对聂赫留朵夫说，那些使他气愤的事都是由于监禁和流放地设备不完善造成的，一旦新式监狱建成，情况就会得到纠正。这种解释不能使他满意，因为使他气愤的并非监禁地完善不完善的问题。他读过塔尔德的著作，那里谈到改良监狱装有电铃，使用电刑，而那种经过改良的暴行却使他更加气愤。

使聂赫留朵夫气愤的，主要是法院和政府机关里坐着一批官僚，他们领取从人民头上搜刮来的高薪，查阅由同一类官僚出于同一类动机所写成的法典，把凡是违反他们所制定的法律的行为纳入各种法律条文，然后根据这些条文把人送到他们看不见的地方，而那些人在残酷粗暴的典狱长、看守和法警的肆意虐待下，成千上万地在精神上和肉体上死亡。

聂赫留朵夫进一步了解了监狱和旅站的情况后，看出犯人中间蔓延的恶习：酗酒、赌博、暴行和其他骇人听闻的罪行，包括人吃人在内，都不是偶然现象，也不像那些头脑僵化的学者为了袒护政府而硬说他们是退化、犯罪型或者畸形发展，而是人可以惩罚人这种谬论造成的必然后果。聂赫留朵夫看出，人吃人这种事不是起源于原始森林，而是起源于政府各部、各委和各局，只不过最后在原始森林里结束罢了。他看出，像他姐夫那样的人，以及所有的法官和其他文官，从民事执行吏到大臣，他们根本不关心平时挂在嘴上的正义和人民福利，他们人人追求的无非是卢布，那种由于他们出力造成腐化和苦难因而赏给他们的卢布。这是显而易见的。

“难道这一切都是由于误会吗？怎样才能使那些官僚不再干他们现在所干的事？情愿照样发给他们薪金，甚至外加奖金……”聂赫留朵夫想。他在这样思考中听到鸡啼第二遍，尽管他的身体一动，跳蚤就像喷泉一样纷纷落到身上，他还是沉酣地睡着了。

20

聂赫留朵夫醒来时，马车夫都早已上路。老板娘喝够了茶，用手绢擦擦汗淋淋的粗脖子，走进房间来说，旅站上有个士兵送来一封信。信是谢基尼娜写的。她说克雷里卓夫这次发病比他们预料的更严重。“我们一度想把他留下，自己也留下来陪他，可是没有得到许可。我们就带着他上路，可是怕他路上出事。请您到城里去疏通一下，要是能让他留下，我们当中也留下一个人来陪他。如果因此需要我嫁给他，那我也情愿。”

聂赫留朵夫打发跑堂的到驿站去叫马车，自己赶紧收拾行李。他还没有喝完第二杯茶，就有一辆带铃铛的三驾驿车来到大门前。驿车车轮在冰冻的泥地上滚动，就像在石板路上那样隆隆作响。聂赫留朵夫给粗脖子的老板娘付清了账，匆匆走出门，在马车软座上坐下，吩咐车夫尽可能快赶，一心想追上那批犯人。他在离牧场大门不远处果然赶上了他们的大车。大车载着袋子和病人，在冰冻的泥地上辘辘行进。押解官不在这里，他赶到前头去了。士兵们显然喝过酒，兴致勃勃地谈天说地，跟着车队，走在路的两边。车辆很多。前头的大车每辆坐着六个刑事犯，很拥挤。后头的大车每辆坐着三个人，都是政治犯。最后一辆大车上坐着诺伏德伏罗夫、格拉别茨和玛尔凯。倒数第二辆上坐着艾米丽雅、纳巴托夫和一个害风湿症的虚弱女人。谢基尼娜把自己的座位让给她了。倒数第三辆铺着干草和枕头，上面躺着克雷里卓夫。谢基尼娜就坐在他旁边的驭座上。聂赫留朵夫吩咐车夫在克雷里卓夫旁边停下来，自己向他走去。一个酒意十足的押解兵向聂赫留朵夫摆摆手，但聂赫留朵夫不理他，径自走到大车跟前，拉住大车的木柱，在旁边走着。克雷里卓夫身穿土皮袄，头戴羔皮帽，嘴上包着一块手绢，看上去更加消瘦和苍白。他那双好看的眼睛显得更大更亮。他的身子在大车上微微摇晃，眼睛盯着聂赫留朵夫。聂赫留朵夫问他健康情况，他只是闭上眼睛，生气地摇摇头。他的全部精力显然因大车颠簸消耗光了。谢基尼娜坐在大车另一边，她向聂赫留朵夫意味深长地使了个眼色，表示对克雷里卓夫的情况很忧虑，接着就用快乐的声调说起话来。

“那军官大概感到不好意思了，”她大声说，好让聂赫留朵夫在辘辘的车轮声中听清她的话，“他们给布卓夫金去了手铐。现在他自己抱着女儿，卡秋莎和西蒙松跟他们一块儿赶路，薇拉接替了我的位子，也跟他们在一起。”

克雷里卓夫指着谢基尼娜说了一句话，可是谁也听不清。他皱起眉头，显然在忍住咳嗽，接着摇摇头。聂赫留朵夫把头凑过去，想听清他的话。于是克雷里卓夫从手绢里露出嘴来，喃喃地说：“现在好多了。只要不着凉就行。”

聂赫留朵夫肯定地点点头，同谢基尼娜交换了一个眼色。

“哦，三个天体的问题怎样了？”克雷里卓夫又喃喃地说，吃力地苦笑了一下，“不容易解决吧？”

聂赫留朵夫不明白他的话，谢基尼娜就向他解释说，这原是一个确定日、月、地球三个天体关系的著名数学问题，克雷里卓夫开玩笑，把聂赫留朵夫、卡秋莎和西蒙松的关系比作那个问题。克雷里卓夫点点头，表示谢基尼娜正确地解释了他的玩笑。

“解决这问题的关键不在我。”聂赫留朵夫说。

“您接到我的信了？这事您肯办吗？”谢基尼娜问。

“我一定去办。”聂赫留朵夫说。他发现克雷里卓夫脸上有点儿不高兴，就回到自己的马车那里，在凹陷的车座上坐下，双手扶住马车两侧，因为道路坎坷不平，车子颠簸得很厉害。他开始追赶身穿囚服囚袍、戴脚镣和双人手铐的囚犯队伍。这个队伍伸展有一俄里长。聂赫留朵夫认出道路另一边有卡秋莎的蓝头巾、薇拉的黑大衣和西蒙松的短上衣、绒线帽和扎着带子的白羊毛袜。西蒙松跟妇女们并排走着，嘴里起劲地讲着什么事。

妇女们看见聂赫留朵夫，都向他点头招呼，西蒙松彬彬有礼地举了举帽子。聂赫留朵夫同他们没有话要说，就没有停车，一直赶到他们前头去。他的马车又来到坚固的大路上，走得快多了，但为了超车，得不时离开大路，绕过长长的车队，赶到前头去。

这条车辙纵横的大路通到一座阴暗的针叶树林。道路两旁，桦树和落叶松还没有落叶，现出耀眼的土黄色。这段路走了一半，树林就没有了，道路两边都是田野，出现了修道院的金十字架和圆顶。天气放晴了，云都消散了，太阳高高地升到树林上空，潮湿的树叶、水塘、圆顶和教堂的十字架都在阳光下熠熠发亮。右前方，在灰蒙蒙的天边，现出白乎乎的远山。聂赫留朵夫的三驾马车来到城郊一个大村子。街上满是人：有俄罗斯人，也有戴着古怪帽子、穿着古怪服装的少数民族。喝醉酒的和没有喝过酒的男男女女群集在商铺、饭店、酒馆和货车旁边，吵吵嚷嚷。城市显然不远了。

车夫给了右边骖马一鞭子，紧了紧缰绳，侧身坐在驭座上，好让缰绳往右边收。他显然想显显身手，把马车赶得在大街上飞跑，也不放慢速度，一直跑到河边的渡口。这时渡船正在水流湍急的河心，从那边划过来。这边渡口大约有二十辆大车等着过河。聂赫留朵夫没有等很多工夫。渡船远远地划到上游，又被急流冲下来，不多一会儿就靠拢木板搭成的码头。

几个船夫都生得身材高大，肩膀宽阔，肌肉发达。他们穿着羊皮袄和长筒靴，默默无言，熟练地甩出缆索，套在木桩上，放下船板，让停在船上的车辆上岸，再把候船的车辆装到船上，让渡船装满车辆和马匹。宽阔湍急的河水拍打着渡船的两舷，把缆索绷紧。等渡船装满旅客，聂赫留朵夫的车子和卸下的马匹，在周围大车的拥挤下，在渡船边上停住，船夫就关上船板，也不理睬没有上船的旅客的要求，解开缆索开船。渡船上一片寂静；但听得船夫沉重的脚步声和马匹倒换蹄子踩响船板的声音。

21

聂赫留朵夫站在渡船边上，眼睛望着宽阔湍急的河水。两个形象在他的头脑里交替出现着：一个是垂死的克雷里卓夫。他满脸怒容，脑袋被大车颠得直摇晃；一个是精神抖擞地同西蒙松一起在路边走着的卡秋莎。一个形象使他沉重而悲伤，那就是濒临死亡而不愿死去的克雷里卓夫。另一个形象是生气勃勃的卡秋莎，她获得西蒙松这样好人的爱，走上了稳当可靠的善的道路。这本是件喜事，但聂赫留朵夫却觉得难受，而且无法克服这样的感觉。

城里教堂的大铜钟敲响了，颤动的钟声荡漾在水面上。站在聂赫留朵夫身旁的马车夫和所有赶大车的一个个脱下帽子，在胸前画了十字。只有站在栏杆旁的一个个儿不高、头发蓬乱的老头儿没有画十字，只是抬起头来，眼睛直盯着聂赫留朵夫，而聂赫留朵夫起初并没有注意到他。这老头儿身穿一件打过补丁的短褂和一条粗呢裤，脚蹬一双补过的长筒靴。他的肩上背着一个不大的口袋，头上戴着一顶破皮帽。

“老头子，你怎么不做祷告？”聂赫留朵夫的马车夫戴上帽子，拉拉正，问他说，“莫非你不是基督徒吗？”

“叫我向谁祷告？”头发蓬乱的老头儿生硬地还嘴说。他说得很快，但每个字都说得很清楚。

“当然是向上帝啰！”马车夫含嘲带讽地说。

“那你倒指给我看看，他在哪儿？上帝在哪儿？”

老头儿的神气那么严肃坚决，马车夫觉得他是在同一个刚强的人打交道，有点儿心慌，但表面上不动声色，竭力不让老人的话堵住自己的嘴，在那么多人面前丢脸，就连忙回答说：“在哪儿？当然是在天上。”

“那你去过那儿吗？”

“去过也罢，没去过也罢，反正大家都知道该向上帝祷告吧。”

“谁也没在什么地方见过上帝。那是活在上帝心里的独生子宣告的。”老头儿恶狠狠地皱起眉头，急急地说。

“看样子你不是基督徒，你是个洞穴教徒。你就向洞穴祷告吧！”马车夫说，把马鞭柄插到腰里，扶正骖马的皮套。

有人笑起来。

“那么，老大爷，你信什么教呢？”站在船边大车旁一个上了年纪的人问。

“我什么教也不信。除了自己，我谁也不信，谁也不信。”老头儿还是又快又果断地回答。

“一个人怎么可以相信自己呢？”聂赫留朵夫插嘴说，“这样会做错事的。”

“我这辈子从没做过错事。”老头儿把头一扬，断然地回答。

“世界上怎么会有各种宗教呢？”聂赫留朵夫问。

“世界上有各种宗教，就因为人都相信别人，不相信自己。我以前也相信过人，结果像走进原始森林一样迷了路。我完全迷失方向，再也找不到出路。有人信旧教，有人信新教，有人信安息会，有人信鞭身教，有人信教堂派，有人信非教堂派，有人信奥地利教派，有人信莫罗勘教，有人信阉割派。各种教派都夸自己好。其实他们都像瞎眼的狗崽子一样，在地上乱爬。信仰很多，可是灵魂只有一个。你也有，我也有，他也有。大家只要相信自己的灵魂，就能同舟共济。只要人人保持本色，就能齐心协力。”

老头儿说得很响，不住地往四下里打量，显然希望有更多的人听他说话。

“哦，您这样说教有好久了吗？”聂赫留朵夫问他。

“我吗？好久了。我已受了二十三年的迫害。”

“怎么个迫害法？”

“他们迫害我，就像当年迫害基督那样。他们把我抓去吃官司，又送到教士那儿，送到读书人那儿，送到法利赛人那儿。他们还把我送到疯人院。可是他们拿我毫无办法，因为我是个自由人。他们问我：‘你叫什么名字？’他们以为我会给自己取个名字，可我什么名字也不要。我放弃一切，我没有名字，没有居留地，没有祖国，什么也没有。我就是我。我叫什么名字？我叫人。人家问我：‘你多大岁数？’我说我从来不数，也无法数，因为我过去、现在、将来永远存在。人家问我：‘那么你的父母是谁？’我说，我没有父母，只有上帝和大地。上帝是我父亲，大地是我母亲。人家问我：‘你承认不承认皇上？’我为什么不承认。他是他自己的皇上，我是我自己的皇上。他们说：‘简直没法跟你说话。’我说，我又没求你跟我说话。他们就是这样折磨人。”

“那么您现在到哪儿去？”聂赫留朵夫问。

“听天由命。有活儿我就干活儿，没有活儿我就要饭。”老头儿发现渡船就要靠岸，得意扬扬地扫了一眼所有听他讲话的人，结束说。

渡船在对岸停住了。聂赫留朵夫掏出钱包，给老头儿一点儿钱。老头儿拒绝了。

“这我不拿。面包我拿的。”他说。

“哦，对不起。”

“没什么对不起的，你又没有得罪我。其实，要得罪我也办不到，”老头儿说着，动手把放下的口袋背到肩上。这时聂赫留朵夫的驿车已套上马，上了岸。

“老爷，您还有胃口跟他废话，”马车夫等聂赫留朵夫给了身强力壮的船夫酒钱，坐上车，就对他说。“哼，这个流浪汉不正派！”

22

马车上了斜坡，车夫转过身来问道：“送您到哪一家旅馆哪？”

“哪一家好些？”

“最好的要数西伯利亚旅馆了。要不玖可夫旅馆也不错。”

“那就随便吧。”

马车夫又侧身坐上驭座，加速赶车。这个城市也同所有俄国城市一样，有带阁楼的房子和绿色的屋顶，有一座大教堂，有小铺子，大街上有大商店，甚至还有警察。只不过房屋几乎都是木头造的，街道没有铺石子。到了最热闹的街道，车夫就把车停在一家旅馆门口。可是这家旅馆没有空房间，只得到另一家。这另一家旅馆还有一个空房间。这样，聂赫留朵夫两个月来才第一次来到他生活惯的清洁舒服的环境里。尽管聂赫留朵夫租用的房间算不上奢侈，但在经历了驿车、客店和旅站的生活以后还是感到十分舒适。他得首先清除身上的虱子，因为自从他进出旅站以来，从来没有彻底清除过。他安置好行李，立刻到澡堂子洗澡，然后换上城里人装束，穿了浆硬的衬衫、压皱的长裤、礼服和大衣，出去拜会当地长官。旅馆看门人叫来一辆街头马车。那是一辆吱嘎作响的四轮马车，套着一匹膘肥力壮的吉尔吉斯高头大马。车夫把聂赫留朵夫送到一所富丽的大厦门前，门口站着几个卫兵和警察。宅前宅后都是花园，园里的白杨和桦树的叶子都已凋落，露出光秃的树枝，但其中夹杂着的枞树、松树和冷杉却枝叶茂密，苍绿可爱。

将军身体不舒服，不见客。聂赫留朵夫还是要求听差把他的名片送进去。听差回来，带来满意的答复："将军有请。"

前厅、听差、传令兵、楼梯和擦得亮光光的铺着镶木地板的客厅都同彼得堡差不多，只是肮脏些，古板些。聂赫留朵夫被带到书房里。

将军脸孔浮肿，鼻子像土豆，额上有几个疙瘩，头顶光秃，眼睛底下挂着眼袋，是个多血质的人。他身穿一件鞑靼式绸袍，手拿一支香烟，坐在那里用一只带银托的玻璃杯喝茶。

"您好，阁下！我穿着睡袍见客，请不要见怪，不过总比不见好，"他说，拉起长袍盖住他那后颈上堆起几道胖肉的粗脖子，"我身体不太好，没有出门。什么风把您吹到我们这个偏僻的小城来了？"

"我是随一批犯人来的，其中有个人跟我关系密切，"聂赫留朵夫说。"我现在来求阁下帮忙，部分就是为了这个人，另外还有一件事。"

将军深深地吸了一口烟，呷了一口茶，把香烟在孔雀石烟灰碟上揿灭了，用他那双狭小浮肿、炯炯有神的眼睛盯住聂赫留朵夫，一本正经地听着。他只打断聂赫留朵夫一次，问他要不要吸烟。

有些有学问的军人，往往认为自由主义思想和人道主义思想可以同他们的职业调和。这位将军就是那种人。但他生性聪明善良，不久就发觉这是根本不可能调和的。为了解除经常出现的内心苦恼，他越来越沉湎于军人中盛行的酗酒恶习，如今在担任了三十五年军职以后，他就成了医生们所谓的嗜酒成癖者。他浑身细胞都渗透了酒精。他什么酒都喝，只要能觉得醺醺然就好。喝酒已成为他生活的绝对需要，不喝酒他就无法过日子。每天他到傍晚总是喝得烂醉，但这种状态他已习惯，因此走路不会摇晃，说话也不至于太不成体统。即使说出什么蠢话来，由于他地位显赫，人家反而会把它当作警世格言。只有在聂赫留朵夫找他的那种早晨时光，他才像个头脑清醒的人，能听懂人家的话，证实他那句心爱的谚语："喝酒不糊涂，难能又可贵。"最高当局知道他是个酒鬼，但他受的教育毕竟比别人多一点儿（尽管他的学识仍停留在酗酒成瘾前的水平），而且为人胆大、灵活、威严，即使喝醉酒也不会丧失身份，因此让他一直留在这个显要的位子上。

聂赫留朵夫告诉他，他所关心的人是个女的，她被错判了罪，为她的事已递了御状。

“哦！那又怎么样？”将军说。

“彼得堡方面答应我，有关这女人命运的消息最迟这个月通知我，通知书将寄到这里……”

将军依旧盯住聂赫留朵夫，伸出指头很短的手，按了按桌上的铃，然后嘴里喷着烟，特别响亮地清了清喉咙，又默默地听下去。

“因此我有个要求，如果可能的话，在没有收到那个状子的批复以前暂时把她留在此地。”

这时候，一个穿军服的听差勤务兵，走了进来。

“你去问一下，安娜·瓦西里耶夫娜起来了没有，”将军对勤务兵说，“另外再送点儿茶来。那么，您还有什么事吗？”将军问聂赫留朵夫。

“我还有一个要求，”聂赫留朵夫说，“牵涉到这批犯人中的一个政治犯。”

“哦，是这么回事！”将军意味深长地点点头说。

“他病得很厉害，人都快死了，得把他留在这儿的医院里。有一名女政治犯愿意留下来照顾他。”

“她不是他的亲属吧？”

“不是，但只要能让她留下来照顾他，她准备嫁给他。”

将军那双炯炯有神的眼睛一直盯着聂赫留朵夫，默默地听着，显然想用这种目光逼得对方局促不安。他不住地吸着烟。

等聂赫留朵夫讲完，他从桌上拿起一本书，迅速地舔湿手指，翻动书页，找到有关结婚的条款，看了一遍。

“她判的是什么刑？”他抬起眼睛问。

“她判的是苦役。”

“哦，要是判了这种刑，即使结了婚，也不能改善待遇。”

“可是您要知道……”

“请您让我把话说完。即使一个自由人同她结了婚，她照样得服满她的刑。这儿有个问题：谁判的刑更重，是他呢，还是她？”

“他们两人都判了苦役。”

“嘿，那倒是门当户对了！”将军笑着说。“他什么待遇，她也什么待遇。他有病可以留下来，”他继续说，“而且当然会设法尽量减轻他的痛苦。不过她即使嫁给他，也不能留在此地……”

“将军夫人正在喝咖啡。”勤务兵报告说。

将军点点头，继续说：“不过再让我考虑一下。他们叫什么名字？请您写在这儿。”

聂赫留朵夫写下他们的名字。

“这事我也无能为力。”将军听到聂赫留朵夫要求同病人见面，这样说。“对您我当然不会怀疑，”他说，“您关心他，关心别的人，您又有钱。在我们这里确实钱能通神。上面要我彻底消灭贿赂。可如今大家都在接受贿赂，怎么消灭得了？官位越小，贿赂收得越多。唉，他在五千俄里外受贿，怎么查得出来？他在那边是个土皇帝，就像我在这儿一样，”他说到这里笑了起来，“不过您大概常跟政治犯见面吧，您给了钱，他们就放您进去，是吗？”他笑嘻嘻地说，“是这么回事吧？”

“是的，确实是这样。”

“我明白您非这样做不可。您想见见那个政治犯，您可怜他，于是典狱长或者押解兵就接受贿赂，因为他的薪水只有那么几个钱，他得养家活口，非接受贿赂不可。我要是处在他的地位或者您的地位，我也会那么办的。可就我的地位来说，我不能容许自己违反最严格的法律条文，要不我也是个人，也会动恻隐之心的。可我是个执法官，凭一定条件才得到信任，我不能辜负这种信任。好吧，这事就到此为止。那么，现在您给我讲讲，你们京城里有些什么新闻？”

于是将军就开始发问，同时自己也发表意见，分明既想听听新闻，又想显示自己的知识和人道主义精神。

23

“哦，请问您在哪里下榻？在玖可夫旅馆吗？哦，那地方真是糟透了。回头您到我这儿来吃饭吧，”将军一面送走聂赫留朵夫，一面说，“下午五点钟。您会说英语吗？”

“会，会说。”

“哦，那太好了。不瞒您说，我们这儿来了一个英国人，是个旅行家，他在研究西伯利亚流放和监狱的情况。今天他要到我们这儿来吃饭，您也来吧。我们五点钟开饭，我妻子要求严格遵守时间。至于怎样处理那个女人，还有那个病人，我下午给您答复。也许可以留下一个人来照顾他。”

聂赫留朵夫辞别将军，心情特别振奋，就乘车到邮政局去。

邮政局设在一个低矮的拱顶房间里，几名邮务员坐在斜面办公桌后，把邮件分发给聚集在那里的人群。一个邮务员歪着脑袋，熟练地把一个个信封拉到面前，不停地打上邮戳。聂赫留朵夫没有久等，他一说出名字，就有一大堆邮件交到他手里。其中有汇款，有几封信，有几本书，还有最近一期的《祖国纪事》[①]。聂赫留朵夫收下信，走到木板长凳那边。长凳上坐着一个士兵，手里拿着一本小册子，正在等着领什么东西。聂赫

① 彼得堡出版的学术、文学、政治综合性月刊，大部分出版内容倾向进步。

留朵夫在他旁边坐下，翻阅收到的信。其中有一封是挂号信，信封很讲究，上面还盖有字迹清楚的鲜红火漆印。他拆开信封，看到信是谢列宁写的，还附着一份公文，血顿时涌上脸孔，心脏也缩紧了。这就是关于卡秋莎案的批复。是个怎样的批复？难道是驳回吗？聂赫留朵夫匆匆看了一下字迹很小、难以辨认、但笔力刚健的信，不由得高兴地舒了一口气。批复是令人满意的。

“亲爱的朋友！”谢列宁写道，“你上次同我的谈话给我留下深刻印象。关于玛丝洛娃一案，你的意见是正确的。我仔细查阅了这个案件，看出她受到不白之冤，确实令人愤慨。这事只能由你递交状子的上诉委员会来改正。我协助了他们裁决这个案件，现随信寄上减刑公文的副本，地址是叶卡吉琳娜·伊凡诺夫娜伯爵夫人给我的。公文正本已送往她当初受审的监禁地，即将转到西伯利亚总署。我赶紧把这个喜讯告诉你。友好地握你的手。你的谢列宁。”

公文内容如下：“皇帝陛下受理上告御状办公厅。案由某某号，案卷某某号。某某科，某年，某月，某日。奉皇帝陛下受理上告御状办公厅主任令，兹特通知小市民叶卡吉琳娜·玛丝洛娃，皇帝陛下披阅玛丝洛娃御状，体恤下情，恩准所请，着将该犯所判苦役改为流放，在西伯利亚较近处执行。”

这是一个大喜讯。凡是聂赫留朵夫希望为卡秋莎和自己做到的事，如今都已实现了。不错，她的地位发生了变化，他同她的关系也变得复杂了。以前她是个苦役犯，他提出要同她结婚，也只能徒具形式，至多稍稍改善她的处境罢了。如今可没有什么东西妨碍他们生活在一起了。可是聂赫留朵夫还没有做好这样的准备。再说，她同西蒙松的关系又怎么办呢？她昨天那番话究竟是什么意思？要是她同意跟西蒙松结合，这究竟是好事还是坏事？这些问题他怎么也搞不清楚，就索性不去想它们。“这一切以后都会清楚的，”他想，“现在得赶快去同她见面，把这个喜讯告诉她，把她释放出来。”他以为凭到手的副本就足以办到这一点。他走出邮政局，吩咐车夫把他送到监狱。

尽管将军没有准许上午探监，聂赫留朵夫凭经验知道，在上级长官那里绝对办不到的事，在下级官员那里倒很容易办到，因此决定先到监狱去一下，把这个喜讯告诉卡秋莎，也许就可以把她释放出来，同时打听一下克雷里卓夫的健康情况，并把将军的话转告他和谢基尼娜。

典狱长身材魁伟，威风凛凛，留着唇髭和一直长到嘴角的络腮胡子。他接待聂赫留朵夫很严厉，直率地声称，未经长官批准，他不能让任何人进去探监。聂赫留朵夫说，他在京城里也常去探监。典狱长听了回答说："这很可能，但我不能容许这样做。"他说这话时的口气仿佛还表示："你们这些京城里来的老爷，准以为可以吓唬我们，弄得我们束手无策，可我们虽然身居西伯利亚，也知道严守法纪，还会给你们点儿颜色瞧瞧。"

皇帝陛下办公厅发的公文副本对典狱长也不起作用，他断然拒绝放聂赫留朵夫进监狱。聂赫留朵夫天真地以为他一出示公文副本，玛丝洛娃就可以当场获得释放，不料典狱长只轻蔑地微微一笑，声称要释放任何人犯，必须有他顶头上司的命令。他所能答应的只有一件事，那就是他可以通知玛丝洛娃，说她已获得减刑，一旦接到上级批文，就会立刻把她释放，不会耽搁一个钟头。

关于克雷里卓夫的健康，他也拒绝提供任何情况。他说他连有没有这样一个犯人都不清楚。聂赫留朵夫一无所获，只得坐上马车回旅馆。

典狱长所以这样严厉，主要是因为监狱里收容了比平常多一倍的犯人，拥挤不堪，而且伤寒流行。聂赫留朵夫的马车夫路上告诉他说："监狱里人死得很多，那边流行瘟疫，每天都有二十人被埋葬。"

24

聂赫留朵夫虽然在监狱里碰了壁，但他还是兴奋地乘车去省长办公室，查问玛丝洛娃的减刑公文有没有到达。公文还没有到，因此聂赫留朵夫一回到旅馆，毫不耽搁，立刻写信把这事告诉谢列宁和律师。他写完信，看了看表，已经是去将军家赴宴的时候了。

在路上他又想到，不知道卡秋莎对她的减刑会有什么想法。她将被规定居留在什么地方？他将怎样跟她一起生活？西蒙松将怎么办？她对他究竟抱什么态度？聂赫留朵夫想起她精神上的变化，同时也想起了她的往事。

“必须把那些事忘记，一笔勾销。”他想，连忙把有关她的念头从头脑里驱除掉。“到时候都会见分晓的。”他自言自语，接着考虑他该对将军说些什么。

将军家的宴会十分豪华，显示出富豪和达官的生活排场。这种排场是聂赫留朵夫所习惯的，但他已长期丧失奢侈的享受，甚至连最起码的舒适条件都没有，因此这样的宴会就使他格外愉快。

女主人是位彼得堡的老派**贵夫人**，在尼古拉宫廷里做过女官，法语讲得很流利，讲俄语反而有点儿别扭。她总是身子挺得笔直，两手不论做什么事，臂肘总是贴住腰部。她尊敬丈夫，态度文静而有点儿忧郁；对待客人异常亲切，但程度因人而异。她把聂赫留朵夫当作自己人，待他特别殷勤，奉承他而使人不易察觉。这使聂赫留朵夫重新意识到自己的尊贵，从而感到扬扬得意。她使他觉得西伯利亚之行虽然古怪，却是高尚的，而且他是个与众不同的人。将军夫人这种微妙的奉承和将军家里豪华的生活，使聂赫留朵夫陶醉于漂亮的陈设、美味的食品以及同教养有素的人们愉快周旋之中，仿佛这段时期的生活是一场梦，如今梦醒了，他又回到现实中来。

在筵席上就座的，除了将军的女儿和她丈夫以及将军的副官等家里人，还有一个英国人、一个开采金矿的商人和一个从西伯利亚边城来的省长。聂赫留朵夫觉得这些人都和蔼可亲。

那个英国人身体强壮，脸色红润，法语讲得很差，但英语讲得像演说家一般优美动听。他见多识广，讲到美国、印度、日本和西伯利亚的见闻，使大家都觉得他是个有趣的人。

开采金矿的年轻商人，原是个农民的儿子，如今穿着一身在伦敦定制的燕尾服，衬衫袖子上配着钻石纽扣，家里藏书丰富，为慈善事业捐过很多钱，信奉欧洲自由主义思想，给聂赫留朵夫留下愉快的印象。他是欧洲文化通过教育接种到健康农民身上的一个好标本。

那个边城的省长，原来就是聂赫留朵夫在彼得堡时闹得满城风雨的某局局长[①]。这人长得胖乎乎的，生有稀疏的鬈发和一双温和的浅蓝色眼睛，下身特别肥胖，两只保养得很好的白嫩手上戴满戒指，脸上浮着使人愉快的微笑。男主人特别赏识这位省长，因为在大批惯于受贿的官员中间，唯独他不接受贿赂。女主人热爱音乐，弹得一手好钢琴。她之所以看重这位省长，因为他也是个出色的音乐家，常常同她四手联弹。聂赫留朵夫今天心情特别愉快，连这个人也没使他反感。

副官精力充沛，情绪极好，下巴刮得发青。他处处为人效劳，殷勤的态度很招人喜爱。

不过，聂赫留朵夫最喜爱的还是将军的女儿和她的丈夫这对年轻夫妇。将军的女儿长得并不美，但生性忠厚，全部身心都用在她的头两个孩子身上。她与她丈夫经过自由恋爱而结婚，为此同父母长期争吵过。她丈夫是个自由主义者，在莫斯科大学获得副博士学位，天资聪明，为人谦

① 参看本书第二部第21章。

逊，在官府做统计工作。他特别关心非俄罗斯人问题，喜爱他们，竭力要把他们从绝种的危险中拯救出来。

人人对聂赫留朵夫都很亲切殷勤，而且因为能同他这样一位有趣的新伙伴结交，感到很高兴。将军身穿军服，脖子上挂着白十字章，出来主持宴会。他对聂赫留朵夫像对老朋友似的打了个招呼，立刻邀请客人们吃冷盘和伏特加。将军问聂赫留朵夫从他家出去后做了些什么，聂赫留朵夫说他到过邮政局，知道早晨谈起的那个人已得到减刑，同时再次要求将军准许他探监。

将军对吃饭时谈公事，显然很不满意，他皱起眉头，一言不发。

"您要来点儿伏特加吗？"他转身用法语招呼那个走过来的英国人。英国人喝干一杯伏特加，说他今天参观过大教堂和一座工厂，还希望参观一所大的解犯监狱。

"那正好，"将军对聂赫留朵夫说，"你们可以一起去。您给他们开张通行证。"他对副官说。

"您希望什么时候去？"聂赫留朵夫问英国人。

"我愿意晚上去参观监狱，"英国人说，"所有的人都在监狱里，事先不做准备，一切都保持本来面目。"

"哦，他想看看个中妙处吗？那就让他看吧。我写过呈文，可是他们不听我的话。那就让他们通过外国报纸去领教吧。"将军说着走到餐桌旁，女主人招待客人们入席。

聂赫留朵夫坐在女主人和英国人中间。他对面坐着将军的女儿和某局前任局长。

筵席上谈话时断时续，一会儿谈到印度——那是英国人首先谈到的，一会儿谈到法国人远征东京[①]——将军对这事严加谴责，一会儿谈到西伯利亚普遍流行的欺诈和受贿行为。对这些谈话，聂赫留朵夫都不太感兴趣。

不过，饭后大家到客厅里喝咖啡，聂赫留朵夫跟英国人和女主人谈

① 指1882年—1898年法国侵略越南北部的殖民战争。越南北部旧称"东京"。

到格拉斯顿[①]时，却谈得津津有味。他觉得自己发表了许多精辟的见解，使他们很感兴趣。聂赫留朵夫吃了一顿好饭，喝了一些美酒，这会儿坐在柔软的沙发上，一面喝咖啡，一面同和蔼可亲、教养有素的人谈话，心里越来越高兴。而当女主人应英国人的要求，跟前任局长一起弹奏他们弹得很熟练的贝多芬《第五交响曲》时，聂赫留朵夫产生一种好久没有过的自我陶醉的感觉，仿佛现在才意识到他是个多么好的好人。

那架大钢琴音色优美，交响曲又弹得很出色。至少喜欢和熟悉这支交响曲的聂赫留朵夫有这样的感觉。他听着优美的行板，感到鼻子发酸，对自己的各种高尚行为十分感动。

聂赫留朵夫感谢女主人的盛情招待，说这样的快乐他好久没有享受过了。他正要告辞，不料女主人的女儿神情果断地走到他跟前，涨红了脸说："您刚才问起我那两个孩子，您愿意去看看吗？"

"她总以为人家都想看看她的孩子呢！"做母亲的看到女儿如此天真不懂事，微笑着说。"人家公爵才不感兴趣呢。"

"不，正好相反，我很感兴趣，很感兴趣。"聂赫留朵夫被这种洋溢的母爱所感动，说。"请吧，请您带我去看看。"

"居然把公爵都领去看她的小娃娃了，"将军正同他的女婿、金矿主和副官一起打牌，从牌桌那边笑着叫起来，"您去吧，去尽尽义务吧。"

少妇想到客人马上要对她的孩子进行评判，显然很激动，就快步把聂赫留朵夫领到里屋。他们来到第三个房间。那个房间很高，糊着白色墙纸，点着一盏小灯，灯上扣着一个深色灯罩。房间里并排放着两张小床，中间坐着一个颧骨很高、模样忠厚、身穿白披肩的奶妈，看上去像是个西伯利亚人。奶妈站起来，向他们鞠躬。做母亲的向第一张小床弯下身去，床上安静地睡着一个两岁的小女孩，张开小嘴，长长的鬈发披散在枕头上。

"喏，这就是卡嘉，"做母亲的说，拉拉天蓝条纹的线毯，把从毯

---

① 格拉斯顿（1809年—1898年）英国政治家，曾任首相，执行殖民政策，于1882年出兵占领埃及。

子底下伸出来的一只雪白小脚盖好，“好看吗？她才两岁呢。”

“太美了！”

“这是华秀克，是他外公起的名。他可完全是另一种模样了。他是个西伯利亚人。不是吗？”

“是个很可爱的孩子。”聂赫留朵夫看着背朝天睡的胖娃娃，说。

“是吗？”做母亲的得意扬扬地笑着说。

聂赫留朵夫想起脚镣手铐、阴阳头、殴打、淫乱，想起垂死的克雷里卓夫，想起卡秋莎和她的全部身世。他心里十分羡慕，真巴不得多享受享受这里优雅的幸福。

他几次三番称赞这两个孩子，多少满足了贪婪地听着赞辞的母亲，然后跟着她回到客厅。英国人已在客厅里等他，准备一起乘车去监狱。聂赫留朵夫跟一家老少告了别，同英国人一起来到将军府的大门口。

天气变了。鹅毛大雪漫天飞舞，盖没了道路，盖没了屋顶，盖没了花园里的树木，盖没了门前的台阶，盖没了马车，盖没了马背。英国人自己有一辆轻便马车，聂赫留朵夫就吩咐英国人的车夫把车驾到监狱里去。他自己坐上四轮马车，因为要去履行一项不愉快的义务，感到心情沉重。就这样他坐在柔软的马车上，跟在英国人后面，在雪地上剧烈颠簸着，往监狱驶去。

25

阴森森的监狱，门前站着岗哨，门口点着风灯，尽管蒙着一层洁白的雪幕，使大门、屋顶和墙壁都显出一片雪白，尽管监狱正面一排排窗子灯火通明，它给聂赫留朵夫的印象却比早晨更加阴森。

威风凛凛的典狱长走到大门口，凑近门灯，看了看聂赫留朵夫和英国人的通行证，困惑不解地耸耸强壮的肩膀，但还是执行命令，邀请这两位来访者跟他进去。他先领他们走进院子，然后走进右边的门，沿着楼梯走上办公室。他请他们坐下，问他们有什么事要他效劳。他听说聂赫留朵夫要跟玛丝洛娃见面，就派看守去把她找来，自己则准备回答英国人通过聂赫留朵夫的翻译向他提出的问题。

“这座监狱照规定可以容纳多少人？”英国人问，“现在关着多少人？有多少男人，多少女人，多少儿童？有多少苦役犯，多少流放犯，多少自愿跟着来的？有多少害病的？”

聂赫留朵夫嘴里给英国人和典狱长做着翻译，脑子里并没思考他们话里的意思。他想到即将同卡秋莎见面，不禁有点儿紧张。他给英国人翻译到一半，听见越来越近的脚步声，办公室的门开了，像以往历次探监那样，先是一个看守走进来，接着是身穿囚服、头包头巾的卡秋莎。他一见卡秋莎，立刻感到心情沉重。

“我要生活，我要家庭、孩子，我要过人的生活。”当卡秋莎没有抬起眼睛，快步走进房间里时，聂赫留朵夫头脑里掠过这样的念头。

他站起来，迎着她走了几步。他觉得她的脸色严肃而痛苦，就像上次她责备他时那样。她脸上一阵红，一阵白，她的手指痉挛地卷着衣服的边。她一会儿对他望望，一会儿垂下眼睛。

“减刑批准了，您知道吗？”聂赫留朵夫说。

“知道了，看守告诉我了。”

“这样，只要等公文一到，您高兴住哪里去就可以住哪里去了。让我们来考虑一下……”

她赶紧打断他的话：“我有什么可考虑的？西蒙松到哪里，我就跟他到哪里。”

她尽管十分激动，却抬起眼睛来瞧着聂赫留朵夫，这两句话说得又快又清楚，仿佛事先准备好似的。

“哦，是这样！”聂赫留朵夫说。

“嗯，德米特里·伊凡内奇，倘若他要跟我一块儿生活，”她发觉说溜了嘴，连忙住口，然后纠正自己的话说，“倘若他要我待在他身边，我还能有什么更好的指望呢？我应该认为这是我的福气。我还图个什么呢？”

“也许她真的爱上西蒙松，根本不要我为她做什么牺牲；也许她仍旧爱我，拒绝我是为了我好，不惜破釜沉舟，把自己的命运同西蒙松结合在一起。二者必居其一。”聂赫留朵夫想，不禁感到害臊。他觉得自己脸红了。

“要是您爱他……”他说。

“什么爱不爱的！那一套我早已丢掉了。不过，西蒙松这人确实和别人不同。”

“是啊，那当然，”聂赫留朵夫又说，“他是个非常出色的人，我想……”

她又打断他的话，仿佛生怕他说出什么不得体的话，或者生怕她来不及把要说的话都说出来。

“嗯，德米特里·伊凡内奇，要是我做得不合您的心意，那您就原谅我吧！”她用她那斜睨的目光神秘地瞧着他的眼睛，说。

“嗯，看来只好这样办了。您自己也得生活呀。”

她说的正好是他刚才所想的，但此刻他已不这样想，他的思想和感情已完全变了。他不仅感到害臊，而且感到惋惜，惋惜他从此失去了她。

“我真没料到会这样。”他说。

“您何必再待在这儿受罪呢？您受罪也受得够了。”她说，怪样地微微一笑。

“我并没有受罪，我过得挺好。要是可能的话，我还愿意为您出力呢。”

“我们，”她说“我们”两个字时对聂赫留朵夫瞅了一眼，“我们什么也不需要。您为我出的力已经够多了。要不是您……”她想说些什么，可是声音发抖了。

“您不用谢我，不用。”聂赫留朵夫说。

“何必算账呢？我们的账上帝会算的。”她说，那双乌黑的眼睛泪光闪闪。

“您是个多好的女人哪！”他说。

“我好？”她含着眼泪说，凄苦的微笑使她容光焕发。

“您好了吗？”[①]这时英国人问。

“马上就好。”[②]聂赫留朵夫回答。接着他向卡秋莎打听克雷里卓夫的情况。

她强自镇定下来，平静地把她所知道的情况告诉他：克雷里卓夫路上身体很虚弱，一到这里就被送进医院。谢基尼娜很不放心，要求到医院去照顾他，可是没有获得准许。

“那么我该走了吧？”她发现英国人在等聂赫留朵夫，就说。

“我现在不同您告别，我还要跟您见面的。”聂赫留朵夫说。

“请您原谅！”她说，声音低得几乎听不见。他们的目光相遇了。从她古怪的斜睨的眼神里，从她说“请您原谅”而不说“那么我们分手了”时伤感的微笑中，聂赫留朵夫明白，她做出决定的原因是后一种。她爱他，认为自己同他结合，就会毁掉他的一生，而她跟西蒙松一起走开，就可以使他恢复自由。现在她由于实现了自己的愿望而感到高兴，同时又由于要跟他分手而觉得惆怅。

她握了握他的手，慌忙转身走出办公室。

聂赫留朵夫回头瞅了一眼英国人，准备跟他一起走，可是英国人正在笔记本里记着什么。聂赫留朵夫不去打断他，在靠墙的木榻上坐下来，忽然感到无比疲劳。他所以疲劳，不是由于夜里失眠，不是由于旅途辛苦，也不是由于心情激动，而是由于他对整个生活感到厌倦。他靠着木榻的背，闭上眼睛，顿时沉沉睡去，像死人一般。

---

① 原文是英语。

② 原文是英语。

“怎么样，现在去看看牢房好吗？”典狱长问道。

聂赫留朵夫醒过来，看到自己竟在这里睡着了，不禁感到惊讶。英国人已写完笔记，很想参观牢房。聂赫留朵夫就疲劳而茫然地跟着他走去。

26

典狱长、英国人和聂赫留朵夫在几个看守的陪同下，穿过门廊和臭得令人作呕的过道，走进第一间苦役犯牢房。在过道里，他们看见两个男犯直接对着地板小便，不禁吃了一惊。牢房中央放着一排板床，犯人都已睡了。里面大约有七十个人，他们躺在那儿，头挨着头，身子挨着身子。参观的人一进来，个个都从床上跳下来，铁链哐啷发响，他们站在床边，新剃的阴阳头闪闪发亮。只有两个人躺着没有起来。一个是年轻人，脸色通红，显然在发烧；另一个是老头儿，嘴里不住地呻吟着。

英国人问，那个年轻人是不是病了很久。典狱长说他是今天早晨才发病的，至于那个老头儿，闹胃病已有好久，可是没有地方安顿，因为医院早就住满人了。英国人不以为然地摇摇头，说他想对这些人讲几句话，要求聂赫留朵夫替他当翻译。原来英国人这次旅行，除了要写一篇反映西伯利亚流放和监禁地的文章，还有一个目的，就是宣讲通过信仰和赎罪来拯救灵魂的道理。

“请您告诉他们，基督怜悯他们，爱他们，而且为他们死去，”他说，“如果他们相信这道理，他们就可以得救。”他讲话的时候，全体犯人都挺直身子，双手贴住裤缝，默默地站在板床前面。“请您告诉他们，”他结束说，“在这本书里所有的道理都有。这儿有识字的吗？”

原来这里有二十多人识字。英国人从手提包里取出几本精装的《新约全书》。于是就有几只肌肉发达、生有坚硬黑指甲的大手，从粗麻布衬衫袖口里伸出来，争先恐后地来要书。英国人在这个牢房里发了两本《福音书》，然后往下一个牢房走去。

下一个牢房情况也一样。里边也是那样气闷，那样恶臭；前面，两个窗子中间同样挂着圣像；左边放着一个便桶；犯人也都那样身子挨着身子，拥挤地躺在那里；他们同样都从床上跳下来，挺直身子站在那儿；同样也有三个人起不了床，其中两个勉强爬起来，坐在床上，还有一个躺着不动，对进来的人连看都不看一眼。这三个人都有病。英国人又同样讲了道，同样发给他们两本《福音书》。

从第三个牢房里传出来叫嚷声和吵闹声。典狱长敲敲门，叫道："立正！"房门一打开，全体犯人也都挺直身子站在床边，除了几个病人和两个打架的人以外。那两个打架的人，满脸怒容，扭在一起，这个抓住那个的头发，那个揪住这个的胡子。直到看守跑到他们跟前，他们才松手。一个被打破鼻子，鼻子里直流鼻涕和血，他不住用外衣袖子擦着；另一个拿着被对方拔下的一根根胡子。

“班长！”典狱长恶狠狠地叫道。

一个身强力壮、相貌端正的人走了出来。

“怎么也管不住他们，长官。”班长眼睛里露出快乐的笑意，说。

“那就让我来对付他们。”典狱长皱着眉头说。

“他们为什么事打架？”[①]英国人问。

聂赫留朵夫就问班长，他们为什么事打架。

“为了一块包脚布，他错拿了别人的包脚布，”班长仍旧笑着说，“这个推了一下，那个就还了一拳。”

聂赫留朵夫告诉了英国人。

“我想对他们说几句话。”英国人对典狱长说。

① 原文是英语。

聂赫留朵夫把这句话翻译过来。典狱长说："行！"于是英国人就拿出他那本皮面精装的《福音书》来。

"麻烦您给我翻译一下，"他对聂赫留朵夫说，"你们吵嘴，打架，可是为我们而死的基督，却给我们提出另一种办法来解决争端。您问问他们，知道不知道按基督教义该怎样对待欺负我们的人？"

聂赫留朵夫把英国人的话和问题翻译了一遍。

"告诉长官，听凭长官发落，对吗？"有一个人斜睨着威严的典狱长，试探着说。

"揍他一顿，他就不会再欺负人了。"另一个说。

有几个人笑着表示赞成。聂赫留朵夫把他们的回答翻译给英国人听。

"请您告诉他们，按基督教义行事正好相反；有人打你的右脸，连左脸也转过来由他打。"英国人一面说，一面做出把脸送给人家打的样子。

聂赫留朵夫做了翻译。

"最好让他自己尝一尝。"有人说。

"要是他两边都挨了揍，那还可以拿什么给人家打呢？"有个病人躺在床上说。

"那就让他把你打个稀巴烂。"

"嘿，那就来试一试吧！"后面有个人说，快乐地笑起来。整个牢房里爆发出一片难以控制的大笑。就连那个挨打的人也一面流血，吐痰，一面哈哈大笑。连几个病人也笑了。

英国人不动声色，要求聂赫留朵夫转告他们，有些事看来似乎办不到，但信徒能够办到，而且轻而易举。

"您问问他们喝不喝酒。"

"喝的，老爷。"一个人说，接着又是一片嗤鼻声和大笑声。

这个牢房里有四名病人。英国人问，为什么不把病人集中在一个牢房里。典狱长回答说，他们自己不愿意。这些病人害的都不是传染病，而且有一名医士照料他们，给他们治疗。

“他有一个多星期没露面了。”有人说。

典狱长没有理他，就把客人带到下一个牢房。又是打开房门，又是全体起床，肃静无声，又是英国人发《福音书》。在第五个牢房，第六个牢房，在过道右边，在过道左边，个个牢房里都是同样的景象。

他们从苦役犯的牢房走到流放犯的牢房，从流放犯的牢房走到村社判刑农民的牢房，再到自愿跟随犯人的家属房间。到处都是同样的情况，到处都是受冻的人，挨饿的人，无所事事的人，染上疾病的人，受尽凌辱的人，丧失自由的人，就像畜生一样。

英国人发完一定数量的《福音书》，不再发了，甚至不再讲道了。难堪的景象，尤其是使人窒息的空气，显然耗尽了他的精力。他从这个牢房到那个牢房，听着典狱长对每个牢房的情况介绍，只是随口说一句：“行了。”[①]聂赫留朵夫像梦游一般踉踉跄跄地走着，感到精疲力竭，心灰意懒，但又没有勇气中途退出，离开这地方。

27

在流放犯的一个牢房里，聂赫留朵夫看见早晨在渡船上见过的怪老头儿，不由得感到惊奇。这个老头儿，头发蓬乱，满脸皱纹，上身只穿一件肩头磨破的灰色脏衬衫，下身穿着同样破旧的长裤，赤脚坐在板床旁边的地板上，目光严厉而疑惑地瞧着进来的人。他那皮包骨头的身子从脏衬衫的破洞里露出来，显得虚弱可怜，但神色比在渡船上更加专注，更富有

① 原文是英语。

生气。犯人们也像别的牢房里那样，看见长官进来，都跳下床，挺直身子站着；可是老头儿却坐着不动。他的眼睛炯炯有神，双眉愤怒地皱起来。

“站起来！”典狱长对他喝道。

老头儿一动不动，只是轻蔑地微微一笑。

“只有你的奴仆见到你才站起来。我可不是你的奴仆。瞧你头上还有烙印……”老头儿指着典狱长的前额说。

“什——么？”典狱长向他逼近一步，威胁说。

“我认识这个人，”聂赫留朵夫慌忙对典狱长说，“为什么逮捕他？”

“警察局因为他没有身份证，把他送来了。我们要求他们别把这种人送来，可他们还是送来。”典狱长怒气冲冲地斜睨着老头儿说。

“看来你也是个反基督的家伙吧？”老头儿对聂赫留朵夫说。

“不，我是来参观的。”聂赫留朵夫说。

“哦，你们来见识见识反基督的家伙怎样折磨人吗？那就看吧。他们把人抓起来，在铁笼子里关了整整一大批。人应当靠辛勤劳动过活，可他们把人都锁起来，像养猪一般养着，不让干活儿，弄得人都变成畜生了。”

“他在说什么？”英国人问。

聂赫留朵夫说，老头儿责备典狱长把人都关起来。

“您问问他，照他看来应该怎样对付不遵守法律的人？”英国人说。

聂赫留朵夫把这个问题翻译了一遍。

老头儿露出一排整齐的牙齿，怪笑起来。

“法律！”他鄙夷不屑地跟着说了一遍，“那些反基督的家伙先抢劫大家，霸占所有的土地，夺取人家的财产，统统归他们所有，把凡是反对他们的人都打死。然后他们再定出法律来，说是不准抢劫，不准杀人。他们早就应该定出这样的法律来了。”

聂赫留朵夫把这些话翻译了一遍。英国人微微一笑。

"那么，究竟应该怎样对付小偷和杀人犯呢？您问问他。"

聂赫留朵夫又做了翻译。老头儿严厉地皱起眉头。

"告诉他，叫他先除掉身上反基督的烙印，这样他就不会再遇到小偷和杀人犯了。你就这样告诉他。"

"他疯了。"[①]英国人听了聂赫留朵夫给他翻译的老头儿的话，说，接着耸耸肩膀，走出牢房。

"你干你的事，可别去管人家。各人管各人的事。谁该受惩罚，谁可以得到宽恕，上帝都知道，可不用我们操心。"老头儿说，"自己做自己的长官，这样就不需要什么长官了。走开，走开！"他补充说，生气地皱起眉头，眼睛炯炯有神地瞅着待在牢房里迟疑不决的聂赫留朵夫。"反基督的奴仆怎样拿人喂虱子，你看得也够了。走吧，走吧！"

聂赫留朵夫走到过道里，英国人和典狱长却在一个门开着的空牢房门口站住了。英国人问这个牢房是做什么用的。典狱长说，这是停尸室。

"哦！"英国人听了聂赫留朵夫的翻译说，并要求进去看一看。

停尸室是一间不大的普通牢房。墙上点着一盏小灯，暗淡地照着屋角的几个背包和一堆木柴，也照着右边板床上的四具尸体。第一具尸体穿着麻布衬衫和麻布衬裤，身材高大，留着山羊胡子，剃着阴阳头。这具尸体已经僵硬，两只发青的手原来一定交叉在胸前，现在已经分开；两只光脚也分开，脚掌竖起。旁边躺着一个老妇人。她穿着白裙白袄，没包头巾，留着一条短短的稀疏辫子，瘦小的脸又黄又皱，鼻子很尖。老妇人旁边还有一具男尸，穿着紫色衣服。这颜色使聂赫留朵夫一怔。

他走近前去，仔细看看那具尸体。

往上翘起的山羊胡子，挺拔好看的鼻子，白净的高高前额，稀疏的鬈发，这些特征是他所熟悉的。他简直不敢相信自己的眼睛。昨天他还看见这张脸是激愤和痛苦的，今天却变得宁静、安详而且美得出奇。

是的，他就是克雷里卓夫，至少是他物质生命留下的遗迹。

"他受苦受难是为了什么？他活着又为了什么？这些问题他现在明

---

① 原文是英语。

白了吗？”聂赫留朵夫想，觉得这些问题无法解答，除了死亡以外什么也没有。他感到痛苦。

聂赫留朵夫没有跟英国人告别，就要求看守把他领到院子里。他觉得今晚经历的一切必须独自好好思考一下，就坐上马车回旅馆。

28

回到旅馆，聂赫留朵夫没有上床睡觉，而在房间里久久地来回踱步。他跟卡秋莎的事已经结束。她不再需要他，这使他感到伤心和羞愧。不过此刻使他痛苦的倒不是这件事。另外有一件事不仅没有结束，而且空前剧烈地折磨着他，要他有所行动。

在这段时间里，特别是今天在这座可怕的监狱里目睹的种种骇人听闻的罪恶，那毁了亲爱的克雷里卓夫的种种罪恶，正泛滥成灾，不仅看不到战胜它的可能，甚至不知道怎样才能把它战胜。

他的头脑里浮起千百个人的影子，他们被冷酷的将军、检察官、典狱长关在病菌弥漫的恶浊空气里，受尽凌辱。他想起自由不羁、痛骂长官的怪老头儿被看作疯子。他还想起含恨而死的克雷里卓夫夹在其他几具尸体中间，相貌俊美，脸色蜡黄。究竟是他聂赫留朵夫疯了，还是那些自以为头脑清醒而干出那些勾当来的人疯了？这个老问题此刻又更加执拗地出现在他面前，要求他解答。

他来回走得有点儿累了，脑子也思索得有点儿累了，就在靠近灯光的沙发上坐下来，随手打开英国人送给他留作纪念的《福音书》，那是他刚才清理口袋时丢在桌上的。“据说什么问题都可以在那里找到答案。”

他想着翻开《福音书》，开始读他翻到的一页。那是《马太福音》第十八章。

一　当时门徒进前来，问耶稣说，天国里谁是最大的？

二　耶稣便叫一个小孩子来，使他站在他们当中。

三　说：我实在告诉你们，你们若不回转。变成小孩子的样式，断不得进天国。

四　所以凡自己谦卑像这小孩子的，他在天国里就是最大的。

“对了，对了，确实是这样。”聂赫留朵夫想到自己只有在谦卑的时候才能领略生活的宁静和欢乐。

五　凡为我的名，接待一个像这小孩子的，就是接待我。

六　凡使这信我的一个小子跌倒的，倒不如把大磨石拴在这人的颈项上，沉在深海里。

“为什么说：‘**凡为我的名，接待一个像这小孩子的**？’在什么地方接待？‘**凡为我的名**’是什么意思？”聂赫留朵夫问自己，觉得这些话很不好懂。“还有，为什么要把大磨石拴在颈项上，还要沉在深海里？不，这话有点儿不对头，不确切，不清楚。”他想到他生平读过好几次《福音书》，总是遇到这种莫名其妙的地方，因而读不下去。他又读完第七节、第八节、第九节和第十节。这几节讲到将人绊倒，讲到他们必须进入永生，讲到把人丢在地狱的火里作为惩罚，讲到孩子的使者常见天父的面。“可惜这些话很不连贯，”他想，“但还能看出其中有些好东西。”

十一　人子来，为要拯救失丧的人。

十二　一个人若有一百只羊，一只走迷了路，你们的意思如

何？他岂不撇下这九十九只，往山里去找那只迷路的羊么？

十三　若是找着了，我实在告诉你们，他为这一只羊欢喜，比为那没有迷路的九十九只欢喜还大呢。

十四　你们在天上的父，也是这样不愿意这小子里失丧一个。

“是的，他们的灭亡并非出自天父的意志，但他们在成百上千地死去。而且没有办法拯救他们。”聂赫留朵夫想。

二十一　那时彼得进前来，对耶稣说：主啊！我弟兄得罪我，我当饶恕他几次呢？到七次可以么？

二十二　耶稣说：我对你说，不是到七次，乃是到七十个七次。

二十三　天国好像一个王，要和他仆人算账。

二十四　才算的时候，有人带了一个欠一千万银子的来。

二十五　因为他没有什么偿还之物，主人吩咐把他和他妻子儿女，并一切所有的都卖了偿还。

二十六　那仆人就俯伏拜他，说：主啊！宽容我，将来我都要还清。

二十七　那仆人的主人，就动了慈心，把他释放了，并且免了他的债。

二十八　那仆人出来，遇见他的一个同伴，欠他十两银子，便揪着他，掐住他的喉咙，说：你把所欠的还我。

二十九　他的同伴就俯伏央求他，说：宽容我吧，将来我必还清。

三十　他不肯，竟去把他下在监里，等他还了所欠的债。

三十一　众同伴看见他所做的事，就甚忧愁，去把这事都告诉了主人。

三十二　于是主人叫了他来，对他说：你这恶奴才！你央求我，我就把你所欠的都免了。

三十三　你不应当怜恤你的同伴，像我怜恤你么？

“难道只不过是这么一回事吗？”聂赫留朵夫读完这些字句，忽然大声说。接着有个声音在他心里回答说：“对，只不过是这么一回事。”

于是聂赫留朵夫也遇到了一切追求精神生活的人常常遇到的情况。那就是他起初觉得古怪、荒诞，甚至可笑的思想，不断被生活所证实，有朝一日他忽然发现这原是个极其平凡的无可怀疑的真理。现在他懂得了一点：要克服使人们饱受苦难的骇人听闻的罪恶，唯一可靠的办法，就是在上帝面前承认自己总是有罪的，因此既不该惩罚别人，也无法纠正别人。现在他才明白，他在各地监狱里亲眼看见的一切骇人听闻的罪恶，以及制造这种罪恶的人所表现的泰然自若的态度，都是由于他们想做一件做不到的事：他们自己有罪，却想去纠正罪恶。腐化堕落的人想去纠正腐化堕落的人，并想用生硬的方法达到目的，结果是缺钱而贪财的人就以这种无理惩罚人和纠正人作为职业，自己却极度腐化堕落，同时又不断腐蚀受尽折磨的人。现在他才明白，他亲眼看见的一切惨事是怎么产生的，怎样才能加以消灭。他找不到的答案，原来就是基督对彼得说的那段话：要永远饶恕一切人，要无数次地饶恕人，因为世界上没有一个无罪的人，可以惩罚或者纠正别人。

“事情总不会那么简单吧！”聂赫留朵夫对自己说，但同时又明白，这种与他本来的习惯相反的说法，尽管初看起来古怪，却无疑是正确的解答，不仅在理论上而且在实践上都是这样。“怎样对待作恶的人？难道可以放任他们不加惩罚吗？”这一类常见的反驳，如今已不会使他感到为难了。倘若惩罚能减少罪行，改造罪犯，那么，这样的反驳还有点儿道理。但事实证明情况正好相反，一部分人无权改造另一部分人，那么唯一合理的办法，就是停止做这种非但无益而且有害、甚至是残忍荒谬的事。“几百年来你们一直惩办你们认为有罪的人。结果怎么样？这种人有没有绝迹呢？并没有绝迹，人数反而增加，因为不仅添了一批因受惩罚而变得腐化的罪犯，还添了一批因审判和惩罚别人而自己堕落的人，也就是审判官、检察官、侦讯官和狱吏。”聂赫留朵夫现在明白，社会和社会秩序所以能维持，并不是因为有那些受法律保护的罪犯在审判和惩罚别人，而是因为尽管存在这种腐败的现象，人们毕竟还是相怜相爱的。

聂赫留朵夫希望在这同一本《福音书》里找到能证实这种思想的文字，就把它从头读起。他读着一向使他感动的《登山训众》[①]，今天才第一次看出这段训诫并非抽象的美好思想，提出的大部分要求也并不过分而难以实现，而是简单明了切实可行的戒律。一旦实行这些戒律（而这是完全办得到的），人类社会就能确立崭新的秩序，到那时不仅使聂赫留朵夫极其愤慨的种种暴行都会自然消灭，而且人类至高无上的幸福——在地上建立天国——也能实现。

那些戒律总共有五条。

第一条戒律（《马太福音》第五章第二十一节到第二十六节）就是人不仅不可杀人，而且不可对弟兄动怒，不可轻视别人，骂人家是“拉加”[②]。倘若同人家发生争吵，就应该在向上帝奉献礼物以前，也就是祷告以前同他和好。

第二条戒律（《马太福音》第五章第二十七节到第三十二节）就是人不仅不可奸淫，而且不可贪恋女色。一旦同一个妇女结成夫妇，就要对她永不变心。

第三条戒律（《马太福音》第五章第三十三节到第三十七节）就是人在允诺什么的时候不可起誓。

第四条戒律（《马太福音》第五章第三十八节到第四十二节）就是人不仅不可以眼还眼，而且当有人打你的右脸时，连左脸也转过来由他打。要宽恕别人对你的欺侮，温顺地加以忍受。不论人家求你什么，都不可拒绝。

---

① 见《新约全书·马太福音》第五章。

② 意即“废物”。

第五条戒律（《马太福音》第五章第四十三节到第四十八节）就是人不仅不可恨仇敌，打仇敌，而且要爱仇敌，帮助仇敌，为仇敌效劳。

聂赫留朵夫凝视着那盏油灯的光，想得出神。他想到生活里的种种丑恶现象，又设想要是人们能接受这些箴规，我们的生活将变得怎样。于是他的心充满了一种好久没有感受到的喜悦，仿佛经历了长期的劳累和痛苦以后忽然获得了宁静和自由。

他通宵没有睡觉。他像许许多多读《福音书》的人那样，读着读着，第一次忽然领会了以前读过多次却没有注意到的字句的含义。他像海绵吸水那样，拼命吸取面前这本书里重要而令人喜悦的道理。他读到的一切似乎都是熟悉的，似乎把他早已知道却没有充分领会和相信的道理重新加以证实，使他彻底领悟。现在他领悟了，相信了。

不过，他不仅领悟和相信，人们履行这些戒律就能得到至高无上的幸福，他还领悟和相信人人只要履行这些戒律就行，不必再做别的，人生唯一合理的意义就在于此。凡是违背这些戒律的就是错误，立刻会招来惩罚。这是从全部教义归纳出来的道理，而关于葡萄园的比喻[①]尤其有说服力。园户被派到葡萄园替园主工作，他们却把那园看作他们的私产，仿佛园里的一切都是为他们置办的，他们忘记了园主，杀害了凡是向他们提到园主、提到他们对园主应尽义务的人，认为他们有权在那个园里享乐。

“我们的所作所为也是这样，”聂赫留朵夫想，“我们活在世界上抱一种荒谬的信念，以为我们自己就是生活的主人，人生在世就是为了享乐。这显然是荒谬的。要知道，既然我们被派到世界上来，那是出于某人的意志，为了达到某种目的。可是我们断定我们活着只是为了自己的快

---

① 《新约全书·马太福音》第二十一章第三十三节到第四十一节：“（耶稣说）你们再听一个比喻。有个园主，栽了一个葡萄园，周围圈上篱笆，里面挖了一个压酒池，盖了一座楼，租给园户，就往外国去了。收果子的时候近了，就打发仆人，到园户那里去收果子。园户拿住仆人，打了一个，杀了一个，用石头打死一个。主人又打发别的仆人去，比先前更多；园户还是照样待他们。后来打发他的儿子到他们那里去，意思说，他们必尊敬我的儿子。不料，园户看见他儿子，就彼此说，这是承受产业的。来吧，我们杀他，占他的产业。他们就拿住他，推出葡萄园外，杀了。园主来的时候，要怎样处治这些园户呢？他们说，要下毒手除灭那些恶人，将葡萄园另租给那按照时候交果子的园户。”

乐。显然，我们不会有好下场，就像那不执行园主意志的园户那样。主人的意志就表现在那些戒律里。只要人们执行那些戒律，人间就会建立起天堂，人们就能获得至高无上的幸福。”

“**你们要先求他的国和他的义，这些东西都要加给你们了**。”[1]可是我们却先要求**这些东西**，而且显然没有求到手。

“看来这就是我的终身事业。做完一件，再做一件。”

从这天晚上起，聂赫留朵夫开始了一种崭新的生活，不仅因为他进入了一个新的生活环境，还因为从这时起他所遭遇的一切，对他来说都具有一种跟以前截然不同的意义。至于他生活中的这个新阶段将怎样结束，将来自会明白。

---

① 《新约全书，马太福音》第六章第二十四节到第三十四节：“(耶稣说)一个人不能侍奉两个主。不是恶这个爱那个，就是重这个轻那个。你们不能又侍奉上帝，又侍奉玛门(指“财利”)……所以不要忧虑，说吃什么，喝什么，穿什么。这都是外邦人所求的。你们需用的这一切东西，你们的天父是知道的。你们要先求他的国和他的义，这些东西都要加给你们了。所以不要为明天忧虑。”

附　　录

《复活》各章内容概要

第 一 部

1　玛丝洛娃被押出庭受审。

2　玛丝洛娃的身世。

3　聂赫留朵夫公爵的早晨。

4　他去法庭途中思考婚事。

5　在陪审员议事室。

6　几名法官。副检察官勃列威。在法院走廊里。

7　点名核对陪审员，陪审员进入法庭。法庭景象。法官玛特维。

8　几名被告。例行的审讯程序。宣誓。司祭介绍。选举首席陪审员。庭长向陪审员讲话。

9　审讯被告。聂赫留朵夫认出卡秋莎。宣读起诉书。被告们的表现。

10　起诉书。

11　审讯被告。审讯暂停。

12　聂赫留朵夫第一次来到姑妈家。当时他对卡秋莎的态度。

13　三年后聂赫留朵夫第二次来到姑妈家。

14　第二次见面卡秋莎给聂赫留朵夫的印象。

15　复活节晨祷。晨祷给聂赫留朵夫的印象。

16　第二天。聂赫留朵夫对卡秋莎的情欲。兽性的胜利。

17　聂赫留朵夫诱奸卡秋莎。

18　申包克的来临。他同聂赫留朵夫一起参战。聂赫留朵夫忘记卡秋莎。战后他访问姑妈，得知卡秋莎的不幸消息。

19　法庭继续审讯。审问证人。

20　宣读验尸报告。陪审员察看物证。

21　公诉人发言。律师进行辩护。副检察官反驳。被告最后发言。

22　庭长做总结发言。聂赫留朵夫的内心活动。

23　陪审员们开会。他们争论玛丝洛娃的犯罪问题。陪审员们的答案。他们回到法庭。法官退庭讨论判决。

24　庭长宣读判决。聂赫留朵夫跟庭长谈话。

25　聂赫留朵夫同律师谈话。

26　柯察金的午餐。

27　在柯察金夫人的客厅里。

28　聂赫留朵夫回家。“灵魂的净化”。

29　玛丝洛娃回到牢房。

30　女牢和女犯。

31　女犯们对玛丝洛娃判决的态度。

32　玛丝洛娃讲述法庭上和监狱里男人对她的态度。女犯们的争吵。

33　聂赫留朵夫决定同玛丝洛娃结婚。聂赫留朵夫同阿格拉斐娜推心置腹的谈话。

34　审讯第二天。一个小伙子被告。

35　聂赫留朵夫要求检察官同玛丝洛娃见面。聂赫留朵夫拒绝再参加审讯。

36　聂赫留朵夫去监狱探监不成。在典狱长家里。聂赫留朵夫回家。记日记。

37　玛丝洛娃在判决后的沉思。回忆她在车站上见到聂赫留朵夫一面的那个夜晚。

38　集合去监狱教堂做礼拜。

39　礼拜。

40　教堂里人们对礼拜的态度。

41　聂赫留朵夫第二次去监狱。在监狱门口等待。男监探望室。

42　女监探望室。

43　聂赫留朵夫同卡秋莎见面。

44　玛丝洛娃的人生观。

45　聂赫留朵夫想改变生活方式。聂赫留朵夫在律师家里。为玛丝洛娃案提出上诉。律师的妻子。

46　囚犯谈论两名男犯受笞刑。

47　聂赫留朵夫在监狱走廊里等待探监。他同典狱长谈话。在办公室里第二次见到玛丝洛娃。

48　卡秋莎为明肖夫母子求情。玛丝洛娃痛斥聂赫留朵夫，坚决拒绝同他结婚。

49　聂赫留朵夫会见玛丝洛娃后的印象。薇拉的信。聂赫留朵夫回忆同她认识的经过。回忆那次的打猎。

50　聂赫留朵夫初访玛斯连尼科夫。获准在监狱办公室跟卡秋莎和薇拉见面。

51　聂赫留朵夫来到典狱长家。不准探望玛丝洛娃。。

52　聂赫留朵夫从牢房小洞里看见的景象。在明肖夫的牢房里。

53　在监狱走廊里。因没有身份证而被囚禁的人们的要求。

54　在监狱办公室里。同政治犯见面。

55　政治犯薇拉·谢基尼娜的革命经历。

56　政治犯同亲人分别。

57　聂赫留朵夫在律师办公室。再次访问玛斯连尼科夫。玛斯连尼科夫夫人的会客日。

58　聂赫留朵夫同玛斯连尼科夫谈正经事。准许玛丝洛娃调到医院工作。

59　聂赫留朵夫第二次探望玛丝洛娃后心情的变化。第三次探望玛丝洛娃向狱友讲述这次见面的情况。

第　二　部

1　聂赫留朵夫来到库兹明斯科耶。聂赫留朵夫决定把土地分给农民。他的思想斗争。

2　聂赫留朵夫跟农民谈话。土地低价租给农民。聂赫留朵夫和农民都不满足。

3　聂赫留朵夫来到姑妈让他继承的庄园。

4　聂赫留朵夫在乡下目睹农民的贫穷。

5　聂赫留朵夫在卡秋莎的姨妈家。姨妈讲卡秋莎和她孩子的事。

6　聂赫留朵夫回到自己的庄园。两个农妇同管家争吵。聂赫留朵夫思考土地私有制使农民遭殃。他同管家谈论把土地交给农民。

7　聂赫留朵夫根据亨利·乔治原理同农民商量土地问题没有取得成功。

8　失眠之夜。聂赫留朵夫的回忆和沉思。

9　聂赫留朵夫同农民代表谈话。他讲解亨利·乔治的方案。农民同意他的建议。一张旧照片。

10　聂赫留朵夫回城。遇见申包克。

11　聂赫留朵夫访问律师。律师对教派信徒案的看法。

12　聂赫留朵夫去监狱路上同马车夫谈话。

13　聂赫留朵夫到监狱医院看望卡秋莎。卡秋莎任助理护士。照片引起卡秋莎的回忆和感伤。

14　聂赫留朵夫来到彼得堡。他在姨妈察尔斯基伯爵夫人家里。

15　察尔斯基伯爵。为舒斯托娃案走访玛丽爱特。

16　聂赫留朵夫在枢密院办公室。在枢密官沃尔夫家里。

17　察尔斯基家的晚餐。大家谈到决斗。基泽维尔的讲道。

18　律师的来访。玛丽爱特的信。聂赫留朵夫在沃罗比约夫男爵家。

19　彼得保罗要塞司令。关亡。聂赫留朵夫同要塞司令谈论政治犯。

20　聂赫留朵夫在枢密院。枢密官们。

21　报纸诽谤案。审理玛丝洛娃上诉和驳回此案。

22　聂赫留朵夫同副检察官谢列宁的谈话。

23　谢列宁简历。

24　聂赫留朵夫回到姨妈家。在姨妈家跟玛丽爱特相遇。聂赫留朵夫受诱惑和思想斗争。

25　聂赫留朵夫在舒斯托娃家。

26　舒斯托娃的姨妈讲述她的被捕。

27　宫廷侍从武官鲍加狄廖夫。聂赫留朵夫在托波罗夫家。

28　聂赫留朵夫在戏院玛丽爱特的包厢里。聂赫留朵夫晚上散步和沉思。

29　聂赫留朵夫回到莫斯科。玛丝洛娃从医院调回监狱的消息。聂赫留朵夫听到这消息后的反应。在监狱办公室里会见卡秋莎。卡秋莎同医士“调情”真相。

30　聂赫留朵夫要办的几件事。研究犯罪和刑事法庭问题。

31　聂赫留朵夫的姐姐娜塔丽雅。

32　聂赫留朵夫同姐姐见面。他跟姐夫争论法院审判和土地私有制问题。

33　继续争论法院审判　。

34　聂赫留朵夫准备行装。翻阅日记。押解犯人到火车站。

35　囚犯列队经过城市。遇见一辆豪华的马车。

36　聂赫留朵夫在小饭店里。后悔跟姐夫争吵。一名犯人中暑。

37　聂赫留朵夫在警察分局。一个犯人的死。一个疯子。第二起犯人死亡事件。

38　在下城火车站。犯人车厢。聂赫留朵夫跟玛丝洛娃和其他女犯谈话。火车出发。

39　柯察金家一伙人。聂赫留朵夫在火车开行前同姐姐见面。聂赫留朵夫出发。

40　聂赫留朵夫在火车小平台上想到囚犯的死。雷鸣和暴雨。

41　在车厢里。三等车乘客。塔拉斯讲他的悲剧。

42　中途停车。柯察金一家人下车。一群工人。

第　三　部

1　玛丝洛娃去西伯利亚途中的处境。旅途中的一个早晨。

2　军官迫害犯人。犯人们的怨声。谢基尼娜和西蒙松的干涉。

3　卡秋莎同一起流放的政治犯的关系。谢基尼娜。

4　西蒙松对卡秋莎的态度和对她的影响。

5　卡秋莎同政治犯接触后发生的变化。聂赫留朵夫对卡秋莎新的感情。聂赫留朵夫接近政治犯前后态度的转变。

6　克雷里卓夫。他讲述洛靖斯基和罗卓夫斯基被处绞刑的事。

7　晚上在半途一个旅站门口。

8　聂赫留朵夫在押解官的房间里。

9　旅站上的牢房。刑事犯的居住条件。

10　玛卡尔的要求。他的经历。

11　聂赫留朵夫在政治犯房间里。

12　平民革命家纳巴托夫和玛尔凯。

13　男女政治犯之间的关系。格拉别茨和艾米丽雅。

14　政治犯争论人民的问题。

15　诺伏德伏罗夫。

16　晚上点名。西蒙松告诉聂赫留朵夫他想同卡秋莎结婚。

17　西蒙松宣布后聂赫留朵夫的心情。聂赫留朵夫跟卡秋莎谈话。

18　革命家彼特林和涅维罗夫的消息在政治犯牢房里引起的激动。克雷里卓夫的激动。刑事犯睡觉的景象。

19　聂赫留朵夫回到客店。他在目睹监狱里种种罪恶后做出的结论。

20　聂赫留朵夫乘车追赶那批犯人。犯人们赶路。垂死的克雷里卓夫。摆渡。

21　渡船上的谈话。流浪的怪老头。

22　聂赫留朵夫来到外省的一个城市。访问地方长官。为玛丝洛娃和克雷里卓夫求情。

23　聂赫留朵夫在邮政局。谢列宁回信玛丝洛娃告御状减刑。典狱长拒绝聂赫留朵夫探监。

24　地方长官家的宴会。客人们。聂赫留朵夫在地方长官家的情绪。

25　聂赫留朵夫跟英国人一起探监。聂赫留朵夫跟卡秋莎最后一次谈话。

26　参观刑事犯牢房。英国人分发《福音书》。

27　在流放犯牢房里遇见流浪的怪老头。怪老头的反政府言论。停尸室。克雷里卓夫的尸体。聂赫留朵夫由克雷里卓夫的死引起的感想。

28　聂赫留朵夫内心的激动。他读《福音书》。清醒。聂赫留朵夫在新生活的门口